外国文学名著丛书

〔美〕斯陀夫人／著

汤姆叔叔的小屋

王家湘／译

"外国文学名著丛书"编委会

人民文学出版社
PEOPLE'S LITERATURE PUBLISHING HOUSE

Harriet Beecher Stowe
UNCLE TOM´S CABIN
根据 John P. Jewett & Company, Boston 1852 年版译出。

图书在版编目(CIP)数据

汤姆叔叔的小屋/(美)斯陀夫人著;王家湘译.—北京:人民文学出版社,2021
(外国文学名著丛书)
ISBN 978-7-02-016612-1

Ⅰ.①汤… Ⅱ.①斯…②王… Ⅲ.①长篇小说—美国—近代
Ⅳ.①I712.44

中国版本图书馆 CIP 数据核字(2020)第 178638 号

责任编辑	马爱农
装帧设计	刘 静
责任印制	任 祎

出版发行	人民文学出版社
社 址	北京市朝内大街 166 号
邮政编码	100705
印 刷	北京盛通印刷股份有限公司
经 销	全国新华书店等
字 数	412 千字
开 本	850 毫米×1168 毫米 1/32
印 张	19.5 插页 3
印 数	1—5000
版 次	1998 年 10 月北京第 1 版
印 次	2021 年 8 月第 1 次印刷
书 号	978-7-02-016612-1
定 价	69.00 元

如有印装质量问题,请与本社图书销售中心调换。电话:010-65233595

斯陀夫人

出 版 说 明

人民文学出版社自一九五一年成立起,就承担起向中国读者介绍优秀外国文学作品的重任。一九五八年,中宣部指示中国科学院文学研究所筹组编委会,组织朱光潜、冯至、戈宝权、叶水夫等三十余位外国文学权威专家,编选三套丛书——"马克思主义文艺理论丛书""外国古典文艺理论丛书""外国古典文学名著丛书"。

人民文学出版社与中国科学院文学研究所,根据"一流的原著、一流的译本、一流的译者"的原则进行翻译和出版工作。一九六四年,中国社会科学院外国文学研究所成立,是中国外国文学的最高研究机构。一九七八年,"外国古典文学名著丛书"更名为"外国文学名著丛书",至二〇〇〇年完成。这是新中国第一套系统介绍外国文学作品的大型丛书,是外国文学名著翻译的奠基性工程,其作品之多、质量之精、跨度之大,至今仍是中国外国文学出版史上之最,体现了中国外国文学研究界、翻译界和出版界的最高水平。

历经半个多世纪,"外国文学名著丛书"在中国读者中依然以系统性、权威性与普及性著称,但由于时代久远,许多图书在市场上已难见踪影,甚至成为收藏对象,稀缺品种更是一书难求。在中国读者阅读力持续增强的二十一世纪,在世界文明交流互鉴空前频繁的新时代,为满足人民日益增长的美好生活的需要,人民文学出版社决定再度与中国社会科学院外国文学研究所合作,以"网罗经典,格高意远,本色传承"为出发点,优中选优,推陈出新,出版新版"外国文学名著丛书"。

值此新版"外国文学名著丛书"面世之际,人民文学出版社与中国社会科学院外国文学研究所谨向为本丛书做出卓越贡献的翻译家们和热爱外国文学名著的广大读者致以崇高敬意!

"外国文学名著丛书"编委会
二〇一九年三月

编委会名单

目　次

译 本 序

　　《汤姆叔叔的小屋》的作者斯陀夫人对美国的蓄奴制所产生的把黑奴当成没有灵魂的牲畜肆意虐待和进行买卖的行为一向深恶痛绝。一八五○年美国联邦议会又通过了《逃奴法案》，规定任何人不得收留逃奴，自由州的居民如协助逃奴，将受到法律的制裁。这一法律的通过无异于在美国全境以法律的形式承认了黑奴是奴隶主的私有财产，而当时相当一批北方的政界与宗教界的领袖竟然为这一法案辩护，认为为了维护联邦统一，不致分成南北两个国家，这个法案是十分必要的。这使得斯陀夫人更为愤怒。她认为只有不了解蓄奴制的真相及其残酷性的人才会为蓄奴制与《逃奴法案》进行辩护，于是决心通过文学的形式，把蓄奴制的种种骇人听闻的罪恶公之于世。她心目中的读者主要是北方信奉基督教的白人，她希望通过自己的作品使他们同情并支持废除奴隶制的斗争。

　　斯陀夫人是最适于担此重任的人。她生长在一个清教徒家庭之中，父亲莱门·比彻是著名的支持废奴主义的传教士，曾任俄亥俄州辛辛那提市莱恩神学院院长；丈夫卡尔文·斯陀是该神学院教授，三个兄弟也都是传教士。他们全都反对蓄奴制，是著名的废奴主义者。斯陀夫人笃信宗教，关心社会及道德问题。她在与蓄奴制仅一河之隔的辛辛那提生活了十八年之久，并且也去过南方，耳闻目睹了黑奴被奴隶主任意打骂和买卖，以致妻离子散、家破人亡的种种令人发指的惨状。斯陀夫人在自己家中收留过许多过往逃奴，也接触了大量逃到自由州获得了自由的黑人，听他们亲口讲述过在奴隶制下的痛苦遭遇。蓄奴制的酷刑与罪恶、形形色色的奴隶主、奴隶贩子、专以追捕逃奴为生的人的形象在她头脑中活灵活现；黑奴在蓄奴制下的生活和为逃离奴隶生活所作的英勇不屈的斗争也在她脑海中栩栩如生。她听到的、经历过的大大小小的事件使她无法忘怀。她曾在家中为自己的六个子女办了一个学校，也接受附近的黑人儿童在此学习。一天，一个品学兼优的黑人儿童的母亲来到学校，说自己的儿子属于肯塔基州的一个奴隶主，没有自由文书，如今主人过世，被遗嘱执行人带回拍卖。虽然这个孩子的身价后来由邻居捐款支付而得以回到母亲身边，但发生在身边的这件事仍在斯陀夫人心中留下了巨大的影响。无数日积月累深埋心中的事件和人物，在她决心创作一部鞭笞蓄奴制的作品时，便以不可阻挡之势喷涌而出，形成了我们今天读到的《汤姆叔叔的小屋》。

这部作品一八五一年六月至一八五二年四月在《民族时代》连载后于一八五二年出版。当时美国南北双方在蓄奴制问题上正处于剑拔弩张的状态，《汤姆叔叔的小屋》的出现不啻是一发重磅炮弹，以其对蓄奴制的血泪控诉震撼了美国社会，在南北战争及美国黑人争取摆脱奴隶制枷锁的斗争中起了不可低估的作用。它和在此前后大量出现的黑奴自述和传记一起，形成了对美国南方蓄奴制度的有力声讨。

《汤姆叔叔的小屋》出版后立即风行全国，一年中销售了三十万册,并相继被译成四十二种文字。小说出版的当年在美国即被改编成剧本上演,仅一八五三年一年即在百老汇上演了三百二十五场,可谓盛况空前;以后它在许多国家也被改编成剧本上演。小说最早的汉译本由我国文学翻译先驱林琴南与魏易合作,于一九〇一年出版,书名为《黑奴吁天录》。最早将此小说改编为剧本在我国上演是一九〇七年,改编者是当时留日学生曾孝谷,后来在苏区瑞金也上演过此剧。一九六一年欧阳予倩先生重新将此书改编成剧本《黑奴恨》,在北京上演。

《汤姆叔叔的小屋》一书出版以来,在政治上所起的巨大作用是一致公认的,包括当时攻击它的文人,其气急败坏之程度正好从另一方面证明了它的巨大社会影响。经历了近一个半世纪以后,至今仍存在争论的是小说的人物刻画及艺术成就。

批评者认为小说宣传性太强,说教过多。斯陀夫人在作品中确实用了大量篇幅写下了人物间就蓄奴制的不同看法进行的讨论。事实上这种大段的谈话往往是在与人物命运相关的重要情节发生后紧接着出现的。讨论的双方可以是文质彬彬对黑奴较为宽容的奴隶主,也可以是惨无人性的奴隶主或黑奴贩子。作者在故事中揭示了蓄奴制下令人发指的桩桩罪行,继而在讨论中剥下一切可能为蓄奴制辩护的借口的虚伪面纱,将蓄奴制的伤天害理、丑恶凶残统统暴露在光天化日之下。认为斯陀夫人的这部小说有说教性,确是不可否认的事实。在这儿也许用得着一百年后英国作家乔治·奥威尔在《我为什么写作》中的一段话来理解为什么不少作家宁可冒"说教性太强"之大不韪。奥威尔在谈到自己所写的《向加泰隆尼亚致敬》一书时说,有评论家批评他在书中大量引用了报刊材料,影响了作品的艺术性,对此奥威尔写道,"他的话是对的,可我不能不这么做。我恰好了解英国很少人能得知的事实,那就是,无辜的人们正遭人诽谤。要不是我对此事愤愤不平,我根本就不会动笔写此书的。"同样的理由是,斯陀夫人若非出自对蓄奴制的深恶痛绝因而要向世界揭露其本来面目,并驳斥种种谬论的话,她恐怕也不会动笔写《汤姆叔叔的小屋》的。但是如果如当年攻击此书的人所说,小说的说教性使作品毫无艺术价值可言,那便是蓄意中伤了。斯陀夫人这部作品的力量正在于它的艺术性。她并没有笼统地谴责美国南方,而是通过人物的塑造、人物的命运,在广阔的社会背景下揭示蓄奴制对人的精神的毒化,指出它所造成的对奴隶乃至奴隶主灵魂的扭曲是蓄奴制的最大罪恶。她塑造了形形色色的奴隶主,由于他们的不同禀性、不同教养、不同出身、不同经历,对黑奴的态度也各不相同,如看到奴隶制的罪恶但又感到无能为力因而对黑奴宽容的圣·克莱尔,暴虐成性的雷格里。她笔下的黑奴也是各不相同,有为了救儿子从俄亥俄河浮冰上冒险跨越的伊莱扎,有受尽屈辱、机智地逃出魔爪的凯西,有宁死不为奴、立志为自由而斗争的乔治·哈里斯,也有笃信宗教、正直善良、虽委曲求全但决不背叛信仰出卖灵魂的汤姆。就连许多"小人物"也令人难忘,如机灵、世故的小托普西,受尽折磨、玩世不恭的老黛娜,为了自己的生存在蓄奴制下丧失了本性的黑人工头山宝和昆宝,等等。《汤姆叔叔的小屋》流传近一个半世纪而经久不衰,正是由于其巨大的艺术成就所致。

另一个争论最多的问题是汤姆这个人物的形象。今天即使没有读过这部小说的人也大都知道"汤姆叔叔主义"一词，它集中概括了汤姆这个家喻户晓的人物身上的委曲求全、逆来顺受、不抵抗主义、寄希望于奴隶主的仁慈、把宗教作为全部精神寄托的特点。这一称谓成了一切具有上述特点的黑人的统称，带有强烈的贬义色彩。这一方面固然是由于汤姆身上确实具有上述特点及与之而来的消极因素，同时也是由于一百多年来在黑人争取自由和种族平等的斗争中更需要呼唤抗争式的英雄人物才有助于斗争取得胜利。但是现实社会不会因为政治斗争的需要而造就出同一个类型的人来，在任何时代都会有各色各样的人物以各自的方式来面对各自的人生、解决各自的问题。汤姆的不抵抗主义在激烈斗争的年代固不可取，但他的刚直不阿、宁被打死也不出卖其他黑奴的这种品质和他的信念及人格力量是不可分的。当"汤姆叔叔主义"已经从文学范畴变成了社会学范畴中的一个概念时，我们不能反转来用社会学的概念替代文学中的人物，把"汤姆叔叔主义"和汤姆完全等同起来。在斯陀夫人创作这部小说时，她的主要目的是唤起北方信奉基督教的白人的良知，使他们站到同情并支持废除奴隶制的斗争的立场上来，她需要一个能为大多数白人接受的黑奴形象，才能更好地达到此目的，而具有上述品质的汤姆正是一个能为多数白人接受并引起强烈同情的人物，连这样忠厚善良的黑奴都难逃厄运，蓄奴制的罪恶更是可见一斑了。

《汤姆叔叔的小屋》对同时代及后世作家的影响也不可低估。当代著名黑人学者、黑人文学评论家、哈佛大学教授小亨利·路易斯·盖茨在他的一系列专著中一再谈到这一点，许多不同时代的作家或评论家在这一点上也多有论述。和斯陀夫人同时代的英国著名女作家乔治·艾略特在评论斯陀夫人的第二部小说《德雷特》时是这样评价《汤姆叔叔的小屋》的：

> 斯陀夫人开创了黑人小说这一流派，这种小说不仅在景物及风俗习惯上给人以新鲜感，而且具有奥古斯丁·蒂埃里所指出的构成浪漫传奇的巨大源泉的种族间的差异。
>
> 《汤姆叔叔的小屋》使其作者在能把一个国家生活的各个方面——常人与贵族的、幽默与悲剧性的、政治与宗教的——展现在读者面前的最优秀的小说家中稳占一席之地。

艾略特本人的小说《丹尼尔·德隆达》就是受《汤姆叔叔的小屋》的影响而写的，她就自己这部攻击英国的反犹太人思潮的小说写信给斯陀夫人说：

> 我感到有一种力量促使我以自己的天性和知识所能及的高度（在作品中）以同情和理解来对待犹太人……如有可能，我最希望做的事就是唤起男男女女对与自己在习俗及信仰上最不相同的人类中的那些种族的想象力，从而认识到这些种族对作为人的权利的要求。

如果说《汤姆叔叔的小屋》对大洋彼岸的乔治·艾略特都产生了如此巨大的思想影响，那么在美国本土，"黑人小说"则的的确确成了小说中的一个新流派而大量涌现出来。在此后十年间，出版了二十余种"黑人小说"，有反对蓄奴制的，也有为蓄奴制辩护的，使得在同一片国土上生活的黑白两个种族的完全不同的生存状态在读者心目中产生了深刻印象。美国黑人所写的第一部小说《克洛泰尔；或总统的女儿：美国黑奴生活记述》出版于一八五三年，其作者威廉·布朗就是在《汤姆叔叔的小屋》的启发下写出此书的。

由于作者本人强烈的宗教意识及所处时代的局限,《汤姆叔叔的小屋》在思想性和艺术性上确也存在一些局限与不足,如圣·克莱尔的女儿、小小年纪的伊娃被作者赋予了过重的宗教使命,成了天使的化身。由于这个人物缺乏真实性,失去了作者希望她能具有的感人力量,显然是不成功的人物。作者在发展情节时过多依靠叙述人物的经历和讨论,有时使行文显得拖沓。尽管如此,小说经历了近一百五十年的岁月至今流传不衰,足证其是世界文学宝库中的经典之作。

王　家　湘

一九九七年六月

第一章　本章向读者介绍
一位有人性的人

　　一个寒冷的二月天,下午稍晚些时候,在肯塔基州 P 城一间布置考究的客厅里,两位绅士在边喝酒边交谈。没有仆役在场,两位绅士的座椅靠得很近,似乎正十分认真地讨论着什么问题。

　　为了方便起见,我们到此一直说是两位绅士。然而其中的一位若用挑剔的眼光审视,严格说来似乎不属于这一类型。他个子不高,身材粗壮,五官粗俗平凡,带着出身低下又拼命想在社会上往上爬的人所特有的一副自鸣得意、装腔作势之态。他的穿着打扮过分考究,一件好多种颜色的俗不可耐的背心,一条带鲜艳的黄点子的蓝围巾,一条十分耀眼的领带,这些倒是很切合此人的总的气派。他粗大的手上戴着许多戒指,身上带着一条沉甸甸的金表链,表链上有一串大得吓人的五光十色的印章,在热烈的谈话中他总是怀着明显的满足之情习惯性地把这串印章甩得丁当作响。他说话时轻易随便地公然糟蹋《默里语法》,且时不时地以形形色色的亵渎的词语点缀其间,即使为了能使叙述生动,也无法诱使我们去把这些词语记录下来。

　　他的同伴谢尔比先生倒有着绅士的风度,住宅的布置和

1

家务管理的总体情况表明家境很好，甚至可以说很富裕。如我们前面所说，这两个人在进行着认真的谈话。

"我看就这样来安排这件事吧。"谢尔比先生说。

"我不能这样做买卖——绝对不能，谢尔比先生。"对方说，把一杯酒举在眼睛与光线之间端详着。

"啊呀，黑利，事实是汤姆是个不一般的黑奴，到哪儿他都肯定值这么多钱——他稳健，诚实，能干，把我的整个庄园管理得井井有条。"

"你指的是作为黑鬼而言的诚实。"黑利说着，自己给自己倒了一杯白兰地。

"不是的，我是说，真的，汤姆是个稳健、明理、虔诚的好人。四年前他在野营布道会上信了教，我相信他是真信教了。从那以后我把一切都托付给他管——钱、房子、马匹——而且让他到处自由来往，发现他在所有的事情上都十分正直可靠。"

"谢尔比，有些人不相信有虔诚的黑鬼，"黑利说，坦率地摆了一下手，"但是我信。在我上一批运到奥尔良去的黑鬼里有一个家伙——真的，听那个家伙祈祷就和参加教友聚会一样，而且他很温和沉静，我还把他卖了个好价钱。我从一个为抵偿债务不得不脱手的人手里把他很便宜地买了下来，所以我在他身上净赚了六百元。是的，我认为宗教在黑鬼身上是很有用处的，如果他真正相信的话。没错。"

"嗯，要是有人真信教，那就是汤姆了，"谢尔比答道，"哟，去年秋天我让他单独去辛辛那提替我办事，并且把五百元钱捎回家来。我对他说，'汤姆，我相信你，因为我认为你是个基督徒——我知道你不会欺骗的。'一点没错，汤姆回来

2

了。我知道他会回来的。有些卑劣的人,他们对他说——'汤姆,你为什么不逃到加拿大去?''啊,老爷相信我,我不能,'——别人把这事告诉了我。我得说,我很遗憾要把汤姆卖掉,你应该让他抵掉剩下的所有债务,而黑利,如果你还有良心的话,就会这样做的。"

"嗯,我有任何生意人所能够有的良心,——也就是那么一点点,你知道,可以说,只够用来起誓的,"黑奴贩子打趣地说,"而且,只要是合情合理,我愿意尽一切力量来满足朋友的要求,可是你看,这件事对我来说也有点为难——有点太难了。"黑奴贩子沉默地叹了一口气,又倒了些白兰地。

"嗯,那么,黑利,你怎样才愿意做这桩买卖呢?"谢尔比先生在一阵不安的沉默后问。

"你不能在汤姆之外搭上个男孩或女孩吗?"

"嗨!——没有多余的人了,说实话,只有在万不得已的情况下我才卖黑奴的。我不愿意失去任何人手,这是事实。"

这时门开了,一个年约四五岁、有四分之一黑人血统的混血小男孩走进屋子里来。他的容貌中有着某种惊人的姣好和可爱之处。他如丝般细柔的黑发亮闪闪地卷曲着垂在带着酒窝的圆脸四周;当他好奇地凝视着室内时,一双温柔热切又大又黑的眼睛从浓密的长睫毛下朝外看着。一件缝制精巧合体的鲜艳红黄方格罩衣越发地衬托出他那深沉而逗人的可爱之处。他身上有种掺和着羞涩的滑稽的自信神态,说明他习惯于主人的爱抚和青睐。

"喂,吉姆·克罗①!"谢尔比先生说道,他吹了声口哨,向

---

① 吉姆·克罗是对黑人流行的蔑称。

他扔去一把葡萄干,"把它捡起来,快点捡!"

孩子使出他所有的小小的力气蹦跳着去捡那意外的奖赏,他的主人在一旁大笑。

"起来,吉姆·克罗。"他说。孩子走到他面前,他拍拍他满头鬈发的脑袋,抚弄着他的下巴。

"好了,吉姆,给这位先生表演一下你多么会唱歌跳舞。"孩子用清脆圆润的声音开始唱一首黑人中很流行的热烈而奇异的歌,唱时还和着音乐的节拍伴以手、脚和整个身体的滑稽的动作变化。

"好啊!"黑利说,一面扔给他四分之一只橘子。

"现在,吉姆,学卡德乔大爷犯关节炎时候走路的样子。"主人说。

孩子灵活的四肢立刻带上了弯曲变形的样子,他驼起背,手里拿着主人的手杖,在房间里蹒跚行走,同时那张稚气的脸可怜地皱缩在一起,学着老人的样子左一口右一口地吐唾沫。

两位绅士全都哄然大笑了起来。

"现在,吉姆,"主人又说,"学给我们看看老罗宾斯长老是怎么领唱赞美诗的。"孩子把胖乎乎的圆脸拉到可怕的长度,严肃庄重地开始用鼻音哼了一首赞美诗。

"好哇!太好了!真是个小东西!"黑利说,"那个小东西可是件好货色,我敢说是这样。我跟你说,"他突然猛拍谢尔比先生的肩膀,说,"搭上这个小家伙,我就了结这笔债务——一定。好啦,这难道不是最好的解决办法吗!"

这时门被轻轻推开,一个显然二十五岁左右的四分之一黑人血统的年轻女人走进了屋子。

只需要看一眼孩子再看一眼她就可以确定她是孩子的母

亲。有着同样睫毛长长、神采奕奕的大而黑的眼睛,同样卷曲的丝般的黑发。棕褐的肤色在面颊处透出了微红,当她发现陌生男人的眼光肆无忌惮以毫不掩饰的赞羡盯在她身上时,脸上的红晕更加深了。她的衣服极其合身,极好地表现出她美丽的身材——她纤美的手和小巧漂亮的脚及脚踝也都没有逃脱奴隶贩子的尖利的眼睛。此人精于一眼就把一个漂亮的女奴全身所有的长处统统很快打量清楚。

"什么事,伊莱扎?"当她停下脚步犹豫地看着他时,主人问道。

"对不起,先生,我在找哈利。"小男孩蹦向她,把兜在罩衣下摆里的战利品给她看。

"好啦,那就把他带走吧。"谢尔比先生说,她匆匆抱起孩子走了出去。

"朱庇特主神作证,"奴隶贩子赞羡地转身向他说,"这可是件好东西!不管什么时候把这个女人弄到奥尔良去你都会发财的。我当年可亲眼见过有人付一千元以上的现金买的女人一点也不比她更漂亮。"

"我不想在她身上发财。"谢尔比先生冷冷地说,为了改变话题,他又开了一瓶酒,征求同伴对这酒的看法。

"好极了,先生——头等货色!"奴隶贩子说道。然后他转过身来,放肆地把手在谢尔比的肩上一拍,补充道:"怎么样,卖这个女人你要什么价?——我给你什么价——你什么价肯卖?"

"黑利先生,她不卖,"谢尔比说,"你就是按她的重量给金子,我的妻子也不会放她的。"

"啊呀!女人总是这样说的,因为她们不会计算。我猜想只要让她们知道和一个人重量一样多的金子能买多少表、服饰、首饰，情况就会变了。"

"我对你说了，黑利，这事不许再提了，我说不卖就是不卖。"谢尔比坚决地说。

"好吧，不过你会把小男孩给我吧，"奴隶贩子说，"你得说为他我已经让了很多了。"

"你要这个孩子究竟做什么用？"谢尔比问。

"哟，我有个朋友专门从事这一行里的这种买卖——要买漂亮的男孩子养大了去卖。完全是漂亮货色——卖给出得起钱买漂亮小伙去做听差等等的阔佬。他们对那种大宅子是很好的陪衬——一个真正英俊的男仆给开门、应答、服侍。他们可以卖很好的价钱，而这小鬼是个这么滑稽有音乐才能的小玩意儿，他正是这样的货色。"

"我还是不愿意卖他，"谢尔比先生沉思地说，"事实是，先生，我这个人心太软，不愿把孩子从他母亲身边带走，先生。"

"啊，是吗？——啊呀！是的——是那种性质的事，我完全了解。有的时候和女人打交道非常不愉快，我总是很痛恨这些尖叫哭喊的场面，非常不愉快。但是在我经营生意时我一般避免这种局面，先生。要是你让那女人离开一天或者一个星期什么的，那样事情就可以不声不响地办了——她回家之前一切结束。你的妻子可以给她耳环，或者一件新衣服，或者诸如此类的小东西给她补偿一下。"

"恐怕不行。"

"上帝保佑你，行的！你知道这些家伙不像白人，只要处理得好，他们慢慢就会好的。咳，人们说，"黑利带着坦率和信任的口气说,"这类买卖会使人心肠变硬,我可从来不觉得是这样。事实是,我从来没法像有些干这行的人那样行事。我看见过他们把女人的孩子从她们怀里拉出来当场就卖,而那女人一直疯了般的尖声哭叫——非常糟糕的策略——损坏了商品——有时会使她们变得毫无用处。有一次在奥尔良,我知道一个非常漂亮的姑娘就是被这样的对待给彻底毁了的。买她的这个家伙不愿意要她的小孩,可她性子上来的时候真是那种很厉害的人。我对你说吧,她把孩子紧搂在怀里,不停地说着,闹得真凶,我想到这件事就有点毛骨悚然。当他们把孩子抱走,把她关了起来以后,她就语无伦次地完全疯了,一个星期就死了。先生,就因为不会处理,白白扔掉了一千块钱,——就是这么回事。先生,人道的办法总是最好的,这是我的经验。"于是奴隶贩子把身子往椅背上一靠,叠起胳膊,一副决策公正善良的人的样子,显然自认为是威尔伯福斯①第二了。

这个题目似乎使这位绅士颇感兴趣,因为当谢尔比先生在沉思地剥橘子的时候,黑利又说了起来,带着不好意思的样子,但是又似乎被真理的力量所驱使不得不再说上几句。

"一个人自我夸奖显得不太好,可是我还是要说,因为这是事实。我相信人们认为我卖出去的黑奴货色是最好的——至少人家是这么对我说的,一批如此,我想一百批也比如此——状态都十分好——又壮实又像样,而且在干这一行的人里面我损失的黑奴也是最少的。我把这一切都归功于我的管理得

---

① 威尔伯福斯(1759—1833),英国政治家,福音教派社会改革家,在一八〇七年废除奴隶贸易及一八三三年废除英国海外属地的奴隶制中起了重要作用。

法,先生;而我的人道主义方针是我管理中的顶梁柱。"

谢尔比先生不知道该说什么,因此他说了声"是吗"!

"因为这些想法人家笑话我,先生,也有人责备我。这些想法不受欢迎,不是普通的想法,但是我坚持,先生,我一直坚持这些想法,而且得到了不少好处。是的,先生,可以说已经证明它们是行之有效的了。"奴隶贩子对自己的玩笑大声笑了起来。

对人道的这些阐释中有着某种有趣和别出心裁之处,谢尔比先生也禁不住陪着笑了起来。也许你,亲爱的读者,也笑了,但是你知道现今人道以各种奇怪的形式出现,而且人道的人说出和做出的古怪事情也是举不胜举的。

谢尔比先生的笑声鼓励了奴隶贩子继续往下发挥。

"真怪,可是我从来没有能够把这一点敲进人们的脑袋里去。噢,比如说那捷斯的汤姆·洛克尔,我的老搭档吧,他是个很精明的人,确实精明,只是对黑鬼像个凶神恶煞——你知道他这是按原则在办事,因为在朋友里你再也找不到比他心肠好的了。这是他的一贯做法。我曾经常常劝他,'咳,汤姆,'我说,'你的姑娘们又哭又闹的时候,劈啪地打她们的脑袋,毒打她们有什么用? 这太荒唐了,'我说,'什么好处也没有。咳,我看不出她们哭有什么坏处,这是很自然的事,'我说,'如果自然的感情不能以一种方式宣泄,就会用另一种方式宣泄。再说,汤姆,'我对他说,'你这么做只能毁了你的姑娘,她们会变得面黄肌瘦,垂头丧气,甚至会变得十分难看——特别是混血姑娘——想要调养好她们可他妈的不容易。'我说,'你为什么不能哄哄她们,好好对她们说话? 听我的没错,汤姆,这儿那儿添进点人道比你所有的打骂都顶用,而且也更合算,'我说,'准没错。'可是汤姆总是不得其要领,给我毁了好多女奴,我只好和他散了伙,虽说他是个好心人,做买卖也很公平。"

"你觉得你的管理方法比汤姆的方法对生意更有好处吗?"谢尔比先生问。

"当然啦,先生,我得这么说。你看,只要有任何可能,我对不愉快的事情,譬如卖小孩啦等等,总是多加小心——把女人弄开——你知道,眼不见为净——等事情做利索了,已经没有办法了,她们自然就会习惯下来。你知道,他们又不像白人那样,受到的教育就是期望守着老婆孩子在一起啦什么的。你知道好好调教大的黑鬼没有存这样子的期望,所以这一切就要容易办得多。"

"那么恐怕我的黑鬼不是好好调教大的。"谢尔比先生说。

"我想是的,你们肯塔基人把黑鬼惯坏了。你们本意是好的,但是这毕竟不是真正的仁慈。你看,一个黑鬼在世界上颠沛流离,被卖给这个那个和天知道什么人,所以让他有念头和期望、给他太好的教养不是仁慈,因为对这些人来说颠沛和困苦就来得更难忍受。好,我冒昧地说一句,在种植场的黑鬼会着了魔般地又唱又喊的地方,你的黑鬼会垂头丧气。你知道,谢尔比先生,每个人都会很自然地认为自己的方法好,我想我对待黑鬼也就算得上是不错的了。"

"这可真是知足常乐了。"谢尔比先生微微一耸肩,带着可察觉到的厌恶感说道。

"好吧,"在他们两个人默默地各自开动脑筋片刻之后,黑利说,"这事怎么办吧?"

"我再考虑考虑,和妻子商量一下,"谢尔比先生说,"在此期间,黑利,如果你想如你说的那样不声不响地办妥这件事,你最好别在附近这带地方走漏任何风声,要不然会传到我的黑奴的耳朵里,我敢向你保证,要是他们知道了,要弄走我家的任何一个人都别想不声不响地做到。"

"啊!那当然啦,没问题,不提!当然不提。不过我得告诉你,我很急,需要尽快知道买卖到底成不成。"他说着站起身来穿上大衣。

"嗯,你今天晚上六点到七点之间来,我会给你答复的。"谢尔比先生说,奴隶贩子弯腰致意后走出了房间。

"我真恨不得把这家伙踢下台阶去,"他看见门关好后自言自语道,"还有他那放肆的自信。不过他知道他占了我多大的上风。如果以前有谁敢对我说我该把汤姆卖给南方来的一个无赖的奴隶贩子,我会说,'你的仆人是只狗吗,居然做这样的事?'可是现在就我所知恐怕只有卖掉他了,而且还有伊莱扎的孩子!我知道在这上面我会和妻子有点麻烦,在汤姆的事上也少不了麻烦。这就是欠债的结果,——咳嗬!那家伙看到了自己有机可乘,而且打算大加利用。"

也许蓄奴制最温和的形式出现在肯塔基州。这里主要的农业活动是平静的、和缓的,不像更加往南的地区,农业具有周期性的紧张和忙碌阶段,这就使黑奴的劳动较为健康合理。而主人们满足于较为和缓的营利方式,没有受到什么引诱去做冷酷的事情。但当事关是否能获得突然的暴利,同时,又只有无助的、没有保护的人的利益是唯一的制约力量,那么脆弱的人性就会被战胜,去做出冷酷的事来。

无论什么人在参观了肯塔基州的一些庄园之后,看到一些男女主人多么和蔼及宽容,一些黑奴的深情和忠诚,可能会产生一种幻想,想起传说中的家长制社会的种种充满诗意的传奇来;但是在这一切之上笼罩着一个不祥的阴影——法律的阴影。只要法律认为所有这些有着跳动的心脏和活生生的感情的人只不过是属于某个主人的物体,——而只要最善良的主人的破产、倒霉、轻率或死亡会导致他的黑奴的生活随时从受到仁慈的保护和宽容堕入绝望的悲惨和劳苦的深渊——那么,即使在管理得最好的蓄奴制之下也不可能创造出任何美好的或令人向往的东西。

谢尔比先生是个普通的人,善良和蔼,倾向于对身边的人随和宽容,他庄园上的黑人从来没有缺少过能使他们的生活过得舒服一点的任何东西。然而他做投机生意,数目很大,又很不严谨,已经陷得很深,而他的债据大量地落到了黑利的手里。这一点小小的情况是了解上述谈话的关键所在。

且说刚才当伊莱扎走近客厅门的时候,碰巧听到了里面的一些谈话,足够让她听出有个奴隶贩子在向她的主人出价要买什么人。

在她走出客厅时,原本想在门口停下来再听一听,但是偏偏女主人正在叫她,她不得不赶快离开。

可是她仍觉得听见奴隶贩子要买她的儿子——她会听错吗?她的心脏膨胀猛跳起来,不由自主地把孩子紧紧抱在怀里,以致小家伙抬头惊讶地看着她的脸。

"伊莱扎,姑娘,你今天怎么啦?"在伊莱扎打翻了放洗脸水的大水罐,撞倒了针线台,最后心不在焉地在女主人叫她到衣柜里去拿绸衣裙却递给了她一件长睡袍时,女主人这样问她。

伊莱扎一惊。"啊,太太!"她抬起了眼睛说,然后突然哭了起来。她在一把椅子里坐下,开始抽泣。

"怎么啦,伊莱扎,孩子! 你怎么啦?"女主人问。

"啊,太太,太太,"伊莱扎说,"客厅里有个奴隶贩子在和老爷谈话! 我听见了。"

"咳,傻孩子,就算他们谈了又怎么啦?"

"啊,太太,你想老爷会把我的哈利给卖了吗?"这个可怜的女人扑在椅子里,哭得直抽搐。

"卖他! 不会的,你这个傻姑娘! 你知道老爷从来不和这些南方的奴隶贩子打交道,从来不打算卖任何仆人,只要他们循规蹈矩。怎么,你这个傻孩子,你想谁会要买你的哈利?你以为全世界都和你一样一心只在他身上吗,你这个傻瓜?好啦,高兴点,给我把衣服勾上。好,把我后面的头发按你那天学的那好看的样子编起来盘上,以后别再在门外偷听了。"

"嗯,不过,太太,您永远不会同意——把——把——"

"别瞎说了,孩子! 当然我不会的。你干吗要说这些?我宁愿卖掉我自己的一个孩子也不会卖掉哈里啊,不过,伊莱扎,你也太觉得那小家伙了不起了,什么人只要把鼻子伸进门,你就认为他准是来买他的。"

女主人自信的口气使伊莱扎放了心,她灵巧而敏捷地服侍她梳妆,一面干活一面笑自己的瞎担心。

谢尔比太太在智力和道德两个方面都属上乘。她不仅具有人们认作是肯塔基女人的特点的天生的宽宏与慷慨之心,而且有很高的道德和宗教意识与原则性,并以极大的热情和能力把这些付诸实施取得实效。她的丈夫从未表明自己有任何具体的宗教倾向,但对她始终如一的信仰是崇敬和尊重的,并且也许对她的看法还颇有些敬畏。有一点是肯定的,他对她在仆人的舒适、教育和提高方面的一切仁慈的努力不加任何限制,尽管他自己在这些事上从来不起任何决定性的作用。事实上,即使他并不真正相信圣人所做的额外的善行能超度别的人的教诲,他却当真有点想象他的妻子的虔诚和仁慈够两个人用的了——他沉迷于靠着她超量的好品德而进天堂的朦胧的期望之中,因为他自知不具备这些品德。

和奴隶贩子谈话以后他思想上最大的负担就是看到需要把考虑中的安排透露给妻子——去面对他知道肯定会碰到的央求和反对。

谢尔比太太由于对丈夫的负债情况一无所知,只知道他性格上和善的一面,因此在她对伊莱扎的疑心表示完全不相信时是很真诚的。事实上,她没有多想就把这事抛在了脑后,由于她正专心致志地为当晚出去做客做准备,就把这件事忘得一干二净了。

第二章　母　亲

伊莱扎从小由女主人抚养,在她的纵容宠爱下长大。

在南方旅行的人一定常常注意到有四分之一或二分之一黑人血统的女人身上的那种特殊的优雅气质,她们声音和举止的柔美,似乎在很多情况下是她们特有的天赋。在四分之一黑人血统的女人身上的这种天生的风度往往还和最令人炫目的美结合在一起,几乎每一个女人都有令人赏心悦目的外貌。我们前面对伊莱扎的描写并不是出自想象,而是根据我们多年前在肯塔基州见到她时的记忆所写。在女主人的保护关怀下,伊莱扎平安地长大成人而没有受到那种诱惑。对一个奴隶来说,遗传的美貌注定会受到诱惑。她和一个聪明、有才能的、有二分之一黑人血统的青年结了婚,他是邻近一个庄园上的奴隶,名字叫乔治·哈里斯。

这个青年被主人雇给了一家麻袋厂干活,他的灵巧和聪明使他被看作厂子里最好的工人,他发明了一架净麻的机器,考虑到他的教育状况和生活环境,这一发明表现出他和发明了轧棉机①的惠特尼具有同样的机械方面的天才。

他有着英俊的外貌和可人的举止,厂子里的人都很喜欢

---

① 这种机器实际上是肯塔基州一个黑人青年发明的。

他,然而由于这个青年在法律的眼里不是人而是一样东西,所有这些优秀的品质全都掌握在一个庸俗、狭隘、残暴的主人的手里。这位先生听到了乔治的发明的名声后,便坐车来到工厂,看看这个聪明的奴隶在干些什么。他受到了老板的热情接待,祝贺他拥有一个这样宝贵的奴隶。

乔治侍候他在厂里四处参观,看了厂子里的机器。乔治兴高采烈,话说得是这样流利,身子站得是这样笔挺,看上去是这样英俊而具有男子汉的气概,使他的主人开始浑身不自在地感到自愧不如。他的奴隶有什么权利到处走来走去、发明机器、在绅士中趾高气扬起来?他要马上加以制止。他要把他带回去,让他锄土挖地,"看看他是不是还这样潇洒地走来走去。"因此他突然提出拿走乔治的工资,并宣布打算把他带回家去,使工厂主和所有有关的工人都大吃一惊。

"可是,哈里斯先生,"工厂主抗议道,"这不是太突然了吗?"

"突然又怎么样?——难道这个人不是我的吗?"

"先生,我们情愿增加给你的补偿费。"

"这根本不是目的,先生,除非我愿意,否则我用不着把我的人雇出去。"

"可是,先生,他好像特别适宜于干这一行。"

"我敢说他可能如此。我让他干的事他可从来没有觉得适宜过,我敢说。"

"你只要想一想他发明了这个机器。"很不幸,一个工人插了这么一句。

"啊,是的!——一架节省劳力的机器,是不是?我敢说他会发明这个的;随便什么时候你要听任黑鬼自便的话,他们个个都是节省劳力的机器。不行,他得走人。"

乔治听到自己的厄运这样突如其来地被他自知无法抗拒的力量所宣布,呆若木鸡地站在那里。他交叠起双臂,紧紧地抿住双唇,但整座火山般愤怒的感情在他胸中燃烧,血管里冒出一串串火焰。他呼吸急促,大大的黑眼睛像烧红的煤一样闪着火。如果不是好心的工厂主碰了碰他的胳膊,低声对他说:"算了,乔治,先跟他走吧,我们会想法帮助你的。"他很可能会危险地发起火来。

那恶棍注意到了这悄悄话,猜测出它的意思,虽然他没能听见说的是什么。他心里更坚定了保持他对他的牺牲品所具有的权力的决心。

乔治被带了回去,干农场上最下贱的苦工。他能够做到压下每一个不敬的字,但那火辣辣的眼光,阴沉忧郁的表情是那压不下去的自然的语言的一部分,再明白不过地表示人不可能变成物。

正是在他受雇于工厂的那段快乐的日子里,乔治遇到了他的妻子,结了婚。在那期间,由于雇主的信任与喜爱,他可以随意地自由来往。谢尔比太太非常赞成这桩婚事,作为女人她对说媒拉纤总感几分得意,因此很高兴让自己漂亮的心腹女仆和她自己阶级中一个似乎在一切方面都和她很般配的人结合在一起。就这样他们在女主人的大客厅里举行了婚礼,女主人亲手把香橙花插在新娘美丽的头发上,给新娘罩上面纱。面纱下的伊莱扎真可说是最娇艳的新娘了。宴会上有许多戴着白手套的仆人和大量的美酒蛋糕,——以及啧啧称羡的客人夸奖新娘的美貌和女主人对她的娇纵慷慨。有一两年的时间伊莱扎经常能和丈夫在一起,除了两个婴儿的夭折之外,没有什么东西来破坏他们的幸福。伊莱扎深爱那两个婴儿,他们的夭折使她极度悲伤,使得女主人不得不温和地规劝她,并怀着母性的焦虑努力把她天生的炽烈的感情引导到理智和宗教的范围中去。

但是在小哈利出生以后,她慢慢变得平静安定下来,她所有的流血的纽带和颤动的神经再一次和这个小生命交织在了一起,变得健康正常了。直到丈夫被粗暴地从仁慈的雇主身边夺走,落入他法律上的拥有者铁的控制之下之前,伊莱扎是个幸福的女人。

工厂主遵守诺言,在乔治被带走一两个星期后去拜访了哈里斯先生。他希望在当时的火气消了之后,能想方设法使他回到工厂去干活。

"你不用再费心多说什么了,"哈里斯固执地说,"我知道自己该怎么做,先生。"

"我并不打算干涉你的事,先生,我只是认为也许为了你自己的利益你会考虑让你的奴隶按我提议的条件来给我们干活。"

"啊,这件事我明白得很,就在我把他从工厂带走的那天,我看见你对他挤眉弄眼说悄悄话了。你用那种方法骗不了我;先生,这是个自由国家,那个人是我的,我想怎么对他就怎么对他——就是这么回事!"

这样乔治最后的希望破灭了:在他面前什么都不存在了,只有充满劳役和苦工的生活;加上那个别出心裁的暴君能设想出来的每一个小小的刺人的折磨和侮辱,他的生活会变得更为痛苦。

一位十分人道的法官曾经说过,对人最为残酷的惩罚莫过于把他绞死。不对,对人还有着另一种更为残酷的惩罚!

第三章　丈夫和父亲

谢尔比太太看朋友去了,伊莱扎站在游廊上正闷闷不乐地望着渐渐驶去的马车出神,一只手突然搭在了她肩膀上。她回过身去,漂亮的眼睛里燃起了欢快的笑意。

"乔治,是你吗?你把我吓了一大跳!嗯,你来了我真高兴!太太下午出门去了,到我的小屋里来吧,就我们两个人。"

她说着把他拉进了门开在游廊上的一个整洁的小房间里,她平时坐在这里做针线,女主人叫她能听得见。

"我真高兴!——你为什么不笑呀?——你看看哈利——他长得多快呀。"孩子紧抓着妈妈的衣服,害羞地站在那里,眼睛从卷曲的头发后面看着他的父亲,"他不是很漂亮吗?"伊莱扎说着撩起他长长的鬈发亲吻着他。

"我真希望他没有出生在世!"乔治悲愤地说,"我真希望我自己也没有出生在世!"

伊莱扎又吃惊又害怕地坐了下来,把头靠在丈夫的肩膀上哭了起来。

"好啦,伊莱扎,让你这样难过太不该了,可怜的姑娘!"他深情地说,"太不该了,啊,我多么希望你从来没有见到过我——那样你也许会得到幸福!"

"乔治！乔治！你怎么能这样说？出了什么可怕的事了，还是要出什么可怕的事了？毫无疑问，直到最近，我们一直都很幸福的。"

"是的，亲爱的。"乔治说。这时他把儿子抱到膝上，专注地盯着他那双亮亮的黑眼睛，一面双手梳理着他那长长的鬈发。

"就像你，伊莱扎，而你是我见到过的最漂亮端庄的女人，也是我希望见到的女人中最好的。可是，啊，我真希望我从来没有见到过你，你也没有见到过我！"

"啊，乔治，你怎么说得出这样的话！"

"是的，伊莱扎，一切都是痛苦，痛苦，痛苦！我的生活如苦艾一样苦，我的生命力正在燃尽。我是一个贫穷的悲惨的凄凉的苦力，只会把你和我一起拖进深渊。我们努力干，努力学，努力想有点作为有什么用？活着有什么用？我真希望自己死了倒好！"

"啊，好了，乔治，这么想可真是邪恶的！我知道你失去了在工厂的工作有多难受，你的主人又很冷酷，但是请求你要忍耐一些，也许会有什么——"

"忍耐！"他打断了她，说，"难道我还没忍耐吗？他毫无道理地把我从一个人人对我都很好的地方弄走，我说一个字了吗？我一直把挣的每一分钱都老老实实地交给了他，——而且他们都说我的活干得很好。"

"嗯，这事确实糟糕极了，"伊莱扎说，"可他毕竟是你的主人，你要知道。"

"我的主人！是谁让他成为我的主人的？我想的正是这——他对我有什么权利？我和他一样是个人，是个比他强的人，我比他更懂经营，更会管理，识字比他多，写字比他好——都是我自学的，不是他的功劳，——尽管有他在我还是学到了这一切，现在他有什么权利把我变成一匹拉货的马？——把我从我能做的事、比他做得好的事上弄走，让我去干任何一匹马都能够干的活？他拼命在这么干，他说他要把我降伏住，要我低声下气，他让我干最苦、最低下、最脏的活，他故意这样！"

"啊，乔治！乔治！你真让我害怕！怎么，我从来没有听见你这样说过话，我怕你会做出什么可怕的事情来，你有这种感情我一点也不奇怪，但是，啊，你可千万要小心——千万，千万——为了我——为了哈利！"

"我一直很小心，我一直在忍耐，但是情况越来越糟，人的血肉之躯无法再忍受下去了；——每一个能侮辱和折磨我的机会他都不放过。我以为把活干好，不说话，就可以在干活以后有点时间看书学习，可是他看到我干得越多，给的活就越多。他说尽管我什么也不说，可是有一肚子鬼，他决心要让这些鬼暴露出来。总有一天会以他后悔莫及的方式爆发出来的，不信你看着！"

"啊，亲爱的，我们该怎么办？"伊莱扎难过地说。

"就在昨天，"乔治说，"我正忙着往马车上装石头，汤姆少爷站在那儿离马非常近地甩着鞭子，马受了惊，我尽可能和颜悦色地请他停下来，——他理也不理还继续甩，我又一次求他停下来，于是他冲着我就来了，开始打我。我抓住了他的手，他又叫又踢，向他爸爸跑去，对他说我和他打架了。他火冒三丈地走过来，说他要让我知道知道谁是我的主人。他把我捆在一棵树上，给少爷砍了些树枝，对他说他可以抽我，直到他抽累了为止，——而他也当真这么做了！我要不让他有一天记着我才怪呢！"年轻人的神情阴沉了下来，两眼中燃烧着的表情使他年轻的妻子发抖，"谁让这个人成为我的主人的？这是我想要知道的！"他说。

"唉，"伊莱扎悲伤地说，"我一直认为我一定要服从于老爷和太太，不然我就不能成为一个基督徒了。"

"在你的情况下这有点道理，他们像自己的孩子一样把你养大，给你吃，给你穿，娇纵你，教育你，因此你受到了好的教育，他们还有点道理认为你属于他们所有。可是我挨踢、挨打、挨骂，受到的最好对待就是不理睬我。而我又欠他什么？我自己的吃喝花销早已百倍地偿还给他了。我不愿忍受了，不，不愿忍受了！"他凶狠地皱起眉头，捏紧拳头说道。

伊莱扎战栗着没有说话。她以前从来没有见过丈夫有这样的情绪，在如此汹涌的感情面前她那温和的道德准则就成了一棵风中的芦苇。

"你记得你给我的那只可怜的小狗卡洛吗？"乔治接着说道，"他几乎是我唯一的安慰了。晚上它和我睡在一起，白天跟在我身后，看我时就好像它懂得我的感受似的。咳，那天我正用在厨房门口捡起来的一点食物碎渣喂它的时候，老爷来了，说我是拿他的东西喂狗，说每个黑鬼都养只狗他可负担不起，生生命令我在它脖子上捆块石头把它沉到水塘里去了。"

"啊，乔治，你没这么干吧！"

"干？我才不会呢！——可是他去干了，老爷和汤姆用石头不断往这可怜的要淹死的狗身上扔。可怜的东西！它那样凄惨地看着我，好像在奇怪我为什么不去救它。因为我不肯自己去把狗淹死，所以挨了一顿鞭子。我不在乎。老爷会

21

发现我是个鞭打驯服不了的人。他要是不小心点,有我报仇的一天。"

"你打算怎么办?啊,乔治,可别去做什么邪恶的事,只要你相信上帝,努力做对的事,他会拯救你的。"

"我不像你是个基督徒,伊莱扎,我心里充满了愤怒,我无法相信上帝。为什么他听任事情像现在这样?"

"啊,乔治,我们必须要有信心,太太说当我们一切都不顺利的时候,我们一定要相信上帝正在尽力而为呢。"

"坐在自己的沙发上、乘着自己的马车的人说这种话是很容易的,可是让他们处在我的地位,就不那么容易了。我希望自己能很虔诚,可是我的心里在燃烧,怎么也无法驯服下来,要是处于我的地位你也做不到的,——要是我把所有一切都讲给你听的话,你现在就会做不到的,你还不知道全部情况呢。"

"还能有什么别的事啊?"

"嗯,这阵子老爷总是在说他让我和农庄外的人结婚真是太傻了,说他痛恨谢尔比先生和他家所有的人,因为他们太骄傲,看不起他,说我的自高自大是从你那儿学的;他说他不许我再来这里了,要我找个老婆在他的农庄上安顿下来。起初他只是骂骂咧咧地抱怨这些事,可是昨天他对我说我应该找米娜做老婆,和她一起在一个小屋里住下,不然就把我卖到河①的下游去。"

"为什么——你可是已经和我结了婚的,就像你是个白人一样,是牧师给我们结的婚!"伊莱扎天真地说道。

---

① 指密西西比河,下游即更南部,那里奴隶的遭遇更为悲惨。

"难道你不知道奴隶是不能结婚的吗？在这个国家里没有这样的法律，如果他想要把我们分开，我无权把你当作我的妻子，所以才希望自己从来没有见到你，——为什么我希望自己从来没有出生到这个世界上来；要是那样对我们俩可能都会好一些，——要是这个可怜的孩子没有来到世上，对他也要好一些。这一切以后都会发生在他身上的！"

"啊，可是老爷心肠是这样好！"

"不错，可是谁知道呢？——他会死去——这样这孩子就会给卖给谁也不知道的什么人。他漂亮、机灵、聪明，这又有什么可高兴的？我告诉你，伊莱扎，你的孩子和他具有的每一个好的、令人高兴的品质都是一把穿透你灵魂的利剑，会使得他太值钱，你留不住他的！"

这些话重重地击中伊莱扎的心上，奴隶贩子的身影又浮现在她眼前，仿佛什么人给了她致命的一击似的，她脸色变得苍白、喘不过气来。她紧张不安地往外面游廊上看了一眼，孩子对大人严肃的谈话厌烦了，跑到了游廊上得意扬扬地把谢尔比先生的手杖当马骑着跑来跑去。她很想告诉丈夫自己的疑惧，但是她克制住了。

"不，不，——他的负担已经够重了，可怜的人！"她心里想，"不，我不对他说，何况，这也不是真的，太太从来没有骗过我们。"

"好吧，伊莱扎，我的姑娘，"丈夫难过地说，"咬紧牙关坚持住，再见了，我要走了。"

"走，乔治！走到哪儿去？"

"加拿大，"他直起身子，说，"等我到了那里我会赎你出来，给我们剩下的就只有这点希望了。你的主人心好，不会不肯答应的,我要把你和孩子都赎出来;——上帝保佑我,我会的!"

"啊,太可怕了! 要是你被抓住了呢?"

"我不会被抓住的,伊莱扎,我会先去死! 我要么自由,要么死!"

"你不会去自杀吧?"

"没有那个必要,他们会杀死我,很快。他们永远不可能把我活着弄到河的下游去!"

"啊,乔治,为了我你一定要小心! 别干任何邪恶的事;别自杀,也别杀人! 你受到太大的诱惑——太大,可是不要——你一定得走——但是要小心谨慎地走,祈求上帝帮助你。"

"那么,伊莱扎,听听我的计划。老爷心血来潮,要我经过这里送张条子给住在离这里一英里的西姆斯先生,我相信他料到我会到这里来把想说的事告诉你。他相信这会激怒'谢尔比家的人',他就是这样称呼他们的,他会高兴的。你要明白,我回去以后会很顺从,好像一切都完了似的。我已经做好了一些准备,——还有些人会帮助我,然后,在一个星期左右我就会在某一天失踪了。为我祈祷吧,伊莱扎,也许上帝会听见你的祈祷的。"

"啊,乔治,你自己祈祷吧,带着对上帝的信任离去,那样你就不会做任何邪恶的事情了。"

"好吧,再见了。"乔治说。他握住她的手,凝视着她的眼睛,一动也不动。他们沉默地站在那里。然后是最后的叮嘱,呜咽,辛酸的哭泣,——只有重逢的希望如蛛网般易于破灭的人才会这样告别,——夫妻俩便分别了。

第四章　汤姆叔叔的小屋中的一晚

　　汤姆叔叔的小屋是栋小木屋，紧靠着"宅子"，黑奴们最喜欢这样称呼主人所住的房子。木屋前面有一块整齐的园子，在精心的照管下，每年夏天，草莓、山莓还有各种各样的水果及菜蔬长得十分茂盛。房子正面墙上爬着红色的大牵牛花和土生的多花蔷薇，它们交织缠绕，几乎把粗糙的圆木全盖住了。也是在这里，夏天时，各种鲜艳的一年生花草，像金盏花、矮牵牛花、紫茉莉等都能找到一个听任它们生长的角落一展辉煌，成了克洛大婶心中的欢乐和骄傲。

　　让我们走进屋子去。主人家里已经开过了晚饭，克洛大婶作为厨师负责把晚饭做好以后，就把收洗碗碟的事留给了厨房里给她打下手的人，回到自己小巧舒适的领地里来"给她的老头做晚饭"，因此你不必怀疑，你在炉旁看到的人准是她。她正关切地在锅里炖着什么吱吱作响的东西。不久，经过认真的考虑后她揭开了烤箱的盖子，从那儿冒出一股毫无疑问告诉你"好吃的东西"的气味。她有着一张圆圆的黑里透亮的脸，脸上的光泽使你猜想她是不是和她自己做的茶点甜面包干一样，用鸡蛋清涮过一遍。在浆洗得十分挺括的格子头巾下面，她圆润的脸上满是满意知足的笑容，不过如果我们必须承认的话，也带有与作为这片地区公认的头号厨师的身份相称的些许自得。

毫无疑问她是个厨师，从骨子里到灵魂深处都是个厨师。没有一只在谷仓前院子里的鸡、鸭或火鸡在看到她走近时不神情黯淡的，而且显然是在考虑自己的末日。无疑她总在想着的是捆扎、填料和烧烤，以致到了故意要在任何敏感的家禽身上激起恐惧的程度。她做的各式各样的玉米面饼，像薄饼、发面饼，软饼以及其他多得没法说的品种，对一切技术不那么老练的制作者都有着崇高的神秘性。有时她会叙述她的这个或那个同伴为了达到她的水平所做的无谓努力，会怀着坦诚的自豪开心地笑得胖胖的腰身直颤。

主人家里来客，"体面像样"地安排午餐或晚宴会唤起她心灵中的一切活力，没有比游廊上卸下一堆旅行箱更受她欢迎的景象了，因为这时她知道要做出新的努力取得新的成就了。

不过眼下克洛大婶在看着烤箱里面。我们且让她去做她这心爱的工作，不去打搅她，先把小屋的情景接着写完。

小屋一角放着一张床，整齐地铺着雪白的罩单。床旁有一块不小的地毯。这块地毯决定了克洛大婶绝对属于上层的地位。地毯、地毯旁的床，事实上这整个角落受到了不同一般的对待，而且尽可能不让小家伙们来侵犯亵渎这块圣地。事实上，这个角落是这家的客厅。另一个角落里有张不那么神气的床，显然这张床是让人用的。壁炉上方的墙上装饰着一些颜色非常鲜艳的圣经画，还有一张华盛顿将军的像，如果这位英雄碰巧看见像这样的画像，其画笔和着色肯定会让他大吃一惊。

在屋角一张粗制的长凳上，两个满头毛茸茸的鬈发，有着闪闪的黑眼睛和胖胖的发亮的面颊的男孩子,正忙于监看小妹妹开始学走路的动作。就像通常那样,这些动作包括站起来,稳住一会儿,然后摔倒下来,——每一次的失败都好像是件绝对聪明的事,博得热烈的喝彩。

一张桌腿有点不稳的桌子被拉到火炉前,铺上了桌布,上面放着式样精美的杯碟以及其他表示快要吃饭了的东西。桌旁坐着汤姆叔叔,谢尔比先生最出色的仆人。因为他要成为我们故事的主人公,我们必须为读者将他如实地细致地描绘出来。

他是个体格魁梧、胸部结实、十分健壮的人,十足的黑色皮肤有着一层光泽。脸上是真正非洲人的五官,特点是有种与忠厚善良相结合的严肃、稳重、通情达理的表情。他整个的神态中有着一种自尊和威严,然而也结合着信任和谦逊的质朴。

此刻他正全神贯注地在面前的一块石板上忙着,他正小心翼翼地努力往石板上抄写一些字母,乔治少爷正在指导他。乔治是个聪明伶俐的十三岁的孩子,似乎充分意识到自己作为老师的职责的庄严。

"不是那样,汤姆叔叔,——不是那样,"汤姆叔叔正吃力地把字母 g 的尾巴往相反方向拐的时候他急忙说道,"你看,那样就成了 q 了。"

"啊呀,是吗?"汤姆叔叔说,怀着尊敬和钦佩的神情看着他的小老师挥笔写下无数的 g 和 q 来启发他。然后他粗大的手指拿起了铅笔,耐心地重新练了起来。

"白人做什么事都是这么容易!"克洛大婶说,然后停住话头又着一小块咸肉往铁烤盘上抹油,一面骄傲地看着乔治少爷,"看他多会写!还多会读!而且晚上还上我们这儿来把学的课读给我们听,——真是有意思!"

"可是,克洛大婶,我可真是饿了,"乔治说,"那平底煎锅里的饼快好了吧?"

"差不多了,乔治少爷,"克洛大婶打开锅盖看了看,说,"焦黄得棒极了——真正可爱的焦黄色。啊!就得由我来做。那天太太让莎利试着做些糕饼,说好让她学一学。'啊,你得了吧,太太,'我说,'看着好好的吃食那样糟蹋掉真让我伤心!烙饼一边鼓一边塌——一点样子也没有,和我的鞋一样没个样子,——一边去吧!'"

克洛大婶表示了对莎利的外行的轻蔑后,迅速掀开烤锅的盖子,一个烤制得很精致的重油糕饼出现在眼前,这样的糕饼连城里的糕点糖果商也不会觉得脸红。这块糕饼显然是待客的主要食品,克洛大婶这时在饭桌周围忙活了起来。

"喂,你,摩西,彼得!躲开点,小黑鬼!一边去,梅里克,宝贝,——妈妈一会儿就给宝宝东西吃,好了,乔治少爷,你把那些书拿开,和我老头坐下,我给你们端香肠来,把第一块糕马上放到你们的盘子里。"

"他们要我回去吃晚饭,"乔治说,"可是我太知道什么东西好吃了,我才不回去呢,克洛大婶。"

"你知道——你知道,宝贝儿,"克洛大婶一面说一面把冒着热气的糕饼往他盘子上放,"你知道你大婶会把最好吃的东西给你留着。你心里明白得很。啊,去你的吧!"说着,大婶用手指轻轻捅了乔治一下,意思是和他开玩笑,然后又麻利地回到铁烤盘边上。

"现在该切糕啦。"当烤盘旁的活动逐渐停止后乔治少爷说,于是他在谈及的那块糕饼上挥动起了一把大刀子。

"老天保佑,乔治少爷!"克洛大婶一把抓住他的手认真地说,"你不能用这把又大又重的刀切!把糕饼压扁了——把那么好的松松软软的糕饼给毁了。给,我有把很薄的刀子,专为这个磨得很快。你看!轻轻地把糕饼一下就切开了!现在你就只管吃吧——没有比它更好吃的啦。"

"汤姆·林肯说,"乔治嘴里塞得满满的说,"他们家的吉尼比你做饭做得好。"

"林肯家的人根本算不了什么!"克洛大婶轻蔑地说,"我是指和我们家的人比的话。家常要求他们挺得过去的,可是要弄什么像样的东西他们就一点都不行了。好,你让林肯老爷坐在谢尔比老爷旁边!天哪!还有林肯太太——她能像我家太太那样仪态万方地走进一个房间去吗,——你知道,那样光彩夺目!啊,去你的吧,别跟我说林肯家的什么了!"——克洛大婶摆出希望自己确实见多识广的派头,把头往后一仰。

"嗯,不过我听见你说过吉尼是个挺不错的厨师。"乔治说。

"我是说过,"克洛大婶说,——"我可以说,吉尼能做出很好的家常饭菜,——能做出不错的面包,土豆煮得很到火候——她做的玉米饼并不出色,不出色,——不过,上帝,论到高级的东西,她会做什么?不错,她做带馅的饼——没错她做,可是那叫什么饼壳?她会做又松又酥,到嘴里就化的面点吗?咳,玛丽小姐结婚的时候我上他们那儿去了,吉尼给我看了结婚用的馅饼,你知道,吉尼和我是好朋友,所以我什么也没说,只是附和了几句。乔治少爷,我要是做了一堆那样的喜饼,我一个星期都会睡不着觉的。咳,那些喜饼实在不行。"

"我想吉尼觉得它们挺好的。"乔治说。

"她这样想的——不是吗？她就那样无知地向人卖弄那些喜饼——你明白吗，问题就在于吉尼不知道。上帝，那家人微不足道，不能指望她知道。不是她的错。啊，乔治少爷，你不知道在你的家庭里生活长大，你多么有福气！"说到这里克洛大婶叹了口气，充满感情地把眼睛往上一翻。

"克洛大婶，我是知道自己在馅饼和布丁上是多么有福气的，"乔治说，"你去问问汤姆是不是每次见到他我都要对他吹嘘一番。"

克洛大婶坐在椅子里往后一靠，被少爷的妙语引得开怀大笑，直笑得眼泪从她发亮的黑脸上流下，间或玩笑地拍拍或捅捅乔治少爷，叫他一边待着去，说他真是个小坏蛋——他简直要把她给笑死了，说总有一天她会让他给笑死的；而在这些血淋淋的预言之间又会大笑起来，每一次笑的时间更长，笑的声音更响，直到乔治开始真的担心自己是个危险的妙语连珠的人物，觉得以后"说俏皮话时"可得小心一点。

"这么说你对汤姆说了，是吗？啊，上帝，小孩子什么淘气事不干！你对汤姆吹嘘了一番？啊，上帝！乔治少爷，你要不把鹿角甲虫也逗笑了才怪呢！"

"是的，"乔治说，"我对他说，'汤姆，你该看看克洛大婶做的馅饼，那才叫馅饼呐，'我说。"

"嘻，可惜汤姆看不到，"克洛大婶说，汤姆在这点上的无知状态似乎在她慈祥的心上引起了很深的感慨，"你该什么时候请他来吃顿饭，乔治少爷，"她接着说，"这样做会给人家造成好印象，你要知道，乔治少爷，你不应该因为条件优越就觉得高人一等，因为我们的优越条件都是上帝赐予的，我们应该永远记住这一点，"克洛大婶神情严肃地说。

"嗯，我正打算下星期哪天请汤姆来呢，"乔治说，"你把拿手本事拿出来，克洛大婶，我们要让他目瞪口呆，我们不是要让他吃得两星期都忘不了吗？"

"当然，会的，会的，"克洛大婶高兴地说，"你等着瞧吧，上帝！想想我们的一些午宴！你还记得请诺克斯将军吃饭时我做的那个火鸡肉馅饼吗？我和太太差点为饼壳吵了起来。我真不知道有时候太太们是怎么回事，可是有的时候一个人像人们说的责任非常重大的时候，就有点严肃，心事重重，可是她们在你边上转悠干涉你！咳，太太一会儿要我这么办，一会儿要我那么办，最后我说话有点放肆起来，我说，'咳，太太，你看看你那双漂亮的白白的手，长长的手指上戴着那些金光闪闪的戒指，就像我那沾满露水的白色的百合花；再看看我的粗大的黑手。你难道不觉得上帝必定是要我去做馅饼壳，要你待在客厅里吗？'瞧，我就是这么放肆，乔治少爷。"

"那妈妈是怎么说的呢？"乔治问。

"说？——嘿，她眼睛里有点笑模样——她那两只漂亮的大眼睛，然后说，'好吧，克洛大婶，我想你大概是对的，'她说，后来就到客厅去了。我这么放肆，她本该给我脑袋一下子的。不过事情就是这样——有太太们在厨房里我什么事也干不了！"

"嗯，那顿席你办得真漂亮，——我记得大家都这么说。"乔治说。

"是吧？那天我难道没躲在饭厅门后？难道没有看见将军递了三次盘子要添馅饼？——而且他说，'谢尔比太太，你一定有个手艺高超的厨子。'老天，我差点乐破了肚子。"

"再说将军知道什么叫好烹调,"克洛大婶神气地挺直身子说,"将军人真好! 他们家是弗吉尼亚州最上等的人家,他,咳,和我一样知道好坏——将军知道。你明白,乔治少爷,所有的馅饼都各有特点,可并不是每一个人都知道是些什么特点,或者应该怎样。但是将军他知道;我从他说的话里知道这一点。是的,他知道那些特点是什么!"

这时乔治少爷已经到了连一个小男孩也会达到的境地(在不寻常的情况下,小孩也会连一口也吃不下的),因此他才有功夫注意到在对面的角落里的那堆有毛茸茸鬈发的脑袋和饥饿地注视着他们吃喝的亮晶晶的眼睛。

"给,摩西,彼得,"他掰下大块的饼扔给他们,"你们想吃点,是吗? 来,克洛大婶,给他们烤点饼吃。"

乔治和汤姆挪到壁炉边舒适的椅子里坐下,克洛大婶烤好了一大堆饼以后,把最小的孩子抱起坐在腿上,开始交替着往自己和孩子嘴里放吃的,并且分给摩西和彼得。这两个小家伙似乎喜欢在桌子底下边打滚边吃,不时互相胳肢,有时还去拉拉小妹妹的脚趾头。

"啊,一边去好不好?"做母亲的说,当他们闹得太凶时,还时不时往桌子下面随便哪儿踢上一脚,"有白人来看你们你们就不能规矩点吗? 别闹了,行不行? 你们还是老实点,不然等乔治少爷走了我就把你们扯下一个扣眼来!"

在这个可怕的威胁下面包藏着什么意思,这实在很难说,但可以肯定的是,它那不清不楚的意思在小坏蛋们身上没产生什么影响。

"哈,"汤姆叔叔说,"他们高兴得都规矩不起来了。"

这时男孩们从桌子底下钻了出来,满手满脸沾着糖浆就使劲去亲小宝宝。

　　"走开!"妈妈说,一面把毛茸茸的小脑袋推开,"你们要是这么亲她,就会沾在一起别想分开啦。去到泉边上去洗洗!"她说,给了他们一巴掌表示对自己的告诫的支持。这一巴掌响得吓人,但是好像只从孩子们身上拍出了更多的笑声,他们一面笑着一面连爬带滚地冲出门外,在外面简直快活得尖叫了起来。

　　"你见过这么让人恼火的小孩吗?"克洛大婶颇有点得意地说,一面拿出了一块为这种紧急情况准备的旧毛巾,从有裂纹的茶壶里倒了点水在毛巾上,开始擦去宝宝脸上和手上的糖浆,把她擦得光鲜鲜的以后,她把孩子放在汤姆的怀里,忙碌着把吃剩的晚饭收掉。宝宝利用这时间拉拉汤姆的鼻子,抓抓他的脸,把她胖胖的小手埋在他毛茸茸的鬈发里,最后的行动似乎给了她特殊的满足。

　　"她不是个没礼貌的小东西吗?"汤姆说着把她举着离开自己,好从上到下看看她,然后他站起身来把她放在他宽宽的肩膀上,开始又蹦又舞,乔治少爷在一边向她啪啪地挥动自己的手绢,摩西和彼得这时已经回来了,跟在她后面像熊一样的吼叫,直闹到克洛大婶说他们简直吵得她"脑袋都要掉了"。按她自己的说法,这个要她掉脑袋的外科手术在小屋里是天天发生的,她的这个声明丝毫也没有减轻笑闹的程度,直到每个人把自己笑得、蹦得、跳得精疲力竭后才算安静下来。

　　"唉,好吧,我希望你们折腾完了,"正忙着往外拉一只像简陋的大盒子一样的有脚轮的矮床的克洛大婶说,"现在你,摩西,你,彼得,上床去,我们要聚会了。"

　　"啊,妈妈,我们不想上床,我们想等着开会,——开会真好玩,我们喜欢开会。"

"啊呀,克洛大婶,把矮床推回大床底下去,让他们晚点睡吧。"乔治少爷决断地说,一面推了一把那简陋的装置。

克洛大婶保全了面子,显得很高兴地把矮床推了进去,一面说道:"好吧,也许这对他们会有点好处。"

这时,屋子里的人立刻开了个全体会议,考虑会场的布置和安排。

"我可真不知道椅子不够怎么办。"克洛大婶说。这种会在没有更多的椅子的情况下已经每星期一次在汤姆叔叔家开了说不清多久了,因此希望眼前能发现解决的办法似乎也是可能的。

"上星期老彼得叔叔把那把最老的椅子剩下的两条腿都给唱塌了。"摩西提道。

"你到一边去! 我敢说是你把椅子腿拽掉的;是你的恶作剧。"克洛大婶说。

"咳,只要把它顶住墙放,就不会倒下!"摩西说。

"那彼得大叔可不能坐那把椅子,因为他只要一唱起诗来就猛拉椅子。那天晚上他差不多把椅子拉到了房间的另一头。"彼得说。

"上帝! 那就让他坐吧,"摩西说,"那样,他就会开始唱'圣徒和罪人来吧,听我讲,'然后就会扑通摔倒。"——摩西逼真地学着老人带鼻音的调子,然后摔倒在地上,来表现那想象中的灾难。

"好了,你们就不能有点规矩?"克洛大婶说,"你们不害臊吗?"

然而乔治少爷和捣乱鬼一起笑了起来,并断言说摩西是个"棒将",这样一来妈妈的责备似乎失去了作用。

"好吧,老头,"克洛大婶说,"你还是去把那些大桶弄进来吧。"

"妈妈的大桶就像乔治少爷给我们读的《圣经》里那个寡妇的木桶——有求必应。"摩西对彼得说。

"我相信上星期有一个大桶塌了,"彼得说,"他们正唱着全都摔到地下了,这可不是有求必应,对不对?"

就在摩西和彼得说着这段旁白时,两只桶被滚到了屋子里,为了不让桶滚动,在两边用石头顶住,桶上架起了木板,这个安排,再加上把一些水桶啦缸的翻过来,把那把摇摇晃晃的椅子放置好,总算准备就绪。

"乔治少爷朗诵得好极了,我知道他会留下来为我们读上一段的,"克洛大婶说,"这可能会更有意思。"

乔治很高兴地答应了,因为能显出自己重要的出风头的事,孩子总是乐意去做的。

很快房间里就满是各种各样的人了,从八十岁的白发老者到十五岁的少男少女。接着就扯起了各种题目的并无恶意的闲话,像莎莉大妈的新红头巾是哪儿来的,"太太的新衣服做好以后就要把那件有点子花的薄纱衣裙给莉齐①了";以及谢尔比老爷如何正考虑要买匹栗色马驹,这将会给庄园增添光彩。来做礼拜的人中有几个属于附近的一些人家,他们得到允许来参加,带来了各种零星的高级新闻,都是关于各家主人的言行和庄园上的事情的,这些小道消息自由地传播着,和在上流社会中的情形毫无二致。

---

① 莉齐是伊莱扎的爱称。

过了一会儿开始唱诗了，显然这使在场的人都很高兴。曲调既原始又活泼，就连浓重的鼻音这个缺点也无法阻止天生好嗓子唱出效果来。歌词有时是在附近教堂中常唱的大家都熟悉的赞美诗，有时则是从野营布道会上学来的，具有情绪更狂热含义也较为模糊的特点。

其中一首的齐唱叠句大家唱得津津有味，十分带劲，歌词是这样的：

> 在战场上牺牲，
>
> 在战场上牺牲，
>
> 　　天国的荣誉在我心中。

另外一首大家特别喜爱的圣歌常重复这样的词句：

> 啊，我将走向天国的荣誉，——你不与我同行吗？
>
> 你没有看见天使在向我召唤，催我前去？
>
> 你没有看见那金色的城市和永恒的世界？

还有别的一些圣歌，经常提到"约旦河岸"、"迦南的田园"和"新耶路撒冷"①，因为黑人生性热情富于想象，总喜欢生动形象的赞美诗和表达方式，而当他们唱着的时候，有些人笑，有些人哭，有些人拍手，或者欣喜地互相握手，就好像他们简直已到了河的彼岸②。

接着是各种讲道，或叙述经验，夹杂着唱诗。一位早已不再干活的白发老太太，仍旧作为活的编年史受到人们的敬重，

---

① "约旦河岸"、"迦南的田园"和"新耶路撒冷"，均为《圣经》中地名，为古以色列人向往的圣地。
② 指上帝赐给以色列人的家园，象征自己的土地。

这时站了起来,倚着拐杖说道:

"好了,孩子们,好了,我非常高兴能再一次听到你们唱诗和看到你们大家,因为我不知道什么时候就要走向天国的荣誉了,但是我已经准备好了,孩子们,看来好像我已经把小包袱捆好,帽子也戴上了,就等着公共马车来载我回家去了。有的时候,在夜里我觉得我听见了马车轮子的咕噜声,我总是在等待着;现在你们也要做好准备,因为孩子们,我对你们大家说吧,"她用拐杖重重地敲着地说,"天国的荣誉可是件了不起的事,孩子们——你们对这什么也不知道,——它极其美妙。"老人无法控制自己,泪如泉涌,坐了下来,这时所有在场的人都唱了起来——

　　　啊,迦南,光明的迦南,
　　　我要去到迦南地方。

乔治少爷在大家要求之下读了《启示录》的最后几章,他的朗读经常被以下这样的惊叹声打断:"天主啊!""你听听!""想想看!""果真会有那一天吗?"

乔治是个聪明的孩子,在宗教方面又受到母亲良好的教育,现在发现自己成了大家称赞的对象,便时不时地加进些自己的解释,并且带着值得表扬的严肃和认真,因而受到了年轻人的钦佩和老年人的祝福。大家一致认为,"就连牧师也不能比他讲解得更好了",认为"这真令人惊奇"!

在这一带,汤姆叔叔在与宗教有关的事情上有点像个头头。由于生性注重道德修养,加上比同伴们更注意培养自己思想的深度和广度,因此附近的黑人都把他当作他们中的一个牧师般地尊敬他,倚重他。他质朴、亲切、诚恳的告诫对受过更好的教育的人都可能会有所启发。但是他最杰出的方面是祈祷,他祈祷时那感人的质朴和孩提般的诚挚,加上经常引用《圣经》上的语言,是什么也无法胜过的。《圣经》语言似乎已完全与他的存在融为一体了,成了他的一部分,在连他自己也没有意识到的时候就会从他双唇之间流出。用一位虔诚的老黑人的话来说,他的"祈祷直通上帝"。而且他的祈祷总是会激起听众的虔诚的感情,因此往往会有被来自他周围的应答声完全淹没的危险。

当上述景象在奴隶的小屋中出现时,一个完全不同的景象出现在主人的厅堂里。

奴隶贩子和谢尔比先生坐在上面提到过的客厅的一张桌子旁,桌上放着契纸以及书写用具。

谢尔比先生正忙着在数一捆捆的钞票,数完后推到奴隶贩子面前,他同样也数了一遍。

"一切都没问题了,"奴隶贩子说,"现在在这上面签字吧。"

谢尔比先生匆匆地把卖契拉到面前签了字,像是做不情愿做的事情的人那样匆忙弄完,然后连卖契带钱推给了黑利。黑利从一个久经风霜的旅行皮包中取出一份羊皮纸借据,他看过以后把借据递给谢尔比先生,谢尔比先生压制着急切的心情接了过来。

"好吧,现在,完事啦!"奴隶贩子站起身来,说。

"完事啦,"谢尔比先生若有所思地说,然后他长长地吸了一口气,重复道,"完事啦。"

"看来这事好像不怎么让你高兴似的。"奴隶贩子说。

"黑利,"谢尔比先生说,"我希望你记住,你以名誉担保过,你不会在没有弄清汤姆会落到什么样的人手里之前卖掉他。"

　　"怎么,先生,你刚刚才这么做了呀。"贩子说。

　　"你很清楚,我这是为形势所迫。"谢尔比傲慢地说。

　　"嗯,你知道,形势也可能迫使我的,"贩子说,"不过我会尽一切努力给汤姆找个好地方,你一点也不用担心。如果我有什么地方要感谢上帝的话,那就是我从来不是个残酷的人。"

　　在奴隶贩子此前对他的人道原则进行过阐述之后,他的这些表白并未能使谢尔比先生特别放下心来。但是由于这是能得到的最好安慰,他没有再说什么就让贩子走了,一个人独自抽起雪茄来。

第五章 表现了活财产易主时的感情

谢尔比先生和太太已经回到卧室去了,他懒洋洋地坐在一把大扶手椅里,看着下午送来的一些信件,太太则站在镜前把伊莱扎给她梳理起来的复杂的辫子和发卷松开。她注意到伊莱扎苍白的双颊和憔悴的眼睛,让她晚上不必服侍她卸妆,叫她睡觉去了。这样一来很自然地使她想起早些时候和伊莱扎的谈话,于是她转向丈夫随口说道:

"对了,亚瑟,你今天拽到我们餐桌前来的那个没教养的家伙是谁?"

"他叫黑利。"谢尔比说,不安地在椅子里转动着身子,眼睛继续盯在一封信上。

"黑利!他是谁?请问他到这里来有什么事?"

"嗯,他是和我有点生意关系的人,上次我在纳齐兹和他打过交道。"谢尔比先生说。

"于是他就利用这一点到家里来拜访,吃饭,一点都不拘束,嗯?"

"怎么,是我请他来的,我和他有点账目上的事。"谢尔比说。

"他是不是黑奴贩子?"谢尔比太太注意到丈夫的举止有点不自然,问道。

"怎么了,亲爱的,什么事情让你有这种想法?"谢尔比抬起眼睛,问道。

"没有——就是伊莱扎午饭后跑到这里来,担心得要命,又哭又激动地说你在和一个奴隶贩子谈话,她听见他要买她的儿子——真是个可笑的傻瓜。"

"是吗?"谢尔比先生眼睛回到书信上,好一阵子他似乎专心于此,却没有发现自己把信拿倒了。

"这事早晚得知道,"他心里想,"不如现在说了得了。"

"我对伊莱扎说,"谢尔比太太一面继续刷着头发一面说,"她瞎操心,是个小傻瓜,你从来不和那种人打交道。当然,我知道你从不打算卖咱们的黑奴,——更不会卖给这样一个人。"

"嗯,艾米丽,"她丈夫说,"我也一直是这么想这么说的,可是事实是,现在我的经营状况使我不卖黑奴不行了。我不得不卖掉几个黑奴。"

"卖给那家伙?不可能!谢尔比先生,你是在开玩笑。"

"很遗憾不是开玩笑,"谢尔比先生说,"我已经同意把汤姆卖掉。"

"什么?咱们的汤姆?——那善良、忠实的家伙!——从小就一直是你忠实的仆人!啊,谢尔比先生!——而且你还答应给他自由的,——你和我对他说起过上百次了。啊,我现在什么都会相信了,——现在我会相信你会卖掉小哈利,可怜的伊莱扎的唯一的孩子!"谢尔比太太口气既悲伤又愤慨。

"咳,既然你早晚要知道一切,事情就是这样。我已经同意卖掉汤姆和哈利,我不明白为什么我做了一件别人天天都在做的事要受到斥责,好像我是个妖怪似的。"

"可是为什么单单挑他们两个呢?"谢尔比太太说,"如果你非得卖黑奴不可,农庄上这么多黑奴为什么要卖他们呢?"

"因为他们最值钱,——这就是原因。你要是同意,我可以选另外一个卖,那家伙在伊莱扎身上出了大价钱,如果这样做对你更合适的话。"谢尔比先生说。

"这个坏蛋!"谢尔比太太咬牙切齿地说。

"嗯,我连听都不听,——出自对你的感情的尊重,我不会听的,——所以你该念点我的好处。"

"亲爱的,"谢尔比太太使自己镇静下来,说,"请原谅。我太急躁了。我很吃惊,对此完全没有思想准备,——但是你肯定会允许我为这些可怜的人们求情的。汤姆虽说是个黑人,但他是个品性高尚的忠实的人。我真的相信,谢尔比先生,如果需要他时,他会为你牺牲自己的生命的。"

"我知道,——我敢说,——但说这些有什么用?——我也是迫不得已。"

"干吗不能紧缩一些开销呢?我愿意承受给我带来的不便。啊,谢尔比先生,我一直在努力——像一个女基督徒所应该的那样作出了极其忠诚的努力——对这些贫穷的、单纯的、依赖于我们的人尽自己应尽的责任。我多年来一直关心他们,教育他们,保护他们,知道他们点滴的忧虑和快乐。如果为了一点点微不足道的好处,我们把汤姆这样一个忠实的、优秀的、信任我们的人卖掉,片刻之内从他那儿夺走我们一直教育他去爱、去珍惜的一切,我还怎么能够在他们面前再抬起头来呢?我教育他们懂得家庭、父母和子女、丈夫和妻子的责任,我怎么能够承受得了这样公开地宣布:与金钱相比,我们对无论多么神圣的家庭纽带、责任和关系都无所谓?我曾和伊莱扎谈过她的儿子——她作为一个基督徒母亲对他的责任:保护他,为他祈祷,按基督教的方式把他养大成人。而现在,如果你把他夺走,把他连身体带灵魂都卖给一个亵渎上帝的无耻之徒,仅仅为了省一点钱,那么我还能对她说些什么呢?我对她说过,一个灵魂比世界上所有的钱财都更宝贵,当她看见我们转过来把她的儿子给卖了,她还怎么会相信我?——也许卖了他会造成他灵与肉的必然毁灭!"

"我很抱歉你对这件事这样难过,艾米丽,——确实很抱歉,"谢尔比先生说,"我尊重你的感情,尽管我不能装作和你的想法完全一致。但是我现在要告诉你,严肃地告诉你,没有用,——我也是身不由己。我本来不打算告诉你这些,艾米丽,但是,坦白地说吧,要不就卖掉他们两个,要不就卖掉一切,没有别的选择。不是他们走,就是一切全完。黑利拿到了一张抵押借据,如果我不马上偿清债务,就会倾家荡产。我想方设法去找钱、凑钱、借钱,只差没有去乞讨了,——需要卖掉他们两个来凑齐不足部分,我只好这样做。黑利看上了那孩子,他同意这样了结此事,别的一概不干。我在他的掌握之中,不得不这样做。如果卖掉他们两个你这么难过,那么把所有的人都卖掉会好一些吗?"

谢尔比太太站在那里,惊呆了。最后她转向梳妆台,用手捂着脸,发出了呻吟。

"这是上帝对奴隶制的诅咒!——奴隶制是最恶毒最该诅咒的东西——对主人是诅咒,对奴隶也是诅咒!我还以为自己能在这种万恶的制度下做出点好事来,真是太傻了!在我们这样的法律下拥有奴隶是种罪恶——我一直这样认为——我小时候一直这样认为——成了基督徒以后更是这样认为,但是我觉得自己可以把它粉饰起来,——我想,我可以通过仁慈、关切、教育使我的奴隶的条件比自由的人还要好——我真是个傻瓜!"

"哟,太太,你都快成了废奴主义者了。"

"废奴主义者!如果他们有我对奴隶制的了解,他们才有得可讲呢!我们不需要他们告诉我们,你知道我从来不认为奴隶制是对的——从来不情愿拥有奴隶。"

"嗯,在这一点上你和许多明智的、虔诚的人不同,"谢尔比先生说,"你记得那个星期日 B 先生的布道吗?"

"我不想听这样的布道,我再也不希望在我们的教堂里听 B 先生布道了。也许牧师对邪恶之事无能为力——不比我们更能清除邪恶,——但是去为它辩护!——这违背了我的常识。我想你也觉得那次布道不怎么样。"

"嗯,"谢尔比先生说,"我得承认有的时候这些牧师比我们这些可怜的罪人敢做的走得更远。我们这些凡夫俗子们还都必须对各种事情装作视而不见,习惯于不怎么正当的交易;但是当妇女和牧师明确干脆地站出来,在有关贞节或道德的事情上说得做得比我们还要过火时,我们不会怎么太喜欢,这是事实。但是现在,亲爱的,我相信你看到了这事真是迫不得已。明白我在情况所允许的范围内已经尽了最大的努力了。"

"啊,是的,是的!"谢尔比太太急忙说,一面心不在焉地抚摸着自己的金表,——"我没有什么值钱的首饰,"她沉思着补充说,"不过这只表不能派点用场吗?——买的时候这是很贵的表。哪怕我只能救下伊莱扎的孩子,我愿意牺牲我的任何东西。"

"我很抱歉,非常抱歉,艾米丽,"谢尔比先生说,"很抱歉这件事对你有这么大的影响,但是什么都没有用了,事实是,艾米丽,事情已经做了,卖契已经签了,现在在黑利手里。你应该感谢情况不是更糟,那家伙曾有权力毁掉我们大家,——而现在已经摆脱他了。如果你像我一样了解这个人,你就会认为我们是绝处逢生了。"

"那么他很冷酷无情了?"

"噢,严格地说他不是个残酷的人,但是是个冷血的人——除了做买卖和利润,其他什么也不在意,——冷静,从不犹豫,铁石心肠,就像死神和坟墓一样。只要赚头好,连亲妈他也会卖的——而且还并不是对老太太有什么恶意。"

"这么一个卑鄙小人拥有了善良、忠实的汤姆和伊莱扎的孩子!"

"咳,亲爱的,老实说,这事让我也很难受,我不愿意想它。黑利想赶着办完这事,明天就来带人。我打算一大早就骑上马出去,我无法见汤姆,这是事实;你最好安排乘马车到什么地方去,带上伊莱扎,让她不在场的时候就把这事办了。"

"不,不,"谢尔比太太说,"在这件残酷的事情上我决不当同谋帮凶,我要在他痛苦时去看望可怜的老汤姆,上帝帮助他!他们至少会看到他们的女主人为他们难过,和他们一起难过。至于说伊莱扎,我连想都不敢想。上帝宽恕我们!我们究竟作了什么孽,这种不可避免的残酷的事会落到我们头上?"

这段谈话有一个人听见了,谢尔比夫妇万万没有想到会有人偷听。

和他们的房间通着的是一个大壁橱，有一扇门开到外面的走廊上。谢尔比太太让伊莱扎回屋休息时，伊莱扎狂乱激动的头脑想到了这个壁橱，她躲了进去，耳朵紧贴着门缝，把谈话一字不漏地听到了耳朵里。

声音静下来以后，她站起来蹑手蹑脚地离开了。她脸色苍白、浑身发抖，神情呆板，双唇紧闭，和平时温柔胆怯的她判若两人。她小心翼翼地沿过道走着，在女主人的房门口停了片刻，举起双手默默地向上帝祷告，然后转身悄悄地走进了自己的房间。这是一间朴素、整洁的屋子，和女主人的房间在同一层。房里有扇阳光充足的令人愉快的窗子，她常常坐在窗下唱着歌做针线；那边有一小柜子书和各种精致的小东西，是他们安放在那儿的圣诞节的礼物；那儿是她放在衣柜和抽屉里的简单的衣服——总之，这里是她的家，而且总的看来对她来说是个幸福的家。但是床上躺着她熟睡的儿子，长长的鬈发披散在他没有知觉的脸的周围，红润的嘴半张着，小胖手掀出在盖被外面，笑容像一缕阳光遍布在整个脸上。

"可怜的孩子！可怜的小家伙！"伊莱扎说，"他们把你给卖了！可是你的妈妈要救你！"

没有在枕头上洒下任何眼泪，在这样的困境中心里已经没有了眼泪，——它流出的只是血，无声地往外流。她拿了一张纸一支铅笔，急匆匆地写了起来。

"啊，太太！亲爱的太太！不要认为我忘恩负义，——无论如何不要把我想得太坏，——今晚你和老爷说的话我都听见了。我要设法救我的儿子——你不会责怪我的！愿你的仁慈得到上帝的祝福和报偿！"

匆匆折好信写上收信人名字以后，她走到抽屉前给孩子收拾了一小包衣服,用一块手绢牢牢地捆在腰上。母亲的记忆中仍充满了爱,因此即使在这种恐怖的时刻,她也没有忘记往小包里放上一两件他心爱的玩具,留出一只颜色鲜艳的鹦鹉,在她不得不叫醒他时用来哄逗他。叫醒这个睡着的小家伙还挺费劲的,不过经过一番努力他坐了起来,在妈妈戴帽子和披巾时摆弄着他的小鸟。

"你到哪儿去,妈妈?"当她拿着他的小外衣和帽子走近他时,他问道。

妈妈走近了他,极其严肃地看着他的眼睛,他立刻感到出了什么不寻常的事了。

"嘘,哈利,"她说,"千万别大声说话,要不然他们会听见的。一个坏人要来把小哈利从妈妈身边带走,在黑夜里把他带到远远的地方去,但是妈妈不让他这样做,——她要给小儿子戴上帽子,穿上大衣,带他逃走,这样那个坏蛋就抓不到他了。"

她一边说一边已经扣好、系好了孩子简单的衣装,然后抱起他来,轻轻告诉他一点也不要出声。她打开了通向外面游廊的房门,悄没声息地走了出去。

这是一个星光灿烂的寒冷的夜晚,母亲把披巾紧紧裹住孩子,他被模糊的恐惧吓得一声不响地紧抱着她的脖子。

睡在门廊尽头的纽芬兰犬老布鲁诺在她走近时低吠了一声站了起来。她轻轻地叫着狗的名字,这狗是她的老宠物和玩伴,它马上摇着尾巴准备跟她走,但显然在它简单的狗脑中也在反复琢磨这样一次不检点的午夜出行究竟意味着什么。它模糊地觉得这一行动有点冒失与不当,这似乎使它很是为难,因为当伊莱扎悄悄前行时,它常常停下来,若有所思地先看看她,再看看宅子,然后,似乎考虑后放下心来,便又跟在她后面嗒嗒地跑了起来,几分钟后他们来到了汤姆叔叔小屋的窗前,伊莱扎停下脚步,轻轻地敲了敲窗子的玻璃。

汤姆叔叔家的祈祷会由于唱赞美诗之故一直拖到很晚才散,而且汤姆叔叔后来又纵情唱了几首很长的赞美诗,结果是虽然已经是午夜十二点到一点之间了,他和他可敬的贤内助还没有睡着。

"上帝啊,什么声音?"克洛大婶惊起后急忙拉开了窗帘,"啊呀,这不是莉齐吗?穿上衣服,老头,快点!——老布鲁诺也来了,到处乱抓呢,怎么了?我要开门去了。"

说话间,门呼地大开了,汤姆匆匆点燃的蜡烛的光照到了逃亡者憔悴的脸和惊慌的黑眼睛上。

"上帝保佑你!——莉齐,你这样子真让我害怕!你病了吗?还是出什么事了?"

"我要逃走了——汤姆叔叔,克洛大婶——带着孩子逃走——老爷把他给卖了。"

"卖了?"两人同声重复道,一面惊愕地抬起了手。

"是的,卖了!"伊莱扎坚定地说,"晚上我悄悄躲进了太太门旁的壁橱,听见老爷告诉太太他把我的哈利和你,汤姆叔叔,两个人卖给了一个奴隶贩子,说他今天早上要骑马出去,贩子今天来带人。"

伊莱扎说这段话时,汤姆抬着手站在那里,大张着眼睛,像在做梦。当话的意思慢慢地、逐渐地攫住他后,他不是坐而是倒进了他那把旧椅子里,把头埋在了膝盖上。

"上帝怜悯我们!"克洛大婶说,"啊!这不会是真事!他干了什么了,老爷要卖掉他?"

"他什么也没干,——不是这个原因,老爷不愿意卖,太太——她向来很好。我听见她为我们求情,但是他告诉她求也没用,他欠了这个人钱,这个人能摆布他,要是他不把债还清,结果就是他得卖掉庄园和所有的人,然后搬走。是的,我听见他说了,要么就卖掉这两个人,要么就卖掉一切,没有别的选择,而那个人逼得很凶。老爷说他很抱歉,但是,啊,太太——你应该听听她是怎么说的,要是她还不算个基督徒和天使的话,那世界上就从来没有过基督徒和天使了。我这样离开她真是罪过,可是我没有别的办法。她自己说过,一个灵魂比世界上所有的钱财都更重要,而这个孩子有一个灵魂,如果我听任他被带走,谁知道他的灵魂会成为什么样子?我这样做必定是对的,可是,如果不对的话,请上帝宽恕我,因为我不能不这样做!"

　　"啊,老头,"克洛大婶说,"你干吗不也走呢?你愿意等着给运到河的下游去吗?那儿他们把黑鬼不是累死就是饿死。甭管什么时候我宁愿死也不去那儿。你还有时间——和莉齐一起走吧,——你有随时来往的通行证。快,赶快,我帮你把东西收拾出来。"

　　汤姆慢慢地抬起了头,悲哀但平静地看了看周围,说道:

　　"不,不,我不走。让伊莱扎走吧——这是她的权利!我不会做阻止她的人——她留下来是不合情理的。但是你听见她说的话了!如果一定要卖掉我,不然就要卖掉这儿所有的人,毁掉一切,那么就把我卖了吧。我想我和别人一样能够忍受得住的,"他说着,一阵如呜咽、如悲叹之声使他宽阔结实的胸部震颤不止,"老爷向来能够指望得住我,我靠得住——将来也是如此。我从来没有失过信,也从来没有用我的通行证去到我说过要去的以外的地方,将来也不会。最好还是我一个人走,而不要让庄园散了摊子大家都被卖掉。克洛,不能责怪老爷,他会照顾你和可怜的——"

说到这里他转向睡满了毛茸茸小脑袋的那张粗制的矮脚推床,再也支持不住了。他倚在椅子背上,用两只大手蒙住了脸。沉重、粗哑、大声的抽泣震得椅子不住晃动,大滴大滴的眼泪从手指缝里流下,滴落在地上;先生,这是你滴落在安放着你第一个儿子的棺木里的眼泪;太太,这是你听到自己将要死去的婴儿的哭声时流下的眼泪。因为,先生,他是一个人,——而你也是一个人。而,太太,你虽身穿丝绸佩戴首饰,你也是一个人。在人生的巨大困境与悲哀面前,你们感觉到的也是同一种痛苦。

"还有,"伊莱扎站在门口说,"我今天下午刚刚才见到了我的丈夫,那时根本不知道会发生这种事。他们已经把他逼到了无路可走的境地,他今天对我说他打算逃走。要是有办法,请你们一定给他捎个口信,告诉他我是怎么走的,为什么要走,告诉他我要努力设法找到加拿大。一定要告诉他我爱他,对他说,如果我再也见不到他的话,"——她转身背对他们站了片刻,然后声音沙哑地继续说,"对他说,尽可能做个好人,努力和我在天国相会吧。"

"把布鲁诺叫进去,"她补充道,"把它关在里面,可怜的畜生!它决不能和我一起走!"

最后的叮咛和眼泪,简短的告别和祝福之后,她抱起了莫名其妙而十分惊恐的孩子,悄没声息地走了。

第六章　发　现

　　谢尔比先生和太太晚上进行完持久的讨论后未能立即入睡,因此第二天早晨醒得比平时迟了些。

　　"奇怪,伊莱扎在忙什么?"谢尔比太太反复拉动叫人铃而不见任何动静时说。

　　谢尔比先生正站在穿衣镜前磨剃刀,这时门开了,一个黑人男仆端着他的刮胡子用水走了进来。

　　"安迪,"女主人说,"到伊莱扎房门口去,告诉她我已经拉了三次铃叫她了。可怜的人!"她叹了口气自言自语地补充了最后一句。

　　安迪很快回来了,眼睛惊奇地大睁着。

　　"天哪,太太!莉齐的抽屉全都大开着,东西扔得哪儿都是,我相信她逃走了。"

　　真相同时闪过了谢尔比先生和妻子的脑海。他吃惊地大声说:

　　"这么说她起了疑心,跑了!"

　　"感谢上帝!"谢尔比太太说,"我看恐怕是这样。"

　　"太太,你这么说话像个傻瓜!真的,要是她跑了,对我是件很尴尬的事。黑利看出卖这个孩子时我很犹豫,他会认为我为了把孩子弄走纵容她这干的。这损害了我的名誉!"谢尔比先生匆匆走出了屋子。

大约有一刻钟之久,到处是一片奔跑和叫喊、开门关门声,肤色深浅不一的脸在各处出现。只有一个人可能说出些线索,那就是厨师头克洛大婶,但她一言不发。她一度快活的脸上阴云密布,不声不响地做着早餐吃的软饼,好像既没有听见也没有看见周围的骚动不安。

很快,大约十几个小淘气像乌鸦似地栖息在游廊栏杆上,每个人都想第一个向那陌生的老爷报告他的倒霉事。

"我敢说他会气极了的。"安迪说。

"他不骂人才怪呢!"小黑杰克说。

"会的,因为他就是爱骂人,"满头卷毛的曼迪说,"昨天吃饭的时候我听见他骂人的,我都听见了,因为我躲在太太放大水罐的柜子里,每个字都听见了。"这一辈子曼迪和只黑猫一样从来没有去想过她听见的字的意思,这时候可神气活现地摆出一副绝顶聪明的样子走来走去,忘了说尽管当时她是蜷伏在大罐子之间,其实她整个时间都在睡觉。

当黑利穿着装有踢马刺的靴子终于出现时,迎接他的是一片报告坏消息的声音。想听他"骂人"的游廊上的小淘气们没有失望,他骂得流利骂得带劲,使他们高兴得不得了,一面东躲西闪不让他的马鞭打到自己;他们快活地喊叫着,嘻嘻哈哈地笑作一团,跌倒在游廊下面干枯的草地上,然后高兴地跳了起来,心满意足地尽情叫喊。

"要是让我抓到这些小鬼!"黑利咬牙咕哝道。

"可是你没抓到他们呀!"在他完全听不见的时候安迪得意扬扬地手舞足蹈着说,并在那倒霉的奴隶贩子背后做了一连串无法形容的鬼脸。

"嘿,我说,谢尔比,这可太不像话了,"黑利无礼地闯进客厅说道,"看来那个女人带着孩子跑了。"

"黑利先生,谢尔比太太在这里。"谢尔比先生说。

"请原谅,夫人,"黑利仍阴沉着脸,微微弯了弯腰说,"可是我像我说过的那样还是要说,这可太不像话了。是真的吗,先生?"

"先生,"谢尔比先生说,"你要是想和我谈话,就必须遵守一点绅士的礼节。安迪,把黑利先生的帽子和马鞭接过去。请坐,先生。是的,先生,我遗憾地说,那个年轻女人或是偷听到了或是有人告诉了她这件事的一些情况,激动之下在夜里带着孩子逃跑了。"

"我得说我本指望你会公公道道地做买卖的。"黑利说。

"先生,"谢尔比先生突然转身对着他说,"我应该怎么来理解你这话?如果有人对我的名誉提出怀疑的话,我对他只有一个回答。"

贩子听见这话畏缩了一下,然后降低了声调说:"对一个做了一桩公平交易的人来说,受到这样的欺骗可是极其难堪的。"

"黑利先生,"谢尔比先生说,"如果不是因为我觉得你的失望是有道理的,我是不会容忍你今天早上这样粗野无礼地闯进我的客厅的。然而,由于事关面子,我需要解释,我只是想说我决不允许对我含沙射影,就仿佛我参与了这件事,故意做出对你不公道的事。还有,我认为我有责任在你找回失去的财产的过程中向你提供一切帮助,如马匹、仆人等。所以,总而言之,黑利,"他突然一变庄严冷漠的口气,用他平时从容坦率的口气说,"对你来说,最好的办法是心平气和些,吃点早餐,然后我们再看看应该怎么办。"

这时谢尔比太太站起身来,说她有事,不能和他们一起吃早餐了。她派了一个很体面的混血女佣在餐具柜旁侍候两位先生喝咖啡,然后离开了客厅。

"你老婆不喜欢你卑下的仆人,一点也不喜欢。"黑利勉强地努力想显得很熟络。

"我不习惯于听见别人这样随便地说到我的太太。"谢尔比先生冷冷地说。

"对不起;当然,只不过开开玩笑,你知道。"黑利强笑着说。

"有些玩笑不那么令人愉快。"谢尔比答道。

"现在我在那些票据上签了字,他口气大起来了,他妈的!"黑利自言自语地咕哝道,"从昨天起又傲起来了!"

即使首相倒台,在宫廷中掀起的感情风浪也比不上有关汤姆命运的议论在庄园里他的伙伴中所掀起的那样汹涌。这是每个地方每个人口中的话题,在宅子里和地里除了推测其可能的后果外什么事也没人干。伊莱扎的出逃——在这个庄园里还从未有过先例——也在人们的激动中加进了一份巨大的刺激。

黑皮山姆——由于他比庄园上任何一个黑人的儿子还要黑上三分,大家都这么叫他——这时正以全面的眼光对此事的各个方面进行深刻的反复思考。他对自己个人利益严格关注的程度,即使华盛顿的爱国的白人,恐怕也相形见绌。

"使人人遭殃的风才是恶风,——这没错。"山姆装模作样地说,又使劲提了提他的马裤,灵巧地用一根长钉子来代替背带上掉了的一颗纽扣,他对自己机械天才方面的这一尝试似乎很得意。

"是的,使人人遭殃的风才是恶风,"他重复道,"好,汤姆下去了——嗯,当然就有了地方让另一个黑鬼可以上去——那么为什么不是我这个黑鬼呢?——对,就是这个意思。汤姆,骑着马四处溜达——靴子擦得黑黑的——通行证在口袋里放着——神气得很——他是谁呢? 好,为什么不该是山姆?——我倒想知道知道。"

"喂,山姆——啊,山姆,老爷让你去找回比尔和杰里。"安迪的话打断了山姆的独白。

"嗨,小家伙,出了什么事了?"

"怎么,想来你不知道莉齐带着孩子跑了?"

"你别来教训我!"山姆怀着极度的轻蔑说道,"比你早得多就知道了,眼前的这位黑鬼可没那么嫩!"

"嗯,反正老爷要你把比尔和杰里给套好了,你和我要跟着黑利老爷一起去追她。"

"太好了,机会来了!"山姆说,"在这种时候他们找的是山姆,这事非山姆不可了,瞧我抓不抓得住她,老爷就会明白山姆的本事了!"

"啊,可是山姆,"安迪说,"你最好慎重考虑一下,因为太太不愿意她给抓回来,她会跟你没完的。"

"哟!"山姆说着睁大了眼睛,"你怎么知道的?"

"我亲耳听见她说的,就在今天早上我给老爷端刮胡子水进去的时候。她叫我去看看为什么莉齐没去帮她梳妆。当我告诉她莉齐跑了的时候,她站起身来说,'赞美上帝',老爷好像真生气了,他说,'太太,你这么说话像个傻瓜。'可是最后他还得听太太的,我很明白会怎么样——最好站在太太这一边,我可告诉你了。"

黑皮山姆听到这些后抓了抓他毛茸茸的脑袋。这脑袋里如果没有非常深邃的智慧的话,也还有着大量的天下各国各种肤色的政客们十分需要的特殊品种的智慧,俗称为"知道面包的哪一面抹了黄油";因此在停下来进行严肃的思考时,他又提了提马裤,这是他为了帮助解决思想上的困惑时常用的一个方法。

"这个世界上什么事都叫人难以捉摸——难以捉摸。"他终于说道。

山姆说起话来活像哲学家,强调了这个二字——好像他对不同样的世界都有着丰富的经验,因此得出这结论是经过考虑的。

"咳,我还以为太太会搜遍天下也要找到莉齐呢。"山姆沉思着补充道。

"她本来会的,"安迪说,"可是难道你连这样显而易见的事也不明白吗,你这个黑皮鬼?太太不愿意让那个黑利老爷弄走莉齐的儿子,这就是难处!"

"嗨。"山姆以一种难以形容的腔调说。只有听见过黑人之间用这种腔调的人才明白其含义。

"我对你说吧,还有呢,"安迪说,"我看你最好还是把马找来吧,——还得赶快,——因为我听见太太问起你来着,——你瞎逛的时间够长的了。"

山姆听见这话就开始认真行动起来,不久就看见他得意地骑马向宅子而来,比尔和杰里两匹马慢跑着,还没想到要停下山姆就灵巧地跳下马来,一阵旋风般带马在拴马柱旁停下。黑利的马是匹易惊的小公马,它退缩了一下,跳起来,使劲拉扯缰绳。

"嗬！嗬！"山姆说，"受惊了，是吗？"他黧黑的面孔闪出了一道好奇、恶作剧的亮光，"我来收拾你！"他说。

一棵大山毛榉树的浓荫遮盖着这片地方，地上铺了厚厚的一层小小的三棱形的犀利的山毛榉坚果。山姆手指捏着一个山毛榉坚果，走近小公马，抚摸着拍拍它，看上去显然是在忙着让激动的马平静下来。他假装整理马鞍时灵敏地把那犀利的小坚果塞在鞍下，这样鞍子上承受到哪怕是些微的重量也会立刻刺痛小公马敏感的神经，却不会留下任何看得出的擦痕或伤痕。

"行了！"他说，翻动着眼睛得意地一笑，"我收拾好它了！"

这时谢尔比太太出现在阳台上，向他招着手。像每个在英国宫廷或华盛顿出现空缺时的求官者一样，山姆怀着同样献殷勤的决心走上前去。

"你怎么这么磨蹭，山姆？我让安迪去催你的。"

"哎呀我的天哪，太太！"山姆说，"马不是一会儿就全能抓住的，它们都远远地跑到南边的牧场去了，还有老天才知道的什么地方。"

"山姆，我得告诉你多少遍不要说'我的天哪'和'天知道'这类的话？说这种赌咒发誓的话是罪过的。"

"啊，老天保佑我的灵魂！我忘了，太太！我不再说这样的话了。"

"瞧，山姆，你刚才又说了。"

"是吗？啊，天哪！我是说——我没有打算这么说。"

"你应该小心，山姆。"

"让我喘过气来,太太,我会好好开始,我会非常小心。"

"好吧,山姆,你要和黑利先生一起去,给他带路,帮助他。小心那两匹马,山姆,你知道杰里上星期有点跛,不要骑得太快。"

谢尔比太太说最后几个字时声音很低但加重了语气。

"交给我好了!"山姆说,一面意味深长地翻起眼睛,"老天知道!嗨!算我没说这话!"他说着,突然屏住一口气,做了个惊惶可笑的手势,这使女主人忍不住大笑起来,"是,太太,我会当心马的。"

"好了,安迪,"山姆回到山毛榉树下自己的位置上说道,"你知道要是那位先生的马在他要骑上的时候突然乱踢起来的话,我是一点也不会吃惊的。你知道,安迪,牲口是会这么干的。"说罢山姆充满暗示地捅了捅安迪的腰部。

"嗨!"安迪带着立刻会意了的神情说。

"是的,你看,安迪,太太要想拖延时间,——这一点最普通的旁观者都能看清楚。我就给她拖一点。你看,把这些马都撒开,让它们在这片地方和往那边树林里到处乱跑,我猜老爷就没法很快出发了。"

安迪笑了。

"你看,"山姆说,"你看,安迪,如果发生了像黑利老爷的马开始不听话、胡折腾起来之类的事,你和我就放开我们的马去帮他一把,我们会帮他的——啊,没错!"于是山姆和安迪头往后一仰,纵情地低声笑了起来,一面极其快活地啪啪地捻着手指,开心得手舞足蹈。

就在这时黑利出现在游廊上,几杯上佳的咖啡使他平静了一点,他微笑着说着话走了出来,情绪恢复得还可以。山姆和安迪正在摘一些碎棕榈叶,他们习惯于把这当作帽子,这时飞跑到拴马柱旁,准备好"帮助老爷一把"。

山姆的棕榈叶帽子,就其帽边而言,已完全散开,根本没有编在一起,棕榈叶梗扎煞着,根根向上笔直翘起,赋予了它一种桀骜不驯的神态,足可以和任何斐济酋长的帽子媲美。而安迪的帽子的整个帽边都已经脱落了,他把帽顶灵巧地往头上一扣,得意地看着四周,仿佛在说,"谁说我没有帽子?"

"好了,孩子们,"黑利说,"精神点,咱们可真得抓紧时间了。"

"一点也不错,老爷!"山姆说着把黑利的缰绳递在他手里,把着他的马镫子,而安迪则在解另外两匹拴着的。

黑利刚碰鞍子,那匹烈性子的小马就突然一跳,蹦离了地面,把它的主人扔下马背,摔在了几英尺外的软软的干草坪上。山姆嘴里发狂地喊叫着扑向缰绳,但是结果只是使前面所说的翘起着的棕榈叶刺痛了马的眼睛,这当然毫不能减轻它精神上的混乱。因此它猛烈地撞倒了山姆,轻蔑地喷了两三下鼻子后,四蹄腾起,转眼就向草坪低处飞奔而去,比尔和杰里紧随其后。安迪根据默契成功地放开了它们,用各种可怕的喊叫声使它们加速奔跑。此后是一片混杂的混乱场面。山姆和安迪跑着喊着,——狗在这儿那儿叫着,——迈克、摩西、曼迪、范妮,以及庄园上男女儿童奔跑着,拍手追赶,激动地呼喊、高叫,他们一个个兴高采烈地凑热闹管闲事。

黑利的马是匹白马,它性子烈,跑得很快,它似乎也兴致勃勃地被这一热闹的场面所鼓舞,面对着一片伸展近半英里、四面缓坡向下伸进到一望无际的树林中去的草坪任意驰骋,它似乎从中得到了无穷的乐趣:它要看看能允许追它的人追

到离它多近的地方,然后就在一伸手就可以抓住它时,喷着鼻
息纵身一跳飞奔而去,真是个恶作剧的畜生,然后冲到树林深
处某条小径上。山姆绝对不想在他认为最适当的时机之前逮
住任何一匹马,——而他在这场追逐马匹的战斗中毫无疑问
表现是很英勇的。就像英王狮心理查的宝剑永远在最激烈的
战斗的阵前挥舞着一样,山姆的棕榈叶帽子也可以在最没有
逮住马的危险的一切场所里看见,——在这些地方他会全速
猛冲,高喊着:"快追! 逮住它! 逮住它!"一会儿工夫就能把
一切搅得大乱。

黑利跑来跑去,赌咒、骂人、跺脚,什么都做出来了。谢尔
比先生白费力气地拼命想从阳台上扯着嗓子发号施令,谢尔
比太太在她房间的窗前一会儿大笑,一会儿感到惊异,——对
这一片混乱的原因并非一点也没有猜到。

终于在十二点钟左右,山姆胜利地出现了,他骑着杰里,
牵着黑利的马,它浑身臭汗,但眼睛放光,鼻孔张大,看得出身
上的野性尚未完全平伏下来。

"抓住它了!"他得意地大叫道,"要不是我,它们个个都
会不知去向了。可是我还是把它们逮住了!"

"你!"黑利态度毫不和善地咆哮道,"要不是你,这事根
本不可能发生!"

"老天保佑我们,老爷,"山姆以最最委屈的口气说,"我
又跑又追,弄得浑身大汗了!"

"好了,好了!"黑利说,"你让我损失了差不多三个小时,
你那该死的胡闹! 现在咱们出发吧,别再胡闹了。"

"哎呀,老爷,"山姆以不赞成的口气说,"我想你是想把
我们连人带马都整死呀,瞧我们这儿累得快趴下了,马也浑身

臭汗。哎呀,老爷不会不想要吃过午饭再出发吧,老爷的马也得好好梳刷一下,瞧它溅得这一身泥,杰里也一瘸一瘸的。我想太太不会就让我们这样上路的,怎么也不会的。老天保佑你,老爷,就是我们歇一会儿也能追得上的。莉齐从来不是一个能走路的人。"

谢尔比太太在游廊上听到了这段对话,觉得特别有趣,这时她决定该自己出来尽点力了。她走上前来,客气地表示了对黑利的意外事故的关心,一再留他吃午饭,说厨子马上就该开饭了。

就这样,考虑到一切方面之后,黑利不怎么情愿地走进了客厅,而山姆冲着他的后背怀着难以形容的意思骨碌碌地转着眼睛,然后严肃地牵着马向马厩院走去。

"你看到了他那样子了吗,安迪,你看到了吗?"山姆走过了马棚,把马拴在桩子上以后说道,"啊,老天,看见他跳着脚乱踢冲我们咒骂,这不和开祈祷会一样好玩才怪呢。我没听见他咒骂吗?你骂吧,老兄(我对自己说),你现在就想要马呢,还是等到你自己去逮住它再说(我说)?老天啊,安迪,我想我现在还能看见他那副样子。"山姆和安迪靠在马厩上,直笑得心满意足。

"你该看看我把马牵回来的时候他气成什么样子。老天啊,要是他敢的话他会宰了我的,可我站在那儿一副无辜和顺从的样子。"

"老天,我看见你了,"安迪说,"你真是恶作剧的老手,对不对,山姆?"

"我还真是,"山姆说,"你看见太太在楼上窗口了吗?我看见她笑来着。"

“我拼命在跑,真是什么也没有看见。”安迪说。

“嗯,你知道,”山姆说,一边开始认真刷洗黑利的马,“我已经有了所谓观察的习惯,安迪。这可是个十分重要的习惯,安迪,我建议你也培养培养这个习惯,趁你还年轻。把那条后腿给抬起一点来,安迪。你知道,安迪,是观察使黑鬼之间大不一样。难道今天早晨我没有看出风向来吗?尽管太太一点也没有露出来,难道我没有看出她想的是什么吗?这就叫观察,安迪,我想这就是所谓的本领,不同的人本领不同,可是培养本领却大有好处。”

“我猜今天早上要不是我帮助了你的观察,你不会这么机灵地知道该怎么办。”安迪说。

“安迪,”山姆说,“毫无疑问你是个很有前途的孩子,我常常想到你,安迪,接受你的想法我一点也不觉得丢人,我们不应该忽略任何一个人,安迪,因为最聪明的人有时候也会出错。好吧,安迪,咱们现在到宅子里去,我敢打赌太太这回会给我们点好东西吃了。”

第七章　母亲的奋争

　　不可能想象还会有人比从汤姆叔叔的小屋离开时的伊莱扎更为凄凉,更为悲惨的了。

　　丈夫的痛苦和危险,孩子所处的险境,自己因离开唯一有过的家、再也得不到一个她爱戴和敬重的人的保护,使她对自己所冒的危险有种心乱如麻不知所措的感觉。这一切全都在她的心里交织在了一起。而且离开了每一件熟悉的东西——她长大成人的地方,她在它们下面玩耍过的大树,在那些快活的日子里她依在年轻的丈夫的身边晚上常去散步的小树林,——在清澈、寒冷的星光下,这一切似乎都在责备她,问她离开这样的一个家她又能到什么地方去?

　　但是比一切都更为强烈的是母爱,在这大难临头之际,这母爱突然变成一阵狂烈的爆发。她的儿子其实已经大了,能跟在她旁边自己走了,在无关紧要的情况下她会仅仅牵着他的手领着他走,但是现在只要想到让他离开自己的怀抱就会使她不寒而栗。她痉挛着把他紧紧抱在胸口,快速地向前走去。

　　霜冻的土地在她脚下发出吱吱声,吓得她发抖。每一片颤动的树叶和摇曳的影子都吓得她面无人色,促使她加速步伐。她心里对仿佛来到她身上的力量感到奇怪,因为她觉得孩子的重量就像是一根羽毛一样,每一阵恐惧似乎都增加了使她继续前进的超自然的神奇力量,从她苍白的双唇中经常发出突然的叫喊,这是对在天之友的祈祷——"上帝,请帮助我! 上帝,拯救我!"

母亲啊,如果这是你的哈利,或者你的威利要被一个残酷的奴隶贩子在明天早上从你身边夺走,——如果你看见了这个贩子,听见说卖契已签了字交付给了贩子,而你只有从午夜十二点到早晨的时间来实现你逃跑的计划,——你能走多快?在那短短的几个小时中,抱着你的小宝贝,——那睡意蒙眬的小脑袋靠在你的肩头,——柔嫩的小胳膊信任地搂着你的脖子,——你能走多少英里路?

孩子睡着了。一开始,新奇和惊恐使他一直醒着,但是一有声息妈妈就匆忙给压下去,让他放心只要他一点不出声她就一定能够救他,于是他安静地搂着她的脖子,只有发现自己快要睡着了的时候问妈妈:

"妈妈,我不用醒着,是吗?"

"不用,宝贝,想睡你就睡吧。"

"可是妈妈,要是我真睡着了,你不会让他把我带走吧?"

"当然不会! 愿上帝帮助我!"他妈妈说,面颊更加苍白,大大的黑眼睛里闪出更亮的光。

"你敢肯定,是吗,妈妈?"

"是的,肯定!"母亲说,声音把自己也吓了一跳,因为她觉得声音似乎来自她身体内的一个神灵,不属于她的一个部分。孩子把疲倦的小脑袋靠在她的肩膀上,很快就睡着了。那两只温暖的胳膊碰在她身上,柔和的鼻息触在她脖子上,这一切是怎样的给她的行动增加了生气和精神啊! 她似乎感到,熟睡的、信任的孩子的每一个轻微的触碰和动作都使力量像电流般注入她的全身。精神对肉体的支配力是如此强大,可以使人的肉体和神经在一段时间里变得坚不可摧,使肌腱绷紧如钢铁,从而使弱者变得强大有力。

她往前走着,庄园、树丛、林地的边缘从她身旁隐隐掠过,她仍不停地走着,不放慢脚步,也不停下来,把一个又一个熟悉的地方抛在了身后,直到天色微明时她远远地离开了她所熟悉的一切地方,来到了一条空旷的大路上。

以前她常常和女主人一起到离俄亥俄河不远的小村 T——去拜访一些熟人,因此路很熟。她最初匆匆作出的逃跑计划大致就是往那儿去,逃过俄亥俄河,以后就只能希望上帝保佑了。

当大路上开始出现车马时,她以处于激动状态下特有的警觉,几乎像某种灵感,意识到她那急促的速度和仓皇的神态可能会引起议论和疑心,因此她把孩子放下,整理了一下自己的衣衫和帽子,以使人看不出破绽的最快速度继续前行。她在小包袱里放有一些糕点和苹果,这是她用来作为催促孩子快些走的手段。她把苹果滚到他们面前几码的地方,孩子就会使出最大的力气去追。她反复使用这个计策,把他们带过了一段又一段半英里的路程。

不久,他们来到一片密林之中,一条清澈的小溪从林中淙淙流过。因为孩子抱怨说他饿了,渴了,她便和他一起爬过围篱,坐在一块大石头后面,从大路上就看不见他们了。她从小包里拿出早餐来给他吃。孩子见她吃不下东西,很奇怪也很难受,他用胳膊搂着她的脖子,使劲要把自己的糕饼塞一点在她的嘴里,这时她觉得喉咙哽咽几乎使她窒息。

"不,不,哈利宝贝,不等到你平安了妈妈吃不下!我们必须要往前走呀走,一直走到河边!"她又一次匆匆上路,又一次克制住自己,正常地、镇静地向前走。

她离开有人认识她的社区已经许多英里远了,她想,如果她碰见任何认识她的人,她主人家尽人皆知的宽厚本身就是个护身符,人们不会去猜想她可能是个逃奴。而且她肤色极白,不仔细观察看不出有黑人血统,她的孩子也是白皮肤,所以她能轻易地不受怀疑地前行。

在这一推测的基础上,中午她在一座整洁的农舍前停下休息,给孩子和自己买些午餐吃。因为随着距离的增加,危险减小了,神经系统的超自然的紧张也减轻了下来,她感到自己又饿又累。

和蔼爱聊天的好心的女主人似乎挺高兴有人来和她聊聊,没有多想就接受了伊莱扎的说法,"她还要再往前走上一程,到朋友家去住一个星期"——她心里希望这一切最后真会成为事实。

日落前一小时她走进了俄亥俄河畔的T—村,又累,脚也痛,但是内心仍很坚强。她第一眼看的就是那条河,它像约旦河一样横躺在她和对岸自由的迦南乐土之间。

这时正是早春时节,河水上涨,水流湍急,大块浮冰在混浊的水中沉重地漂来漂去。由于肯塔基州一边的河岸的特殊地势,陆地弯进水中很远,冰块被大量滞留,流经这个弯处的狭窄的河道中满是浮冰,一块块叠堆着,对上面流下来的浮冰形成了一道临时屏障,冰块堆起,成了一个起伏不定的巨大的冰筏,填满了整道河面,几乎一直伸到肯塔基州的岸边。

伊莱扎在那里站了片刻,考虑着事情这不利的方面,她立刻就明白这会阻止渡船的运行。然后她转身走进岸边一家小客店去打听打听。

女老板正在准备晚饭,在火前忙着各种烹调活动,当伊莱扎悦耳而凄凉的声音引起她的注意时,她手里拿着一把叉停了下来。

"什么事?"她问。

"这儿现在有到B—村去的渡船或小船吗?"她问。

"没有!"那女人说,"船停开了。"

伊莱扎的失望和沮丧神情打动了她,她询问地说:

"也许你想要过河去?——有人生病了吗? 你看上去非常焦急。"

"我有个孩子很危险,"伊莱扎说,"我昨晚才刚刚听说,今天我走了不少路,希望能赶上渡船。"

"咳,这可太倒霉了,"女人说,她母性的同情被勾了起来,"我还真关心你这事。所罗门!"她在窗口向后面一所小屋子喊道。一个戴着皮围裙手很脏的男人出现在门口。

"我说,所尔,"女人说,"那个人今晚是不是要把那几大桶货运过河去?"

"他说他该试试看,要是不太危险的话。"那人说。

"这儿有一个人,要是行的话有些货想在今晚运过河去,他今天会来这里吃晚饭,你最好坐下等他。这个小家伙真可爱。"女人加了一句,递给他一块蛋糕。

可是孩子累极了,疲乏地哭着。

"可怜的孩子! 他不习惯走路,我又一直催他快走。"伊莱扎说。

"唉,带他到这个屋子里去吧。"女人说着打开了一间小卧室的门,里面有一张舒适的床。伊莱扎把疲倦的孩子放在床上,握着他的手直到他熟睡。而她却没有任何休息可言,想到追赶她的人就像是身体里点了一把火,促使她继续前进。她渴望地凝视着横躺在她和自由之间的阴沉汹涌的河水。

在此我们必须暂时和她告别,去看看追赶她的人的行踪。

尽管谢尔比太太答应了午饭很快就会端上桌子,可是不久就可以看到,就像以前经常看到的那样,只有一个人做不成交易。因此,虽说太太的命令是当着黑利的面发出的,并由至少半打小信使传给了克洛大婶,可是这位厨娘大人只是用鼻子生气地哼了几声,把头往后仰几仰,以少有的不慌不忙和周到细微继续做每一件事。

由于某种奇特的原因,仆人们似乎都被这样一种印象主宰着:耽误工夫不会特别得罪太太。这么多故意造成的事故不断发生延误了工作的进展,实在是太妙了。一个倒霉的厨工竟然打翻了肉汁,于是不得不重新做肉汁。克洛大婶以应有的小心按步骤固执地一丝不苟地观察着搅动着肉汁,对一切让她快一点的建议都不客气地回答说,她"不会为了帮什么人去抓人就把生肉汁端上桌子"。另外一个厨工端着水摔了个大跟斗,只好再去泉边弄水;又一个人凑热闹,把黄油扔到了什么地方。时不时地有人咯咯笑着把消息传到厨房里来,说"黑利老爷特别着急上火,根本在椅子里坐不住,在窗口和阳台上团团转呢!"

"活该!"克洛大婶气愤地说,"他要是不改改,总有一天会比着急上火更糟的。他的主人就会召他去了,那时候看看他会是什么样子!"

“他会打入地狱，没错。”小杰克说。

“他罪有应得，”克洛大婶冷酷地说，“他伤了许多、许多、许多人的心，——我告诉你们大家吧！”她说着，手里举着一把叉子，“就像乔治少爷念的《启示录》里说的，——阴魂在祭台下呼唤！呼唤上帝为这样的人报仇！——逐渐地上帝总会听见的——他会听见的！”

克洛大婶在厨房里是极受尊敬的，人们这时都张着嘴听她说话。现在午餐已经差不多都端了上去，厨房里的人便有空和她一起聊天，听她讲。

“这种人会永远在地狱之火里烧的，没错，对不对？”安迪说。

“我真想亲眼看看，那才痛快呢。”小杰克说。

“孩子们！”一个声音说，把他们全都吓了一跳。是汤姆叔叔，他刚来，站在门口听大家说话。

“孩子们！”他说道，“我恐怕你们都不知道自己在说些什么。‘永远’是一个可怕的字眼，孩子们，想到它都很可怕。你们不应该希望任何一个人受到这种惩罚。”

“除了奴隶贩子，我们不会这样希望别的任何人的，”安迪说，“谁也禁不住会这样做的，他们太邪恶了。”

“难道天理不就是反对这种人的吗？”克洛大婶说，“难道他们没有把吃奶的孩子从妈妈的胸口夺走卖掉？还有哭着揪着妈妈衣服的小孩子，——难道他们没有夺走这些孩子把他们卖掉？难道他们没有活活拆散夫妻？”克洛大婶说着开始哭了起来，“而这正和夺去他们的生命一样？——而他们在这样做的时候有过一点点的同情吗？——难道他们不是抽着烟喝着酒，特别轻松满不在乎吗？上帝，要是魔鬼不抓走这种人,那要魔鬼干什么?"克洛大婶用格子围裙蒙住脸,开始痛心地哭了起来。

"《圣经》上说,要为欺凌你的人祈祷。"汤姆说。

"为他们祈祷!"克洛大婶说,"上帝啊,这也太难了!我没法为他们祈祷。"

"这是天性,克洛,天性是很强有力的,"汤姆说,"但是上帝的恩典更有力;再说,你应该想想,能让他做出这样的事来,这个可怜的人的灵魂是处在一个多么可怕的状态之中,——克洛,你应该感谢上帝你不像他那样。我相信我宁愿被卖一万次,也不愿像那个可怜的人那样有那么多罪要偿还。"

"我也是,"杰克说,"上帝啊,安迪,我们不会受惩罚吧?"

安迪耸了耸肩,吹了声口哨表示默认。

"我很高兴今天早上老爷没有像他打算的那样出门去,"汤姆说,"这要比卖我更让我难过,真的。也许这对他是很自然的,但我看着他从小长大的,就会很难忍受。可是我已经见过老爷了,开始对上帝的意志有点想开了。老爷也是没法子,他做得对,不过我有点担心我走了以后这里会走下坡路,不可能指望老爷会像我那样各处去把庄园的事情照管好。干活的人心眼都挺好,可是非常粗心。这使我很担心。"

这时铃响了,汤姆被叫到了客厅里。

"汤姆,"主人和蔼地说,"我要你知道,我已给这位先生立了字据,如果他找你时你不在,我就要赔他一千元。今天他要去处理别的事情,你可以休息一天,你可以随便去你想去的任何地方,汤姆。"

"谢谢你,老爷。"汤姆说。

"当心点,"贩子说,"别对你的主人耍黑鬼的那套花招,因为如果你不在,我会从他身上拿走每一分钱的。他要是听我的,就不会相信你们任何人——滑得跟泥鳅似的!"

"老爷,"汤姆说——他直挺挺地站着——"老太太让我抱你的时候我只有八岁,而你连一岁也不到。'给,'她说,'汤姆,这是你的小主人,好好照顾他,'她说。现在我只想问问你,老爷,我曾经对你失过信吗?违背过你吗?特别是我成了基督徒以后?"

谢尔比先生抑制不住,眼泪涌了出来。

"好伙计,"他说,"上帝知道你说的都是实话,要不是万不得已,谁也休想买走你。"

"我是个基督徒,"谢尔比太太说,"我保证只要我有任何办法凑够钱,就马上把你赎回来。先生,"她对黑利说,"好好记下你把他卖给了谁,告诉我一声。"

"上帝,好的,说到这一点,"贩子说,"也许过一年我会把他带回来,没有太大的损伤,再卖回给你。"

"那时我来和你做这笔买卖,让你有赚头。"谢尔比太太说。

"当然,"贩子说,"对我来说都一样,我把他们卖到河的上游或下游都一样,只要能赚钱。我只不过是想要谋生而已,你知道,太太。我想我们大家都是为了谋生。"

奴隶贩子的这种放肆与厚颜无耻的态度使谢尔比先生和太太都感到生气,觉得人格受到了侮辱,但是他们也看到绝对需要控制自己的感情。他越显得卑鄙和冷漠,谢尔比太太就越怕他抓到伊莱扎和她的孩子,因此当然也越强烈地要用女人的一切手段拖住他。因此她充满魅力地微笑着,附和着,无拘束地聊着,尽一切力量让时间在不知不觉中过去。

两点钟的时候山姆和安迪把马牵到马桩前,早上的奔跑显然使它们精神振奋精力充沛。

山姆吃过饭加了油,以极度的热心和殷勤等在一旁。当黑利走近时他正夸耀地向安迪吹嘘,现在他既已"完全恢复了精神",这事肯定会马到成功。

"看来你们老爷没有养狗。"黑利准备上马时沉思着说。

"有一大堆狗,"山姆得意地说,"有布鲁诺——它可会叫了!除了这,我们每个黑鬼差不多都养着一条这样那样的小狗。"

"去去!"黑利说,——关于提到的这些狗他还说了点别的,对此山姆咕哝道:

"我看不出来咒骂它们有什么用,什么用也没有。"

"可是你家老爷没有养(我差不多肯定他没养)追捕黑鬼的狗。"

山姆清楚地知道他的意思,可是脸上保持着认真和极度单纯的神情。

"我们的狗鼻子都尖着呐,我猜它们是最棒的,虽说它们从来没有过实践的机会。不过只要你教它们,它们差不多什么事都学得好着呢。过来,布鲁诺。"他叫道,对着这只笨重迟缓的纽芬兰犬吹了声口哨,狗激动地摇晃着向他们冲来。

"你这该死的!"黑利骑上马,说,"快点,上马。"

山姆照此办理,上了马,一面上马一面设法敏捷地胳肢了安迪一下,使安迪大笑起来,这使黑利十分气愤,用马鞭抽了他一记。

"安迪,你真让我吃惊,"山姆极其严肃地说,"这是一件严重的事情,安迪,你不能闹着玩,这样帮不了老爷。"

"我打算走直路到河边去，"黑利来到庄园的边界处时坚决地说，"我知道他们全都这么做，——他们都往秘密通道那儿去。"

"没错，"山姆说，"就是这么回事，黑利老爷真是一针见血。噢，去河边有两条路，——一条是土路，一条是大道，——老爷想走哪一条？"

安迪抬头不明所以地看了一眼山姆，他听到这件地理新闻不由感到惊奇，但是立刻就使劲附和着来证实山姆的话。

"当然，"山姆说，"我倾向于认为莉齐会走土路，那条路走的人少。"

尽管黑利老谋深算，而且天生多疑怕上当，但还是觉得这个看法值得考虑。

"要是你们两个不是该死的骗子才怪呢！"他考虑了片刻，沉思着说。

黑利说这话时那种苦心积虑的口气显然使安迪觉得极其有趣，他落后了两步，笑得浑身打抖，大有掉下马来的危险；而山姆的脸则纹丝不动地表现出最最悲哀的严肃。

"当然，"山姆说，"老爷愿意怎么办都行，要是老爷觉得最好走直路，那就走直路，——对我们反正都一样。现在我琢磨了琢磨，我想还是直路最好，毫无疑问。"

"她很自然会走一条人迹稀少的路。"黑利没有注意山姆的话，自言自语道。

"可也难说，"山姆说，"女人很怪，你觉得她们会做的事她们往往不那样做，而且多半还和你想的恰恰相反。女孩子天生就和你相反。所以要是你认为她们走了一条路，那肯定你最好走另外一条路，这样你就准能找到她们。现在我个人的意见是,莉齐走了那条土路,所以我想咱们最好是走那条直路。"

这番对女性总体的深奥看法似乎并未使黑利更倾向于走那条直路;他坚决宣布他要走另一条路,问山姆什么时候能走到那条路上。

"往前不远,"山姆说,一面把靠近安迪的那只眼睛向安迪眨了眨;他严肃地补充道,"不过我仔细琢磨了这件事,我现在很清楚我们不应该走那条路,我从来没有走过那条路,那条路特别荒凉,我们可能会迷路,——我们会走到哪儿去,只有老天知道。"

"不管怎样,"黑利说,"我就要走那条路。"

"我想起来了,我听人家说过这条路沿小溪上上下下被篱笆隔断了,是不是,安迪?"

安迪说他说不准,他只是"听说"过这条路,可从来没有走过。总之,他严格地不表态。

黑利习惯了在大谎和小谎的可能性之间进行权衡,他想结论还是倾向于上述那条土路。他认为他看出起初山姆提到这条路是出于无意,后来又慌乱地竭力想劝阻他,他认为他是经过考虑后拼命在撒谎,因为他不愿意牵连伊莱扎。

因此当山姆指出这条路时,黑利一头扎了进去,山姆和安迪跟在后面。

事实上这是一条老路,原来曾是去向河边的一条通道,但是修了新的大路之后已有多年不用了。在大约一小时的骑行路程上这条路是通的,以后就被各种农场和篱笆隔断了。山姆对这一点十分清楚,——其实这条路已经这么久不通了,所以安迪从来没有听说过有这么一条路。因此他一副听话顺从的神情骑着马跟在后面,只是不时地报怨,还大声说"路太难走了,对杰里的腿不好"。

"听着,我警告你,我看透了你们,不管你怎么唠叨,别想让我改走别的路——所以你还是闭嘴吧!"

"老爷要走自己的路!"山姆沮丧地顺从地说,一面极为自得地对安迪使着眼色,安迪的高兴劲已经接近爆发点了。

山姆情绪极好,——声称自己保持高度警惕,——有一次高呼他看见了"一顶女人的帽子"在远方一个高处的顶上,或大声问安迪"那边低处是不是莉齐"。他总在路的崎岖难行处这样大叫,在这些地方要突然加速对所有人都特别不便,这就使黑利经常处于手忙脚乱的状态。

这样骑行了大约一个小时以后,这队人马下了个陡坡,乱哄哄地来到一个大农场的谷仓院里。周围一个人影也看不见,所有的人手都在地里干活,但是谷仓显眼地、清清楚楚地、扎扎实实地耸立在路上,显然他们向那个方向去的行程肯定已到终点。

"老爷,我不是告诉过你了吗?"山姆一脸受了委屈的无辜相,"一个陌生的绅士对一个地方怎么可能比土生土长的人更了解呢?"

"你这个坏蛋!"黑利说,"你早知道这一切的。"

"我不是告诉你我知道,可是你不肯相信我的话吗?我对老爷说了,路不通,有篱笆围着,我说恐怕我们过不去——安迪也听见了的。"

这都是事实,无法反驳,这倒霉家伙只得尽可能不失体面地忍下一肚子火,三个人全来了个右后转弯,排成一队向大路前进。

由于这各式各样的耽搁，结果是伊莱扎把孩子放在村子的小旅店睡下约三刻钟后，追捕她的那队人马才来到了同一个地方。当时伊莱扎正站在窗前，看着另一个方向，山姆眼睛尖，一下子看见了她，黑利和安迪在他后面离开两码。在这危急关头，山姆设法让风刮掉了自己的帽子，然后大声极有特点的喊叫了一声，这立刻使她一惊，突然缩回身子。这队人马掠过窗子，拐到了前门口。

那一刻对伊莱扎来说真是个九死一生的关头。那个房间有一扇侧门通向河边，她一把抱起孩子，跳下台阶向河岸跑去，她正要消失在岸边时奴隶贩子看见了，他纵身下马，大声叫着山姆和安迪，像猎犬逐鹿般向她追去。在那令人晕眩的片刻中，她觉得自己的脚几乎没有沾地，一口气就跑到了水边。他们紧紧跟在后面追了过来，她鼓起了上帝只给处于绝境的人的那种力量，狂呼了一声飞身一跳，越过岸边浑浊的急流，跳上了冰块。这是绝望的拼死一跳——只有在疯狂和绝望中才可能这样做，黑利、山姆和安迪本能地大叫了一声，高举起双手。

她落在上面的那巨大的绿色冰块在她的重压下吱吱作响前后颠簸起来，但她一刻也没有在上面停留，她狂呼着以拼死的力量跳到了另一块冰上，再跳到另一块冰上——绊倒——蹦起——滑跌——又向上跳起！她鞋子跑丢了——袜子划破从脚上掉下——每一步都印着血迹。但是她什么也看不见，什么也感觉不到，一直到蒙眬地如在梦中一样她看见了俄亥俄的河岸，然后一个男人帮助她爬上岸去。

"你真是个勇敢的姑娘，无论你是什么人！"那人赌了一句咒，说。

伊莱扎认出了这是离她老家不远的一个庄园主的声音和面孔。

"啊,西姆斯先生! ——救救我——千万救救我——一定把我藏起来!"伊莱扎说。

"什么,怎么回事?"那人说,"啊,这不是谢尔比家的姑娘吗?"

"我的孩子! ——这个男孩! ——他把他给卖了! 他的买主在那儿,"她指着肯塔基州的河岸说,"啊,西姆斯先生,你也有一个小儿子的!"

"是的,"那人说,一面粗鲁但却好心地把她拉上了陡峭的河岸,"何况你还真是个勇敢的姑娘,我喜欢勇气,不管在什么地方看到都喜欢。"

当他们来到河岸顶上时,那人停了下来。

"我会很高兴为你做点什么的,"他说,"可是我没有地方能让你去,我只能告诉你到那儿去,"他指着一所离村子的大路有段距离单独耸立着的大白房子,"你到那儿去,他们都是好心肠的人,只要有危险他们就会救你——他们从事的就是这一类的事情。"

"愿上帝保佑你!"伊莱扎真诚地说。

"没什么,不用谢,"那人说,"我做的根本不算什么。"

"啊,先生,你一定不会对任何人说的吧!"

"岂有此理,姑娘! 你把我当成什么人了? 当然不会说,"那人说道,"好啦,你是个漂亮懂事的姑娘,就像这个样子去吧,你争得了自由,只要我能尽力,你将享有这自由。"

女人把孩子紧抱在胸口,坚定而迅速地走了。那人站在那儿望着她的背影。

"咳,谢尔比可能不会认为这是邻居间最友好的行为,但你让我怎么办?如果他在同样的情况下抓住了我的一个姑娘,欢迎他以牙还牙。不知怎的我没法看着不论什么人气喘吁吁地企图拼命逃跑,背后有狗追着,还去与他们作对。再说,我也看不出我为什么要替别人去充当追捕手。"

这可怜的、愚昧的肯塔基人就是这样说的。他没有受到过宪法方面的教育,因此受蒙蔽而表现得像基督徒一样。如果他处于更好的地位,受过更好的教育,他是不会这样做的。

黑利站在那里,完全成了这一景象的惊奇无比的旁观者,等到伊莱扎在岸上消失以后,他突然茫然地、询问般地看着山姆和安迪。

"这一手干得不错。"山姆说。

"我敢说那姑娘有七个魔鬼缠身!"黑利说,"她跳起来多像只野猫!"

"嗯,噢,"山姆抓抓头,说,"我希望老爷原谅我们不去试她的这条路,我觉得我可没足够的胆子这么干,没门!"山姆沙哑地咯咯一笑。

"你还笑!"贩子咆哮道。

"老天保佑你,老爷,我忍不住啊,"山姆说着,再也压不住长时间积蓄在灵魂里的高兴劲,"她样子真好玩,又跳又蹦——冰裂得嘎吱响——你只要听听她,——扑通!啪!叭唧!跳!老天!瞧她怎么干的!"山姆和安迪笑得眼泪成串地从脸上滚下。

"我叫你们笑个够!"贩子说,用马鞭往他们脑袋上抽。

两个人都躲开了,大喊大叫地往岸上跑,还没等他上来就已经骑上了马。

"再见,老爷!"山姆严肃地说,"我想太太会惦记杰里了,黑利老爷不会再用得着我们了,太太是不会允许我们今晚骑着马过莉齐走的桥的。"他玩笑地捅了捅安迪的胁下,策马而去,安迪跟在他后面,——风传来了他们依稀可辨的喊声和笑声。

第八章　伊莱扎逃亡

伊莱扎是在薄暮时分拼死逃过河去的。从河上逐渐升起的灰蒙蒙的雾气在她消失在河对岸时完全吞没了她,高涨的急流和飘来飘去的浮冰块在她和追捕者之间构成了一道无法跨越的屏障,黑利因此只得不满地慢慢转回到小旅店去,进一步琢磨下面该怎么办。老板娘给他开了一间小休息室的门,里面地上铺着碎布拼的地毯,上面放着一张铺着亮亮的黑油布的桌子,各式各样细长的高背木椅;在火势微弱冒着烟的壁炉的炉台上有一些色彩鲜艳的石膏像;烟囱旁一张硬木有扶手的高背长椅拘束地伸在那里。正是在这里黑利坐了下来,思索着,一般而言人的希望和幸福是多么不稳定,真是好景不长。

"我究竟要那个小东西干什么,"他自言自语道,"把我自己搞得像只被逼上树去的浣熊,处在现在这样的困境中?"他不断用不雅的词句咒骂自己来出气,尽管有最充分的理由认为这些咒骂骂得对,但是为了不失体统,我们就省略不提了。

一个男人大声刺耳的声音使他一惊。这个人显然在门外下了马。黑利急步走到窗前。

"老天爷! 人们都说有天意,这要不是天意也差不多了!"黑利说,"我相信来的是汤姆·洛克。"

黑利匆匆走出去。站在屋角酒吧旁边的是一个强壮的、肌肉结实的男人，整整六英尺高，胸部宽阔。他穿着一件水牛皮翻皮大衣，使他看上去粗野凶悍，和他整个的外貌及神态十分相称。他头上和脸上每一个器官及轮廓都充分表现出他是个暴戾成性的人，他的暴力已发展到最高状态。确实，如果我们的读者能够想象一只变成了人形的恶犬，戴着帽子穿着外衣走来走去，那么他们对他外表的总的格调及其效果的推测就不会十分离谱了。他和一个旅伴在一起，这个人在许多方面和他正好相反，个子矮小，动作轻巧如猫，他敏锐的黑眼睛有种东张西望的窥探的神情，他面貌的每一部分似乎都削尖了以陪衬出这双眼睛。他的狭长的鼻子伸出，似乎急切地要把世上的一切钻个透；他稀疏的油光水亮的黑发急切地向前翘起；他的一举一动都表现出一种冷漠、谨慎和精明。大个子往一只平底无脚大酒杯里倒了半杯纯烈酒，一句话也没说就仰脖喝了下去；小个子踮着脚尖站着，把头先冲着一边张张，再转到另一边望望，向各种酒瓶的方向闻了又闻。他最后用微颤的尖嗓音极其谨慎地要了一杯威士忌加糖和薄荷的冷饮。倒好了以后，他端起杯子，精明而自得地看了看，像一个认为自己做对了事情，而且做得恰到好处的人那样，然后开始一小口一小口地慢慢喝了起来。

　　“哈，谁会想到我会碰上好运气？喂，洛克，你好吗？”黑利走上前来，把手伸向大个子，说。

　　“魔鬼！”对方文明地答道，“什么风把你吹到这里来了，黑利？”

　　那个名叫玛克斯的爱窥探的人立刻停止了喝酒，向前探出头来精明地打量着这个新相识，就像猫有时打量着一片被吹动的干叶,或者什么别的可以去追逐的东西。

"我说,汤姆,这真是世上运气最好的事了,我现在正碰上难事,你非得要帮我一把才行。"

"啊? 噢! 没错!"他那洋洋得意的熟人咕哝道,"要是你很高兴看到他,那么这个人就知道准是要他帮忙,总要从他身上搞到点什么。这回又是什么难事?"

"这是你的朋友吗?"黑利疑惑地看着玛克斯说,"也许是搭档?"

"是的,喂,玛克斯,这就是我在纳齐兹和他打过交道的那家伙。"

"很高兴认识他,"玛克斯说着伸出了一只乌鸦爪子般的又长又瘦的手,"我想是黑利先生吧?"

"就是我,先生,"黑利说,"好吧,先生们,既然我们这样快活地遇在了一起,我想我就在这儿的休息室里作一次小小的东道吧。喂,老黑鬼,"他对管酒吧的人说,"给我们拿热水、糖、雪茄烟来,多来好酒,我们要好好喝个痛快。"

你看吧! 蜡烛点燃了,壁炉里的火捅旺了,我们这三位大人物围桌而坐,桌上摆满了上述促进友谊所需的东西。

黑利开始可怜巴巴地叙述他遇到的麻烦,洛克闭上了嘴,阴沉着脸态度生硬地听着。玛克斯焦急地不停鼓捣着,要按自己特殊的口味调出一杯混合甜饮料来,有时从正干着的活上抬起眼睛来,几乎把他的尖鼻子和下巴伸到黑利的脸上,给整个叙述以最认真的关注。结尾的部分似乎使他感到特别有趣,因为他不出声地笑得肩膀和两胁直抖,带着内心十分开心的神态噘起了他那薄薄的嘴唇。

"这么说,你差不多整个给搁里头了,是不是?"他说道,

"嘻！嘻！嘻！而且干得真利索。"

"在这行里，牵涉到小孩总是会有一大堆麻烦。"黑利悲哀地说。

"要是我们能搞到对自己的小孩无所谓的这种品种的女人就好了，"玛克斯说，"我告诉你吧，我想这将是我所知道的当代最伟大的发明了。"——玛克斯说完先自咯咯笑了起来，自己欣赏自己的笑话。

"就是，"黑利说，"我从来也没有弄明白，小孩给她们一大堆麻烦，你会以为她们会很高兴摆脱他们，可是她们不。一般说来，小孩越麻烦，越没有用，她们越舍不得。"

"黑利先生，"玛克斯说，"把热水递给我。是的，先生，你说的正是我想的，我一直就有这种感觉。嗯，我干这行的时候有一次买过一个女的，——一个挺整齐挺好看的少妇，还相当聪明，——她有个小孩病恹恹的，后背畸形还是什么的，我正要把他给一个愿意碰运气养大他的人，反正他也不用花钱——我连想也没有想过，你知道，那个女人会这么闹——可是上帝，你该看看她怎样没完没了地闹，真是的，我觉得正因为那孩子有病，爱发脾气，尽折磨她，她反倒更宝贝他。而且她不是在故意做作，——她哭，真哭，晃来晃去好像她失去了所有的朋友似的。想起来真可笑。上帝，女人的念头真是没边。"

"咳，我也碰到过这种事，"黑利说，"去年夏天在红河有人卖给我一个女的，带着个看上去挺招人喜欢的孩子，眼睛和你的一样明亮；可是走近一看我发现他是个瞎子。事实是——他是个瞎子，咳，你知道，我想我什么也不说就把他给人又有何妨？我和人说好了拿他换一小桶威士忌酒，可等我把他从那女人身边带走时，她就像是只母老虎。这是在我们出发以前，我没把奴隶们用铁链子锁起来，她竟然跳上一捆棉花，像只猫一样，从一个水手手里抢过一把刀子，我对你说吧，她吓得所有的人一阵子乱跑乱窜，直到她看出来这样做没有用。这时她就那么回转身去，连孩子带大人头朝下扎进了河里——扑通一声掉了下去，再也没有浮起来。"

"呸！"汤姆·洛克说，他一直怀着压制不住的厌恶心情听着这些故事，——"你们两个都是无能之辈！我告诉你们，我的姑娘们从来不这么胡闹！"

"是吗！你怎么避免的呢？"玛克斯尖刻地问。

"避免？瞧，我买了一个女人，如果她有个孩子也要卖，我就走到她面前把拳头放在她脸上说，'听着，要是从你脑袋里对我说出一个不字来，我就打扁你的脸。我一个字也不要听——连字的开头也不听！'我对她们说，'你这个小孩是我的，不是你的，他与你无关，我一有机会就要把他卖掉，听着，你甭跟我胡闹，要不然我就要让你希望自己从来没有出生在世。'我告诉你们，她们知道落到我手里不是闹着玩的。我使她们像鱼一样沉默，如果有一个人开始叫上一声，咳，——"洛克先生砰的一声把拳头重重击下，充分地解释了那省略去的部分。

"这可是所谓的强调了，"玛克斯说，一面捅了捅黑利的胁下，开始了又一阵小小的傻笑，"汤姆很特别，不是吗？嘻！嘻！嘻！我说，汤姆，我猜尽管黑鬼脑袋很糊涂，你能让他们明白，他们从来不会怀疑你的意思，汤姆。你如果不是魔鬼，汤姆，也是他的孪生兄弟，我这不是恭维你。"

汤姆以恰到好处的谦虚接受了这个赞扬，开始带上了如约翰·班扬①所说的"与他暴躁的天性"一致的和蔼神情。

已经畅饮了当晚主要饮品的黑利开始感到他的道德观念有了明显的提高和发展,——这种现象在类似的情况之下,在性格严肃多思的先生们身上并不少见。

"嗬,汤姆,"他说,"你实在是太糟了,我一直就是这样对你说的;你知道,汤姆,在纳齐兹你和我经常谈论这些事,我总是向你证明,我们对待他们好一点,能赚同样多的钱,在这个世界上日子过得同样舒服,最不济还有一个较好的机会最后能进入天国,你知道,在没有剩下什么别的可以去贪图的时候,可以留条进天国的路啊!"

"呸!"汤姆说,"我难道不知道吗?——别拿你那一套让我太恶心了,——我的胃现在就有点翻呢。"说着汤姆又喝了半杯纯白兰地。

"我说,"黑利说,他向后靠在椅子上,有力地做着手势,"现在我要这么说,我做买卖和任何人一样向来是为了赚钱,这是首要的和最主要的;但是买卖又并不是一切,钱并不是一切,因为我们都有灵魂。好,我不在乎谁听见我这么说,——我根本一点也不在乎,——所以我干脆明说了吧,我信教,等我哪天把日子安排妥帖了,我打算照管我的灵魂上面的事。所以除了不得已,干吗还要做更多的坏事?——我觉得这样也太不谨慎了。"

"照管你的灵魂!"汤姆轻蔑地学道,"要在你身上找到灵魂需要特别乐观的态度,——在这一点上你就省得麻烦了吧。如果魔鬼用头发丝做的筛子把你过一遍,也不会找到你的灵

---
① 约翰·班扬(1628—1688),英国小说家,著有《天路历程》等。

魂的。"

"怎么,汤姆,你生气了,"黑利说,"当别人说的是为你好的话,你为什么不能平心静气地听听呢?"

"闭上你那张嘴吧,"汤姆粗暴地说,"你的什么话我都受得了,就是受不了你道貌岸然的虔诚话,——真是要我的老命!说到底,我们之间有什么不同?你并不多一丝的关心,或者多一点的同情——要想欺骗魔鬼以保住自己,这是彻头彻尾、百分之百的卑鄙无赖。我会识不破你吗?而你所谓的'信教',实在是对谁来说都太卑鄙无耻了,——一辈子欠魔鬼的账越来越多,可到了该还债的时候想溜掉!呸!"

"好了,好了,先生们,我说,这又不是做买卖,"玛克斯说,"你知道,看一切问题都有不同的方法,无疑黑利先生是个很好的人,有他自己的良心,而汤姆,你有你的方法,也是很好的方法,汤姆,可是你知道,吵架不会起任何作用,让咱们谈生意吧。好,黑利先生,你有什么事?——想让我们动手给你抓住这个女人吗?"

"那女人与我无关,——她是谢尔比的,只有那男孩是我的,买这个小捣蛋我真是个笨蛋!"

"一般来说你就是个笨蛋!"汤姆粗暴地说。

"好了,汤姆,你别吹胡子瞪眼的了,"玛克斯舐了舐嘴唇,说道,"你看,黑利先生给了我们一件好差使,别动,——计划安排可是我的长处。这个女人,黑利先生,她长得什么样?是什么人?"

"啊,又白又漂亮——很有教养。我情愿给谢尔比八百或一千元,还能从她身上赚一大笔。"

"又白又漂亮——很有教养!"玛克斯说,他的尖鼻子尖眼尖嘴全都充满了冒险精神,"嗨,我说,洛克,多漂亮的开端。我们给自己来做这桩买卖:——我们把人抓住,男孩当然归黑利先生,——我们把姑娘带到奥尔良去挣上一笔。这不美吗?"

在玛克斯说话时汤姆的沉重的大嘴一直张着,这时他突然把嘴一闭,像只大狗咬下了一块肉,似乎在从容地对这个念头进行消化领会。

"你看,"玛克斯对黑利说,一面搅动着杯里的混合甜饮料,"你看,我们在沿岸各处都认识法官,很方便,花不了几个钱就替我们把小事办了。汤姆负责降服啦等等,该到法庭作证时我才穿戴笔挺地出场——锃亮的皮靴——一切都是头等货。你真该看看,"玛克斯充满了职业的自豪说,"我怎么能说得人人相信的。今天我是新奥尔良的蒂克姆先生,明天我是刚从珍珠河边来的庄园主,在那里我拥有七百个黑奴;后天我又作为亨利·克莱或肯塔基州的某个老兄的远亲出现。你知道,人的才能是不一样的,汤姆在需要拳打脚踢的时候本领大得很,可是在撒谎上不行,汤姆不行,——你知道这事他天生不会,但是上帝啊,如果在这一带有谁能对任何事情、一切事情作证,而且能够更加一本正经地把事情说得天花乱坠,更好地坚持到底把事情办成,嗨,我倒很想见见他,就这么回事!我相信我的勇气,即使法官比现在更挑剔,我也能应付得了溜得过去。有时候我还真希望他们更挑剔一些,这样才更有味道得多,——你知道,更好说。"

正如我们所表明的那样,汤姆·洛克是个思想行动都很慢的人,这时把沉重的拳头往桌上一击,震得东西乱响,打断了玛克斯的话头。"够了!"他说。

"上帝保佑你,汤姆,你犯不着把杯子全打碎!"玛克斯说,"把你的拳头留到需要的时候用吧!"

　　"可是,先生们,难道赚的钱我就不分上一份吗?"黑利说。

　　"我们给你抓回孩子来还不够吗?"洛克说,"你想要什么?"

　　"嗯,"黑利说,"如果我给了你这差使,这得值点什么吧,——譬如说,开销之外百分之十的钱归我。"

　　"嗬,"洛克大大地咒骂了一句,沉重的拳头击落在桌子上,说道,"我还不知道你吗,丹·黑利?你别想来支配我!你以为玛克斯和我干抓逃奴这一行只是为了给像你这样的绅士方便,自己什么也不要吗?——没那么回事!姑娘百分之百归我们,你少废话,要不然,你看,我们两个都要,——什么能阻挡我们这样做?难道你没有把目标指给我们看了吗?你能去追,我们也能去追呀!如果你或者谢尔比要追我们,到去年有松鸡的地方去找,你要是找到了松鸡或者我们,你尽管请便好了。"

　　"啊,咳,当然,算了,别再提了,"黑利惊恐地说,"你的任务是抓住孩子:——汤姆,你对我一向公平交易,说话算话。"

　　"你知道就行了,"汤姆说,"我不会装出你假慈悲那一套,可是即使和魔鬼本人算账我也不会赖账。我说了要做的事就会去做,——这一点你是知道的,丹·黑利。"

　　"没错,没错,——我就是这么说的,汤姆,"黑利说,"只要你答应一个星期之内把孩子给我,随你说在什么地方交货,我就满足了。"

　　"可是我没满足,差得远呐,"汤姆说,"你不会以为我白

88

和你在纳齐兹做过一次交易吧,黑利;我学会了抓到泥鳅之后不让它跑掉。你得拿出五十块钱,一次给清,不然孩子的事你就别指望了。我了解你。"

"哎哟,你手头的活可能会净赚一千或一千六百块钱左右,汤姆,你这样可就太不公道啦。"黑利说。

"不错,我们的活不是排到五个星期以后了吗?——有干不完的活?假设我们抛下一切,到丛林里四处给你去找那个孩子,可是结果没有抓到那个姑娘,——姑娘们向来是难抓得很的,——那怎么办?你会付我们一分钱吗——会吗?我想我准知道你怎么办——呸!不行,不行,搁下你的五十块,如果我们抓到她,赚了钱,我就把这钱还给你;要不然这就算我们的辛苦费,——这才公道,对不对,玛克斯?"

"当然啦,当然啦,"玛克斯用调和的口气说,"你知道,这只不过是预收金,——嘻!嘻!嘻!——这是我们律师的规矩,知道吗,噢,我们必须保持和气,——不要紧张,你知道。汤姆会给你搞回孩子的,你说在哪儿交给你都行,是不是,汤姆?"

"如果我找到了那小孩,我把他带到辛辛那提,交到码头旁贝尔切奶奶那儿。"洛克说。

玛克斯从口袋里拿出了一个油腻腻的袖珍笔记本,从里面拿出一张长纸条,坐下来,锐利的黑眼睛盯在上面,开始嘟囔着上面的内容:"巴恩斯—谢尔比县——男孩吉姆,不论死活三百美元。"

"爱德华兹——狄克和露西——夫妻俩——六百美元;女奴波拉和两个孩子——抓到她或她的脑袋,六百美元。"

"我正在查一查我们的买卖,看看能不能方便地接下这一宗。洛克,"他停了片刻后说,"咱们得让亚当斯和斯宾格去追捕这些人,人家已经委托了好久了。"

"他们要价太高。"汤姆说。

"我来处理好了,他们在这行里还是新手,不会指望大价钱,"玛克斯说,接着继续往下看,"有三个案子很容易,因为你只要把他们开枪打死,或者发誓说把他们打死了就行了;当然他们不可能要多少钱。另外的案子,"他折起纸条说,"可以稍微拖一拖。所以现在让我们谈具体的吧,好,黑利先生,那个姑娘上岸时你看见她了?"

"当然,——就像我看见你一样清楚。"

"有一个男人帮她爬上的岸?"洛克问。

"当然——我看见了。"

"很可能,"玛克斯说,"她被什么人给收留了,问题是哪儿。汤姆,你怎么看?"

"我们今晚一定得过河去,没错。"汤姆说。

"可是附近没有船,"玛克斯说,"冰块漂流得很厉害,汤姆,这不危险吗?"

"这我不知道,——只知道非这么做不可。"汤姆坚决地说。

"啊呀,"玛克斯不安地说,"真有点——我说,"他说着走到窗前,"黑得像狼嘴里一样,而且,汤姆——"

"一句话,你害怕了,玛克斯,可是我也没法子,——你非去不可。你是不是想歇上一两天,等那姑娘经过秘密通道给送到了桑达斯基①啦什么的你再出发?"

---

① 俄亥俄州北部伊利湖南岸的城市,湖对岸即为加拿大,为逃奴入加之通道。

"啊，不，我一点也不害怕，"玛克斯说，"只是——"

"只是什么?"汤姆问。

"嗯，关于船。你看这儿根本没有船。"

"我听见那个女人说今晚会有条船来，有个人要乘船过河去，只能孤注一掷，和他一起过河去。"汤姆说。

"我想你们有好狗吧。"黑利说。

"第一流的，"玛克斯说，"可有什么用? 你又没有她的东西给狗闻。"

"有，我有，"黑利得意地说，"这是她匆匆离开时落在床上的披巾，帽子也落下了。"

"好运气，"洛克说，"拿过来。"

"不过要是狗出其不意地碰上她，可能会咬坏她吧。"黑利说。

"这倒值得考虑，"玛克斯说，"有一次在莫比尔，没等我们把狗拉开，已经快把一个家伙撕碎了。"

"嗯，你明白，要靠模样卖钱的人这不是个好办法。"黑利说。

"我明白，"玛克斯说，"再说，要是有人把她收留了下来，狗也没有用。在北边那些州里这些人有人护送时狗没有用，你当然找不到他们的踪迹。只有在南方庄园里，那儿黑鬼要跑时只能自己跑，没人帮他们，这时狗才有用。"

"嗨，"洛克说，他刚刚走出去到酒吧打听了消息，"他们说那人和船已经到了，因此，玛克斯——"

这位大人物向他正要离开的舒适的所在投去沮丧的一瞥，但还是听话地慢慢站起身来。在有关进一步的安排上又交换了几句话以后，黑利极不情愿地递给了汤姆五十美元，三位大人物就分手了。

如果我们文雅的笃信基督教的读者之中有谁对上述一幕带他们进入的社会抱有反感的话,让我们请求他们开始逐渐克服他们的偏见,我们恳切地提醒他们,追捕逃奴的行业正上升到合法的爱国职业的高位,如果介于密西西比河和太平洋之间的这片辽阔土地成了一个灵与肉的巨大市场,在当前的十九世纪中,以人作为财产仍保持其自动发展的趋势的话,那么奴隶贩子和追捕逃奴的人说不定还会跻身于贵族行列呢。

当这一幕在小旅店中进行的时候,山姆和安迪兴高采烈地走在回家的路上。

山姆的情绪好得不能再好了,他用各种各样的不可思议的狂笑和喊叫以及形状各异的古怪动作和全身的扭曲来表现出他的狂喜。有的时候他脸向着马尾巴马屁股骑着,然后突然一声呐喊翻个筋斗又脸向前骑回了原位,并且一本正经地、神气活现地教训安迪,说他不该笑,不该装傻逗乐。过不了多久,他又会胳膊拍着腰,发出一连串笑声,响彻他们途经的古老的树林。他在马背上这样尽情折腾,居然还能够使马全速前进,在十点和十一点之间,得得的马蹄声就回响在阳台尽头的碎石路上。谢尔比太太飞身来到栏杆前。

“是你吗,山姆? 他们在哪儿?”

“黑利老爷在小旅馆里休息,他累坏了,太太。”

“伊莱扎呢,山姆?”

“嗬,她可过了约旦河了,可以说,到了迦南乐土了。”

“什么,山姆,你这话是什么意思?”谢尔比太太气急败坏地问道。当她想到这两句话可能的含义时,差点晕了过去。

"啊,太太,上帝保护了自己的子民!莉齐过了河到俄亥俄了,真神了,就好像上帝用双马拉的火轮车把她给载过河去的。"

山姆虔诚的特点在女主人面前总是表现得突出的强烈,把《圣经》人物和比喻大大地用上一番。

"到这儿来,山姆,"谢尔比先生说,他跟在妻子身后来到了阳台上,"把太太想知道的都告诉她。好了,好了,艾米丽,"他说着用胳膊搂住她,"你冷了,直发抖,你太让自己动感情了。"

"动感情!我不是一个女人——一个母亲吗?对于这个可怜的女孩子,我们两个难道不都对上帝负有责任吗?上帝啊,请不要把这件罪过记在我们头上。"

"什么罪过,艾米丽?你自己也看得见我们只不过做了不得不做的事。"

"尽管如此,还是有可怕的负罪感,"谢尔比太太说,"我没法用道理来使这感觉消失。"

"嘿,安迪,你这黑鬼,勤快点!"山姆在阳台下面喊道,"把马牵到马厩里去,你难道没听见老爷叫我吗?"很快山姆手里拿着棕榈叶出现在客厅门口。

"好,山姆,把事情清清楚楚讲给我们听,"谢尔比先生说,"伊莱扎在哪里,你知道就说。"

"嗬,老爷,我亲眼看见她跳在浮冰上过了河,简直神了,完全是个奇迹;我还看见有个男人帮她爬上了俄亥俄那边的河岸,然后就在夜色里消失了。"

"山姆,我觉得这难以相信,——这个奇迹。跳着浮冰过河可不是那么容易做到的。"谢尔比先生说。

"容易！没有上帝保佑谁也做不到。咳，"山姆说，"是这么回事,黑利老爷、我和安迪来到了河边的小旅店,我骑在前面一点(我是那么急着想抓到莉齐,我控制不住,根本不可能),当我经过旅店的窗子时,果然她就在那里,看得清清楚楚,而他们正紧跟在我后面。咳,我的帽子掉了,大喊了一声,足能把死人吵醒。当然莉齐就听见了,在黑利老爷经过门口时她往后一躲。后来,我对你说吧,她冲出了旁门,跑下河岸,——黑利老爷他看见她了,叫了一声,他、我、安迪,我们追了上去,她下到河边,靠岸水流有十英尺宽,往外就是冰块推过来挤过去的,有点像是一个大冰岛似的。我们紧跟在她背后,我心想哎呀他肯定要抓住她了——这时她尖叫了一声,我从来没有听见她这么叫过,人就到了水流另一边的冰块上,然后她继续往前,尖叫着,跳着——冰块卡叽、卡叽裂响,她像只小鹿样直窜着！上帝,那个姑娘身上的劲头非同寻常,我是这么看的。"

山姆讲述这件事时,谢尔比太太一声不响地坐着,激动得脸上失去了血色。

"赞美上帝,她没有死！"她说,"但是这个可怜的孩子现在在什么地方呢？"

"上帝会保佑的,"山姆虔诚地往上翻着眼睛说,"正像我一直说的,这事真是天意,一点没错,太太一向这么教导我们的,总有人或东西出来代行上帝的意志。哦,今天要不是我,她早就被抓十几次了。今天早上在这里不是我让马跑了,一直追到快吃午饭的时候吗？今天下午不是我让黑利老爷绕出几乎五英里路的吗？要不然他就会像狗追浣熊一样很容易就追上莉齐的。这些全是天意。"

"这种天意你该少用一点,山姆师傅,在我家里我不允许这样对待绅士们。"谢尔比先生以目前情况下他能调动起来的全部威严说。

咳,假装生一个黑人的气和假装生一个小孩子的气一样,一点用也没有,黑人和小孩都本能地能看到事物的真相,不管别人怎样努力想让他们得出相反的结论。这一训斥一点也没有使山姆感到沮丧,虽然他装出了一副严肃悲哀的样子,站在一旁嘴角耷拉着一副无限悔罪的神气。

"老爷说得挺对——挺对;我这样做很坏,——毫无疑问;当然老爷和太太不会鼓励这种事,我明白,可是像我这样一个可怜的黑鬼有时候会受到引诱去做坏事,特别是有人像那个黑利老爷那样这么乱来的时候。他根本不是什么绅士,受到像我这样的教育长大的人没法看不出来。"

"好了,山姆,"谢尔比太太说,"看来你对自己的过错已经有了认识,你可以去了,告诉克洛大婶她可以给你点中午剩下来的冷火腿吃。你和安迪一定饿了。"

"太太对我们太好了。"山姆说,欣然地一鞠躬而去。

正如在前文已表明过的那样,可以看出山姆师傅有种天生的才能,无疑会使他在政治生涯中出人头地,——这才能就是把出现的任何事物加以利用,使它给自己带来特殊的称赞和荣誉。他相信自己已经充分表现出了自己的虔诚和谦卑,使客厅里的主人很满意了,他于是扬扬自得地潇洒地把棕榈叶往头上一扣,往克洛大婶的领地走去,打算在厨房里大大炫耀一番。

"我要对这些黑鬼演说一番,"山姆自言自语道,"这回可有了机会了。上帝啊,我要滔滔不绝地吹得他们目瞪口呆!"

必须看到的是,使山姆最开心的事情之一就是陪着他的主人乘马车到各种政治集会上去,他不是蹲在栅栏上,就是高爬在树上,以显然是最大的兴致看着演说家们,然后下到为同样的差使聚集在此的同肤色的兄弟之中,煞有介事地装出诚恳和严肃的态度;滑稽地模仿那帮演说家的样子教训他们,让他们开心开心。尽管离他最近的听众一般说来和他的肤色一样,但经常也会围着好几层白人,他们一边听着一边大笑,挤眉弄眼,使山姆更加得意。事实上,山姆把演说看成是他的天职,从不放过一个扩大他的职责的机会。

从老早起在山姆和克洛大婶之间就一直存在着某种宿怨,或者说一向十分冷淡。但是由于山姆想到要大讲一通,显然需要吃点东西作为基础,他决定这一次一定要采取鲜明的妥协态度;而且他明白,虽说"太太的命令"无疑会百分之百地得到执行,但如果他争取精神上的支持就会得到更大的好处。因此他带着令人感动的克制和顺从的表情出现在克洛大婶面前,好像是个为了受迫害的奴隶同伴经受了巨大的艰难困苦的人,——详细说明太太指示他来找克洛大婶看看他缺什么吃喝给他补充上,——这样明确地承认了只有她在烹调部门以及附属于这儿的一切拥有至高无上的地位和权力。

事情果不出他所料。山姆师傅用巴结把克洛大婶争取了过来,比拉选票的政客用献殷勤哄骗可怜的、单纯的、善良的人还要容易得多,就算他是回头的浪子也不会得到比这更多的母爱般的关照了,他很快发现自己快活而荣光地坐在一个大白铁盘前,盘子里装着过去两三天餐桌上出现过的各种食物的大杂烩:美味的小块火腿,金黄色的玉米糕块,形状如各种各样能想象出的几何图形般的小块馅饼、鸡翅、鸡胗、鸡大腿,全都别致地杂陈在一处。山姆是在他眼前的这一切的主宰,他把棕榈叶欢快地歪戴在头上,对坐在他右边的安迪施恩。

厨房里挤满了他的伙伴。他们都是从各个小屋匆匆赶来挤进厨房听这一天的英雄业绩的结局的。现在是山姆的得意时刻了,他把一天的事情详详细细地描述了遍,带上为加强效果所必需的各种佐料,因为山姆和我们一些时髦的浅薄文人一样,决不允许一个故事在经过他手时失去任何金闪闪的外饰。阵阵大笑声伴随着他的叙述,躺在地上或高踞在每个角落里的无数的小孩们也跟着起哄,笑个没完。然而在喧嚣笑闹的顶峰上的山姆仍保持着不变的严肃,只是时不时地把眼睛往上一翻,把各种无法形容的滑稽眼神抛向听众,但从不脱离演讲那煞有介事的说教。

"你们看,同胞们,"山姆说,一面生气勃勃地拿起一只火鸡腿,"你们看见了,我这小子为保护你们大家都干了些什么——是的,你们大家。因为一个人要想搞到我们中间的一个,实际上等于要想搞到我们大家,你们明白这原则是一样的——这点非常清楚。任何一个奴隶贩子到这里来在咱们的人中间到处东嗅嗅西找找,哼,他会遇见我挡他的道;我是他得先对付的人,——弟兄们,有事你们应该来找我,——我会维护你们的权利,——只要我一息尚存,就会为保卫你们的权利斗争到底!"

"啊,可是山姆,你今天上午还在对我说你要帮着这个老爷逮住莉齐,我觉得你的话前后不一致呀。"安迪说。

"我现在对你说,安迪,"山姆极端盛气凌人地说道,"你不知道的事少开口,像你这样的孩子心很好,但不可能指望你们'明白'①指导行动的伟大原则。"

安迪一副感到惭愧的神情,特别是"明白"这么个深奥的字眼,使在场的大多数年纪轻一些的人都觉得,这个词在争论中一锤定音了。山姆继续往下讲。

"那就是辨是非,安迪;当我想要抓住莉齐时,我真的以为老爷是这么想的,当我发现太太的想法与此相反,那更得辨是非了——因为站在太太一边总是更有好处,——所以你看不管怎样我都是一致的,都要辨出是非,坚持原则。是的,原则,"山姆说着使劲挥了挥手里的鸡脖子,——"我倒想知道知道,要是我们不坚持,要原则干什么? 给,安迪,你可以把这块骨头拿去啃,——上面还剩着肉呢。"

山姆的听众大张着嘴盼他往下讲,他不得不继续发挥下去,"黑鬼同胞们,关于坚持一致,"山姆以探讨一个抽象的问题的人的神气说,"坚持是大多数人没怎么深入探讨的一件事。你们看,如果一个人支持一件事,支持了一天一夜,第二天又支持相反的事,人们就会说(而且他们这样说是再自然不过的事),咳,他不坚持,——安迪,把那一小块玉米饼给我。可是让我们仔细看一看。我希望先生们和女士们原谅我打一个普通的比方,你们听,我想要爬到干草垛的顶上去,噢,我把梯子放在这一边,不行,——当然我就不再在这儿爬了,而是把梯子放在了正对面一边。我坚持了吗? 我坚持了,不管梯子在哪一边,我坚持要爬上去。你们难道还不明白吗,你们大家?"

<hr>

① 原文为 collusitate,山姆瞎造的一个长词。译文是根据上下文判断出来的。

"上帝知道，这是你坚持的唯一的一件事！"克洛大婶咕哝道，她开始感到烦躁，对她来说晚上的欢乐景象真有点像《圣经》上的譬喻——"往碱上倒醋"①。

"是的，确实如此！"山姆装满了肚子出足了风头，站起身来准备致结束语，"是的，同胞们和女士们，我有原则，——为此我感到骄傲，——它们是现在这个时代的必要前提，也是一切时代的必要前提。我有原则，而且我尽全力坚持原则，——任何东西只要我认为是原则，我就全力以赴，——他们把我活活烧死我也不在乎——我会一直走到火刑柱前，我会的，并且会说，我来了，为了我的原则，为了我的国家，为了社会的普遍利益，我来流尽最后一滴血。"

"好啦，"克洛大婶说，"你的原则之一是，今晚什么时候得去睡觉，不要让大家熬到天亮。现在你们这些小孩们要是不想挨上一巴掌最好马上离开这儿。"

"黑鬼们！所有的人，"山姆说，一面宽厚地挥着他的棕榈叶，"我祝福你们，现在去睡觉吧，做好孩子。"

人们在这伤感的祝福下散去。

---

① 引自《旧约·箴言》第25章第20节，指雪上加霜，此处指当着伤心的克洛大婶作乐，使她心里更加难过。

第九章　从本章看来,参议员也是个人

欢快的火光照在一间温暖舒适的客厅的炉边地毯和大地毯上,照得茶杯和擦得亮亮的茶壶闪闪发光。参议员伯德正在脱靴子,准备把脚伸进一双漂亮的新拖鞋里去,这是他在参议院开会时妻子给他做的。伯德太太看上去欣喜万分,正在指挥布置茶点桌,时不时地对几个欢闹的小孩加上几句训斥。他们正兴高采烈地玩各种各样极其顽皮的恶作剧的游戏,自从《圣经》所描写的大洪水以来,孩子的顽皮就一直使母亲们惊异不止。

"汤姆,别玩那门把手——这才是乖孩子! 玛丽! 玛丽! 别揪猫的尾巴,——可怜的小猫咪! 吉姆,你不许爬上那张桌子去,——不行,不行! ——你不知道,亲爱的,没想到你今晚会回来,我们大家真是高兴!"最后,当她总算抓到一个空对丈夫说句话的时候,对他这样说道。

"是的,是的,我想我就顺便赶回来,在家过一夜,舒服舒服。我简直累死了,头也痛!"

伯德太太看了一眼放在半开着门的壁橱里的放樟脑的瓶子,她正打算要走过去,但被丈夫制止了。

"不,不,玛丽,不要药! 我需要的是一杯你的滚热的奶茶,加上在家享点福。制定法律真是桩累人的差使!"

参议员笑了,好像他认为自己为国作出牺牲,他挺欣赏这个想法。

"噢,"在茶点桌已安排得差不多了的时候妻子问道,"他们在参议院都做了些什么呀?"

且说温柔娇小的伯德太太极少花脑子去想州议会里在做些什么,她很明智地认为做好她自己的事就够她忙的了,因此伯德先生惊奇地睁开眼睛说:

"没有多少要紧的事。"

"噢,不过他们是不是通过了一项法律,禁止大家给过路的可怜的黑人吃的和喝的,这是真的吗?我听说他们在谈论要有这么个法律,但是我没有想到一个信奉基督教的立法机构会通过它!"

"哎哟,玛丽,你突然之间成了个政治家了。"

"别瞎说!一般说来我才不会去管你们的那些政治呢,但是我认为这法律是彻头彻尾的残酷和违背基督教义的。我希望,亲爱的,你们没有通过这样的法律才好。"

"通过了一条法令,禁止人们帮助从肯塔基州过来的奴隶,亲爱的,那些不顾后果的废奴主义者们老干这种事,使得我们肯塔基州的兄弟们十分激动不安,因此我们的州应该做点什么使他们平息下来,这似乎是必要的,符合基督教义的,和友爱的。"

"那这法令怎么说的?它不禁止我们晚上给这些人一个栖身之处吧,给他们一些可口的东西吃,几件旧衣服穿,然后悄悄打发他们离开,去寻自己的生路吧?"

"啊,亲爱的,这就算犯了包庇和支持罪了,知道吗?"

伯德太太是个胆怯的、爱脸红的小个子女人,大概四英尺高,一双温柔的蓝眼睛,面如桃花,有着世界上最柔和、甜美的声音,——至于说胆量,据说一只中等大小的雄火鸡才叫了一声就把她吓得惊慌失措,一条本事中等的结实的家犬只要向她龇一龇牙就能制服她。她的丈夫和子女就是她的整个世界,而她对他们的统治更多是通过恳求和说服而不是通过命令和争论。只有一件事能够激怒她,那就是当她极端温柔和富于同情的天性受到刺激时;——任何带有残酷性的事都会使她发怒,由于她性格一般十分温柔,发起火来就更令人感到惊恐难解。总的说来她是个十分娇纵孩子、对孩子有求必应的母亲,然而她的儿子们至今仍怀着敬意记得她曾经给与他们的一次最严厉的惩罚,那是因为她发现他们伙同附近几个粗野的孩子一起用石头砸一只无助的小猫。

"我告诉你吧,"比尔少爷曾说,"那次可把我吓坏了,妈妈向我冲过来,我还以为她疯了呢,我挨了一顿打,没吃晚饭就给扔上床去睡觉,还没弄明白是怎么回事呢。后来我听见妈妈在门外哭,这比什么都让我难受。我告诉你吧,"他常说,"我们男孩子们再也没有用石头砸过猫了。"

这次,伯德太太迅速站起身来,双颊绯红,这倒使她更好看了。她走到丈夫面前,神情坚定,口气坚决地说:

"现在,约翰,我想知道你是不是认为这样的法令是对的,符合基督精神的。"

"玛丽,如果我说我是这样认为的,你不会开枪把我打死吧!"

"我从来没有想到你会这样,约翰。你没有投赞成票吧?"

"就是投了又怎么样呢,我的漂亮的政治家。"

"你应该感到羞耻,约翰!可怜的没有家、没有屋的人们!这是个可耻的、邪恶的、坏透了的法令,拿我来说,一有机会我就会犯这个法,而且我希望我会有机会这样做,我非常希望!如果就因为他们是奴隶,一辈子受迫害受虐待,一个女人就不能给这些可怜的、饥饿中的人一顿热饭吃,一张床睡觉,事情也就太不像话啦!可怜的人们!"

"可是玛丽,你先听我说,你的感情都是对的,亲爱的,而且很有意思,因此我爱你。但是我们也不能用感情来左右我们的判断。你必须想到这不是件个人感情的事,——这牵涉到大的公众利益,——现在公众的情绪很是激烈,而且还在升温,我们就必须把个人感情放在一边了。"

"哦,约翰,我不懂政治,但我会读《圣经》,从《圣经》里我看到我必须给饥饿者食物,给无衣者衣服,给孤苦者安慰;我打算要按这《圣经》所说的去做。"

"可是在你这样做会给公众带来巨大的危害时——"

"服从上帝永远不会给公众带来危害,我知道不可能这样。对大家来说最安全的就是照神的旨意去做。"

"你听我说,玛丽,我可以用一个很明显的道理来说明——"

"啊,瞎说,约翰!你可以说上一个晚上,但是你不会去做这种事。我问你,约翰,——现在你会不会把一个可怜的、冻得发抖的、饿着肚子的人从你门口赶走,因为他是个逃奴?你会吗,嗯?"

唉,如果要说实话,我们的这位参议员生性特别仁慈,平易近人,把任何不幸的人从门口赶走从来不是他的长处所在,在这场争论的这个具体关头,对他来说更糟的是他妻子了解他的这个特点,而且当然正向这无法防御的所在发动进攻。因此他求助于专为应付这种场面的通常作法:争取时间。他说"啊哼",咳了几声,拿出手绢来开始擦眼镜。伯德太太看到敌人的领土的这种无防御状态,哪肯放过,马上乘胜追击。

"我倒真想看看你这么做,约翰——我真想看看!比方说在暴风雪之中把一个女人赶出门去;或者说,你也许会把她抓起来放进监狱里去,是不是?你会成为个好手的!"

"当然,这会是一个令人十分痛苦的责任。"伯德先生有节制地说。

"责任!约翰,别用这个词!你知道这不是什么责任——它不可能是个责任!如果人们不想让奴隶逃跑,就该好好对待他们,——这就是我的信条。如果我有奴隶(我希望永远不会有),我倒要大着胆子试试看他们是不是想从我这儿逃走,或从你身边逃走,约翰。我告诉你,人在快活时是不会逃走的,而当他们真的逃走时,可怜的人们!没有人与他们作对他们就够受的了:他们要经受寒冷、饥饿和恐惧的折磨;不管什么法令不法令,我永远不会和他们作对,愿上帝保佑我!"

"玛丽!玛丽!亲爱的,让我把道理讲给你听。"

"我讨厌讲道理,约翰,——特别是在这样的问题上讲道理。你们这些搞政治的人专会对一件简单明了的事情来回兜圈子,而当要去做的时候,你自己也不相信那番道理。约翰,我对你有足够的了解,你并不比我更相信这事是对的,也不会比我更快地去做这种事。"

正在这个紧要关头,黑人总管卡德乔从门口伸进头来说希望"太太到厨房来一下";我们的参议员算是好歹松了一口气,以一种觉得又可气又好笑的奇怪神情看着妻子娇小的背影,然后坐进扶手椅,开始看报纸。

过了一会儿,他听见妻子在门外急切而认真的声音,——"约翰!约翰!我希望你来一下。"

他放下报纸走进厨房,吃了一惊,眼前的景象使他惊异万分。——一个年轻苗条的女人,身上衣服全撕破了结了冰,一只鞋子不知去向,长袜也丢了一只,划破的赤脚上满是血。她完全失去了知觉,被平放在两张椅子上。她脸上有被藐视的那个种族的痕迹,然而谁也不可能感觉不到那悲凄哀婉的美,而那张轮廓分明却毫无表情的脸,那冰冷、凝固、死一般的神态,使他全身发冷,肃然而立。他急促地呼吸着,沉默地站在那里。他的妻子和家里唯一的黑人女佣老黛娜大婶正忙着进行使她恢复知觉的种种努力,而老卡德乔把小男孩抱起放在他的膝头,忙着扯下他的鞋袜,搓着他冰冷的小脚。

"啊呀,真的,她的样子真是太可怜了!"老黛娜怜悯地说,"看来是热气使她昏过去的,她进门时还可以,请求是不是能在这里暖和暖和。我正要问她从哪里来的,她却一下子就昏了过去。从她的手可以猜出来,她从来没有干过多少苦活。"

"可怜的女人!"伯德太太同情地说,这时女人慢慢地睁开了她黑黑的大眼睛,茫然地看着她。突然一阵痛苦的神情掠过了她的脸,她跳起身来,说,"啊,我的哈利!他们把他抓走了吗?"

孩子听见后从卡德乔的膝上跳下,跑到她身边,伸出了胳膊。"啊,他在这里!他在这里!"她大声说。

"啊,太太!"她发狂似地对伯德太太说,"请保护我们!

别让他们抓到他!"

"在这儿没有人能伤害你,可怜的女人,"伯德太太安慰说,"你是安全的,不要怕。"

"上帝保佑你!"女人说,捂着脸抽泣了起来。孩子看到她哭了,使劲往她怀里钻。

在经过了许多温柔的女性的照料后——在这方面谁也比不上伯德太太——可怜的女人逐渐平静了下来。在火炉旁有扶手的高背长木椅上给她铺了个临时的床,不久她就沉睡起来,孩子似乎也同样累了,熟睡在妈妈的怀里,因为母亲焦虑不安地拒绝人们好心地想把孩子抱开的一切努力,即使在熟睡中她的一只胳膊仍紧紧地抱着他,似乎即使在这种情况下也不能骗她放松她警惕的怀抱。

伯德先生和太太回到了客厅。尽管似乎有些奇怪,但他们俩谁都没有提起原来的讨论;伯德太太忙着织毛衣,伯德先生则装着在看报纸。

"我奇怪她是谁,是干什么的!"伯德先生终于放下报纸说。

"等她醒过来,觉得好一些了,我们就会知道了。"伯德太太说。

"我说,太太!"伯德先生端着报纸冥想片刻后说。

"嗯,亲爱的!"

"不能把你的衣服放出一点来啦什么的让她穿,能吗?她似乎比你个子大不少呢。"

伯德太太回答时脸上闪出了很容易觉察到的笑容,"我们待会儿再看吧。"

又一阵沉默,伯德先生突然又说道:

"我说,太太!"

"好啦! 又什么事?"

"噢,那件毛葛斗篷,你专门留着让我在睡午觉时盖的,你还不如把这给她呢,——她需要衣服。"

这时,黛娜探进头来说那女人醒了,想见太太。

伯德先生和太太走进厨房,身后跟着两个大儿子,小不点们此时已经都妥帖地上了床了。

这时女人坐起在火炉旁的长椅上,她带着平静的、心碎的表情凝视着炉火,和刚才的激动狂乱完全不同。

"你要见我是吗?"伯德太太温和地说,"我希望你现在觉得好一点了,可怜的女人!"

唯一的回答是一阵长长的、颤抖的叹息。但是她抬起黑色的眼睛,带着这样凄凉无望的恳求神情看着她,使小个子女人不由得眼泪盈眶。

"你什么也不用怕,我们这儿的人都是你的朋友,可怜的女人! 告诉我你从什么地方来,想要做什么。"她说。

"我从肯塔基来。"女人说。

"什么时候来的?"伯德先生接过来问。

"今天晚上。"

"你怎么来的?"

"我从冰上过来的。"

"从冰上过来的!"所有在场的人都说道。

"是的,"女人缓慢地说,"我是从冰上过来的,上帝保佑了我;他们紧追着我——就在我身后——没有别的路可走!"

"天哪,太太,"卡德乔说,"冰已经裂成一大块一大块的了,在河里漂来撞去的!"

"我知道，——我知道，"她激动地说，"可是我过来了！我没想到能过来，——没想到能到达河的这一边，可是我不在乎，过不来不就是死吗？上帝帮助了我，不到紧急关头，人们不会知道上帝能给他们多大的帮助。"女人眼睛放着光，说道。

"你是奴隶吗？"伯德先生问。

"是的，先生，我的主人是肯塔基州的。"

"他对你不好吗？"

"不，先生，他是个好心肠的人。"

"那么女主人对你不好吗？"

"不，先生，不，女主人一向对我很好。"

"那么是什么原因使你离开一个很好的家，冒这样的危险逃跑？"

女人抬头以犀利、探究的目光看着伯德太太，她注意到她重丧在身。

"太太，"她忽然问道，"你有没有失去过孩子？"

谁也没有想到她会问这个问题，这是戳到了一个尚未愈合的伤口上，因为仅仅在一个月前这家人刚刚才埋葬了一个宝贝孩子。

伯德先生转身走向窗口，伯德太太失声痛哭起来。稍稍平静了一点以后她说，"你为什么要问起这呢？我失去过一个小宝宝。"

"那么你就会同情我了，我接连失去过两个孩子，——我离开了，把他们留在了那片墓地里，现在我只剩下这一个孩子了，我每晚都和他一起睡，他是我的一切。他是我的安慰，我的骄傲，天天如此，夜夜如此。可是，太太，他们要把他从我身边夺走——卖掉他,——把他一个人孤零零地卖到南方去,太太啊,——他还是个从来没有离开过娘的孩子!我受不了,太太。要是他们真把他夺走了,我知道我从此就完了。当我听说卖契已经签好了,他被卖掉了,我抱起他连夜就逃走了,他们追赶我——那个买走他的人,还有老爷的几个人,——他们紧追在我身后,我都听得见他们的声音了。我就那么往冰块上一跳,自己都不知道是怎么过的河,——我只知道有一个人把我拉上岸来。"

女人没有抽泣,也没有呜咽,她已经流干了眼泪,但是她周围的每一个人都以各自不同的方式流露出对她的深切同情。

两个小男孩先是拼命掏口袋找手绢,做妈妈的都知道从那里是不会找到手绢的,找不到就伤心地扑到妈妈的裙子上,抽抽搭搭地哭着,尽情地往裙子上擦眼泪鼻涕;——伯德太太的脸差不多全埋在了手绢里;而老黛娜的眼泪顺着朴实的黑脸扑簌簌流下,她以野营布道会上祈祷时的满腔热忱呼喊道:"上帝怜悯我们吧!"——而老卡德乔使劲用袖口揉着眼睛,脸上做出各种怪样子,偶尔也用极大的热诚以同一个调子响应黛娜的祈祷。我们的参议员是个政治家,自然不能指望他像凡人那样流眼泪,因此他背对着众人看着窗外,似乎特别频繁地清嗓子、擦眼镜,有时候擤擤鼻涕,要是有人有这份心情去注意观察他的话,他这种举动难免要引起疑心。

"那你怎么对我说你主人是个好心肠的人呢?"他坚决地咽下哽在喉咙里的东西,突然转身向着女人问道。

"因为他确实是一个好心肠的主人,不管怎样,我得这么说,——女主人也心肠好,但是他们没有办法。他们欠了债,我也说不清怎么着有个人把他们捏在了手心里,他们不得不按他的要求办。我听他们说话来着,我听见他把这事告诉了太太,她拼命为我求情——他对她说他也是出于无奈,卖契什么的都已经写了,——那时候我才带着孩子离开了家,逃走了。我知道,要是他们把孩子卖了,我是没法活下去的,因为这个孩子简直就是我的一切了。"

"你没有丈夫吗?"

"有的,但是他属于另一个主人,他的主人对他特别狠,不许他来看我,几乎很少让他来,而且对我们越来越狠了,他威胁说要把他卖到南方去:——看来我是永远见不到他了!"

女人说这番话时声调是这样的平静,可能会使一个肤浅的观察者认为她已心如死灰;但是在她乌黑的大眼睛里积淀着一种冷静而深沉的悲痛神情,表明情形完全不是这样。

"可怜的女人,你打算到什么地方去呢?"伯德太太问道。

"加拿大,要是我知道它在哪儿的话。加拿大离这里很远,是吗?"她抬起头来,用纯朴、信任的眼光看着伯德太太的脸。

"真可怜。"伯德太太情不自禁地说。

"离这儿非常远,是吗?"女人急切地问。

"比你想象的要远得多,可怜的孩子!"伯德太太答道,"不过我们要想想办法看能不能帮帮你。黛娜,给她在你房间里靠厨房这边搭个铺吧,我想想看明天早晨有什么办法帮帮她。现在,可怜的女人,不要害怕,相信上帝会保佑你。"

伯德太太和丈夫重新回到客厅。她在壁炉前的一把小摇椅里坐了下来,沉思地前后摇动着椅子。伯德先生则在房间里踱来踱去,自言自语,"呸!哼!这事可真难办透了!"最后

他大步走到妻子面前,对她说:

"我说,太太,她今天晚上就得离开这里。那个家伙明天天一亮就会追踪过来。如果就是那女的自己,她可以在这里躲到事情过去,可是那个小家伙,就是千军万马也没法让他老实下来,我敢保证是这样。他会把脑袋从哪扇窗子或门伸出去,一切就都会败露的。在这个当口,要是在我家把他们母子二人给搜了出来,对我可就够呛啦!不行,今晚必须让他们离开。"

"今晚!这怎么可能呢?——让他们上哪儿去?"

"啊,我知道哪儿。"参议员说着开始带着思索的神情穿靴子,腿刚伸进去一半他就停了下来,两只手抱着膝盖,似乎陷入了沉思之中。

"这可恶的事真是难办透了,"过了好半天他终于说道,又开始拽起靴子带来,"一点也不假!"穿好一只靴子以后,参议员手里拿着另一只靴子坐在那里,盯着地毯上的花纹,"想来想去,还是非让他们走不可,——见鬼!"他急切地穿上了另一只靴子,向窗外看去。

娇小的伯德太太是一个行事谨慎的女人,——一辈子从来没有说过像"我早就告诉过你了!"这类的话。现在,虽然她明知丈夫的思路的动向,却小心谨慎地不去干涉他,只是一声不响地坐在椅子里,做出只要他认为该说时她准备对她这位君王的话洗耳恭听的样子。

"你看,"他说,"我有个老客户,叫范·特隆普,他从肯塔基搬了过来,把他所有的农奴全解放了。他在小溪往上七英里的树林里买了所宅子,那儿没事时根本没人去,而且也不是个容易找得到的地方,她在那儿会很安全,不过麻烦的是,除了我，今晚谁也没法驾车到那儿去。"

"为什么？卡德乔马车赶得很好呀。"

"是的，可是情况是，要过两次小溪，除非像我这么熟悉那条路的人，不然，第二次过溪挺危险的。我骑马从那儿走过上百次，熟悉那曲里拐弯的地方，所以，你看，没别的法子，只有走这条路了。卡德乔必须在十二点钟左右悄悄套好车，我赶车把她送去。为了遮人耳目，卡德乔得赶车把我送到前面的小酒店去，装作赶三四点钟经过那儿到哥仑布市①去的公共马车，这样一来，人家就会认为我坐马车是为了这个目的。明天一大早我就可以上班了。不过，在我说了这些话、干了这样的事以后，在那里我想会感到惭愧的，不过管它的呢，我不能不这样做。"

"在这件事上，你的心比你的脑袋要强，约翰，"他的妻子把她白白的小手放在他的手上说，"我比你自己更了解你，不然我会爱你吗？"小女人眼睛里闪着晶莹的泪花，看上去是这样姣好，这使参议员感到，能让这样漂亮的女人如此痴情地钦慕自己，他必定是个绝顶聪明的人物，因此除了老老实实地去叫仆人套车之外，他还能怎么样呢？不过他走到门口停了下来，片刻后又走回来，有点犹豫地说：

"玛丽，我不知道你怎么想，不过那只抽屉里有满满一抽屉——可怜的小亨利的——的——东西。"说后他很快转身出去，随手关上了门。

他的妻子打开了在自己卧室隔壁的那间小卧室的门，把端着的蜡烛放在了小卧室的柜子上。她从小壁龛里拿出了一

---

① 俄亥俄州首府。

把钥匙,若有所思地插进了抽屉的锁孔里,突然她停了下来。两个男孩子,像男孩们常干的那样,紧跟在她身后,这时他们站在一旁,用意味深长的眼光默默地看着他们的妈妈。啊!读着这个故事的母亲们,在你们的家里难道就从来没有过一个抽屉或者一个柜橱,每当打开它们的时候,对你们说来就像是重新掘开了一座小小的坟墓?啊!如果你们没有,那么你们可真是幸福的母亲了。

伯德太太慢慢拉开了抽屉,里面有各式各样的小上衣,成堆的小围嘴,成行的小袜子,甚至还有一双鞋头磨坏了的小鞋子从纸包中露了出来。有一辆玩具马车,一个陀螺,一个球,——这是流着眼泪肝肠寸断地收在一起的纪念物!她在抽屉旁坐了下来,头靠在扶着抽屉的手上,哭泣起来。眼泪顺着指缝流到了抽屉里。突然她抬起了头,开始紧张地匆匆挑了几件最朴素、最实用而结实的衣服,包了一起。

"妈妈,"男孩中的一个轻轻碰了碰她的胳膊问道,"你打算把这些东西送掉吗?"

"亲爱的孩子们,"她温柔而严肃地说,"如果我们亲爱的小亨利从天堂往下看的话,我们这样做他会很高兴的。我是不会忍心把他的东西给一般的人的——给任何幸福的人,但现在我把这些给一个比我更加心碎、更加悲伤的母亲,愿上帝祝福他们!"

在这个世界上有着有福的人们,他们把自己的悲哀变成他人的幸福,他们痛哭流涕埋葬了的自己尘世的希望变成了种子,育出鲜花与香膏,为孤苦无告的人抚平伤痕。眼前这个弱小的女人就是他们之中的一个,她坐在灯旁一面流着泪,一面把纪念自己失去的宝宝的衣物收拾出来送给一个无家可归的流浪者。

过了一会儿伯德太太打开了衣橱，从里面拿出了一两件朴素实用的衣裙，便坐到缝纫台前，准备好针线、剪刀和顶针，开始不声不响地按她丈夫的建议"放"起衣服来，一直忙到屋角的旧钟敲了十二下，听见了门外车轮低沉的辘辘声。

"玛丽，"丈夫手里拿着大衣走进屋子，对她说，"你现在就得把她叫醒了，我们得动身了。"

伯德太太匆匆把她收拾在一起的衣物放在了一个普普通通的小箱子里，她锁好箱子，让丈夫拿到马车上去，自己就去叫醒那女人。很快她穿戴着原是女恩人的斗篷、帽子和披巾，抱着孩子出现在门口。伯德先生催促她上了马车，伯德太太一直跟到马车镫旁。伊莱扎从车窗探出头来，伸出了一只手——这只手和对方的那只手同样娇柔美丽。她又黑又大的眼睛满含着诚挚的万语千言凝视着伯德太太的脸，她似乎想要说些什么。她的嘴唇颤动着，——张了一两次嘴，但没有说出话来——她指指苍天，眼中流露出令人永远无法忘怀的神情，便倒在了椅背上，蒙上了脸。车门关上，马车向前驶去。

这位爱国的参议员，上星期一直在本州的参议院中力促通过更严厉的法令，来对付逃奴和唆使、窝藏他们的人，现在的处境可真够尴尬的了！

我们这位好心的参议员在口才上在本州是数一数二的，丝毫不比在华盛顿的那些因口才而取得不朽名声的老兄们逊色！当他双手插在口袋里，坐在那儿对那些把几个倒霉的逃奴的利益放在伟大的国家利益之上的人极尽冷嘲热讽之能事时，他是多么的不可一世啊！

在这件事上他简直勇如猛狮，不仅"有力地说服了"他自己,而且"有力地说服了"一切听到他讲话的人。但他对逃奴的理解只停留在这两个字上,——最多也就是报纸上图片中的形象:一个拿着一根棍子背个包袱的男人,图下一行字"从本人家中出逃"。他还从来没有经受过亲眼看见悲惨景象所能产生的不可思议的力量:一个人苦苦哀求的眼睛,颤抖无力的双手,在孤苦无助的痛苦中发出的绝望的呼吁。他从来没有想到逃奴可能会是个不幸的母亲,无人保护的儿童,——就像眼前这个戴着他自己死去的儿子的熟悉的小帽子的孩子。因此,由于我们可怜的参议员不是个铁石心肠的人,——由于他是一个人,而且还是一个心地高尚的人,大家一定能看到,他的爱国之心现在正处于两难的煎熬之中。而南方各州的好兄弟们,你们大可不必对他幸灾乐祸,因为我们从一些迹象可以感觉到,你们中的一些人在同样情况之下的表现不见得会比他高明多少。我们有理由相信,在肯塔基州,和在密西西比州一样,有着心地高尚慷慨的人,不会听见别人的悲惨遭遇而无动于衷的。啊,好心的兄弟们!如果你们指望我们去做当你们处于我们的地位时,你们勇敢而高尚的心灵不会允许你们去做的事,这公平吗?

不管怎么说,如果我们好心的参议员是个政治上的罪人,那么他的一夜苦行也可以赎罪。很久以来这一带阴雨连绵,而尽人皆知俄亥俄州松软富饶的土质最适于产生烂泥的了,——这条路是俄亥俄州早年的"铺轨路"。

"我说请问,那是种什么样的路呢?"东部来的旅行者问道,他们所习惯的"铺轨路"只有平坦、快速的铁路。

那么,天真的东部的朋友请听了,在西部愚昧未开化的地区,烂泥深不可测,路用粗糙的圆木一根根横铺而成,再往原封未动的外皮上铺上土、草皮或顺手能搞到的任何东西,当地人把这高兴地叫作大路,马上就在上面骑马赶车了。随着时间的过去,雨水冲走了上面所说的草皮,把圆木冲得东一根西一根横七竖八地,中间尽是黑色的烂泥深坑和沟槽。

我们的参议员就乘车颠簸在这样一条路上,一面在环境许可的情况下断续地进行着道德方面的思考。马车行进的情况大致是这样的:砰!砰!砰!泼啦!陷进了泥里!——猛不防颠得参议员、女人和孩子七歪八倒,还没来得及正过来就撞到了前面的车窗上。车陷在泥坑里动弹不得,但听见卡德乔在车外使劲吆喝马,白白地又拉又拽了好半天,往往在参议员失去耐心时马车突然猛地蹦出泥坑上了路,——然而两只前轮又一下子陷进了另一个深坑,参议员、女人和孩子便又颠作一处扑倒在前座上,参议员的帽子不雅地盖住了眼睛和鼻子,他以为自己完了,小孩哭,卡德乔在外面冲着马使劲喊,马在鞭子不断的抽打下挣扎着,又踢又拽,马车又一次猛地蹦了出来,——后轮又陷了下去,参议员、女人和孩子被抛回到后座上,他的胳膊碰上了她的帽子,她的两只脚塞进了撞击时掉下来的他的帽子里。好一阵子后总算走过了"泥沼",马停下来喘着粗气,参议员找到了帽子,女人把帽子戴好,把孩子哄得不哭了,做好准备迎接前面更艰难的路程。

接着的一段时间只有连续不断的砰!砰!为了换换花样,间或夹杂着剧烈的左颠右簸和各式震动。他们刚开始庆幸情况终究还不算太糟,这时马车往前一栽停住不动,刹那间车里的人先给颠得站了起来,随着又跌回到座位上,车外一阵混乱以后卡德乔出现在车门口。

"对不起,先生,这个坑糟透了,我不知道怎么才能把车拉上来。我在想咱们得去弄点圆木来。"

参议员垂头丧气地下了车,小心地找块硬实点的地方才落脚——一只脚深陷进了泥里,他想拔出脚来,身子一歪却摔倒在泥里,被卡德乔拉了起来,样子真是惨不忍睹。

但是出于对读者身子骨的同情,我们就不再详加描绘了。在西部旅行过的人,如果曾经有过把午夜时光消磨在拆篱笆墙来把自己的马车撬出泥坑这一有趣活动上的经历,定会对我们这位背时的英雄怀有尊敬和悲伤的同情。我们请求他们默默地一滴同情之泪,继续他们的行程。

当马车从小溪爬上岸,车身溅满泥浆、不停地滴着水停在一座大农舍的门外时,已是深夜时分了。

叫醒屋子里的人可真没少费劲,最后可敬的宅主才出来开了门。他是个高大魁梧、毛发直立的奥逊①式人物,净高超过六英尺,穿一件红色法兰绒短猎衣。一头浓密的黄中带红的头发蓬乱着,胡子已经几天没刮,使这位先生的外貌至少是不太具有吸引力。他高举着蜡烛一动不动地站了好几分钟,眨巴着眼睛阴沉地、莫名其妙地看着我们这几位不速之客,神情十分可笑。我们的参议员花了不少劲才使他充分明白了这件事。现在趁他在听参议员向他解释的时候,让我们来稍微把他向读者介绍一下。

正直的约翰·范·特隆普老先生过去曾是肯塔基州一个相当大的地主和奴隶主,是个"空披了一张熊皮的好心人",天生有着诚实、正直、崇高的心灵,可以和他那魁梧的身材媲美。多年以来他带着压抑与不安亲眼看到一个对压迫者和被

①　法国传奇小说中《范伦丁与奥逊》中的主人公。

117

压迫者同样有害的制度在运作着,终于有一天,约翰那崇高的心灵再也承受不住这个枷锁了,他从书桌里拿出钱包,到俄亥俄州去买下了一个小城四分之一的肥田沃土,给他所有的奴隶,不分男女老少,一人一张自由证书,把他们装上篷车,拉到新买的土地上去安家落户,然后正直的约翰转身来到小溪上游,在一个舒适幽静的农场上安顿下来,过着问心无愧的隐居生活。

"你就是那个庇护逃奴的人吧?你愿意让这个受到追捕的女人和孩子在你这儿躲一躲吗?"参议员直截了当地说。

"没错是我。"正直的约翰语气很重地说。

"我猜对了。"参议员说。

"要是有人找到这儿来,"这位善良的人伸直了他魁梧的身子说道,"有我迎接他们,我还有七个儿子,个个身高六英尺,他们也会迎接这些人。向他们致意,"约翰说,"并告诉他们不管他们什么时候来,——对我们都一样。"约翰说着用手指梳拢那一头浓密蓬乱的头发,放声大笑起来。

精疲力竭的伊莱扎抱着熟睡的孩子,拖着沉重的脚步走到了门口。胡子拉碴的老人举起蜡烛照着她的脸,同情地咕哝了一声。他们站在一间很大的厨房里,这时老人推开了毗连的一间小卧室的门,示意伊莱扎进去。他取下一支蜡烛,点着后放在桌子上,开始和伊莱扎说话。

"我说姑娘,你一点也不用害怕。不管什么人来这里,我全能应付得了,"他指着壁炉台上方挂着的两三把不小的来复枪说,"大多数认识我的人都知道,我要是不答应,谁想从我家把人抓走都不会有好结果。所以现在你就放心睡吧,安安静静地就和睡在妈妈的摇篮里一样。"他说完关上门出去了。

"噢,这可是个模样儿出众的女人,"他对参议员说,"唉,有时候如果她们重感情,而正派女人应该这样,漂亮女人就有更多的理由要逃跑了。这些我都清楚。"

参议员用几句话简单地说了一下伊莱扎的情况。

"啊!噢!嗬!咳,怎么会是这样?"好心的老人怜悯地说,"当然!当然!这是天性嘛,可怜的女人,像只小鹿一样被人追赶——就因为天生的母爱之情,做了任何一个母亲都不可能不做的事情!我对你说吧,这种事比任何别的事情都更使我想切齿诅咒!"正直的约翰说,一面用长满晒斑的大黄手的手背擦眼泪。"说实话,陌生人,我多年一直不肯信奉基督教,就是因为我们那一带的牧师在布道时老说《圣经》支持这种拆散家庭的做法,——我对付不了这帮又懂希腊文又懂希伯来文的家伙,所以我就采取了连《圣经》带牧师一概反对的立场。直到我遇到了一个能用希腊文什么的对付他们的牧师,他的说法和那帮人正好相反,我才信了上帝,入了基督教,——这是实情。"约翰说。他一边说一边打开了一瓶鲜美的苹果酒,倒给客人喝。

"你最好就在这里过夜,天亮了再走,"他热情地说,"我去把老婆叫起来,马上就可以给你把床准备好。"

"谢谢你,好心的朋友,"参议员说,"我得马上走,好去赶夜班驿车到哥仑布市去。"

"啊,那好吧,如果你非走不可,我送你一程,给你指一条比你来时好走一点的小路,那条路太难走了。"

约翰穿戴停当,手里提着盏灯,把参议员的马车带到他宅子后面通山谷的一条路上。分手时,参议员把一张十元的钞票放在老人手里。

　　"这是给她的。"他简短地说。

　　"好,好。"约翰同样简短地答道。

　　他们握了握手分别了。

第十章　黑奴上路

从汤姆叔叔的小屋的窗子里看出去,二月的这天早晨天色阴沉,下着蒙蒙细雨。人们的脸上也是阴沉沉的,反映了内心的悲伤。小桌子放在了炉火前,上面铺着一块熨衣垫布,一两件刚刚熨完的干净的粗布衬衫挂在火旁的一张椅子背上,克洛大婶在桌上又铺开了另一件要熨的衬衫。她一丝不苟地仔细熨着每一个褶褶,每一道贴边,不时抬起手擦去顺着面颊滚滚流下的泪水。

汤姆坐在一旁,一本《圣经》的《新约全书》摊开放在膝头,一只手撑着头:——但是两个人谁也没有说话。这时天色尚早,孩子们仍在那张粗糙的四轮矮脚床上熟睡着。

汤姆和他所有不幸的黑种人一样,对家庭温柔眷恋(真太可悲了)。他站起身来默默地走到矮床旁看他的孩子们。

"这是最后一次了。"他说。

克洛大婶没有回答,只是用熨斗一遍又一遍地熨着那件平整得无法再平整的粗布衬衫。终于她突然绝望地把熨斗砰地放下,坐在桌旁"放声大哭"起来。

"看来只有听天由命了,可是天哪,我怎么做得到呢?要是我知道你被卖到什么地方去,或者他们会怎么对待你也好啊!太太说她要想法子在一两年里把你赎回来,可是,老天,卖到南边去的还从来没有一个人回来过！都被活活累死了！我可听说过在那些种植园里他们是怎么让黑人卖命干活的。"

"在那里也有和这儿一样的上帝的，克洛。"

"好吧，"克洛大婶说，"就算有吧，可是有时候上帝也听任可怕的事发生，这还是安慰不了我。"

"我在上帝手中，"汤姆说，"他不允许的事是不会发生的，——至少有一件事我十分感谢他，给卖到南方去的是我，而不是你和孩子们。在这里你是安全的，——不论发生什么事只会落到我的头上；而上帝会帮助我的，——我知道他会的。"

啊，勇敢的男子汉的心啊！——压下自己的痛苦去安慰你所爱的人！汤姆说着这一切时声音沙哑混浊，痛苦哽塞了喉咙，但他的话仍勇敢坚强。

"让我们想一想我们所得到的恩典吧！"他继续说道，声音颤抖，仿佛他知道自己确实需要好好想想这一切。

"恩典！"克洛大婶说，"我看不出这里有什么恩典！这事不对，根本不应该这样！老爷根本不该把事情搞到要卖你抵债的地步。你早就挣回了你的身价钱了，挣回了两倍了！他欠着你的自由，几年前就该让你自由了。也许他现在是身不由己，可我还是觉得这样做不对。不管怎么说我还是这样想。像你这么一个忠心耿耿的人，——向来把他的事放在自家事情之上，——把他看得比你自己的老婆孩子还重要！那些只为自己摆脱困境不惜把人家所爱的人的骨肉卖掉的人，是会遭到上帝的报应的！"

"克洛！如果你爱我，就不要说这种话。这也许是我们最后一次在一起了！我对你说，克洛，我不愿意听到说老爷一个字的坏话，不是我从小把他带大的吗？——当然我会看重他。不能指望他也这么看重可怜的汤姆。老爷习惯了一切事情都有人替他做，当然就不会把这些看得这么重，不可能指望他们这样，根本不可能。把他和别的老爷放在一起比比看，——谁受到了我这样的对待，过着我这样的日子？如果他有先见之明，决不会让这种事发生在我身上的，我知道决不会的。"

"好吧，反正总有什么地方不对劲，"克洛大婶说，她身上一个突出的特点就是有种顽强的正义感，"我也说不清，可是我清楚地知道有什么地方不对劲。"

"你应该相信在天之父——一切都是他在主宰——没有他的旨意连只麻雀也不会掉下来的。"

"这好像也没有让我得到安慰，它本应能安慰我的，"克洛大婶说，"不过说也没用，我去弄点玉米饼，给你好好做顿早餐吃，谁知道你什么时候才能再吃到这么一顿。"

为了懂得被卖到南方去的黑人的痛苦，我们必须记住黑人这个种族身上一切天赋的感情都特别强烈。他们对家园十分依恋，他们禀性中的特点不是冒险和魄力，而是爱家庭、重感情。此外加上由于无知而对陌生世界产生的恐惧，还要加上从孩提时代起，被卖到南方就是放在黑人面前的最严厉的惩罚。比用鞭子抽和任何酷刑更使黑奴害怕的就是被卖到河的下游去这个威胁。我们亲耳听见他们这样说过，也亲眼见过当他们闲时坐在一起聊天，谈起"河的下游"的种种可怕的情景时那出自内心的恐惧。对他们来说，"河的下游"就是：

那从来不曾有一个旅人回来过的神秘之国。①

在逃亡到加拿大的黑奴中工作的一位传教士曾告诉我们，不少人承认他们是从比较好心的主人家逃出来的，几乎每一个人都是在对被卖到南方去的绝望的恐惧中才鼓起勇气甘冒逃亡的风险的。——这个厄运时时威胁着他们本人，或他们的妻子、丈夫和子女。这使天生忍耐、胆小和不愿冒险的非洲人鼓起了无畏的勇气，甘冒饥饿、寒冷、痛苦、蛮荒之地的艰险和甚至被抓回后受到更可怕的惩罚，而走上逃亡之路。

这时，简朴的早餐已在桌上冒着热气。由于谢尔比太太已经吩咐过克洛大婶早上不必过大宅子去侍候早餐，可怜的女人便把点滴的精力都放在了这顿饯行餐上了，——她宰了最肥的鸡，按丈夫的口味精心烤制了玉米饼，从壁炉台上拿下了几只神秘的罐子：只有在极端特殊的场合下才会拿出来的各种果酱。

"老天，彼得，"摩西得意地说，"瞧咱们这顿早饭多棒！"他闻到了鸡的香味。

克洛大婶突然给了他一记耳光，"我叫你得意！这是你苦命的爸爸在家吃的最后一顿早饭了！"

"啊，克洛。"汤姆温柔地制止道。

"啊，我实在忍不住了，"克洛大婶用围裙蒙住脸说，"我心里七上八下的，所以暴躁得很。"

男孩一动不动地站在那里，看看爸爸又看看妈妈，小宝宝则拽着她的衣服往她身上爬，一面不顾一切地大哭起来。

---

① 文出莎士比亚著名悲剧《哈姆雷特》第三幕第一场，译文引自朱生豪先生译本。

"好了,"克洛大婶擦擦自己的眼睛抱起孩子说,"我说完了,——吃点东西吧,这是我最肥的一只鸡。给,孩子们,你们也吃点,可怜的小东西,妈妈刚才对你们发火了。"

孩子哪需再劝,马上狼吞虎咽地大吃起来,也幸亏他们,不然恐怕不会有人动这些吃食的。

"噢,"早饭后克洛大婶一边忙碌着一边说,"我得给你把衣服收拾好,他肯定会把你的衣服都拿走的。我知道他们这种人的行事——卑鄙下流!你看,你犯关节炎时候穿的法兰绒衣裤在这个角上放着,你要多加小心,因为不会再有人给你做了。这里是你的旧衬衫,这边是新的。昨天晚上我给你把这些袜子都上了袜顶,把补袜子用的球撑也放在里面了,补袜子的时候好用。天哪!谁会再给你缝缝补补呢?"克洛大婶难以克制地把头靠在箱子边上抽泣起来,"想想看,不管有病没病都没有人照顾你。我为什么还该有什么好心肠呢!"

两个男孩把餐桌上的东西扫荡一空之后,也开始考虑起眼前这桩事情来。看见妈妈哭了,爸爸也非常难过,他们也开始抽搭起来,用手擦着眼睛。汤姆叔叔把小宝宝抱在膝上,听任她快活地抓他的脸,揪他的头发,她不时开心地咯咯笑,显然心里很高兴。

"哎,笑吧,可怜的孩子!"克洛大婶说,"这一天也会落到你的头上的!你会看见丈夫被卖掉,也许自己被卖掉。你们两个小男孩,看来等你们能干活了以后多半也会被卖掉的。黑人拥有什么也是白搭!"

这时一个孩子大声叫道,"太太来了!"

克洛大婶说:"她也帮不了忙,来干什么?"

谢尔比太太走了进来,克洛大婶板着脸给她端过一把椅子,太太似乎既没注意到她的态度也没注意到端来的椅子。她脸色苍白,十分焦虑。

"汤姆,"她开口道,"我是来——"她突然停了下来,看着这无言的一家人,她往椅子里一坐,用手绢蒙着脸哭了起来。

"老天,太太,别哭——别哭!"克洛大婶连忙说,自己也禁不住大哭起来。一时间大家哭成一团,在主仆共同流下的泪水中,被压迫者的仇恨和怒火消逝了。啊!你们这些访问苦难者的人们,你们知不知道,你们用金钱可以买到也可以背着脸冷冰冰地施舍的一切,远不及一滴真诚的同情泪?

"我的朋友,"谢尔比太太说,"我现在给你任何东西对你都不会有任何用处。如果我给你钱,只会被他们拿走。但是我要在上帝面前庄严地对你说,我将追踪你的下落,一旦有了足够的钱就马上把你赎回来,——在这以前,让我们信赖上帝吧!"

这时孩子们叫嚷说黑利老爷来了,然后门被无礼地一脚踢开,黑利气呼呼地站在门口。头天晚上骑马累了,又没有追回追捕物,一肚子气还没消呢。

"过来,"他说,"黑鬼,你准备好了吗?太太,您好!"他看见谢尔比太太在场,脱下帽子招呼道。

克洛大婶扣上箱子,用绳子捆好,站起身来。她生气地瞪了奴隶贩子一眼,泪水突然变成了闪闪的怒火。

汤姆顺从地站起身来,把沉重的箱子举放在肩上,跟着新主人走出去。他的妻子抱起小女儿和他一起走到大篷车前,孩子们仍在哭着,跟在后面。

谢尔比太太走到贩子面前,让他慢走一步,和他认真地谈了片刻。当她和贩子交谈时,汤姆一家人走到套好了马停在门口的大篷车旁。庄园上老老少少的黑奴都聚集在车子的四周，来向他们的老伙伴告别。汤姆在庄园上作为管家和基督教义的宣讲人，一直受到所有黑奴的敬重，对他的被卖都感到真心的同情和难过，尤其是妇女们，更是如此。

"哎唷，克洛，你比我们还挺得住!"一个女黑奴说，她一直在毫无克制地哭着，这时注意到了站在马车旁的克洛大婶的忧郁和平静的神情。

"我的眼泪已经哭干了!"她恶狠狠地看着走过来的奴隶贩子，"我才不想在那个老坏蛋面前哭呢，没门!"

"上车!"黑利大步穿过对他怒目而视的黑奴，对汤姆说。

汤姆上了车，黑利从车座下面拉出一副沉重的脚镣，把汤姆的脚铐在了一起。

周围所有的人都发出了压抑着的愤怒的低鸣，谢尔比太太在游廊上说：

"黑利先生，我向你保证，你这个防范措施是完全不必要的。"

"那可说不准，太太，我在你们这儿已经损失了值五百块钱的一个了，我可冒不起再一次的风险了。"

"她对这种人还能指望什么?"克洛大婶愤怒地说。这时两个男孩似乎一下子明白了父亲的命运，紧紧拉着她的衣襟失声痛哭。

"我很难过，"汤姆说，"乔治少爷偏偏不在家。"

乔治到邻近一个庄园去和朋友住两三天，他一早就动身走了，那时汤姆的不幸消息还没有公开，所以他离家时没有听说此事。

"代我向乔治少爷转达我对他的情意吧。"他诚挚地说道。

黑利扬鞭赶马。汤姆悲伤的目光一动不动地盯着这熟悉的地方，直到疾驶的马车把他载走，再也看不见了为止。

谢尔比先生此刻没有在家。他在万不得已的情况下卖掉了汤姆，好摆脱一个他惧怕的人的控制，——成交后他的第一个感觉是如释重负。但是妻子的规劝唤醒了处于半沉睡状态的悔恨之心，而汤姆毫不为自己着想的气概更增加了他的不安。他白白地对自己说他有权利这样做，——大家都是这么做的，——有的人还连出于必须的借口都没有呢，——但是他并不能使自己心安。为了不要亲眼看到黑利最后取货这不快的场面，他便故意到乡下去办点事，希望他回来之前一切都已了结。

大篷车载着汤姆和黑利沿着土路吱吱嘎嘎地驶去，熟悉的景物一一闪过，最后把庄园远远抛在了后面，来到了宽阔的大路上。又行驶了一英里左右，黑利突然在一个铁匠铺门口停下车，他拿出一副手铐走进了铺子，让铁匠把手铐改打一下。

"这副手铐对他小了点。"黑利指着外面的汤姆，把手铐拿给铁匠看。

"老天！啊，那不是谢尔比家的汤姆吗？他没把他卖了吧？"铁匠说。

"卖了。"黑利说。

"啊呀，真没想到！真的，"铁匠说，"谁能想得到呢！咳，你用不着这样把他铐起来，他是最可靠、最出色的家伙——"

"是的，是的，"黑利说，"可是你说的出色的家伙正是最想逃跑的，那些笨家伙根本不在乎到什么地方去，那些醉鬼懒汉更是什么都不在乎,他们不会跑,说不定还挺愿意给带来带去的。但是你们的这些出色家伙就恨得要命,只能把他们铐起来。他们有腿——他们会用腿跑——决不会错。"

"咳,"铁匠一面在工具堆里摸索一面说,"南边的那些种植园,老兄,不是肯塔基的黑奴愿意去的地方。他们在那边要不了多久就会死去,不是吗?"

"啊,是的,要不了多久,气候再加上这个那个的,他们死得快,所以买卖黑奴这一行才这样兴旺啊。"黑利答道。

"唉,像汤姆这样好的一个善良、本分、可靠的黑人给卖到南方的甘蔗种植场去被折磨死,不能不让人觉得真是太可惜了。"

"噢,他会有机会的,我答应过要照应他,我会把他卖给一个大户人家去做仆人,如果他能熬过热病和水土不服的关,他就会有一个黑奴能盼望到的最好差使。"

"看来他的老婆和孩子都留在这里了?"

"是的,可是他在那边能再找一个,哪儿都有的是女人。"黑利说。

这两个人在交谈时,汤姆悲伤地坐在铺子外面。突然他听见背后传来急促的得得马蹄声,他正在惊异之时,乔治少爷已经跳上大篷车,激动地搂住他的脖子,使劲地连哭带数落起来。

"我说,这太卑鄙了! 不管他们哪个人怎么说! 这事肮脏、卑鄙、可耻! 我要是个大人,他们就不能这么干,——就是不能!"乔治压低了声音怒吼道。

"啊! 乔治少爷! 你来了我真高兴!"汤姆说,"见不到你就走我实在是受不了! 你不知道这下我有多高兴!"这时汤姆的脚动了动,乔治的眼光落在了脚镣上。

"真可耻!"他抬起手大叫道,"我要把那个老家伙打翻在地——一定要!"

"乔治少爷,你不能这样,说话声音别那么响,激怒了他对我一点好处也没有。"

"哦,为了你我就算了,可是只要想一想,这难道不可耻吗?他们既不派人把我找回家,也不捎个信告诉我一声,要不是汤姆·林肯,我到现在都不会听到这件事。我对你说吧,我在家里发了一顿脾气,一个都没饶过他们!"

"乔治少爷,恐怕那样做不对。"

"那没办法,我实在憋不住了。我说这太可耻了!听着,汤姆叔叔,"他转身背对着铁匠铺以神秘的口吻说,"我把我的那个银元给你带来了!"

"啊,乔治少爷,我不能要,怎么也不能要!"汤姆十分感动地说。

"可是你非得拿上不可!"乔治说,"你听我说,我告诉克洛大婶说我要把银元给你,她叫我在上面打个洞,穿上根绳子,这样你就可以把它挂在脖子上不让人看见,不然这个卑鄙的坏蛋会把它拿走的。我告诉你,汤姆,我真想臭骂他一顿,这对我有好处。"

"别这样,乔治少爷,因为这对我可没好处啊。"

"好吧,为了你我就算了,"乔治一面说一面忙着把银元挂在汤姆的脖子上,"好啦,把你的衣服扣严实了,好好保存着它,每次你看见它都要记住,我要到南方去把你找回来。我和克洛大婶商量这事来着,我对她说别害怕,我来负责这件事,要是爸爸不这么办,我会缠得他活不成的。"

"啊,乔治少爷,你可不能这样子谈论你的爸爸!"

"哎呀,汤姆叔叔,我可没有什么恶意呀!"

"好了,乔治少爷,"汤姆对他说,"你要做个好孩子,要记住多少人的心都放在你身上。你要永远亲近妈妈,别像有的男孩那样,愚蠢地觉得自己大得可以不听妈妈的话了。我告诉你,乔治少爷,有许许多多的东西上帝可以一再地赐给我们,但是妈妈上帝只赐给我们一个。乔治少爷,你就是活到一百岁,也不会再看到另一个像你妈妈这么好的女人了。所以你要紧紧依靠她长大成人,成为她的安慰,这才是我的好孩子呢,——你会这样做的,是吧?"

"会的,汤姆叔叔。"乔治严肃地说。

"说话要注意言辞,乔治少爷。男孩子到你这样的年纪有时候会很任性,——这是很自然的事。但是真正的绅士,我希望你会成为一个真正的绅士,是不会让自己说出任何不尊敬父母的话的。我这么说你不生气吧,乔治少爷?"

"不,不生气,汤姆叔叔,你一向都给我忠告。"

"你知道,那是因为我年纪比你大,"汤姆用结实的大手抚摸着孩子长着柔软鬈发的头,声音像女人般的温柔,"我看到你身上的一切优点。乔治少爷,你拥有一切:有学问,有各种优越条件,会读会写——你会长成一个伟大的、知识渊博的好心肠的人,庄园上所有的人和你的父母都会为你骄傲!像你父亲一样做个好老爷,像你母亲一样做个好基督徒。乔治少爷,年轻的时候心里就要记着你的造物主。"

"汤姆叔叔,我一定做个真正的好人,我保证,"乔治说,"我要成个最棒的人,你不要灰心,我早晚要赎你回来,像我今天早上对克洛大婶说的那样,等我长大成人后,我要把你的房子重新翻盖一遍,你会有一间铺着地毯的房间做客厅,啊,你会有好日子过的!"

这时黑利手里拿着手铐走出铁匠铺。

"喂,我说,先生,"乔治下了篷车,高傲地对黑利说,"我会让父母知道你是怎样对待汤姆叔叔的。"

"请便好了。"奴隶贩子说。

"我觉得你把一生都花在买卖人口上,把男男女女像牲口一样锁在一起,该觉得可耻!该觉得卑鄙!"乔治说。

"只要你们那些了不起的先生们要买,我就和他们不相上下,"黑利说,"卖黑奴并不比买黑奴更卑鄙!"

"等我长大以后我永远也不买卖黑奴!"乔治说,"今天我为自己是个肯塔基人而感到羞耻!原来我一直因此而骄傲的。"乔治直挺挺地骑在马上,神气地环顾四周,好像期待着他的意见会给全州留下深刻的印象。

"好吧,再见了,汤姆叔叔,坚强一些。"乔治说。

"再见,乔治少爷,"汤姆疼爱而钦佩地看着他,"愿全能的上帝保佑你!啊,肯塔基州像你这样的人不多了!"当孩子坦率稚气的面孔从他的视线中消失后,汤姆满心感动地说。他走了,汤姆仍一直望着,直到马蹄的得得声、家园最后的声响和形象完全消失之后。但他的心头似乎有了一块温暖的地方,那就是年轻的手给他放上那块珍贵的银元的地方。汤姆伸出手,把它紧紧地捂在心口。

"现在汤姆,我告诉你,"黑利走到篷车前,把手铐扔进车里,对汤姆说,"我打算一开始就公道地对待你,我对黑鬼一向如此。我老实对你说,你公道对我,我就公道对你,我从来不苛待我的黑奴,我尽可能对他们好一些。好吧,现在你最好舒舒服服地安顿下来,别打算耍什么鬼花招,因为黑鬼的无论什么花招我都能对付,你是白费力气。如果黑鬼们老老实实,不试图逃跑,他们和我在一起会很好过,不然的话,哎呀,那就要怪他们,怪不得我啰。"

汤姆让黑利放心,他没有逃跑的打算。实际上,对于一个双脚戴着沉重的脚镣的人,这番告诫实在有些多余。但是黑利先生已习惯于在和买来的黑奴打交道之前先来一番这类的告诫,他认为这样做可以鼓励他们有信心,使他们高兴一些,避免出现不愉快的场面。

我们暂时在此和汤姆告别,以便叙述故事中其他人物的遭遇。

第十一章　在本章中活财产
　　　　　有了非分之想

　　一个细雨蒙蒙的黄昏,一位旅客在肯塔基州 N 村一家乡村小客店的门前下了车。在酒吧里他看见聚集着三教九流各色人物,都是被坏天气赶到这里来暂避的,眼前出现的正是这种场合常见的景象。这幅画面中引人瞩目的是:身材高大瘦削的肯塔基人身穿猎装,带着他们特有的懒散劲儿,伸胳膊伸腿的占了一大片地方,——来复枪堆在一个角落里,子弹袋、猎物袋、猎狗、小黑奴全都堆挤在屋子的四角。在壁炉两边各坐着一位长腿先生,椅子向后仰着,头上戴着帽子,沾满了泥的靴子的后跟神气活现地高跷在壁炉架上,——我们可以告诉读者,西部酒店的特点之一是人们爱在此沉思,这个姿势绝对有利于思考,旅客们也对提高他们理解的这一特有方式表现出了绝对的偏爱。

　　站在柜台后面的老板和他的大多数同乡一样,也是个大个子,性情和蔼,松松垮垮,头发浓密,戴着一顶高统礼帽。

　　其实,屋子里每个人的头上都戴着一顶标志着男性权力的帽子,无论是毡帽、棕榈叶帽、油腻腻的獭皮帽,还是讲究的新礼帽,全都以真正共和独立的精神稳居在男人的头顶之上。实际上,帽子似乎还表现了每一个人的特点:有的人的帽子俏皮地歪戴着，——这是些幽默的家伙，快活而逍遥；有的人独自把帽子拉得盖住鼻子，——这是些严格的、一丝不苟的人，他们戴帽子是因为他们想戴，而且想怎么个戴法就怎么个戴法；还有的人把帽子推在后脑勺上，——这是些清醒的人，想要有个清楚的视野；而一些大大咧咧的人根本不知道或者不在乎帽子怎么戴好，他们的帽子就在头上不同的方向乱晃。这不同的戴帽法还真像莎士比亚研究，蛮有学问的。

光着膀子穿着肥大的裤子的各色黑人到处奔忙着，但除了一般表示愿为老爷和他的客人尽一切力量效劳之外，也没有忙出什么特别的结果来。在这一幅景象中加上一炉欢快旺盛的、毕剥作响的、火苗直窜进宽大的烟道去的好火，——大门和所有的窗户都大开着，印花布窗帘被潮湿阴冷的劲风吹得啪嗒啪嗒地响，——这样你对肯塔基州酒店的欢乐景象就有个印象了。

今天的肯塔基人是证明本能和特性遗传学说的极好例子。他们的祖先是强有力的猎人，——是生活在丛林中，天作帐、地作床、星星作蜡烛的人，直到今天他们的后代还把房子当作野营地，——成天戴着帽子，跌来滚去的，把脚跷在椅子上或壁炉架上，就和他的祖先在绿草地上打滚，把脚跷在树上或圆木上一样，——无论冬夏，所有的门窗一律大开着，他的巨大的肺好呼吸进足够的空气，——他们管任何人都和蔼而随便地叫"异乡人"。总而言之他们是世上最坦率、最随和、最开心的人。

我们的旅客走进的就是这样一个快活随和的人群。他是个矮胖子，穿着上很注意，一张和善的圆脸，但神情上流露出有点挑剔苛求之处。他十分留神自己的小皮箱和雨伞，都是他亲自拿进来的,仆人们要替他提,都被他顽固地拒绝了。他焦虑不安地四下打量了酒吧间后,就拿着他的贵重物品躲到了一个最暖和的角落里,把东西放在椅子下面后坐了下来,忧心忡忡地看了看把脚跷在壁炉架上的老兄,此人正左一口右一口地吐着痰,那股勇气和精力让胆小而习性讲究的人着实吃惊不小。

"我说,异乡人,你好哇?"上面提到的这位先生说道,同时向新来的人的方向发射出一口烟汁,以表敬意。

"挺好。"对方答道,一面惊恐地躲闪着这颇具威胁性的敬意。

"有什么新闻吗?"大个子问道,一面从口袋里拿出一条烟草和一把大猎刀。

"我没有听到什么。"旅客说。

"嚼点吗?"先开口的那人友好地递给老先生一点烟草。

"谢谢了,不嚼,——它不适合我。"小个子说着往旁边闪了闪。

"啊,是吗?"对方随随便便地说着把那一小条烟草塞进了自己的嘴里,好为了社会的普遍利益保持烟汁的供应。

每次他的高个子兄弟向他的方向发射烟汁时,老先生总是惊得微微一跳,这一点被同伴注意到了以后,他便和气地把炮火对准了另一个方向,用足够攻占一座城池的军事天才向一根拨火棍发起猛攻。

"那是什么?"老先生注意到一些人围拢在一张大告示前,问道。

"悬赏捉拿黑奴的通告!"在场的一个人简单答道。

威尔逊先生(这正是那位老先生的名字)站起身来,仔细

地整理了一下小皮箱和雨伞后,从容不迫地拿出眼镜来架在了鼻梁上,然后过去看那通告:

> 自出通告人处逃失二分之一混血男奴一名,名叫乔治。该乔治身高六英尺,肤色极浅,头发卷曲,呈棕色,极端聪明,善于辞令,能读会写,可能冒充白人,背部及肩上有深深的伤疤,右手上烙有字母 H 的印记。
>
> 有生擒者,或能充分证明已将其杀死者,本人一律赏美金四百元。

老先生从头到尾把通告低声读了一遍,仿佛是在仔细加以琢磨。

这时,前面提到的那位一直在向拨火棍大举进攻的长腿老将把两条笨重的长腿从壁炉架上拿下来,伸直了他高大的身躯,走到通告前,不慌不忙地往上面吐了一大口烟汁。

"这就是我对这事的态度!"他简单地说,然后又重新坐下。

"嗨,我说,异乡人,你这是干什么?"老板问。

"要是写那通告的人在这里,我也照样这么啐他,"高个子说,一边沉着地重又削起烟草来,"谁要是有这样一个奴隶,却又不会好好待他,就活该要失去他。这类通告是肯塔基州的耻辱。若有人想要知道,这就是我的看法。"

"啊,这话说得对。"老板一面记账一面说。

"我就有一群黑奴,先生,"高个子重又对拨火棍发起了进攻,"我这样对他们说——'小伙子们,跑吧!使劲钻吧!开溜吧!什么时候想跑就跑!我永远不会来追你们!'我就是这样对待我的黑奴的,让他们知道他们什么时候想跑就尽管跑,结果反而让他们断了这个念头。而且,我怕自己有朝一日翻了船,所以已经把要给他们的自由证书备了案,他们也都知道这事。我告诉你吧,异乡人,在我们这一方,谁也没有我从黑奴身上得到的好处多。我的黑奴不止一次地赶着值五百元的马匹到辛辛那提去卖,分文不少地把钱带回家来。他们这样做是很合乎情理的,你如果把他们当狗对待,得到的是狼心狗肺的回报;把他们当人待,得到的是人心的回报。"这位忠厚的黑奴主说到起劲处,向壁炉发射了一通精彩的鸣枪礼,以表示对自己这一道德观的支持。

"我认为你说得完全正确,朋友,"威尔逊先生说,"通告上说的这个黑奴确实是个出色的家伙,——这一点也错不了。他在我的麻袋厂干过六年左右的活,是我最好的工人,先生。而且他非常有独创性,发明了一台洗麻机,——确实很有价值,已经在好几家工厂里使用了。他的主人把持着这项专利。"

"我敢保证,"那奴隶主说,"把持着专利靠它赚钱,却转过头来在这个奴隶的右手上烙上了印记。要是我能逮住机会,我也要给他烙上个印记,让他也好好尝尝这味道。"

"这种聪明的奴隶总是惹你生气,还傲得很,"酒吧的另一边有个模样粗俗的人答腔道,"所以才会挨打、挨烙,要是他们循规蹈矩,就不会有这些事。"

"也就是说,上帝把他们造成了人,要把他们变成畜生也是件十分费劲的事。"奴隶主冷冷地说。

"聪明的黑奴对主人来说没有什么好处,"对方继续道,由于他粗俗、迟钝、好歹不识,所以丝毫也没有意识到对手的轻蔑态度,"要是你自己不能从中得到好处,他们聪明有才能什么的有什么用？哼,他们只会用来对付你。我自己有过一两个这样的黑奴,我干脆把他们卖到南方去了,我知道要是不把他们卖掉,早晚他们会跑的。”

“你最好把订货单交给上帝,让上帝给你定做一批黑奴,统统不要有灵魂。”奴隶主说。

这时,一辆轻便单马车来到了旅店门口,打断了上面的谈话。马车看起来有着上流社会的气派,车上坐着一位绅士模样、衣冠楚楚的男子,赶车的是一个黑奴。

屋里所有的人都满怀兴趣地打量着这位客人,下雨天里一帮无所事事的人通常都是这样打量每一个新来的人的。他个子很高,有西班牙人的黑皮肤,一双漂亮而富于表情的黑眼睛,短短的鬈发,和眼睛一样黑得发亮。他端正的鹰钩鼻、扁扁的薄嘴唇以及匀称的四肢那令人羡慕的轮廓使大家立刻感到此人有种不寻常之处。他从容地走进酒吧,点点头向侍者示意把他的箱子放在什么地方。他向大家欠身致意后,手里拿着帽子缓步走到柜台前,说他是谢尔比郡奥克兰市的亨利·巴特勒。然后他转过身子,毫不在意地踱到通告前,仔细读了一遍。

“吉姆,”他对黑奴说,“好像在贝南的店里我们碰到过一个黑人和这有点像,对吧?”

“是的,老爷,”吉姆说,“不过我没看见手上有没有烙印。”

“噢,自然,我也没去看。”陌生人漫不经心地打了个哈欠,说。然后他走到老板面前,要他准备一个单间,因为他需要马上写点东西。

老板自然唯命是从,不久就有一连串七个老老少少、男男

139

女女、大大小小的黑奴忙得团团转,活像一窝石鸡,匆忙地四处奔波,不是你踩了他的脚,就是他撞了你一个跟头,热心地给老爷准备房间。而老爷则悠悠闲闲地坐在屋子中央的椅子上,和坐在旁边的人聊了起来。

工厂主威尔逊先生从陌生人一进屋,就一直以不安而好奇的神情看着他。他自己觉得似乎和这人在什么地方见过,但是又想不起来是在哪儿认识的。时不时地当那人说话、动作或微笑时他都会一惊,把眼睛盯着他,然后当那双明亮的黑眼睛沉静泰然地和他的视线相遇时,他又突然缩回自己的目光。最后,回忆仿佛突然闪过了他的脑海,他大惊失色地盯着那陌生人走到他面前。

"我想是威尔逊先生吧,"陌生人伸出手来,用认出了对方的口气说,"对不起,我刚刚才认出你来。看来你还记得我,谢尔比郡奥克兰市的巴特勒先生。"

"噢,是的——是的,先生。"威尔逊先生梦呓般说道。

正在这时一个黑奴走进来,宣布说老爷要的房间收拾好了。

"吉姆,照料一下箱子,"那位先生随口吩咐道,然后他对威尔逊先生说,"我想和你谈一谈生意上的事,请到我房间里来,好吗?"

威尔逊先生像个梦游人那样跟在他身后,来到楼上一个大房间里,刚生着的火燃得噼啪作响,几个仆役穿梭般来来往往,做些最后的修饰。

当一切就绪,仆役们退去之后,年轻人不慌不忙地锁上了门,把钥匙放进了口袋里。他回过身来,双臂抱在胸前,直视着威尔逊先生的脸。

"乔治!"威尔逊先生喊道。

"是的,是乔治。"年轻人说。

"我简直不敢想象!"

"我想我化装得还不错吧,"年轻人笑着说,"一点核桃树皮的汁就使我的黄皮肤变成了高雅的棕色,我还把头发染黑了,所以你看我和通告上形容的一点也不一样了。"

"啊,乔治! 你可是在玩着危险的游戏呀! 我决不会劝你这样做的。"

"我自己做事自己负责。"乔治带着同样自豪的笑容说道。

我们要顺便交代一下,乔治的父亲这边是白人血统,他的母亲是黑奴中的不幸者,因为美丽出众,成了主人的泄欲工具,她的孩子们可能永远也不会知道谁是父亲。他从肯塔基一个望族继承到了俊美的欧洲相貌,以及高傲不屈的精神,从母亲身上他只继承了很少一点混血儿的肤色,而伴之而来的那双深沉的黑眼睛足以补偿肤色上这小小的美中不足。肤色和头发颜色上小小的改变使他完全变成了眼前这个西班牙人的模样;加上文雅的举止和绅士的风度对他来说几乎是天生的,因此他毫不困难地扮演了他冒充的这个大胆的角色——一个带着家奴旅行的绅士的角色。

威尔逊先生是个善良但极其谨慎胆小怕事的老人,他在室内踱来踱去,就像约翰·班扬所说的那样,"心里七上八下的",左右为难,既想帮乔治的忙,却又有着维护法律和秩序的糊涂观念,因此他一面踱着一面发表了如下看法:

"好吧,乔治,看来你在逃跑——离开你法定的主人。乔治,这事我一点也不觉得奇怪,但是同时我觉得很难过,乔治,——是的,非常难过——我觉得我必须这样说——我有责任对你这样说。"

"你为什么要难过呢,先生?"乔治平静地问。

"咳,眼看着你站在你的国家的法律的对立面啊!"

"我的国家!"乔治辛酸地说出了"我的"二字,"我有什么国家? 只有坟墓,——我真希望我躺在坟墓里!"

"啊呀,乔治,别,别这么说,这样说是邪恶的,——和《圣经》的教导是相违背的。乔治,你的主人很凶狠,——他确实凶狠,——他的行为是应该受到谴责的——我并不想替他辩护。但是你是知道天使怎样让哈贾尔回到女主人身边去,服从于她的①;圣徒也把阿尼西姆打发回了主人的家②。"

"威尔逊先生,别这样对我引用《圣经》了,"乔治冒火地说,"别这样! 因为我的妻子是个基督徒,如果我能够逃到我要去的地方的话,我也决心做个基督徒。但是对在我这样情况下的人引用《圣经》,足能让他完全抛弃基督教。我向万能的上帝呼吁,——我愿意带着我的情况去见他,问问他我追求自由有没有错。"

"这些感情是很自然的,乔治,"善良的老人边说边擤着鼻子,"是的,是很自然的,但是我有责任劝你克制这种感情。

①　见《旧约·创世记》第 16 章。亚伯拉罕之妻莎拉因自己不能生育,便把埃及女仆哈贾尔给亚伯拉罕为妾。哈贾尔怀孕后趾高气扬,莎拉将其逐出帐篷,她逃到荒野之中,天使见后嘱她回到女主人身边,后哈贾尔生子伊斯梅尔。

②　见《旧约·腓利门书》第 10 章。阿尼西姆原是一个奴隶,他从主人腓利门家逃出,在艾弗修斯遇见了圣徒保罗,受保罗布道之影响皈依了基督教。阿尼西姆对保罗的传教活动很有帮助,二人关系亲如父子。但当保罗得知阿尼西姆是从主人家逃出来的以后,便写信给腓利门,请求他或给阿尼西姆自由,或重新收留他。

是的,孩子,我很为你难过,你的情况很糟——非常糟,但是圣徒教导我们说,'人人都应恪守本分'①,我们大家都应该服从天意,乔治——难道你不明白吗?"

乔治昂着头站在那里,双臂紧抱在宽阔的胸前,嘴角浮出一丝讽刺的笑意。

"威尔逊先生,如果印第安人来把你从妻儿身边俘虏而去,让你一辈子替他们锄玉米,我不知道你会不会认为你的责任是守这个本分。我倒是认为你会把看见的第一匹离群的马当作天意的——对不对?"

矮小的老人听见他打这样的比方便目瞪口呆起来。尽管他在讲道理上没多大本事,却在这一点上比某些逻辑学家高明:当他意识到无话可说时就闭上嘴巴。因此当他站在那里小心地把玩他的雨伞,把伞折好、抚平的时候,他只泛泛地开导着乔治。

"你看,乔治,你知道我一直都是支持你的,我所说的一切都是为你好。我觉得你现在冒着很大的危险,你不可能成功的。如果你被抓了回去,情况就会更糟,他们只会更虐待你,把你折磨得半死,然后把你卖到南方去。"

"威尔逊先生,这一切我都知道,"乔治说,"我确实冒着危险,但是——"他把大衣敞开,露出了两把手枪和一把猎刀,"你看,我准备好了!南方我是决不会去的,不会去的!如果到了那一步,我至少能为自己争取到六英尺的自由土地,——这会是我在肯塔基州第一次也是最后一次拥有土地!"

---

① 见《旧约·出埃及记》第16章第29节。

"哎呀,乔治,你这种心理状态太可怕了;真是铤而走险了,乔治。我很担心,这会触犯你的国家的法律呀!"

"又是我的国家!威尔逊先生,你有国家,但是我,或者像我这样的人,母亲是黑奴,我们有什么国家呢?我们又有什么法律呢?我们没有制定法律,也不赞成这些法律,——我们和这些法律毫无关系,对我们来说法律只是压垮我们,制服我们。难道我没有听到过你们七月四日的国庆演说吗?难道你们不是每年一次对我们说,政府的合法权力是在被统治者的许可下才取得的吗?一个人听到了这一切,难道就不能想一想吗?就不能把一切联系起来,看看结果如何吗?"

说威尔逊先生这样的人脑袋像一包棉花恐怕不会有什么不当之处——茸茸的、软软的,糊里糊涂,但心很好。他确实是真心同情乔治,对于使他如此激动的那种感情也隐隐约约有点了解,但他却极其固执地认为他的责任是继续对他进行有益的劝告。

"乔治,这样不好。作为一个朋友我必须对你说,你最好少和这种思想沾边,对你这种情况的人,乔治,这种思想很有害处,非常有害——真的有害;"说到这里威尔逊先生在桌旁坐下,紧张不安地咬起伞把来。

"威尔逊先生,你听我说,"乔治说着走上前去,坚决地坐到他面前,"请你看着我,我坐在你面前,难道不是在一切方面都和你一样,是一个人吗?你看看我的脸,——我的手,——我的身体,"这时年轻人自豪地挺直了身子,"为什么我不像别人一样,是一个人呢?好吧,威尔逊先生,请听我告诉你。我有过一个父亲,——你们肯塔基绅士中的一个——他不把我当回事,死了以后,为了抵偿债务,我就和他的马和狗一起被卖掉了。我亲眼看见母亲和她的七个子女被政府拍卖,当着她的面孩子们一个个被卖给了不同的主人。我是最小的一个,她走去跪在我的主人面前,求他买我时连她一起买下,好让她身边至少有一个孩子,他却用穿着沉重的靴子的脚把她踢开。我亲眼看见他踢的,当他把我捆在马脖子上带回庄园时,我最后听见的就是她的哭叫声。"

"那后来呢?"

"后来我的主人从另外一个人手里买下了我的大姐。她是一个虔诚、善良的姑娘——是浸礼会的教徒,——像我可怜的妈妈一样漂亮。她受过很好的教养,很懂礼貌。起初我很高兴她被买了来,因为我身边有了一个朋友。很快我就后悔了。先生,我曾站在门口听见她受鞭打,每一鞭都仿佛抽在我的心上,可我却一点也不能帮助她。先生,她之所以受鞭打,仅仅是因为她要做一个正经的基督徒,你们的法律却不给女奴这样的权利。最后我看见她和一群黑奴被锁链锁在一起,被奴隶贩子运到奥尔良去拍卖——唯一的原因就是这——此后就再也没有音讯了。我长大了——多么漫长的岁月啊——没有父亲,没有母亲,没有姐姐,没有一个人关心我,真是连狗都不如,只有挨打、挨骂、挨饿的份儿。啊,先生,我饿得连捡他们扔给狗吃的骨头都是好的。但是,我小时候整夜整夜的睡不着觉哭的时候,却不是因为饿,也不是因为挨打,不是的,先生,而是为我的妈妈和姐姐们哭,——是因为世界上没有一个人爱我,我从来没有过平静和舒适的生活,在我到你的工厂干活以前,没有一个人对我说过一句和气的话。威尔逊先生,你待我好,你鼓励我向上,鼓励我学会读书写字,做个有出息的人。上帝知道我是多么感激你。后来,先生,我遇见了我的妻子,你是见过她的,——你知道她是多么美丽。当我发现她爱我后,当我和她结婚后,我是那样幸福,真不敢相信自己活着。而且,先生,她不但美丽,还非常善良。但是后来怎样了呢?主人来了,硬把我从干活的工厂、我的朋友以及我喜爱的一切中带走,把我踩进泥里!为了什么呢?他说是因为我忘了自己的身份,说要让我明白我只不过是个黑鬼而已!这还不够,他最后还要拆散我和妻子,说我得抛弃她,和另一个女人过日子。而你们的法律却给他权力去做这一切,根本不管天理人情!威尔逊先生,你看一看吧!这一切使我的母亲、姐姐、妻子和我心碎的事,没有哪桩不是你们肯塔基的法律允许他们去做、给他们权力去做的,谁也不能对他们说一个不字!你把这些叫作我的国家的法律吗?先生,我没有国家,就像我没有父亲一样。但是我会有国家的。对你的国家我没有任何要求,只求别来干涉我,——让我太太平平地离开,等我到了加拿大,那个法律承认我保护我的地方,那儿就将是我的国家,我会愿意遵守它们的法律。但是如果有任何人想要阻止我,那他得小心点,因为我现在是铤而走险,我会为了自由斗争到最后一口气。你说你的父辈们为自由而斗争过,如果他们这样做是正确的,那么我这样做也是正确的!"

乔治说这番话时,一半是坐在桌旁、一半是在室内走来走去,——他说时流着眼泪,两眼闪光,做着绝望的手势,——使这位听他讲话的善良的老人实在受不了了,他拿出一块黄色的大绸手绢,使劲地擦着脸。

"真该死!"他突然破口大骂,"我不是一直这样说的吗,——这帮可恶的畜生!我真是不愿意骂人。好吧,你走吧,乔治,走吧,可是孩子,你要一切小心,不要开枪打人,除非——唉——我看最好别开枪,至少别打着人,你明白吗。你妻子现在在哪儿,乔治?"他不安地站起身来开始在房间里踱来踱去,一面问道。

"逃走了,先生,抱着孩子逃走了,只有上帝才知道逃到了什么地方去,——朝着北极星的方向去了。我们什么时候才能再见,在这个世界上还能不能够再见,那就谁也不知道了。"

"真的吗? 真想不到,从这样和善的人家逃走了?"

"和善的人家也会欠债,我们这个国家的法律允许他们把孩子从母亲怀里夺走去卖钱还债。"乔治悲愤地说。

"唉,唉,"正直的老人说,一面在口袋里摸索着,"看来我这样做有点违背自己的理智,——见它的鬼,我不愿意按理智去做!"他突然又说,"给你,乔治。"说着他从钱包里拿出了一卷钞票,递给乔治。

"不,我好心的先生,你已经给了我很大的帮助了,给我钱会给你惹麻烦的,我想我的钱够维持到我的目的地了。"

"不行,你一定要拿上,乔治,钱到哪儿都会有用的,不会嫌多的,只要钱来得正当。拿上,一定拿上,——拿上,孩子!"

"好吧,有一个条件,先生,那就是将来有一天得让我把钱还给你。"乔治说着收下了钱。

"现在,乔治,你打算这样乔装旅行多长的时间? ——我希望时间不要太长,也不要走得太远。你们干得不错,可是太冒险了。这个黑人——他是谁?"

"一个可靠的人,他一年多以前去了加拿大。他到了那里以后,听说他的主人因为他逃跑气极了,就打他可怜的老娘,他就大老远地回来安慰她,找个机会想把她也弄走。"

"他把她弄走了吗?"

"还没有,他一直躲在主人家附近,但是还没有找到机会。现在他先把我送到俄亥俄州,交给帮助过他的朋友,然后再回来接她。"

"危险啊!太危险了!"老人说。

乔治挺直了身子,不屑地笑了。

老人天真地惊羡地从头到脚把乔治打量了一番。

"乔治,有什么东西使你产生了惊人的变化,你昂起了头,言行举止完全变了一个人。"威尔逊先生说。

"因为我现在是个自由人了!"乔治骄傲地说,"是的,先生,我不会再叫任何人主人了,我自由了!"

"小心一点!还不一定呢,——他们可能会抓住你的。"

"真到了那一步,人死后总是平等自由的了,威尔逊先生。"乔治说。

"你的大胆真让我目瞪口呆!"威尔逊先生说,"居然到最近的这个旅店里来!"

"威尔逊先生,这样做是如此大胆,这家旅店是这样近,他们连想也不会想到的。他们会赶到前面去追我,不是连你也差点没认出我来吗?吉姆的主人不住在这个郡,所以这一带没有人认识吉姆,再说他们也早已放弃,不再追寻他了。我想凭着通告上的形容,没有人会认出我来的。"

"可是你手上的烙痕呢?"

乔治脱下手套,让他看手上新愈合的疤痕。

"这是证明哈里斯先生对我的关怀的临别纪念,"他说,"半个月前他忽然心血来潮给我烙上了这个标记,因为他说他相信我早晚会试图逃跑。挺有意思的,是不是?"他一面说一面重新戴好手套。

"我得说,一想到你的处境和你冒的危险,真让我提心吊胆!"威尔逊先生说。

"威尔逊先生,我已经提心吊胆了多少年了,现在我全身的血都快沸腾了。"乔治说。

"好吧,好心的先生,"沉默片刻后乔治接着说,"刚才我看得出你认出我来了,所以我就想和你谈一谈,免得你惊奇的神色让人家看出了破绽。我明天天不亮就动身,希望明天晚上能安全地在俄亥俄州过夜。我打算白天上路,晚上在最好的旅馆下榻,和当地的权贵们同桌进餐。好啦,再见了,先生,如果你听到消息说我被抓住了,那你就知道我已不在人世了!"

乔治如岩石般挺立在那里,威严地伸出手来,那和蔼的小老头热情地握着他的手,又再三叮嘱乔治一切小心后,便拿起雨伞摸索着走出了房间。

老人带上房门后,乔治站在那里沉思地望着门。一个念头似乎突然闪过了他的脑子,他匆匆走到门口,开开门说道:"威尔逊先生,还有一句话要跟你说。"

老人重新走了进来,乔治和刚才一样锁上了房门,然后拿不定主意地站在那里看着地出神。最后他抬起头来,鼓足勇气说:

"威尔逊先生,你对我的态度说明你是个基督徒,——我想拜托你再发发基督徒的慈悲,帮我最后一次忙。"

"你说吧,乔治。"

"嗯,先生——你刚才说得很对,我确实在冒极大的险,在这个世界上我死了也不会有任何人关心的,"他呼吸急促起来,费了很大力气才说了下去,"我会被像只狗一样踢出去埋掉,第二天就会被人忘得干干净净,——只有我可怜的妻子!可怜的女人!她会伤心流泪。威尔逊先生,你能不能想办法把这个小别针交给她?这是她送给我的圣诞礼物,可怜的姑娘!请把别针交给她,告诉她我到死永远爱她。行吗?行吗?"他恳求道。

"行,当然行,——可怜的年轻人!"老先生接过别针,两眼泪汪汪的,声音凄凉地颤抖着说。

"还有一件事要告诉她,"乔治说,"这是我最后的愿望:如果有可能,让她到加拿大去。无论她的女主人有多么仁慈,——也无论她多么爱她的家;请你求她千万别回去,——因为做奴隶结果永远是悲惨的。告诉她把我们的儿子抚养成一个自由的人,那样他就不会像我这样受苦受难了。威尔逊先生,请你把这话告诉她,好吗?"

"好的,乔治,我会告诉她的,但是我相信你不会死,鼓起勇气来,——你是个勇敢的人,要相信上帝,乔治,我从心底祝愿你平安到达目的地,——这就是我的祝愿。"

"有一个可以让人相信的上帝吗?"乔治的语气是如此辛酸绝望,使老人一时说不出话来,"啊,我一生中看到的事情使我感到不可能有上帝。你们基督徒们不懂得这些事在我们眼中是什么样子。对你们来说有上帝,但是有我们的上帝吗?"

"啊,别这么说——别这么说,孩子!"老人几乎在抽泣了,"别这样想!有的——有的,他周围虽然布满了乌云和黑暗,但是他的宝座是建立在正义和公理的基础上的,是有上帝的,乔治,——你要相信这一点,信任他,我知道他会帮助你的,善恶终有报,今生不报,来世也要报。"

纯朴的老人的虔诚与仁慈使他说的话显得庄严而具有权威,乔治不再在房间里烦躁地走来走去,他站着沉思了片刻,然后平静地说:

"谢谢你的这番话,我的好朋友,我会记着它的。"

第十二章　合法贸易的范例

在拉玛听见了痛苦的哭泣和号啕之声,是雷切尔在哭她的儿女,怎么劝慰也没有用。①

黑利先生和汤姆在马车中颠簸前行,一时间各想心事,陷入了沉思之中。唉,并排坐着的两个人想心事实在是件奇怪的事,——坐在同样的座位上,有着同样的眼睛、耳朵、手和各种器官,在眼前经过的是同样的景色,——所想的心事却是如此不同,真是有意思!

比如说黑利先生:他先想的是汤姆的个头,肩有多宽,人有多高,如果把他养得又肥又壮实,拿到市场上能卖多少钱。他想到怎样去凑齐这一批黑奴,以及这批男女黑奴和小孩各自的身价,还有与黑奴买卖有关的其他问题。然后他暗想自己是多么人道,在别人把他们的"黑鬼"的手脚全用铁链锁起来时,他却只用脚镣,只要汤姆老老实实,他就让他可以用自己的两只手。他叹了一口气,想到人的本性是多么忘恩负义,因此他怀疑也许汤姆对他的恩典也并不领情,他就曾经像这样上过他偏爱的黑奴的当,但是他居然心地仍旧这么善良,连

———————————
① 见《圣经·旧约·耶利米书》第31章第15节。

自己也十分惊讶。

至于汤姆,他脑子里想的是一本不时兴了的古书里的一些话,这些话不断在脑子里出现:"我们在此没有常存的城,但我们寻求将来的城,因此当我们称上帝为我们的上帝时他不会感到羞耻,因为他为我们准备了一座城。"①这本主要由一些"不学无术"的人编写的古书中的这些词句,不知怎的在一切时代都对像汤姆这样贫困而单纯的人的心灵具有某种奇异的力量。它们震动了灵魂的深处,像号角在黑暗和绝望之中唤起勇气、热情和力量。

黑利先生从口袋里抽出各种报纸,开始全神贯注地以极大的兴趣看起上面的广告来。他阅读能力不很强,习惯于像朗读似的轻轻念出声来,好像要借助于耳朵来证实眼睛的演绎是否正确。这时他正在用这种调子慢慢读着下面一段广告:

　　遗嘱执行人拍卖,——黑奴!——根据法院命令,将于二月二十日星期二,在肯塔基州华盛顿城法院门前拍卖以下黑奴:海格,六十岁;约翰,三十岁;本,二十一岁;索尔,二十五岁;阿尔伯特,十四岁。谨代表杰西·布拉奇福特先生之债权人及继承人举行此次拍卖。

遗嘱执行人

赛缪尔·莫里斯

托玛斯·弗令特

"这我可得去看看。"为了有个人说说话,他对汤姆说。

①　见《新约·希伯来书》第 11 章第 16 节及第 13 章第 14 节。

"你知道,我想凑上一批呱呱叫的黑奴,和你一起运到南方去,汤姆,这样你们有伴,就会快活些——你要知道,有好的伴就能做到这一点。咱们必须首先赶到华盛顿去,到了那里我把你放到监狱里,我好去做我的买卖。"

　　汤姆温顺地听了这个愉快的消息,只是在心里暗自琢磨,不知这些厄运临头的人里有多少有妻子儿女,生离死别,是不是和他一样伤心。而且必须承认,对一个一向为自己极端诚实和正直的生活道路感到骄傲的人,黑利随口说出的要把他送进监狱去的话在他身上产生了极不愉快的印象。是的,我们必须承认,汤姆对他的诚实是很感自豪的,可怜的家伙,他也没有多少别的东西可以引以自豪的了。如果他属于社会较高的阶层,也许不会落到这种境地。天色渐晚,黄昏时分黑利和汤姆在华盛顿舒适地安顿了下来,——一个在旅馆里,一个在监狱里。

　　第二天上午十一点钟左右,法院门前的台阶上聚集起了一群各式各样的人,——根据各人的兴趣和秉性,吸烟、嚼烟草、啐唾沫、骂骂咧咧、谈天说地——等待着拍卖的开始。被拍卖的男女黑奴坐在另外一个地方,低声交谈着。广告上说的叫海格的女人从相貌到体形都是个地地道道的非洲人。她可能只有六十岁,但艰辛的劳动和疾病使她显得比这更老,她一只眼睛是瞎的,关节炎使她落下了点残疾。她的旁边站着唯一剩在身边的儿子阿尔伯特,一个长得聪明伶俐的十四岁的少年。她的许多孩子都一个个被卖到了南方的奴隶市场,离开了她,这是唯一剩下的一个了。母亲两只颤抖着的手一起紧抓着他,极度惊慌不安地看着每一个走上前来察看他的人。

"别害怕,海格大婶,"年龄最大的一个男黑奴说道,"我对托玛斯老爷提起了这件事,他说也许能把你们两个人放在一起卖出去。"

"他们用不着说我已经老得不中用了,"她抬起颤抖的手说道,"我还能做饭、擦地、洗洗涮涮呢,——如果我身价不高,还是值得把我买去的,——你去对他们说,——对他们说呀。"她急切地恳求道。

这时黑利从人群中挤过来,走到那老黑奴面前,扳开她的嘴往里看,又摸摸她的牙齿,让她站起来伸直身子,弯腰,做各种动作看看她的肌肉如何,然后走到下一个奴隶面前,进行同样的检查。最后他走到少年面前,摸摸胳膊,扳开他的手察看他的手指,让他跳,来看看他灵活不灵活。

"他和我一起卖!"老妇人急切地说,"我们两个人是放在一起卖的,老爷,我还很结实呢,可以干许多活,——许多活,老爷。"

"在种植园里干活吗?"黑利不屑地看了他一眼,"谁信你!"这时他似乎对自己的检查很满意,便走出人群,两只手插在口袋里,嘴里叼着雪茄烟,歪戴着帽子站着观望,等着开卖。

"你觉得怎么样?"一个人问道。黑利在察看黑奴时,他一直在盯着他,好像要根据黑利的观察来做决定似的。

"噢,"黑利啐了一口痰说,"我想买年纪轻点的那几个和那个小家伙。"

"他们要把孩子和那老太婆一起卖。"那人说。

"他们会发现不好办,——她只剩下一把老骨头了,——不值得买。"

"那么说来,你不会买她了?"那人问。

"傻瓜才会买她呢,她一只眼睛是瞎的,关节炎搞得她弯腰驼背,再说还笨头笨脑的。"

"有些人专门买这些老家伙,说比人们想象的要皮实。"那人沉思着说。

"没门儿,"黑利说,"白送给我也不要,——再说我又看见了她是什么样子。"

"咳,不把她和儿子一起买下来倒有点怪可怜的,——她好像一心都在他身上,——要是他们把她搭上便宜卖呢?"

"让那些钱多愿意这么花的人去买好了,我只买那个男孩去种植园干活,——才不管她呢,——白送给我都不要。"黑利说。

"她会大哭大闹的。"那人说。

"自然啰,她会的。"奴隶贩子冷冷地说。

这时,谈话被人群中一阵嗡嗡声打断了,拍卖商挤进了人群。他是一个五短身材、忙忙碌碌、趾高气扬的人。老妇人倒吸了一口气,本能地一把抓住了儿子。

"挨紧妈妈,阿尔伯特,——挨紧点,——他们会把我们放在一起卖的。"她说。

"啊,妈妈,我怕他们不肯呢。"孩子说。

"他们非这样不可,孩子,要是他们不肯,我没法活下去,没法的。"老人情急地说。

拍卖商洪亮的声音响了起来,让大家给让出点地方来,并宣布拍卖马上就要开始了。很快人们让出了一块空地,开始喊价。名单上的男奴很快就以高价卖出,说明市场需求量很大。其中两个落到了黑利手里。

"过来，小家伙，"拍卖商用槌子捅了捅那个少年，说道，"上去让大伙儿看看你有多灵活。"

"把我们两个人放在一起卖，一起卖——求你了，老爷。"老太婆使劲拽着儿子说。

"滚开，"拍卖商粗暴地说，一面推开她的手，"你是最后一个。好了，黑鬼，跳上去。"说着把孩子推向拍卖台，他背后响起了沉重的哀号声，孩子停住脚步回头看了一眼，但是他没有时间停留，他擦去了明亮的大眼睛里的泪水，旋即站到了台上。

他匀称的身材，灵活的四肢，聪明的面孔立刻引起了竞争，半打人的喊价声同时传进了拍卖商的耳朵里。孩子听见乱哄哄的争相喊价的声音此起彼落，又急又怕地看着周围，直到拍卖商手起槌落。黑利买到了他。人们把他从拍卖台上往新主人身边推去，他停了一下回过头去，他可怜的老母亲浑身哆嗦着，把一只颤抖的手伸向了他。

"把我也买下吧，老爷，看在上帝的分上——买下我吧——要不然我会死的！"

"我要买了你你会死的，问题就在这里。"黑利说，"不行！"他转过身子走了。

拍卖那可怜的老太婆是速战速决。刚才和黑利说话的那个人似乎还有点同情心，花了很少的钱买下了她。看热闹的人开始散去。

被拍卖的这些可怜的黑人多年来一直在一块儿生活，这时围在了绝望的老母亲的身边，她的痛苦真是目不忍睹。

"他们就不能给我留下一个孩子吗？老爷一直说我可以留下一个，——他说过的。"她伤心地一遍又一遍地说道。

"海格大婶，信任上帝吧。"年龄最大的那个黑人悲哀地说。

　　"那又有什么用？"她伤心地抽泣着说。

　　"妈妈，妈妈，——别哭了！别哭了！"孩子说，"他们说你的主人心很好。"

　　"我不管，——我不管。啊，阿尔伯特！啊，孩子！你是我最后的一个孩子了！上帝啊，我怎么办啊？"

　　"我说，你们就不能有人把她拉开吗？"黑利冷冰冰地说，"她这样哭闹对她没什么好处。"

　　黑奴中年纪大的几个边劝边使劲扳开了她死命抓住儿子的手，他们把这个可怜的老人带到新主人的马车旁去时，不断地安慰她。

　　"好了。"黑利把他买的三个黑奴推到一起，拿出一串手铐来，开始铐在他们的手上，然后把手铐拴在一根长长的铁链上，赶着他们往监狱走去。

　　几天以后，黑利和他的黑奴安全地登上了俄亥俄河上的一艘船。这是他这一批黑奴中的头几个，随着船的行进，还会增加同样的货物，都是他或者他的经纪人存放在沿途的几个码头上的。

　　"美丽河号"轮船是航行在和她同名的那条河①上的一艘十分华丽的轮船，这时它正欢快地顺流而下。晴空万里，船上飘扬着自由美国的星条旗。护栏旁衣着考究的绅士淑女们摩肩接踵，漫步于甲板上尽情享受这美好的时光。他们个个神情焕发，兴高采烈，——只有黑利的黑奴们和货物一起放在底

----

　　①　指俄亥俄河，俄亥俄一名来自印第安伊洛魁部落的叫法，意为"美丽"。

舱里,他们坐在一块低声交谈,似乎对享受到的各种优惠待遇并不领情。

"伙计们,"黑利轻快地走上前来,对他们说,"希望你们鼓起劲来,高兴点儿,别拉着个脸,坚强一些,伙计们,你们好好待我,我就会好好待你们。"

伙计们用一成不变的"是,老爷"回答了他,长期以来这成了可怜的黑人的口头禅。不过老实说他们并不显得特别高兴,都在挂念着老婆、母亲、姐妹和儿女,他们再也见不到这些人了,——尽管"抢夺他们的叫他们作乐"①,也不能产生立竿见影的结果。

"我有个妻子,"标为"约翰,三十岁"的拍卖品说,把戴着手铐的手放在汤姆的膝头上,——"可是她一点也不知道这件事,可怜的女人!"

"她住在什么地方?"汤姆问。

"就在离这儿不远的一个小旅店里,"约翰说,"真希望在这个世界上还能再见她一面。"他接着说。

可怜的约翰!这确实是人之常情,他说话时流下的眼泪,也和如果他是个白人的话要流眼泪同样自然。汤姆怀着一颗伤痛的心长长地吸了一口气,尽他一份可怜的力量安慰他。

在他们上面的客舱里坐着父母、夫妻,快活的孩子在他们身旁蹦蹦跳跳,像一个个小蝴蝶,一切都那么舒适、安逸。

"啊,妈妈,"一个男孩子刚从下面上来,对妈妈说,"船上有一个黑奴贩子,他有四五个黑奴在底舱里。"

"可怜的人们。"母亲既难过又气愤地说。

① 见《旧约·诗篇》第137章第3节。

"你说什么?"另一位太太问。

"下面有几个可怜的黑奴。"母亲回答道。

"还用锁链锁着呢。"男孩说。

"竟出现这种景象,真是我们国家的耻辱!"另一位太太说。

"啊,在黑奴问题上两边都有自己的道理。"一位上流社会的太太坐在自己特等舱的门口做着针线说道。她的一双小儿女正在她身边玩耍,"我到过南方,我得承认,如果黑奴自由了,还不如他们现在过得好呢。"

"有些黑奴在有些方面过得还好,我承认这一点,"她答话的对方说,"对我来说,奴隶制最可怕的一点就是对他们感情的折磨——譬如说,使一家人骨肉分离。"

"这当然是一件坏事,"那位太太说,她举起刚刚做好的一件宝宝衫,仔细看着衣服上的花边,"不过我想这种事不常发生的。"

"啊,常常发生的,"第一个说话的那位太太急切地说,"我在肯塔基州和弗吉尼亚州都住过许多年,我看到的这种事多了,谁见了都会难过的。假如,夫人,你这儿的两个孩子被人夺走卖掉,你会怎么样呢?"

"我们不能以我们自己的感情来和这种人比。"那位太太一面说一面挑拣着怀里的毛线。

"哎呀,夫人,如果你说出这种话来,那你不可能对他们有任何了解,"先前那位太太激动地说,"我是在黑人中出生长大的,我知道他们和我们一样是有感情的,——一样的强烈——也许比我们还要强烈呢。"

那位太太说了声"是吗!",打了个哈欠,向舷窗外看去,最后她重复了一遍她开头说过的话作为收场："不管怎么说，如果黑奴自由了，还不如他们现在过得好呢。"

"黑人要做奴仆，低人一等，这毫无疑问是天意，"一位身穿黑衣的、坐在客舱门口的神情严肃的神父说道，"《圣经》上说的，'迦南当受咒诅，必作奴仆的奴仆'。"①

"我说，异乡人，《圣经》上的那句话是这个意思吗？"站在旁边的一个高个子男人问道。

"毫无疑问是这个意思，老早以前，出于某种无法理解的原因，上帝一高兴就判定黑人永世为奴，我们可不能违抗天意啊！"

"噢，那么我们就尽管去买黑奴好了，"那人说，"如果这是天意的话——对不对，先生？"他说着转身面对黑利。黑利两手插在口袋里，始终站在火炉旁专心致志地听着这段谈话。

"是啊，"高个子继续说道，"我们都必须顺从天意。黑人应该被卖，贩运到各地去，应该压制他们，他们生来就该受到这种对待的。看来这个观点挺新鲜的，不是吗，异乡人？"他对黑利说。

"我从来没有想过这种事，"黑利说，"我自己可说不出这番话来。我没有念过书，我干这一行就是为了谋生。如果这样做是不对的，我打算到时候悔过，你知道。"

"现在你可以省去这份麻烦了，是不是？"高个子说，"你看懂得《圣经》多有用呀！你要是像这位好人这样以前读过《圣经》，那你可能早就懂得了《圣经》上的道理，省了多少麻烦。你也只消说上一句'该咒诅的'——他叫什么名字来

① 见《旧约·创世记》第9章第25节。

着？——'一切就都顺理成章了。'"而说这番话的异乡人正是我们向读者介绍过的肯塔基州旅店里的那个忠厚的黑奴主,他这时坐了下来,冷冰冰的长脸上带着一丝奇怪的笑容。

一个瘦高个子的年轻人这时插了进来。他脸上的神情表明他是一个聪明而很富于感情的人。他背诵道:"'无论何事,你愿意人们怎样对待你,就要怎样对待人们。'①想来,"他补充道,"这和'迦南当受咒诅'一样,也是《圣经》上的话啰。"

"啊,异乡人,"奴隶主约翰说,"对我们这些可怜虫来说,《圣经》上的这句话挺明白的啊。"说完约翰又像座火山般喷云吐雾起来。

年轻人停了一下似乎还要再说下去,突然船停了下来,人们像轮船上常见的那样,一拥而出,去看船停在了什么地方。

"他们两个都是牧师吗?"约翰一面往外走一面问另外一个人。

那人点了点头。

船靠码头后,一个黑人女子猛跑着冲上跳板,钻进人群,扑到黑奴坐的地方,伸出双臂抱住了标为"约翰,三十岁"的不幸的拍卖品的脖子,伤心地喊着丈夫痛哭起来。

但是有什么必要讲这个故事呢,讲得太多了,——天天在讲——这种令人肝肠寸断的故事,——为了强者的利润和方便,弱者便家破人亡——已经不必再讲了,——每一天都在讲,而且是讲给一个耳朵并不聋但长期保持缄默的上帝在听。

刚才为人道和上帝的事业说话的那个年轻人抱着双臂站

---

① 见《新约·马太福音》第7章第12节。

在那里看着眼前的景象。他转过身来,看见黑利站在他身旁。"朋友,"他声音沙哑地说,"你怎么能、怎么敢做这样的买卖?你看看这些可怜的人!我这儿正为我回家和妻子和孩子团聚而兴高采烈,轮船上同样的钟声,对我来说是载着我继续向他们驶去的信号,但却要使这可怜的夫妻生离死别。你等着好了,上帝会为此惩罚你的。"

奴隶贩子沉默着转身走开了。

"喂,我说,"奴隶主碰了碰他的胳膊肘说,"牧师和牧师也不一样,是不是?'迦南当受咒诅'这话这位似乎不赞成,对吧?"

黑利心神不安地咕哝了一声。

"而这还不是最糟的呢,"约翰说,"也许将来你和上帝算总账的时候,他也不赞成这一套呢,而我想咱们早晚都会有这一天的。"

黑利沉思着走到了轮船的另一头。他心想,"如果下面一两笔黑奴买卖赚头好的话,我想我就洗手不干了,这事还真有点玄乎呢。"于是他拿出小本子开始算起账来,——不仅是黑利,许多绅士们都拿算账作为专治良心不安的特效药。

轮船神气地离开了码头,一切又像原先一样快活地进行着。男人们聊天、闲荡、看书、吸烟。女人做针线,小孩子嬉戏。船一路前进。

有一天,当轮船停靠在肯塔基州的一个小城时,黑利到岸上去办一点生意上的事。

汤姆虽然戴着脚镣,也还能稍稍活动活动,他走到船的一侧,无精打采地向栏杆外望着。过了一会儿,他看见奴隶贩子带着一个怀抱幼儿的黑人女子轻快地走了回来。女人衣着相当体面,一个黑人男子提着一个小箱子跟在她身后。女人高兴地走过来,一面和给她提箱子的男人说着话,一面上了跳板进了船。船上铃声响起,蒸汽噎噎作响,发动机吱吱嘎嘎地响着,船向下游驶去。

那个黑人女子在下层甲板的货箱和棉花包中穿行,坐下以后就忙着啧啧地哄孩子。

黑利在船上转了一两圈,然后走到她身边坐了下来,开始低低地用漠不关心的声调对她说了些什么。

很快汤姆注意到一片浓重的阴云压上了女人的眉头,她迅速而气愤地回答着黑利。

"我不相信,——我不会相信的!"他听见她这样说,"你只不过是在骗我而已。"

"你要是不信,就看看这个!"黑利说着拿出一张纸来,"这是卖契,这儿是你家老爷的名字,我老实对你说,我花了一大笔现金才换来的呢,——怎么样?"

"我不信老爷会这样欺骗我,这不可能是真的!"女人越来越激动地说。

"你可以问这里任何一个认字的人。喂!"他对一个经过那儿的人说,"请你把这念一下,好吗? 我对她说这是什么,她不相信。"

"啊,这是一张卖契,在上面签名的是约翰·福斯狄克,"那人说,"把叫露西的女人和她的孩子卖给了你,就我所见,这是一清二楚的。"

女人气愤的叫嚷声吸引来了一群人围在她身边,奴隶贩子向大家简单地解释了一下事情的原委。

"他对我说让我到路易斯维尔去,他把我租给了我丈夫

164

工作的那家旅馆去做厨师，——老爷就是这样对我说的，是他亲口说的，我不相信他会骗我。"女人说。

"可是他已经把你卖了，可怜的女人，这是一点疑问也没有的，"一个样子很善良的人看过卖契后说，"他这样干了，没错。"

"那么说也没有用了。"女人突然变得十分平静地说，一面把孩子搂得更紧了。她坐在箱子上，回转身子，无精打采地看着河水。

"到底还是会想得开的，"奴隶贩子说，"看来这个女人很坚强。"

船继续向前航行。女人看上去很平静。一阵美妙轻柔的夏风像一个充满同情的精灵拂过她的头顶，——温柔的和风啊，它从来不问吹拂着的面孔是黑色的还是白色的。她看见在阳光下闪烁着金色涟漪的水面；她听见周围处处是轻松悠闲的欢快的谈话声，但是她的心却仿佛压上了一块巨大的石头，十分沉重。孩子扶着她站了起来，小手摸着她的脸，一蹦一蹦的，小嘴快活地唧喳个不停，似乎非得要引起她的注意不可。突然她把他紧紧搂在怀里，慢慢地，泪珠一滴又一滴地落在他那张惊讶的、不懂事的小脸上。她似乎逐渐一点点地平静了下来，忙着照看孩子，给他喂奶。

小孩是个十个月的男孩，个头长得比一般十个月的孩子大，也结实，胳膊腿都很有劲。他一刻也不停，妈妈不是得抱着他，就是忙着防备他又蹦又跳地摔倒。

"这小家伙真不错，"一个男人突然在他对面停住脚步，两只手插在口袋里，说，"他多大了？"

"十个半月了。"做妈妈的说。

那人对孩子吹了声口哨,给了他半块糖,孩子急切地一把抓过糖来,很快放进了小娃娃的大仓库里——也就是说他的嘴巴里。

"好厉害的小东西!"那人说,"什么都明白!"他吹着口哨走开了。他走到船的另一边时碰见了黑利,他正坐在一堆货箱上抽烟。

陌生人拿出了一根火柴,点燃了一根雪茄,一边说道:"异乡人,你那边的那个女人挺像样的。"

"噢,我觉得她确实有几分姿色。"黑利说着喷出了一口烟。

"贩到南方去吗?"那人问。

黑利点点头,继续吸他的烟。

"去种植园干农活?"那人问。

"噢,"黑利说,"我是按一个种植场的订单给他们送货去的,我想把她也算上。他们说她是个好厨师,他们可以让她做饭,也可以让她去采棉花。她的手指很适合于采棉花,我看过的。不管要她去干什么都能卖出好价钱来。"黑利继续抽着雪茄。

"种植场上不会要那孩子的。"那人说。

"我一有机会就把他卖掉。"黑利说着又点燃了另一根雪茄。

"你大概会很便宜的出手吧。"陌生人说着爬上了那堆货箱,舒服地坐了下来。

"那可不一定,"黑利说,"这孩子很机灵——长得又直、又胖、又结实,肉硬得跟砖头似的!"

"没错,可是把他养大是很麻烦很费钱的。"

"瞎扯!"黑利说,"他们比什么都好养活,一点也不比养只小狗费事,这小鬼过一个月就会满地跑了。"

"我有一个养活孩子的好地方,正想着多进点货,"那人说,"上星期一个厨子的小孩死了——她在晾衣服的时候小孩在澡盆里淹死了——我想让她抚养这个孩子很合适。"

黑利和陌生人沉默地吸了一阵子烟,似乎谁也不愿先提这场谈话中最具考验性的问题。最后那人继续说道:

"看来这孩子你非得脱手不可,你要价不会超过十块钱吧?"

黑利摇摇头,使劲啐了口吐沫。

"不行,没门儿。"他说完又接着抽雪茄。

"噢,那你说个价吧。"

"你看,"黑利说,"我可以自己把他养大,或者让人把他养大。他这么招人喜欢,又这么壮实,真是少有。过上六个月就能卖到一百块,过一两年,要能找到好买主,他能值二百块——所以现在是五十块钱,一分不能少。"

"啊呀,异乡人! 这也太离谱了。"那人说。

"我这是实情!"黑利坚决地点了一下头,说道。

"我出三十块,"陌生人说,"一分也不能多。"

"咳,让我来告诉你怎么办吧,"黑利说着带着新的决心又吐了一口唾沫,"咱们都让一点,四十五块,不能再少了。"

"好吧,就这样定了!"那人沉默了片刻说。

"成交了!"黑利说,"你在哪儿下船?"

"路易斯维尔。"那人说。

"路易斯维尔,"黑利说,"太好了,我们大概在天黑时到那里,小家伙那时候就睡着了,——太好了,——不声不响就把他弄走了,没有哭叫,——太巧了,——我喜欢不声不响地办事情——我最讨厌又喊又叫地闹成一团。"这样,那人钱包里的一卷钞票就转到了黑奴贩子的腰包里。黑利又继续吸他的雪茄。

轮船在晴朗而宁静的黄昏时分抵达了路易斯维尔的码头。那女人一直抱着熟睡的孩子坐在那里,当她听见喊出停靠的地名时,她把斗篷小心地铺在货箱间的一个凹处,匆匆把孩子放在这个像小摇篮似的地方,便跑到船边去,希望能在挤在码头上的旅店侍役中看见自己的丈夫。她怀着这个希望一直挤到栏杆边,使劲朝前探着身子,睁大了眼睛专心致志地盯着岸上浮动着的脑袋。这当儿,她和孩子之间已经挤满了人。

"你的机会来了,"黑利说着抱起熟睡的孩子,交给了陌生人,"别吵醒他免得他哭起来,要不然那个女人会闹翻天的。"那人小心地接过裹着的孩子,很快消失在上岸的人群之中。

当轮船吱吱嘎嘎地响着,喘着粗气离开了码头,开始吃力地慢慢前进时,女人回到了她原来坐的地方。奴隶贩子坐在那里,——孩子不见了!

"啊呀,啊呀,——哪儿去了?"她惊慌失措地说。

"露西,"奴隶贩子说,"你的孩子给卖掉了,你还是早点知道的好。你看,我知道你不可能把他带到南方去,我有个机会把他卖给一个上等人家,他们能比你更好地把他抚养长大。"

奴隶贩子已经达到了近来北方的一些牧师和政客们极力推崇的在基督精神和政治上的一种完满境界,克服了任何人性的弱点和偏见。你我如果肯下功夫培养，先生，我们的心肠也能达到他的境界。女人看着他时那狂乱、痛苦和极度绝望的目光可能会扰乱一个不如他老练的人的心，但是他对此习以为常，同样的眼光他见过千百次了。我的朋友，你也能习惯于这样的事情的。为了我们这个国家的荣誉，近来的伟大目标就是努力使整个北方习惯于这样的事。因此对他看到的女人脸上致命的痛苦表情，那紧捏着的双手，上气不接下气的喘息，他一概认为是这行买卖中不可避免的事情，他这时心里琢磨着的只是，女人会不会哭喊，在船上引起一场风波。因为和这一奇特制度的其他支持者一样，他坚决不愿意把事情闹得沸沸扬扬的。

但是女人并没有哭喊，这一枪直穿心房，她已经喊不出来，哭不出来了。

她昏昏沉沉地坐了下来，松弛的双手死一般地垂在身旁；眼睛直视前方，但眼前是一片空白；船上的喧嚣声和机器的隆隆声茫然地在她耳中交织在一起。她那颗可怜的、麻木的心已是欲喊无声、欲哭无泪，无法表达她那极度的悲伤了。她很平静。

从奴隶贩子的优点来看，比起我们的某些政治家来，在人道方面他并不逊色。这时他似乎感到有责任根据目前需要来安慰安慰这个女人。

"露西，我知道这种事开头会难受的，"他说，"但是你是个聪明懂事的女人，不会过于想不开的。你明白非得这么做不可，我也是迫不得已！"

"啊！别说了，老爷，别说了！"女人似乎要窒息似的说。

"你是个聪明女人，"他固执地说，"我会好好待你，给你在南方找个好地方,很快你会再有个丈夫,——像你这样一个漂亮的姑娘——"

"啊! 老爷,你现在能不能不和我说话。"女人说,她的声音中那炙人的痛苦使奴隶贩子也感到,在眼前这桩事情上,他的一套办法毫无用处。他站起身来,女人转过脸去,把头埋进了斗篷里。

奴隶贩子来回踱了一阵子,时不时停住脚看看她。

"还真想不开,"他自言自语道,"不过倒挺安静的——让她去难受一阵子吧,慢慢就会好的。"

这件事汤姆从头到尾都看到了,完全明白它的后果。对他来说,这是件难以形容的可怕和残酷的事,因为这可怜而无知的黑人呀! 他没有学会归纳概括,也不会大处着眼看问题。如果他受到过基督教某些传教士的教诲,就可能有不同的见解,把这事看作是一宗合法贸易中的平常事例,而这合法贸易是美国制度的重要支柱。一位美国神学家①对我们说,这个制度"除了和社会生活及家庭生活中其他相互关系间无法避免的弊病之外,没有别的弊病。"但是如我们所知,汤姆是个可怜而无知的人,他所读过的书仅限于《圣经·新约》,所以无法用上述观点安慰劝解自己。那个女人倒在货箱上,像一根压扁了的芦苇,这可怜的人所受到的痛苦和冤屈使汤姆的灵魂滴血;这个有感情、有生命、心在流血然而灵魂永生的"东西",却被美国的法律冷漠地和她周围的大包小捆货箱等归成了一类。

汤姆走近她,想说点什么,但是她只是低低呻吟着。他真

① 指费城的乔埃尔·派克博士。——原书注

170

心诚意地、满脸流泪地说到上天的一颗挚爱的心,说到同情苦难人的耶稣,以及永恒的归宿。但是痛苦使她什么也听不见,麻木的心已没有了感觉。

夜降临了——宁静、冷漠而灿烂的夜空,闪烁着无数只庄严的天使的眼睛,美丽而沉寂。从这片遥远的天空没有传来任何话声和语言,没有一丝同情的声音或一只帮助你的手。逐渐,谈生意或闲聊天的声音一个个消失了,船上的人都进入了睡乡,船头的水花声清晰可闻。汤姆伸直身子躺在货箱上,时不时地听见倒在一旁的女人的隐泣或呻吟:——"啊,我该怎么办?啊,上帝!仁慈的上帝啊,请你帮助我吧!"就这样断断续续,直到呜咽声完全消失。

午夜时分汤姆突然惊醒。有一样黑乎乎的东西掠过他的身边到了船侧,然后他听见了河里扑通一声。没有别的人看到或听到了任何动静。他抬起头来——女人的地方空了!他起来在四周白白地找了半天。终于那颗可怜的滴血的心平静了,河面依旧波光粼粼,仿佛并没有把她淹没。

忍耐!忍耐!因这类不平之事而心中充满愤怒的人们!耶稣基督、荣耀的上帝是不会忘记受压迫者的任何一丝痛苦、任何一滴眼泪的。他那宽宏容忍的胸膛承受着世间的一切痛苦。和他一样去耐心地容忍,怀着爱心努力吧,因为"我主救赎之年必将来到"①。

奴隶贩子一大清早醒来,去察看他的活商品。这一次轮到他莫名其妙地到处张望了。

"那女人究竟到哪儿去了?"他问汤姆。

① 见《旧约·以赛亚书》第63章第4节。

汤姆早已懂得少说为妙的哲理，不觉得自己有责任要说出自己的观察和怀疑来，便说他不知道。

"她肯定不可能夜里在任何一个码头上岸，因为每次停船靠岸我都醒着特别警惕。我从来不把这些事情托付给别人。"

这番话黑利是以信任的口气对汤姆说的，好像他会对这一点特别感兴趣似的。汤姆没有答腔。

奴隶贩子把船从头搜到尾，在货箱、大桶和大仓间里寻找，在机器四周寻找，在烟囱旁边寻找，全是白费工夫。

"嗨，我说，汤姆，别和我耍花招了，"他搜了半天毫无结果之后来到汤姆站着的地方说，"你准知道点什么，甭说你不知道，——我知道你不可能一无所知。十点钟左右、十二点钟和一点到两点钟之间我看见那女人躺在这里的，可是四点钟时她就没影子了，可你一直就睡在这里。你知道点什么，不可能不知道的。"

"唉，老爷，"汤姆说，"天快亮的时候有什么东西从我身边扫过，我半睡半醒的；后来我听见扑通一声响，这时我完全醒了过来，那个女人已经不见了。我就知道这些。"

黑奴贩子既不吃惊也不奇怪，因为如前所说，许多你不习惯的事他已习以为常了，即使是可怕的死神的降临也不会使他战栗的。他和死神多次打过交道，——在做买卖时碰面结识，——他只觉得这是个难对付的主顾，常常极不公平地妨碍他的财产运作。因此他现在只是咒骂那女人一声娼妇，说自己简直倒霉到家了，要是事情这样发展下去，他这一趟买卖可就一个子儿也赚不来了。总而言之，他似乎觉得自己受到了亏待，绝对如此；但是他一点办法也没有，因为女人已经逃进了一

172

个永远不会放回逃奴的国度，——即使是这个光荣的国家上下一致要求也没有用。因此奴隶贩子不满地坐了下来，拿出小小的账本，把这个失踪的身体和灵魂记入了"亏损"栏下！

"这个奴隶贩子真可怕，不是吗？这样冷酷！真是太可怕了！"

"啊，可是谁都看不起这些奴隶贩子！没有人不蔑视他们，——上流社会从来不接纳他们。"

但是，先生，是谁造成了奴隶贩子？谁最应受到指责？是支持这个必然会产生奴隶贩子的制度的受过教育的、有教养的、有头脑的人呢，还是卑鄙的奴隶贩子本身？你们造成了使这种行业成为必需的公众舆论，使奴隶贩子堕落，变得丧尽天良，最终不以此行当为耻。你在什么地方比他们强呢？

能说你们受过教育而他是无知的，你们高贵他低下，你们有修养他粗俗，你们有才能他愚蠢吗？

到末日裁判的一天到来的时候，以上种种可能会使他们比你们更能得到宽恕。

在结束合法贸易中这些范例的故事时，我们必须恳求世人不要以为美国的立法者统统都没有人性，因为从我们的立法机构在保护和使这种贸易永远存在下去所作出的巨大努力上，人们可能会得出这一不公正的结论。

谁不知道我们的伟人们在抨击外国的黑奴贸易时是不遗余力的呢？在这个问题上，出现了一大批克拉克逊和威尔伯福斯①式的人物，听他们的言，观他们的行都是有极大教益

———————

① 托玛斯·克拉克逊(1760—1846)，英国废奴主义者。威尔伯福斯，见本书第7页注①。

的。从非洲把黑奴贩来,亲爱的读者,这太可怕了!这种事情连想都不能想!但是把他们从肯塔基贩来,——那可完全是两码事!

第十三章 教友会新村

现在出现在我们面前的是一幅宁静的景象。这是一间宽大的、油漆得很匀整的厨房，黄色的地板光亮平滑，一尘不染。一台乌黑齐整的炉灶，一排排闪亮的白铁器皿，使人联想到说不出来的好吃东西。几把结实的、油亮亮的绿色旧木椅，一把菖蒲椅面的小摇椅，上面放着一个用各种颜色的呢绒碎块精致地缝在一起的拼花椅垫，还有一把大摇椅，像个老妈妈，宽大的扶手在邀人入座，上面的鸭绒坐垫也在帮助劝人坐下，——这确实是一把舒适的、让人看了就想坐下去的旧椅子，从实惠的家居享受而言，能顶十几把你客厅里的丝绒或花缎沙发。正是在这把椅子上坐着我们的老朋友伊莱扎，她轻轻摇着椅子，两眼盯着手里精细的针线活。是的，她坐在那里，比在肯塔基的家里苍白了些，也瘦了些，巨大的无声的悲哀隐藏在她长长的睫毛的阴影中，也刻在她温柔的嘴唇的轮廓上。显而易见，在沉重的悲哀的磨炼下，她那颗年轻的心已变得多么苍老而坚强。她的小哈利像只热带的蝴蝶一样在地板上蹦来跳去地玩耍着，当她不久以后抬起她乌黑的大眼睛看着嬉戏的孩子时，脸上流露出一种深沉的坚强和果断的神情，这在她早先比较快活的日子里是从来不曾有过的。

在她旁边坐着一个女人，膝头上放着一只亮亮的白铁盘子,她正把一些晒干了的桃干小心地挑出来放在盘子里。她可能五十五到六十岁,但是她的脸是属于岁月似乎只会增添光彩使之更加美丽的那种类型。她头戴一顶严格按教友会式样做的雪白的绉绸帽——胸前一方折得很平整的素色白细布手绢,——黄褐色的披巾和连衣裙,——一看就知道她是教友会的一员。她有一张红润的圆脸,茸茸的健康而柔软,使人联想起一只熟透了的桃子。她的头发因年龄关系已经花白,从高高的、安详的前额向后平整地分梳开。岁月没有在额上留下任何痕迹,只有人世的和平和对人的友善。额头下一双清澈、忠厚、充满爱意的棕色的大眼睛,你只需直视这双眼睛,就能感到你看到了一颗最善良、最真诚的女人的心的最深处。对于漂亮的年轻姑娘人们谈论得这样多,赞美得这样多,为什么没有人醒悟到老年女子的美? 如果有谁想在这一点上获得灵感的话,我们向他推荐我们的好朋友雷切尔·哈利迪,就是她坐在小摇椅上的样子。这把摇椅有个特点,老爱吱吱嘎嘎响——也许是因为年轻时受了寒,或者得过哮喘病,或者是精神错乱;但是当她轻轻地前后摇动时,摇椅不断发出那种低低的"吱嘎、吱嘎"声,要是换了别的椅子,早就令人无法容忍了。但是老西米恩·哈利迪常常宣称,对他来说这和任何音乐一样悦耳,孩子们都承认,什么也不能让他们错过听妈妈的摇椅声的机会。为什么呢? 因为二十多年以来,从那张椅子里发出的只有充满爱心的话语,温柔的教诲和慈母的关怀,——数不清的头痛脑热和心灵的创伤都在那儿得到痊愈,——宗教的和世俗的难题在那儿得到解决,——一切都出自这位善良、慈爱的女人。愿上帝赐福于她!

"这么说你还是想到加拿大去,是吗,伊莱扎?"她一面从容地挑着桃干,一面问道。

"是的,太太,"伊莱扎坚定地说,"我必须继续往前走,不敢停留。"

"你到了那边打算干什么呢? 你得好好考虑啊,闺女。"

"闺女"二字从雷切尔·哈利迪口中说出极其自然,因为她的相貌和体态使人觉得称她为母亲是世上最自然不过的事。

伊莱扎的手在颤抖,几滴眼泪流在了漂亮的活计上,但她仍坚定地答道:

"我能找到什么活——就干什么活,我希望总能找到活干。"

"你知道在这里你可以愿意住多久就住多久。"雷切尔说。

"啊,谢谢你,"伊莱扎说,"但是,"她指指哈利,"我晚上睡不着觉,我不放心。昨晚我梦见那人走进院子里来。"她说着,浑身打了个冷战。

"可怜的孩子,"雷切尔擦擦眼泪说,"但是你不要怕,我们村子里还没有一个逃奴被悄悄抓走过,这是上帝的意旨。我相信你的孩子也不会被抓走的。"

这时门开了,门旁站着一个矮矮小小,圆圆胖胖的女人,一张快活的红润的脸像只熟透了的苹果。她和雷切尔一样穿着朴素的灰色衣服,一方折得很平整的白细布手绢别在她滚圆丰满的小胸脯前。

"露丝·斯特德曼,"雷切尔快活地走上前去说,"你好吗,露丝?"她一面说着一面热情地握住了她的两只手。

"很好呀,"露丝说着摘下了那顶黄褐色的风帽,用手绢掸了掸上面的尘土,露出了一个圆圆的小脑袋,尽管她两只小胖手东摸摸西拍拍地忙着整理头上戴的那顶教友会的小帽,小帽仍是一副俏皮的神气。几绺鬈发这儿那儿地从帽檐下滑出,她也要想方设法地把它们塞回原处。这位新来的人大约二十五岁光景,这时她从对着整理头发和帽子的小镜子前转过身来,样子显得很高兴,——大多数看到她的人也许都会很高兴的,——因为她是个健康而实心实意的、快活的唧唧喳喳的小女人,很能让男人开心。

"露丝,这位朋友是伊莱扎·哈里斯,这就是我和你说起过的小男孩。"

"我很高兴见到你,伊莱扎——非常高兴,"露丝说,和伊莱扎握着手,仿佛伊莱扎是位盼望已久的老朋友,"这就是你那可爱的孩子吗,——我给他带了一块蛋糕来。"她说着拿出一小块鸡心形蛋糕向孩子递去。孩子走上前来,眼睛从鬈发下面看着蛋糕,羞涩地接了过去。

"你的小宝宝呢,露丝?"雷切尔问。

"啊,他一会儿就来。我进来时你的玛丽把他抢了过去,抱着他跑到谷仓那边向孩子们炫耀去了。"

正在此时门开了,玛丽抱着孩子走了进来。玛丽是个脸色红润的忠厚的姑娘,两只棕色的大眼睛和妈妈的一样。

"啊呀,"雷切尔走上前来,抱过了这又白又胖的大娃娃,"你看他长得多好,长得可真快呀!"

"可不是长得快。"矮小的忙忙叨叨的露丝说着接过了娃娃,开始给他脱下蓝色的小绸斗篷和裹着的好几层外衣,这里拽一把、那里拉一下,把他整理停当后,使劲地亲了他一口,把他放在地板上好让他敛敛神儿。娃娃似乎很习惯于这一套做法,但见他马上把一只大拇指塞进了嘴里(仿佛这是理所当然的事),好像很快就陷入了自己的沉思之中,这时做妈妈的坐了下来,拿出一只用蓝白两色绒线织着的长统袜,开始麻利地织了起来。

"玛丽,你是不是把水壶灌上,好吗?"母亲温柔地提醒道。

玛丽拿着壶到井边去,很快回来把壶放在了炉子上,不久水壶扑扑地冒起汽来,好像是只迎客的殷勤的香炉。在雷切尔低声吩咐下,玛丽又把桃干放在了炉子上的一只炖锅里。

这时,雷切尔拿下了一块雪白的模板,系上了围裙,先对玛丽说,"玛丽,你是不是去叫约翰准备好一只鸡。"玛丽按吩咐走了以后,她就静静地做起发面小饼来。

"阿比盖尔·彼得斯怎么样了?"雷切尔一边做小饼一边问道。

"啊,她好些了,"露丝说,"我今天上午去了,给她整理了床,收拾了屋子。莉·希尔斯下午去了,烤了一大堆面包和馅饼,够吃好几天的,我答应晚上去扶她上床。"

"明天我去,把有的东西都给她洗了,再把该补的补补。"雷切尔说。

"啊,那太好了,"露丝说,"我听说汉娜·斯坦伍德病了,昨晚约翰去了——明天我得去。"

"如果你需要在那儿待上一整天,约翰可以到这里来吃饭。"雷切尔提出说。

"谢谢你,雷切尔,明天再看吧,啊,西米恩来了。"

西米恩·哈利迪走了进来。他是一个腰板挺直、肌肉发达的大高个,穿着黄褐色的大衣和马裤,戴一顶宽边帽子。

"你好吗,露丝?"他热情地说,一面伸出宽大的手去握她那只胖胖的小手,"约翰好吗?"

"啊! 约翰很好,我们家别的人也都好。"露丝快活地说。

"有消息吗,他爹?"雷切尔一面把烤饼放进烤箱一面问。

"彼得·斯特宾斯告诉我今晚他们该到了,和朋友一起。"西米恩意味深长地说,一面在小小的后廊上一个小巧的水池中洗手。

"真的吗!"雷切尔说着沉思地瞥了伊莱扎一眼。

"你是说你姓哈里斯吗?"西米恩重新走进屋里来时向伊莱扎道。

伊莱扎颤声回答"是的"时,雷切尔迅速瞥了丈夫一眼;她如此恐惧,使人想到也许出了捉拿她的通告。

"他娘!"西米恩站在廊上叫雷切尔出去。

"什么事,他爹?"雷切尔一面擦着沾满面粉的手走到廊子上,一面问。

"这个姑娘的丈夫在村子里,今晚要到这里来。"西米恩说。

"啊呀,是真的吗,他爹?"雷切尔高兴得红光满面。

"真的,昨天彼得赶着车到了另外那个点上,看见那里有一个老妇和两个男人,其中一个说他的名字是乔治·哈里斯,从他讲的自己的情况来看,我敢肯定他就是这姑娘的丈夫。他是个聪明、漂亮的小伙子。"

"咱们现在告不告诉她?"西米恩问道。

"咱们先告诉露丝吧,"雷切尔说,"过来,露丝,——过来一下。"

露丝放下手里织的毛活,立即走到了门廊上。

"露丝,你猜怎么着,"雷切尔说,"他爹说伊莱扎的丈夫也在这伙人中,今晚就来这儿。"

这个矮小的教友会女教友发出的快活的笑声打断了雷切尔的话,她拍着手蹦得老高,两绺鬈发都从教友会的小帽里颠了出来,刺眼地落在白围巾上。

"小点声,亲爱的!"雷切尔温柔地说,"轻点,露丝! 你说,咱们现在就告诉她吗?"

"当然,——马上就告诉她,哎呀,要是这是我的约翰,我会怎么想? 马上就去告诉她吧。"

"你只知道要自己学习怎样爱你的邻居,露丝。"西米恩笑容满面地看着露丝说。

"自然了,我们来到世上不就是为了这个目的吗? 如果我不爱约翰和孩子,就不会懂得去同情她的,快,去告诉她,——去呀!"她两只手恳求地放在雷切尔的胳膊上说,"把她带到你卧室里去说,我来替你炸鸡。"

雷切尔走到厨房里,伊莱扎仍坐在那儿做针线活。她打开了一间小小的卧室的门,温柔地说道:"闺女,跟我来,我有个消息要告诉你。"

血涌上了伊莱扎苍白的脸,她站起身来,紧张不安得全身发抖,向儿子的方向望了一眼。

"不是,不是,"矮小的露丝冲过去一把抓住她的手说,"你别害怕,是好消息,伊莱扎——进屋去,进屋去。"她轻轻地把伊莱扎推进房里,随手关上了门。这时,她转过身来,一把抱住小哈利,开始吻他。

"小东西,你就要看见爸爸了。你知道吗? 你爸爸要来了。"她一遍又一遍地说着,孩子则莫名其妙地看着她。

这时,卧室里是另一番情景。雷切尔·哈利迪把伊莱扎拉到身旁说:"闺女,上帝怜悯你了,你的丈夫已经从奴役他的人家逃出来了。"

伊莱扎全身的血液突然涌上了面颊,又同样突然地涌回心脏。她脸色苍白,虚弱地坐了下来。

"坚强点,孩子,"雷切尔说着抚摸着伊莱扎的头,"他现在在朋友之中了,他们今晚会把他带到这里来的。"

"今晚!"伊莱扎重复道,"今晚!"她一点也不懂这两个字的意思,她脑子里一片恍惚与混乱,片刻之间周围是一片模糊。

她醒来时发现自己舒舒服服地躺在床上,身上盖着一条毯子,矮小的露丝正在用樟脑油擦她的双手。她睁开眼睛,感到一种蒙蒙眬眬的惬意的倦怠,一个长期背负着沉重的负担的人在负担一旦消失、可以稍事休息时都会有这种感觉。从她开始逃亡的那一刻起就一直绷紧着的神经松弛下来了,一阵平静安全的感觉包围着她。她睁着黑黑的大眼睛躺在那里,像在宁静的梦中观看周围的人们的动静。她看见通向厨房的门开着,看见铺着雪白桌布的晚餐桌,听见水壶梦一般的低唱声,看见露丝端着盘盘糕点和碟碟果脯忙前忙后,时不时停下来往哈利手里放块糕点,或拍拍他的头,或把他长长的鬈发绕在她雪白的手指上。她看见雷切尔丰满的慈母般的身影不时来到床前,不是给她披披毯子,就是摸摸拽拽地整理床单,来表示她的关心。她感觉到从她清澈的棕色大眼睛里仿佛有一股阳光射到她的身上。她看见露丝的丈夫走进厨房,看见露丝飞奔过去,热烈地对他低语,时不时的做着有力的手势,小手指头指着她躺着的这个房间。她看见她抱着娃娃坐下来吃茶点,看见他们全都围坐桌旁,小哈利在露丝充分的保护之下坐在一把高脚椅上。有低低的谈话声,茶匙的叮咚声,茶杯和茶碟悦耳的碰撞声,这一切全都交织在令她安息的愉快的梦境中。伊莱扎沉沉睡去,自从那个可怕的午夜她抱着孩子在寒冷的星光下出逃以来,还从来没有睡得这样沉过。

她梦见了一个美丽的国度——这是一片宁静的乐土,——绿色的海岸,宜人的岛屿,美丽的闪闪发光的海水。在那儿,在一个慈祥的声音告诉她是家的房子里,她看见儿子,一个自由幸福的孩子,在玩耍。她听见了丈夫的脚步声,感到他越走越近,他的双臂拥抱着她,眼泪滴到了她脸上。她忽然醒来!这不是梦!天早已黑了,孩子安静地睡在她的身边,茶几上一支蜡烛发出昏暗的光,她的丈夫正在她枕畔啜泣。

第二天早晨,这教友会人家一片喜气洋洋。"妈妈"一大早就起来了,周围是忙忙碌碌的儿女们,昨天我们没有时间把他们介绍给读者,这时他们全都听话地按照雷切尔的"你是不是"或更为温和的"你最好是"的吩咐在准备早餐;因为在印第安纳州富饶的河谷地带,早餐是件复杂多样的事情,和在天堂里拣拾玫瑰叶和修剪树丛一样,除了妈妈的能干的手以外,还需要别的人帮助。因此,当约翰跑到泉边去打水、小西米恩筛做玉米饼用的玉米面、玛丽磨咖啡豆时,雷切尔轻轻地走来走去,烤发面小饼,切鸡,容光焕发地照应着一切方面。如果这许多小帮手之间由于管束不住的热情而产生了摩擦和冲突的危险,只要她温和地说上一声"好啦!好啦!"或"别这样"，就足以消除矛盾。吟游诗人们曾吟诵过爱神维纳斯的那根饰带，它曾使千古以来人们为之倾倒。对于我们来说，倒宁愿得到雷切尔·哈利迪的饰带，它能防止人们倾倒，使一切和谐地存在下去。我们认为这无疑更适合我们现代社会。

当一切准备工作进行着的时候，老西米恩只穿衬衫没穿外衣站在屋角的一面小镜子前，正在从事一件与家长身份不符的事：刮胡子。在这间大厨房里，一切都进行得十分友好、平静、融洽，——每个人都觉得各得其所，到处充满着互相信任、友好和睦的气氛，——连往桌子上摆刀叉时所发出的叮当声都显得友好；锅里炸鸡煎火腿的吱吱声都显得欢快，就好像它们都很喜欢被煎炸似的。——当乔治、伊莱扎和哈利走出卧室时，对他们的欢迎是这样热烈高兴，难怪他们会觉得像在梦里。

终于大家坐下来吃早餐了，玛丽仍站在炉子前烙饼，等到烤得焦黄得恰到好处时，就立刻端上桌来。

雷切尔最高兴的事就是坐在餐桌一端主妇席上，即使递一盘糕饼或倒一杯咖啡都充分表现出了慈爱和满腔的热情，使得她给你的食物和饮料都增加生气。

这是乔治生平第一次平等地坐在白人家的餐桌旁，所以他坐下后起初觉得局促和别扭，但是在这纯朴和洋溢着友爱的和煦的晨光中这些局促和别扭都烟消雾散了。

这才是家，——家，——一个乔治从来没有理解其含义的词；这时，对上帝的信念，对天意的信任开始在他心头萦绕，而他仿佛在一片给他以信心的金色的云的保护下，一切黑暗、厌世、埋怨、无神论的疑虑、极度的绝望等情绪在活生生的福音的光芒下都消失得无影无踪了。这福音表现在充满生气的脸上,体现在千百桩不知不觉中做出的充满了爱心和善意的事情上,就像以基督门徒的名义施舍的那杯冷水一样,一定会得到报答的。

"爸爸,要是你又一次被人家发现了怎么办?"小西米恩一面往饼上抹牛油一面问。

"那就付罚金呗。"西米恩平静地说。

"可是要是他们让你坐牢呢?"

"你和妈妈难道不能管理这个农场吗?"西米恩微笑着问。

"妈妈差不多什么都能干,"男孩说,"可是制定这样的法律不是太可耻了吗?"

"你不应说统治者的坏话,西米恩,"父亲严肃地说,"上帝给我们世间的财富就是为了让我们能主持公道,施恩于人;如果为此统治者要我们付出代价,我们就得付这个代价。"

"啊,我痛恨那些奴隶主!"孩子说,他和任何一个现代的改革者一样,缺少基督精神。

"儿子,你怎么会说出这种话来,"西米恩说,"你的母亲从来没有这样教育过你。如果上帝把一个不幸的奴隶主送到我的门口,我会像接待黑奴一样待他的。"

小西米恩脸上羞得通红,但他母亲只是微笑着说:"西米恩是我的好儿子,他会慢慢长大,那时他就会和他父亲一样了。"

"我希望,好心的先生,我们没有给你带来麻烦。"乔治着急地说。

"不要怕,乔治,我们就是为了这个目的才来到世界上的,如果怕麻烦而不去行善,我们就枉自为人了。"

"可是为了我，"乔治说，"我心里过意不去。"

"那么乔治，朋友，你不必担心，我们这样做不是为了你，而是为了上帝和人类，"西米恩说，"今天你必须悄悄躲在这里，今晚十点，菲尼亚斯·弗莱彻会把你送到下面一站，——你和你的同伴一起。追捕你们的人追得很紧，我们不能耽搁时间。"

"如果这样，为什么要等到天黑呢?"乔治问。

"你们白天在这里是安全的，因为新村里每一个人都是教友会的成员，大家都在警惕着。我们发现晚上上路比较安全。"

第十四章　伊万杰琳

璀璨一明星，光华照人寰。

闭月羞花貌，尘镜欲映难。

可爱小生命，雏形犹未全。

含苞幼玫瑰，万绿丛中眠。①

密西西比河！自从夏多勃里昂②以散文诗的语言将它描绘为一条奔流于难以想象的动植物王国间的、未被征服的荒凉的大河以来，仿佛有人挥动魔杖，使其两岸景色发生了多么巨大的变化啊。

但是，仿佛就在转瞬之间，这条充满了梦幻与狂热传奇之河出现在了一个几乎同样虚幻、同样神奇的现实世界之中。世界上哪里还有另外一条河流和它一样把自己国家的财富和产品——这个国家的产品包括从热带到两极之间的一切！——以它的胸膛载入海洋？它浑浊的河水奔腾翻卷，滚滚向前；和一个比旧世界的任何民族都更为生机勃勃、精力充沛的民族在它的波浪上所开展的商业大潮极其相似。唉！如

---

① 英国诗人拜伦长诗《唐璜》第 15 章 43 节。

② 夏多勃里昂（1768—1848），法国作家。

果河水没有运载一种更可怕的商品就好了:——被压迫者的眼泪,孤苦无告者的叹息,贫苦、无知的心向一个陌生的上帝所作的辛酸的祷告声——一个陌生的、视而不见的、沉默的上帝,但是总有一天他将"从天而降来拯救世上一切苦难的人"!

西斜的阳光在辽阔如海的河面上颤动,那艘重载着的轮船向前航行着;摇曳的甘蔗,树身上挂着一圈圈阴森森的苔藓的黑黝黝的高大的柏树在金色的夕阳下闪闪发光。

轮船甲板上和船舷上堆满了从各个种植场来的棉包,从远处看活像一块四四方方的灰色巨石,正吃力地驶近一个商埠。我们必须花些时间在拥挤的甲板上好好寻找,才能找到我们卑微的朋友汤姆。终于,在上甲板无所不在的棉包高处的一个小角落里,我们找到了他。

一则是由于谢尔比先生的介绍使黑利对汤姆多少有些相信,一则也是因为汤姆的性格特别老实沉静,他不知不觉地赢得了甚至像黑利这种人的信任。

一开始,黑利白天严密监视汤姆,晚上总是要给他铐上镣铐睡觉,但汤姆毫无怨言地忍受一切,而且显得很满足的样子,使黑利逐渐解除了这些约束,一段时间以来,汤姆似乎是享受某种信任假释,允许他在船上自由行动。

汤姆性情温和,乐于助人,下面船舱的水手中不管有了什么紧急活他都主动帮助他们去干,所以大家对他十分赞许。他很多时间都花在帮助他们上,而且和在肯塔基庄园上干活一样干劲十足。

当他没事可做时,就会爬到上甲板的棉包的一个小角落里去读他的《圣经》,——现在我们就是在这儿看到他的。

在新奥尔良上游一百多英里处,河床高出周围地面,宽阔的大河在二十英尺高的堤岸间滚滚奔流。旅客在轮船甲板上就像站在某个浮动的城堡顶上一样,周围一望无垠的景色尽收眼底。因此,汤姆眼前展现出一个又一个种植园的景象,勾画出他即将进入的那种生活。

他看见农奴在远处田里干活,他看见在许多种植园里,在远离庄园主的雄伟堂皇的宅子和游戏场的地方,农奴村里的排排茅屋在阳光下闪烁;——景色不断移动,他那可怜而愚蠢的心就会回到那座肯塔基州的庄园和那儿的浓荫密布的老山毛榉树,——回到主人的宅子和宅子里宽敞、凉爽的大厅,以及旁边不远处的小屋,屋前爬满了牵牛花,各种鲜花争奇斗艳。他似乎看见了从小和他一起长大的同伴的熟悉的面孔,看见妻子忙碌地为他准备晚餐,听见了儿子们玩耍时的欢笑声和坐在他膝头的娃娃发出的唧喳声。突然他一惊,这一切都消失了,他又一次看见了蔗丛、柏树和向后滑去的种植园,又一次听见了机器的呻吟声,这一切都再清楚不过地告诉他,他以前的那段生活已一去不复返了。

在这种情况下,你给妻子写信,带信给儿女,但是汤姆不会写字,——对他来说,邮政根本不存在,他甚至无法用一个亲切的字或一个信号来沟通这别离的鸿沟。

那么,当他把《圣经》放在一个棉包上,耐心地用手指指着一个一个字慢慢往下念,从中寻找着希望之所在时,眼泪一滴滴地掉在书页上,就没有什么奇怪之处了。汤姆年纪很大了才开始识字,他读起来很慢,一节一节吃力地读着。幸运的是,他认真读着的这本书是一本读慢了没有坏处的书,——不仅如此,这本书上的每个字都像块块金锭,似乎需要经常分别衡量一下它们的分量,好让人理解其价值的珍贵。他指着一个个字,轻声地念着,让我们跟他读一会儿吧。

"你—们—心—里—不—要—忧—愁。在—我—父—的—家—中,有—许—多—住—处。我—去—为—你—们—准—备—地—方。①"

当年西塞罗②埋葬他唯一的爱女时,心里也和可怜的汤姆一样充满了真挚的悲伤——也许并不比汤姆的悲伤更深切,因为他们终究只是男人,——但是西赛罗没有机会停下反复思考这些充满希望的崇高的语言,盼望将来的团圆;就是他读到了这些话,十之八九也不会相信,——他脑子里首先会出现千百个问题:手稿可靠吗?翻译准确吗?但是对于可怜的汤姆来说,《圣经》就在他面前,正是他需要的东西,显然是真实可靠、上天赐予的,所以在他单纯的头脑里根本不可能出现任何怀疑。这些一定是真的,要不然他怎么能活得下去呢?

至于说汤姆的那本《圣经》,虽然上面没有学识渊博的评论家写下的边评和注释,却有汤姆自己创造的一些路标和指示牌点缀其间,这些对他的帮助比最博学的评注都要大得多。过去他的习惯是让老爷的孩子给他念《圣经》,特别是爱让乔治少爷念,他们一边念,他一边用钢笔蘸着墨水把听了觉得最满意、最感动他的段落用醒目、有力的记号和横线标示出来,他的《圣经》就这样从头到尾标满了各种不同风格的记号,这样他可以很快找到他最喜爱的段落,不用费劲去一段段找,——这些段落出现在他眼前,每一段都向他倾诉着家中的

---

① 见《新约·约翰福音》第14章第1,2节。
② 西塞罗(公元前106—公元前43),罗马政治家。

景象,使他回忆起过去的欢乐。《圣经》似乎是他今生唯一仅存的东西,也是他来生的希望所在。

船上旅客中有一位新奥尔良豪门出身的年轻绅士,名叫圣·克莱尔。他带着一个五六岁的小女儿,还有一位女士,显然和父女俩有亲戚关系,似乎是专门照顾小女孩的。

汤姆常常看见这个孩子,——她是那种一刻不停、蹦蹦跳跳的孩子,像一道阳光或夏季的清风一样,不可能让她老在一个地方,——她也是一个只要见过她一次就不容易把她忘掉的孩子。

她美丽的儿童的体形完美无缺,没有小孩子中常见的圆胖敦实的轮廓。她有一种飘然轻盈的姿态,就像人们在梦境中见到的神话或寓言中的仙女一样。她的容貌出众,不仅是因为五官极美,更是由于眉目间那种独特的、梦一般的纯真气质,使理想主义者看见了吃惊,给最迟钝刻板的人留下深刻的印象,虽然他们也不明白为什么会这样。她头部的轮廓、颈和胸都生得高雅端庄,金褐色的长发像一团云覆盖在头上,浓密的金色睫毛下一双紫蓝色的眼睛中流露出灵性与庄重,——这一切都使她不同于别的儿童,当她在船上四处飘然来去时,人人都情不自禁地回过头去看她。但是这孩子并不是人们说的严肃或拘谨的那种类型,恰恰相反,她那稚气的面孔和活泼轻盈的身姿中总是闪现出袅娜天真的顽皮劲儿,就像夏季树叶影子的闪动。她红润的小嘴边总是带着一丝微笑,一刻不停地像一片云一样起伏着飘来飘去,一面嘴里轻轻地唱着歌,像在做着快乐的梦。她的父亲和女监护人不停地忙着追逐她,——但是被抓住之后她会像一朵夏云般轻轻从他们手中溜掉。由于不论她做什么都从来没有受到过责骂,她便在船上自由游荡。她总是穿一身白色衣服,影子似的在各处穿来穿去,衣服却始终洁白无污。轮船上下没有一个角落这仙女般的脚步没有到过、那有着一双深蓝色眼睛的幻影般金色的头没有闪现过。

司炉工干得满头大汗地抬起头来时,有时会看见那双眼睛惊奇地望着燃着熊熊火焰的炉膛深处,一面害怕而同情地看着他,好像她认为他处于可怕的危险之中。不一会儿,她美丽的头闪过了舵室的窗前,操舵手停下对她一笑,转瞬间她就消失了踪影。每天,当她从人们身边经过时,成千次粗鲁的声音为她祝福,严峻的脸上闪过罕见的温柔的笑容。当她大胆地跑跳着经过一些危险的地方时,粗糙的黑手会立刻不由自主地伸出来拉住她,把路上的障碍清除掉。

汤姆有着善良的黑种人所具有的温柔和易受感动的天性,向往那些纯朴和孩子般天真的人。他每天越来越感兴趣地观察着这小姑娘。对他来说,她几乎像个天使,每当她那金色的头和深蓝色的眼睛从黑乎乎的棉包后面探出来打量他或从某个货包顶上俯视着他时,他几乎相信自己看见了从他的《圣经·新约》里走出了一位天使。

她常常难过地围着黑利用锁链锁着的男女黑奴坐的地方转。她总是溜到他们中间,带着茫然和痛苦的神情认真地看着他们,有时候她会用纤细的小手拿起铁链,然后悲哀地叹着气悄悄走开。有好几次她突然来到他们中间,手里捧满了糖果、果仁、橘子,开心地分给大家之后再走开。

汤姆观察了小姑娘很久后才敢试探着结识她。他有许多让小孩子愿意接近他的小办法,他决定好好施展一番。他会用樱桃核雕成精巧的小篮子,会在胡桃核上刻出奇形怪状的人脸,会在接骨木的木芯上刻出古怪的蹦跳着的小人。在制作不同大小、各式各样的哨子方面,他活脱儿是潘①的再世。他的口袋里装满了各种吸引人的小玩意儿,这是他过去为老爷家的孩子们积攒的,现在他以值得称道的谨慎态度很节约地一样一样往外拿,试探着和小姑娘建立和发展友谊。

尽管小姑娘对周围发生的一切都感兴趣,总不闲着,她却很腼腆,也不容易让她听话。好一阵子当汤姆忙着做上面提到的那些小玩意时,小姑娘总像只金丝雀般栖息在汤姆附近的木箱或货包上看着,当他把小玩意给她时,她总是庄重而又害羞地接过去。但是最后他们成了挺亲密的朋友。

"小姐叫什么名字呀?"当汤姆最后认为时机已经成熟,可以提出这样一个问题时,问道。

"伊万杰琳·圣·克莱尔,"小姑娘说,"可是爸爸和别人全都叫我伊娃。那你叫什么名字呢?"

"我叫汤姆,从前在肯塔基老家孩子们都叫我汤姆叔叔。"

"那么我也要叫你汤姆叔叔,因为你知道吗,我喜欢你。"伊娃说,"那,汤姆叔叔,你要到什么地方去?"

"我不知道,伊娃小姐。"

"不知道?"伊娃问。

"不知道。要把我卖给什么人,可是我不知道卖给谁。"

"我爸爸可以买你,"伊娃急忙说,"要是他把你买了下来,你日子就好过了,我今天就要去对他说这事。"

"谢谢你,小姑娘。"汤姆说。

---

① 希腊神话中的牧羊神,爱吹一支魔笛。

这时船在一个小码头上停下来装木材,伊娃听见了爸爸的声音,蹦蹦跳跳地走了。汤姆站起身来去帮着装木头,很快就和船工们一起忙了起来。

伊娃和父亲一起站在船栏杆旁看轮船驶离小码头。机轮在水中转了两三圈,这时船突然一动,小姑娘身子一歪从船上直落进河里,她父亲不假思索正要跳下去救她,但被身后一个人拦住了,这人看见已有更行的人去救她了。

伊娃落水的时候,汤姆正好站在下层甲板上,就在她的下面。他看见她掉进水里,沉了下去,他立即跳了下去。他胸脯宽阔,双臂有力,在水里游上片刻再容易不过了,一会儿孩子浮上水面,他一把抱住了她,游到船旁,把湿淋淋的伊娃托起,船上伸出的千百只手仿佛出自一人,急切地把她接了过去。她的父亲立刻把湿淋淋的不省人事的孩子抱到了女客舱里,接着,像寻常这种情况下一样,女客们全都好心好意地竞相努力,看看谁最能碍手碍脚地以各种可能的办法妨碍她苏醒过来。

第二天天气十分闷热,轮船驶近了新奥尔良市。船上旅客都忙着做上岸的准备。船舱里人们都在收拾行李,准备上岸。船上的男女服务员们都在忙着打扫、擦拭,整理这艘华丽的轮船,好风风光光地进港。

在下层甲板上坐着我们的朋友汤姆,他双臂抱在胸前,不时焦急地把眼光转向船的另一侧的几个人。

美丽的伊万杰琳站在那里,脸色比前一天略略苍白一些,除此之外她遇见的那场意外并没有留下什么痕迹。一位优雅英俊的年轻人站在她旁边,一只胳膊肘潇洒地靠在棉包上,一只大钱包敞开着放在他面前。一眼就能看出这位先生是伊娃的父亲,他们有着一模一样的高雅端庄的头,同样的蓝色大眼睛,同样的金褐色头发,但是脸上的表情却全然不同。在他那双形状和颜色都和伊娃的完全一样的清澈的蓝色的大眼睛里,没有那蒙眬的、梦一般的深邃神情;他的眼睛清澈、大胆、明亮,但是流露出的是老于世故的光芒。他那线条优美的嘴上总带着傲慢及些许嘲讽的表情,而他英俊身躯的一举一动都流露出潇洒、优越的风度。他正态度温和但不十分在意地听黑利讲话,表情中夹杂着一些笑话他、轻视他的味道。黑利正滔滔不绝地详细叙述着他们正在讨价还价的那件商品的各种优点。

"在这层黑皮里包罗了一切道德和基督教的美德,一应俱全!"黑利说完后圣·克莱尔说道,"好了,老兄,用肯塔基的说法,费用多少? 一句话,这桩买卖我得出多少钱? 你打算骗走我多少钱? 干脆说了吧!"

"咳,"黑利说,"如果我要价一千三百元,也就是够本而已,实在话,刚刚够本。"

"你真可怜!"年轻人说着把犀利、讽刺的蓝眼睛盯着他,"可是看来你出于对我的关怀愿意按这个价把他卖给我啦?"

"唉,这位小姑娘好像很喜欢他,这是再自然不过的事了。"

"啊,当然啰,你大发善心是有道理的,朋友。好吧,从基督徒的慈悲出发,为了满足这个特别喜欢他的小姑娘,你最少要多少钱才肯出手?"

"啊呀,你就想想看吧,"奴隶贩子说,"你就看看他的四肢,——胸脯宽实,壮得像匹马。你看看他的脑袋,大脑门的黑人总是很精明的,什么活都能够干。我早就注意到这一点了。像他这种个头和身板的黑鬼,就算是个笨蛋,光他的身体就值不少钱,要是加上他脑瓜精明,我可以证明这个黑鬼在这一点上也很出众,那当然会使他身价更高。你知道,这家伙给他的主人经管整个庄园呢。他办事的能力可不一般。"

"糟糕,糟糕,太糟糕了,太能干了!"年轻人嘴角带着同样讽刺的神情说,"在这个世界上这可不行,你那些机灵的黑奴总是逃跑,偷马匹,闹得个不亦乐乎。我想你得冲着他的机灵减去一二百元身价。"

"哎呀,要不是他人品好,你的话可能有几分道理,可是我可以把他的主人和别的人给他的推荐拿给你看,证明他确实是个虔诚的人,——是见到过的最卑顺、爱祈祷的虔诚的黑奴。真的,在他那一带大家都把他叫作牧师呢。"

"我很可能让他去做家庭牧师,"年轻人冷冰冰地说,"这倒是个好主意,我家里特别缺少的货就是宗教。"

"你这是在开玩笑了。"

"你怎么知道我在开玩笑?你不是刚刚才保证他是个牧师吗?有没有哪个教派组织或委员会审查过他?好吧,把你的证明拿出来吧。"

黑奴贩子看到对方蓝色的大眼睛里闪烁着善意的神情,知道这种玩笑最终会以一笔现金交易结束,要不然他早就会不耐烦了。现在他把一只油腻腻的钱包放在了棉包上,开始焦急地翻看里面的一些材料。年轻人站在一旁看着他,脸上一副漫不经心的诙谐神气。

"爸爸,把他买下吧!花多少钱没关系,"伊娃爬到货箱上,一只胳膊搂着爸爸的脖子,悄悄对他说道,"我知道你有好多钱。我想要他。"

"要他干什么呀,宝贝?你要把他当拨浪鼓,还是当木马,还是什么别的?"

"我要让他快活。"

"这倒是个新鲜理由。"

这时奴隶贩子递过来一份谢尔比先生签名的证明信,年轻的先生用修长的手指的指尖接了过来,不在意地看了一眼。

"是有身份的人的笔迹,"他说,"写得也挺不错。不过我对宗教这一点还是没有把握,"他说道,刚才那恶作剧的神情又出现在他的眼睛里,"这个国家差不多都要让虔诚的白人给毁了:竞选时我们的政治家们多么虔诚,——教会和政府各部门行事如此虔诚,使人搞不清下一个让他上当的人是谁。我直到刚才才知道宗教也可以在市场上买卖。最近我没有看报,不知道行情如何。现在你给这宗教定的是几百元?"

"你喜欢开玩笑,"奴隶贩子说,"不过你刚才说的这些也有点道理。我知道宗教对人的作用也不一样,有的人很糟:有些做礼拜虔诚;有些唱得喊得虔诚;这些人,不论是黑人还是白人,没有任何价值,——但是这个人真的虔诚,我在黑人身上也常看到,他们温和、沉静、忠实、可靠、虔诚、什么也不能诱使他们去做他们认为是错误的事。从这封信里你可以看到汤姆的老主人对他的看法。"

"好吧,"年轻人说,一面庄重地弯腰拿着钱包,"如果你能保证我确实能买到这种样的虔诚,而且在上帝面前会把这算作我的记在我的账上,那我多花一点钱也不在乎。怎么样?"

"哟,这我可保证不了,"奴隶贩子说,"我想在上帝那儿,每个人都得各人做事各人担。"

"这对一个为宗教多出钱的人可不公平,他不能在最需要它的地方用它来做交易,不是太不公平了吗?"年轻人一面说一面点出一卷钞票来给他,"给你,点清楚了,老兄!"

"好的。"黑利高兴得满脸堆笑,他拿出一只旧墨水瓶,开始写卖契,不多一会儿写罢交给了年轻人。

年轻人看着卖契说:"不知道如果把我的这个人分门别类地开个单子,能卖多少钱?譬如说头形值多少钱,高脑门值多少钱,胳膊、手、腿值多少钱,然后是受的教育、学识、才能、诚实、宗教又值多少钱!天哪,最后一项我想恐怕值不了多少。好啦,伊娃,过来,"他说着牵着女儿的手走到船的另一侧,漫不经心地把一个手指尖放在汤姆下巴底下,温和地说,"汤姆,你抬起头来,看看喜不喜欢你的新主人。"

汤姆抬起了头。要是看着这张快活、年轻、英俊的脸而不觉得高兴,就不近人情了。汤姆眼里涌出了泪水,他衷心地说了句:"上帝祝福你,老爷!"

"啊,但愿如此。你叫什么名字?是汤姆吗?看来你的祈祷会比我的灵验。你会赶马吗,汤姆?"

"我一直和马打交道的,"汤姆说,"谢尔比老爷养了许多马。"

"好吧,我想让你赶马车,条件是一星期顶多喝醉一次,除非有什么紧急情况,汤姆。"

汤姆很惊讶也很委屈,他说:"老爷,我从不喝酒。"

"这种话我以前也听到过,汤姆,咱们慢慢看吧。如果你真不喝酒,那对大家都很方便。"看到汤姆脸色仍很沉重,他补充道,"别往心里去,我相信你打算好好干的,汤姆。"

"是这样,老爷。"汤姆说。

"你会过好日子的，"伊娃说，"爸爸对人可好啦，就是他老爱笑人家。"

"爸爸很感谢你的夸奖。"圣·克莱尔说，然后笑着转身走开了。

第十五章　汤姆的新主人及其他事项

　　既然我们卑微的主人公的命运现在和一个高等人家交织在了一起，就有必要对这家人作一简单的介绍。

　　奥古斯丁·圣·克莱尔是路易斯安那州一个有钱的种植园主的儿子。这家人祖籍是加拿大，有两个气质和性格十分相近的兄弟，一个在佛蒙特州一个欣欣向荣的农庄上安了家，另一个成了路易斯安那州一个富有的种植园主。奥古斯丁的母亲是法国胡格诺教派的信徒，她的祖先在路易斯安那刚刚开始拓居时就移民到此，他们夫妇只有奥古斯丁和他的兄弟两个孩子。他像母亲，身体十分虚弱，遵照家庭医生的意见，童年时期在佛蒙特伯父家住了许多年，希望在较为寒冷凛冽的气候下身体会强壮起来。

　　童年的奥古斯丁性格上十分敏感重感情，多的是女性的温柔而缺乏男性的刚气，这在他身上十分突出。然而岁月逐渐用成年人的粗糙外壳包住了他的柔气，只有很少的人知道这一特点仍鲜活地存在于他的心底深处。他极富才能，但心中向往的是理想和唯美的天地，对生活中的具体事务极其反感，这是具有天赋的人经过权衡后通常的结果。大学毕业后不久，他心中燃起了一股强烈激越的浪漫主义豪情。他的时刻来临了，——那一生只有一次的时刻，他的幸运之星在天际升起，——这颗星经常是白白升起，只会如一场梦一般留在记忆之中；而对他来说情况正是如此。直截了当地说吧，——在北方一个州他结识了一位品格高尚的美丽的女人，并赢得了她的爱，订了婚。他回到南方来筹备婚礼，突然他的信都给寄了回来，附有一封她的监护人的短信，说在他收到此信前，这位女士就已另嫁他人。这一刺激简直使他疯狂，他想和别的许多人那样一狠心把这件事抛到脑后，但是这只是徒劳的希望。自尊心使他不愿去乞求对方解释，于是他立即投身于上流社会的社交活动，在收到那封致命的信后半个月就成了当年社交界第一名媛的心上人，一俟婚事准备停当他就成了一个有着一双明亮的黑眼睛、十万元财产的漂亮女人的丈夫。当然，人人都认为他是个幸福的人。

新婚夫妻在庞恰特雷恩湖畔一所漂亮的别墅里度蜜月，款待一群靓男俊女。一天，家人递给了他一封信，笔迹出自那难以忘怀的人之手。当时正是宾朋满座、他谈笑风生之际，他一见那笔迹，脸色变得惨白，但仍保持着镇静，和坐在对面的女士继续玩笑地进行舌战。片刻后他离开了人群，回到房间里，独自一人拆开信看了起来。事到如今再读她的信还有什么用处？信是她亲笔写的，信中详述了她监护人一家对她的迫害，目的是要她嫁给他家的儿子。她告诉他她已很久没有收到他的信了；她仍一再给他写信，直到她开始怀疑与不耐起来；说她的忧虑如何影响了她的健康，如何最后发现了对他们两个人搞的这场骗局。她怀着希望与感激结束了这封信，并倾诉自己始终不渝的爱情，对这个不幸的年轻人，这简直比死还要难以忍受。他立刻给她写了封回信。

"我收到了你的信，——但是太晚了。我对听到的一切都信以为真，我绝望了。现在我已经结婚，一切都完了。只有忘却，——这是我们唯一的出路。"

就这样结束了奥古斯丁·圣·克莱尔一生的理想和浪漫史，但是现实仍在眼前，——现实像灿烂的碧波退去后那平坦、空荡、泛泥的潮滩；当水面上浮动的轻舟和翻起白浪的船只、当桨声和涛声全都随着潮水退去后，剩下的就是那平坦、泥泞、空荡的潮滩，——极其现实。

当然，在小说里人们伤心死去，一切结束；在故事里这样做很方便。但是在现实生活中当一切使生活美好的事物全都失去以后我们并不会死去。还有着繁忙和重要的吃饭、喝水、穿衣、走路、访友、买进卖出、谈天、读书，以及一切构成叫作生活的事要做。这一切奥古斯丁也要去做。如果他的妻子是个健全的女人，她还可能做点什么——女人都有这本事——来修补生命历程中破损了的部分，重新织成美好的锦带。但是玛丽·圣·克莱尔甚至都看不出已经破损了，如前所说，她身材美丽，有一双出色的眼睛，十万元财产，而这些没有一样是能治疗心灵的创伤的。

当她发现奥古斯丁脸色惨白地躺在沙发上，说自己头痛恶心很难受，便建议他闻一闻鹿茸精。当一周又一周奥古斯丁苍白的脸色和头痛仍时时出现时，她却只是说她没有想到圣·克莱尔先生身体这么弱，但是看来他很容易恶心头痛，这对她太不幸了，因为这使他不爱和她一起出去应酬，而他们刚结婚不久，老是这样一个人出去应酬会显得很奇怪。奥古斯丁却在心中暗自庆幸他娶了一个感觉如此迟钝的女人。但当蜜月的光彩和客套逐渐消失后，他才发现一个一辈子娇生惯养的年轻漂亮的女人，在家庭生活中很可能是个很厉害的主妇。玛丽从来就不是个感情丰富、敏感体贴的女人,她有的那一点感情和体贴也汇合进了她那强烈的不自觉的自私之中。由于其无动于衷的冷漠和完全只顾自己不顾他人要求的特点,她的这种自私已是无可救药。她从婴儿时代开始就被仆人包围着,他们生活的唯一目的就是对她察言观色,小心侍候;她从来没有想到过他们也有感情和权利,连个影子也没有。她是个独生女儿,父亲只要人力所及范围之内对她从来是有求必应。当她进入社交界时,她漂亮,多才多艺,还是财产继承人,当然引来所有的无论般配还是不般配的男子拜倒在她裙下,她毫不怀疑奥古斯丁得到了她,简直是最最幸运的人了。如果有谁以为一个没有感情的女人在爱情的交换上比较好说话,那他就大错而特错了。世界上再也没有比彻头彻尾自私的女人在索取别人的爱情时更凶狠无情的了;当她变得越来越不可爱时,她便越是全力以赴、斤斤计较地去索取爱情,分厘必争。因此当圣·克莱尔开始不再像追求她时那样殷勤和体贴时,他发现他的这位苏丹王后丝毫也没有放弃她的奴隶的意思,她哭哭啼啼、噘嘴板脸、大发脾气;她的不满、牢骚和指责成了家常便饭。圣·克莱尔是个温和宽容的人,用送礼物、吹捧买得平静。当玛丽生了一个漂亮的女儿做了妈妈,有一段时间他确实感到在自己心里唤起了类似温情的东西。

圣·克莱尔的母亲是个非常高尚纯洁的人,他把母亲的名字赐给了这个孩子,天真地希望她会成为和母亲一模一样的人。对此妻子是妒火中烧,怀着猜疑和厌恶对待丈夫对女儿的全神贯注的爱;似乎对女儿的爱多了一分,对自己的爱就少了一分。孩子出生以后,她身体日益衰弱。她平时饱食终日无所事事,——无聊和不满形成的无穷摩擦加上产后一般比较虚弱,——几年间就使一个青春焕发的漂亮姑娘变成了一个病病歪歪的憔悴的黄脸婆。她总是想象自己得了各种各样的病,认为自己简直是世界上最委屈、最不幸的人。

她的病简直多得没个头,但她最擅长的似乎是周期性偏头痛,常常使她六天里倒有三天不出房门。这自然使一切家务安排落入仆人手中,使圣·克莱尔感到家庭生活毫无舒适可言。他的独生女儿身体很弱,他很怕在无人专门照顾的情况下,母亲的不称职可能危及女儿的健康和生命。他便带她去了佛蒙特,说服了堂姐奥菲利亚·圣·克莱尔和他一起回到他南方的家里来。现在他们就乘这条船在回家的途中,我们已经把他们介绍给了读者。

现在,新奥尔良市内的圆形屋顶和塔尖已遥遥在望了,不过还来得及介绍一下奥菲利亚小姐。

凡是到过新英格兰各州的人一定都会记得那儿阴凉的村庄,村里的大农舍,打扫得干干净净的长着青草的院落和浓荫蔽日的糖枫树;记得笼罩着那地方的宁静和秩序,及永恒不变的和谐平安的气氛。一切井然有序、万无一失。篱笆里没有一根松动的桩子,院子的草坪上、窗下的丁香丛中没有任何乱丢的东西。他一定会记得农舍里那宽敞清洁的房间,显得是那样悠闲清静;里面的一切东西都各得其所,永远不会改变位置;一切家务安排严格按照规定的时间进行,准确得有如屋角的那座古老的时钟。在他们称作"家庭起居室"的房间里,他也会记得有一个沉重体面的玻璃门的旧书柜,里面严肃而整齐地摆着罗伦的《古代史》,弥尔顿的《失乐园》,班扬的《天路历程》、司各特的《家庭圣经》①以及许许多多同样严肃而高

---

① 司各特(1747—1821),英国注释家。

雅的书籍。家里没有仆人,但是有位戴着眼镜和雪白的帽子每天下午和女儿们一起坐着做针线活的主妇,悠闲得好像从来没有做过家务活,也不需要去做,——其实她和女儿们在人们早已忘记的每天的大清早就已经"收拾停当",在别的时间里,也许在你会看到她们的任何时候,房间都是"整整洁洁"的。厨房的地板仿佛永远干净得一尘不染;桌子、椅子,各种炊事用具永远放置得整整齐齐;尽管这里一天要做三顿有时甚至是四顿饭,全家衣服的洗熨都在这里进行,成磅成磅的黄油和奶酪也在这里悄悄地不可思议地制作出来。

在她的堂弟来邀请她到他南方的家宅中去时,奥菲利亚小姐已在这样一座农庄、这样一所房子和家庭里平静地生活了四十五年左右了。在这个兄弟姐妹众多的家庭中她是老大,但在父母的眼里仍是一个孩子,这次她被邀请到奥尔良去,对全家来说是件极其重大的事。头发灰白的老父亲从书柜里拿出了莫斯①地图册来查出了奥尔良确切的经纬度,还读了弗林特写的在南部和西部的游记,好在心里弄弄清楚那个地方的情况。

慈祥的母亲焦急地询问:"奥尔良是不是一个可怕的邪恶的地方?"她说,在她看来这简直就像到三明治岛②去,或者到未开化的野蛮人的世界去一样。

在牧师家里、医生家里和皮博迪小姐的女帽店里,都知道奥菲利亚·圣·克莱尔"正商量"要和堂弟一起到奥尔良去,自然,全村的人至少总得在这件事重要的商量过程中助上一

---

① 莫斯(1761—1826),美国地理学家。
② 夏威夷群岛的旧名。

臂之力。牧师具有强烈的废奴主义观点,认为这一步骤会多少为南方人继续保有他们的黑奴鼓劲;而医生则是个坚定的殖民地开拓主义者,认为奥菲利亚小姐应该去,以向奥尔良的人表示我们其实对他们没有恶感。他实际上认为南方人需要有人给他们鼓劲。当奥菲利亚小姐去南方的决定成为尽人皆知的事以后,半个月之中她的所有朋友和邻居都十分郑重地请她去吃茶点,对她的计划和前景进行了详细的询问和讨论。到家里来帮着缝制行装的莫斯莉小姐每天都能从奥菲利亚小姐新装的进展中获得重要消息。据可靠消息说,辛克莱老爷——附近的人都把他的姓圣·克莱尔缩略为辛克莱——数出了五十块钱给奥菲利亚小姐,让她去买几件喜欢的衣服;说她从波士顿定做了两件绸衣裙和一顶帽子。至于说这笔巨大的支出是否应该,则是众说纷纭,——有人说考虑到各个方面,一辈子这么一回是应该的;另一些人则坚决认为应该把这笔钱捐给教会。但是大家在这一点上是一致的:从纽约定购来的那把阳伞在这一带是独一无二的;她的一件绸衣裙也可以有把握地说是无可比拟的,无论你对衣服主人的看法如何。还有些很可信的谣传,说她有一条抽丝绣的手绢,甚至还说奥菲利亚小姐有一条带花边的手绢,——还有人补充说手绢四角都绣了花,不过最后这一条始终未被证实过,实际上直到今天仍是悬案一桩。

现在你看到的站在你面前的奥菲利亚小姐穿着一身亮闪闪的棕色亚麻布旅行装,瘦高的身材方方正正的,面孔瘦削,轮廓分明,双唇紧闭,像是一个习惯于在一切事情上都拿定自己的主意的人。一双犀利的黑眼睛转动起来有种特有的深思熟虑、无孔不入的神情,而且什么也不会漏掉,仿佛在寻找需要照料的东西。

她的一切动作都干脆、果断而有力。尽管她从来话不多，但说起话来却直率中肯。

她的生活习惯活生生地体现出秩序性、条理性和严格性。在遵守时间上她和钟一样准确无误，和火车头一样铁面无情；任何与之相反的表现她都绝对蔑视痛恨。

在她眼中，万恶之首，——一切罪恶之总和，——可以用她词汇中一个十分普通而重要的词来表达，那就是"没算计"。她最终的、极顶的蔑视包含在用非常强调的语气说出"没算计"一词时；凡是与达到心中一个十分明确的目标没有直接的、不可避免的联系的一切措施她都用这个词来形容。凡是无所事事的人，或不知该做什么的人，或对要做的事不采取最直截了当的办法去完成的人，统统都是她蔑视的对象，——这种蔑视并不太表现在她说的话里，而更多地是表现在她严厉而冷淡的脸上，仿佛她不屑于对此说什么。

在精神修养方面，她头脑清楚，果断，思绪敏捷，熟读历史和英国较早的古典作品，在某些狭小的范围之内思想有一定的力度。她的神学信仰全都整理得井井有条，贴上了醒目明确的标签后储存备用，就像她那只放碎布的箱子里的一捆捆碎布，正好有那么多包，再也不会增加了。她对现实生活中大多数的事情的看法也是如此，——譬如说家务的一切领域，她家乡小村里的各种政治关系等。而这一切的基础，比任何东西都更深、更高和更广的是她最强大的生活原则：凭良心做事。在哪儿也不像在新英格兰的妇女中那样，良心起着支配一切、贯穿一切的作用，它和花岗岩结构一样，根基极深，升出地面，甚至升到最高的山峰的峰顶，全是不变的花岗岩。

奥菲利亚小姐是"责任感"的不折不扣的奴隶。一旦使她相信如她常说的"责任所在"在某处时，她是赴汤蹈火也在所不惜。只要她相信是责任之所在，她会毫不犹豫地跳下井去，或迎着上了膛的炮口而去。她的是非标准太高了、太包罗万象了、太细致了、对人性的弱点太不肯稍事迁就了，结果是她虽然为达此目的而英勇奋斗，却从未能达到过这一目的，自然就背上了包袱，不断被一种欠缺感所折磨，——这使她的虔诚的性格罩上了一层严峻而略带几分阴郁的特点。

那么，奥菲利亚小姐怎么可能和奥古斯丁·圣·克莱尔这么一个快活、宽容、从不守时、不切实际、宗教上又是个怀疑论者的人相处融洽呢？这么一个把她最珍视的每一个习惯、每一个看法随心所欲地、漠不关心地加以践踏的人？

说句实话，奥菲利亚小姐爱这个堂弟。他小的时候是她教他教义问答，给他补衣服、梳头，按他应该发展的方向教育他。她内心有着温暖的一面，奥古斯丁独占了其中的一大部分，——他和大多数人的关系都是如此，——所以他很容易就说服了她，使她相信她的"责任所在"是新奥尔良那一方，她必须和他一起到那里去照顾伊娃，在他的妻子经常生病的期间为他管家，免得他的家遭到毁灭。一想到一个家没人照管就使她伤心；再说她很爱这个可爱的小女孩，——有谁能不爱她呢，——尽管她认为奥古斯丁十足是个异教徒，她仍爱他，对他的玩笑一笑了之，对他的弱点备加宽容，以致一些了解她的人都感到难以置信。但是要更多地了解奥菲利亚小姐，读者只好通过结识她去得到了。

现在她正坐在卧舱里，周围放满了各式各样、大大小小的旅行袋、箱子、篮子，每一个容器里面放着不同的她要对之负责的东西,她正在十分认真地把这些东西加以包装捆扎。

"伊娃,你的东西都清点好了吗?当然没有,——孩子们向来不会这样做的。那个花点子的旅行包和那个放着你那顶最好的帽子的蓝色小帽盒,这是两件了;橡皮小背包是三件;我的卷尺和针线盒是四件;我的帽盒是五件;我的衣领盒,六件;那只小毛皮箱,七件。你把小阳伞放到哪儿去了?给我,我拿纸把它包上,和我的阳伞和雨伞捆在一起,——啊,好了。"

"哎呀,姑姑,咱们不就是回家这点路吗?——干吗要这么个收拾法呀?"

"保持整齐呀,孩子;人要是打算拥有东西,就得好好照看它们。哎,伊娃,你的顶针收好了吗?"

"啊呀,姑姑,我也不知道收没收。"

"好吧,不要紧,我来看看你的盒子:顶针,石蜡,两轴线,剪刀,小刀,不错,——放在这里吧。孩子,你们来的时候只有爸爸一个人,是怎么办的呢?我觉得你们会把什么都丢光的。"

"呀,姑姑,我确实丢了好多东西,可是不管丢了什么,船靠岸时爸爸又会买的。"

"天哪,孩子,——这叫什么法子!"

"这是个很容易的法子呀,姑姑。"伊娃说。

"这是个可怕的没算计的法子。"姑姑说。

"啊呀,姑姑,现在你怎么办?"伊娃说,"那个箱子太满了,关不上啦。"

"非得关上不可。"姑姑以大将的气概说道,一面把东西拼命往里面塞,然后跳到箱盖上,——但箱子口上仍有一条小缝。

"上来压着,伊娃!"奥菲利亚小姐勇敢地说,"能做成一次就能做成第二次,这个箱子一定得关好锁上——没有别的办法。"

无疑箱子被这番坚决的话给吓住了,它投了降,锁扣在锁孔里叭的一声扣住了,奥菲利亚小姐拧动钥匙把箱子锁上,取出钥匙得意洋洋地放进了口袋里。

"现在一切都准备好了。你爸爸在哪儿?我想该把行李拿出去了。伊娃,瞧瞧外面,看找不找得到你爸爸。"

"啊,看见他了,他在男客舱那头吃橘子呢。"

"他大概不知道船已经离得很近了,"姑姑说,"你最好还是跑去和他说一声。"

"爸爸什么事都不慌不忙的,"伊娃说,"再说我们也还没靠码头呢。姑姑,快到护栏这边来,看,那儿是我们家的房子,就在那条街上!"

这时轮船开始像个精疲力竭的大妖怪,喘着粗气向码头旁的大批轮船靠过去。伊娃高兴地指出各个尖塔、圆屋顶和路的标志,这些使她认出了自己家所在的城市。

"是啊,是啊,亲爱的,非常漂亮,"奥菲利亚小姐说,"可是,天哪!船已经停好了!你爸爸在哪儿?"

这时出现了通常上岸时的混乱景象——到处是四处穿来穿去的侍役——男人们吃力地拖着箱子、旅行包、盒子——女人们焦急地喊着孩子,大家都拥到上岸去的跳板旁,挤得水泄不通。

奥菲利亚小姐坚决地在刚被征服的箱子上坐了下来,以军队序列集结好她的全部财富,似乎决心把它们保卫到底。

"我帮你搬箱子吧,太太?""我帮你提旅行包吧?""太太,让我替你照管行李吧?""要不要让我把这些搬上岸去,太太?"对这些如雨点般飞来的建议她一概不予采纳,她怀着坚定的决心坐在那儿,直挺挺地像根插在纸板上的织补针,手里紧抓着那捆阳伞和雨伞。她的答复果断坚决,连公共马车夫都不知所措了。她应付着这些人,一面不时问伊娃,"你爸爸到底是怎么想的,他不可能掉在河里了,——不过一定是出了什么事了。"——正当她把自己搞得真的十分不安时,他和平时一样不慌不忙地来到了面前,把正在吃着的橘子掰了四分之一给伊娃,说道:"噢,佛蒙特来的堂姐,我想你全都收拾好了吧。"

"我收拾好了,等了都快一个小时了,"奥菲利亚小姐说,"我真开始担心你了。"

"真是个精明人,"他说,"好了,马车已经在等着了,拥挤着的旅客也下完了,现在可以体面地像个基督徒的样子下船,不会被人家推推搡搡的了。这儿,"他对站在他身后的马车夫吩咐道,"把这些拿到车上去。"

"我去照应照应他装车。"奥菲利亚小姐说。

"啊,算了吧,堂姐,用不着的。"圣·克莱尔说。

"哎,不管怎么着,这件、这件,还有这件我自己拿。"奥菲利亚小姐说,把三个盒子和一个小行李袋挑了出来。

"亲爱的佛蒙特来的小姐,你可不能这样给我们来个青山①压顶啊,你至少得遵守一些南方的原则吧,不能拿着这么一大堆东西往外走,人家会以为你是个女佣人的,把行李交给

---

① 美国佛蒙特州内一大山名。

这个人,他会像当心鸡蛋一样轻拿轻放的。"

堂弟把所有的宝贝从她手里拿走时,奥菲利亚小姐一副绝望的神情,等她在马车里重又看到一切完好无损,这才高兴起来。

"汤姆呢?"伊娃问道。

"噢,他在外面,宝贝。我要把汤姆作为讲和的礼物献给妈妈,来代替那个翻车的醉鬼。"

"啊,汤姆一定会成为一个出色的马车夫的,"伊娃说,"我知道他永远不会喝醉酒。"

马车在一所古老的宅子前停了下来。房子式样是西班牙和法国建筑风格的奇特混合,在新奥尔良某些地方还能见得着。整个设计带有西北非摩尔人建筑的特点,——一座四四方方的房子,中央是个院子,马车从拱形大门可以一直赶到院子里去。里面的这个院子显然是为了满足某种骄奢别致的想象而布置起来的,四周是宽敞的回廊,那摩尔人式的拱顶、细长的柱子、阿拉伯风格的装饰,把人如在梦中一般带回到东方人对西班牙传奇式的统治时代。在院子中央有一个喷水池,银色的水柱高高喷起,水花永不停息地落入一个大理石水池中,水池四周长着厚厚的一圈香气扑鼻的紫罗兰。喷水池中的水如水晶般清澈透明,成群的金色和银白的小鱼在水中穿梭嬉游,像无数珠宝闪闪发光。喷水池周围是用小石子铺砌成各种奇妙图形的小道,小道两旁是绿丝绒般平滑的草地,最外面是一圈马车道。院中有两棵巨大的橘子树,绿叶成荫,这时正盛开着芳香的鲜花。草地上放着一圈阿拉伯风格雕饰的大理石花盆,里面长着上等的热带花卉。院子里还有叶子光闪闪繁花似火的石榴树;叶色深绿、花朵似银星的阿拉伯素馨;天竺葵;被满枝头的鲜花压弯了腰的茂盛的玫瑰;金黄的茑萝;有柠檬香气的马鞭草;花色花香织成满园锦绣。偶尔这里那里有棵神秘的芦荟,长着奇怪的大叶子,像个白发苍苍的女巫,庄严而古怪地静坐在比不上它耐久的花草之中。

院子四周的回廊上挂着某种西北非料子做的帘子,随时可以放下来遮阳。总的来说,整个院落显得豪华而又有浪漫气息。

马车驶进院子时,伊娃欣喜若狂,像只小鸟迫不及待地想冲出鸟笼。

"啊,它有多么漂亮,多么可爱啊! 我的亲爱的、心爱的家!"她对奥菲利亚小姐说,"它不漂亮吗?"

"是个很美的地方,"奥菲利亚小姐下车时说,"不过我觉得房子很老了,而且有点异教色彩。"

汤姆从马车上下来,默默地四下环顾,欣赏着这个地方。应该记住的是,黑种人是世界上最富异国情调的瑰丽超群的国家的子民,在他心灵深处对一切壮丽、华美、奇异之物有着强烈的激情,他以出自本能的审美观质朴地沉溺于这种激情之中,往往招致冷漠和遵守标准的白种人的嘲笑。

圣·克莱尔内心是个喜好诗情画意和耽于享乐的人,听到奥菲利亚小姐对他宅第的评语不由得笑了。他转向汤姆,他正在四面张望,黑脸上满是笑意,流溢出欣羡的神色。

"汤姆,伙计,这地方好像很合你的意。"

"是的,老爷,这儿太好啦。"汤姆说。

这一切瞬间就过去了。箱子很快被搬下了车,马车夫的钱也付过了,这时,一群年龄不同、高矮不一的男女老少从楼上楼下的回廊中涌出来迎接老爷。跑在最前面的是一个衣着讲究的年轻的黑白混血男子,显然是仆人中的显要人物,他的衣服非常时髦,手里优雅地挥动着一块洒过香水的麻纱手绢。

这位先生敏捷地努力把这一大群仆人撵到回廊的另一头去。

"都往后退!我真替你们害臊,"他用权威的口气说,"老爷刚到家,你们就要打搅他不让他一家人团聚吗?"

这番一本正经的漂亮话使在场的仆人全都觉得不好意思起来,都退到适当的距离以外围站在一起,只有两个壮实的搬运工走上前来,开始把行李搬走。

由于阿道尔夫先生调遣得法,当圣·克莱尔付完车钱转过身来时,眼前只有阿道尔夫先生一个人了,穿着缎子背心,白裤子,戴着金表链,十分惹眼。他点头哈腰,其巴结和有礼到了难以形容的地步。

"啊,阿道尔夫,是你吗?"主人说着向他伸出手来,"你好吗,小伙子?"阿道尔夫当场滔滔不绝地讲了起来,这一席话他已仔细准备了半个月了。

"好啦,好啦,"圣·克莱尔以惯有的漫不经心而幽默的神态边走边说,"阿道尔夫,说得很好。好了,招呼好行李,放置好了。我一会儿就出来见大家。"说着一面把奥菲利亚小姐领进一间门开在游廊上的大客厅里。

伊娃这时早已如一只小鸟飞过了门厅和客厅,来到一间门也开在游廊上的小小的闺房之中。

一个高个子黑眼睛皮肤灰黄的女人斜靠在睡椅上,这时微微抬起了身子。

"妈妈!"伊娃狂喜地扑上去搂着她的脖子叫道,一遍又一遍地拥抱她。

"好啦,——当心点,孩子,别这样,你搅得我头都痛起来了。"母亲没精打采地吻了吻她后说道。

圣·克莱尔走了进来,他正统地道地按丈夫的身份拥抱了妻子,然后把堂姐介绍给她。玛丽略带好奇地抬起大眼睛看了看堂姐,懒洋洋地客气地接待着她。这时进门处挤满了一大堆仆人,最前面站着一个样子很体面的中年混血女佣,期待和喜悦使她身子微微发抖。

"噢,奶娘!"伊娃喊着飞过房间扑在奶娘怀里一再亲吻她。

这个女人没有说她搅得她头痛,相反,她把她紧紧搂在怀里笑一阵哭一阵的,真让人怀疑她是不是有点精神不正常了。伊娃从奶娘怀里脱出身来后,挨个儿从一个仆人跑到另一个仆人那里和他们握手,亲吻。事后奥菲利亚小姐说伊娃和仆人这么亲热真是让她恶心。

"唉!"奥菲利亚小姐说,"你们这些南方孩子做的事我可做不到。"

"请问又怎么了?"圣·克莱尔问。

"嗯,我愿意以和善之心对待所有的人,不愿意对人有任何伤害,不过去亲吻——"

"黑鬼,"圣·克莱尔说,"你做不到,——是不是?"

"是的,不错。她怎么能这样做呢?"

圣·克莱尔笑了起来,走到过道里去,说道:"喂,大家都过来,瞧有什么赏?都过来——奶娘,吉米,波利,苏基——看见老爷回来高兴吗?"他一面和大家一一握手一面说,"小心小娃娃!"他差点绊在一个满地乱爬的小黑娃娃身上,便大叫道,"要是我踩到了谁,可要说话啊!"

圣·克莱尔把小银币分给大家,仆人中响起了欢笑声和对老爷的祝福声。

"好啦,现在都听话散开吧。"他说,在场所有的肤色深浅不一的佣人都走出门到了大游廊上,伊娃跟在他们后面,拿着一个大背包,装满了在她回家的旅途中一路收集的苹果、果仁、糖、缎带、花边、各种各样的玩具等。

圣·克莱尔转身回房去时看见了汤姆,他正捯动着两脚不安地站在一旁,而阿道尔夫正靠在栏杆上漫不经心地用望远镜观察着汤姆,那神情比起任何一个公子哥儿来都毫不逊色。

"呸,你这个小崽子,"主人说着把望远镜打了下来,"你就是这样对待你的伙伴的吗?我好像觉得,阿道尔夫,"他加了一句,一只手指指着阿道尔夫炫耀地穿在身上的那件精美的缎背心说,"我觉得这是我的背心。"

"啊!老爷,这件背心上满是酒渍,像老爷这样有地位的先生当然不会穿这样的背心的。我的理解是我可以接收这件背心,像我这样一个可怜的黑人穿是可以的。"

阿道尔夫把头往后一仰,姿势优雅地用手梳理一下喷过香水的头发。

"原来是这样,是吧?"圣·克莱尔不在意地说,"好啦,我要把汤姆带去见女主人,然后你把他带到厨房去,你可小心别对他搭架子,他抵得上两个你这样的狗崽子。"

"老爷总爱开玩笑,"阿道尔夫笑着说,"看见老爷情绪这么好,我真高兴。"

"来,汤姆。"圣·克莱尔招手说。

汤姆走进房间里去。他沉思地看着房里的丝绒地毯,那些从未想象过的富丽堂皇的一切：镜子，油画，雕塑，窗帘。就像示巴女王在所罗门王殿前①那样，没有了威风劲儿。他好像都不敢往下踩脚。

"我说，玛丽，"圣·克莱尔对妻子说，"我终于按你的要求给你买了个马车夫来，我告诉你吧，他人又黑又庄重，简直和灵车一样，如果你愿意，他会把车赶得像灵车那么稳。你睁开眼睛看看他，以后可别再说我出门时从来不想着你了。"

玛丽睁开眼睛盯着汤姆，但并没有抬起身子来。

"我知道他会喝得醉醺醺的。"她说。

"不会的，卖主保证他又虔诚又有节制。"

"嗯，希望他能这样吧，"夫人说，"不过我可不敢有过高的指望。"

"阿道尔夫，"圣·克莱尔说，"把汤姆带到楼下去，你自己要小心点，"他补充道，"记住我刚才给你说的话。"

阿道尔夫优雅轻快地在前边走，汤姆步履沉重地跟在后面。

"他简直是个十足的庞然大物！"玛丽说。

"好啦，玛丽，"圣·克莱尔在她沙发旁的一张凳子上坐了下来，说，"宽容一点，对我说几句好听的吧。"

"你在外面多待了半个月。"太太噘着嘴说。

"唉，你知道我写信告诉你原因了。"

"这么短、这么冷冰冰的一封信！"太太说。

"啊呀，他们正要发信，我只有时间写这么一点，要不就

---

① 事见《旧约·列王记上》第 10 章第 1—13 节。所罗门王在位期间，示巴女王亲自率领驼队，满载金银珠宝和香料前来拜见。她访问的目的是请所罗门王解谜，以试他的智慧，她见到宫中的豪华，惊异万分。

赶不上邮班,一个字也没有啦。"

"你总是这样的,"太太说,"总是有什么事让你在外面待得长、信写得短。"

"你看,"他从口袋里拿出一个雅致的丝绒盒子,打开盒盖,"我在纽约给你带来件礼物。"

这是一帧银板照相,清晰柔和如同雕版印刷的一样,上面是伊娃和父亲手拉手坐在一起。

玛丽不满意地看着相片。

"你坐的姿势怎么这么别扭?"她说。

"姿势是否别扭各人看法可能不同,你觉得像不像?"

"如果在一件事情上你觉得我的意见不值一听,我想在另一件事上也会如此。"太太关上相片盒说。

"该死的女人!"圣·克莱尔心里想道,但嘴上却说:"得啦,玛丽,你觉得像不像? 别说些没意思的话了。"

"你太不体贴人了,圣·克莱尔,"太太说,"非要我看东西、说话。你知道,我犯了偏头痛,已经躺了一天了,从你一到家,家里就乱哄哄的,快把我吵死了。"

"你有偏头痛的病吗,夫人?"奥菲利亚小姐突然从大扶手椅深处抬起身子问道。她一直不声不响地坐在那里,详细审视着一件件家具,心里估算着它们值多少钱。

"可不是吗,真是折磨死人了。"圣·克莱尔太太说。

"杜松果茶治偏头痛症挺管用,"奥菲利亚小姐说,"至少亚伯拉罕·佩里执事的妻子奥古斯塔常这么说的。她是个很了不起的护士。"

"我要让他们把湖边花园里成熟的第一批杜松果都采来做药,"圣·克莱尔说,一面严肃地拉动叫人铃,"堂姐,我想你长途旅行之后一定想回自己的房间去休息休息,整理一下了。阿道尔夫,"他补充道,"叫奶娘来一下。"不久前伊娃曾欣喜若狂地拥抱过的那个体面的混血女佣走了进来,她衣着整齐,头上高高地包着红黄两色的头巾,那是伊娃刚刚送给她,而且给她包上的。"奶娘,"圣·克莱尔说,"我把这位夫人交给你照顾,她累了,需要休息,送她到房间里去,得保证她舒舒服服的。"奥菲利亚小姐跟在奶娘身后走了出去。

第十六章　汤姆的女主人及其见解

"现在,玛丽,"圣·克莱尔说,"你的好日子来了。我们这位新英格兰来的堂姐办起事来又实际又有条理,她会接过你肩上一切操心之事,好让你有时间保养身体,变得年轻漂亮起来。交接钥匙的仪式最好马上就进行。"

这番话是奥菲利亚小姐到了几天后一个早上,在早餐桌上说的。

"太欢迎了,"玛丽说,一只手懒洋洋地支着头,"她要是管了家,就会发现在南方我们这儿,我们这些女主人才是奴隶呢。"

"啊,她当然会发现这一点的,此外毫无疑问还会发现一大堆有益的真情呢。"圣·克莱尔说。

"说起蓄奴来,好像我们是为了自己的方便才这样做的,"玛丽说,"我敢说,要是为了这,我们满可以让他们马上就离开。"

伊万杰琳两只严肃的大眼睛盯在妈妈的脸上,带着热切而迷惘的神情天真地问道:"那么你干吗要蓄奴呢,妈妈?"

"我也不知道,他们带来的只有烦恼。黑奴是我一生中最大的烦恼。我相信我的病一大半是由他们引起的,我知道,我们的这些奴隶比起别人的来更糟。"

"啊,好了,玛丽,你今早情绪不好,"圣·克莱尔说,"你知道其实不是这么回事。就说奶娘吧,天下最好的人了,——没有她你怎么办?"

"奶娘是我见到的奴隶中最好的一个,"玛丽说,"可是她很自私——自私得可怕;这是整个黑人的通病。"

"自私是个可怕的毛病。"圣·克莱尔严肃地说。

"噢,拿奶娘来说吧,"玛丽说,"我认为她晚上睡得这么死,真是太自私了。她明知我头痛得厉害的时候几乎每刻都需要照料,可是简直难以叫醒她。就因为昨天夜里我叫醒她费了这么大的劲,今天早上才这么难受。"

"最近她不是通宵陪了你好几夜吗,妈妈?"伊娃说。

"你怎么会知道的?"玛丽生气地问道,"看来她在抱怨吧?"

"她没有抱怨,她只是告诉我你夜里睡不好,——一连好多个夜晚都这样。"

"你干吗不让简或者罗丝替她一两夜,让她歇一歇。"圣·克莱尔说。

"你怎么能出这种主意?"玛丽说,"圣·克莱尔,你真是太不体贴人了,我本来就紧张不安,喘口粗气都会惊扰我,一个生手在旁边会让我发疯的。如果奶娘对我有着应有的关心的话,她就会容易惊醒,——当然会的,我就听说别人有这样忠心耿耿的仆人的,可是我没有这么好的运气。"玛丽叹着气说。

奥菲利亚小姐以旁观者的态度机敏而严肃地听着这段谈话,双唇一直紧紧闭着,仿佛决心完全搞清自己的处境和地位后才发表意见。

"啊,奶娘也有些好的地方,"玛丽说,"她办事平稳,待人尊敬有礼,但是内心很自私,而且总为她那个丈夫烦躁担心。你知道,我结婚后到这里来住,当然得把她带来,可是我父亲又需要她的丈夫,他是个铁匠,当然少不了他。那时候我就对他们说,我觉得他们还是分手算了,因为他们要想生活在一起是不大可能的了。我现在真希望那时候坚持自己的主张,给奶娘再找个丈夫。可那时候我很傻,又太放任他们,就没有坚持。那时我对奶娘说了,她这辈子最多能指望再见上他一两次,因为我父亲庄园那儿空气不适于我的健康,我不可能回去,因此建议她再找个人,可是不行——她不干。奶娘有些地方很固执,这方面谁都没有我看得清楚。"

"她有孩子吗?"奥菲利亚小姐问。

"有,有两个。"

"我想和他们分开她很难过吧?"

"嗯,当然,我不能把他们也带来,那是两个肮脏的小东西,——我可不能让他们待在我身边,而且,他们也太占她的时间。我相信奶娘为这事一直心里不痛快,她不肯再嫁;而且我肯定,虽说她知道我多么需要她,我的身体多么不好,只要有可能,她明天就会回到丈夫身边去的,我真的相信这一点,"玛丽说,"他们就是这么自私,连他们中最好的也这样。"

"想起来真让人苦恼。"圣·克莱尔冷冷地说。

奥菲利亚小姐用锋利的眼光看了他一眼,看到他脸上因羞耻和压抑着恼怒而泛起了红晕,以及他说话时讥刺地翘起的嘴角。

"我一直很宠爱奶娘,"玛丽说,"我希望你们北方的一些仆人能看看她那些衣柜里的衣服——里面挂着绸缎衣服、薄纱衣服,还有一件真正的细纺亚麻做的衣服。有时候我一下午一下午地整理装饰她的帽子,帮她打扮好去做客。至于说虐待,她根本没尝过那滋味。她这一辈子也就挨过一两回打。她天天都喝加白糖的浓咖啡或者茶,这真可恶,但是圣·克莱尔要让佣人过好日子,他们就一个个随心所欲起来。实情是,我们的佣人都给惯坏了,看来他们的自私表现得像惯坏了的小孩,这有一部分得怪我们。可是这事我跟圣·克莱尔说得都腻了。"

"我也腻了。"圣·克莱尔说着拿起了报纸。

伊娃,漂亮的伊娃,带着她特有的深沉莫测的诚挚神情一直站在一旁听妈妈讲话,这时她轻轻绕到妈妈椅子旁,用胳膊搂着她的脖子。

"唉,伊娃,又有什么事?"玛丽说。

"妈妈,我不能照顾你一晚上吗——就一晚上?我知道我不能让你紧张,也不应该睡觉。我晚上常常躺在床上睡不着,想着——"

"啊,别瞎说了,孩子——别瞎说了!"玛丽说,"你真是个怪孩子!"

"可是行吗,妈妈? 我觉得,"她怯生生地说,"奶娘身体不大好,她对我说她近来老是头痛。"

"啊,那只不过是奶娘的神经质! 她和别的佣人一样,——一点头痛手指头痛就大惊小怪的,可不能由着他们——决不能! 在这件事上我可决不迁就,"她说着转向奥菲利亚小姐,"你会发现必须这样做,你如果听任他们一点点不痛快就叨唠,一点点不舒服就抱怨,你可就要忙不过来啦。我自己从来不抱怨——谁也不知道我忍受着什么样的痛苦。

我感到有责任默默忍受一切,我也是这么做的。"

奥菲利亚小姐听到这个结论,两眼瞪得滚圆,表示出毫不掩饰的惊奇;圣·克莱尔听了觉得如此滑稽,禁不住哈哈大笑起来。

"我只要稍稍一提我身体不好,圣·克莱尔总是大笑,"玛丽以受苦受难的牺牲者的口气说,"我只希望他不会有后悔的一天!"玛丽用手绢擦眼睛。

自然大家都尴尬地沉默着,最后圣·克莱尔站起身来,看了看表,说他在街上和人有个约会,伊娃也跳跳蹦蹦地跟在他后面出去了,只有奥菲利亚小姐和玛丽仍留在桌旁。

"瞧,圣·克莱尔就是这样!"玛丽说,把手绢从眼睛上拿下时猛地一甩,但此举所针对的罪人早已不见了踪影,"他从来没有、从来不可能、也永远不会了解我多年来所受的痛苦。要是我是那种爱抱怨的女人,或者对我的病大惊小怪,那他这种态度还情有可原,男人自然会讨厌一个老是抱怨不休的妻子。可是我什么都不说,老是忍啊忍的,倒让圣·克莱尔觉得我什么都能忍受了。"

奥菲利亚小姐简直不知道她该怎么作答。

她正在考虑该说些什么的时候,玛丽渐渐擦去了眼泪,整理了一下头发衣衫,就像一只挨雨淋了的鸽子会整理整理羽毛那样,然后开始和奥菲利亚小姐谈起了持家之事,诸如碗橱、壁柜、罩单柜、贮藏室,以及其他等等事情。由于双方已有默契,由奥菲利亚小姐来接管家务,玛丽对她讲了这么多的注意事项、嘱咐、告诫,若不是奥菲利亚小姐头脑有条理有组织,早就会被她搞得晕头转向了。

"好啦,"玛丽说,"我相信我已经把什么都告诉你了,这样,我下次犯病的时候,你就可以不用和我商量完全自己处理了,——只是伊娃这孩子,需要多加注意。"

"她看上去是个好孩子,很乖,"奥菲利亚小姐说,"我还没见过比她更乖的孩子呢。"

"伊娃很古怪,"做妈妈的说,"非常古怪,好多地方怪极了。她不像我,一点都不像。"玛丽叹了口气,好像这真是件让人难过的事情。

奥菲利亚小姐在心里说,"我希望她不像你。"不过她很谨慎,没有说出来。

"伊娃老喜欢和佣人混在一起,我认为对有些孩子来说这也没有什么不好,我自己就老和爸爸的小黑奴一起玩——这对我没有什么坏处。可是伊娃不知怎地好像总把自己和她周围的每一个人都放在平等的地位上,这是这孩子身上非常奇怪的地方,我始终没有能打破她这种习惯,而圣·克莱尔还鼓励她这样做。实情是,除了他自己的妻子之外,圣·克莱尔对家里什么人都纵容得很。"

奥菲利亚小姐又一次坐在那儿一句话也说不出来。

"对付佣人,"玛丽说,"唯一的办法是压低他们,让他们知道自己的地位,对我来说,从童年时候起这就是十分自然的事,可单是伊娃一个人就足能把全家的黑奴都惯坏了,我真不知道到她自己当家的时候会怎样。我赞成对佣人要宽厚——我向来都是这样做的。可是你必须让他们知道自己的地位,伊娃却从来不这样,连佣人的地位方面最基本的念头都没法灌进这孩子的脑袋里去!你也听见了,她刚才提出要在晚上照顾我,好让奶娘去睡觉!这仅仅是一个例子,说明如果由着她,这孩子会做出些什么事来。"

"啊呀，"奥菲利亚小姐直率地说，"想来你认为你的佣人也是人，累了的时候应该得到些休息。"

"当然啦，在方便的时候让他们享有一切，这一点我是很坚持的，——你知道，只要不影响我们就行。奶娘可以在别的什么时候去补觉，这一点也不难，她是我见过的最能睡觉的人了，做针线、站着、坐着，她都会睡着，不管在哪儿，在任何地方全能睡觉。奶娘不会有睡不够觉的危险。但是把佣人当作奇花异卉、细瓷花瓶来对待绝对是荒唐的。"玛丽说着懒洋洋地倒进了一张宽大柔软的躺椅的深处，伸手拿过了一只精致的刻花玻璃嗅瓶来。

"你看，"她接着用微弱的贵妇人般的声音说道，倒像是一朵阿拉伯素馨凋谢前最后的叹息，或某个同样飘忽的声息，"你看，奥菲利亚堂姐，我不常说起我自己，我没有这个习惯，也不喜欢这样做。事实上我也没有精力这样做。但是我和圣·克莱尔有些地方意见不一致，他从来不理解我，也不赏识我，我想这就是我身体不好的病根。我不能不相信圣·克莱尔是好意，但是男人生性就是自私的，不体贴女人。至少这是我的印象。"

奥菲利亚小姐身上有着货真价实的新英格兰人的谨慎，特别怕卷进家庭分歧之中，现在开始预感到面临这种局面，因此她摆出了一副严厉中立的面孔，从口袋里拿出一只一又四分之一码长的长统袜，开始使劲织了起来。华茨大夫认为人两只手闲下来就会像魔鬼撒旦一样多嘴，所以奥菲利亚小姐总是随身带着长统袜作为应付这类局面的特效药。她紧闭双唇，等于明明白白地对玛丽说，"你不必枉费力气让我说话了，我不想掺和到你们的事情里去。"——实际上她的表情和一只石头狮子那样冷淡。但是玛丽并不在乎,她可有人可以诉说了,觉得自己有责任说话,这就足够了。她再一次拿过嗅瓶闻了闻,提起了精神继续说下去。

"你知道,我和圣·克莱尔结婚的时候把自己的财产和仆人都带了过来,从法律上来讲,我有权按我自己的方式来管理他们;圣·克莱尔有他的财产,他的仆人,他按他的方式来管理他们,我没有意见;可是圣·克莱尔就是要干涉我。他对一些事情,特别是对如何对待仆人有着不切实际的、十分过分的想法,他的表现让人觉得他把仆人看得比我重,也比他自己重,因为他听任他们惹出许多麻烦来却一点都不管。虽说圣·克莱尔看上去脾气一般来说很好,可是其实他在有些事情上非常可怕——简直让我害怕。他定下了一条规矩:这个家里除了他和我,别的人不论出了天大的事也不许打人;他在这件事上十分严厉,连我都不敢阻挠他。唉,你能看得出这会引起什么结果。就是仆人个个都爬到他头上去,圣·克莱尔也不会动一动手指头,而我——你知道要求我来作出努力那实在是太残酷了。这些仆人,你知道,只不过是些大孩子而已,不管教不行。"

"这我倒不知道,感谢上帝我不知道!"奥菲利亚小姐唐突地说。

"啊,可是如果你在这里待下去,你就会知道一些的,而且会为此吃苦头。你真不知道这些仆人是群多么惹人生气、愚蠢、粗心大意、不讲道理、幼稚、忘恩负义的家伙。"

玛丽一谈到这个话题,似乎总是精神十足。这时她张开了眼睛,好像忘记了自己的衰弱无力。

"你不知道,也不可能知道他们每日每时处处给当家人惹的各种各样的麻烦。可是把这些去向圣·克莱尔诉说是一点用也没有，他说出的话才叫怪呢。他说是我们把他们变成这样子的，因此就应该对他们宽容；说他们的毛病都是我们造成的，我们一手造成这些毛病又去惩罚他们是残酷的。他说我们要是处于他们的地位也不会比他们强。好像可以从仆人的情况推论到我们似的！"

"难道你不相信上帝是用造我们的同样血肉造的他们吗?"奥菲利亚小姐唐突地问道。

"不相信，我才不会相信呢！真是说得好听！黑人是低等人种。"

"难道你不认为他们有永生的灵魂吗?"奥菲利亚小姐越来越气愤地说。

"啊,唉,"玛丽打着哈欠说,"那个吗,当然啦——谁也不怀疑那一点;至于把他们和我们放在平等的地位,知道吗,就好像这两者可以比较似的,唉呀,这是不可能的！圣·克莱尔真的和我谈过,好像把奶娘和她丈夫分开就和把我和我的丈夫分开是一样的。这根本不能比较嘛,奶娘不可能具有我应有的感情,根本是完全不同的事嘛,——当然是不同的,——可是圣·克莱尔就是假装看不见。就好像奶娘会像我爱伊娃那样爱她的小脏孩子似的！可是圣·克莱尔有一次居然明知我身体不好有多么痛苦却严肃地想说服我,说我有责任让奶娘回去,另找一个人替代她。这可有点过分了,连我都无法忍受了。我很少发脾气,我的原则是默默忍受一切,这是做妻子的苦命之处,我忍受下来。但是那次我可大大地发了脾气,他从此再也没有提起这事。但是从他的神情,从他说的一些小事上我看得出来他的想法丝毫也没有改变。这可真让人受不了,让人生气!"

奥菲利亚小姐显然是害怕自己会说出什么来,便一个劲地织着袜子,这动作意味深长,只可惜玛丽不懂。

"所以你看见了,"玛丽继续说,"你要管理的是什么:一个没有任何准则的家,仆人可以为所欲为,随心所欲,各取所需,全靠我以病弱之躯维持着局面。我身边老放根皮鞭子,有时候我真抽他们,可是这太累人了,要是圣·克莱尔像别人那样对待仆人就好了——"

"怎么个对待法?"

"啊,把他们送进拘留所,或者别的一些地方去挨鞭子呀。这是唯一的办法。我要不是身体这么弱,相信会以圣·克莱尔两倍的精力来管理这个家。"

"圣·克莱尔是怎么设法管理的呢?"奥菲利亚小姐问,"你说过他从来不打仆人。"

"啊,你知道男人比我们威严,对他们来说管理仆人要比我们容易。还有,如果你直视他的眼睛,他的眼睛很特别,他如果斩钉截铁地说话时,眼睛里有一道光,连我自己也害怕,仆人们就知道他们必须听从。一旦圣·克莱尔认起真来,他眼睛一转就能做到我大发脾气骂人都做不到的事。啊,圣·克莱尔管理起仆人来一点不用费力气,因此他一点也不体谅我。可是等你来管理的时候你就会发现,不严厉一些根本不行,——他们是真坏,真懒,真不老实。"

"又在弹老调了,"圣·克莱尔溜达着走进屋子说,"这些可恶的家伙将来算起总账来时可真还不清啦,特别是懒惰这一笔!你看,堂姐,"他一面在玛丽对面的一张躺椅上伸直身子躺下一面说,"按我和玛丽给他们树立的榜样,他们这种懒惰简直无法原谅。"

"好了，圣·克莱尔，你真够呛!"玛丽说。

"是吗？怎么，我还以为自己挺不简单，说了句对的话呢。玛丽，我一向总是努力支持你的言论的。"

"你知道你根本不是这个意思，圣·克莱尔。"玛丽说。

"噢，那我一定弄错了。亲爱的，谢谢你纠正了我。"

"你这是故意来惹我生气。"玛丽说。

"得了，玛丽，天热起来了，我又刚和阿道尔夫吵了半天，搞得我疲惫不堪，所以求你别那么别扭，让人能在你的笑脸下休息休息。"

"阿道尔夫怎么啦?"玛丽问道，"那个家伙的无礼已经发展到我完全不能忍受的地步了。我只希望能让我按我的意思来管教他一段时间，我会让他服帖听话的!"

"亲爱的，你说的和你平时的言论一样，一针见血很有见识，"圣·克莱尔说，"至于阿道尔夫嘛，事情是这样的：很久以来他一直在模仿我的风度和老练，最后竟然把自己当成主人了，我不得不让他看清自己的错误。"

"你是怎么做的?"玛丽问。

"啊，我不得不让他清清楚楚地懂得我希望有些自己的衣服留着自己穿;同时，我对他挥霍香水限了量，而且残酷到只许他动用一打我的亚麻布手绢。道尔夫①对这最后一条特别生气，我不得不像个父亲那样和他谈，让他想通。"

"啊，圣·克莱尔，你要到什么时候才能学会怎么对付仆人？你这么放纵他们，真不像话!"玛丽说。

---

① 道尔夫，阿道尔夫之昵称。

230

"怎么啦？这个可怜的家伙想学主人的样又有什么害处呢？如果我对他的教育不力,使他只擅长于香水和亚麻布手绢,我为什么不应该给他这些呢?"

"你为什么对他教育不力?"奥菲利亚小姐直率明确地问道。

"太麻烦了,——懒惰,堂姐,懒惰啊,——懒惰毁掉的人是数不胜数呀。要不是因为懒惰,我自己早成了个完美无缺的天使了。在佛蒙特你们的老大夫博特伦总是说懒惰是'道德上罪恶之本',我也有点这样相信了,这无疑是个可怕的想法呀。"

"我认为你们这些奴隶主责任重大,"奥菲利亚小姐说,"无论怎样我也不愿承担这种责任。你们应该教育你们的奴隶,把他们当作有理性的人对待,——当作具有永生的灵魂的人来对待,你们将来要和他们一起站在上帝的审判台前的。这就是我的看法,"这位善良的女人说。整个上午在她心中不断增强的潮水般的亢奋突然迸发了出来。

"啊,好啦,好啦,"圣·克莱尔很快站起身来说道,"你对我们了解些什么?"他走到钢琴前坐下弹起了一支轻松活泼的曲子。圣·克莱尔在音乐上无疑很有天赋,指法灵活有力,手指像小鸟般迅速掠过键盘,轻盈而果断。他弹了一曲又一曲,像是要通过弹奏让自己的心情好起来。最后他推开乐谱,站起身来高兴地说,"堂姐,你刚才这番话说得很好,你尽到了你的责任。总的来说,我更尊重你。我毫不怀疑你扔给了我一颗真理的钻石,尽管你也看到了它正正打在我的脸上,所以一开始我并不能赏识它。"

"我可看不出这类谈话有什么用处,"玛丽说,"我敢说,要是有人比我们对待仆人更好,我倒要领教领教他们是谁。可是这样做对仆人没有什么好处——一点点好处也没有,——他们只是越变越坏。至于说开导他们之类的事,我敢说我是和他们谈得筋疲力尽嗓子都哑了,告诉他们应尽的责任等等一切;他们什么时候想去做礼拜也可以去,虽说他们笨得像群猪,牧师的布道一个字也听不懂,所以我认为他们去也没什么大用处,可是他们还是去的,因此他们什么机会都有。但是像我说过的那样,他们是低等人种,而且永远都是低等人种,这是没有办法的事,你就是再努力,也是白费力气。你知道,奥菲利亚堂姐,我是努力试过了,而你没试过。我生在他们之中、长在他们之中,所以我知道。"

奥菲利亚小姐觉得自己已经说得够多的了,因此一声不响地坐着。圣·克莱尔吹起了口哨。

"圣·克莱尔,我希望你别吹口哨,"玛丽说,"一吹我头更痛了。"

"我不吹了,"圣·克莱尔说,"还有什么别的你不希望我做的事吗?"

"我希望你对我受的折磨有点同情心;你从来都不关心我。"

"我亲爱的爱指责人的天使啊!"圣·克莱尔说。

"你这样对我讲话真叫人生气。"

"那么你要我怎样对你讲话呢?我按吩咐讲话,——你提什么样的要求都行,——只要能使你满意。"

一阵快活的笑声从院子里穿过游廊上的绸窗帘传了进来,圣·克莱尔走出去,掀起窗帘,也笑了起来。

"什么事?"奥菲利亚小姐走到栏杆旁问道。

院子里汤姆坐在一张长满青苔的小凳上,每一个扣眼里都插满了茉莉花,伊娃正快活地笑着把一个玫瑰花环套在他脖子上。然后她像只小小的麻雀在他膝头坐下,依然笑个不停。

"啊,汤姆,你的样子真滑稽!"

汤姆庄重而慈祥地微笑着,他一声不响,但似乎也和小主人一样很开心。当他看见主人时,带着一些歉意和不安抬起头来。

"你怎么能让她这样做?"奥菲利亚小姐说。

"为什么不能?"圣·克莱尔问。

"我也不知道为什么,但是这似乎很不像话。"

"一个小孩去爱抚一条大狗,即使是只黑狗,你也不会认为有什么害处;但是如果是个有思想、有理智、有感情,灵魂不灭的人,你就不寒而栗了。老实承认吧,堂姐。我很了解你们一些北方人的感情,我们没有这种感情并不说明我们有丝毫长处,但是我们的习俗做了基督精神应做的一点,即消除了个人偏见的感情。我在北方旅行时常常注意到你们的个人偏见要比我们重得多。你们像厌恶蛇或者癞蛤蟆那样厌恶黑人,然而对他们遭受的不平你们却又十分气愤。你们不愿他们受虐待,可是你们自己不愿和他们打任何交道。你们愿把他们送回非洲去,这样可以不闻不见为净,然后派上一两个传教士去作出自我牺牲,简单地帮他们提高一下。难道不是这样吗?"

"唉,堂弟,"奥菲利亚小姐沉思着说,"你说的可能有点道理。"

"要是没有孩子,穷人和卑贱的人怎么办呢?"圣·克莱尔靠在栏杆上说。他看着伊娃领着汤姆蹦蹦跳跳地出去了，"孩子是唯一真正的民主主义者。汤姆现在是伊娃心目中的英雄，他讲的故事在她眼里是奇迹，他唱的歌和美以美会的赞美诗比歌剧都好听，他口袋里的那些一文不值的小玩意儿是个宝藏，而他则是最最了不起的黑皮肤汤姆。孩子是伊甸园中的一朵玫瑰，上帝专门把这朵花抛给世上的穷人和卑贱的人，此外他们就得不到什么了。"

"很奇怪，堂弟，"奥菲利亚小姐说，"听你这番话，几乎会以为你是位教授呢。"

"教授?"圣·克莱尔问。

"是呀，一位神学教授。"

"完全不是，不是你们城里人说的教授，恐怕更糟的是，也不是个实践者。"

"那么你为什么要说这些话呢?"

"说是最容易的事了，"圣·克莱尔说，"我记得莎士比亚剧里一个人物说过'要我对二十个人讲应该如何做容易，要我做二十个人中的一个按自己讲的去做就不那么容易了。'①什么也比不上分工合作，我的长处在于言，而堂姐，你的长处在于行。"

此时汤姆的外部环境，诚如世人所说，是无可抱怨的了。小伊娃非常喜欢他——出于她高尚可爱的天性和本能的感激之情——因而促使她向爸爸提出请求，在她散步或坐车出门时，只要需要仆人陪着，就由汤姆专门照应她；汤姆得到吩咐，

---

① 见莎士比亚《威尼斯商人》第一幕第二场。这是女主人公波霞对女仆所说的话。

只要伊娃小姐需要他，他就放下别的事去侍候她，——读者可以想象，对于汤姆这是多么愉快的命令。他总是穿戴得很整齐，因为圣·克莱尔在这一点上特别挑剔。汤姆在马厩里的活儿十分清闲，主要是每天去照料一下，检查一番，指导一个手下人干活；因为玛丽·圣·克莱尔宣布过，汤姆走近她时身上不许有任何马的气味，不许让他干任何会沾上难闻的气味的活，因为她的神经系统绝对承受不了这样的折磨；根据她自己的说法，只要闻到一丝臭气就足以让她撒手人寰，立刻结束她在人世的苦难。因此汤姆穿着刷得干干净净的绒面呢衣服，头戴光滑滑的獭皮帽，脚登亮锃锃的靴子，袖口和领子一尘不染，加上他严肃和善的黑面孔，体面得像迦太基的大主教。在古代，黑人就是这样子的。

而且，他所处的环境十分美，这是黑人这个感受力强的种族决不会漠视的一个方面。汤姆也确实在不声不响地快活地享受着一切：小鸟、鲜花、喷泉、芬芳的空气，以及庭院的光和美；还有厅堂里的丝绸帘子、油画、枝形挂灯、雕像和金碧辉煌的色彩，使汤姆觉得这些厅堂就像阿拉丁的宫殿一般①。

如果有朝一日非洲会以高尚而文明的民族出现于世的话——迟早总会轮到他们在人类进步的伟大戏剧中崭露头角的——那儿呈现出的生活之辉煌灿烂将是我们这些冷静的西方民族仅仅模糊地想象过的。在那片充满了黄金、宝石、香料、摇曳的棕榈树、奇异的花卉和非凡的富饶的遥远而神秘的土地上，将唤起崭新的艺术形式和辉煌的新风格；黑种人不再

---

① 《一千零一夜》中的故事《阿拉丁和神灯》中灯神变出的金碧辉煌的宫殿。

受到蔑视和压迫,他们也许会对人类生活作出一些最新最壮丽的启示。他们一定会的,以他们的温和,他们卑逊驯良的心地,他们对至高无上的神的智慧和力量的自然的信服,他们像孩子般天真的感情和易于宽恕人的能力,他们一定会做得到的。在所有这些方面他们将展示出独特的基督精神的最高形式,也许,由于上帝要磨炼他最钟爱的人,他便选中了可怜的非洲人下炼狱,使他们成为在一切王国都登台试验并失败后上帝将要建立的王国中最高贵的臣民。因为在前的将要在后,在后的将要在前。①

　　星期日早上盛装站在游廊上正往一只纤细的手腕上戴钻石手镯的玛丽·圣·克莱尔心里在想着这一点吗?很可能是的。不过也可能想着别的什么事,因为玛丽极爱惠顾一切美好的东西,而她现在正打扮得淋漓尽致地——钻石,丝绸,花边,珠宝等一应俱全——准备到一家时髦的教堂去,好充分虔诚一番。星期日要十分虔诚,这一点玛丽总是注意做到。她站在那儿,这样苗条优雅,顾盼活泼轻盈,一条带花边的头巾如一团雾般地包围着她。她看上去美丽端庄,自己也觉得十分漂亮优雅。奥菲利亚小姐站在她旁边,形成了鲜明的对照。这倒不是因为她没有同样漂亮的绸缎衣裙和披巾,没有同样考究的手绢,而是由于她僵硬呆板地直挺挺地站在那儿,身材方方正正的,形成了一种模糊然而是能够觉察到的拘谨;而她身旁那优雅的女人则有着一派雍容魅力,不过这不是上帝心目中的魅力——这完全是两码事!

　　"伊娃在哪儿?"玛丽问道。

<hr />

① 见《新约·马太福音》第19章第30节。

236

"孩子在楼梯上停了下来和奶娘说话呢。"

伊娃在楼梯上和奶娘说些什么？读者诸君请听，虽然玛丽听不见，你们是会听得见的。

"亲爱的奶娘，我知道你头痛得很厉害。"

"上帝保佑你，伊娃小姐，最近我头老是痛，你不用担心了。"

"啊，我很高兴你能到外面去走走，给，"小姑娘搂住她说，"奶娘，把我的嗅瓶拿着。"

"什么！你那只镶着钻石的漂亮的金瓶子吗？上帝啊，小姐，这可不合适，不行！"

"为什么不行？你需要它，可我不需要，妈妈头一痛就闻嗅瓶，它会让你觉得舒服一点的。不行，你得拿着，就算为了让我高兴吧，给你。"

"听听这小宝贝说的话！"奶娘说。伊娃把嗅瓶塞到她的怀里，亲了亲奶娘，跑下楼梯到妈妈身旁去了。

"你停下来干什么？"

"把我的嗅瓶给奶娘，她好带着去教堂。"

"伊娃！"玛丽不耐烦地跺着脚说，——"把你的金嗅瓶给了奶娘！你要到什么时候才懂得规矩？马上去要回来，现在就去！"

伊娃垂头丧气，满脸委屈地慢慢转过身去。

"我说，玛丽，别去管孩子了，她愿意做什么就做什么吧。"圣·克莱尔说。

"圣·克莱尔，她以后可怎么在世界上处世生活啊?"玛丽说。

"天知道，"圣·克莱尔说，"不过她在天堂里日子会比你我好过。"

"啊,爸爸,别这么说,"伊娃轻轻碰碰父亲的胳膊肘说,"这会让妈妈不安的。"

"好啦,堂弟,你去做礼拜吗?"奥菲利亚小姐转过来,侧身对着圣·克莱尔说。

"我不去,谢谢你。"

"我真希望圣·克莱尔能去教堂,"玛丽说,"可是他身上一丝宗教气味也没有,真是不成体统。"

"我知道,"圣·克莱尔说,"你们女士们去做礼拜,想来是学习如何在世界上处世生活,你们的虔诚会使我们沾上光的。如果我真去教堂,那我就去奶娘她们的教堂,至少那儿不至于让人犯困。"

"什么?到那些大喊大叫的美以美会信徒那儿去吗?太可怕了!"玛丽说。

"除了你的那些像死海般的体面的教堂以外,哪儿都行,玛丽。确实,没人能受得了。伊娃,你愿意去吗?来,留在家里和我一起玩吧。"

"谢谢,爸爸,可是我还是情愿去教堂。"

"你不觉得特别没劲吗?"圣·克莱尔问。

"我觉得有点没劲,"伊娃说,"我也犯困,不过我尽量努力不睡着。"

"那么你为什么去呢?"

"怎么,你知道,爸爸,"她悄声说,"堂姑对我说,上帝想要我们去,他给了我们一切。如果他要我们去教堂,这也不费什么力气,我们就应该去。再说,做礼拜也不是件非常没劲的事。"

"你这可爱的听话的小宝贝!"圣·克莱尔说,一面吻了吻她,"去吧,好孩子,替我祷告祷告。"

"当然啦,我总是替你祷告的。"孩子说着跟在母亲身后跳上了马车。

圣·克莱尔站在台阶上用手给她一个飞吻。马车驶离宅子,他眼中噙着大粒的泪珠。

"啊,伊万杰琳,真是名符其实的福音①啊,"他说,"难道你不是上帝赐予我的福音吗?"

他感动了片刻,然后吸起一支雪茄,读起《小报》来,把他的小福音忘在了脑后。他和其他人真有很大不同吗?

"你要知道,伊万杰琳,"母亲说,"对待佣人要宽厚,这永远是对的,也是正当的,但是如果对待他们和对待自己的亲人或者和对待和我们地位相同的人一样,那就不合适了。瞧,要是奶娘病了,你不会愿意让她在你的床上睡觉的。"

"我会愿意的,妈妈,"伊娃说,"因为这样照顾她就方便多了,而且因为,你知道,我的床比她的床舒服。"

这番话完全没有任何道德观念,让玛丽完全绝望了。

"用什么办法才能让这孩子明白我的意思呢?"她说。

"没有办法。"奥菲利亚小姐意味深长地说。

伊娃看上去有些难过和不安,但幸运的是,小孩子的印象不会老停在一件事情上。不久,她从行驶着的马车的窗口看到的各种东西使她快活地大笑起来。

"哎,女士们,"当大家舒适地在餐桌前坐好后,圣·克莱

---

① 伊万杰琳来自 evangel 一词,意为"福音"。

尔问道,"今天教堂里有些什么节目啊?"

"噢,G博士布道精彩极了,"玛丽说,"正是你应该听的,把我所有的想法都讲了出来。"

"那一定会使人受益匪浅了,"圣·克莱尔说,"讲的题目想必很广吧。"

"嗯,我是指我对社会问题之类的所有想法,"玛丽说,"讲解的经文是'上帝造万物;各按其时成为美好。'①他解释说社会上一切等级和区别都是上帝的旨意;说有的人地位高,有的人地位低,有的人生来是统治者而有的人则生来侍候别人,等等情况都是十分适当十分美好的;他还用这个理论针对一些人在奴隶制上发表的荒谬可笑、大惊小怪的言论进行了精彩的反驳,明确地令人信服地证明了《圣经》是站在我们一边的,支持我们的制度。你要是听到他布的道就好了。"

"啊,我用不着听他的,"圣·克莱尔说,"从《小报》上我随时都可以得到对我同样有好处的东西,而且还可以抽上支雪茄。你知道,在教堂里是不能抽雪茄的。"

"你为什么不相信这些观点?"奥菲利亚小姐问他。

"谁,——你问我吗?你知道我已经是个堕落的家伙了,这类问题上的宗教道理对我不会有什么启示作用了,如果我要对奴隶制这件事发表什么看法的话,我会毫不隐瞒正大光明地说,'事已至此,我们别无出路,我们拥有奴隶而且打算保持下去,全是为了我们的方便和利益,'归根到底就是这么回事,所有这套神圣不可侵犯的说教说到底也就是这么回事,我想不论在哪儿,不论是谁都会懂得的。"

---

① 出自《旧约·传道书》第3章第11节。

"奥古斯丁，我觉得你太不尊重上帝了！"玛丽说，"你这种话真让人震惊！"

"震惊！我说的是实话。这类事情上宗教的说法，——为什么不扩大一点，说我们年轻人中很普遍的贪杯酗酒、深夜豪赌，以及各种类似的顺乎天意的安排是各按其时成为美好的呢？——我们倒很想听见说这些也是正确的、神圣的事情。"

"嗯，"奥菲利亚小姐说，"你究竟认为奴隶制是对还是错呢？"

"堂姐，我可不会有你们新英格兰人那种可怕的直率，"圣·克莱尔轻松地说，"如果我回答了你这个问题，我知道你就会有半打一个比一个难答的问题追问我；我也不打算解释我的立场，我这个人是专门往人家的玻璃房子上砸石头的，可我却决不打算盖一个玻璃房子来让别人砸。"

"他老是这样说话，"玛丽说，"你从他嘴里是得不到任何满意的答复的。我相信因为他就是不喜欢宗教，所以才这样总是在外面跑。"

"宗教！"圣·克莱尔说这个词时的口气使两位女士都把眼光投向了他，"宗教！你们在教堂听到的东西是宗教吗？那能弯能转，能下能上，以迎合自私的世俗社会一切欺诈不义之行的东西是宗教吗？比我自己这不敬上帝、世俗愚昧的本性还要不讲道德、还要自私、还要不公正、对人还要不管不顾的东西是宗教吗？不是的！如果我要寻找宗教，我只能寻找高于我而不是低于我的东西。"

"那么你不相信《圣经》认为奴隶制是合理的了？"奥菲利亚小姐问。

"《圣经》是我母亲的书，"圣·克莱尔说，"是她做人的准则，如果《圣经》是这个观点，我会很难过；那等于是证明我的母亲可以喝白兰地，嚼烟叶和骂人，好让我觉得自己做这些事是对的。这根本不会使我对这一切更为心安理得，反而会使我失去尊敬母亲所赋予我的慰藉。在这个世界上，一个人能有值得尊敬的东西，确实是种慰藉。总而言之，你看，"他突然又用轻松的口吻说，"我只是希望把不同的东西放在不同的箱子里，在欧洲和美洲，整个社会结构都是由经不起用理想的道德标准来仔细审视的各种事物构成的；众所周知，人并不追求绝对真理，而只是和别人差不多就行了。因此，假如有谁大胆地大声宣称，说奴隶制对我们是必要的，没有它我们活不下去，放弃它我们就会成为乞丐，因此我们决心保持奴隶制，——这话有力、清楚、明确，说的是实话，值得敬佩；如果用他们的行为来判断，世上大多数人会支持我们的。但是如果他装出一副一本正经的面孔，悲天悯人地引用《圣经》，我就会认为这个人不怎么样。"

　　"你太苛刻了。"玛丽说。

　　"噢，"圣·克莱尔说，"假如发生了什么事，使棉花价格永远落到低谷，黑奴成了滞销货，你信不信我们很快就会有另外一套《圣经》理论的解释？灵光将会涌入教会，他们立刻就会发现《圣经》中的一切教导与先前所说截然相反！"

　　"咳，不管怎么说，"玛丽一面在靠椅上躺下一面说，"谢天谢地我出生在存在着奴隶制的地方，我也相信这是对的，——真的，我觉得它一定是对的，反正，没有奴隶制我无法生活，这一点是确定无疑的。"

　　"我说，宝贝儿，你怎么想？"这时伊娃手里拿着一朵花正走进屋子里来,她爸爸便问她道。

"什么事怎么想,爸爸?"

"你喜欢哪一种,——是像在佛蒙特你爷爷家那样生活,还是像我们这样有一大家子仆人的生活?"

"啊,当然我们这种生活是最快活的了。"伊娃说。

"为什么呢?"圣·克莱尔抚摸着她的脑袋问道。

"哎,这样可以有更多的人让你去爱呀,你知道。"伊娃说着热切地抬头看着父亲。

"伊娃就是这个样子,"玛丽说,"爱说这种古怪的话。"

"这是古怪的话吗,爸爸?"伊娃爬上父亲的膝头,悄悄问道。

"宝贝儿,根据世俗的看法,是有点古怪,"圣·克莱尔说,"可是整个吃饭的时间我的小伊娃到哪儿去了?"

"啊,我在汤姆的房间里,听他唱歌,黛娜大婶给我吃过饭了。"

"听汤姆唱歌,是吗?"

"是的,他唱的歌可好听啦,唱的是新耶路撒冷,欢快的天使和迦南圣地。"

"是吗? 比歌剧还好听,是不是?"

"是的,他还要教我唱呢。"

"学唱歌,嗯? ——你可真是长进了。"

"是呀,他唱歌给我听,我读《圣经》给他听;你知道,他还给我解释《圣经》里面的意思呢。"

"啊呀,"玛丽笑了起来,说道,"这可是近来这段时间里的最新笑话了。"

"汤姆讲解起《圣经》来肯定是不错的,我敢保证,"圣·

克莱尔说，"汤姆在宗教上天生很有才能。今天早上我一早就要用马车，便悄悄走到马厩上面他的小屋外面，听见他独自在祷告。说实话，我好久没有听到像汤姆那样有味道的祷告了。他还为我祷告了，虔诚得和圣徒一样。"

"也许是他猜到了你在偷听，以前我也听说过这种花招的。"

"要真是这样，那他可太不策略了，因为他很坦率地向上帝陈述了他对我的看法，汤姆似乎认为我身上大有改进的余地，很热切地希望我能皈依上帝。"

"希望你好好记着这话。"奥菲利亚小姐说。

"看来你们意见都差不多，"圣·克莱尔说，"好吧，等着看吧，——对不对，伊娃？"

第十七章　自由人的斗争

傍晚时分,一位教友会信徒的家中一阵轻微的忙乱,雷切尔·哈利迪轻轻地在家里走来走去,从家中储藏用品的地方拿出那些小而易带的必需品来,以备晚上要上路的人用。黄昏的日影伸向东面,又圆又红的太阳沉思地悬在地平线上,金黄的余晖宁静地射进了乔治和妻子坐在里面的那间小卧室里。孩子坐在乔治的膝头,他握着妻子的手,夫妻俩神情严肃,心事重重,脸上泪痕斑斑。

"是的,伊莱扎,"乔治说,"我知道你说的都对。你是个好姑娘,——比我强得多;我会尽力按你说的去做。努力使自己的行为无愧于一个自由人;我要尽力按基督徒要求自己。全能的上帝知道即使在最不利的情况下我仍然想好好去做的,——竭尽全力想好好去做;现在我要忘记过去,抛弃怨恨,读《圣经》,学做好人。"

"等我们到了加拿大以后,"伊莱扎说,"我可以帮助你,我很会做衣服,对精致衣物的熨洗也很在行,我们两个人一起一定能维持生活的。"

"是的,只要我们俩和孩子都在一起就行。啊,伊莱扎,一个男人感到妻子和孩子是属于自己的,这是多么大的幸福啊! 要是这些人能明白这一点就好了。我看到有些男人拥有妻子儿女却为别的事操心不安,总觉得很奇怪。尽管我们除了空空的两只手以外一无所有,有了你和孩子我就觉得富足而有力,觉得不能再向上帝祈求更多的东西了。是的,尽管我每天辛苦干活,现在已经二十五岁了,却没有自己的一分钱,没有一片遮蔽我的屋顶,没有一寸自己的土地,可是只要他们不来干涉我,我就会十分满意——十分感谢了。我会干活,把你和孩子的赎身钱寄回来。至于我原来的主人,他已经赚回了花在我身上五倍以上的钱了,我什么也不欠他。"

"可是我们还没有完全脱离危险呢,"伊莱扎说,"我们还没有到加拿大。"

"不错,"乔治说,"不过我好像闻到了自由的空气,它使我坚强有力。"

这时外面房间里传来了认真的谈话声,不久有人敲门,伊莱扎一惊,打开了房门。

西米恩·哈利迪站在门外,一个教友会兄弟和他在一起,他介绍说这人名叫菲尼亚斯·弗莱彻。菲尼亚斯是个瘦高个儿,一头红头发,脸上现出精明敏锐的神情。他没有西米恩那种温和宁静脱俗之态,恰恰相反,他显得特别机警能干,是个对自己行事心中有数且为此颇感自豪,并对前途乐观的人。这些特点和他的宽边帽及拘谨的言辞很不相称。

"我们的朋友菲尼亚斯发现了一件对你和你的同伴有重大关系的事,乔治,"西米恩说,"你最好听一听。"

"是的,"菲尼亚斯说,"这证明像我常说的那样,在有些地方张着一只耳朵睡觉有多大的作用。昨天晚上我在大路边一家小旅店里过夜。你记得那地方吧,西米恩,就是我们去年把苹果卖给那个带着大耳环的胖女人的那个地方。我赶了一天车,累了,吃完晚饭就躺在角落里一堆货袋上,顺手拉过一张水牛皮盖上,等着他们把铺位给我准备好。自然,我一下子就熟睡了过去。"

"张着一只耳朵吗,菲尼亚斯?"西米恩低声问道。

"没有,连耳朵啦什么的全睡着了,睡了一两个小时,因为我实在是累了;可是当我稍稍醒过来一点的时候,我发现屋子里有几个人坐在一张桌子旁,边喝酒边聊天。我心里想,先别活动,听听他们在捣什么鬼,尤其是当我听见他们提到教友会。'这么说来,他们毫无疑问是在教友会村里了,'其中一个说道。这时我竖起了两只耳朵往下听,发现他们谈的就是你们这伙人。就这样,我躺在那儿听见他们摆出了全盘计划。他们说要把这个年轻人送回到肯塔基他主人那儿去,主人要拿他惩一儆百,让别的黑奴不敢逃跑;他的妻子由其中两个人带到新奥尔良去卖,卖得的钱归他们,他们计算着能卖得一千六百到一千八百元。他们说孩子归一个已经买下他的奴隶贩子。还有那个小伙子吉姆和他的母亲,要被送回肯塔基主人家。他们说在离这儿不远的一个小城,有两个警察要和他们一起去抓这伙人,还说这个年轻女人要给带上法庭,他们中的一个油腔滑调的小个子要在法庭上宣誓作证说她是他的财产,让法庭把她判给他带到南方去。他们猜着了我们今晚要走的路线,会有六到八个人来追我们。现在我们该怎么办?"

听了这消息之后这群人站立的样子实在值得画家给画下来。雷切尔·哈利迪放下做着的软饼听消息,这时举着沾满面粉的手站在那里,脸上是一副极其关切的神情。西米恩好像陷入了沉思。伊莱扎双臂拥抱着丈夫正抬眼看着他的脸。

乔治紧捏双拳站在那里,两眼发出灼热的光,任何一个人当妻子将被拍卖、儿子落入奴隶贩子之手,而这一切都是在一个基督教的国度的法律的庇护下做出的时候,都会像他这个神态的。

"我们该怎么办呢,乔治?"伊莱扎声音微弱地问道。

"我知道我该怎么办。"乔治说着走进小房间去,开始检查他的手枪。

"唉,唉,"菲尼亚斯对西米恩点头说,"你看,西米恩,事情会怎么发展下去。"

"我看见了,"西米恩叹口气说,"我祝祷不要这样发展才好。"

"我不愿意任何一个人为我受牵连,"乔治说,"如果你们借给我一辆马车,给我指引一下方向,我就会独自驾车到下一站去。吉姆力气很大,勇敢无比,我也是这样。"

"那好吧,朋友,"菲尼亚斯说,"不过尽管如此,你需要一个赶车的人。拼打你尽可以完全包了,你知道,可是对于这条路我比你熟悉。"

"可是我不愿意牵连你。"乔治说。

"牵连,"菲尼亚斯说,脸上的表情好奇而热切,"你什么时候能牵连上我,还得劳驾你告诉我呢。"

"菲尼亚斯精明又有本事,"西米恩说,"乔治,你听他的话没错;还有,"他和蔼地把手放在乔治的肩膀上,指着手枪补充道,"不要草率行事,——年轻人容易冲动。"

"我不会先去袭击任何人,"乔治说,"我对这个国家的唯一要求就是不要来干涉我,我会和和平平地离开它;但是,"他停了下来,脸色阴沉,面部抽搐着,"我有个姐姐就是在那新奥尔良的市场上被卖掉的,我知道把她们卖去做什么;上帝给了我一双有力的胳膊去保护我的妻子,我能站在一边眼看着他们把她夺走卖掉吗? 不行;上帝保佑我,我会搏斗到最后一口气,也不会让他们夺走我的妻子和儿子。你能为此责备我吗?"

"谁也不能责备你,乔治,任何有血有肉的人都会这样做的,"西米恩说,"上帝降灾给这个罪孽的世界吧! 但是请降灾给作孽的人们吧!"

"即使是你,先生,处于我的地位难道不也会这样做吗?"

"但求上帝不要这样考验我,"西米恩说,"血肉之躯是软弱的。"

"我想在这种情况下我的血肉之躯会相当坚强的,"菲尼亚斯说着伸出了两只风车翼板似的胳膊,"乔治,朋友,如果你要和谁算总账,看来我不会不替你抓住他的。"

"如果什么人有理由抵抗邪恶的话,"西米恩说,"那么乔治现在就应该有此种自由:但是我们教友会的领袖们教给了我们更好的方法:因为人的愤怒并不能行使上帝的正义;上帝的正义和人的腐败的意志是绝不相容的;除了上帝赐予之人,别人谁也得不到它。让我们祈求上帝使我们不要受到诱惑吧。"

"但愿如此,"菲尼亚斯说,"但是如果诱惑力太大——那么只好让他们留神了。"

"很显然你并不是生来就是教友会的信徒,"西米恩微笑着说,"你的老本性在你身上影响还很大呢。"

说实话,菲尼亚斯本是一个健壮的、有着两个硬拳头的山里人,他是个精力充沛的猎手,百发百中的神枪手。但他追求一个漂亮的教友会女信徒,为她的魅力所动,参加了当地的教友会。他是个诚实、庄重、能干的教徒,也没有什么可指责之处,但是教友中更为虔诚的人却不能不看到,他在宗教的进取上极端缺乏兴趣。

"菲尼亚斯教友永远都按自己的方式行事,"雷切尔·哈利迪笑着说,"但是我们都觉得他心很正。"

"好啦,"乔治说,"我们是不是应该赶快逃呀?"

"我今早四点就起床,全速赶回这里,如果他们按计划好的时间动身,我比他们要赶前整整两三个小时。而且天黑之前出发不安全,因为前面那些村子里有坏人,他们要是看见了我们的马车,很可能会捣乱,那比等上点时间再出发更会耽误工夫。但是我想再过两小时我们就可以出发了。我先到迈克尔·克洛斯那里去一下,请他骑上他那匹快马在路上给我们望风,如果有一群人过来就给我们报个信。迈克尔有一匹快马,大多数的马都赶不上它,如果有什么危险,他能追上来通知我们。我现在去通知吉姆和老太太做好准备,再去备马。我们出发比他们早,在他们能追上我们之前赶到下一站的可能性是很大的,所以乔治,朋友,要有信心。在救助黑人时我碰到的险境多了,这不是第一次。"菲尼亚斯说完就带上房门走了。

"菲尼亚斯相当精明,"西米恩说,"他会竭尽全力帮助你的,乔治。"

"我唯一不安的是,"乔治说,"你们要为我担风险。"

"乔治我的朋友,请你不要再说了,我们这样做是出于良心的驱使,不可能有别的做法。好吧,妈妈,"他转身对雷切尔说,"加紧为这些朋友准备吃的吧,我们决不能让他们饿着肚子上路啊。"

雷切尔和孩子们忙着烤玉米饼,煎火腿煮鸡,赶做晚餐吃的一切东西;乔治和妻子这时坐在小卧室里,紧紧偎依在一起倾谈,只有意识到几个小时后就可能永别的夫妻才会这样互诉衷肠。

"伊莱扎,"乔治说,"那些有朋友、有房子有地、有钱和一切东西的人不可能像我们这样除了彼此之外一无所有的人这样相爱。在我认识你之前,伊莱扎,除了我可怜的伤心的妈妈和姐姐之外,没有任何人爱过我。奴隶贩子把她带走的那天早上我看见艾米丽了,她来到我睡觉的角落,说,'可怜的乔治,你最后一个朋友要走了,可怜的孩子,你将来的命运不知会怎样啊!'我站起来伸出胳膊搂住她不住地哭,她也哭了;整整十年我再也没有听到另一句关心我的话,我的心都枯干了,如死灰一般。这时我遇到了你,你爱我,——这几乎像起死回生啊!从此我成了个新人!现在,伊莱扎,我就是流尽最后一滴血也决不让他们把你从我身边夺走。谁要是得到你先得把我打死。"

"啊,上帝啊,怜悯我们吧!"伊莱扎呜咽道,"我们只求上帝保佑我们一起逃出这个国家!"

"上帝站在我们一边吗?"乔治说,与其说他是在对妻子说话,不如说他在倾诉自己内心的怨恨,"他看见他们的所作所为了吗? 他为什么容许这样的事情发生呢? 他们对我们说《圣经》站在他们一边;毫无疑问一切权力都在他们一边。他们有钱,健康,幸福;他们是教会的成员,指望着能进天堂;他们在世上日子过得这么轻松,为所欲为;而贫穷、正直、忠实的基督徒——和他们一样或比他们好的基督徒们——却被他们踩在脚下。他们拿他们买卖,用他们的生命、痛苦和眼泪来做交易,——而上帝却听凭他们这样去做!"

"乔治,朋友,"西米恩在厨房里叫道,"听一听这段诗篇,也许对你有好处。"

乔治把凳子拉到门旁,伊莱扎一面擦着眼泪也走上前来听,西米恩念道:

"至于我,我的双脚几乎失闪滑倒,因当我看到恶人享福时嫉妒他们这些蠢人。他们不像别人一样受苦,也不像别人一样为不幸折磨。因此骄傲如铁链捆住他们,强暴如衣衫罩住他们。他们肥胖得眼球突出,他们拥有的超过了他们想望的。他们腐朽,谈起压迫大言不惭;他们说话趾高气扬。因此上帝的子民回来,夺去了他们盛满水的杯子,他们问,上帝怎么会知道? 至高者有知识吗?"[1]

"乔治,你不是也有这种感觉吗?"

"是的,真的,"乔治说,——"简直和我自己写的一样。"

"那么你接着听下去吧,"西米恩说,"当我思考企图弄明白这一点时,我实在难以想清,直到我进入了上帝的圣殿,我方明白了他们的结局。无疑你确把他们置于滑地,把他们抛向毁灭。如同人醒来时发现是梦,啊,上帝,当你醒来时,也必将蔑视他们的形象。然而我仍与你同在,你搀着我的右手,将以你的忠告引导我,尔后将我接纳入天国的荣耀。亲近上帝对我有益,我将永远信赖上帝。"[2]

这位友善的老人读的这些神圣信仰的诗篇像圣乐般抚慰着乔治受尽折磨的创伤的心灵;他读完后乔治坐在那里,英俊

[1][2]　见《旧约·诗篇》第73篇。

的脸上一副温和柔顺的神情。

"如果这个世界便是一切，乔治，"西米恩说，"你确实可以问，上帝在哪儿？但是上帝常常选择在人世间最最一无所有的人作为天国的子民。信赖他吧，无论你今生遭遇如何，来世会得到报答的。"

这席话如果出自某个养尊处优、生活放纵的劝善者之口，仅仅是些虔诚华丽的辞藻，用来劝慰不幸的人，那么也许不会产生什么作用；但是出自一个为了上帝和人类的事业每天都在默默地冒着罚款和坐牢的风险的人，就不可能不感到它们的分量了。这两个孤苦可怜的逃奴从这席话里获得了平静和力量。

这时雷切尔亲切地拉着伊莱扎的手，领大家走到晚餐桌旁。大家正要就座时，传来轻轻的敲门声，罗丝走了进来。

"我是来给这孩子送小袜子的，"她说，"三双，是很好很暖和的羊毛袜。你知道加拿大是很冷的。伊莱扎，要坚强呀。"她补充说，一面跑到伊莱扎身旁，热情地和她握手，并且往哈利手里塞了块香籽糕。"我给他带来了一小包香籽糕，"她说着从口袋里往外掏那个包，"你知道小孩子总是不住嘴地吃东西。"

"啊，谢谢你，你太好了。"伊莱扎说。

"来来，罗丝，坐下吃一点。"雷切尔说。

"不行，我让约翰照看孩子，烤箱里还烤着饼，我要不赶快回去约翰会把所有的饼都烤焦，把碗里的糖全给孩子吃光的。他就是这样，"那位小个子教友会女信徒笑了起来，"好吧，再见了，伊莱扎，再见了，乔治；愿上帝保佑你们一路平安。"说着罗丝几步就跑出了屋子。

晚饭后不久,一辆有篷大马车停在了门口。这夜星光灿烂,菲尼亚斯从赶车人的座位上跳下为他的乘客做安排。乔治一只手牵着孩子一只手拉着妻子走出门来,他步伐坚定,脸上表情平静而坚决。雷切尔和西米恩跟在他们后面走了出来。

"你们先出来一下,"菲尼亚斯对车子里的人说,"让我把马车后面收拾一下,好让女人和小孩坐。"

"给,这儿有两张水牛皮,"雷切尔说,"把座位尽量搞舒服一些,路不好,要走一夜呢。"

吉姆先下了车,然后小心地把老母亲扶了下来,老人紧紧抓住他的胳膊,担心地四下张望着,好像觉得追捕他们的人随时都会出现似的。

"吉姆,你的手枪准备好了吗?"乔治坚定地低声问道。

"当然准备好了。"吉姆说。

"如果他们追了上来,你明白该怎么做吧?"

"没问题,"吉姆说着敞开了宽阔的胸脯深深吸了一口气,"你以为我会让他们再把妈妈抓去吗?"

在这段简短的对话进行的时候,伊莱扎和好心的朋友雷切尔告了别,由西米恩扶着上了车,她带着孩子爬到了车厢后部,在水牛皮上坐了下来。接着老太太被扶上了车坐好,乔治和吉姆坐在她们前面的一块粗木板做的位子上,菲尼亚斯在最前面的位子上坐下。

"再见了,朋友们。"西米恩在车下说。

"上帝保佑你们。"车上的人应道。

马车离去了,在冰冻的道路上一路颠簸摇晃而去。

由于路面崎岖不平,车轮咯吱作响,根本无法交谈。马车辘辘前行,穿过大片黑黝黝的树林,辽阔阴郁的平原,上山下谷,一小时又一小时地缓慢地颠簸前进。孩子很快就睡着了,沉甸甸地躺在母亲怀里;那可怜的吓得要死的老太婆终于也忘掉了恐惧睡着了;就连伊莱扎,当黑夜渐渐过去时,虽是满心焦虑也不由得打起瞌睡来。总的来说,菲尼亚斯似乎是这群人里精神最足的了,在漫长的路途上,他一面赶车,一面吹着一些不像教友会员应吹的曲子解闷。

但是大约三点钟光景,乔治突然听见从后面远处传来了急促而明显的马蹄声,他推了推菲尼亚斯的胳膊肘,菲尼亚斯停住马倾听起来。

"那准是迈克尔,"他说,"我想我听得出他的马蹄声。"他站起身子焦急地伸长了脖子往后面的路上张望。

这时,在远处的山顶上模糊地出现了一个骑马疾驰而来的人影。

"他在那儿,没错!"菲尼亚斯说。乔治和吉姆不由自主地跳下车来,三个人全都紧张而沉默地站在那里,脸朝着来使的方向。他飞马直向他们而来。这时他进入了山谷,他们看不见他,但能听到急促而响亮的马蹄声越来越近,终于他出现在坡顶,离得已经很近了。

"不错,是迈克尔!"菲尼亚斯说,然后他提高了声音喊道,"喂,迈克尔!"

"菲尼亚斯,是你吗?"

"是我,有什么消息——他们追来了吗?"

"就在后面,有八到十个人,全都灌了一肚子白兰地,醉醺醺的满嘴脏话,口吐白沫,活像一群狼。"

就在他说话的时候,一阵微风传来了隐隐约约的向他们奔来的马蹄声。

"上车，——赶快，小伙子，上车!"菲尼亚斯说，"如果你们非打不可，也等我往前再赶一段路再打。"说着两个年轻人跳上了车，菲尼亚斯把马赶得飞跑，迈克尔骑在马上紧跟左右。马车摇晃着、颠簸着几乎飞过冰冻的大路，但是后面追捕人的马蹄声仍越来越清晰了，车里的两个女人也听见了，她们焦急地向后张望，看见在远处小山顶上，在黎明的红霞的衬托下出现了一群模糊的人影。他们又爬上了一个山头，显然看见了这辆马车，它的白布车篷使马车在老远处就很显眼。风中传来了他们得意而凶残的叫喊声。伊莱扎心中一阵作呕，紧搂着孩子；老妇人则祈祷着，不住地呻吟；乔治和吉姆绝望地紧握着手枪。追捕者迅速逼近。马车突然拐了个弯，把他们带到了一块陡峭的悬崖下。这是一片山峰中兀然独立的一个奇峰，阴森黑黝地直耸入渐渐亮起来的天空中，看来是个藏身的好去处。菲尼亚斯非常熟悉这个地方，他过去打猎时常来这里，他策马赶路，就是为了能赶到此处。

"开始吧!"他突然勒住马，从马车上跳下，说道，"大家赶快下车，跟我爬上山去。迈克尔，把你的马拴在马车上，把车赶到阿马利亚家去，让他和他的伙计们来和这些家伙理论理论。"

眨眼间大家全都下了车。

"来，"菲尼亚斯说着接过哈利，"你们，一人照顾一个妇女，使出全身的力气跑吧!"

根本不需要告诫，话音未落，大家已经翻过篱笆，飞一般地向着山跑去。这时迈克尔翻身下马，把马缰拴在车上，很快把马车赶走了。

"过来，"菲尼亚斯说道，这时他们已来到山下，在星光和曙光下看见了一条崎岖不平但清晰可辨的小路从脚下直伸向山上，"这是我们以前打猎时常常喜欢来的一个地方。上来吧！"

菲尼亚斯在前面带路，手里抱着孩子像只山羊般一蹦一跳地前行；吉姆背着浑身发抖的老母亲走在他后面；乔治和伊莱扎断后。骑马的追捕者来到了篱笆前，叫骂着下了马，准备追上山去。不久前面的那伙人已爬到了悬崖顶上，小路再往上穿过一道裂谷，只容一人通过，然后突然来到一条一码多宽的断谷或裂沟的边缘，对面是一个石峰，和悬崖是完全断开的，足有三十英尺高，四面垂直陡峭，活像古堡的外墙。菲尼亚斯很轻松地跳了过去，把孩子放在一块平滑的长满了卷曲的白苔的大石头上坐下。这种白苔长满了山头。

"跳过来！"他喊道，"为逃命拼命也得跳这么一回！"说时人们已经一个接一个地跳了过来。他们前面有一堆碎石块形成了像胸墙似的一道屏障，使下面的人无法看见他们。

"好了，我们都过来了，"菲尼亚斯从石头胸墙上方探头看看追捕者，他们正在吵吵闹闹地往山上爬呢，"要是他们有本事就让他们来抓我们吧。不管谁想要过来，就得一个一个地从那两块大岩石间通过，在你们手枪的射程之内，小伙子们，看见了吗？"

"看见了，"乔治说道，"既然这是我们的事，让我们来承担一切风险，和他们打吧。"

"就由你们来打，乔治，"菲尼亚斯嘴里嚼着白珠树叶说，"不过我想我可以在一旁看热闹吧。你看，那帮人像是在下面争论呢，而且抬着头向上面看，像是一群要往鸡窝里飞的鸡似的。你是不是应该在他们上来之前警告他们一声,堂堂正正地对他们说要是他们往上爬就会挨枪子儿?"

下面那帮人在曙光中可以看得清楚些了,里面有老相识汤姆·洛克和玛克斯,两个警察,还有一群在前面那小酒店里纠集起来的、用点白兰地就能让他们跟着来凑热闹、帮别人抓逃奴的无赖。

"哎,汤姆,你的浣熊都上了树啦。"有个人说。

"是的,我看见他们就是从这里上去的,"汤姆说,"这儿有一条小路,我赞成马上追上去,他们不可能马上跳下来,用不了多久就可以把他们搜出来。"

"可是汤姆,他们可能会从石头后面向我们开枪,"玛克斯说,"那可就讨厌了,你知道。"

"哼!"汤姆冷笑着说,"玛克斯,你总是保命第一! 不会有危险的! 黑人都是吓怕了的。"

"我不明白为什么不该保命,"玛克斯说,"我只有这条命值钱。而且有的时候黑鬼打起来真不要命的。"

正在此时,乔治出现在他们上面的一块岩石顶上,用平静、清晰的声音说道:

"先生们,下面都是什么人,你们想干什么?"

"我们是抓逃奴的,"汤姆·洛克说,"一个叫乔治·哈里斯,还有伊莱扎·哈里斯和他们的儿子,以及吉姆·塞尔登和一个老太婆。我们有警官在这里,并且有逮捕证,我们也决心抓住他们,你听见了吗? 你不就是肯塔基州谢尔比县哈里斯先生的黑奴乔治·哈里斯吗?"

"我就是乔治·哈里斯。肯塔基州是有一个哈里斯先生把我叫作他的财产,但是现在我是个自由人了,脚踏在上帝的自由的土地上,我的妻子和儿子都是我的人。吉姆和他的母亲也在这里,我们有武器来保卫自己,我们也决心保卫自己。你们想上来可以,但是第一个进入我们子弹射程的人必死无疑,然后是第二个,第三个,直到把你们全部打死。"

"啊,得了,得了,"一个矮胖子一面撋着鼻子一面站上前来说,"小伙子,这可不是你应该说的话。你知道,我们是执法者,法律、权力等等一切都在我们这边,你们还是老实投降为妙,你们要明白,到头来你们肯定还得投降的。"

"我很清楚法律和权力在你们一边,"乔治悲愤地说,"你们打算把我的妻子带到新奥尔良去拍卖,把我的儿子像只小牛犊一样放到奴隶贩子的牛圈里去,把吉姆的老母亲送回到因为没法虐待她的儿子,就虐待、鞭打她的那个畜生的手里去。你想把我和吉姆送回去受拷打折磨,被你们称作主人的人踩在脚下,而你们的法律会支持你们这样做,——使你们和你们的法律更加可耻!但是你们还没有抓住我们呢,我们不承认你们的法律,我们不承认你们的国家,我们站立在上帝的天空下,和你们一样是自由的;我们以造物主的名义发誓,我们将为自由斗争到最后一口气。"

乔治发表他这篇独立宣言的时候是站在岩石顶上,轮廓突出,清晰可见,晨曦照得他微黑的面颊泛着红光,黑眼睛中射出悲愤和绝望的火光。他说话时高举起双手,仿佛是人类向上帝呼吁公道。

如果这是一个匈牙利青年在某个高山要塞上英勇地保卫从奥地利到美国去的逃亡者的退路,那么这一切会被看作是庄严崇高的英雄气概;但是现在是一个非洲人的后代,一个黑人青年在保卫从美国到加拿大去的逃亡者的退路,自然我们所受的良好教育和爱国心使我们看不出这有什么英雄气概；如果读者中有人认为这是英雄气概的话，那么就要自负一切责任。当绝望的匈牙利逃亡者无视自己合法政府的搜捕证和权威逃到美国来时，新闻界和政府对他们是一片热烈的掌声加以欢迎。当绝望的黑人逃亡者采取同样行动的时候，——那就是——那就是什么行为呢？

尽管如此，说话人的态度、眼神、声调和姿势确实无疑地使山下那帮人一时间肃然无声了。无畏和决心真有那么种力量，即使最粗野的人也会在这种力量面前半晌哑口无言。只有玛克斯完全不为所动。他不慌不忙地瞄准好手枪，在乔治讲话后那短暂的沉寂时向乔治开了枪。

"你知道，不管他是死是活，到肯塔基去得的报酬是一样的。"他冷冷地说，一面在衣袖上擦了一下枪。

乔治往后一跳——伊莱扎尖叫了一声——子弹从他的发际掠过，险些擦伤他妻子的脸颊，嵌进上面一棵树里。

"没事，伊莱扎。"乔治连忙说道。

"你长篇大论地讲话，最好不要让他们看见你，"菲尼亚斯说，"那是一帮卑鄙的流氓。"

"吉姆，"乔治说，"检查一下你的手枪，和我一起去监视那个关口，第一个露头的人由我来打，你打第二个，这样类推。我们不能在一个人身上浪费两粒子弹，你知道。"

"可是要是你没有打中怎么办？"

"我一定会打中的。"乔治冷静地说。

"太好了！那小伙子真行。"菲尼亚斯低声自语道。

在玛克斯开枪以后，下面那帮人站在那里，好一阵子拿不定主意。

“我看你肯定打中了他们中哪个人，”其中一个说道，“我听见了一声尖叫。”

“我马上就上山去，”汤姆说，“我从来没有害怕过黑人，现在也不会怕他们。谁跟我上？”他说完一跃上山而来。

乔治清楚地听见了这番话。他拿起手枪检查了一下，把枪口对准了第一个人将要露头的隘路。

那群人中最胆大的一个紧跟汤姆而上，既然有人开了路，其余人也开始向山上爬去，——后面的人催着前面的人快走，要没人催他们自己是不会走这么快的。他们越走越近，不久，汤姆那粗壮的身影出现了，他几乎已到了裂谷的边缘。

乔治开了枪——子弹打进了那人的腰部，——但他虽受了伤，却不肯后退，而是像头发疯的公牛般大吼一声，跳过裂谷扑向乔治他们一伙人。

“朋友，”菲尼亚斯突然走上前来，两只长胳膊把他迎面一推，“我们这里不欢迎你。”

汤姆跌进了裂谷，撞在树木、灌木丛、木头、碎石上，直滚到三十英尺深的谷底，躺在那儿浑身青紫地呻吟着。要不是他的衣服钩在了一棵大树的树枝上，减轻了下落的程度，他是肯定会跌死在谷底的；不过他仍旧摔得很重——浑身疼痛，无法行动。

“上帝保佑，他们简直是群魔鬼！”玛克斯说着带头逃下山去，比他加入上山队伍时要坚定多了；其余的人跟在他后面连滚带爬地逃下山去——最为狼狈的是那个胖警察，一路气喘吁吁，上气不接下气。

“我说，各位，”玛克斯说，“你们绕到谷底去把汤姆弄出来，我赶紧骑上马回去讨救兵，——就这样吧。”说完他不顾大家的讥笑和蔑视的叫喊,按自己所说策马而去。

"谁见过这样卑鄙可耻的流氓吗?"有个人说,"我们为他来办事,可他却扔下我们溜了!"

"咳,我们还得去把那家伙弄出来,"另一个人说,"我他妈的才不在乎他是死是活呢。"

一伙人循着汤姆的呻吟声跌跌爬爬地穿过树墩、木头和灌木丛来到了这位好汉躺在那儿时而拼命咒骂、时而大声呻唤的地方。

"你的声音可够响的,汤姆,"一个人说,"伤得很厉害吗?"

"不知道,扶我起来,行不行? 那可恶的教友会徒真该死! 要不是他,我就把他们的人扔下山谷了,让他们尝尝这滋味。"

这位受伤的好汉在众人帮助之下费了九牛二虎之力不断呻吟着总算站了起来,一边一个人架着他到了拴马的地方。

"你们能不能把我送到一英里外那家小酒店去,给我一块手绢什么的塞在这里,好止住这该死的血。"

乔治探头向山下看去,看见他们使劲在把汤姆那粗壮的身子抬上马鞍,试了两三次都没能成功,终于他摇晃着重重地摔在了地上。

"啊,可别摔死了!"伊莱扎说,她和别的人一起站在那儿看着下面的一幕。

"为什么?"菲尼亚斯说,"摔死也活该。"

"因为死了以后就要受到最后审判呀。"伊莱扎说。

"是的,"在这场冲突中一直不停地呻吟和以美以美教派方式做祷告的老妇说,"这个可怜的家伙灵魂可要受罪了。"

"呀，我敢说他们要扔下他了。"菲尼亚斯说。

真是如此。那伙人好像经过一阵犹豫和商量之后，全都骑上马走了。等他们已走得无影无踪以后，菲尼亚斯开始行动起来。

"我们得下山走上一程了，"他说，"我让迈克尔去搬救兵，然后再把马车赶回来，但看来我们得沿大路走上一段去迎他们了。愿上帝保佑让他们赶快来吧！现在天色还早，一时路上还不会有很多行人，我们离要去的地方还有不到两英里了，要不是昨晚路不好走，我们本来是能甩掉追我们的人的。"

当这伙人走近篱笆时，远远看见他们的那辆马车正沿路驶来，旁边还跟着一些骑马的人。

"好啦，迈克尔来了，还有史蒂芬和阿马利亚，"菲尼亚斯高兴地大声说道，"这下成了，——就和到达了目的地一样安全了。"

"噢，那么请停一下吧，"伊莱扎说，"帮那个可怜的家伙一下，他呻唤得真可怕。"

"这是基督徒的本分，"乔治说，"咱们扶他起来把他带上吧。"

"然后在教友会徒家里给他治伤，"菲尼亚斯说，"那可真不错！咳，我倒不在乎。来，看看他怎么样了。"菲尼亚斯过去在打猎和林中生活的日子里掌握了一些简单的外科知识，这时他跪在受伤人的身边，开始仔细检查他的伤势。

"玛克斯，"汤姆声音微弱地说，"是你吗，玛克斯？"

"不是的，朋友，"菲尼亚斯说，"玛克斯只顾自己性命，他才不管你呢。他早就溜之大吉了。"

"我想我是完了，"汤姆说，"那该死的胆小鬼，丢下我一个人死去！我那可怜的老母亲早就对我说过我会有这个下场的。"

"啊呀，听听这可怜的家伙吧，他也有个妈妈呀，"那个黑人老妈妈说，"我倒禁不住有点可怜起他来了。"

"轻点，轻点，朋友，你别乱叫乱嚷了，"汤姆痛得推开菲尼亚斯的手时，菲尼亚斯说，"我要是不给你把血止住你就会死的。"他用自己的手绢和从在场的人身上能找到的类似东西忙着临时处理了一下伤口。

"是你把我推下去的。"汤姆有气无力地说。

"哎，我要是不推你，你就会把我们推下去的，你看对不对？"菲尼亚斯弯身替他包扎伤口，一面说，"好了，好了——让我把绷带给你包好。我们对你是好心，没有恶意，我们把你送到一家人家去，他们会给你第一流的照顾，——和你的母亲照顾得一样好。"

汤姆呻吟着闭上了眼睛。像他这类人，活力和决心完全是个体力问题，随着血液的流失逐渐减少。这个五大三粗的人现在是穷途末路，看起来也实在可怜。

这时来救他们的人已经到了眼前。马车里的座位给拿了下来，水牛皮折为四层铺在马车的一侧，四个男人费尽周折才把沉重的汤姆抬上了马车。没抬上去之前他已经晕了过去，黑人老妈妈非常可怜他，就坐在马车后部，让汤姆的头枕在她怀里。伊莱扎、乔治和吉姆设法挤在剩下的那点地方，一行人上了路。

"你看他情况怎样？"乔治坐在马车前部菲尼亚斯旁边，问菲尼亚斯道。

"嗯,只是很深的肉伤,可是从山上连滚带刮地摔下来对伤口很不利,流了不少血,——几乎都要流光了,连带着把勇气什么的一起流光了,——不过他会好的,也许还能从中吸取到一点教训。"

"听你这么说我很高兴,"乔治说,"要是因为我使他死去,即使是为了正义的事业,也会永远是我心上的一个沉重的负担。"

"是的,"菲尼亚斯说,"杀生总是件不好的事,不论是怎么个杀法,——杀的是人还是畜生,都一样。我当年是个好猎手,我告诉你吧,有一次我看见一只被射中的公鹿,它已经奄奄一息,用它的眼睛那样地看着我,真使人感到打死它是桩邪恶的事。杀人就更严重了,因为正如你妻子所说,人是死后才受到审判的;所以我不认为我们教友会的信徒在这方面看法太严厉了;而且考虑到我小时候受到的教育,我还是很同意他们的看法的。"

"你们怎么处置这可怜家伙呢?"乔治问。

"啊,把他带到阿马利亚家去,他家的史蒂芬斯老奶奶,——他们管她叫多加①,——她是个了不起的护士,天生就喜欢护理病人,有病人需要照料对她是再合适不过的了。我们可以指望把他交给她照料十几天。"

一个多小时以后这群人来到了一座整洁的农舍前,在那儿,一顿丰盛的早餐迎接着这些疲惫不堪的客人。汤姆·洛克很快被小心地安置在了一张干净、柔软舒适的床上,他这辈子还没有睡过比这更干净更舒适的床呢。他的伤口被仔细地

① 《新约·使徒行传》第9章第36节中一位乐善好施的妇女。

上了药包扎好,他浑身无力地躺在床上,像个疲倦的孩子一会儿睁开眼睛看看雪白的窗帘和病室中轻轻移动的人影,一会儿又闭上眼睛。我们将暂时和这伙人在此告别。

第十八章　奥菲利亚小姐的经历及见解

我们的朋友汤姆在独自天真地冥想时,常将自己幸运地落在圣·克莱尔家做奴隶一事和约瑟在埃及[①]的遭遇相比。事实上,随着时间的逝去,汤姆越来越受主人的器重,这个比喻也就越来越确切了。

圣·克莱尔是个懒散的人,花钱大手大脚。在此之前,采购供应的事主要由阿道尔夫负责,他在花钱大手大脚挥金如土上和他的主人简直分毫不差,两个人齐心合力高速地消耗着财富。汤姆多年以来已经习惯于把照管主人家的财产作为自己分内的事,他看到这家人在开销上这样浪费,实在难以压下自己的不安,便有时以黑奴阶级常用的温和、间接的方式,提出自己的建议。

起初圣·克莱尔只是偶尔在这方面支使他一下;但是汤姆头脑清楚,办事能力强,这给了圣·克莱尔很深的印象,越来越信任汤姆,逐渐全家的采购供应都交给他来办了。

"不,不,阿道尔夫,"有一天阿道尔夫对权力被剥夺一事

---

① 约瑟在埃及的遭遇见《旧约·创世记》第37至50章。约瑟被父宠爱而遭诸兄忌恨,被卖给奴隶贩子后到了埃及。他释埃及王梦,说埃及将有七年丰收,然后七年干旱。他建议储粮备荒。由于防灾有功,被封为宰相。他终身生活在埃及,一百一十岁时去世。

表示不满时,圣·克莱尔说道,"别去干涉汤姆。你只知道自己需要什么,汤姆却知道开销和节制。如果我们不让人去经管,钱总有一天可能花光的。"

汤姆得到了一个大手大脚的主人的无限信任,他交给汤姆钞票时连看也不看是多少钱,拿到找回的钱数也不数就往口袋里一塞。汤姆有着一切中饱私囊的机会和诱惑,他之所以没有这样做,完全是由于他毫不动摇的纯朴的天性,加上宗教信仰的力量。对于具有这种天性的人来说,对他的无限信任本身就是使他严格地做到一丝不苟的约束力量。

至于阿道尔夫,情况可就不一样了。他自私又放纵自己,主人又不严加约束,因为圣·克莱尔觉得放任比管束要省事,结果阿道尔夫在自己和主人之间不分彼此,一片混乱,有时连圣·克莱尔也觉得很难办。他的良知告诉他这样训练仆人是不公道的,是很危险的。他无时无处不在自责,但这种感情又没有强烈到使他决然改变做法。同时正是这种自责感反过来使他更加纵容仆人。对于最严重的错误他也是轻轻放过,因为他对自己说,如果他尽到了责任,仆人就不会犯这些错误了。

对于他这位风流倜傥、英俊潇洒的年轻主人,汤姆有着一种交织着效忠、崇敬和慈父般挂念的古怪感情。圣·克莱尔从不读《圣经》,从不去教堂,对经到见到的一切随意取笑,星期天晚上总是消磨在歌剧院或者话剧院里,出席酒会,晚宴,上俱乐部,各种应酬实在是过于频繁,——这一切汤姆和别人一样看得清清楚楚,据此他确信"老爷不是个基督徒",——不过他是不会急于向任何人说出这一点的,但是当他独自在自己的小房间里时,他常常以自己纯朴的方式为他祈祷。但这绝不是说汤姆不会时而以自己的方式、带着黑奴中常见的策略说出自己的见解。例如在我们上文描述过的那个礼拜日的第二天,圣·克莱尔应邀参加一个有各种名贵好酒的宴会,在夜里一两点钟时才被人送回家来,当时的状态是肉体已战胜了精神。汤姆和阿道尔夫帮他宽衣上床,阿道尔夫兴高采烈,显然把主人醉酒这事当作好玩的笑话,看到汤姆的惊恐神色,他大笑起来,说他土包子一个。而汤姆也确实单纯,一夜基本没合眼,为自己年轻的主人祈祷。

"哎,汤姆,你还等什么?"第二天早上圣·克莱尔穿着晨衣趿着拖鞋坐在书房里,他刚交给了汤姆一些钱,吩咐他去办事,见他仍站着不走,又补充问道,"不是都清楚了吗?"

"恐怕没有呢,老爷。"汤姆一脸严肃的神情说道。

圣·克莱尔放下手里的报纸和咖啡杯,看着汤姆。

"怎么了,汤姆,什么事? 怎么脸板得像死了人似的。"

"我觉得非常难过,老爷。我一直觉得老爷对谁都会很好的。"

"啊,汤姆,我不是一直都这样吗? 好了,说吧,你有什么要求吧? 你缺少什么东西是不是,先来这么个开场白。"

"老爷向来对我很好,这上头我没有什么可抱怨的,可是有一个人老爷对待他不好。"

"怎么了,汤姆,你怎么吞吞吐吐的,直说吧,你是指什么?"

"昨天夜里一两点钟的时候我有了这个想法,我那时琢磨了这件事,老爷对自己不好。"

汤姆说这番话时背对着主人,手握着门把手。圣·克莱尔感到自己脸刷地红了,但他笑了起来。

"啊,原来是这点小事。"他轻快地说道。

"小事!"汤姆说着突然转过身来跪了下去,"啊,亲爱的年轻的老爷!我怕这会葬送你的一切——一切——肉体以及灵魂。《圣经》上说,'酒咬人如大蟒,刺人如小毒蛇'①啊,我亲爱的老爷!"

汤姆声音哽塞,泪如雨下。

"你这可怜的傻瓜!"圣·克莱尔自己眼中也含着泪,他说,"起来吧,汤姆,我不值得你为我流泪。"

但是汤姆脸上一副恳求的神情,不肯起来。

"好吧,我不再上这些该死的无聊地方去了,汤姆,"圣·克莱尔说,"我保证不去了。我也不知道自己为什么没有早就停止这样做,我一向鄙视这一套,为此也鄙视自己。——好了,汤姆,擦擦眼睛干活去吧。好啦,好啦,"他又说,"别祝福我,我不是那么好的。好啦,"他轻轻把汤姆推向门口,说,"我向你保证,汤姆,你不会再看见我这样做了。"汤姆心满意足地擦干眼泪走了。

"我一定要对他守信用。"圣·克莱尔关上房门,自言自语道。

圣·克莱尔确实守信,——因为粗俗的肉欲之乐,就他本性而言,对他并没有什么特殊的引诱力。

在此期间,我们的朋友奥菲利亚小姐已经担起了操持一个南方家庭的重担,谁将详细记载她的无数磨难呢?

南方家庭里,由于女主人的性格和能力不同,培养出的奴

① 见《旧约·箴言》第23章第32节。

隶也就有了巨大的差别。

在南方和北方一样,有些女人具有卓越的管理才能和教育手腕,这样的女人好像能轻轻易易地不必采取任何严厉手段就把自己小小庄园上的各色奴隶管理得俯首听命,井然有序,和谐共处;能够根据各人的特点,做到取长补短,从而建立和谐而有秩序的一个机制。

我们前面已经描写过的谢尔比太太就是这样的一个主妇;读者也可能记得遇见过这样的主妇。如果这样的人在南方并不多见,那是因为在世界上这样的人也不多见;南方并不比别的地方少。在这样的人存在的地方,她们会把那个独特的社会环境当作展示自己理家才能的绝好机会。

玛丽·圣·克莱尔不是这样一个主妇,她母亲也不是。她懒惰而幼稚,既无章法又无远见,实难指望经她调教出来的奴仆会有什么不同。她对奥菲利亚小姐描述的会在家中见到的混乱状态,说得一点不过火;虽说她并没有指出其根源何在。

奥菲利亚小姐摄政的第一天四点钟就起床了,收拾好自己的卧室后(她从来到这里之后始终自己收拾房间,这使女仆十分惊异),就准备向家里凡是她掌管着钥匙的柜子和壁橱大举进攻。

那天,储藏室、床单桌布柜、瓷器柜、厨房和地窖全都经过了严格的检查,角角落落里多年不见天日的东西全都搜出来放在了光天化日之下,其数量之多,使掌管厨房和卧室的诸侯列强们大惊失色,在仆人内阁中引起了对"这些北方来的太太小姐们"的窃窃私议。

厨师头老黛娜是厨房里一切事务的总管和权威,她认为自己的特权受到了侵犯,感到愤慨异常。大宪章时代①任何封建贵族对于朝廷对自己的权力的侵犯所表现出的愤慨都不会比黛娜的更为强烈。

黛娜本身就是个人物,不向读者稍作介绍对她是不公平的。她和克洛大婶一样,天生就是个好厨子,——烹调本是非洲人固有的才能;但是克洛训练有素、有条有理、在日常工作中井然有序,而黛娜是个无师自通的天才,和所有的天才一样,自以为是、固执己见、古怪乖僻之极。

像现代某种哲学家一样,黛娜对一切形式的逻辑和理性全都嗤之以鼻,完全依赖直觉判定是非,在这一点上她是毫不动摇的。无论有多大的本事、多大的权威或作出多少解释,都决不能使她相信别的法子比她的法子强,或者她在做任何一件小事上所采取的办法可以容许有任何改变。这一点在她和玛丽的母亲、她的老主人之间是有默契的,而"玛丽小姐"(黛娜总是这样称呼她,在她结婚之后也没有改口)觉得顺着她比和她斗要省事,因此黛娜在她的领地里一向说一不二。她做到这一点也并不困难,因为她擅长于使用这一外交手腕,即在态度上千依百顺而在措施上寸步不让。

黛娜还熟知制造各式各样借口这门艺术的秘诀。她的格言是,厨师做事永远不会出错。在南方家庭的厨房里,厨师可以把任何一件罪责和缺点推到无数替罪羊的头上和肩膀上去,这样她自己可以永远保持完全正确。要是一顿饭的任何一部分做得不好,必定会有五十个无可争辩的原因,责任无疑

---

① 指十三世纪初之大宪章运动时期,英王约翰被迫签订大宪章(1215年),保障人民的自由权利。

在黛娜之外的五十个人身上，对于这些人黛娜的申斥是毫不留情的。

不过黛娜最后的成品很少出过问题。尽管她做事的方式迂回曲折，完全不考虑时间和地点，尽管她的厨房总像刚刚经历过一场飓风的劫难，每件炊具放的地方恨不得有三百六十五处，但是如果你耐心等待，到时候她做的一餐饭总会按次序端上来，手艺之高连美食家也挑不出毛病来。

现在正是开始准备晚餐的时候。黛娜做一切事情都喜欢从从容容的，需要长时间地停下来休息或考虑。这时她正坐在厨房地上抽一根又粗又短的烟斗。她烟瘾很大，每当她感到做事需要灵感时，就会把烟斗像香炉般点起，这是黛娜乞灵于家务女神的方法。

坐在她四周的是充满于南方家庭中的一群小黑奴（他们的数目越来越多），在剥豌豆、削土豆、择鸡毛，以及做着各种准备工作。黛娜时不时地打断沉思用身边放着的做布丁用的棍子捅捅这个，敲敲那个的脑袋。她对这些卷毛小黑人实行残暴的统治，似乎认为他们生来只有一个目的，用她的话来说，就是"省得她多走路"。她自己在这个制度下长大，现在则在不折不扣地对此身体力行。

奥菲利亚小姐在宅中其他部门进行完调整改革之后，这时来到了厨房里。黛娜已从各方听到了一些情况，决定采取保守的防御态势；她在心里拿定了主意，不进行任何实际的、看得出来的反抗，但对一切新措施都置之不理，加以反对。

厨房是一间很大的房子，地面是砖铺的，一个巨大的旧式炉灶占了整整一面墙，圣·克莱尔早就想说服黛娜换上方便的新式炉灶，全是白费口舌。她才不换呢。黛娜对古老的不方便的东西特别有感情,没有哪个蒲西派信徒①或哪派保守人士比黛娜更顽固不化的了。

圣·克莱尔刚从北方回来时,对叔父家厨房管理的制度和秩序印象极深,便给自己家的厨房置办了大批橱柜、抽屉柜以及各种设备,想以此在厨房形成系统的管理。他乐观地认为这对黛娜的工作可能会有好处。他真是枉费心机,还不如把这些给了松鼠或喜鹊去做窝。柜子和抽屉越多,黛娜就越有地方去放破布、梳子、旧鞋、丝带、不要了的假花,以及她喜爱的各种小物件。

奥菲利亚小姐走进厨房时,黛娜没有起身,而是继续异常平静地抽她的烟斗,表面上专心致志地监督周围干活的人,暗地里却从眼角偷偷观察奥菲利亚小姐的行动。

奥菲利亚小姐开始打开抽屉柜。

"这只抽屉是放什么的,黛娜?"她问道。

"随便放点什么都方便,夫人。"黛娜说。看来的确如此,里面放着各式各样的东西,奥菲利亚小姐最先从里面抽出来的是一块血迹斑斑的精致的织花桌布,显然是用来包过生肉。

"这是什么,黛娜?你不会拿太太最好的桌布来包肉吧?"

"啊呀,上帝,不会的;一时找不到毛巾,我才用它包的。我拿出来准备洗的,所以才放在了那个抽屉里。"

"真是个不中用的东西!"奥菲利亚小姐自言自语道,一面把抽屉里的东西全都倒了出来,里面有两三粒肉豆蔻和一

---

① 十九世纪英国国教内发生的一场改革运动,因起源于牛津大学,史称"牛津运动",主张恢复天主教教义和仪典。其领导人之一为蒲西,蒲西派即保守派的意思。

个肉豆蔻擦子,一本美以美会的赞美诗,两条用脏了的马德拉斯布手绢,一些毛线和毛活,一纸包烟草,一个烟斗,几块饼干,一两只装着点头油的镀金小瓷碟,一两只很薄的旧鞋,一个用别针仔细别住的法兰绒小包,里面包着小白洋葱头,几条织花餐巾,几块粗毛巾、线和几根织补用的针,还有几个破纸包,里面包的各种香料漏进了抽屉里。

"黛娜,你的肉豆蔻放在什么地方?"奥菲利亚小姐问道,看样子是拼命在压着性子。

"哪儿都放,夫人,上面那只破茶壶里有点,那边柜子里有一点。"

"这个擦子里也有。"奥菲利亚小姐说着把那几粒肉豆蔻拿了起来。

"哎呀,是的,我今天早上放在那儿的,——我喜欢把东西放在顺手的地方,"黛娜说,"嘿,杰克!你停下手来干吗?小心挨打!你们那边老实点!"她说着把棍子伸向那个罪犯。

"这是什么?"奥菲利亚小姐拿起装着头油的碟子问。

"哎呀,那是我的头油;——我放在那儿用起来顺手些。"

"你拿女主人最好的碟子放头油吗?"

"天哪,那是因为我忙得要命,时间又紧,——我正打算今天就换个东西装的。"

"这儿有两条织花餐巾。"

"那是我放在那儿的,准备哪天洗出来。"

"你这儿难道没有专门放要洗的东西的地方吗?"

"啊,圣·克莱尔老爷说他买的那个柜子就是放这些东西的,可是有时候我喜欢在那柜子上和面或者放我的东西,再说那柜子盖开起来也不方便。"

"你为什么不在那张揉面桌上和面呢?"

"哎呀,夫人,上面放满了盘子啦什么的,哪儿有地方和面呀,——"

"可是你应该把盘子洗干净放好。"

"洗盘子!"黛娜提高嗓门说道,她的火气上来了,顾不上平素那份恭恭敬敬的态度了,"小姐太太们懂得什么干活上的事情,我倒想知道知道?要是我把时间全花在洗盘子收好盘子上,老爷什么时候才能吃上饭?玛丽小姐从来没有这么吩咐过我。"

"这儿还有洋葱呢。"

"老天,对啦,"黛娜说,"原来我放在这儿了,我都忘记了。那是我留着专门为今天炖菜用的,我忘了给包在这块旧法兰绒里了。"

奥菲利亚小姐拿出了那几个包香料的破纸包。

"希望夫人别动那些包。我喜欢东西放在我知道的地方。"黛娜坚定明确地说。

"可是你不会要有破洞的纸包的。"

"这样倒起来方便。"黛娜说。

"可是你看撒得满抽屉都是。"

"天哪,不错!要是夫人把东西这么乱翻乱倒一气,当然会撒得满抽屉都是。你已经撒了不少了,"黛娜担心地走到抽屉柜前说,"夫人只要上楼去待着,等到该大扫除的时候,我会把一切整理好的,可是太太小姐们在这里碍我的事,我是什么也干不成的。喂,山姆,别把那个糖碗给小娃娃,你要是不留神瞧我打破你脑袋。"

"我要把厨房彻底检查一遍,这次把东西都整理好,黛

276

娜,以后就由你来保持。"

"啊呀,天哪,菲利亚小姐,这可不是小姐太太们干的活!我可从来没见过太太小姐们这么干,我家老夫人和玛丽小姐都没这么干过,我也看不出有必要这样做。"黛娜气呼呼地在厨房里走来走去,而这时奥菲利亚小姐把盘子分大小摞起;把分散在十几处糖碗里的糖都倒在一个容器里;把要洗的餐巾、桌布和毛巾拣出来放在一边;亲手又洗又擦,把东西整理好,其迅速和麻利劲儿使黛娜大为惊讶。

"天哪,要是北方的太太小姐们都这样,她们可算得上是什么太太小姐啊?"当奥菲利亚小姐离她较远听不见她的话时,黛娜对周围一些手下人说,"到我大扫除以后,我的东西会和别人的一样整整齐齐的;可是我不愿意有太太小姐们在这儿碍我的事,把我的东西放得我找也找不着。"

说句公道话,黛娜不定期地一时兴起之时,也做过改革和整顿工作,她自己称之为"大扫除的时候",那时她会劲头十足地动手,把每个抽屉和柜子全都抖落个底朝天,把里面的东西倒在地上或桌子上,使平时就乱糟糟的厨房更乱上七倍。然后她点上烟斗,不慌不忙地整理起来。她察看着每件东西,还对它们发表着议论;她指使所有的小黑奴拼命擦洗白铁器皿;一连几个小时都是忙忙乱乱的。对所有问她的人,她都说她在"大扫除",让人满意而去。"她可不能让事情这样继续下去了,她得让这些小家伙把这儿保持得整洁一点。"不知怎的,黛娜总是想象她自己是整洁的化身,这方面如果有任何不足,都是由那些小家伙和家里其他人造成的。当所有的白铁器皿都擦洗干净、桌子刷洗得雪白、一切碍眼的东西都塞进了洞眼和角落里不再看得见的时候,黛娜就会穿上一身漂亮衣服,系上一条干净围裙,头上高高地包一条鲜艳的马德拉斯布头巾,告诫所有窜来窜去的"小家伙"不许进厨房来,因为她要保持厨房的整洁。说实在的,碰到她这种一时兴起的时候,全家人都会感到不便,因为黛娜会对擦洗干净的白铁器皿产生强烈的感情,坚持不论什么原因都不能再用这些器皿,——至少在"大扫除"时期的热情减退以后才能再使用。

奥菲利亚小姐几天中就把宅子里每个部门都进行了彻底改革,使之井然有序。但是她的这番努力在一切需要仆人配合的部门,就像西绪福斯①和丹奈斯诸女②的努力一样,全成了徒劳。绝望之中她有一天去求助于圣·克莱尔。

"在这个家里根本没法建立个什么制度!"

"确实,是没办法。"圣·克莱尔说。

"我从来没有看见过这样无能的管理,这样的浪费和这样的混乱!"

"我相信你是没见过。"

"你要是管家,就不会这样漠不关心了。"

"我亲爱的堂姐,你最好还是彻底弄明白,我们这些主人分成两个阶级:压迫者和被压迫者阶级。我们这些好脾气的、痛恨严厉措施的人决心忍受诸多不便。如果我们为了自己的方便非得在周围蓄养一批拖沓、散漫、没有受过教育的奴隶的话,那么就得承担这样做的后果。我也见过少数具有特殊本

---

① 希腊神话中狡猾的科林斯国王,被罚在地狱把巨石推到山上,但快推到山顶时巨石又滚下,只得重新再推,如此永无终止。

② 希腊阿尔戈斯王丹奈斯有五十个女儿,嫁给了丹奈斯孪生兄弟埃吉普图斯之五十个儿子为妻,其中四十九人均依丹奈斯之命在新婚之夜杀死了丈夫,死后被罚在地狱中做苦役,将水注入无底罐,如此永无终止。

事的主人,不必采用任何严厉措施就能把一切管理得井井有条;但我不是这种人,——因此我很久以前就下了决心,一切听之任之。我决不让这些可怜的家伙们挨打,给打得皮开肉绽,他们也知道这一点,——因此他们就明白权杖是在他们的手里拿着。"

"可是没有时间概念、东西随手乱放、没有任何秩序——一切都这么无一定之规,怎么行呢!"

"我亲爱的佛蒙特来的堂姐,你们这些北极人把时间看得太重了!对于一个时间多得不知怎么打发的人来说,时间有什么用呢?至于说一定之规,当你除了懒洋洋地躺在沙发上看看书报之外别无他事可做之时,早饭晚饭早开一个小时或晚开一个小时根本没有关系。拿黛娜来说,她给你准备了一餐丰盛的晚饭,——汤、浓味蔬菜炖肉、烤鸡、甜点、冰淇淋等等一切,——而这一切都是她在那个乱七八糟、黑乎乎的厨房里创造出来的,我认为她能做到这一点十分了不起。可是,上帝保佑我们!如果我们下到厨房里去,看看那做饭时烟气腾腾、到处有人蹲着干活,以及奔跑忙乱的样子,我们恐怕就会咽不下饭了!我的好堂姐,你就把自己从这一切里解脱出来吧!这超过了天主教苦行的要求,也不比它更有益处,结果只会使你发脾气,而且使黛娜不知所措。你就随她去吧。"

"可是,奥古斯丁,你不知道我看到的是什么情况呢。"

"我不知道?难道我不知道擀面杖在她床底下,肉豆蔻擦子和烟叶一起放在她口袋里,——有六十五只不同的碗装糖,宅子里每个旮旯儿都有一只,——她有时候用餐巾洗盘子,有时候又用块破衬裙布洗?可是重要的是她做出可口的晚餐,煮出绝妙的咖啡。你应该像衡量勇士和政治家一样来衡量她:看她的成绩。"

"可是那浪费,——这么大的开销!"

"啊,好吧,把能锁的全锁起来,你管钥匙。每次发一点,剩没剩下不要去问,——这并不是最好的办法。"

"奥古斯丁,我很不安,总感到这些仆人不是绝对的诚实。你能肯定可以信赖他们吗?"

奥菲利亚小姐提出这个问题时那严肃和焦急的神情不禁使奥古斯丁大笑了起来。

"啊,堂姐,这可太妙了,——诚实!——好像能指望这一点似的!诚实!——当然他们不诚实。他们为什么要诚实?究竟有什么东西使他们要诚实呢?"

"那你为什么不教育他们呢?"

"教育!废话!你认为我应该教育他们些什么?我可真像个教育者!至于说玛丽,如果我让她来管理的话,她肯定会有足够劲头把庄园上的黑奴全整死,但她也无法搞掉他们的欺骗性。"

"就没有诚实的黑奴吗?"

"偶尔有个把,天生就极度单纯可靠,非常忠实,多么坏的影响也触不动他。可是你要明白,黑人孩子从吃奶时起就感觉到和看到他除了欺骗,别无出路。和自己的父母、女主人、一起玩耍的小少爷小姐们要相处就只能欺骗。狡猾和欺骗成了必需的、无法避免的习惯。指望他是别的样子是不公平的,不应该因此而惩罚他。至于说诚实嘛,奴隶们处于依赖和半幼稚状态,根本无法使他们认识产权问题,或者感觉到即使他们弄到手,主人家的东西也不是他自己的。至于我嘛,我看不出来他们怎么能诚实起来。像汤姆这样的人真是——真是道德上的奇迹。"

"那么他们的灵魂会有什么下场呢?"奥菲利亚小姐问。

"那就不是我的事了,"圣·克莱尔说,"我说的只是今世的现实。事实是,为了我们今世的好处,谁都知道黑人全都给交到魔鬼的手里去了,哪管来世会怎么样呢!"

"这太可怕了!"奥菲利亚小姐说,"你们真该感到羞耻才是!"

"我不感到羞耻。不管怎么说,我们人多势众,"圣·克莱尔说,"走大道的人一般都这样。你看看世界上所有的高等人和低等人,到处都一个样:低等阶级的人为了上等人耗干了肉体、灵魂和精神。在英国如此,到处都如此;但是仅仅因为我们做法和他们稍有不同,整个基督教世界就义愤填膺,惊得目瞪口呆。"

"在佛蒙特就不是这样。"

"嗯,是的,在新英格兰和不使用奴隶的自由州里,比我们要好一些,这点我承认。不过开饭的铃响了,堂姐,让我们把地区性的偏见暂时放一放,去吃饭吧。"

傍晚时分当奥菲利亚小姐正在厨房时,有几个黑孩子大声叫道:"啊,天哪! 蒲露来了,还是那样一路嘟嘟囔囔的。"

这时一个又瘦又高的黑女人走进了厨房,头上顶着一篮子甜面包干和热面包卷。

"嗬,蒲露,你来了。"黛娜说。

蒲露脸上有一种特别的愠怒神情,声音闷声闷气。她放下篮子,蹲坐在地上,两肘放在膝盖上,说道:

"啊,上帝! 我要死了就好了!"

"你为什么希望自己死了?"奥菲利亚小姐问。

"那我就不用受罪了。"女人眼睛不离地板,粗声粗气地说。

"你为什么老要喝醉酒,瞎折腾呢,蒲露?"一个打扮得整整齐齐的、四分之一黑人血统的上房女仆一面摆动着一副珊瑚耳环一面问道。

那女人用阴沉敌意的眼光看了她一眼。

"也许你早晚也会有这一天的,我会巴望看到这一天,我会的,那时候你也会和我一样,高兴能有口酒喝,好忘掉你的痛苦。"

"好啦,蒲露,"黛娜说,"让我们看看你的甜面包干吧,这位夫人会给你钱的。"

奥菲利亚小姐拿出了二十几块面包干。

"最上面一层架子上那只破罐子里还有几张票,"黛娜说,"你,杰克,爬上去拿下来。"

"票,——干什么用的票?"奥菲利亚小姐问。

"我们从她家老爷那里买票,再用票买她的面包。"

"我一回家他们就数我的钱和票,看看零头对不对,要是不对,他们就把我打个半死。"

"你是活该,"那个叫简的傲慢的上房女仆说,"谁让你拿他们的钱去喝得醉醺醺的呢。她就是这么干的,夫人。"

"我就要这么干,——我只能这样生活,——喝酒来忘掉我的痛苦。"

"你偷了主人的钱去喝得像个畜生一样,"奥菲利亚小姐说,"你太不像话、太愚蠢了。"

"很可能是这样,夫人,但是我还是要喝,——是的,要喝。啊,上帝!我要死了就好了,真的,——死了就好了,脱离

282

苦海了!"老太婆慢慢地僵硬地站了起来,把篮子顶在了头上,但是在离开之前,她看着仍站在那里玩弄着耳环的四分之一黑人血统的女仆说:

"你在那里摇头摆脑地觉得自己很了不起,谁也看不起,好吧,没关系,——你也会活到像我这样又老又穷受尽折磨的时候。我祷告上帝你会有那么一天,到时候看你会不会喝酒,——喝呀喝,直喝到下地狱;你也是活该——哼!"那女人恶狠狠地嚷叫了一声后走出了厨房。

"讨厌的老畜生!"阿道尔夫说,他正在给主人准备刮脸用的热水,"我要是她的主人,揍她揍得还要狠呢。"

"你不可能下得了手的,"黛娜说,"她的背被打得惨不忍睹,——连衣服都穿不上。"

"我觉得这种下等的畜生不该让他们到体面人家来乱跑,"简小姐说,"你说呢,圣·克莱尔先生?"她一面问阿道尔夫,一面卖弄风情地向阿道尔夫一甩脑袋。

应该说明的是,阿道尔夫除了擅自使用老爷家的东西之外,还有使用老爷的姓名和地址的习惯,他在新奥尔良黑人圈子里活动时用的就是圣·克莱尔先生这个称呼。

"我当然赞成你的意见,伯努瓦小姐。"阿道尔夫说。

伯努瓦是玛丽·圣·克莱尔娘家的姓,简是她的一个女仆。

"请问,伯努瓦小姐,是否可以告诉我这副耳环是准备明晚舞会戴的吗?它们实在是太迷人了。"

"真不知道,圣·克莱尔先生,你们男人的无礼会到达什么地步!"简一面说一面不断甩动她那漂亮的脑袋,直甩得耳环闪闪发光,"你要再问我什么问题,那我整晚都不跟你跳舞了。"

"啊,你不会这么忍心的!我真想知道你是不是会穿那件粉红的透明薄纱衣服去参加舞会。"阿道尔夫说。

"你们在说什么呀?"萝莎问。她是个伶俐、泼辣的有四分之一黑人血统的小个子姑娘,这时正蹦跳着走下楼梯来。

"瞧,圣·克莱尔先生这么无礼!"

"没有的事,"阿道尔夫说,"让萝莎来评评理吧。"

"我知道他一向是个莽撞的家伙,"萝莎用一只小脚平衡着身子,一面恶意地看着阿道尔夫说,"他总是惹得我生他的气。"

"啊,小姐们,小姐们,你们俩这样对我真让我伤心死了,"阿道尔夫说,"哪个早晨你们总会发现我死在床上的,你们可得对我的死负责了。"

"听听这可恶的家伙说的!"两位女士大笑着说。

"好了,——都给我滚出去!我不能让你们吵吵嚷嚷地挤在厨房里碍我的事,"黛娜说,"在这里胡闹。"

"黛娜大婶不能去参加舞会,她不高兴了。"萝莎说。

"我才不愿去你们浅皮肤人的舞会呢,"黛娜说,"故意卖弄,假装白人,其实你们和我一样都是黑鬼。"

"黛娜大婶天天往卷毛上擦头油,直擦得头发硬硬的好梳直。"简说。

"其实还是卷毛。"萝莎说,一面恶意地把她丝般的头发甩得松垂下来。

"在上帝的眼里,难道卷毛和别的头发有什么不一样吗?"黛娜说,"我倒想让太太说说看到底谁更有价值,——像你们这样的两个,还是我这样的一个。给我滚出去,你们这中看不中用的东西，——我不许你们在这儿！"

这时谈话受到了双重打断。楼梯头上响起了圣·克莱尔的声音，问阿道尔夫是不是得花一个晚上来准备刮脸水；奥菲利亚小姐从餐厅出来，问道："简，萝莎，你们在这里瞎浪费什么工夫？还不快进去收拾那些薄纱衣服。"

我们的朋友汤姆在大家和卖面包干的老太婆讲话时一直在厨房里，这时他尾随着她来到大街上。他看见她继续往前走着，时不时地发出压抑着的呻吟声，终于她把篮子放在了一家门口的台阶上，开始整理披在肩上的褪了色的旧头巾。

"我来给你拿着篮子走一段吧。"汤姆同情地说。

"干吗？"女人说，"我用不着人帮忙。"

"你好像病了，还是出了什么事啦什么的。"汤姆说。

"我没有病。"女人简慢地说。

"我希望，"汤姆诚挚地看着她说，——"我希望能说服你别喝酒了，你难道不知道这会把你的肉体和灵魂都毁掉的吗？"

"我知道我会下地狱，"女人阴沉地说，"你用不着告诉我这一点。我又丑，又坏，死了立刻就会下地狱，啊，上帝！我巴不得现在就在地狱里！"

这些阴郁而激动地说出来的出自肺腑的可怕的话使汤姆听了不禁不寒而栗。

"啊，上帝怜悯你吧！可怜的人。你难道从来没有听到过耶稣基督的名字吗？"

"耶稣基督，——他是什么人？"

"哎呀，他就是主啊。"汤姆说。

"我想我听人讲起过主，还有末日审判和地狱。我听说过这些。"

"可是难道没有人对你讲过救世主耶稣爱我们这些可怜的罪人,为我们而死的吗?"

"没听说过,"女人说,"我的老头子死了以后,再没有谁爱过我。"

"你是在哪儿长大的?"汤姆问。

"在肯塔基州。有个男人养着我给他生孩子去卖,孩子只要稍稍长大一点就给卖了;最后他把我卖给了一个奴隶贩子,我的主人从奴隶贩子那儿买下了我。"

"你为什么会养成了喝酒的坏习惯呢?"

"为了忘记痛苦呀。我到了这里以后又生了一个孩子,当时我想我能留下这个孩子把他养大,因为主人不是奴隶贩子。那可是个漂亮极了的小家伙,一开始太太好像也挺喜欢他。孩子从来不哭,——长得又胖又好玩。可是太太得了病,我服侍她,也传染上了,发起烧来,奶就没有了。孩子瘦得皮包骨,可太太不肯给他买牛奶。我告诉她我没奶了,可她连听也不听,说她知道大家吃的什么东西都可以拿来喂孩子。孩子一天比一天瘦,白天黑夜地哭啊,哭啊,哭个不停,只剩一把骨头一层皮了,太太讨厌他,说这孩子脾气不好,说死了才好呢。她不许我晚上带孩子睡觉,说因为这样我就睡不好觉,白天什么活也干不了。她让我睡在她的房间里,我不得不把孩子放在一个小阁楼上,有天晚上他就在阁楼上活活哭死了。孩子死了,我喝上了酒,好让自己听不见孩子的哭声!真管用,——我就得喝酒!就是为这个下地狱我也得喝!老爷说我会下地狱的,我对他说我现在就在地狱里!"

"啊,你真可怜,"汤姆说,"难道从来没有人对你说过救世主耶稣是怎样爱你,并为你而死的吗?难道没有人告诉你主会帮助你,使你最终能进天堂,得到安息吗?"

"我像进天堂的人吗?"老妇人说,"那不是白人去的地方吗?你想他们真会让我去吗?我情愿下地狱,好离老爷太太远远的,我情愿这样。"她说着呻吟了一声把篮子顶在了头上,悻悻地走了。

汤姆回转身子难过地走回家去,在院子里他遇见了小伊娃,——头上戴着晚香玉编织的花冠,眼睛闪着快活的光。

"啊,汤姆!你在这儿呀,真高兴可找到你了。爸爸说你可以把小马套上带我坐我那辆新的小马车出去兜风,"她说着抓住了他的手,"可是你怎么啦,汤姆,满脸严肃的神情。"

"我心里很难过,伊娃小姐,"汤姆忧郁地说,"我去给你套马。"

"可是告诉我,汤姆,你怎么了?我看见你和那个坏脾气的老蒲露说话来着。"

汤姆用简单而诚挚的语言把那女人的遭遇告诉了伊娃。她不像别的孩子那样,没有惊叫,没有觉得奇怪,也没有哭泣。她双颊变得苍白,两眼蒙上了深沉、严肃的阴影,她把两只手放在胸口,沉重地叹了一口气。

第十九章　奥菲利亚小姐的
经历及见解·续

"汤姆,你不用去套车了,我不想出去了。"伊娃说。

"为什么,伊娃小姐?"

"这种事情让我心里难过,汤姆,"伊娃说——"我心里很难过,"她真挚地说道,"我不想出去了。"说罢便转身走进房子里去了。

几天以后,老蒲露没有来,是另外一个女人送来了甜面包干。当时奥菲利亚小姐正在厨房里。

"天哪,"黛娜说,"蒲露怎么了?"

"蒲露以后不会再来了。"那女人神秘地说。

"为什么?"黛娜问,"她没有死吧?"

"我们也不清楚,她在地窖里。"女人看了一眼奥菲利亚小姐说道。

奥菲利亚小姐收下甜面包干后,黛娜跟着那女人向门口走去。

"蒲露到底怎么啦?"她问。

女人似乎很想说,但又有点勉强,她用神秘的口气低声说道:"好吧,你可不许告诉别人。蒲露又喝醉了,他们把她放到地窖里关了一整天,——我听见他们说她身上满是苍蝇,——已经死了!"

黛娜举起了两只手,一转身看见伊万杰琳像幽灵似的站在她旁边,一双难以捉摸的大眼睛恐怖地圆睁着,脸上和嘴唇没有一丝血色。

"老天保佑!伊娃小姐要晕倒了!我们这是怎么了,让她听到这种谈话!她爸会火冒三丈的。"

"我不会晕倒的,黛娜,"孩子镇定地说,"我为什么不该听见呢?比起可怜的蒲露受的罪,我听一听算得了什么?"

"啊呀,老天,这种事不是你这样娇嫩可爱的小姐听的——足足可以把你们吓死的!"

伊娃又叹了一口气,踏着缓慢的步子忧郁地上楼去了。

奥菲利亚小姐焦急地询问那女人的事,黛娜絮絮叨叨地说了一遍,汤姆补充了他那天上午从蒲露那儿了解到的详细情况。

"太不像话了,——真是太可怕了!"她走进圣·克莱尔躺在那儿看报的房间,嘴里大声说道。

"请问,又出了什么十恶不赦的事了?"他问道。

"又出了什么事?那些人把蒲露活活用鞭子抽死了!"奥菲利亚小姐说,接着便把蒲露的事一五一十地讲给他听,越是骇人听闻的细节越是讲得详细。

"我早知道早晚会是这个结果。"圣·克莱尔说着继续看起报来。

"早知道!——难道你不打算采取什么行动吗?"奥菲利亚小姐说,"你们这里就没有市镇行政管理委员会的成员或者别的任何人来干预和处理这类事情吗?"

"人们一般认为财产权益本身就足以防止这类事情发生

了,如果有人偏要毁掉自己的财产,别人有什么办法?看来那个可怜的女人既是个醉鬼又是个小偷,因此要让大家同情她恐怕希望不大。"

"这简直太不像话了,——太可怕了,奥古斯丁!你们一定会遭到报应的。"

"亲爱的堂姐,我没有干这种事,对此我也无能为力。如果我有办法,会设法制止的。如果卑鄙残暴的人非要这么做,我能怎么样?他们具有绝对的支配权,是帮不负责任的恶棍,干涉他们没有用,对于这类情况根本没有什么有效的法律条款可言,我们只好视而不见,充耳不闻,听之任之。我们只有这唯一的办法了。"

"你怎么能够视而不见,充耳不闻呢?你怎么能对这样的事听之任之呢?"

"我亲爱的小姐,你指望能怎么样?整整一个阶层的卑劣、没文化、懒散、令人恼火的黑人,被毫无条件地放在了和世上大多数人一样的一些人的绝对控制之下,这些人既没有体谅他人之心又没有自我控制之力,甚至对自己本身的利益都缺乏开明的考虑,——人类大多数就是这种状况。因而在这样一个社会结构之中,一个具有高尚和仁慈的感情的人就只能硬硬心肠尽量不闻不问,别无其他办法。我无法把见到的每一个可怜虫都买下来,我无法变成一个侠客,在这样一个城市里去为每一个人伸冤报仇。我最多只能尽量不同流合污。"

圣·克莱尔英俊的面孔一时间阴沉了下来,看上去他有点不高兴。但是他突然摆出快活的笑容说,"好啦,堂姐,别像个命运女神似的站在那里,你只不过是隔着窗帘看见了那么一眼而已,——这只是一个例子,世上这种事以各种不同形式出现,要是我们总是打听和探究生活中一切悲惨的事情的原委,我们就没有做任何别的事的心情了。这就和过于仔细地去检查黛娜厨房里的细节一样。"圣·克莱尔说罢又躺回沙发中顾自看起报来。

奥菲利亚小姐坐了下来,拿出毛线活,一脸愤怒的神情。她织呀织的,越想火越大,最后忍不住说道:

"我告诉你,奥古斯丁,要是你能轻易丢开这些事,我可做不到。你为这样一个制度辩护,真是岂有此理——这就是我的想法。"

"又怎么了?"圣·克莱尔抬起头来说道,"又来了,是不是?"

"我说,你为这样一个制度辩护,简直岂有此理!"奥菲利亚小姐越说越激动。

"我在为它辩护吗,亲爱的女士? 谁说我为它辩护来着?"圣·克莱尔说。

"你当然是为它辩护了,——你们全都为它辩护,——所有你们这些南方人。要不你们为什么要蓄奴?"

"难道你真是这么天真可爱,竟会认为世上没有人会做他们认为不对的事? 你现在或过去从来没有做过你认为不太对的事情吗?"

"要是做过,我总是很悔恨的。"奥菲利亚小姐说,一面使劲织着毛活。

"我也悔恨,"圣·克莱尔剥着橘子说,"我无时无刻不在悔恨。"

"那么你为什么还要继续这样做呢?"

"我的好堂姐,你就从来没有在悔恨之后又继续做不对的事吗?"

"嗯,那只有在受到很大的诱惑时才会这样。"奥菲利亚小姐说。

"唉,我就受到很大的诱惑,"圣·克莱尔说,"难就难在这里。"

"但我总是下决心不再受到诱惑,而且努力摆脱明知故犯的毛病。"

"这七年来我也断断续续下决心不再这样,"圣·克莱尔说,"但不知怎的总没有摆脱掉。堂姐,你完全摆脱自己的罪孽了吗?"

"奥古斯丁堂弟,"奥菲利亚小姐放下毛活严肃地说,"我想你指责我的缺点是有道理的,我知道你说的一切都是对的,对于我的缺点,我感受比谁都深刻。可是我仍觉得我们两人之间有些不同。我感到我情愿砍掉我的右手也不愿一天又一天地继续去做自己认为不对的事。不过话又说回来了,我说的和做的之间很不一致,难怪你要指责我。"

"啊呀,堂姐,"奥古斯丁坐在地上,把头靠在她的怀里,说道,"别这么认真好不好!你知道我一向是个既没用又莽撞的孩子,我喜欢逗你生气,——就是这么回事,——就为了看你较真。我其实认为你是个好得要命、好得让人难受的人;可是这些事让人想起来就烦得要死。"

"可是这是个非常严肃的话题呀,奥古斯丁小弟弟。"奥菲利亚小姐把手放在他的额头上说道。

"严肃得让人感到沉闷,"他说,"而我呢——咳,在炎热的天气我从来不爱谈严肃的话题,又是蚊子啦什么的,一个人根本不可能达到崇高的道德境界，"圣·克莱尔突然兴奋起来，说道，"我相信我找到一个理论了！现在我明白了，为什么北方民族总是比南方的民族要来得高尚一些，——这个问题我看清楚了。"

"啊，奥古斯丁，你真是个爱瞎扯的傻瓜！"

"是吗？唉，想来我就是吧；不过现在我真要严肃上一回了；你得把那篮橘子递给我——你看，你如果要我做出这个努力的话，就得'给我酒壶助我之力，给我苹果快我之心'①。好了，"奥古斯丁把篮子拉回身边，说道，"现在我开始讲了。在人类事物发展的过程中，如果一个人必须把两三打他的同类置于束缚之下时，出于对社会舆论应有的尊重，他就需要——"

"我看不出你有什么严肃之处。"奥菲利亚小姐说。

"别急，——我就要严肃起来了，你会听得见的。概括说来，堂姐，"他说，英俊的脸上突然带上了诚挚、严肃的神情，"在奴隶制这个抽象的问题上，我认为只可能有一种意见：要以此赚钱的种植园主，——要取悦于种植园主的牧师，——要据此进行统治的政客，——他们会把语言和伦理道德歪曲得面目全非，使世人对他们的天才惊讶不止。他们能迫使自然和《圣经》以及天知道别的什么东西来为他们效劳。可是毕竟他们自己和世人对这一套一点也不相信。概括说来，奴隶制直接来自魔鬼，依我之见，这是个不错的例子，说明魔鬼的本事有多大。"

奥菲利亚小姐停止了织毛活，满脸惊讶的神气；圣·克莱

---

① 见《旧约·雅歌》第2章第5节。

尔显然对此颇为得意，接着讲了下去。

"你好像觉得奇怪，不过如果你要我说清楚，那我就全都说了吧。这个万恶的奴隶制，这个受到上帝和世人诅咒的制度究竟是个什么东西？撕下它一切华丽的装饰，追溯到它的根本和核心所在，它究竟是什么东西？因为我的兄弟奎西①无知而软弱，而我聪明又强壮，——因为我知道该怎么做，而且能够去做，——因此我就可以偷取他的一切，霸占起来，由着我高兴给他点什么就给他点什么，高兴给他多少就给他多少。凡是我觉得太累、太脏、太讨厌的活就可以让奎西去干。因为我不愿意干活，奎西就得干活。因为我嫌太阳晒得慌，奎西就得待在太阳地里。奎西挣钱，我来花钱。奎西得躺在泥水坑里，我好不用湿着鞋走过去。奎西一生中每一天都得按我的意愿而不是他自己的意愿行事，最后他是否上得了天堂还得看我的方便。我认为这就是奴隶制。我敢说没有人能从我们的法律里的奴隶制法规中得出任何别的结论来。谈什么奴隶制的弊病！简直胡说八道！奴隶制本身就是一切弊病的根源所在！至于我们这个国家为什么没有像所多玛和蛾摩拉这两个罪恶的城市那样毁灭掉②，唯一的原因就是在实际做法上比奴隶制本身要好得多，出于同情、出于羞耻，由于我们是人生父母养的而不是野蛮的禽兽，我们中许多人没有、不敢也不屑于行使我们野蛮的法律赋予我们的全部权力。走得最远、最狠毒的人所干的也没有超出法律所给予他们的权力。"

圣·克莱尔已经忽地站了起来，这时他正迈着急促的步

---

① 愚蠢而头脑简单的黑人之泛称。
② 《旧约·创世记》中两城市，以邪恶著称，后毁于火。

子在房里来回走动着。他激动时就是这副样子。他那张如希腊雕塑般英俊而具有古典美的面孔上燃烧着炽烈的感情,蓝色的大眼睛闪着光,情不自禁地热切地做着手势。奥菲利亚小姐从来没有看见他这样冲动过,她一声不响地坐在那里。

"我讲给你听,"他突然在堂姐面前停了下来说道,"讨论这件事或者为它动感情都没有用处,但我还是要讲给你听,有时我常想,如果我们这个国家整个陷进地里,使人再也看不到这悲惨不义的一切,我将心甘情愿地和它一起沉陷。当我坐船到各处去旅行或出去收账时;当我想到我遇见的每一个残暴、可憎、卑鄙、下流的家伙,只要他能骗到、偷到、赌到足够的钱去买下男人、女人和孩子,而我们的法律就允许他成为统治他们的暴君时;当我看到这样的人拥有孤苦无助的儿童、年轻姑娘和妇女时,我就要诅咒我的国家,诅咒整个人类!"

"奥古斯丁,奥古斯丁!"奥菲利亚小姐说,"你说的已经够了,即使在北方,我这辈子也没听到过这样的话。"

"在北方!"圣·克莱尔表情突然一变,重又带上了平时那漫不经心的口气说道,"呸! 你们北方人都是些冷血动物,你们对什么事都冷淡得很,我们要是急了,就会破口痛骂一顿,你们连这一点都没本事做到。"

"嗯,不过问题是。"奥菲利亚小姐说道。

"啊,没错,问题是,——真是个该死的鬼问题! 你怎么会处在这种罪孽和痛苦的状态下的? 好吧,我来用你从前在礼拜天教我的老话来回答你吧。我现在的状态是从平平常常的代代相传中得来的,我的仆人都是父亲的,而且还有母亲的,现在他们都是我的了,他们的后代也是我的,这是一笔可观的财产。你知道,我父亲是新英格兰人,他和你父亲一样,是个地地道道的罗马天主教徒,正直、高尚、精力充沛、意志坚强。你的父亲在新英格兰定居下来,拥有了大片山石,向大自然索取生存所需;而我的父亲在路易斯安那州安了家,拥有了男女黑奴,向他们索取生存所需。我的母亲,"圣·克莱尔站起身来,走到房间尽头一幅画像前,满怀崇敬地抬头凝视着它说,"她是个天神! 你别这样看着我,——你知道我的意思!她也许是凡人所生,但就我的观察,她身上没有一丝凡人的缺点和不足,凡是还记得她的人,不论是奴隶还是自由人,是仆人还是朋友、亲戚,全都这么说。堂姐,多少年来我之所以没有成为一个完全不信上帝的人,完全得归功于母亲。她是《圣经·新约》的直接体现者和化身,——只能用《圣经》的真理才能解释的活生生的事实。啊,母亲! 母亲!"圣·克莱尔两手紧握在一起,激动地说。突然他克制住自己,走回来在一张无靠背睡榻上坐下继续说道:

"我和哥哥是双生子,你知道人们都说双生子应该很像,可是我们两个在一切方面都完全相反。他有双闪闪发光的黑眼睛,漆黑的头发,具有罗马式刚强端庄的相貌和深褐色的皮肤;我则有双蓝色的眼睛,金黄的头发,希腊式的相貌和白皙的皮肤。他活泼好动观察力强,我则爱幻想不爱活动。他对朋友和地位相当的人十分慷慨大方,但对下等人则傲慢、专断、盛气凌人,对于任何反对他的力量他是毫不留情的。我们两人都很诚实,他是出自骄傲和勇气,我是出自某种抽象的理想。我们之间的感情和一般男孩子间的感情一样,总的来说很好,但也是一阵一阵的——他是父亲的宠儿,我是母亲的宠儿。

"我对一切事物过于敏感,这一点哥哥和父亲完全不能理解,而且丝毫无法同情。但是母亲理解我、同情我。因此当我和阿尔弗雷德争吵而父亲对我很严厉的时候,我就会到妈妈的房间里去,坐在她身边。我还记得她那时的样子,她脸色苍白,深深的眼睛里充满了温柔、严肃的神情,穿一身白色衣裙,——她总是穿白色衣服。那时只要我读到《启示录》中那些穿着纯净洁白的衣服的圣徒时总会想到她。她在许多方面极有天赋,特别擅长音乐,她总爱坐在风琴前弹奏些天主教的庄严古老的乐曲,一面用完全不像凡人所有的天仙般的歌喉唱着;我就会把头依在她怀里,流着眼泪幻想着,强烈地感受着无法用言语来形容的一切。

"那时,蓄奴制这件事还不像今天这样受到审视,谁也没有想象到它有什么害处。

"父亲是个天生的贵族。我相信他来到人世之前必定在神灵世界中拥有高等地位,他把那套古老的宫廷派头全都带到人世来了,因为他的贵族派头是天生就有的,骨子里就有的,尽管他出身贫困,根本不是高贵人家。我的哥哥和他是一个模子里扣出来的。

"唉,你是知道的,天底下贵族对于社会上某一范围以外的人都是没有同情心的,在英国、在缅甸、在美国,这条线划在何处可能不同,但这些国家的贵族从不越过各自的界限。在他自己阶级中是艰难、痛苦和不平的事,在另一个阶级中他们就认为是再当然不过的事。我父亲的分界线是肤色。和地位相当的人在一起时,你再也找不到比他更公正更慷慨的人了;但他认为黑人,不论肤色深浅程度有何不同,一概都是人兽之间的中间环节。他就依据这种设想把公正和慷慨分成不同等级。我想,如果有人直截了当地问他黑人是否具有人的永生不灭的灵魂,他可能会哼呀哈地承认是有的,但我父亲不是个多去考虑精神至上的人,他对上帝作为上层阶级肯定无疑的领袖而怀着尊敬的心情,除此他没有任何宗教观念。

"嗯,我父亲手下约有五百个黑奴,他是个固执、苛刻、严格的生意人,一切都得按制度办事,——要求一丝不苟的精确与严密。如果你考虑到这一切都要靠一帮懒惰、多嘴而无能的农奴来实现,而且这些人长大成人、一生中都没有任何动力来学习做任何事而只会如你们佛蒙特人所说的那样'偷懒',那么你就会明白在他的种植园自然可能有许多事对像我这样一个敏感的孩子来说是可怕的和令人痛苦的。

"此外,他有个监工,——身材高大结实,腰身不粗,拳头很硬,是佛蒙特的一个不肖子孙(请原谅),在残暴无情方面受过正宗训练,已经学有所成准备在实践中大加利用。我的母亲对他一直无法忍受,我也如此,但他却完全支配了父亲,成了庄园上的暴君。

"那时候我还很小,但是已经和现在一样爱上了与人有关的各式各样的事情,——一种对无论何种形式的人性进行研究的热情。我常常到黑奴的木屋中去,和地里干活的黑奴泡在一起,当然他们都十分喜欢我,对我诉说着各种各样的抱怨和苦情,我把这些都告诉了妈妈,我们俩形成了个委员会来给他们伸冤。我们防止和制止了许多酷刑,为我们所做的大量好事而庆幸。谁知,事情往往会是这样,我的热情使我做过了头,斯塔布斯找父亲抱怨说他管不了手下的黑奴了,要辞职。父亲是个宽容溺爱妻子的丈夫,但对他认为该做的事也决不犹豫退缩,他坚决地禁止我们插手在地里干活的黑奴的事,用十分尊重和恭敬但明确无误的语言告诉母亲,对在宅子里干活的黑奴她是百分之百的女主人,但是他不允许她干预在地里干活的黑奴的事。她是他世上最最敬重的人,但是如果圣母玛丽亚干涉了他制度的执行,他也会对她这样讲的。

"那时我不时会听见母亲在一些事上和他讲道理,力图引起他的同情之心。他会以令人寒心的极其有礼和镇静的态度听着母亲的哀求,然后会说,'归根到底就是这么一个问题,是让斯塔布斯走,还是让他留下。斯塔布斯是严守时刻、干练可靠的典型,——是个经营能手,有着一般人所具有的人性。我们不可能要求十全十美,如果我留下他,就必须从总体上支持他的管理,即使偶尔有出格的地方。任何管理都不可避免地包含必要的严厉。一般规则对某些具体事例会有过于严厉之处。'父亲似乎认为最后这句格言足以解释大多数被称作是酷行的事了,说完之后他经常就会把两脚往沙发上一放,像个了结了一桩事务的人,或打上个盹,或看看报纸,看情况而定。

"事实是,我父亲表现出了政治家所具有的才能。他可以像分剥一只橘子一样轻而易举地瓜分波兰,可以不亚于任何人地去从容而有计划地踏平爱尔兰。最后我母亲只好绝望地放弃了努力。具有她那样高尚而敏感的天性的人被孤立无助地抛进了对他们来说充满不公正和残酷的深渊之中,而周围的人却似乎毫无同感时,他们会有怎样的感受,恐怕只有到末日的审判时才会为人所知的了。对她这样的人来说,生活在我们这样一个人间地狱的世界上,实在是在承受着无边的苦痛,除了按照自己的思想和感情来培养自己的孩子之外,她还能做什么呢?咳,你讲了半天培养孩子,其实孩子长大后是什么样子主要取决于他们的天性,从一生下来起阿尔弗雷德就是个贵族,他长大后一切同情和道理本能地都向着他们,母亲的所有教诲全成了耳边风。但是母亲的教诲却深入了我的心灵。她在表面上从来不反对父亲的话,或者表示不同的意见;可是她以自己深沉真挚的性格力量感染了我,在我心灵上深深地印下了这样的思想:即使是最卑微的灵魂也有着尊严和价值。当她指着黑夜的星空时,我会怀着敬畏之情看着她,听她对我说,'看那边,奥古斯丁!当所有的星星都永远消逝了以后,我们地球上最贫苦、最卑微的灵魂仍会活着,——和上帝一起永生。'

"她有一些精美的旧油画,其中一幅画的是耶稣给盲人治疗。这些画非常精美,曾经给了我很深刻的印象。'你看,奥古斯丁,'妈妈会说,'那个盲人是个乞丐,又穷又让人讨厌,所以耶稣不是离得远远的给他治病,他把他叫到面前来,用手去摸他。记住这一点,孩子。'如果我一直在她的教育下长大,我不知道她会把我激励成一个具有什么样的热情的人,我可能会成为一个圣徒,一个改革者,一个殉教者,——但是,唉!唉!我只有十三岁时就离开了她,从此再也没有能见到她!"

圣·克莱尔两手托着头,半晌没有说话。过了一阵,他抬起头来继续说道:

"人类美德这整个一套东西是多么可怜、卑鄙、一文不值啊!在大多数情况下只不过是经度纬度和地理位置对人的性格的影响的问题,而且大半属于偶然。比如说你的父亲在佛蒙特一个实际上人人享有平等自由的城市里安了家,成了个教徒和教堂执事,后来又参加了一个废奴团体,就认为我们简直和野蛮人差不多。然而他在性格上和习惯上简直就是我父亲的翻版,我可以看到以五十种不同方式表现出来的同样的强硬、傲慢和霸道的脾气。你自己也很清楚地知道,根本无法让你们村子里的一些人相信辛克莱老爷不觉得他比别人高一等。事实是,尽管他降生在民主的时代,相信民主的理论,骨子里可是个贵族,和统治着五、六百个黑奴的我的父亲毫无二致。"

奥菲利亚小姐对这番描绘很想挑挑刺儿,她正放下毛活打算开口时,圣·克莱尔制止了她。

"好啦,我知道你想说的每一个字。我并不是说他们俩在事实上完全一样,他们一个落在了一切与他的天性相左的环境里,另一个落在了一切与他的天性相辅的环境里;因此一个成了固执、专横、傲慢的老民主分子,另一个成了固执、专横的老暴君。如果他们俩都在路易斯安那州拥有大庄园,他们就会和一个模子里铸出来的两颗子弹那样,完全一模一样。"

"你真是个不肖子孙!"奥菲利亚小姐说。

"我对他们毫无不尊敬的意思,"圣·克莱尔说,"你是知道的,对人敬慕有加不是我的长处,还是言归正传吧。

"父亲去世时把全部财产留给了我们兄弟二人,由我们自己分配。在和他地位相等的人打交道时,世上再也没有比阿尔弗雷德更高尚、更慷慨的人了,我们十分融洽地处理了遗产问题,没有一句争吵,没有一点不和睦的感情。我们同意共同经营庄园。阿尔弗雷德的精力和才能强过我一倍,他成了个热心的庄园主,并且非常成功。

"但是两年试验下来,我认识到自己无法和他合作下去了。我们的黑奴多达七百名,我既不可能认识他们,也不可能一个个去关心他们,他们像长角的牛一样被贩卖、驱使,吃的住的干的活也和牛一样,被迫遵守军队般的严格纪律。一个不断考虑的问题是怎样又让他们能有力气干活,同时又把生活必需的要求降到最低,——监工和工头是少不了的,——还有必不可缺的鞭子,这是自始至终唯一用来讲理的东西,这一切对我来说是极其可憎的,令人厌恶的,我完全无法容忍。而当我想到母亲对一个可怜的人的灵魂的评价时,一切就变得甚至可怕了起来。

"对我讲黑奴喜欢这一切,那是胡说。直到现在,对你们以恩人自居的北方人在热心为我们的罪孽辩护时所编造的一套难以出口的废话,我仍然无法容忍。谁都知道事实并非如此。不用对我说世上有人情愿从天亮干到天黑,每天如此,在主人不断的监督下,干那同样枯燥、机械、毫无变化的累活,自己连提出一点主意的权利都没有,得到的只是一年两条裤子、一双鞋,以及使他能有力气继续干活的食物和栖身之所。任何人如果认为:一般说来,人在那种情况下也能和在别的情况下一样生活得同样舒服的话,我希望他去亲自试一试。我会问心无愧地买下他,让他干活。"

"我一直以为,"奥菲利亚小姐说,"你,你们所有的人都赞成这个制度,并且认为根据《圣经》这一切都是对的。"

"胡说!我们还没有坏到这个地步呢。阿尔弗雷德是世上最坚定的暴君,他从不妄求这类的辩护;——不,他高高地傲立在那值得尊敬的古老理论上:弱肉强食。他说,——我认为他说得颇有道理——美国的庄园主'只不过以另一个方式做了英国贵族和资本家对下层阶级所做的事',我认为那就是占用他们的肉体和骨头、灵魂和精神为自己使用、为自己的方便效力。他为两者都辩护,——而且我认为至少他是前后一致的,他说没有对广大群众的奴役就不可能有高度的文明,无论是名义上的还是真正的高度文明。他说必须要有个低等阶级,他们专门从事体力劳动,限制他们只能发展动物的本性;这样高等阶级才能得到财富和闲暇去扩展知识和谋求进步,成为下层阶级的指挥人。他就是这样推理的,因为我说过,他是个天生的贵族;而我不相信这一点,因为我是个天生的民主派。"

"这两件事怎么可能相比呢?"奥菲利亚小姐说,"英国的劳动者是不能买卖、交易、鞭打,也不能活活拆散他们的家庭的。"

"他听凭老板摆布,和卖给了他一样。奴隶主可以把他的不服驾驭的奴隶活活打死,——资本家可以把他们活活饿死。至于家庭的安全嘛,很难说哪种更糟,——是儿女被卖掉,还是眼睁睁地看着他们在家里饿死。"

"但是证明奴隶制不比别的坏东西更糟,并不能为奴隶制辩护。"

"我这样说不是为了替奴隶制辩护,不是的。而且我还要说我们这个制度更为大胆而露骨地侵犯了人权:真的像买一匹马一样去买一个人,看看他的牙口,敲敲他的关节,让他试着走几步,然后付款买下,——在买卖人的灵与肉上,投机商、繁殖人、交易商、经纪人一应俱全,——把奴隶制以更易感知的形式摆到了文明世界的眼前。而归根到底两者在本质上是一样的,也就是说,强使一部分人为另一部分人的需要和利益干活,却丝毫不顾这些人的利益。"

"我从来没有从这方面考虑过这个问题。"奥菲利亚小姐说。

"嗯,我在英国作过一些旅行,看了许多有关他们下层阶级状况的文件,我真的觉得当阿尔弗雷德说他的黑奴比英国很大一部分人过得要好时,还没法否认他的话。你要知道,你不能从我对你说的这些话里推断说他是个凶狠的主人,因为事实上他不是。他专横,对于不俯首听命的黑奴毫不留情,如果哪个家伙敢反对他,他会像射杀一头公鹿般无情地把他一枪打死。但是总的来说,他以给他的黑奴吃得好住得舒服而自豪。

　　"我们俩合作的时候,我坚持要他采取些措施给黑奴以教育;他为了让我高兴,真的请来了一个牧师,星期天让他们跟着牧师做教义问答,尽管我相信他心里认为这和给他的狗和马找个牧师来同样没用处。而事实是,一个人的头脑从出生起就受到各种坏影响,变得麻木不仁、动物化了,每个星期的六天里干着不动脑子的累活,只靠星期天几个小时是不会有多大作用的。在英国产业工人中和在我们国家种植园黑奴中办主日学校的老师们也许都能证明,两边的效果是一样的。但是在我们这里有些惊人的例外,这是因为黑人比白人天性更易接受宗教的影响之故。"

　　"噢,"奥菲丽亚小姐问道,"你怎么会放弃庄园生活的呢?"

　　"嗯,我们在一起对付了一段时间,直到阿尔弗雷德清楚地看到我不是当庄园主的料。他觉得在他为了满足我的想法在各方面都做了改动、改革和改进以后,我仍然是不满意,这实在是太荒唐了。事实是,我痛恨的归根到底是这制度本身,——如此使用这些男女,永远保持这愚昧、残暴和罪恶的一切,仅仅是为了给我赚钱!

"此外,我还总是干预一些细节。我自己是天下最懒散的人,对懒人还真有点同情。因此当一些没用的可怜虫把石头放在棉花筐底好让分量重一点,或者在麻袋里先放上泥土,再在上面盖一层棉花时,我觉得如果我是他们准也会这么干的,因此我不愿也不许打他们。咳,当然啦,这一来庄园上的纪律就全完蛋了。阿尔弗雷德和我的关系发展到了多年前我和尊敬的父亲间的关系那样,他对我说我像个女人那样感情用事,根本不能搞经营管理,他建议我继承银行股票和新奥尔良的祖宅,到那里写诗去,把庄园给他经营。就这样我们分了手,我就到这儿来了。"

"但是你为什么不把你的黑奴解放了呢?"

"唉,我做不到这一点。把他们当作赚钱的工具,我不能这样做,而你知道,让他们帮着花钱我觉得不那么丑恶。他们里有些是宅子里的老用人,我对他们挺有感情,而那些年轻的黑奴又是老黑奴的儿女。大家对现在的状况都很满意。"他停了下来,一面沉思着在房间里踱来踱去。接着他又说道:

"我一生中曾经有过一段时间,希望并打算在世上做番事业,而不只是随波逐流地过日子。我有种模糊不清的渴望,想做个解放者,——替我的祖国洗净这个污点。想来一切年轻人或早或晚都经历过这种狂热的发作吧,但是——"

"你为什么没有去实现你的希望呢?"奥菲利亚小姐说,"你不应该手扶着犁向后看啊。①"

"咳,事情不像我想的那么顺利,于是我就像所罗门②那

---

① 语出《新约·路加福音》第9章第62节。犹豫之意。
② 指以色列王所罗门(公元前1033—公元前975)。

样患上了生活失望症。我想这是我们两人获取智慧时都必须经历的吧。但是不知怎的,我并没有成为社会活动家和革新家,而是成了一块浮木,一直在随波逐流。阿尔弗雷德每次见面时都责备我,我承认他比我强,因为他确实在做些事情,他的生活是他的观点的逻辑结果,可我的生活是个可鄙的矛盾。"

"亲爱的堂弟,你以这种方式来接受道德上的考验,会感到满意吗?"

"满意!我刚才不是告诉你我鄙视它吗?不过还是言归正传吧,——我们刚才在谈解放黑奴的事。我不认为我对奴隶制的看法很特别,我发现有很多人心里想的和我一样。全国在奴隶制度下呻吟。它不仅对奴隶来说很坏,对奴隶主来说就更糟。不用戴眼镜就能看得清清楚楚,在我们之中生活着这么多心怀不满、得过且过、卑下堕落的人,对他们是件坏事,对我们也是件坏事。英国的资本家和贵族不可能有我们这样的感受,因为他们不像我们这样和被他们屈辱的阶级生活在一起。黑奴生活在我们的宅子里,是我们孩子的玩伴,对他们思想的影响比我们快,因为孩子们喜欢和他们在一起,不分彼此。就说伊娃,如果她不是天使般的不同于一般的孩子,早就会毁了。我们听任黑奴不受教育、品德败坏而认为自己的孩子不会受影响,那就等于听任天花在黑奴中流行而认为自己的孩子不会传染上一样。然而我们的法律却明确地绝对禁止在黑奴中进行有效的普及教育的制度,他们这样做也是十分聪明的,因为只要开始给一代黑奴以彻底的教育,奴隶制就会土崩瓦解。如果我们不给他们自由,他们就会自己去夺取自由。"

"你认为这一切结果会怎样呢?"奥菲利亚小姐问。

"我不知道,但有一件事是肯定的,那就是全世界的群众都在集结力量,末日审判迟早会来临。同样的情况在欧洲、在英国和在我们这里都在发生。母亲以前常告诉我一个即将到来的太平盛世,那时基督将要统治世界,所有的人都将得到自由和幸福。我小的时候她教我做祷告,'愿你的国来临。'①有时候我想,这些骨瘦如柴的人的叹息、呻吟和骚动预示着她对我说的这盛世即将到来。但是谁能等得到他降临的那一天呢?"

"奥古斯丁,有的时候我认为你离天国就不远了。"奥菲利亚小姐放下毛线活,关切地看着堂弟说。

"感谢你的夸奖,但是我这个人是一头高一头低,——讲理论高到天国的门口,讲实践低到尘寰。不过喝午茶的铃响了,咱们走吧。你可再也不要说我一辈子没有过一次正经严肃的谈话了。"

在茶桌上,玛丽提起了蒲露的事,她说:"我想,堂姐,你会觉得我们都是野蛮人吧。"

"我认为这件事很野蛮,"奥菲利亚小姐说,"但是我并不觉得你们都是野蛮人。"

"唉,"玛丽说,"我知道有时候根本不可能和有些黑人相处。他们太坏了,根本不该活着。对这些人我一点儿也不同情。如果他们规规矩矩的,这种事就不会发生了。"

"可是妈妈,"伊娃说,"这可怜的女人很痛苦,所以才喝酒的。"

① 见《新约·马太福音》第6章第10节。

"啊,瞎说,这也能算理由吗！我常常也很痛苦,"她沉思着说,"我想,我的磨难比她要大得多。原因就是他们太坏了,有些黑人你无论多么严厉也没法让他们驯服。我记得父亲有过一个黑奴,简直懒透了,就为了逃避干活总是逃跑,藏在沼泽地里,偷东西,干各种各样可怕的事情。他一再被抓回来,每回都挨鞭子,可是一点用处也没有,最后一次刚勉强能走路他就又偷偷逃跑,死在了沼泽地里。他根本毫无理由要这样做,因为父亲对待黑奴一向很好。"

"有一次我使一个黑奴驯服了,"圣·克莱尔说,"而别的监工和老爷们以前都没有能制服过他。"

"你!"玛丽说,"哈,我倒很想知道你什么时候干过这样的事。"

"是这样的,这个人身材十分高大,力大无比,是个非洲出生的黑人。他似乎有着极强的要求自由的原始本能,他简直就是头非洲猛狮。大家叫他西皮奥,谁也拿他没办法,于是他就辗转被卖到一个又一个监工手里,最后阿尔弗雷德买下了他,因为他觉得他治得了西皮奥。有一天他把监工打翻在地,逃进了沼泽深处。那时我和阿尔弗雷德已经散伙了,碰巧到他庄园上去看望他。阿尔弗雷德火冒三丈,可我对他说这得怪他自己,和他打赌我能驯服这黑奴。最后我们说好,如果我把他抓回来,就让我在他身上做试验。于是他们集合起了六、七个人,带着狗和枪去追捕他。你知道,如果大家都这样做成了惯例,人们追捕黑奴就会和追捕一头鹿一样劲头十足。事实上,我自己也有点激动了起来,尽管我只是充当如果他被抓住时的某种调停人。

"猎狗狂叫着,我们骑着马急奔,终于找到了他的躲藏地,他像头公鹿连跑带蹿,让我们好长时间远远落在后面,但是最后他跑进了一片密不可穿的甘蔗丛中,陷入了绝境。我对你说吧,他和那些猎狗搏斗可真英勇,他左右开弓猛击恶狗,赤手空拳打死了三条,这时一粒子弹射中了他,他受了伤流着血倒下,几乎就倒在我脚边。这个可怜的家伙用夹杂着勇气和绝望的眼睛抬头看着我。我挡住了逼过来的猎狗和追捕人,宣布他是我的俘虏。我使出浑身解数才阻止了他们没有在胜利的激动中开枪把他打死。我坚持按商定的条件办事,于是阿尔弗雷德把他卖给了我。我开始亲自对付他,只用了半个月我就使他温顺听命,完全驯服了他。"

"你究竟是怎么做的呢?"玛丽问。

"咳,非常简单。我把他带到自己的房间里,让下人给他准备好一张舒服的床,我给他包扎好伤口,亲自照料他,直到他康复为止。我给他写好了一张自由证书,告诉他他随便到什么地方去都可以。"

"他走没走?"奥菲利亚小姐问。

"没走,这个傻家伙把自由证书撕成两半,坚决不肯离开我。我从不曾有过比他更勇敢、更好的仆人了,忠心又可靠。后来他皈依了基督教,变得和孩子一样温和。他曾替我照管湖边的那处产业,而且干得非常出色。我是在霍乱第一次大流行时失去他的,事实上他是为我而死的。当时我病得几乎快死了,那时大家一片恐慌,都跑了,只有西皮奥奋力护理我,居然真使我起死回生。但是可怜的西皮奥!他紧接着传染上了霍乱,什么办法也没能保住他。失去谁都没有让我这么伤心过。"

奥古斯丁讲述这件事的时候,伊娃张着小嘴、睁大眼睛全神贯注地渴切地听着,身体越来越近地凑到父亲的身边。

他刚刚讲完话,她突然张开双臂抱着他的脖子哇的一声哭了起来,抽泣得浑身直抖。

"伊娃,亲爱的孩子! 怎么啦?"看到孩子小小的身子激动得发抖,圣·克莱尔问道,"这个孩子不应该听这种故事,"他补充道,"她太爱激动了。"

"不对,爸爸,我不是那样的,"伊娃一下子克制住自己,说道。这样小的孩子就有这样的毅力是很少见的,"我不是爱激动,只是这种事情深深渗透到我心里去。"

"你这话是什么意思呀,伊娃?"

"我没法说清楚,爸爸。我想得很多。也许有一天会说得清的。"

"嗯,那你就去想吧,亲爱的,——就是别哭,别让爸爸担心,"圣·克莱尔说,"你看,——看我给你挑了只多好的桃子!"

伊娃接过桃子,笑了,尽管嘴角仍因激动而微微抽搐着。

"来看看金鱼。"圣·克莱尔说着牵着伊娃的手走到游廊上去。不久透过绸窗帘传来了阵阵快活的笑声,伊娃和圣·克莱尔在院子里的小径上互相追逐,用玫瑰花互相往对方身上扔着玩。

在叙述上等人的经历时,颇有忽略了我们卑微的朋友汤姆的危险,但是如果读者诸君愿和我们一起走进马厩上面一间小小的阁楼去的话,也许可以了解他的一点情况。房间挺像样的,里面有一张床,一把椅子和一张粗糙的小桌子,上面放着汤姆的《圣经》和赞美诗,眼下他坐在桌旁,面前放着石板,正专心致志地做着一件似乎很让他伤脑筋的事。

情况是,汤姆想家想得厉害,所以向伊娃要了一张纸,把从乔治少爷那儿学来的那一点点文字知识动员起来,想大胆地写封信;现在他正忙着在石板上打第一遍草稿呢。汤姆碰到了很大的困难,因为有些字母的形状他已经全忘了,而他记得的那些又不知道究竟该用哪一个了。正当他喘着粗气认真地写着时,伊娃像只小鸟般轻轻落在他坐着的椅子的圆椅背后面,从他肩后探望着。

"啊,汤姆叔叔!瞧你在画些什么滑稽东西呀!"

"伊娃小姐,我正在给我可怜的老伴和孩子们写信呢,"汤姆说着用手背揉了揉眼睛,"可是不知怎的我恐怕写不出来了。"

"我真希望我能帮助你,汤姆!我学过写字,去年我所有的字母都会写了,可是恐怕我又忘记了。"

于是伊娃把她金色的小脑袋凑到汤姆的头边,两个人开始严肃而急切地讨论起来,两个人都很认真,而又同样的缺少这方面的知识。经过了一字字地商量斟酌,写出的东西开始看着像封信了,两人都乐观了起来。

"真的,汤姆叔叔,它看起来多漂亮呀,"伊娃快活地看着所写的东西说道,"你的妻子还有可怜的孩子们会多高兴呀!啊,把你从他们身边弄开,真是太不像话了!我打算将来请求爸爸让你回到家里去。"

"太太说过一等他们凑够了钱就会汇来把我赎回去,"汤姆说,"我想她会这样做的。乔治少爷说过他要来接我,他给了我这块银元做信物。"汤姆从衣服下面把这珍贵的银元拿了出来。

"啊,那他一定会来的!"伊娃说,"我真高兴!"

"我想寄一封信,你知道吗,好让他们知道我在哪里,并且告诉可怜的克洛我很好,——因为她那时候难过极了,可怜的女人!"

这时门口传来了圣·克莱尔的声音:"喂,汤姆!"

汤姆和伊娃都吃了一惊。

"这是什么?"圣·克莱尔走上前来看着石板说。

"啊,是汤姆写的信,我在帮他写呢,"伊娃说,"多好呀,是吧?"

"我不想给你们两个泄气,"圣·克莱尔说,"不过我觉得,汤姆,还是让我来给你写这封信吧。等我出去骑过马回来以后给你写。"

"他这封信特别重要,"伊娃说,"因为他的女主人要寄钱来赎他,你知道吗,爸爸,汤姆告诉我他们是这样对他讲的。"

圣·克莱尔心里想,这可能只不过是好心肠的主人对被卖的仆人说的那种话,好减轻被卖时的恐惧心理的,并不打算满足在仆人心中因而引起的期望;不过他并没有说出来,——他只是吩咐汤姆去把马牵出来让他骑。

当晚圣·克莱尔替汤姆按应有的格式把信写好,信被安全地送到了邮局。

奥菲利亚小姐依旧继续管家。家里上上下下的仆人,从黛娜起到最小的小鬼,全都一致认为奥菲利亚小姐毫无疑问很"古怪",——南方的仆人用这个字眼表示他们的主人不怎么合他们的胃口。

家里的上等仆人——也就是说,阿道尔夫、简和萝莎——一致认为奥菲利亚小姐不是个大家闺秀,大家闺秀从来不会像她这样整天忙活的;他们认为她一点架子也没有,很奇怪她竟然会是圣·克莱尔家的亲戚。连玛丽都声称说看到堂姐奥菲利亚总这么忙忙碌碌的真让人累得慌。而事实上奥菲利亚小姐也实在是勤快得使这样的抱怨不无道理。她从早缝啊缝地缝到晚,那劲头就好像有什么急活在逼着似的。而当天黑了,针线活儿叠好收起后,一眨眼又拿起了常备在手的毛线活,瞧她又在那儿劲头十足地织开了。确实,看着她都觉得累。

第二十章　托　普　西

一天早上,奥菲利亚小姐正在忙着什么家务时,传来了圣·克莱尔的声音,他在楼梯脚下叫她。

"堂姐,下来一下,我有东西要给你看。"

"什么东西?"奥菲利亚小姐手里拿着针线活走下楼来,问道。

"我给你那部门买了样东西,你看,在这儿呐。"圣·克莱尔说着拉过来一个八九岁的黑人小姑娘。

她是黑种人里最黑的一个了,她那亮晶晶的圆眼睛像玻璃珠子一样闪着光,正迅速转动着不安地看着房间里的一切。新老爷家客厅里的稀奇东西使她惊奇得半张着嘴,露出了一口洁白晶莹的牙齿,满头鬈毛编成了各式各样的小辫子,朝四面八方翘起。她脸上的表情是精明和狡黠的古怪混合,而在此之上又奇特地蒙上了一层苦叽叽的严肃而认真的面纱。她身上只有一件用麻袋缝成的又脏又破的衣服,站在那里两手拘谨地握在身前。她整个的样子有点古怪,像个小妖怪。像奥菲利亚小姐后来说的那样,真有点"特别野蛮"的劲儿,搞得这位好心的女士惊慌起来,她转身对着圣·克莱尔说道:"奥古斯丁,你干吗把这东西带到家里来?"

"当然是为了让你教育她,按应该的方向去训练她嘛。

我觉得她是黑人里一个很有意思的样品。托普西,过来,"他说着就像一个人要引起狗的注意时那样吹了一声口哨,"给我们唱个歌,让我们看看你会跳的那些舞。"

玻璃般的黑眼睛里闪出了调皮而滑稽的光,然后小东西用尖亮的声音唱起了一首古怪的黑人歌曲,一边唱一边用手和脚打着拍子,一边以飞快的速度旋转着,拍着手,两只膝盖磕碰着,嗓子里发出非洲音乐特有的各种古怪的喉音。最后她翻了一两个跟斗,拖长了声音唱出了像汽笛般怪诞的最后一个音符,突然落在地毯上,两手交握着站立在那里,脸上一副驯服而庄重的假正经的表情,只有从眼角斜射出来的狡黠的目光破坏了这副表情。

奥菲利亚小姐吃惊得目瞪口呆地站在那里。

圣·克莱尔本来就爱作弄人,此时她那惊讶的神情显然使他很开心,他又对孩子说:

"托普西,这是你的新女主人,我要把你交给她,你可得规规矩矩的呀。"

"是,老爷。"托普西装做严肃地说道,眼中闪着调皮的光。

"你可得听话,托普西,你明白吗。"圣·克莱尔说。

"啊,是的,老爷。"托普西说,眼中又一次闪出调皮的光,两只手仍虔敬地交握着。

"哎,奥古斯丁,这到底是为什么?"奥菲利亚小姐说,"你家里已经到处都是这些小讨厌了,走一步就会踩上,我早上一起来就会看见门后头睡着一个,桌子底下探出个黑脑袋,门垫上又躺着一个,——所有的栏杆缝里都钻着小黑孩子,龇牙咧嘴、做鬼脸,要不就在厨房的地上打滚!你到底为什么还要把她带来?"

"好让你教育她——我不是已经对你说过了吗?你整天鼓吹教育,我想我要送你一个新抓来的样品,让你在她身上做试验,按应该的方向去培养她。"

"我可不要她,现在这些黑奴就够我忙的了。"

"你们这些基督徒就是这个样子!你们会组织个团体,找个穷牧师和这样的野蛮人整天生活在一起,可是你们自己一个都不愿意把这样的野蛮人带一个回家,自己费力气来教化他们。不行,碰到这样的事,就嫌他们脏、讨厌、教起来太费神,等等,等等。"

"奥古斯丁,你知道我不是这样想的,"奥菲利亚小姐说道,态度明显地软了下来,"唔,还可能真是个传教士式的任务呢。"她说道,带着一些好感看着那小女孩。

圣·克莱尔触到了奥菲利亚小姐的痛处。她有着敏锐的良知。"可是,"她接着说,"我真的看不出有什么必要买这个孩子,——你家里已经有的就足够让我花去全部的时间,要我拿出所有的本事来了。"

"好吧,堂姐,"圣·克莱尔把她拉到一旁,说道,"我说了一大堆没用的话,该向你道歉才是。其实你是个好人,我那些都是瞎说。事情是这样的:这个小家伙的主人是一对醉鬼夫妇,开着一家下等饭馆,我天天都要经过那里,实在是听烦了他们打骂她和她尖声哭喊的声音。再加上她样子聪明有趣,好像能教育她有点出息,所以我就买下了她,要把她送给你。你试着用正统的新英格兰教育好好培养她,看看能使她成为什么样子。我知道我在这方面没有任何才能,不过我希望你能试一试。"

"好吧,我尽力而为吧。"奥菲利亚小姐说。她向她的新下属走去,样子很像一个怀着善意的人走近一只黑蜘蛛。

"她简直脏得可怕,而且是半光着身子。"她说。

"把她带到楼下去,让他们给她洗洗干净,穿上衣服。"

奥菲利亚小姐把她带到厨房里去了。

"真不明白圣·克莱尔老爷干吗又要买一个黑鬼!"黛娜说着很不友好地打量着这个新来的人,"我可不要她在我的脚底下打转!"

"哼!"萝莎和简怀着极大的厌恶说,"让她离我们远远的! 我真不明白老爷究竟为什么又买这么一个下等黑鬼来!"

"去你的吧! 萝莎小姐,她并不比你黑到哪儿去,"黛娜觉得萝莎最后那句话是含沙射影针对自己的,便说道,"你好像觉得自己是白人似的,其实你根本不是,你又不是黑人,又不是白人。我情愿要么就是白人,要么就是黑人。"

奥菲利亚小姐看到这伙人里没一个愿意帮新来的孩子洗澡穿衣,只好自己动手;简满心不情愿地粗鲁地帮了一把。

一个无人过问、备受虐待的孩子第一次洗澡时的具体情况对于有教养的人来说是不堪入耳的,事实上,在这个世界上,许许多多的人在可怕的条件下生活和死去,他们的同类甚至连听一听有关的描述都会感到极度惊骇。奥菲利亚小姐决心十足,坚强而又有实干精神,她英勇而彻底地完成了洗澡的一切令人恶心的细节,尽管不得不承认,态度算不得和蔼,因为即使她的原则也只能使她做到容忍这一点。当她看到孩子的背上和肩上长长的鞭痕和硬结的伤疤,这是她在奴隶制中生活留下的不可磨灭的痕迹,奥菲利亚小姐心里可怜起她来。

"看那儿!"简指着疤痕说,"这不证明她有多顽劣吗? 看来我们在她身上少花不了力气。我就恨这些小黑鬼! 真讨厌! 真奇怪老爷会买她!"

她所指的这"小黑鬼"以似乎是她惯有的驯服而愁苦的神情听着所有这些评论,只是以她亮闪闪的眼睛怀着渴望偷偷地看了一眼简耳朵上戴的耳环。她最后穿上了一身体面而完整的衣服,头发剪得短短地贴着头皮,这时奥菲利亚小姐带着几分满意的神情说她比原先看着像点基督徒了,而且脑子里一些培养她的计划也开始成熟起来。

她在她面前坐了下来,开始问她问题。

"你多大了,托普西?"

"不知道,夫人。"那小人说着咧嘴一笑,露出了满嘴牙齿。

"不知道自己多大了? 难道没有人告诉过你吗? 你妈妈是谁?"

"从来没有过妈妈!"孩子又咧嘴一笑,说。

"从来没有过妈妈? 你这是什么意思? 你出生在哪儿?"

"从来没有出生过!"托普西又一笑,固执地说,她样子真像个小妖怪,要是奥菲利亚小姐有一点点神经质的话,准会以为自己是从妖怪世界里抓来了一个小黑妖怪呢。但奥菲利亚小姐不是个神经质的人,而是个头脑清楚、有条有理的人,她带着几分严厉地说:

"孩子,你不能这样回答我的问题,我不是在和你闹着玩。告诉我你是在哪儿出生的,你爸爸妈妈是谁。"

"从来没有出生过,"小家伙语气更重地重复道,"从来没有过爸爸妈妈,什么也没有。是个投机商把我养大的,和好多别的孩子在一起,由苏大娘照料我们。"

显然孩子说的是实话,简朴地笑出声来,说:

"天哪,夫人,这种孩子多啦,投机商在他们很小的时候很便宜地把他们买下,把他们养大了去卖。"

"你和老爷和太太一起生活多久了?"

"不知道,夫人。"

"是一年,还是一年多,还是不到一年?"

"不知道,夫人。"

"天哪,夫人,这些下等的黑人,他们不知道,他们根本不懂时间是什么,"简说,"他们不知道什么叫一年,他们不知道自己的岁数。"

"托普西,你听说过上帝吗?"

孩子满脸迷惘,但仍咧嘴笑着。

"你知道是谁造的你吗?"

"就我知道的没人造我。"孩子说着,短促地笑了一声。

这个念头似乎让她觉得很好玩,因为她的眼睛闪着光,而且补充说道:

"我想我是自己长出来的,我觉得没有人造我。"

"你会做针线活吗?"奥菲利亚小姐问道。她想还是问些具体的问题好。

"不会,夫人。"

"你会干些什么? ——你在老爷太太家都干些什么?"

"打水,洗碗碟,擦刀子,侍候人。"

"他们对你好吗?"

"我想还好。"孩子说着狡黠地看了看奥菲利亚小姐。

这段令人鼓舞的谈话结束后,奥菲利亚小姐站起身来,圣·

克莱尔此时正靠在她的椅子背上。

"堂姐,这是一片处女地,种下你自己的思想吧,——你会发现需要拔掉的东西不多。"

奥菲利亚小姐关于教育的想法,和她所有的其他想法一样,是很固定不变的,和在新英格兰地区一个世纪以前占统治地位的想法是一样的,现在在铁路没有通到的地方的某些偏僻、单纯的地区仍存在着。这想法可以用简单几个字大致概括如下:教他们人家对他们讲话时要仔细听,教他们教义问答、缝纫和识字,要是说谎就用鞭子抽他们。当然,在现在对教育的重视和认识的情况下,这些观点是大大地落后了,然而毋庸置疑的事实是,我们的祖母们确实以这种方式培养出了一些还不错的男女,这是我们中的许多人都还记得并可以证明的。不管怎么说吧,反正奥菲利亚小姐也不会别的办法,因此也只能尽她最大的努力来教育这个小野孩子了。

在家里正式宣布了这孩子属于奥菲利亚小姐,大家也都这么认为。由于她在厨房里不受欢迎,奥菲利亚小姐决定把命令她做事的范围限制在她的卧室中。她以我们一些读者一定会敬佩的自我牺牲精神,决定不去轻轻松松地自己铺床叠被打扫卧室,——原先这些都是她自己动手做的,决不要家里的女仆帮助——而是作出牺牲,教托普西来做。啊,这倒霉的日子! 要是读者中有谁也这样做过,就会体会到奥菲利亚小姐作出了多大的自我牺牲了!

第二天一早,奥菲利亚小姐把托普西带到自己的卧室中,开始了严肃地整理床铺的艺术和秘诀的课程。

看看托普西吧,洗得干干净净的,那些心爱的小辫子全给剪掉了,穿着一件干净的长外衣,系着一个浆得笔挺的围裙,脸上带着参加葬礼时的严肃表情，毕恭毕敬地站在奥菲利亚小姐面前。

"现在，托普西，我要教你应该怎样整理我的床。我对床的整理很挑剔，你一定要一丝不苟地学会怎么做。"

"是，夫人。"托普西说。她深深叹了一口气，满脸愁苦而严肃的神情。

"好，托普西，你看，这是床单的边，这边是正面，这边是反面，你记得住吗？"

"记得住的，夫人。"托普西又叹了一口气，说道。

"下面这层床单必须得蒙在长枕头上面，像这样，然后平整地掖在床垫下面，这样，看见了吗？"

"看见了，夫人。"托普西全神贯注地回答说。

"可是上面这层床单，"奥菲利亚小姐说，"一定要像这样拉平以后平整而严实地掖在床垫的脚头，像这样，床单的窄边在脚头。"

"是，夫人。"托普西仍如刚才那样回答道。但是我们要补充的是奥菲利亚小姐没有看见的情况：在这位好心的女士背过身去热情地操作时，她的小门徒却设法抓了一副手套和一条丝带，灵巧地塞进了袖子里，然后双手一如刚才那样乖乖地交握着站在那里。

"好了，托普西，你做做看。"奥菲利亚小姐说，一面把床单从床上扯下，自己坐了下来。

托普西认真而灵巧地做了一遍，奥菲利亚小姐感到十分满意。她拉平床单、抚平每一道皱褶，在整个操作过程中表现出极度的认真和严肃，使她的老师都受到很大启发。但是一不小心，在她刚要整理完床时，丝带的一头从一只袖子里飘垂了下来,引起了奥菲利亚小姐的注意。她立刻扑了上去,"这是什么？你这个淘气的坏孩子,——你偷丝带了!"

丝带被从托普西的袖子里拽了出来,可她一点也不惊慌,她只是以极其惊讶和莫名其妙的神情看着丝带,说:

"天哪,这不是菲利小姐①的丝带吗？怎么会跑到我的袖子里来了?"

"托普西,你这个淘气的姑娘,别和我撒谎,——是你偷了丝带!"

"小姐,我发誓我没有偷,——我从来没有见过这丝带!"

"托普西,"奥菲利亚小姐说,"你难道不知道撒谎是件坏事吗?"

"我从不撒谎,菲利小姐,"托普西一副善良认真的神气说,"我说的都是实话,没有撒谎。"

"托普西,你要是这样说假话,我就不得不用鞭子抽你了。"

"天哪,小姐,你就是抽上我一整天,我也只能这么说啊,"托普西开始哭着说,"我根本没见过这丝带,一定是让我的袖子挂住了。菲利小姐一定是把丝带落在床上了,就裹在床单里了,这样就钻进了我的袖子里了。"

这赤裸裸的谎话使奥菲利亚小姐十分气愤,她一把抓住托普西使劲摇晃起来。

"不许你再这样撒谎了!"

这一摇晃把手套从衣袖里摇落到了地板上。

"你看看!"奥菲利亚小姐说,"你现在还要对我说你没有

①　即奥菲利亚小姐。

偷丝带吗?"

这时托普西承认偷了手套,但仍拒不承认偷了丝带。

"好吧,托普西,"奥菲利亚小姐说,"如果你说了实话,这次我不打你。"得到这样的保证后,托普西才哭丧着脸一再表示愿意悔改地承认自己偷了手套和丝带。

"好吧,告诉我,我知道你进了这个家门后一定还偷了别的东西,昨天一整天我都随你到处跑。好了,偷了什么告诉我,我不会打你的。"

"天哪,小姐,我拿了伊娃小姐戴在脖子上的那串红颜色的东西。"

"是吗,你这个淘气的孩子! 嗯,还有什么?"

"我拿了萝莎的耳环——那副红的耳环。"

"去把两样东西都拿来,马上去拿来。"

"天哪,小姐,我拿不出来了,都烧掉了呀。"

"烧掉了! 真会编! 去拿来,不然我要抽你了。"

托普西大声争辩着,哭哭啼啼地说她就是拿不出来了,"把它们给烧了,就是烧掉了。"

"你为什么要把它们烧掉呢?"奥菲利亚小姐问。

"因为我坏呀,我很坏,我也不知道怎么就这样做了。"

正在这时,伊娃天真无邪地走进房间里来,脖子上戴着那串红珊瑚项链。

"哎呀,伊娃,你这项链是从哪儿找到的?"奥菲利亚小姐问道。

"找到的? 怎么,我整天都戴着它的呀。"伊娃说。

"你昨天戴了吗?"

"戴了,有意思的是,姑姑,我上床睡觉时忘了把它取下来,戴着它睡了一夜呢。"

奥菲利亚小姐满脸狐疑的神情,萝莎进来时更是有增无已。萝莎头上顶着一篮新熨好的衣物,耳朵上垂着那副珊瑚耳环!

"我真不知道该拿这么一个孩子怎么办!"奥菲利亚小姐绝望地说,"你到底为什么要对我说你拿了这两件东西,托普西?"

"哎呀,小姐说我得承认,我想不出别的什么可以承认的呀。"托普西揉着眼睛说。

"可是当然我不会要你承认你没有干过的事呀,"奥菲利亚小姐说,"这和你刚才撒谎一样,也是撒谎呀。"

"天哪,是吗?"托普西说,满脸天真而惊讶的神情。

"哼,这个顽皮家伙嘴里一句老实话也没有,"萝莎说着气愤地看着托普西,"我要是圣·克莱尔老爷,我非用鞭子抽得她浑身流血不可,我要,我要让她尝尝味道!"

"不,不,萝莎,"伊娃用命令的口气说道,这孩子有时候是会采取这种口气的,"你不可以这样说话,萝莎,我听不得这种话。"

"啊呀,伊娃小姐,你人太好了,不知道怎么和黑鬼打交道,我对你说吧,没有别的办法,只能痛揍他们。"

"萝莎!"伊娃说,"别说了,不许你再说一个这样的字!"孩子的眼睛闪着光,满脸涨得通红。

萝莎害怕了。

"伊娃小姐身上流着圣·克莱尔家的血,这一点再清楚不过了。讲起话来就和她爸爸一样。"萝莎走出房间去时自语道。

伊娃站在那儿看着托普西。

这里站着两个孩子,她们代表着社会的两个极端:一个是出身高贵的孩子,白皮肤,满头金发,深陷的眼睛,端庄聪慧的前额,高雅的举止;旁边的一个则是黑皮肤,机灵、狡黠、卑琐、然而却十分敏锐。她们代表着各自的种族:撒克逊族,世世代代生活在有高度教养、发号施令、享受教育和优越的物质及精神生活的天地里;非洲族,世世代代生活在受尽压迫、听命于人、愚昧无知、劳苦和罪恶的天地里!

也许在伊娃心里正涌动着类似这样的思想,但是儿童的思想常常是些模糊的、不很明确的直觉;伊娃高尚的天性中有许多这样的本能想法在活动着、作用着,但她没有能力表达出来。当奥菲利亚小姐一五一十地讲述着托普西的淘气的恶行时,伊娃脸上露出了迷惘而伤心的神色,但仍温柔地说:

"可怜的托普西,你为什么要偷呢?你会受到很好的照顾的呀,我情愿把我有的任何东西送给你,而不要你再去偷了。"

这是托普西一生中第一次听到的充满关怀的话,伊娃的温柔的口气和态度使她那粗野不驯的心觉得很奇怪,她那亮晶晶的机灵的圆眼睛中隐隐有泪花闪现,但是伴之而来的是短促的笑声和像平常那样的咧嘴一笑。不!听惯了只有辱骂声的耳朵对于这样体贴的话是奇怪得难以相信的,因而托普西只觉得伊娃的话滑稽而且费解,——她根本不相信她的话。

但是该把托普西怎么办呢?奥菲利亚小姐觉得这实在是个难题。她教育人的那套规矩似乎不适用了。她觉得自己需要时间考虑考虑,而为了获得时间,并且寄希望于小黑屋似乎具有的某些固有的美德,奥菲利亚小姐把托普西关进了一间小黑屋里,以便自己能把这件事想想清楚。

"我不知道,"奥菲利亚小姐对圣·克莱尔说,"不打她怎么能管住这孩子。"

"那你就打吧,痛快地打吧,我全权委托你任意处理这孩子。"

"孩子不打不成器,"奥菲利亚小姐说,"我还没听说过不打能教育好孩子的。"

"啊,当然啦,"圣·克莱尔说,"你觉得怎么好就怎么做吧,只不过我提一条建议:我见过她家用拨火棍打她,用铁铲、火钳打她,什么顺手就拿什么打她。既然她已经习惯了这种行为方式,我想你恐怕得使出大劲打才会有点用。"

"那我该怎么办呢?"奥菲利亚小姐说。

"你提出了一个严肃的问题,"圣·克莱尔说,"我希望由你来回答:对一个只能用皮鞭来管束的人,而皮鞭已经没有用了的时候,该怎么办? 这在我们南方是很普遍的情况。"

"我不知道该怎么办,我从来没见过这样的孩子。"

"这样的孩子在南方是很多的,这样的男人女人也是很多的。应该怎样管束他们?"圣·克莱尔说。

"我可真说不出办法来。"奥菲利亚小姐说。

"我也说不出办法来,"圣·克莱尔说,"报纸上偶尔披露的可怕的暴行,——例如像蒲露这样的事,——是怎么产生的? 在许多情况下是双方的心肠越来变得越硬的结果,——主人变得越来越残暴,奴仆变得越来越麻木。鞭打和虐待犹如鸦片酊,感觉越来越迟钝,药量就得翻番。我成为奴隶主后不久就看到了这一点,我下决心绝不开这个头,因为一开头我就会无法收拾,——我决心至少要维护住自己的道德本性。

结果是我的奴仆就像些惯坏了的孩子,但是我觉得这比我们双方都变得残忍要好一些。你谈了许多我们在教育上应尽的责任,堂姐,我真的希望你能在一个孩子身上试一试,这孩子是我们南方成千上万个孩子的典型。"

"是你们的制度造成了这样的孩子。"奥菲利亚小姐说。

"我知道,但是已经造成了,他们存在着,那该拿他们怎么办?"

"唉,我不能说感谢你让我做这么个试验,但是这既然是个责任,那我就坚持去努力吧,尽我所能去做。"奥菲利亚小姐说。此后,奥菲利亚小姐确实以令人钦佩的热情和精力来教育她这个属下。她为托普西规定出了每天的工作时间和内容,并教她识字和做针线活。

在识字上托普西非常快,像变戏法似的一下就把字母学会了,不久就能读简单的东西了;但是学做针线活就不那么容易了。这孩子像猫一般轻巧,像猴子一般好动,她极其厌恶针线活造成的限制,所以她不是把针弄断后狡猾地扔到窗外或塞在墙缝里,就是把线弄乱、弄断、弄脏,或甚至把整轴线偷偷扔掉。她动作快得几乎和老练的魔术师一样,对面部控制的本事也和魔术师一样大。尽管奥菲利亚小姐觉得不可能接连发生这么多偶然事故,然而除非她整天什么事也不干地监视她,否则她根本看不出任何破绽来。

很快托普西在家里成了个出名的人物,她在各色各样的逗乐、做鬼脸、模仿、跳舞、翻跟斗、爬高、唱歌、吹口哨和学她想学的任何声音上的天才似乎是无穷无尽的。在她游戏的时间里,家里的小孩子全都跟在她后面,惊奇和佩服得张着嘴,就连伊娃小姐也不例外,她似乎被托普西那充满野性的魔法迷住了,就像有时 只鸽子会被闪闪夺目的蟒蛇迷住一样。伊娃老爱和托普西在一起,这使奥菲利亚小姐有些不安,她请求圣·克莱尔制止伊娃。

"咳,别去管她,"圣·克莱尔说,"托普西对她会有好处的。"

"可是这样一个没有教养的孩子,——你就不怕她会把伊娃教坏了吗?"

"她教不坏伊娃,她可能会教坏别的孩子,坏习气落在伊娃的心上就像露珠落在菜叶上,一滴不沾全滚掉了。"

"还是别那么自信吧,"奥菲利亚小姐说,"我知道要是我的孩子,我不会让他和托普西一起玩的。"

"嗯,你的孩子可以不和她玩,"圣·克莱尔说,"但是我的孩子可以。伊娃要是会学坏的话,她早就学坏了。"

一开始,上等的仆人看不起托普西,以轻蔑的态度对待她,但很快就改变了看法。他们不久就发现,谁要是对她无礼了,就必定马上会遇到让你不便的倒霉事,——不是耳环或别的心爱的首饰不见了,就是衣服突然给毁得一塌糊涂,再不就是突如其来地撞翻一桶热水,或者在盛装打扮时一盆污水莫名其妙地从天而降浇得她们浑身透湿。在这些事件发生之后进行调查时,根本找不到干这些坏事的主儿。托普西的名字被多次提起,并受到家庭审判,但她每次都是以一副严肃而清白无辜的面孔顶住了审问。谁也不怀疑事情是谁干的,但却找不到一丝一毫的证据可以证明这种推想,而奥菲利亚小姐是极公正的,没有证据她是不会任意处理的。

而且这些恶作剧发生的时间都选得非常恰当,进一步掩护了肇事者。比如对萝莎和简报复的时候都是选在这两个女仆失宠于太太之际（这种情况经常发生），这时她们的抱怨自然不会得到同情。总之，托普西很快就使家中的奴仆明白不去惹她是最恰当的，因此就没有人去惹她了。

托普西干各种体力活都很伶俐，劲头都很足；无论教她什么学得快得令人吃惊。只教了几次她就学会了把奥菲利亚小姐的卧室收拾得妥妥帖帖，就连这位挑剔的女士也挑不出毛病来。只要托普西愿意，谁也不能把床单铺得比她铺的更平，枕头整理得更为恰到好处，把房间打扫整理得更洁净，——可是她愿意的时候可不多。如果经过了三、四天仔细而耐心的指导后，奥菲利亚小姐乐观地认为托普西终于入门了，不用督促就会按她的要求去做了，因此走开去忙着干别的事情，托普西便会大大地欢闹上一两个小时。她不去铺床，而会把枕套扯下来，把她毛茸茸的头在枕头上乱撞，直撞得脑袋上沾满了羽绒，向四面八方古怪地翘着；她会爬上床柱，从顶上倒吊着玩耍；她会把床单床罩扔得满屋子都是；给长枕头穿上奥菲利亚小姐的睡衣，用来进行各种绘声绘色的表演：唱歌，吹口哨，对着镜子冲自己扮鬼脸；总之，拿奥菲利亚小姐的话来说，是"天下大乱"。

有一次，奥菲利亚小姐发现托普西把她最好的那条印度产的大红广东绉纱披肩当作包头巾缠在头上，正在正儿八经地对着镜子排练呢，——那是因为奥菲利亚小姐把钥匙忘在抽屉里了，对她来说这么粗心大意真是少有的。

"托普西，"奥菲利亚小姐实在忍不住的时候会说，"你为什么要这么干呢？"

"不知道，小姐，我想是因为我太坏了！"

"我真不知道该拿你怎么办，托普西。"

"天哪,小姐,你打我吧,我从前的女主人就老打我,要不打我我就不干活。"

"唉,托普西,我不想打你。只要你愿意干,你能干得很好。你为什么不愿意干呢?"

"天哪,小姐,我挨打都挨惯了,我看这对我有好处。"

奥菲利亚小姐试过这个方子,托普西总是呼天喊地,又哭又叫地讨饶,可是半小时以后,她会蹲在阳台的某个突出的地方,对周围围着的一群对她极为佩服的"小家伙"以极为蔑视的口气谈到这件事。

"天哪,菲利小姐还打人呐!——她连只蚊子都打不死。瞧我原来那老爷能打得人血肉横飞,他才叫会打人呢!"

托普西总是大大炫耀自己的罪孽和无法无天的行径,显然把这些看作特别光彩的事。

"天哪,你们这些黑鬼们,"她会对有的听众说,"你们知不知道,你们都是罪人? 是的,你们是罪人——大家都是罪人,白人也是罪人,——菲利小姐是这么说的,不过我想黑鬼是最大的罪人;可是上帝啊,你们谁都比不上我,我简直太坏了,谁也拿我没办法,从前我尽惹得原来的太太整天骂我。我想我是世界上最坏的人了。"这时候托普西会翻个跟斗,麻利地满脸放光地落在更高的地方,显然对她的这个本事觉得极为得意。

每逢星期日,奥菲利亚小姐总是认真地忙着教托普西教义问答。托普西口传心受的记忆能力很不寻常,能流畅地复述出来,令老师十分鼓舞。

"你指望这会对她有什么好处呢?"圣·克莱尔问。

"啊,这向来对孩子有好处,你知道,这是孩子们必须学的。"奥菲利亚小姐说。

"也不管他们是不是理解吗?"圣·克莱尔问。

"啊,当时孩子们是不会理解的,但是等他们长大以后就会起作用了。"

"我受到的教育至今还没起作用呢,"圣·克莱尔说,"虽然说我可以证明我小的时候你对我讲得够透彻的。"

"啊,你向来学习就好,我那时对你抱着很大的希望呢。"奥菲利亚小姐说。

"那你现在对我就不抱希望了吗?"圣·克莱尔说。

"你要是还和小时候一样听话就好了,奥古斯丁。"

"我也这样希望呢,这是真的,堂姐,"圣·克莱尔说,"好吧,你还是继续给托普西上教义问答课吧,或许你能搞出点结果来。"

在这段谈话进行期间,托普西一直像尊黑色雕像般站在一旁,两手规规矩矩地交叠在一起。这时,看到奥菲利亚小姐做了个手势,托普西继续背了下去:

"我们的第一代祖先在上帝准许他们自由地依自己的意愿行事后,便从被创造的状态①中堕落了下来。"

托普西眼睛一闪,带着疑问的神情看着奥菲利亚小姐。

"怎么啦,托普西?"奥菲利亚小姐问道。

"请问,小姐,那个州是肯塔基州吗?"

"怎么问起州来了,托普西?"

"他们堕落下来的那个州呀。以前我总听见老爷讲我们

---

① "状态"一词原为 state,另有一义为"州",此处托普西死记硬背,但不明白这个词在此处的意义,误以为作"州"解,故有下文提出的问题。

是从肯塔基州来的。"

圣·克莱尔大笑起来。

"你得给她讲清词的意义，不然她就会自己琢磨出个意思来，"圣·克莱尔说，"看来这话说明他们是从别处搬来的呢。"

"啊，奥古斯丁，别打岔好不好。"奥菲利亚小姐说，"你要总这么笑，我什么也没法干了。"

"好吧，我不再打扰你们的练习了，我保证。"圣·克莱尔说着拿起报纸走进了客厅，坐下来看报，一直到托普西背完了功课。她背得很好，只是有时她会奇怪地把几个重要的词调换了位置，而且不管怎么努力，说出来仍是错的。尽管圣·克莱尔保证了要守规矩，却顽皮地以托普西的错误为乐，想寻开心时就把她叫到自己身边来让她重背那刺耳的段落，置奥菲利亚小姐的抗议于不顾。

"奥古斯丁，你要老是这个样子，让我怎么能教好这孩子呢？"她总是这样说。

"唉呀，真糟糕，——我不再这样做了；可是我真爱听那个滑稽的小东西结结巴巴地说那些大字眼！"

"可是这样你就肯定了她的错误了。"

"那又怎么样？对她来说，哪个字还不都是一样的。"

"你要我把她教育好，而且你也应该记住她是个有理智的人，应该注意你对她的影响。"

"啊呀，真可怕！我是应该注意，可是，正像托普西自己说的那样'我太坏了！'"

对托普西的教育就在类似这样的情况下进行了一两年，——奥菲利亚小姐天天为托普西烦恼，就像一种慢性病，她逐渐习惯了病痛的折磨,就像人们逐渐习惯了神经痛和偏头痛一样。

圣·克莱尔觉得这小家伙很好玩,就和人们觉得一只鹦鹉或短毛猎犬会做的小把戏好玩一样,每当托普西的过错使她在别人面前受到责骂时,她总是会躲在他的椅子后面,而圣·克莱尔总会设法替她讲和。她从圣·克莱尔那里得到过不少零星的五分币,她都用来买了糖或坚果,而且毫不在意地慷慨地分给家里所有的孩子吃。说句公道话,托普西心眼好,也很大方,只有在自卫时才会心怀恶意。现在我们已经把她介绍进了我们的芭蕾舞团,以后她会不时地和其他演员一起上台的。

第二十一章　肯　塔　基

读者诸君也许会愿意回过头去稍稍看一下肯塔基那个庄园上的汤姆叔叔的小木屋，看看他走后留在家里的人的情况吧。

一个夏天的傍晚，大客厅的门窗全都敞开着，恭候着哪怕是一丝微风的惠顾。谢尔比先生坐在通向客厅的大厅里，这大厅横贯全屋，两侧各有一个阳台。他身子向后悠闲地靠在一张椅子里，两只脚跷放在另一张椅子上，享受着晚餐后的一支雪茄烟。谢尔比太太坐在门口绣花。她好像心里有事，想找机会开口。

"你知道吗，"她说，"克洛收到了汤姆的一封信？"

"啊，是吗？看来汤姆遇到好人了。老伙计好吗？"

"看起来他给一个好人家买了去，"谢尔比太太说，"他们对他很好，活儿也不多。"

"啊，好呀，我很高兴，——非常高兴，"谢尔比先生热诚地说，"我想汤姆会习惯于在南方住下去，不会再想回来了。"

"恰恰相反，"谢尔比太太说，"他焦急地问起什么时候能够有钱去赎他。"

"我可真不知道，"谢尔比先生说，"一旦买卖不顺利，就好像没个尽头似的，就像是进了沼泽地，跳出一个泥坑又掉进了另一个泥坑,借了钱来还债,还不完的罗圈债。连抽支雪茄转个身子的工夫都没有,该死的借据就又到期了,讨债的信一封接一封,全是急如星火地要钱。"

"亲爱的,我倒觉得还是可以有办法理出头绪来的。能不能把马都卖掉,再卖掉一个农场,把账全还清呢?"

"啊,这太荒唐了,艾米丽!你是全肯塔基州最杰出的女人,但是你却对自己不懂做生意这一点缺乏自知之明。女人永远不懂得这一点,也永远不会懂得这一点。"

"不过你至少可以让我知道一点点你生意的情况啊,"谢尔比太太说,"至少可以给我列一张你欠人家多少钱,人家欠你多少钱的清单,让我试试看能不能帮你节省一点开支。"

"哎呀,烦死了,别来烦我了,艾米丽!——我也说不清楚,只知道个大概情况,不可能像克洛把馅饼糕的外壳切齐那样把我的事务整切得一清二楚。我对你说过了,你根本不懂做生意的事。"

谢尔比先生不知道怎样才能让太太接受他的观点,就提高了嗓门,这是绅士们和妻子讨论生意上的事时常用的一种方便而又能说服人的辩论方式。

谢尔比太太微微叹了口气不再说话了。事实是,尽管她的丈夫声明她是个女流之辈,她却有着清醒的、活跃的、讲求实际的头脑,性格坚强,大大胜过她的丈夫。因此承认她有经营管理的能力并不像谢尔比先生所认为的那样是荒唐可笑的。她决心要实现她对汤姆和克洛大婶的诺言,可是眼看困难越来越大,不由叹了口气。

"你不认为我们有什么法子能凑出这笔钱来吗?可怜的克洛大婶!她一心希望有这么一天呢。"

"她如果有这个想法，我很遗憾。我觉得我答应她这事有点欠考虑，现在我认为最好告诉克洛实情，让她下决心。汤姆过一两年会再找个老婆，克洛最好再找个别人。"

"谢尔比先生，我一向教育我的奴仆，他们的婚姻和我们的婚姻一样神圣，我决不能这样劝克洛。"

"太遗憾了，太太，你把超越了他们条件和可能的道德观压在了他们身上，对他们形成了负担。我一向就是这样认为的。"

"可这是《圣经》上的道德观，谢尔比先生。"

"好了，好了，艾米丽，我不想干涉你的宗教观念，只不过这些观念似乎非常不适用于他们那种情况的人。"

"我觉得非常适用，"谢尔比太太说，"这就是我从心灵深处痛恨这个制度的原因。我对你说吧，亲爱的，我可不能对这些可怜的奴隶自食其言。如果我没有其他的办法可以搞到这笔钱，我就在家教音乐，我知道能有足够的把握自己赚齐这笔钱。"

"你不会做这种降低身份的事的吧，艾米丽？我决不会同意的。"

"降低身份！难道会比我食言于这些可怜的人更降低身份吗？决不会的！"

"好吧，你向来勇敢得超凡，"谢尔比先生说，"不过我想你在采取这种吉诃德式的行动之前最好再认真考虑一下。"

正在这时，克洛大婶出现在游廊的尽头，打断了他们的谈话。

"对不起，太太。"克洛大婶说。

"哎，克洛，什么事？"女主人说着站起身来，向阳台边上走去。

"太太您来看看这一堆诗鸭。"

克洛总爱把鸡鸭叫作诗鸭,不管孩子们怎么纠正她劝她她也不改。

"天哪,"她总是说,"我真不明白这两个字有什么不一样,——反正诗鸭很好听。"因此克洛继续管鸡鸭叫诗鸭。

谢尔比太太看见躺在地上的许多鸡鸭,不禁笑了起来。克洛大婶正站在鸡鸭旁,一脸严肃的沉思神情。

"我在想是不是用这儿的鸡给太太做个鸡肉馅饼糕。"

"克洛大婶,我无所谓,——随你怎么做都行。"

克洛站在那里心不在焉地鼓捣着那些鸡,显然脑子里想的不是鸡。最后她短促地笑了一声,黑人在提出一个拿不太准的建议时往往先这么笑一声,然后说:

"我的天,太太!老爷和太太干吗要为那钱烦心,而不去利用他们手头现成的东西呢?"克洛又笑了一声。

"我不明白你的意思,克洛。"谢尔比太太说,从克洛的态度上她毫不怀疑克洛已经一字不漏地听到了她和丈夫间的谈话。

"哎呀,我的天,太太!"克洛又笑了一声,说,"人家都把黑奴租出去赚钱呢!才不养着一大堆人在家里坐吃山空呢。"

"那么,克洛,你建议我们把谁给租出去呢?"

"天哪,我可不是在提什么建议;只是山姆说在路易斯维尔有家什么好点店,说要找个做糕饼的好手,说一个星期给四块钱,他就是这么说的。"

"还有什么,克洛?"

"啊,天哪,我在想,太太,该让莎利好好干点事了,她在我手下已经干了一阵子了,也可以说本事和我差不多了,要是太太肯让我去,我就能帮着凑齐这笔钱。我才不怕把我做的糕饼点心和什么好点店的放在一起比呢!"

"是糕点店,克洛。"

"天哪,太太! 这没有什么关系,——词真是古怪,总是说不对。"

"可是克洛,你愿意离开孩子们吗?"

"天哪,太太! 两个男孩都大了,能干点活了,他们活干得不错,莎利说给我带小娃娃,那孩子乖着呢,根本不用多去照料她。"

"路易斯维尔离这里可远得很。"

"天哪,谁怕这个? 是在河的下游,也许离我老头近多了吧?"克洛用询问的口气说了后面这句话,两眼望着谢尔比太太。

"不近,克洛,有几百英里远呢。"谢尔比太太说。

克洛脸色阴沉了下来。

"别伤心,克洛,你到那儿去离他就近些了。好的,你可以去,你的工钱每一分我都会给你存起来好赎你的丈夫。"

宛如一道明亮的阳光把乌云照耀成银白色一样,克洛黑色的面孔立刻明亮了起来,——真的是满脸放光了。

"天哪,太太真是太好了! 我也正这么想呢,因为我不需要买衣服、买鞋,什么也不需要,可以把每分钱都省下来。太太,一年有多少个星期呀?"

"五十二个星期。"谢尔比太太说。

"天哪,是吗? 每个星期四块钱,那一年是多少呢?"

"二百八十块钱。"谢尔比太太说。

"哎呀!"克洛惊喜地说,"要多久我能凑够这笔钱,太太?"

"四五年吧,克洛,不过你不用一个人凑,我会帮上一点的。"

"我可不想听到太太去教音乐啦什么的,这件事上老爷说得对,这样做不行。只要我有两只手,我希望我们家的人就不会落到这个份儿上。"

"别害怕,克洛,我会顾全家庭的荣誉的,"谢尔比太太微笑着说,"可是你打算什么时候走呀?"

"嗯,我原本没有做什么打算,只是山姆要赶几匹马驹到河边去,他说我可以和他一起去,所以我就把东西收拾了一下,要是太太答应,我就明天早上和山姆一起走。太太是不是可以给我开个通行证,再写封推荐信?"

"好吧,克洛,要是谢尔比先生不反对,我会替你办的。我先得和他商量商量。"

谢尔比太太上楼去了,克洛大婶十分高兴,回木屋去做准备去了。

"天哪,乔治少爷,你还不知道,明天我要到路易斯维尔去了!"克洛大婶对走进木屋来的乔治说,乔治一进门就看见她忙着在收拾小娃娃的衣服,"我想得收拾一下小妹的东西,整理好。乔治少爷,我一个星期要挣,——要挣四块钱呢,太太要给我全存起来,好把我那老头赎回来!"

"啊呀,"乔治说,"这可是桩好买卖! 你怎么个去法呢?"

"明天和山姆一起走。乔治少爷,我知道你一定愿意坐下来给我那老头写封信,告诉他这一切的,是吧?"

"当然，"乔治说，"汤姆叔叔收到我们的信要高兴死了，我马上回家去拿信纸和墨水，而且你知道，克洛大婶，我还可以把新的小马驹子什么的都告诉他呢。"

　　"是啊，是啊，乔治少爷，你快去吧，我来给你弄点鸡啦什么的吃吃，你不会有很多机会在你可怜的大婶家吃饭了。"

第二十二章 "草必枯干——花必凋谢"*

生活一天天地过去,这对我们大家都是如此,对我们的朋友汤姆也是一样,转眼两年就过去了。虽然和亲人分离,虽然经常怀念遥远故乡的一切,但他倒也没有感到特别的痛苦,因为人的感情好似一把调好的竖琴,除非猛地碰断了所有的琴弦,否则不可能完全破坏它的和谐。当我们回首往事时,那些显得艰难困苦的时刻也仍在逝去的每个瞬间中留下了一些乐趣和安慰,因此我们虽然不会十分幸福,但也不会十分痛苦。

汤姆在他仅有的文库中读到了有位圣徒如何"学会了不论处于什么境地都觉得知足"①。对他来说这似乎是条很有道理的好教义,而且也很符合他在读《圣经》时形成的固定的爱思考的习惯。

我们在上一章中已经讲到,他写回家信以后不久就收到了乔治少爷执笔的回信,是小学生式写得很清楚的圆体字,汤姆说清楚得"在屋子另一头"都能认得出来。里面写了家中各种令人高兴的消息,读者诸君早已知晓:说克洛大婶如何被路易斯维尔一家糕点店雇用,她做糕点的手艺在那儿可以赚

---

* 见《新约·彼得前书》第 1 章第 24 节。

① 指在《圣经》中读到有关使徒保罗的记载。

到许多钱,他告诉汤姆这些钱全都存起来凑作他的赎金;说摩西和彼得长大了,小娃娃则在莎利和大家的照顾下,已经会满屋子跑了。

汤姆的小木屋暂时关闭了起来,但乔治出色而详细地描述了等汤姆将来回来的时候,要如何扩充和装饰这屋子。

信的其余部分列出了乔治在学校学习的课目,每一项课的第一个字母都是花体大写;他还告诉汤姆自他离家后家里新添的四匹小马驹的名字,接着说他爸爸妈妈身体都好。这信写得无疑是简洁扼要的,但汤姆认为这是近代出现的文章的最好范例,他是百读不厌,甚至还和伊娃研究是否应该给配个镜框挂在他的房间里,之所以没有这么做完全是因为没有办法让信的正反两面同时都露出来。

随着伊娃日益长大,汤姆和伊娃间的友谊也不断增长。很难说清她在这个忠实的仆人的温柔敏感的心中所具有的地位。他既把她当作一个柔弱的尘世中生活的孩子来爱护,又把她当作一个纯洁的天使在崇拜。他凝视她时就和一个意大利水手凝视着小耶稣像一样:充满了温柔与崇敬。汤姆最大的乐趣就是逢迎她优雅的想象,满足她千百个简单的、彩虹般包围着童年的欲望。早晨在市场上,汤姆的眼睛老盯在鲜花摊上,为她寻找稀奇的花朵做成花束;还要往口袋里放上只最好的桃子或橘子,回家后好给伊娃。最使他高兴的景象就是大老远地看见她从大门口探出快活的小脑袋等着他回来,听见她孩子气地问他:"哎,汤姆叔叔,今天你给我带回什么来啦?"

伊娃也给了他同样热情的回报,为他效劳。她虽然还是个孩子,朗读起来却十分出色。她耳朵富有灵敏的乐感,想象力富有诗意的巧思,加以对一切庄严高尚的事物有着本能的共鸣,使她将《圣经》朗读得十分出色,汤姆还从来没有听见有人朗读得这么好过。起初,她朗读《圣经》只是为了让她这个身份低下的朋友高兴,但是不久以后她的热切的天性就伸出了卷须,缠绕在了这本庄严的书籍上。伊娃深爱《圣经》,因为它在她心中唤起了奇特的渴望以及模糊而强烈的感情,这是充满热情的、富有想象力的孩子都珍爱的感情。

《圣经》中她最喜爱的部分是《启示录》和先知们的预言书,——其中那模糊奇妙的意象和炽烈热情的语言给她的印象特别深刻,使她极想弄明白它们的意义,可都是白费力气。她和她那单纯的朋友这一老一少两个孩子都有这种感觉。他们只知道里面讲的是即将展示的天国的景象,是一个即将到来的奇妙的世界,他们的灵魂为此而喜悦,然而他们却不知道是为了什么。但是在精神科学上不能理解的事物不一定都是没有益处的,尽管在物质科学上不一定如此。因为当灵魂苏醒时,它是颤抖着在一个陌生的地方醒来,处于两个蒙眬的永恒——永恒的过去与永恒的未来——之间,光明只照亮她周围的一小片地方,因此她必然会向往那未知世界,从模糊的灵感支柱处传来的声音和隐隐的活动在她期待的心灵中全都找到了回响和呼应。那神秘的意象都如许许多多刻有不为人知的象形文字的护符和珍宝;她将这一切珍藏在心,期待着当她脱离了无知境界后能够理解它们。

我们故事叙述到这一点的时候,圣·克莱尔全家已搬到了他们在庞恰特雷恩湖畔的别墅避暑去了。夏季的暑热把凡是有能力离开这闷热而污浊的城市的人全都赶到了湖边,去寻求凉爽的海风去了。

圣·克莱尔的别墅是一幢东印度风格的宅第,周围是轻巧的竹回廊,四面都通花园和游乐场所。共用的客厅通向一个大花园,园中各种奇异的热带植物和花卉散发着芳香,弯曲的小径蜿蜒通到湖边,一片银色的湖水在阳光下起伏着:这是一幅每个小时都在变化而每个小时都越加美丽的图画。

这时正是金色的日落时分,天际被霞光烧得一片火红,将湖水映成了另外一片天空。湖面上道道金红色,波光粼粼,唯有船只上的点点白帆如幽灵般在水上飘动,以及金色的小星星穿过霞光亮晶晶地闪烁着,俯瞰着在水中抖动着的自己。

汤姆和伊娃坐在花园尽头的藤萝架下一个长满青苔的小石凳上。这是星期日的傍晚,伊娃的《圣经》摊开在她的膝头上,她正读着:"我看见一片玻璃之海,交杂着火光。"①

"汤姆,"伊娃突然停了下来,指着湖面说道:"不就在那儿吗。"

"什么,伊娃小姐?"

"你没有看见吗,在那儿?"孩子指着玻璃般的湖面说,轻轻起伏的湖水映照出天空金红的光辉,"那就是'玻璃之海,交杂着火光'。"

"真的,伊娃小姐。"汤姆说。他唱了起来:

> 啊! 假如我有黎明的翅膀,
>
> 我将飞往迦南岸旁;
>
> 光明的天使将带我回家,
>
> 带到新耶路撒冷我的家乡。

---

① 见《新约·启示录》第15章第2节。

"你说新耶路撒冷在哪儿呀,汤姆叔叔?"伊娃问。

"啊,在云彩上面,伊娃小姐。"

"那么说我看见它了,"伊娃说,"你看看那些云彩里面!多像些珍珠的大门,你可以看到门里面,很远很远的地方,全是金黄色的。汤姆,唱《光明天使》吧。"

汤姆唱起了那首有名的美以美会的赞美诗:

> 我看见一群光明天使,
> 　　在天国享受着荣光;
> 她们身穿纤尘不染的白袍,
> 　　手执表示胜利的棕榈枝。

"汤姆叔叔,我看见过她们。"

汤姆对此丝毫也不怀疑,他一点也不感到惊奇。如果伊娃告诉他她到过天堂,他也会认为是完全可能的。

"这些天使有时候到我的梦里来的。"伊娃说时眼中露出了梦幻的神情,她开始低低地哼了起来:

> 她们身穿纤尘不染的白袍,
> 　　手执表示胜利的棕榈枝。

"汤姆叔叔,"伊娃说,"我要到那儿去了。"

"到哪儿去,伊娃小姐?"

小姑娘站了起来,小手指着天空。晚霞带着神秘的光辉照亮了她金色的头发和通红的面颊,她双眼热切地凝视着天空。

"我要到那儿去,"她说,"到光明天使那儿去,汤姆。我不久就要去了。"

这个忠实的老仆人突然觉得心如刀绞。汤姆想起近六个月以来他常常注意到伊娃的小手越来越瘦了,皮肤越来越透明得没有血色,呼吸越来越短促;过去在花园里又跑又玩可以一连几个小时都没事,但近来一下子就累了,没精打采的。他常听见奥菲利亚小姐说伊娃在咳嗽,吃什么药都不见好;就在现在她通红的小脸和小手都滚烫地发着烧。可是直到现在他才明白了伊娃的话的含义。

世上有过像伊娃这样的孩子吗?是的,有过,但他们的名字总是出现在墓碑上,他们甜美的微笑、可爱的眼睛、不同凡响的话语和习惯都成了埋藏在思恋的心田中的宝藏。在多少个家庭里你都会听到流传着的这样的故事,说活着的人所有的美德和情操比起一个已经不在人世的亲人的特有的魅力来简直算不了什么,就仿佛天堂里有一群特别的天使,她们的任务就是到人间来作短暂的停留,使迷途上的人亲近她们,这样当她们飞回天堂时可以带上他们。当你看到一个孩子眼中放射出深沉的神圣的光芒,当他用比一般孩子更温柔、更充满了智慧的语言揭示自己小小的灵魂时,不要希望留住这个孩子,因为在他身上已打上了天国的印记,从他眼中射出的是天神之光。

亲爱的伊娃!家中的美丽的小星星!你就要离去了,但是最最爱你的人们对此却仍一无所知。

汤姆和伊娃间的谈话被奥菲利亚小姐一阵急促的叫声打断了。

"伊娃——伊娃——孩子,露水下来了,你不能再待在外面了!"

伊娃和汤姆匆匆走进了屋子里。

奥菲利亚小姐年纪大了,非常擅长于护理技术。她是从新英格兰来的,非常熟悉这和缓、不知不觉间加剧的疾病初期侵袭时有多么狡诈,它卷走了多少最最美丽可爱的生命啊!而且,当你生命的纤维似乎连一根都没有折断时,就注定了你必然死亡的命运。

她早已注意到了那轻微的干咳,日益发红的双颊;那因发烧而造成的眼中的光泽和发虚的兴奋状态也未能逃过她的眼睛。

她试着把自己的担心告诉圣·克莱尔,但他却烦躁地把她顶了回去,一点也不像他平时那样满不在乎,态度温和。

"别叽里呱啦地烦人了,堂姐,我讨厌这样!"他总是说,"难道你看不出来这只是因为孩子在长身子吗?小孩长得太快的时候总会虚弱一点的。"

"可是她老那么咳嗽啊!"

"啊,那点咳嗽有什么!——根本不要紧。也许她着了点儿凉。"

"唉,可是伊莱扎·简,还有艾伦和玛丽亚·桑德斯都是这样死的啊。"

"啊,别再讲这些老奶娘的鬼怪传说了,你们经验丰富得连小孩子咳一声嗽,打个喷嚏都觉得没救了要不行了。你只要好好照顾伊娃,晚上别让她在露天待着,别让她玩得太累,她就会好好儿的啦。"

圣·克莱尔嘴里是这么说,实际却越来越担心和不安。他天天焦灼地关注着伊娃,这从他老是反复说"那孩子没病",——那点咳嗽没有什么关系,——只是肠胃有点小毛病,孩子们常有这种小毛病的——就能看出他的担心。但是他比以前更多地和她待在一起,更经常带她出去乘马车兜风,隔上几天就带回个药方或补身体的药来,他说:"孩子倒不一定需要这些,可吃了也没有坏处。"

如果说实话的话,最使他心中痛苦的是看到孩子的思想和感情日益成熟。一方面她仍保持了孩子的一切爱幻想的气质,但常常不自觉地说出一些极深奥的语言,表现出奇特的超凡的智慧,听起来像是神灵的启示。在这种时刻圣·克莱尔就会突然感到毛骨悚然,把她紧紧搂在怀中,仿佛这样钟爱的紧抱着她就能够挽救她,他心中涌起强烈的决心,一定要留住她,决不让她离去。

孩子的全副心灵似乎都贯注在献出爱心和仁慈的善行上了。她从来生性慷慨,但现在人人都注意到她身上有了一种感人的、女性特有的体贴。她仍爱和托普西一起玩,也爱和其他所有的黑孩子一起玩,但她现在更多是站在一边看他们玩,自己不太参加进去,她常常会一连半个小时坐在那里看着托普西的古怪把戏大笑。但是不久她脸上似乎会飘过一层阴影,眼睛变得迷茫,思想到了遥远的地方。

"妈妈,"有一天她突然对她妈妈说,"我们为什么不教仆人们识字呀?"

"问得真怪,孩子,从来没人这样做过。"

"为什么不这样做呢?"伊娃问。

"因为他们识字没有用,不能使他们把活干得更好,可他们天生就是干活的。"

"可是他们应该念《圣经》,妈妈,好明白上帝的旨意啊。"

"啊,他们需要明白的一切可以由别人念给他们听呀。"

"妈妈,我觉得,《圣经》应该是人人自己去读的,他们很多时候需要《圣经》,可是没有人给他们读。"

“伊娃,你真是个古怪的孩子。”母亲说。

“奥菲利亚小姐已经教会托普西识字了。”伊娃接着说道。

“不错,可是你看到那有什么好处呢? 托普西是我见过的最坏的东西了!”

“还有奶娘呢,”伊娃说,“她很喜欢《圣经》,而且非常希望自己能看懂它。到我不能给她念《圣经》的时候,她该怎么办呢?”

玛丽这时正忙着翻一只抽屉,她回答道:

“当然啦,伊娃,慢慢地你除了给佣人们念《圣经》外,还会有许多事要考虑。我不是说你不该给佣人念《圣经》,我身体好的时候也是这样做的,但等你要打扮自己参加社交活动时,就不会有时间这样做了。你看!”她又说,“等你开始进入社交界时,我就把这些珠宝首饰给你。我就是戴着它们参加我的第一个舞会的,伊娃,我告诉你吧,我可引起了轰动呢。”

伊娃接过了首饰盒,从里面拿出了一串钻石项链;她沉思的大眼睛停留在项链上,但是很明显她的心不在那上面。

“你怎么这么严肃呀,孩子!”玛丽说。

“这项链很值钱吗,妈妈?”

“当然啦,我父亲专门写信到法国去定购的,值不少的一笔钱呢。”

“要是项链是我的,可以随我处置就好了。”伊娃说。

“你打算用来做什么呢?”

“我就卖掉它,在自由州里买上一处产业,把我们家的黑奴都带到那儿去,雇老师教他们读书写字。”

母亲的笑声打断了伊娃的话。

"开设一所住宿学校！你还想教他们弹钢琴、在丝绒上画画吧？"

"我要教他们自己会读《圣经》，会写信，会看写给他们的信，"伊娃坚定地说，"妈妈，我知道他们不会自己做这些事心里是很难过的，汤姆就很难过，奶娘也是，还有好多人都这样。我认为这样的事是不对的。"

"好啦，好啦，伊娃，你还只不过是个孩子，根本不懂这些事情，"玛丽说，"再说，你的话让我听了头痛。"

只要谈话不中她的意，玛丽就会随时祭起头痛这个法宝。

伊娃悄悄离开了，但从此就坚持不懈地教奶娘识字了。

第二十三章　亨　利　克

大约就在这个时候,圣·克莱尔的孪生兄弟阿尔弗雷德带着十二岁的大儿子到湖滨别墅来住了两天。

再也没有比这两个孪生兄弟在一起时更奇特美妙的景象了。大自然不仅没有赋予他们任何相似之处,反而使他们处处相反。然而似乎有一条神秘的纽带把他们联结在一起,形成了不同于一般的友谊。

他们常常手挽着手在花园的小径上散步,一边是金发碧眼、有着矫健的体态和生气勃勃的相貌的奥克斯丁,一边是黑眼睛、有着高傲的罗马式相貌、结实的四肢和果断的气概的阿尔弗雷德。他们总是互相指摘彼此的言行,但却丝毫也不影响他们间深厚的情谊。实际上,正如磁铁的正负两极相吸一样,似乎正是他们的对立因素把他们牢牢结合在了一起。

阿尔弗雷德的大儿子亨利克是个长着一双黑眼睛的、仪表堂堂的高雅的男孩,朝气蓬勃、精力充沛,从他们见面的那一刻起,他似乎就被堂妹伊万杰琳那如仙的风姿深深吸引住了。

伊娃有匹最喜爱的小马,浑身雪白,骑起来如坐在摇篮中一样安稳,和它的小女主人一样温顺。这时汤姆把这匹小马牵到了后游廊下,另一个约十三岁的混血黑奴则牵来了一匹黑色的阿拉伯种小马,那是专为亨利克高价从国外买来的。

亨利克对他新得到的小马有着一种男孩子的骄傲感,当他走上前去从他的小马夫手中接过缰绳仔细察看这匹马时,脸色顿时沉了下来。

"这是什么,多多,你这只小懒狗!你今天早上没有好好刷我的马。"

"我刷了,少爷,"多多恭顺地说,"他自己又弄上土了。"

"混蛋,住嘴!"亨利克说着猛地举起了鞭子,"你竟敢还嘴?"

那马童是个和亨利克差不多大小的、漂亮的黑白混血儿,有着亮晶晶的眼睛,卷曲的头发垂在高而宽阔的额头上。看得出来他有白人血统。他急切地想辩解,脸一下子就红了,眼睛也闪出光来。

"亨利克少爷!——"他开口说道。

亨利克用马鞭抽他的脸,并一把抓住他的一只胳膊强迫他跪在了地上,然后直打得自己喘不过气来才住手。

"你这个无耻的东西!现在你给我记住我对你说话的时候不许回嘴!把马牵回去,好好刷洗干净。我得好好教训你让你知道自己的地位!"

"少爷,"汤姆说,"我猜他刚才想告诉你他把马从马厩里牵来的时候,马非要在地上打滚不可,这小马劲头十足,身上这才沾上了土。我照看他刷马来着。"

"等问到你的时候再开口!"亨利克说着转身走上台阶去和伊娃说话。伊娃已穿好骑装站在那里。

"亲爱的堂妹,真对不起,这个蠢家伙让你久等了,"他说,"我们坐在这凳子上等他们吧。怎么啦,堂妹,你怎么一脸不高兴的样子啊?"

"你怎么能这样残忍、凶狠地对待可怜的多多?"伊娃说道。

"残忍——凶狠!"少年不禁惊讶道,"你这话是什么意思,亲爱的伊娃?"

"你这样做的时候我不要你叫我亲爱的伊娃。"伊娃说。

"亲爱的堂妹,你是不知道多多,他满嘴谎话和借口,只有这个办法才能管束得了他,唯一的法子是马上让他知道自己的地位,不许他开口。爸爸就是这样做的。"

"可是汤姆叔叔说了这是个意外情况,他是从来不会说假话的。"

"那么他可算得是个不同一般的老黑奴了!"亨利克说,"多多一张嘴就是谎话,说得快着呢。"

"你要是这样对待他,就吓得他只好骗人了。"

"啊呀,伊娃,你真喜欢多多呀,我可要忌妒了。"

"可是你打他啦,——他又没有做错事。"

"那就记在他做了错事没挨打的账上吧。挨几下打对多多没有任何坏处,我可以告诉你,他可是个不折不扣的精怪。不过如果你不喜欢,我以后不当着你的面打他就是了。"

伊娃并不满意,但是她发现想让这位漂亮的堂兄明白她的感情纯粹是白费力气。

不久多多牵着马来了。

"啊,多多,这次你干得不错,"小主人这次比较和善地说,"过来,把伊娃小姐的马拉住了,我帮她上马。"

多多过来站在伊娃的小马旁边,他满面愁容,眼睛像是刚刚哭过。

亨利克在一切为女性效劳的事上殷勤灵巧,而且很以此自豪,很快他把漂亮的堂妹扶上了马,理好缰绳,放在了她手里。

但伊娃却把身子弯向马的另一侧多多站着的地方,当他松手放开缰绳时对他说:"多多,好孩子,谢谢你。"

多多惊愕地抬起头来看着那温柔的小脸,血涌上了双颊,眼睛里涌满了泪水。

"过来,多多。"他的小主人傲慢地叫道。

多多跳过去抓住缰绳,小主人上了马。

"给你五分钱买糖吃,多多,"亨利克说,"去吧。"

亨利克策马跟在伊娃身后沿小路慢慢跑去。多多站在那里目送着这两个孩子。一个给了他钱,一个给了他他更想要的东西:一句和颜悦色地说出来的和蔼的话语。多多离开母亲只有几个月的时间,主人看上了他英俊的面孔,来配这匹英俊的小马,才把他从奴隶货栈买下来的。现在他正在少爷手里受调教。

多多挨打的情形圣·克莱尔兄弟俩在花园的另一处也看见了。

奥古斯丁脸涨得通红,但他只是和平时一样以讽刺的口吻漫不经心地说道:

"看来我们可以把这叫作共和主义的教育喽,阿尔弗雷德?"

"亨利克性子起来时是个十足的小魔王。"阿尔弗雷德不在意地说。

"想来你认为这对他是个很有意义的锻炼吧。"奥古斯丁冷冷地说。

"我就是不这么认为也拿他没有办法,亨利克是个不折不扣的火暴性子,他母亲和我早就管不了他,认输了。不过那个多多是个十足的调皮鬼,怎么打对他都没有坏处。"

"你就是这样来教亨利克共和主义的教义中的第一条——'人人生而自由、平等'——的吗?"

"呸!"阿尔弗雷德说,"不过是汤姆·杰斐逊无聊的法国式观点之一罢了,直到今天还在我们中间传播,真是太荒唐了。"

"我想是这样。"圣·克莱尔意味深长地说。

"因为,"阿尔弗雷德说,"我们可以清清楚楚地看到,并不是人人生而自由,也不是人人生而平等的;完全不是这样。就我而言,我认为这种共和主义的论调大半都是胡说八道。该享有平等权利的是那些受过教育的、聪明、富有、有修养的人,而不是下等人。"

"你要是能让下等人接受这个观点就好了,"奥古斯丁说,"他们在法国可掌过权。"

"当然,必须始终如一地、坚定地压制住他们,像我应该做的那样。"阿尔弗雷德说着把脚狠狠踩下,好像他正踏在一个人身上。

"不过他们一旦站起来,你会摔得够呛的,"奥古斯丁说,"譬如像在圣多明各那样①。"

"呸,"阿尔弗雷德说,"在这个国家里我们能对付得了,我们必须坚决反对正在风行的教育黑奴、提高他们地位的论

① 位于中美洲海地岛东部,原为西班牙属地,一八四四年独立斗争胜利后建立多米尼加共和国。

调,下层阶级决不应受到教育。"

"可惜这是没有指望的了,"奥古斯丁说,"他们一定会受到教育,问题是怎么个做法。我们的制度是以野蛮和残忍教育他们,割断一切人性的纽带,把他们变为野兽;一旦他们占了上风,我们就会发现会像野兽般对待我们。"

"他们永远也不会占上风的!"阿尔弗雷德说。

"对,"圣·克莱尔说,"加大蒸汽,关紧放气阀,然后坐在上面,看看结果会怎样吧。"

"好吧,"阿尔弗雷德说,"咱们等着瞧吧,我才不怕坐在放气阀上呢,只要锅炉坚固、机器运行正常就行。"

"路易十六时代①的贵族们就是这么想的,现在奥地利和教皇庇护九世②也这么想,总有那么一个晴朗的早上锅炉会爆炸,你们很可能全都给卷到天空中去,在那儿相遇的。"

"让时间来证明吧。③"阿尔弗雷德笑着说。

"我告诉你吧,"奥古斯丁说,"如果在我们这个时代有什么规律显示出具有神律般的力量的话,那就是大众必定会奋起反抗,下层阶级必定会变成上层阶级。"

"又来你那红色共和主义的一派胡言了,奥古斯丁!你为什么没去游历各地做政治演说呀,你会成为一个有名的政治演说家的。好了,我希望在你那油污的大众的千年盛世到来之时我已经不在人世了。"

───〰〰〰───

① 路易十六(1754—1793),法国国王,在法国大革命中被送上断头台。
② 庇护九世(1792—1878),罗马教皇,于一八四八年革命中逃往加埃塔,革命结束后于一八五〇年在法国军队支持下重返罗马。一八七〇年法军撤离后教皇失去领地,从此只在梵蒂冈内行使管辖权。
③ 原文为拉丁文。

"油污也罢,不油污也罢,到时候他们都会统治你的,"奥古斯丁说,"而且他们会是什么样的统治者是你们今天造成的,法国的贵族们只准人民'不穿裤子'①,后来他们就充分享受到了'不穿裤子'的统治者的统治。海地的人民——"

"啊,得了,奥古斯丁,好像我们谈论那个讨厌的、卑鄙的海地还没谈够似的! 海地人不是盎格鲁—撒克逊族,如果要是的话情况就是另一个样子了。盎格鲁—撒克逊是世界上的统治民族,而且永远是统治民族。"

"嗳,现在在我们的黑奴中可注入了不少盎格鲁—撒克逊的血液呢,"奥古斯丁说,"他们之中不少人身上的非洲血统只够在我们的远见、谋略和坚定之上加进一点热带的激情而已。一旦像圣多明各那样的时刻到来时,他们身上的盎格鲁—撒克逊血统就会率先而出。他们是白种男人的后代,血管中燃烧着白人所有的一切高傲感情,决不会永远甘于任人买卖交易。他们将会站立起来,并且使他们母系的黑种民族也一起站立起来。"

"胡说,真是一派胡言!"

"唉,"奥古斯丁说,"有这样一句老话,意思是,'诺亚的时候就是这样,今后也不会例外,他们毫无警觉地吃饭、喝水、种植、建造,直到洪水毁灭了一切。'②"

"总的看来,奥古斯丁,我认为你的才干倒很适于做一个巡回牧师,"阿尔弗雷德笑着说,"你不用为我们担心;'现实占有,败一胜九'。③ 我们掌握着权力,这个隶属民族,"他说

---

① 原文为法文。
② 见《新约·路加福音》第17章第26节。
③ 英国的谚语。

着狠狠地跺了一下脚，"处于底层，并将永远处于底层！我们有足够的能力来管好我们自己的弹药库。"

"受到像你的亨利克那样的训练的子孙将来定会成为你们弹药库的了不起的保卫者的，"奥古斯丁说，"如此沉着、如此有自制力！有条谚语说得好，'不能律己者必不能律人。'"

"这倒是个问题，"阿尔弗雷德沉思地说，"毫无疑问，在我们这个制度下要把孩子培养好是很困难的，它使人可以毫无限制地任意发火，而在我们这气候下人的火气本来就够大的了。我实在是拿亨利克没有办法，他热情慷慨，可性子上来就是个一点就着的炮仗。我想送他到北方去受教育，那儿更讲究服从，而且在那儿他能更多接触和他社会地位一样的人，少接触仆人。"

"既然教育儿童是人类的一项主要任务，"奥古斯丁说，"我觉得我们的制度在这方面收效甚微就是个值得考虑的大问题。"

"在有些方面效果不好，"阿尔弗雷德说，"可在别的方面却很有效果。它使男孩子们成为勇敢果断的大丈夫。下等民族的缺陷往往造就了我们的子女身上与此相反的品质。我认为亨利克由于看到谎言和欺骗是奴隶们的普遍特征，他对诚实这一美德就有了更深刻的体会。"

"在这个问题上这无疑符合基督教精神的看法！"奥古斯丁说。

"不管符不符合基督教精神，实际就是这样；而且在符合基督教精神这一点上也和世界上大多数事情差不多。"阿尔弗雷德说。

"也许吧。"圣·克莱尔说。

"咳,谈也没有用,奥古斯丁,我们在这个老问题上怕是兜了不下五百个圈子了。咱们下盘十五子棋怎么样?"

兄弟俩跑上游廊的台阶,在一张轻巧的竹几旁坐下,中间放上了十五子棋的棋盘。在他们摆棋子的时候,阿尔弗雷德说:"我告诉你吧,奥古斯丁,如果我有你的这些想法,我会去干点什么的。"

"我相信你会的,——你是个实践家。但是你想干什么呢?"

"比方说让你家里的黑奴受教育啊。"阿尔弗雷德略带讥笑地说。

"你要我在整个社会像座大山一样压在他们身上的情况下让我家的黑奴受教育,还不如把埃特纳火山整个压在他们身上让他们在下面站起来呢。在整个社会一致的行动面前个人是无能为力的。而且教育要起任何作用的话也必须是国家教育;或者有足够的看法一致的人在一起形成一股潮流才行。"

"你先掷骰子。"阿尔弗雷德说,不久两兄弟就全神贯注在下棋上了,谁也没有再说话,直到游廊下响起了马蹄的刮擦声。

"孩子们回来了,"奥古斯丁说着站了起来,"瞧,阿尔夫!你看见过比这更美的景象吗?"真的,确实是美。亨利克有着宽阔的前额,黑亮的鬈发,绯红的双颊,在他们骑马过来时,他弯身向着美丽的堂妹开心地笑着。伊娃身穿蓝色骑装,配一顶颜色相同的帽子。运动使她容光焕发,更衬托出她极其透明的皮肤和金黄的头发。

"天哪,多么美丽迷人啊!"阿尔弗雷德说,"我告诉你吧,奥古斯丁,有一天她会让人们心碎的,对不对?"

"会的,没错儿,——上帝知道我怕的就是这个!"圣·克莱尔突然辛酸地说,一面匆匆走下台阶,把她抱下马来。

"伊娃,心肝,你没有太累吧?"他把她紧搂在怀里,问道。

"没有,爸爸。"小姑娘说,但是她急促而费力的呼吸使她的父亲感到十分惊恐。

"你怎么可以骑得这么快呢,亲爱的?——你知道这对你的身体没有好处呀。"

"我感觉特别好,爸爸,开心极了,所以就忘了。"

圣·克莱尔抱着她走进客厅,把她放在沙发上躺下。

"亨利克,你一定要当心伊娃,"他说,"可不能和她骑得太快呀。"

"我以后会照顾她的。"亨利克说。他在沙发旁坐下,握住了伊娃的一只手。

伊娃很快就觉得好多了。她的父亲和伯伯接着去下棋,只剩下两个孩子在一起。

"你知道吗,伊娃,真遗憾爸爸只在这里住两天,以后我又会好久好久都见不到你!要是我和你在一起,我一定努力好好的,不对多多发脾气啦什么的。我本心不是想对多多不好,我就是脾气特别急,其实我并不是真对多多不好,我时不时地给上他五分钱,而且你也看见了他穿得挺好。我觉得总的来说多多的日子过得还是相当不错的。"

"要是世界上没有一个亲人能在身边爱你,你会觉得自己过得相当不错吗?"

"我?——哦,当然不会。"

"可是你把多多从他所有的朋友身边弄走,现在没有一个人爱他，——这种情况之下谁也不可能好的。"

"那我也没有办法，我没法把他妈妈弄来，我自己也没法子爱他，我看别人也没法子爱他。"

"为什么你没法子爱他?"伊娃问。

"爱多多! 怎么，伊娃，你不会要我爱他的，我可能会喜欢他，但是谁也不会爱自己的佣人的。"

"我就爱佣人。"

"这太怪了!"

"难道《圣经》上没有说我们应该爱一切人吗?"

"噢，《圣经》呀! 是的，《圣经》上说了好多这一类的话，可是谁会想着照它去做呢? 你知道的，伊娃，没人照着去做的。"

伊娃没有开口，她凝神沉思了片刻。

"反正，"她说，"亲爱的堂哥，请你看在我的分上，爱可怜的多多，对他好一点吧。"

"亲爱的堂妹，为了你我谁都可以爱；因为我确实觉得你是我见过的最可爱的人!"亨利克热切地说，他那英俊的脸涨得通红。伊娃天真地听着这话，脸上丝毫没有变化。她只是说:"我很高兴你这样想，亲爱的亨利克，我希望你会记住这话。"

晚餐的铃声结束了这场谈话。

第二十四章　预　兆

两天以后,阿尔弗雷德·圣·克莱尔和奥古斯丁分别了,而伊娃因为和小堂哥在一起非常兴奋,玩得太累了,体力不支,身体很快虚弱下来。最后圣·克莱尔终于同意请医生——他一直不愿意这样做,因为这等于承认一个令人不快的事实。

但是有一两天,伊娃身体非常不好,病倒在家里,于是请来了医生。

玛丽·圣·克莱尔根本没有注意到孩子的健康和精力越来越差,因为她觉得自己又得了两三种新的病症,正专心致志地在研究这新的病呢。玛丽的第一信条是,谁也没有或不可能像她这样受到病痛的折磨,因此要是有人提起她身边谁生了病,她会十分气愤地驳斥他。这种时候她总是肯定地说那人就是懒,或者劲头不足,还说要是他们受过她受的这种折磨,就会明白两者之间的区别了。

奥菲利亚小姐好几次想唤醒她作为一个母亲对伊娃身体的担忧,可是一点用处也没有。

"我看不出来这孩子有什么病,"她总是说,"她蹦蹦跳跳的,也玩得很好。"

"可是她老咳嗽。"

"咳嗽！你用不着告诉我咳嗽的事，我一辈子都在咳嗽。我像伊娃那么大的时候，他们都以为我得了肺病，那时奶娘常常一夜夜地守着我。噢，伊娃的咳嗽不算什么。"

"可是她身体很弱，老是气短。"

"天哪，我多少年都那样的，她只不过是神经衰弱罢了。"

"可是她夜里出汗出得厉害！"

"哦，这十年来我也这样，常常一夜又一夜的，衣服都湿透了，睡衣上没有一丝干地方，床单湿得奶娘得把它们拿出去晾干！伊娃出汗根本没出到这地步。"

奥菲利亚小姐于是很久闭嘴不提这事，但现在伊娃显然已经病倒，医生也请来了，玛丽突然来了个一百八十度的大转弯。

"我早就知道，"她说，"我一直就有这个感觉，我命中注定会是个最不幸的母亲。你瞧我，自己身体那么糟，而却不得不眼睁睁地看着自己唯一的宝贝女儿逐渐走向坟墓。"——玛丽借着这个新的不幸，夜里总把奶娘从床上叫起来，而且整天劲头十足地吵吵闹闹，不停地骂人。

"亲爱的玛丽，别这么说，"圣·克莱尔说，"你不该这样马上就觉得她的病治不好了。"

"圣·克莱尔，你没有一个母亲的感情！你永远没有理解过我！——你现在也不理解我。"

"不过你不要这样说，好像她的病已经没指望了。"

"我没法像你一样对这事漠不关心，圣·克莱尔。你的独生女儿病到这种可怕的程度，你能无动于衷，我可做不到。我遭受的痛苦已经够多的了，再加上这个打击，我可受不了。"

"伊娃身体确实很虚弱，"圣·克莱尔说，"这我一向知道，她长得太快了，消耗了她的体力，情况比较危险。但是这一次她只是因为天气太热才病倒的，还有就是因为堂哥来访使她兴奋玩得太累了。医生说还有治好的希望。"

"哦，当然啦，要是你能看到乐观的一面，那你就这样做吧，在这个世界上人要是感觉迟钝可真走运。我真希望自己不那么容易动感情，这只会使我万分痛苦！我要是能像你们别的人那样不在乎就好了！"

那些"别的人"也有充分的理由作出同样的祈求，因为玛丽总把她这新的不幸作为理由和借口，对周围的人进行各种各样的折磨。不论谁的一句话，不论在什么地方做了或没有做的一件事，都只不过是新的证据，证明她周围都是些不关心她特殊的痛苦的、硬心肠的冷漠的人。可怜的伊娃也听到了一些这种言论，她同情妈妈，也因为自己给妈妈造成了这样大的痛苦而难过，她简直把小眼睛都哭肿了。

一两周以后，伊娃的症状减轻了，——这是一种很有欺骗性的暂时的平静，她所患的这无情的病症即使在死亡的边缘时也常会以这种假象来蒙骗焦急的心的。伊娃又来到花园里、阳台上，又开始玩耍、欢笑了。她的父亲大喜过望，说不久伊娃就会像大家一样健健康康的了。只有奥菲利亚小姐和医生两个人没有被这暂时缓和的假象鼓舞。还有一颗心对此也很明白，那就是伊娃那颗幼小的心。是什么东西有时会平静而清楚地在一个人的心里说，她在世的时间已经不长了？是衰微的身体所具有的神秘的直觉，还是当永恒临近时灵魂的情不自禁的悸动？不管是什么吧，伊娃心里有着一种平静、美好、确定的预感，感到天国离她不远了。她心如夕阳的余晖那么平静,如明亮静谧的秋日那么美好。她小小的心灵十分安详,只有她对那些如此珍爱她的人所感到的悲哀才扰乱了几分这种安详。

这个孩子虽然是娇生惯养,虽然人们的宠爱和父亲的家产使她面前展现着无限美好的未来,然而她对死亡却并不感到遗憾。

在她和她纯朴的老朋友经常在一起阅读的那本《圣经》里,她看到并且在她幼小的心灵里记住了那热爱儿童的基督的形象,并且当她凝神沉思时,基督不再是一个遥远的过去的一个形象和画面,而变成了一个活生生的、无所不在的现实。他的爱超越了凡人的温柔体贴紧紧地包围着她童稚的心;她说她正是去到他那里,去到他的家里。

但是她的心对她将要离之而去的人们充满了悲伤的眷恋之情,特别是她的父亲,因为伊娃尽管没有十分明确地这样想过,却本能地感觉到父亲比谁都更爱她。她爱母亲,因为她天生就爱别人,她在母亲身上看到的自私自利的一切仅仅使她感到难过和困惑,因为她有着一个孩子对母亲的毫无保留的信任,觉得母亲总是对的。她身上有些东西是伊娃怎么也无法理解的,而她总是开导自己,想着她毕竟是自己的妈妈,而她确实十分十分爱她。

她也为那些喜爱她的、忠实的仆人们难过。对于他们她是白昼和阳光。儿童一般是不会进行推论的,但伊娃是个非同寻常的成熟的孩子,她亲眼看到的她们生活于其中的奴隶制的罪恶,一桩桩地记在了她善于思索的心灵的深处,她模糊地渴望着为奴隶们做些什么,不仅祝福和拯救自家的奴仆,并且祝福和拯救所有与他们同命运的人。这种渴望和她小小的虚弱的身躯形成了可悲的对照。

"汤姆叔叔，"有一天伊娃正在给她的这个朋友读《圣经》时说，"我能够理解基督为什么愿意为我们去死。"

"为什么，伊娃小姐？"

"因为我也有这种感觉。"

"什么感觉，伊娃小姐？——我不明白你的意思。"

"我说不清楚，但是当我看到船上那些可怜的奴隶时，你知道，就是你到南方来时坐的那条船，有的失去了母亲，有的失去了丈夫，有的母亲为失去自己的小儿女而痛哭；还有当我听到可怜的蒲露的事时，啊，那太可怕了！还有别的好多时候，我都觉得，如果我的死亡能结束这一切痛苦的话，我会很高兴地去死。汤姆，要是能够的话，我愿意为他们而死。"

汤姆怀着敬畏之情看着这个小姑娘。当她听见父亲的叫声后轻轻离开时，汤姆望着她的背影不断地擦眼睛。

"不可能留住伊娃小姐了，"不多久他遇见奶娘时对她说，"她的额头上打着上帝的印记呢。"

"唉，是呀，是呀，"奶娘举起双手说，"我一直就是这么说的，她从来不像个能活得长的孩子，她眼睛里总有一种很深奥的东西，我对太太说过多少次了。现在要成为事实了，我们都看得出来，可爱的有福的小羔羊啊！"

伊娃蹦蹦跳跳地上了游廊的台阶，来到父亲身旁。这正是黄昏时分，当她穿着一身白色的衣服走上前来时，夕阳的光辉在她身后形成了一个光轮。她披着金色的头发，双颊绯红，两眼因体内的低烧而出奇的明亮。

圣·克莱尔叫她是为了给她看他给她买的一个小雕像，但是她走上前来时的模样突然使他感到十分悲伤。世间有一种美,是极致的美,却又极其脆弱,令人不忍目睹。伊娃的父亲一把将她紧紧搂在怀里,几乎忘记了想对她说的话。

"伊娃,亲爱的,你近来好些了,是不是?"

"爸爸,"伊娃突然坚决地说,"有些事好久以来我就想对你说了,我想现在趁我身体还可以就对你说了吧。"

伊娃在他膝头上坐下,圣·克莱尔不禁浑身一抖。她把头靠在他胸口,开口说道:

"爸爸,现在不说也没有用了,到了我快要离开你的时候了。我要走了,再也不会回来了。"伊娃不禁呜咽了起来。

"噢,好啦,亲爱的小伊娃,"圣·克莱尔浑身颤抖着、但仍用高兴的口气说,"你有点紧张,情绪不好,你可不能存着这种忧郁的想法啊。你看,我给你买了一个小雕像。"

"爸爸,"伊娃说,一面把雕像轻轻放在一旁,"你不要再欺骗自己了!我身体一点也没有好起来,这一点我很清楚。不久我就要走了。我一点也不紧张,情绪也没有不好。要不是为了你,爸爸,还有我的朋友们,我会很快活地走的。我愿意走,我渴望着能走!"

"怎么啦,亲爱的孩子,是什么让你这颗幼小可怜的心这样悲伤?凡是能够给你的、使你快活的东西你都有啊。"

"我宁愿能在天国里,不过为了我的亲友的缘故我是愿意活着的。在这个世界上有许许多多的东西让我感到难过,使我觉得很可怕;我还是宁愿能到天国去;可是我不愿意离开你,这几乎让我的心都碎了。"

"是什么东西使你觉得难过和可怕,伊娃?"

"啊,就是那些人们做了而且一直在做的事啊。我为家里的奴隶感到难过,他们非常爱我,对我都很好、很和蔼。我真希望,爸爸,他们都得到自由。"

"伊娃,孩子,你不觉得他们现在过得挺不错的吗?"

"啊,爸爸,可要是你出了什么事,他们会遇到怎样的命运呢?世上像你这样的人是很少的,爸爸。阿尔弗雷德伯伯不像你,妈妈也不像你;再想想可怜的老蒲露的主人吧,人们会做出多么可怕的事来啊!"伊娃不禁打了个冷战。

"亲爱的孩子,你太敏感了,我真不该让你听到这种事情。"

"这正是令我不安的一点,爸爸,你要我生活得幸福,永远没有痛苦,永远不要受任何罪,甚至连个悲惨的故事都不要听到,而别的可怜的人们一生一世有的只是痛苦和悲哀;这好像很自私。我应该知道这些事,应该感到难过。这种事总是深深印在我的心里,很深很深,我总是不断考虑这些事。爸爸,就没有什么办法使黑奴都得到自由吗?"

"这是个很难的问题,亲爱的。毫无疑问这是个很坏的做法,许多人都是这样想的,我自己也这样想。我衷心希望在我们国家里一个奴隶也没有,可是我却不知道应该怎样才能做到这一点。"

"爸爸,你是个非常好的人,又高尚,又仁慈,而且你说话的方式总是令人感到很愉快,你能不能到各处去设法说服大家按正确的去做呢?等我死了以后,爸爸,你就会想念我,为了我去这样做的。我要是有这个能力我就会去做的。"

"等你死了以后,伊娃,"圣·克莱尔动情地说,"啊,孩子,不要对我说这样的话!我在世上只有你这么一个孩子啊!"

"可怜的老蒲露也只有一个孩子,可她却只能听着他哭,一点办法也没有！爸爸,这些可怜的奴隶也和你爱我一样爱他们的孩子。啊！帮帮他们吧！可怜的奶娘也爱她的孩子,我看见她在谈到他们的时候总哭。汤姆也爱他的孩子。爸爸,这样的事情天天都在发生,真是太可怕了!"

"好了,好了,宝贝,"圣·克莱尔安慰地说,"只要你别这么难受,别谈死,你要我做什么我都去做。"

"亲爱的爸爸,答应我,等到我,"她停了下来,然后吞吞吐吐地说,"等到我一走,就给汤姆自由吧。"

"好的,亲爱的,我什么都答应你,只要你要我做的,我都答应你。"

"亲爱的爸爸,"孩子把滚烫的脸贴在他脸上说,"我真希望我们能一起走。"

"上哪儿去,宝贝?"圣·克莱尔问。

"到我们的救世主家去,那儿是多么美好,多么宁静啊——那儿大家都相亲相爱。"孩子不知不觉地就这样说了,好像是在说一个她常去的地方,"你不想去吗,爸爸?"她问道。

圣·克莱尔没有回答,只把她搂得更紧了。

"你以后会来找我的。"孩子用平静而肯定的口气说,她常常不自觉地就用这种口气说话。

"我会去找你的,我不会忘记你的。"

圣·克莱尔沉默地坐着,将那虚弱的小身体搂在怀里。这时周围的夜色越来越浓。他已经看不见伊娃深嵌的眼睛了,但她的声音如幽灵的声音传到他耳朵里;他好像是处于末日审判的幻觉中,眼前顷刻间就出现了他一生的情景:母亲的祈祷和赞美诗;他自己早年向上的渴望和追求;以及从那以后直到现在,多年以来的这种碌碌无为、玩世不恭的、人们称之为体面生活的岁月。在短暂的片刻里人们可以想得很多、很多。圣·克莱尔看到了、感受到了许多东西,但是一句话也没有说。天越来越黑了,他把女儿抱到了她的卧室里,在她准备好要睡觉的时候,他把佣人都打发走了,把她抱在怀里摇着她,给她唱歌,直到她睡着。

第二十五章　小福音使者

一个星期日下午,圣·克莱尔躺在游廊上的一只竹躺椅上,吸着一支雪茄解闷。玛丽斜躺在朝游廊开着的窗户对面的一张沙发上,沙发被一顶透明的薄纱帐严严地罩住,以防蚊子逞凶。她手里懒洋洋地拿着一本装订精美的祈祷书,她之所以拿着它,因为这天是星期日,她装作在看,而实际上她只是端着书在不断地打盹而已。

奥菲利亚小姐费了很大劲终于在乘马车可以到达的范围之内找到了一个美以美会的聚会所,让汤姆驾车送她到那儿做礼拜去了,伊娃跟他们在一起。

"我说,奥古斯丁,"玛丽打了一会儿盹以后说,"我得派人到城里去把我的老大夫波塞请来,我敢说我得了心脏病了。"

"嗯,你为什么需要把他找来呢?给伊娃看病的这个大夫好像医术不错嘛。"

"重病我可信不过他,"玛丽说,"我想我的病是越来越重了。这两三夜我都在想这件事,我有时候痛极了,而且有种非常古怪的感觉。"

"啊,玛丽,你是情绪不好,我相信不是心脏病。"

"你是不相信,"玛丽说,"我早就想到你会这样说的。伊娃哪怕咳一声或者有一点点不舒服你就吓得要命,可是你却从来不关心我。"

"要是你觉得得心脏病是件特别惬意的事,那我就尽量认为你得了好啦,"圣·克莱尔说,"我先前不知道这是件惬意的事。"

"好吧,我只是希望你别有一天追悔莫及!"玛丽说,"可是信不信由你,我早就疑心有心脏病,但对伊娃的担心和我在这宝贝孩子身上花费的精力使这病发展了。"

很难说得清玛丽所说的花费的精力究竟指的是什么,圣·克莱尔暗自想道,一面像个狠心的坏蛋那样继续抽他的雪茄,直到一辆马车驶到游廊前停下,伊娃和奥菲利亚小姐下了车。

奥菲利亚小姐径直走到自己房间去放好帽子和披巾,一句话也没有说。这是她一向的习惯。伊娃听见圣·克莱尔叫她就走了过去,坐在他的膝头上把做礼拜的情形讲给他听。

不久他们听见从奥菲利亚小姐房中传出了大声惊叫和严厉训斥什么人的声音。奥菲利亚小姐的房间和他们现在坐在其中的房间一样,门也是开在游廊上。

"托普西又出什么新花样了?"圣·克莱尔问,"这场吵闹准是她惹出来的。"

不一会儿,奥菲利亚小姐怒冲冲地拉着那小罪犯出来了。

"过来!"她说,"我非得告诉你老爷不可!"

"又怎么了?"奥古斯丁问。

"怎么了,就是我再也不愿意让这个小孩子折磨我了!实在让人受不了;只要是个活人,就没法容忍!我把她锁在房间里让她学一首赞美诗,可是你知道她干了什么?她找到了我藏钥匙的地方,打开了衣柜,拿出一条滚帽子用的花边,剪成小块做洋娃娃的衣服了！我这辈子还没有见过这样的事呢！"

"我早就告诉过你的,堂姐,"玛丽说,"说你会发现对这些家伙不严厉点就教不好。要是依着我,"她以责备的目光看了圣·克莱尔一眼说,"我就会把她弄出去让他们好好痛打她一顿,直打得她站不起来为止。"

"我毫不怀疑这一点,"圣·克莱尔说,"用不着告诉我女人掌权多美好！要是依着她们,她们不把一匹马或者一个仆人打死才怪呢——更不要说一个男人了。我就亲眼看见过十几个这样的女人。"

"你那套优柔寡断的做法一点用处也没有,圣·克莱尔,"玛丽说,"堂姐是一个有头脑的人,现在她看得和我一样清楚了。"

奥菲利亚小姐只有一个训练有素的当家人的那份火气,托普西的诡计多端和胡乱糟蹋惹得她发了脾气,其实,很多女读者恐怕也不得不承认,在这种情况下她们也会发脾气的。但是玛丽的一席话却是奥菲利亚小姐无法接受的,因此她火气反倒小了下来。

"我说什么也不会让这孩子受到这种对待的,"她说,"不过,奥古斯丁,我真不知道该怎么办了,我教了又教,把自己都说累了;我打过她;我用想得出来的一切办法惩罚过她,可她还是刚来时的老样子。"

"过来,托普西,你这个淘气精！"圣·克莱尔把孩子叫到他身边。

托普西走上前来,一双圆圆的、不服管的眼睛里混杂着担忧和一贯的古怪的滑稽神情,亮闪闪地眨巴着。

"你为什么这么淘气?"圣·克莱尔问道,孩子的表情使他不由得觉得好笑。

"可能是我的心眼儿太坏了吧,"托普西一本正经地说,"菲利小姐就是这么说的。"

"难道你不明白奥菲利亚小姐为你费了多大心血吗?她说她已经想尽一切办法了。"

"天哪,是的,老爷,原来的太太也这么说的,她打我打得厉害多了,还揪我的头发,把我的头往门上撞,可是一点用处也没有!我想他们就是把我的头发一绺绺地都揪下来也不会有用的,我太坏了,我只不过是个黑鬼呀!"

"看来我只好放弃她了,"奥菲利亚小姐说,"我再也操不起这份心了。"

"嗯,我只想问一个问题。"圣·克莱尔说。

"什么问题?"

"如果你的福音连一个野孩子都拯救不了,而且你还是一个人自己在家里教她,那么派上一两个可怜的传教士去到成千上万个这样的人中间会有什么用处呢?我想这个孩子就是你们那成千上万个野蛮人的典型吧。"

奥菲利亚小姐没有立刻作出回答。伊娃一直站在旁边一声不响地看着这一幕,这时做了个手势让托普西跟她去。在游廊的一角有一间小小的玻璃屋子,圣·克莱尔用来作书房的,伊娃和托普西走了进去。

"伊娃要干些什么?"圣·克莱尔说,"我得去看一看。"

他踮着脚尖悄悄走过去,撩起挡在玻璃门上的门帘往里面看去。不一会儿,他把手指放在嘴唇上,悄悄示意让奥菲利亚小姐过去看。这两个孩子坐在地板上,脸侧向他们,托普西仍是往常那副毫不在乎的无忧无虑的滑稽神气,但她对面的伊娃却整个脸激动得通红,两只大眼睛里汪着泪水。

"是什么使你变得这么坏的,托普西?你为什么不肯学好呢?你难道什么人也不爱吗,托普西?"

"不知道什么叫爱,我爱糖果啦什么的,没别的了。"托普西说。

"可是你爱你的爸爸妈妈的吧?"

"没有过爸爸妈妈,你是知道的,我告诉过你,伊娃小姐。"

"啊,我知道,"伊娃悲伤地说,"可是难道你没有兄弟或姐妹,或者姑姑,或者——"

"没有,什么都没有——从来没有过什么东西,也没有过亲人。"

"可是托普西,只要你试着学好,你就会——"

"我永远只会是个黑鬼,学好也一样,"托普西说,"要是能剥去我的皮让我变成白人,我就去学好。"

"可是即使你是黑人也有人能爱你的,托普西。你要是学好奥菲利亚小姐会爱你的。"

托普西短促生硬地一笑,这是她通常表示怀疑的方式。

"你不这样想吗?"伊娃问。

"不,她不能容忍我,因为我是个黑鬼!——她情愿让癞蛤蟆碰她也不愿让我碰她。不会有人爱黑鬼的,黑鬼也没办法!我不在乎。"托普西说着开始吹起口哨来了。

"啊,托普西,可怜的孩子,我爱你!"伊娃突然激动地说,并且把她苍白瘦削的小手放在了托普西的肩膀上,"我爱你,因为你没有爸爸、妈妈和朋友;因为你是个可怜的、受尽虐待的孩子！我爱你，我希望你学好。托普西，我身体很不好，我想我活不了太久了，你这么淘气真让我非常难过。我希望你为了我学好，我和你在一起的时间很短了。"

这个黑皮肤孩子敏锐的圆眼睛里含满了泪水，晶莹的泪珠大滴大滴沉重地落在那只小小的白手上。是的，在那一刻，一道真正信任的光芒，一道神圣的爱的光芒穿透了她灵魂中的黑暗，她把头埋在膝盖间，痛哭流涕起来，而美丽的伊娃弯身向她，就像画中一个光明天使弯身感化一个罪人。

"可怜的托普西，"伊娃说，"难道你不知道耶稣爱一切人吗？他和我一样愿意来爱你，他和我一样爱你，——只有爱得更深，因为他比我更好。他会帮助你学好，你最终也会进入天国，永远成为一个天使，就和你是白人一样。只要想想这一点吧，托普西！——你会成为汤姆叔叔唱的光明天使中的一个的。"

"啊，亲爱的伊娃小姐，亲爱的伊娃小姐！"托普西说，"我愿意去试试，我愿意去试着学好，以前我对什么也不在乎。"

圣·克莱尔就在这一刻放下了门帘，"这让我想起了母亲，"他对奥菲利亚小姐说，"她对我说的话很对，如果我们想使盲人重见光明，我们必须像耶稣所做的那样，把他们叫到我们面前，用我们的手去摸他们。"

"我向来对黑人有偏见，"奥菲利亚小姐说，"确实我从来无法忍受这孩子来碰我，可是我以为她不知道呢。"

"任何一个小孩都会觉察的，"圣·克莱尔说，"根本瞒不了他们。我相信只要你心里仍厌恶他们，无论你怎样努力去帮助他们，无论你给他们多少实际的好处，都不会在他们心中激起一丝一毫的感激之情。这事很奇怪，但事实的确如此。"

"我不知道我能有什么办法，"奥菲利亚小姐说，"他们确实让我不快，特别是托普西这个孩子，我实在是无法控制自己的感情呀。"

"看来伊娃就能做到。"

"唉，她是个充满了爱心的孩子！不过归结起来她有的是基督精神，"奥菲利亚小姐说，"我真希望自己能像她一样。她可以使我受到教育。"

"如果这样，这也决不会是第一次用一个小孩子来教育一个老信徒。"圣·克莱尔说。

第二十六章　死　亡

生命尚如晨曦,已见死神相通。

从此生死两别,切莫悲恸哭泣。

　　伊娃的卧室是间宽敞的大屋子,和宅子里其他的房间一样,门都是开向宽阔的游廊的。卧室一侧和她父母的房间相通,另一侧是奥菲利亚小姐的房间。圣·克莱尔完全按自己的眼光和情趣布置的这个房间,与小主人的性格特别协调。窗户上挂着玫瑰红和白色的薄纱窗帘,地板上铺的是从巴黎定做的地毯,图案由圣·克莱尔亲自设计,周边是玫瑰花蕾和绿叶,中央是盛开的玫瑰花。床、椅和躺椅都是竹制的,款式特别雅致精美。床头上方有一个雪花石托架,上面放着一尊美丽的天使雕像,翅膀下垂,伸出的手里拿着一只爱神木树叶编成的花冠。从托架上垂下一顶带有银色条纹的玫瑰色薄纱帐,以防止蚊子的侵扰,在这样的气候下,这是睡眠设施中必不可少的一部分。优美的竹躺椅上放着许多玫瑰色的缎子靠垫,在所有的躺椅上都有从雕像的手中垂挂下来的、和床上的蚊帐一样的薄纱帐。房间中央有一张轻巧别致的竹制桌子,上面放着一个形状像朵带着花苞的白百合花的帕罗斯①花

---

　　①　希腊爱琴海上一小岛,盛产大理石及精细的白色瓷土。

瓶,里面常年插满鲜花。桌子上还放着伊娃的书和小饰物,另外还有一个精致的雪花石文具台,那是她父亲见她练习写字给她买的。房间里有个壁炉,在大理石的壁炉台上放着一个制作精美的耶稣接待儿童的小雕像,两边各放着一对大理石花瓶,每天早上往这些花瓶里插上花束是汤姆最自豪最快活的事情。墙上装饰着两三幅精美的油画,上面画着姿势各异的儿童。总之,不管往哪儿看,看见的都是童年的象征,美的象征,安宁的象征。伊娃的小眼睛每天在晨光中一睁开来看见的东西无一不使她心中充满了甜蜜和美好的情绪。

支持了伊娃为时不久的给人以假象的精力正在迅速地消失,游廊上越来越少响起她的脚步声,越来越多地看到她斜靠在开着的窗户旁的一张小躺椅上,她的深邃的大眼睛一动不动地望着起伏的湖水。

有一天半下午时分,她正这样斜靠在那里,苍白得几乎半透明的小小手指无力地夹在一本半开着的《圣经》中,突然她听见从游廊上传来了母亲严厉的声音。

"你又在捣什么鬼,你这个累赘东西!又出什么新花样了!你采花了,是不是?"接着伊娃听见了一记响亮的耳光声。

"天哪,太太,是给伊娃小姐采的呀。"她听见一个声音说,她听出来这是托普西的声音。

"伊娃小姐,真是个好借口!你以为她会要你给采的花,你这个没用的黑鬼!滚开!"

伊娃顷刻之间就从躺椅上站起,来到了游廊上。

"啊,别这样,妈妈,是我要的这些花,给我吧,我要!"

"啊呀,伊娃,你的房间里已经摆满了花了。"

"再多也不够，"伊娃说，"托普西，把花拿过来。"

一直低着头阴沉着脸站在一旁的托普西这时走上前来把花递给了伊娃，这时她脸上一副犹豫和忸怩的神情，和她平时怪异的无礼和伶俐表情完全不同。

"这是很漂亮的一束花。"伊娃看着花说道。

这是一个很独特的花束，一朵艳红的天竺葵，单独一朵白色的日本山茶，配着山茶的油绿绿的叶子，做花束的人对颜色的搭配显然很有眼力，而且每一片叶子怎么放都是经过仔细考虑的。

伊娃说："托普西，你配花配得真漂亮。这儿有一只空花瓶，我希望你每天都给它插上花。"托普西听后脸上现出了高兴的神情。

"咳，真奇怪！"玛丽说，"你到底为什么要她这样做？"

"妈妈，你就别管了，你会乐意让托普西去做的，是不是？"

"当然啦，只要是你高兴的事，亲爱的！托普西，你听见小姐的话了，你可记住了。"

托普西低头行了个礼，在她转身离开时，伊娃看见她黑色的面颊上滚下了一滴眼泪。

"你知道，妈妈，可怜的托普西只是想为我做点什么。"伊娃对母亲说。

"啊，瞎说！她只不过是喜欢淘气罢了。她知道不许她摘花，所以她偏要摘，就是这么回事。不过如果你喜欢让她摘，那就让她摘吧。"

"妈妈，我觉得托普西和过去不同了，她在努力学好呢。"

"她可得好好学上很久才学得好呢。"玛丽漫不经心地说道。

"唉,你不知道,妈妈,可怜的托普西,她命可苦了。"

"可是到了我们这里以后就不一样了呀,什么能做的事都为她做到了,跟她讲道理,劝诫她,可她还是恶习难改,而且永远都会是这个样子,你根本没法把这东西调教出来。"

"但是妈妈,我们两个人生长的环境太不一样了呀,我有这么多亲友,有这么多东西使我要学好、使我快活;可是她在来我们家以前多苦啊!"

"很可能是吧,"玛丽打了个哈欠说,"啊呀,天真热!"

"妈妈,你相信的,是吧,要是托普西是个基督徒,她就会和我们一样成为一个天使的?"

"托普西! 真是个可笑的念头,只有你会想得出来。不过也许她会的。"

"可是妈妈,上帝是我们的天父,不也是她的天父吗? 难道耶稣不是她的救世主吗?"

"嗯,可能是吧,我想所有的人都是上帝造的吧,"玛丽说,"我的嗅盐瓶呢?"

"真可惜,啊,太可惜了!"伊娃凝视着远处的湖面,半自言自语地说。

"什么太可惜了?"玛丽问。

"唉,一个能成为光明天使、和天使一起生活的人却越来越往下滑,可是没有人去帮助他! 啊,真是的!"

"咳,我们也无能为力呀,操心也没有用,伊娃! 我不知道该怎么办,我们应该感激自己具有优越条件。"

"我可做不到,"伊娃说,"因为我想到那些没有优越条件的可怜的人心里就很难过。"

"那可真怪,"玛丽说,"我相信是我的宗教使我感激自己的优越条件。"

"妈妈,"伊娃说,"我想剪头发,剪掉好多好多。"

"为什么?"玛丽说。

"妈妈,我要趁我身体还行的时候亲自把头发送给亲友们。你叫姑姑来给我剪头发好吗?"

玛丽提高声音把奥菲利亚小姐从另一个房间里叫了过来。

奥菲利亚小姐进来后,小伊娃从枕头上半抬起身子,把一头金色的鬈发摇散披下,开玩笑地说:"姑姑,来呀,剪羊毛吧!"

"怎么回事?"圣·克莱尔拿着专门从外面给她买回来的水果正好走进门来,问道。

"爸爸,我只是让姑姑给我剪掉点头发,我的头发太多了,脑袋热得要命。再说,我想送一些头发给人。"

奥菲利亚小姐拿着剪刀走了过来。

"小心点,别剪坏了!"伊娃的父亲说,"剪掉一些里面的、看不出来的地方的头发。伊娃的鬈发是我引为骄傲的东西呢。"

"啊,爸爸。"伊娃难过地说。

"是的,我要你把头发保持得漂漂亮亮的,我好带你到伯伯的庄园去看亨利克堂哥。"圣·克莱尔用快活的口气说。

"我是不会到那里去了,爸爸,我要去到一个更好的地方。啊,请你相信我!难道你没有看见吗,爸爸,我一天比一天虚弱啊!"

"你为什么非要让我相信这样残酷的事情呢,伊娃?"她的父亲说道。

"那只是因为这是事实啊,爸爸;而且如果你现在相信了这一点,也许你慢慢会和我的想法一致的。"

圣·克莱尔沉默了,他忧郁地站在那里看着那美丽的长长的鬈发被一绺绺地剪下,排放在伊娃的膝头上。她拿起鬈发,认真地看着,缠绕在瘦削的手指上,并且不时忧虑地看一眼父亲。

"我早就有预感了!"玛丽说,"就是这件事一天一天地损害着我的健康,把我引向坟墓,可你们谁也不在意。我早就看到这一点了。圣·克莱尔,用不了多久你就会明白我说的是对的。"

"那它定会给你带来极大的安慰的!"圣·克莱尔冷冷地辛辣地说。

玛丽在一张躺椅上躺下,用麻纱手绢盖住了脸。

伊娃清澈的蓝眼睛热切地看看父亲又看看母亲。这是一个部分摆脱了人世束缚的灵魂的平静、理解的眼神,很明显,她已经看出来感觉到并懂得了父母之间的不同。

她向父亲招招手,圣·克莱尔走了过去,在她身旁坐下。

"爸爸,我体力一天不如一天了,我知道自己要走了。我还有些话要说,有些事情要做——应该去做,可是你却非常不愿意我提这件事。但是这一天一定会到来的,拖不掉的。请你就同意让我现在把话说了吧!"

"孩子,我同意!"圣·克莱尔说。他一只手蒙住自己的眼睛,另一只手握住伊娃的手。

"那么我想见见全家的人,我有些话一定得对他们说。"伊娃说。

"那好吧。"圣·克莱尔无可奈何地忍痛说道。

奥菲利亚小姐派人去传话,不久所有的仆人都聚集到了伊娃的房间里。

伊娃重又靠在枕头上,头发散披在脸旁,通红的双颊和苍白的脸色及瘦削的四肢和面容形成了令人痛苦的对照,她那双幽灵般的大眼睛热切地看着每一个人。

一阵悲哀袭上了仆人们的心头。那张超越了红尘的小脸,那剪下来在她身旁放着的绺绺鬈发,她父亲背着的脸和玛丽的哭泣声立刻打动了这些敏感和极富同情的黑人们,他们一边往里走,一边面面相觑地叹气、摇头。屋子里一片死一般的寂静,仿佛像个葬礼。

伊娃抬起身子来,长长地、热切地看着在场的每一个人。大家脸上都布满了悲伤和不安的神情。许多女人用围裙掩着脸。

"亲爱的朋友们,我把你们大家找来,"伊娃说,"因为我爱你们,爱你们大家,有话要对你们说,我希望你们永远记住我的话。……我快要离开你们了,再过几个星期你们就见不到我了,——"

这时,在场的人发出了一片呜咽和恸哭之声,淹没了伊娃微弱的声音,打断了她的话。她等待了片刻,然后接着说了下去,她的声调使所有的人止住了哭泣。

"你们如果爱我,就不要打断我的话,听我往下说。我想和你们说一说你们灵魂的事。……恐怕你们之中不少人太不关心这件事了。你们想到的只是这个世界,我希望你们记住还有一个美好的世界,耶稣就在那个世界。我要到那儿去了,你们也能够去的。那个世界我有份,你们也有份。不过你们如果想到那个世界去,你们现在就不能懒懒散散、随随便便、毫不在乎地过日子,你们得要成为基督徒,你们必须记住,你们每一个人都是能够成为天使的,而且永远都是天使。……如果你们愿意成为基督徒的话,耶稣会帮助你们,你们必须向他祈祷,必须读——"

伊娃突然打住了话头,用怜悯的目光看着他们,伤感地说:

"啊呀,天哪,你们不会读呀,——可怜的人们!"她把脸埋在枕头里哭了起来,跪在地上听她说话的仆人中不少也低声哽咽着,他们的哭声使她惊起。

"不要紧的,"她说,一面抬起头来含泪高兴地笑着说,"我为你们祈祷过,我相信耶稣会帮助你们,即使你们不会读《圣经》也不要紧。你们要尽一切努力,每天祈祷,祈求上帝帮助你们,只要有机会就请人把《圣经》读给你们听。我想我会在天国和你们大家重逢的。"

"阿门。"汤姆、奶娘和几个年纪比较大的黑奴是美以美会教徒,他们口中喃喃有词地应答道。年纪轻一些的、比较单纯的则完全沉浸在痛苦之中,头低在膝盖上呜呜地哭着。

"我知道你们都是爱我的。"伊娃说。

"是的,啊,是的,我们都爱你! 愿上帝保佑你!"大家情不自禁地答道。

"是的,我知道你们爱我。你们一直对我非常好,我想给你们一样东西,你们一看到它就会永远记住我。我要给你们每个人一绺我的头发,当你们看到它时,请记住我爱你们,已经到了天国,我希望在那里见到你们大家。"

当仆人们围在孩子周围,声泪俱下地从她手里接过他们心目中她的爱的最后标志时,那情景绝非笔墨所能形容。他们跪倒在地,呜咽着、祈祷着、吻她衣服的边。年纪大一些的向她倾诉夹杂着祈祷和祝福的亲切的话语,这是易动感情的黑种人的习惯做法。

在每个人接受了礼物之后,奥菲利亚小姐示意他们离开房间。她担心这激动的场面对她的小病人产生不好的后果。

最后,只剩下了汤姆和奶娘两个人。

"汤姆大叔,"伊娃说,"这漂亮的一绺是给你的。啊,汤姆大叔,我一想到会在天国见到你,就觉得非常快乐,我相信一定会见到你和奶娘的,亲爱的、善良的、慈祥的奶娘!"她说着伸出胳膊亲切地搂住了她的老保姆,"我知道你也会进天国的。"

"啊,伊娃小姐,真不知道没有你我怎么能活下去啊!"这忠心耿耿的仆人说,"真让人觉得好像把这儿的什么都拿光了呀!"奶娘放声大哭起来。

奥菲利亚小姐把奶娘和汤姆轻轻推到了门外,还以为这下子仆人都走了,谁知她一回身却见托普西站在那里。

"你是从哪儿钻出来的?"她马上问道。

"我一直在这里,"托普西擦着眼泪说,"啊,伊娃小姐,我是个坏孩子,可是你也能给我一绺头发吗?"

"啊,可怜的托普西,当然啦,可以,给你——每次你一看到它,就想想我爱你,希望你成为一个好孩子!"

"啊,伊娃小姐,我正在努力!"托普西热切地说,"可是上帝啊,要学好可真难,大概我不习惯吧。"

"耶稣知道的,托普西,他为你难过,他会帮助你的。"

托普西用围裙擦着眼泪,奥菲利亚小姐默默地把她送出门去。她一面走,一面把那绺珍贵的头发藏在怀里。

人都走了以后,奥菲利亚小姐关上了房门。在当时那个场面下,这位可敬的女士也擦去了不少泪水。但此时她心中最关心的是这种激动状态对她的小病人的影响。

在这件事的整个过程中,圣·克莱尔一直手遮着眼睛一动不动地坐在那儿。仆人们都走了以后,他依旧这样坐着不动。

"爸爸。"伊娃轻声叫道,一面把手放在他的手上。

他一惊,不由地打了个寒战,但没有做声。

"亲爱的爸爸!"伊娃叫道。

"我不能,"圣·克莱尔站起身来说道,"我不能就这样算了!万能的上帝对我太狠了!"圣·克莱尔用辛酸的口气狠狠地说。

"奥古斯丁,难道上帝没有权力按自己的意愿安排他的儿女的命运吗?"奥菲利亚小姐说。

"也许有,但这并不使这一切更易于忍受。"他转过脸去,用冷漠、生硬的口气欲哭无泪地说。

"爸爸,你真让我伤心,"伊娃说着便站起身来投进爸爸的怀里,"你可不要这样想!"说完孩子痛哭流涕,把大家吓坏了,她父亲也马上改变了态度。

"别哭了,伊娃,别哭了,宝贝!好啦,好啦,我错了,我太不对了,你要我怎么想、怎么做都行,只要你不难过,别这么哭了。我认命了,刚才我那样说太不对了。"

不久伊娃便像一只累极了的鸽子躺在了父亲的怀里,他弯身对着她,用能想得起来的一切温柔的话语安慰着她。

玛丽站起身来冲回自己的房间,歇斯底里地大喊大叫起来。

"你没有把你的头发给我呀,伊娃。"父亲悲哀地微笑着说。

"剩下的都是你的,爸爸,"她微笑着说,"你和妈妈的,姑姑要多少你一定要给她。我只是要亲手把头发送给佣人,因为你知道,我走了以后你们可能会忘记他们,也因为我希望这会帮助他们记住……爸爸,你是个基督徒吧,是吗?"伊娃疑惑地问道。

"你为什么要问我呢?"

"我也不知道。你这么好,我不明白你怎么会不是基督徒呢?"

"怎样才算是个基督徒呢,伊娃?"

"最要紧的是爱基督。"伊娃说。

"你爱基督吗,伊娃?"

"当然爱啦。"

"你从来没有见过他呀。"圣·克莱尔说。

"那也没有关系,"伊娃说,"我信仰他,再过几天我就要看见他了。"伊娃的小脸上充满了激情,喜气洋洋。

圣·克莱尔没有再说什么。以前他在自己母亲身上看见过这种感情,但在他心中并未引起共鸣。

这天以后伊娃的健康迅速恶化,最后结局已是无可置疑的了,任何痴心的希望都无法蒙蔽这一事实。她那间美丽的卧室已被大家公认是病房,奥菲利亚小姐日夜担当起护理的责任,在这一方面她受到了亲友前所未有的赏识。奥菲利亚小姐有着训练有素的手和眼,凡是能增加整洁和舒适的本领她无不精通而且身体力行,使人们看不到疾病带来的不愉快景象;她时间观念极强,头脑清楚镇静,对医生们开的药和指示记得分毫不差。圣·克莱尔一切全指靠她。那些曾经对她的不同于南方人洒脱作风的一些小怪癖和一成不变的习惯不以为然的人,现在也承认眼前需要的正是她这样的人。

汤姆大叔常常待在伊娃的房间里。孩子老是烦躁不安,抱着她时才舒服一点,汤姆最乐意的事就是垫着一个枕头抱着她瘦小的身子,一会儿在房间里走来走去,一会儿到游廊上去。孩子早晨精神最好,这时当湖面上吹来清新的海风时,汤姆有时就和她一起在花园里的橘子树下散散步,或者坐在他们常坐的凳子上,给她唱最喜爱的古老的赞美诗。

她的父亲也常常这样做,但是他体格不如汤姆壮实,他抱累了的时候伊娃会对他说:

“啊,爸爸,让汤姆抱我吧,可怜的汤姆,他乐意抱我,你知道他总想为我做点什么,现在他唯一能做的就是这个了。”

“我也想为你做点什么啊,伊娃!”她的父亲说。

“哦,爸爸,你能为我做一切呀,你是我最最爱的人。你读书给我听,你整夜不睡陪伴我,汤姆只能做这一件事,还有他唱赞美诗给我听;而且我知道他抱我比你抱我容易些,他力气大,抱得稳。”

不只汤姆一个人想为伊娃做点什么,家里的每一个仆人都有这种愿望,都在尽他们所能做些事。

可怜的奶娘一心想着她的小宝贝,可是她无论白天还是晚上都找不到一点机会,因为玛丽说她心情极坏,根本无法休息,因此让别人休息是违背她的原则的。一夜她要把奶娘叫起来二十次给她揉脚、敷头、找手绢、去看看伊娃房间里的响动是什么、把窗帘放下因为屋子里太亮了、把窗帘拉上去因为屋子里太黑了;而在白天当奶娘渴望着能帮着照顾照顾她的小宝贝时,玛丽似乎有着特别的本事不是让她在自己身边忙就是把她支使得在宅子里团团转,所以她只能忙里偷闲去看看伊娃,或偶尔看上她一眼。

"我觉得现在我的责任是要加倍注意自己的身体,"玛丽常这样说,"我身体这样虚弱,现在还担负着照顾和护理亲爱的女儿的全副担子。"

"是吗,亲爱的?"圣·克莱尔说,"我还以为堂姐接过你这副担子了呢。"

"你这话是男人的腔调,圣·克莱尔,自己的孩子病成这样,好像有谁能够接过做妈妈的人的操劳的担子似的;可是你们全都一个样,谁也不知道我的痛苦! 我不能像你这样什么都不管不顾。"

圣·克莱尔笑了。你们要原谅他,他实在无法克制自己。圣·克莱尔还能笑得出来,是因为这个小小的灵魂的最后航程是这样快乐与宁静,这叶小舟是被如此柔和清香的微风吹送到天国的海岸,人们无法意识到即将来临的是死神。孩子并不感到痛苦,只有不知不觉日益加深的平静和虚弱;她是那样美丽,那样充满了爱心和信任,那样幸福,她似乎被一种纯洁恬静的气氛包围着,没有哪个人能够抵制那使人慰藉的感染力。圣·克莱尔感到一种奇异的平静。不是希望——不可能存有希望了,也不是无可奈何的认命,那只是目前平静的暂憩,它是如此美妙,他不愿想到将来,正像我们在明朗、温暖的秋林中所感受到的心灵的平静一样:枝头鲜亮的秋叶快乐地沙沙作响,溪畔最后的秋花仍在流连;我们更加浸沉在愉悦之中,因为我们知道这一切不久即将消逝得无影无踪。

对于伊娃自己的心中所想和预感最了解的就是每天忠心耿耿地抱她的朋友汤姆。她不愿告诉父亲，怕他听了会不安的话，伊娃都讲给汤姆听;在联结灵魂和肉体的纽带开始松解，灵魂即将永远脱离躯壳之前所感受到的一切神秘预兆她也都告诉了汤姆。

最后汤姆不回房间去睡觉了，而是整夜躺在外游廊上，好听见叫声随时起来。

"汤姆大叔，你为什么要像只狗一样开始随地睡起觉来?"奥菲利亚小姐问道,"我还以为你是个循规蹈矩的人，喜欢按礼俗在床上睡觉的。"

"是的，菲利小姐,"汤姆一副神秘模样，说道，"是这样，但是现在——"

"现在怎么啦?"

"轻点，圣·克莱尔老爷是不爱听这种话的，可是菲利小姐，你知道得有人等着新郎呀。"

"你这是什么意思，汤姆?"

"你知道《圣经》里说，'半夜里有人高喊，看啊，新郎来了。'①现在我每天晚上等的就是这啊，菲利小姐，我不能睡在听不见喊声的地方，不行。"

"汤姆大叔，你怎么会这样想呢?"

"是伊娃小姐，她对我说的。上帝派信使向灵魂报信。我一定要在场，菲利小姐，因为当这个有福的孩子升入天国时，他们会敞开天国之门的，我们就都能看见一眼天国的荣光了，菲利小姐。"

①　见《新约·马太福音》第25章第6节。指耶稣降临。

"汤姆大叔,伊娃是不是说她今晚觉得更不好了?"

"没有,不过她早上对我说她离天国越来越近了,菲利小姐,是天使在给她报信呢,'是黎明前的号角声'。"汤姆引用他喜爱的赞美诗中的一句说。

上面奥菲利亚小姐和汤姆问的这段对话是在一天晚上十点到十一点之间进行的,她做好了一切上床的准备,去闩上外面的一道门时,看见汤姆躺在门外阳台的地上。

她不是一个神经质或易受感动的女人,但汤姆那严肃而诚心诚意的态度给她留下了深刻的印象。那天下午伊娃精神特别好,特别高兴,她靠坐在床上一件件地看她的小玩意儿和喜爱的东西,说明打算把它们送给哪些人。好几个星期以来她都没有这么兴奋,说话也没有这么自然过。她父亲晚上到她房间去过,说伊娃自从生病以后,那天最像她病前的样子,当他在她临睡前和她吻别时,他对奥菲利亚小姐说,"堂姐,看来我们还是可能留住她的,她肯定是好些了,"他上床时心情也是许多个星期以来最轻松的。

但是在午夜时分,在那奇特的、神秘的时刻,当那脆弱的现在和永恒的未来之间的帷幕变薄了的时刻,报信的天使来到了!

房间里传出了声音,先是一个人急促的脚步声。这是奥菲利亚小姐。她早已决心一夜不睡守护着她的小病人,午夜时她注意到有经验的护士们意味深长地称作"变化"的现象,外房门很快打开了,在外面守着的汤姆立刻惊醒了过来。

"快去请医生,汤姆,一点也不要耽搁。"奥菲利亚小姐说,然后她穿过房间去敲圣·克莱尔的门。

"堂弟,"她说,"请你来一下。"

这几个字如泥土落在棺材上一样落在他的心上。为什么会这样？他立刻起身来到了伊娃的房间里，弯腰看着伊娃。她仍在睡着。

他看到了什么使他的心骤然停止了跳动？为什么姐弟二人之间一句话也不说？凡是在你最亲爱的人脸上看到这同样的表情的人，那种难以形容的、令人绝望的、清楚明白的表情，那就是在告诉你，你所爱的人已不再属于你了。

然而伊娃的脸上却没有任何可怕的样子，只有一种崇高而几乎是极端庄严的神情，这个幼小的灵魂已为神仙世界所主宰，永恒的生命已经降临。

两个人默默无言地望着伊娃，静得连手表的滴嗒声都嫌太响了。不久汤姆把医生请来了。医生走进房间，看了伊娃一眼，就和别人一样默默站在了一旁。

"这变化是什么时候开始的?"他低声问奥菲利亚小姐道。

"大概在午夜。"她回答道。

医生的到来惊醒了玛丽，这时她匆匆从隔壁房间走了进来。

"奥古斯丁！堂姐！——啊——怎么啦。"她急急地问道。

"别出声，"圣·克莱尔用沙哑的声音说，"她快要死了。"

奶娘听见这话后飞跑去叫醒其他佣人，大家立刻起来了，只见到处点起了灯，传来了一片脚步声。游廊上挤满了焦急的面孔，流着眼泪从玻璃门往屋子里看，但圣·克莱尔却什么也没有听见，什么话也没有说。他看见的只是睡着的孩子脸上的那个表情。

"啊！哪怕她能醒过来再说一句话也好啊！"他说道；他弯身向伊娃，在她耳边轻声说，"伊娃，亲爱的！"

那双蓝色的大眼睛睁开了，伊娃的脸上露出了笑容，她想抬起头来，想说话。

"你认识我吗，伊娃？"

"亲爱的爸爸。"孩子叫了一声，她用尽了最后的力气用双臂搂住了父亲的脖子。不一会儿手臂松了开来，当圣·克莱尔抬起头来时，看到死亡的痛苦使她脸上一阵抽搐，她喘不过气来，举起了两只小手。

"啊，上帝啊，这太可怕了！"他说着痛苦地掉过头去，情不自禁地紧攥住汤姆的手，"啊，汤姆，这简直是要我的命呀！"

汤姆两手紧握着主人的手，黑色的脸颊上泪如雨下，他抬起头来，和往常一样祈求上帝的帮助。

"求上帝让这一切早些结束吧！"圣·克莱尔说，"这真是让我心如刀绞啊！"

"啊，赞美上帝！结束了，结束了，老爷！"汤姆说，"你看她。"

孩子头靠在枕头上精疲力竭地喘着气，两只清澈的大眼睛往上一翻便定住了。啊，那双平时流露出对天国向往的眼睛现在在说些什么呢？尘世及尘世的痛苦都已成了过去，但是那张脸上胜利的光辉是如此庄严、如此神秘，甚至止住了人们悲伤的哭泣。大家屏住气静静地围了上去。

"伊娃。"圣·克莱尔柔声唤道。

她已经听不见了。

"啊，伊娃，告诉我们你看见了什么！看见了什么呀？"她的父亲说道。

伊娃脸上浮现出一丝灿烂而明亮的笑容,她断断续续地说道:"啊,爱,——欢乐,——宁静!"然后叹了一口气,便从死亡进入了永生!

"永别了,亲爱的孩子!那辉煌的通向永生之门已在你身后关上了,我们再也看不见你那甜美的面容了。啊,看着你进入天国的人是多么不幸啊!当他们醒来时看到的只是现实那冰冷阴沉的天空,而你已永远离我们而去了!"

第二十七章 "这是世界的末日"*

伊娃房间里的雕像和画都用白单子罩了起来,室内只能听到低低的呼吸声和放轻了的脚步声,阳光悄悄透过关着百叶窗的幽暗的窗子庄严地射了进来。

床上铺着白床单,在俯视小床的天使塑像下躺着一个睡着了的小小的身体——已经永远不会醒来了!

她躺在那里,穿着一件生前常穿的朴素的白衣裙,穿过窗帘射进来的玫瑰色的阳光给冰冷的死亡抹上了一层温暖的红色。浓黑的睫毛轻垂在纯洁的脸上;头微微侧向一边,像睡着时的自然姿势;但是在整个面部都充满了那种崇高而神圣的表情,那种狂喜和安息交杂的表情,表明这不是尘世上的或暂时的睡眠,而是"上帝赐予他们所爱之人"①的那永久的、神圣的安息。

亲爱的伊娃,对于你这样的孩子不存在死亡,也不存在黑暗或死亡的阴影,有的只是晨星在金色的黎明中渐渐隐去般的光的消逝。你获得的是不经征战的胜利,不需争夺的王冠。

圣·克莱尔交叠着双臂站在那里出神时,正是这样想的。

啊！谁能说得出他想的是什么呢？自从在伊娃临终的房间里有人说"她已经去了"的那一刻起，一切都如一片阴沉的迷雾，一种沉重的"麻木的痛苦"。他听得见周围的人在说话；有人向他提出问题，他也做了回答；他们问他想在什么时候举行葬礼，把她葬在什么地方；他不耐烦地回答说他不在乎。

伊娃的房间是阿道尔夫和萝莎布置的。他们一般说来很轻浮幼稚，但心肠软，很重感情。虽然奥菲利亚小姐负责使得房间整洁而有序，但是他们的手却为房间的布置增添了柔和的具有诗意的色彩，使得死者的房间不像新英格兰丧事中常见的那样阴森可怖。

伊娃房间的各种架子上仍摆满了鲜花，都是白色的，娇嫩而芬芳，配着雅致的下垂的绿叶。伊娃的小桌子上铺着白桌布，上面放着她最喜爱的花瓶，里面只插了一朵含苞欲放的白色的苔藓蔷薇。帷幔的褶子、窗帘垂下的样子都是经过阿道尔夫和萝莎以黑人特有的精细的眼光反复布置的；甚至就在此刻，当圣·克莱尔站在屋子里沉思的时候，矮小的萝莎拿着一篮白花轻快地走了进来。当她看见圣·克莱尔时不禁退后了一步，恭恭敬敬地停了下来。但是当她发现他并没有注意到她时，便走上前去把花放在了死者周围。她把一朵美丽的栀子花放在伊娃的小手里，然后把其余的花十分得体地放在了卧榻的四周。圣·克莱尔看着这一切，仿佛是在梦中。

房门又一次打开了，托普西出现在门口，她眼睛哭得红肿着，手里拿着什么东西藏在围裙下面。萝莎迅速做了个手势制止她，但她还是跨进了门。

"你快出去，"萝莎用不容置疑的口气严厉地低声说，"这里没你的事。"

"啊,请让我进去吧,我带来了一枝花,一枝漂亮极了的花!"托普西举起了一枝半开的香水月季,"请让我就在她身边放上一朵花吧!"

"滚开。"萝莎更坚决地说。

"让她留下,"圣·克莱尔突然一跺脚说,"她可以进来。"

萝莎立刻退了下去,托普西走上前来把她的祭物安放在死者的脚下。突然她扑在床边地板上,放声痛哭起来。

奥菲利亚小姐匆匆走进来拼命想扶起她来,让她不要哭,可是一点用也没有。

"啊,伊娃小姐! 伊娃小姐! 我要是也死了才好呢,真的,死了才好呢!"

哭声中有种刺人心肺的狂烈;血涌上了圣·克莱尔大理石般苍白的脸上,伊娃死后他第一次流下了眼泪。

"起来吧,孩子,"奥菲利亚小姐把声音放柔和了些说道,"别这么哭了,伊娃小姐上了天堂了,她成了天使了。"

"可是我看不到她了!"托普西说,"我永远也看不见她了!"说着又哭了起来。

大家无言地呆立在那儿。

"她说过她爱我,"托普西说,"她爱我! 啊,天哪,天哪!现在再也没有人爱我了,——没有了!"

"她说得很对,"圣·克莱尔说,"但是请你试试看能不能安慰安慰这个可怜的小东西。"他对奥菲利亚小姐说。

"我但愿没有出世就好了,"托普西说,"我没有想来到世界上,来到世界上有什么用啊!"

奥菲利亚小姐温柔而坚决地把她扶了起来,把她从房间里带了出去,一面眼中流下了眼泪。

"托普西，你这个可怜的孩子，"她把她领到自己的房间里对她说，"别灰心，我虽然和可爱的小伊娃不同，我会爱你的；我希望我从她身上学到了一些基督之爱。我会爱你的，真的，我会努力帮助你成长为一个善良的基督徒的。"

奥菲利亚小姐说话的声音比她的言辞更打动人，而更打动托普西的是她面颊上流下的真诚的眼泪。从那一刻起，她对那孤苦的孩子的心灵具有了永不泯灭的影响。

"啊，我的伊娃，她在人世的短暂岁月中做了这么多好事，"圣·克莱尔想道，"我该为自己漫长的生命作出怎样的交代呢？"

这时家中仆人一个个悄悄走进房间来向死者告别，响起了轻轻的耳语声和脚步声。然后那具小小的棺材抬了进来，接着是葬礼。马车停在了大门外，陌生人进来、坐下；白头巾、白缎带、黑臂纱；穿着黑色丧服的送葬人；读《圣经》中的经文，做祈祷；圣·克莱尔像个眼泪已经流干了的人，活着、走着、动着，但他自始至终只看见了一样东西：那棺材中的金色的小脑袋，但是后来他看见一块白布蒙住了那脑袋，棺材盖上了；有人把他排在别人旁边，走到了花园尽头的一小块地方，在那儿，在她和汤姆常常坐着聊天、唱赞美诗和读《圣经》的那张长着青苔的石凳旁是那小小的墓穴。圣·克莱尔站在墓穴旁，茫然地朝下看着，他看见人们把小小的棺材放进了墓穴之中，他模糊地听到那庄严的词句："复活在我，生命也在我；信我的人，虽然死了，也必复活。"[①]当泥土扔进墓穴，小小的坟墓渐渐填满时，他无法相信他们在掩埋的是他的伊娃。

<hr>

① 见《新约·约翰福音》第 11 章第 25 节。

实际上也不是伊娃！而只是她那光辉不朽的躯体的一粒柔弱的种子，在我主耶稣降临的那一天，她便会以此外形重新出现。

后来人们都离开了，送葬人回到了再也看不见她的地方去了；玛丽卧室的窗帘都放了下来，她躺在床上，无法克制住悲伤地哭泣着、呜咽着，时时刻刻叫所有的仆人来伺候她。当然他们没有时间哭泣——他们为什么要哭呢？这份悲伤是她的悲伤，她完全相信世界上没有、不可能有、也不会有哪个人比她更痛苦了。

"圣·克莱尔一滴眼泪也没有掉，"她说，"他根本不同情我。他肯定知道我有多么痛苦，可是想一想他能这样狠心和无情，实在是太令人惊讶了！"

人是这样难以摆脱自己所见所闻的影响，不少黑奴真的以为，对伊娃的死最痛苦的是玛丽；特别在玛丽开始歇斯底里发作，让人去请医生而且最后声称自己快要死了的时候更这样想了。在随后而来的仆人们不停地四处奔忙、取热水袋、烧热绒布内衣以及恼怒和不停的唠叨抱怨中，大家的思想一时倒从葬礼上转移开了。

然而汤姆自己内心的感情把他吸引到男主人身边。不论圣·克莱尔走到哪里，他都挂念而忧伤地跟着他；当他看见他一声不响脸色苍白地坐在伊娃的房间里，把她那本打开的小《圣经》端在眼前却连一个字母、一个字也没有看见时，汤姆感到在那呆滞不动、没有一滴眼泪的眼睛里凝聚着比玛丽所有的大哭大号更为深切的悲哀。

几天以后圣·克莱尔一家人回到了城里。奥古斯丁由于悲伤而烦躁不安，渴望改换一下环境好调整自己的思绪，因此离开了别墅和有着那座小小的坟墓的花园,举家回到了新奥尔良。圣·克莱尔忙碌地在街上四处走动,力图用奔波和忙乱以及环境的改变来填补内心的一片空白;在街上或咖啡馆里遇到他的人只是从他帽子上的黑纱得知他失去了亲人;因为你看他,有说有笑,看报纸,推测政局、处理生意上的事务;谁能看得出来这微笑着的外表只不过是一个空壳,内心却是一座黑暗而死寂的坟墓?

"圣·克莱尔先生这个人真怪,"玛丽对奥菲利亚小姐抱怨道,"我一直以为,如果他在世界上还有所爱的话,那就是我们亲爱的小伊娃了,可是他好像很容易就把她给忘了。我根本没有办法让他谈起伊娃来。我原来真以为他会难过得多的。"

"常言说静水流深。"奥菲利亚小姐玄奥地说。

"啊,我才不信这些呢,这只是说说而已,人要是有感情就会表现出来,这是无法控制的事。不过有感情是桩极大的不幸。我倒宁愿天生像圣·克莱尔,我的感情老是折磨我!"

"是啊,太太,圣·克莱尔老爷瘦得不成样子了,他们说他什么也不吃,"奶娘说,"我知道他没有忘记伊娃小姐,我知道谁也没有忘记她,亲爱的小天使!"她一面擦着眼泪一面说。

"可是不管怎么说他一点也不体谅我,"玛丽说,"他连一句同情的话也没有说过,而他一定知道,一个母亲的悲哀比男人要深切得多了。"

"人的痛苦只有自己心里知道。"奥菲利亚小姐严肃地说。

"我就是这么想的,我知道自己的痛苦,别人好像全都不了解。伊娃原来倒是了解,可是她死了!"说毕玛丽靠在躺椅上,开始伤心地抽泣起来。

不幸的是,玛丽是这么一种人,在她眼里,一件东西一旦失去以后就有了拥有它时所没有的价值。不管她手里有的是什么东西,她总是以挑剔的眼光找毛病;可是一旦远远地去了,却又称赞起来没完。

当玛丽和奥菲利亚小姐在客厅里说这番话时,在圣·克莱尔的书房里则在进行着另一番谈话。

一直不安地跟随在主人身后的汤姆几小时前看见圣·克莱尔走进了书房,他在门外等了许久不见他出来,最后决定进去看一看。他轻手轻脚地走了进去。圣·克莱尔俯卧在房间另一头的一张躺椅上,伊娃的《圣经》摊开在他面前。汤姆走上前去站在旁边犹豫着。这时圣·克莱尔突然坐了起来。汤姆诚实的脸上充满了悲哀,流露出无限关心、同情和恳求的神情,深深地感动了主人。他用手握着汤姆的手,低下头把前额靠在了汤姆手上。

"啊,汤姆,我的仆人,这个世界空得像个鸡蛋壳啊!"

"我知道,老爷,我知道,"汤姆说,"但是,啊,老爷,你朝上看吧,朝我们亲爱的伊娃所在的地方看,朝亲爱的主耶稣看。"

"汤姆,我是朝上看的呀!但是我什么也看不见。我真希望能看见些什么。"

汤姆沉重地叹了一口气。

"好像只有儿童和像你这样诚实的可怜人才能看到我们看不见的东西,"圣·克莱尔说,"这是为什么呢?"

"'你对聪慧、精明的人掩藏,向婴孩揭示,'"汤姆喃喃道，"'是啊，天父，因为你认为本应如此。'①"

"汤姆，我不相信宗教，我无法相信，我养成了怀疑的习惯，"圣·克莱尔说，"我想要相信这本《圣经》，可是我没有办法做到。"

"亲爱的老爷，向慈悲的天主祈祷吧，'主啊，我信，求你助我去除疑虑吧！'"

"谁能真正了解任何事情呢？"圣·克莱尔说。他两眼无目的地茫然地转动着，自言自语道，"一切美好的爱和信仰难道仅是人类变幻莫测的感情的一种表现形式？由于没有实在的基础，随呼吸停止即一同消失？是不是不再有伊娃，没有天空，没有基督，什么也没有了？"

"啊，亲爱的老爷，有的，我知道有的，我肯定有的，"汤姆说着跪了下来，"亲爱的老爷，请你，请你相信吧！"

"你怎么知道有个基督呢，汤姆？你从来没有看见过主啊。"

"我的灵魂感觉到他的存在，老爷，现在就感觉到他的存在！啊，老爷，当我被卖远离老婆和儿女时，我简直痛苦极了，觉得好像一切全完了；这时仁慈的上帝和我在一起，他对我说，'不要怕，汤姆，'把光明和喜悦带进了一个可怜人的灵魂，给了他安宁。我是这样地幸福，我爱一切人，甘愿献身给上帝，按上帝的旨意行事，听从他对我的安排。我知道这一切不可能来自我自己，因为我是个爱抱怨的可怜虫，它来自上帝；我知道上帝会乐于帮助老爷的。"

汤姆哽咽地说着，泪如雨下。圣·克莱尔把头靠在汤姆

① 见《新约·马太福音》第11章第25、26节。

的肩上,扭绞着他那结实可靠的黑手。

"汤姆,你是爱我的。"他说。

"只要老爷能成为基督徒,要我今天就死我也甘心啊。"

"可怜的愚蠢的人啊!"圣·克莱尔半抬起身来说,"我不值得像你这样善良、诚实的人爱啊!"

"啊,老爷,不光是我爱你呀,天主耶稣也爱你的。"

"你怎么知道他爱我呢,汤姆?"圣·克莱尔说。

"我的灵魂感觉到了这一点。啊,老爷!'基督的爱非常人所能知'。①"

"太奇怪了!"圣·克莱尔转过身去说道,"一个生活在一千八百年前的人的故事居然仍有如此感人的力量。但是他不是一个人,"他突然又说道,"没有一个人能有如此经久不衰的力量!啊!真希望我能相信母亲对我的教导,仍能像童年时一样地去祈祷!"

"老爷,"汤姆说,"伊娃小姐念这一章念得好听极了,请老爷给我念一念吧,伊娃小姐去了以后,简直就没有人给我念《圣经》了。"

汤姆让他念的是《约翰福音》第十一章,关于拉撒路斯起死回生的感人的故事。圣·克莱尔朗读着,不时停下来以抑制这哀婉的故事在他心中激起的感情。汤姆两手合十跪在他面前,平静的脸上凝聚着爱、信任和崇敬。

"汤姆,"主人对他说,"这些对于你都是真实的吧!"

"老爷,我几乎能够看见它。"汤姆说。

"我真希望有你这样一双眼睛,汤姆。"

① 见《新约·以弗所书》第3章第19节。

"上帝,我也希望如此呀!"

"可是汤姆,你知道我的知识比你要多得多,要是我对你说我不相信《圣经》,你会怎么想呢?"

"啊,老爷!"汤姆举起双手,做了个不赞成的手势。

"那会不会多少动摇一点你的信念呢,汤姆?"

"一点儿也不会。"汤姆说。

"怎么,汤姆,你一定知道我的知识是很丰富的。"

"啊,老爷,你不是刚刚念过上帝是如何对聪慧、精明的人掩藏,向婴孩揭示的吗? 老爷你刚才说的不是当真的吧。"汤姆焦急地问道。

"不是,汤姆,不是当真的,我并不是怀疑,我也认为有理由相信,可我还是不信。汤姆,这是个很讨厌的坏习惯。"

"老爷要是肯祈祷就好了!"

"你怎么知道我没有做祈祷呢?"

"老爷做了吗?"

"如果我祈祷时有人听,我会做的,汤姆,可是我做的时候总是对空说话。不过汤姆,你来做祈祷给我看看。"

汤姆满心的话在祈祷时倾泻了出来,如同被长时间堵塞的洪水一般。有一点是十分明显的,无论是否有人在听,汤姆相信是有的。事实上,圣·克莱尔也感到自己被汤姆的信仰和激情几乎带到了那个汤姆似乎十分生动地勾画出的天国的门边,使他离伊娃近了。

"谢谢你,汤姆,"汤姆站起身来时圣·克莱尔说道,"我很喜欢听你祈祷,汤姆,不过现在你去吧,让我一个人待一会儿。以后再谈吧。"

汤姆悄悄地走了出去。

第二十八章　团　圆

在圣·克莱尔的家里，时间一周又一周地悄悄过去，在那只小船沉没之处，生活的波涛恢复了往日的平静。冷酷无情、索然无味的日常现实生活不顾人的一切感情，傲慢而冷漠地进行着。我们仍然必需吃饭、喝水、睡觉、醒来——仍要讨价还价，买进卖出，提出和回答问题。总之，尽管对一切已全无兴趣，仍要去追随那徒然的形式；在生的一切要义已经消失之后，生活的冷漠机械的常规却依然存在。

圣·克莱尔生活的全部兴趣和希望过去不知不觉地全都围绕着女儿；为了伊娃他才去经营产业；他自己时间的计划和安排也是为了伊娃；还有为伊娃做这个、做那个，为她买东西、为她改进、变动、安排、处理点什么，长期以来这一切已经成了他的习惯，现在她去世了，好像他就没有什么可考虑，没有什么可做的了。

不错，还有一种生活，只要你一旦相信了它，就会如一个庄严、意义重大的身影出现在那否则是毫无价值、索然无味的时间面前，使一切变成为神秘而无价的命令。圣·克莱尔很清楚这一点，在许多消沉厌倦的时刻他常会听到那微弱稚气的声音呼唤他到天上去，看到那只小手向他指出人生之路。但是悲伤形成的沉重的倦怠压在他身上，他无法振作起来。

比起许多就事论事、过分实际的基督徒来,圣·克莱尔的天性使他能从自己的观察和本能出发,对宗教有更好、更清楚的理解。有些人一生对精神上的事物表现得漠不关心,却常常具有一种天赋,能够领悟并感受到它们之间的细微差别和相互关系。因此莫尔、拜伦、歌德①往往比一个终生为宗教感情所主宰的人在描述真挚的宗教情思时说的话更有智慧,在这些人的心中,无视宗教是更为可怕的背叛,更重的罪孽。

圣·克莱尔从不假装以任何宗教责任来约束自己,但他天性中有着某种美好的东西,使他对基督教的要求有着本能的理解,出于预见,他不做自己觉得会对良心形成负担的事,以防有一天会决心去承担这些责任。因为人的本性是充满矛盾的,特别是在观念方面,以至于如果承担了一件事而做不到倒不如不去承担还好些。

不过在许多方面圣·克莱尔和过去相比已是判若两人了。他认真严肃地读他的小伊娃的那本《圣经》,更理智更实际地考虑自己和仆人之间的关系,这使他对自己过去和目前的做法非常不满,因此他回到新奥尔良后不久就做了一件事,那就是开始办解放汤姆所必需的法律手续,一等手续办妥,汤姆就自由了。与此同时,他也一天天地越加依恋汤姆了,在这茫茫的世界上,只有汤姆似乎才使他处处想起伊娃,他总是坚持要汤姆时刻待在他的左右。尽管他对自己内心深处的感情一向很少表露,但在汤姆面前却几乎是敞开了心扉。谁要是看到了汤姆时刻跟在年轻的主人身后时脸上那忠心与爱慕之

---

① 托马斯·莫尔(1779—1852)和拜伦(1788—1824)为英国诗人,歌德(1749—1832),德国诗人。三人均为无神论者。

情,对这一点就不会觉得奇怪了。

"噢,汤姆,"圣·克莱尔开始为汤姆的自由办理法律手续的第二天对汤姆说,"我打算使你成为一个自由人,所以把你的箱子收拾好,准备动身去肯塔基吧。"

汤姆的脸上立刻闪出了快乐的光芒,他双手举向苍天大喊了一声"感谢上帝"!这情景不免使圣·克莱尔心里不平静起来,汤姆这样乐于离开他使他心里很不痛快。

"你在这里并没有受什么罪啊,用不着这样欣喜若狂的吧,汤姆。"他冷冷地说。

"不,不,老爷,不是这个原因,而是能做一个自由人!我高兴的是这个。"

"怎么,汤姆,你不觉得对你自己来说,你在这里比你得到自由要更好些吗?"

"不,不好,圣·克莱尔老爷,"汤姆突然用力地说,"不,不好。"

"可是汤姆,靠你干活你不可能像在我这里这样有这种衣服穿、有这么好的日子过呀。"

"我知道,圣·克莱尔老爷,老爷对我太好了。可是老爷,我情愿穿破衣服、住破房子,什么东西都是破的,但是拥有这一切,而不愿什么都是最好的,可都是人家所有。我就是这样,老爷,我想这是天性吧,老爷。"

"我想是的,汤姆。再过一个月左右你就要走了,离开我了,"他颇有些不快地说,"不过你为什么不该走呢,谁也说不出来。"他用较欢快的口气说,然后站起身来,开始在房间里踱来踱去。

"老爷在痛苦中的时候我不会走的,"汤姆说,"只要老爷需要我,我就留在老爷身边,能对老爷有点用。"

"我在痛苦中的时候,汤姆?"圣·克莱尔悲哀地望着窗外……"那么我的痛苦什么时候会结束呢?"

"等老爷成了基督徒的时候。"汤姆说。

"你真打算待到那一天吗?"圣·克莱尔从窗旁转过身来,一只手搭在汤姆肩上,微微带笑地说,"啊,汤姆,你这个心软的傻瓜!我不会让你待到那一天的,回到你老婆孩子身边去吧,代我问他们好。"

"我相信那一天会到来的,"汤姆眼中含着泪真挚地说,"上帝还有使命要老爷去完成呢。"

"使命吗?"圣·克莱尔说,"好吧,汤姆,给我讲讲你认为这会是什么样的使命,说给我听听。"

"哎呀,就连我这样的可怜人上帝还给与了使命呢,圣·克莱尔老爷又有学问,又有钱,又有朋友,你能为主做多少事啊!"

"汤姆,你好像认为上帝需要人替他做许多事。"圣·克莱尔笑着说。

"我们为上帝的儿女做事就是在为上帝做事。"汤姆说。

"精彩的神学理论,汤姆;比 B 博士讲的道还要精彩,我敢保证。"圣·克莱尔说。

这时有仆人来通报说来了客人,谈话便中断了。

伊娃之死是玛丽·圣·克莱尔所能够感受到的最大的悲伤了;由于她是一个有本事在自己难过时使所有的人都不快活的女人,她的贴身仆人就更有理由为小姐的去世而悲痛了,伊娃用讨人喜欢的方式为仆人们婉转求情,使她经常成为仆人们在母亲的淫威和自私的苛求之间的一块挡箭牌。特别是可怜的老奶娘,她被迫离开了自己的骨肉,一直把这个可爱的人儿当作自己心灵的唯一安慰,伊娃的死使她心都要碎了。她日夜哭泣,由于悲伤过度,在侍候太太时就不如从前灵巧了,惹得玛丽经常大发雷霆臭骂她一顿,现在再也没有人替她说话了。

奥菲利亚小姐也很悲伤,但是这悲伤在她善良赤诚的心中结出了造福于来世的果实。她变得温和耐心了,尽管对自己的工作仍旧十分勤奋刻苦,但态度上要稳重、遏制多了,好像经过思考有了收获。她在教育托普西上更努力了,主要是用《圣经》来教育她,也不再怕托普西碰到她的身体,也不会表现出压制不住的厌恶,因为她已经没有这种感觉了。她现在用伊娃第一次使她看到的那种温和的方式来看待托普西,在她身上看到的完全是一个上帝交给她要她带引走向天国美德的永生的灵魂。托普西并没有一夜之间就成为圣人,但伊娃的一生和她的死亡确实在她身上引起了明显的变化;没有了麻木和冷漠,在她身上出现了感情、希望、渴求和学好的努力。尽管这种努力不能持之以恒、时断时续,但最后总又重新开始。

有一天,奥菲利亚小姐派人去叫托普西,托普西走过来时慌慌张张地往怀里塞着什么。

"你在那儿干什么,调皮鬼?我敢说你又在偷东西了。"被派去叫托普西的小个子萝莎专横地说,一面凶狠地一把抓住了她的胳膊。

"去你的吧,萝莎小姐!"托普西挣扎着说,"不关你的事。"

"少回嘴!"萝莎说,"我看见你藏什么东西来着,我知道你的鬼花招。"萝莎抓住她的胳膊,硬要把手伸到她怀里去,托普西火了,英勇地又踢又打来保卫她认为是自己的权利。这场战斗的吵闹声惊动了奥菲利亚小姐和圣·克莱尔,两人都赶了过来。

"她又偷东西了!"萝莎说。

"我没偷。"托普西大叫着说,激动地哭了起来。

"不管是什么东西,拿出来给我!"奥菲利亚小姐坚决地说。

托普西迟疑着,但当奥菲利亚小姐再一次让她拿出来时,她从怀里拿出了一个用自己的旧袜子做的小包来。

奥菲利亚小姐把里面的东西全倒了出来,其中有伊娃送给她的一个小本子,按全年日期顺序排列,每天一段《圣经》里的经文,另外一张纸里包着伊娃在最后和她告别那难忘的一天送给她的一绺头发。

圣·克莱尔见了非常感动,那个小本子是卷在一长条从丧服上扯下来的黑纱里的。

"你为什么要把黑纱缠在这个本子外面呢?"圣·克莱尔拿起黑纱问道。

"因为,因为,因为这是伊娃小姐呀。啊,求你们不要把这些拿走!"她说着一屁股坐在了地板上,用围裙蒙着头开始痛哭起来。

这真是一幅又可怜又可笑的景象的奇异的混合:那只破旧的小袜子,黑纱,她的教科书,一绺柔软的美丽的头发,加上托普西那伤心的样子。

圣·克莱尔笑了,但是眼睛里却含着泪水。他说道:

"好啦,好啦,别哭了,都是你的!"说着他把几样东西放在一起扔进了托普西的怀里,拉着奥菲利亚小姐走进了客厅。

"我觉得你真可以把那个小家伙教育出来,"他说,一面用大拇指朝肩膀后指了指,"凡是能真正感受到痛苦的人就能变成好人。你一定要尽力好好教育她。"

"这个孩子有了很大的进步,"奥菲利亚小姐说,"我对她寄予了很大的希望。不过,奥古斯丁,"她把一只手放在他的胳膊上说道,"我想问你一件事,这孩子究竟是谁的?归你还是归我?"

"怎么,我已经把她送给你了呀。"奥古斯丁说。

"可是法律上没有呀,我希望她按法律属于我。"奥菲利亚小姐说。

"啊呀,堂姐,"奥古斯丁说,"废奴协会会怎么想呀?要是你成了个奴隶主,他们会为这种倒退行为指定一个绝食日的!"

"别胡说了,我要她属于我,这样我就有权利把她带到自由州去,给她自由,那么我现在努力做的一切就不会白费了。"

"啊呀,堂姐,多么可怕的'作恶以成善果'①!我可不能鼓励这种事。"

"我希望你不要开玩笑,而是好好思考一下,"奥菲利亚小姐说,"如果我不能把这个孩子从奴隶制的宿命和厄运中救出来,那么我使她成为基督徒的一切努力都是白费的。如果你真愿意把她给我,我希望你能给我写一张赠送证书,或者什么法律文书。"

~~~~~~~~~~

① 见《新约·罗马人书》第3章第8节。

"好吧,好吧,"圣·克莱尔说,"我会写的。"说完他坐了下来,打开了报纸。

"可是我要你现在就写。"奥菲利亚小姐说。

"你忙什么?"

"因为要想做事,就要马上去做,"奥菲利亚小姐说,"来,这里有纸、笔和墨水,就写个文书好了。"

像多数他这种性格的人一样,圣·克莱尔最恨的就是说做就做。因此奥菲利亚小姐的干脆利落使他很不高兴。

"怎么回事?"他问,"你难道不信我的话吗?你这样冲我而来,人家还以为你在犹太人手下学过徒呢。"

"我想把这事确定下来,"奥菲利亚小姐说,"你也许会破产、会死去,那样托普西就会被拉走拍卖,我就束手无策了。"

"嗬,你可真有远见。唉,既然落到了北方佬手里,我也只能让步了。"圣·克莱尔很快写好了一份赠送证书,由于他通晓法律,所以写起来毫不费事;写完他用大写字母潦草地签了名,最后一笔差点飞了起来。

"好了,这下子是白纸黑字了吧,佛蒙特小姐?"他把赠送证书递给她时说道。

"好孩子,"奥菲利亚小姐笑着说,"可是还得有证人签字吧?"

"啊,真麻烦! ——有啦,"他说着推开了通向玛丽卧室的门,"玛丽,堂姐要你签名呢,就把你的名字写在这儿吧。"

"这是什么?"玛丽一面看着赠送证书说道,"真可笑,我还以为堂姐虔诚得很,不会做这种可怕的事呢,"她边说边漫不经心地签了名,"不过要是堂姐喜欢那东西的话,你尽管拿去好了。"

"给你,好了,她是你的了,从肉体到灵魂全是你的了。"圣·克莱尔说着把赠送证书递给了她。

"从前不是我的,现在仍然不是我的,"奥菲利亚小姐说,"除了上帝,谁都没有权利把她送给我,但是现在我可以保护她了。"

"那么,通过法律的制作,她成了你的了。"圣·克莱尔说。他转身走回了客厅,坐下看起报纸来。

奥菲利亚小姐很少陪玛丽坐着;她小心地收起赠送证书后,跟着圣·克莱尔走进了客厅。

"奥古斯丁,"她坐在那儿织着毛活,这时突然说道,"你为仆人们作了什么准备没有? 万一你死了呢?"

"没有。"圣·克莱尔继续看他的报。

"那么你现在对他们这么纵容,以后可能会证明是很残酷的。"

圣·克莱尔自己也常常想到这一点,但他这时仍毫不在意地答道:"啊,我打算不久就做点准备。"

"什么时候呢?"奥菲利亚小姐问。

"噢,就这几天里吧。"

"你要是先死了怎么办?"

"堂姐,你这是怎么了?"圣·克莱尔放下报纸看着她说道,"你这么热心为我安排后事,是不是觉得我有黄热病或者霍乱的症状?"

"'人生在世随时都在死亡之中'①。"奥菲利亚小姐说。

圣·克莱尔站了起来,放下报纸,漫不经心地朝敞开着的

---

① 出自英国国教祈祷书中葬仪祈祷文。

414

通游廊的门走过去,以结束这番令他不快的谈话。他机械地重复了一遍"死亡"这个词,靠在栏杆上,看着闪闪发光的水柱在喷泉中喷起落下;他像是透过朦胧的茫茫薄雾看到花园里的花草树木和瓶饰,又一次重复了那个人们经常提到但却有如此可怕的力量的神秘的词,"死亡!""真是奇怪,会有'死亡'这个词,"他说,"而且会有'死亡'这件事,可我们却总是不记得它;一个人今天还活着、温暖而美丽,充满了希望、向往和要求,可第二天就消失了,完全地、永远地消失了!"

这是一个温暖的金色的黄昏,当他走到游廊的另一头时,看见汤姆正专心致志地读《圣经》,他一面用手指指着一个个的字,一面认真地轻声读着。

"汤姆,你要我读给你听吗?"圣·克莱尔随随便便地往他身旁一坐,问道。

"要是老爷愿意的话,"汤姆十分感激地说,"老爷一念就明白多了。"

圣·克莱尔拿起《圣经》,看了一眼汤姆在看的地方,就开始念汤姆用醒目的标记标出来的如下一段经文:

"当耶稣拥天国之福同着众天使降临之时,他将坐在荣誉的宝座上,一切民族之人都要聚集在他面前,他要把他们分别开来,好像牧羊人分别绵羊和山羊一般。"①圣·克莱尔声音激动地念着,直念到最后几节。

"主要向他左边的说,离开我,你们这些被咒诅的人,进入那地狱永燃的火里去:因为我饿了,你们不给我食物;渴了,你们不给我喝;我漂泊在外,你们不留我住;我赤身裸体,你们

---

① 见《新约·马太福音》第25章第31、32节。

不给我衣;我病了、被监禁,你们不来看望我。他们将要回答说,主啊,我们什么时候见你饿了,或渴了、或漂泊、或赤身裸体、或病了、或被监禁而没有给你帮助呢? 主要说,只要你们不为我最卑微的兄弟做这些事,就是不为我做这些事了。"①

这最后一段似乎打动了圣·克莱尔,因为他读了两遍,第二遍念得很慢,好像在脑子里反复思考这些字似的。

"汤姆,"他说道,"受到这样严厉惩罚的人做的事好像和我没有什么不同啊,过着舒适体面的好日子,从来不费心去问一下有多少兄弟饿了或渴了,或病了或被监禁。"

汤姆没有回答。

圣·克莱尔站起身来沉思着在游廊上走来走去,他完全沉浸在自己的思绪之中,似乎忘记了周围的一切,以至于午茶铃响过之后汤姆不得不两次提醒他才引起他的注意。

在整个午茶期间圣·克莱尔都心不在焉地想心事,吃过茶以后他和玛丽及奥菲利亚小姐进了客厅,三个人几乎都默不作声。

玛丽躺在挂着丝质蚊帐的睡榻上,很快就熟睡了。奥菲利亚小姐默默地忙着织毛活,圣·克莱尔坐在钢琴前,开始弹奏起一个用小音阶伴奏的、柔和而忧郁的乐章来。他仿佛沉溺在自己的思绪中,用音乐在对自己进行独白。过了片刻他打开了一只抽屉,拿出了一本旧得发黄的乐谱,开始翻了起来。

"瞧,"他对奥菲利亚小姐说,"这是我母亲的乐谱,这是她写的字,你过来看看。这是她模仿莫扎特的《安魂曲》改编

<hr>

① 见《新约·马太福音》第25章第41至45节。

的。"奥菲利亚小姐应声走了过去。

"这是她常唱的曲子，"圣·克莱尔说，"我觉得现在都能听见她在唱。"

他弹了几声庄严的和弦，开始唱起那首崇高、古老的拉丁文赞美诗《最后审判日》。

本来站在外游廊上听的汤姆被歌声吸引到了门旁边，他站在那儿认真地听着，他当然不懂歌词的意思，但是显然是曲调和圣·克莱尔唱时的表情深深打动了他，特别是当圣·克莱尔唱到那更为悲伤的部分时。如果汤姆懂得那美丽的歌词的意思，肯定会产生更加强烈的共鸣的：

> 啊，耶稣，让我们牢记
>
> 你为何忍受世人之背叛与恶意，
>
> 为何在那可怖的日子仍不愿将我抛弃；
>
> 为找寻我你疲劳的双脚急急奔忙，
>
> 在十字架上你的灵魂经历了死亡，
>
> 愿此等的劳苦不是空忙一场。①

圣·克莱尔在歌词中注入了深沉而忧郁的感情，岁月的朦胧的帷幔似乎被拉开了，他仿佛听到了母亲的声音在给他领唱。歌声和琴声娓娓动听，生动地突出表现了灵秀的莫扎特原为自己的死而谱写的这首《安魂曲》的旋律。

圣·克莱尔唱罢把头靠在手上坐了一会儿，然后开始在客厅里踱来踱去。

"末日审判是个多么崇高的理念啊！"圣·克莱尔说，"亘

---

① 原文为拉丁文，书中有原作者译成英文的注释；现据英文译出。

古以来的冤屈全都得到申雪！一切道德上的问题都将在不容辩说的智慧面前得到解决！这确实是一幅美妙的图像。"

"对我们来说却是可怕的。"奥菲利亚小姐说。

"看来对我也应该是可怕的，"圣·克莱尔说着若有所思地停了下来，"今天下午我给汤姆念了《马太福音》里描写末日审判的那一章，感触很深。对于进不了天堂的人，一般都认为是因为他们犯下了什么滔天大罪，但是其实不然，他们之所以受到惩罚是因为没有积极行善，好像不做好事就包含了一切可能的坏事似的。"

"也许是的，"奥菲利亚小姐说，"一个不做好事的人不可能不做有害的事。"

"可是，"圣·克莱尔心不在焉然而动情地说道，"假如有一个人，他的内心，他所受的教育和社会的需要都号召他去做一番高尚的事业，但是他却没有这样去做；而且在人类挣扎、痛苦、受迫害时，在他本应拿出实际行动来的时候，却随波逐流，带着满脑袋的空想袖手旁观。对这样的人该怎么去看呢？"

"我的看法是，"奥菲利亚小姐说，"他应该悔改，而且从现在就开始。"

"你总是非常实际，而且一针见血！"圣·克莱尔说着脸上绽出了笑容，"堂姐，你从来不给我时间去作一般性的思考，总是要我直面眼前的现实。你心里似乎存在着一个永恒的现在。"

"我一直关心的就是现在。"奥菲利亚小姐说。

"亲爱的小伊娃，可怜的孩子！"圣·克莱尔说，"她那天真的小灵魂曾经决心要为我做好事来着。"

自从伊娃去世后,这是他第一次提到她时说了这么多话,说话时显然在压制着强烈的感情。

　　"我对基督教的看法是这样的,"他接着说道,"一个人如果一贯声称自己是基督徒,那就必须全力同作为我们整个社会的基础的这个可怕的不公正的制度进行斗争,而且在必要时在这场战斗中献出自己的生命。我的意思是说,如果我是个基督徒我就一定会这样做。可是我和许多开明的、信奉基督教的人有交往,他们并不这样去做。我必须承认,教徒们在这个问题上的冷漠态度以及他们对不公平的事情的麻木不仁是使我对基督教持怀疑态度的主要原因。"

　　"你既然明白这一切,"奥菲利亚小姐说,"你为什么不采取行动呢?"

　　"啊,那是因为我的这一点点善心只包括躺在沙发上咒骂教会和传教士没有殉道精神,不能在迫害下仍坚守信仰。你知道的,一个人要看清别人应如何殉道是很容易的。"

　　"那么你现在打算改变做法吗?"奥菲利亚小姐问。

　　"只有上帝才知道将来会怎么样,"圣·克莱尔说,"我现在比以前勇敢了,因为我已经失去了一切;一个一无所有的人不怕任何风险。"

　　"那你打算怎么办呢?"

　　"等我一弄清我对穷苦低下的人应尽的责任后,我希望就能做点什么,"圣·克莱尔说,"先从我自己家的黑奴做起吧,直到现在为止我还没有为他们做过什么呢。也许将来有一天我可能为整个黑奴阶级做些事,以把我们国家从目前在文明世界面前所处的虚伪状态下拯救出来。"

　　"你认为一个国家可能自动解放黑奴吗?"奥菲利亚小姐

问道。

"我也不知道,"圣·克莱尔说,"这是一个伟大事件辈出的年代。英雄主义和大公无私的精神正在世界各地兴起;匈牙利的贵族解放了千百万的农奴,在金钱上遭受了极大的损失;也许在我们之中也会出现不单纯以金钱来衡量荣誉和公正的胸怀宽广的人物。"

"我看不会。"奥菲利亚小姐说。

"不过假如我们明早起身解放了黑奴,谁来教育这几百万人,教会他们使用所得的自由呢? 和我们在一起他们永远不会奋起有所作为的,事实是,我们自己太懒惰、太不实际了,不可能让他们懂得做人必需的刻苦和干劲。他们得到北方去,在那儿劳动是风气,是普遍的习惯。现在请你告诉我,你们北方各州有没有充分的基督的仁慈精神,能够容忍他们接受教育和逐渐提高的过程? 你们把成千上万的美元送给国外传教的机构,但是你们能否容忍把异教徒送到你们的城镇之中,你们付出时间、精力和金钱来把他们提高到基督徒的水平上来? 这是我想知道的。如果我们解放了黑奴,你们是否愿意教育他们? 在你那个小城里有多少人家愿意接纳一对黑人男女,教育他们,容忍他们,竭尽全力帮助他成为基督徒? 如果我想使阿道尔夫成为一个办事员,有多少商人愿意雇他? 如果我想让他学手艺,有多少工匠愿意收他为徒? 如果我想让萝莎和简上学,在北方的州里有多少学校会接受她们? 有多少家庭会让她们寄宿? 而她们的皮肤,不论在南方还是北方,和许多白人女子的肤色不相上下。你看,堂姐,我希望我们受到公正的对待;我们处境很糟,我们对黑人的压迫比较明显,但是北方人那违反基督精神的偏见在对黑人的压迫上几乎是同样残酷的。"

"唉,堂弟,我知道是这么回事,"奥菲利亚小姐说,"我知道我自己就是这样,后来才明白我有责任去克服它,我相信我现在已经克服了这种态度了。我知道在北方有许多善良的人,在这件事上只要有人向他们指明应尽的责任,他们就会去做的。毫无疑问,把异教徒接纳到我们之中来比起派传教士到他们那儿去,需要我们作出更大的自我牺牲,但是我认为我们会这样做的。"

"你会的,这我知道,"圣·克莱尔说,"只要你认为是你的责任,我还没有见过你不愿去做的呢。"

"我并不是什么了不起的好人,"奥菲利亚小姐说,"别人如果和我的看法一样也会这样做的。我打算在回家去的时候带上托普西,我想一开始家里人会觉得奇怪,但是我相信他们会慢慢和我的看法一致的。何况我知道在北方有很多人做着和你说的一模一样的事。"

"是的,但他们是少数;如果我们开始大量解放黑奴的话,我们很快就会听见你们的抱怨的。"

奥菲利亚小姐没有回答,两人沉默了片刻。圣·克莱尔的脸上罩上了一层悲哀而迷惘的神情。

"我不知道今晚是什么使我老想起我的母亲,"他说,"我有一种奇怪的感觉,好像她就在我旁边。我老想起她过去常说的话。多么奇怪,有时我们会对过去的事情记得这么清楚!"

圣·克莱尔又在房中来回踱了片刻,然后说道:

"我想晚上到街上去走上一会儿,听听有什么新闻。"

他拿起帽子走了出去。

汤姆跟在他身后走到花园里的小路上,问圣·克莱尔要不要他陪他出去。

"不用了,汤姆,"圣·克莱尔说,"我过一个小时就回来。"

汤姆在游廊上坐下。这是一个美丽的月夜,他坐在那儿看着喷泉水花的起落,听着淙淙的水声,心中想起了他的家,想到他不久即可成为自由人,想回家就可以回去。他想着自己应如何努力干活好挣钱给妻子儿女赎身。他摸摸自己结实的胳膊,心中十分快乐,因为他想很快它们就属于他自己了,可以干许多活以获得家人的自由。这时他又想到了自己年轻高尚的主人,一想到他汤姆就为他作了祈祷,这已经是他的习惯了。然后他的思绪又转到了美丽的伊娃身上,在他心里,伊娃已经是一个天使了。他想啊想的,仿佛觉得伊娃那明朗的笑脸衬着金色的头发从喷水池的水花中看着他;就这么想着想着他就睡着了,梦见她跳跳蹦蹦地朝他跑来,就和往常那样,头上戴着一顶茉莉花冠,容光焕发,眼中射出喜悦的光芒。可是待他定睛细看时,她又似乎是从地下升起,脸色较为苍白,眼中有股深沉、圣洁的光,头上仿佛有道金色的光环。突然她从他眼前消失了。一阵很响的敲门声把汤姆惊醒,大门外传来了嘈杂的人声。

他急忙把门打开,传来压低的人声和沉重的脚步声,然后他看见几个人用一扇百叶窗抬着一个裹在斗篷里的人进来了,灯光照在了这人的脸上,汤姆发出的绝望的惊叫声传遍了走廊。几个人抬着那人一直走到了敞开着的客厅门口,奥菲利亚小姐仍坐在里面织毛衣。

圣·克莱尔出门后走进了一家咖啡馆,想去看看当天的晚报。他正读着报纸时,两个喝得醉醺醺的先生打起架来,圣·克莱尔和另外一两个人想把他们拉开。在他要把一个打架的人手里的一把长猎刀夺下时,腰里挨了致命的一刀。

家里上上下下一片哭号声和尖叫声,仆人们疯了般地撕扯自己的头发,扑在地上打滚,或者不知所措地哭叫着乱跑。只有汤姆和奥菲利亚小姐似乎比较镇静一点,因为玛丽歇斯底里发作,处于惊厥之中。在奥菲利亚小姐的指挥下,仆人匆匆把客厅里的一张卧榻准备妥当,把仍在流血的圣·克莱尔放在上面躺好。由于失血和疼痛,圣·克莱尔昏了过去,但当奥菲利亚小姐采取了一些急救措施之后他苏醒了过来,睁开眼睛,目不转睛地盯着大家。然后他热切地环顾客厅,眼睛依恋地扫视着房间里的每一样东西,最后目光停留在了他母亲的画像上。

这时医生来了,检查了伤势;从他脸上的表情看来,显然已经没有指望了,但他仍动手给圣·克莱尔包扎伤口,他和奥菲利亚小姐及汤姆沉着地工作着,周围是挤在游廊门口和窗外的惊恐万状的仆人的痛哭声和号叫声。

“现在,”医生说道,“我们必须把这些人统统赶走。一切都要看是不是能使他保持绝对的安静。”

圣·克莱尔睁开了眼睛,目不转睛地看着这些悲痛的仆人。奥菲利亚小姐和医生正在拼命劝他们离开这房间。“可怜的人们!”圣·克莱尔说,脸上掠过了极度自责的神情。阿道尔夫死活不肯离开,恐惧使他失去了一切自制,他扑在地上,怎么劝也不肯起来。其余的仆人在奥菲利亚小姐急切的劝说之下,明白了主人的安危有赖于他们保持安静和服从命令,才纷纷离开了客厅。

圣·克莱尔已经不大能说话了。他闭着眼睛躺在那里，但是内心显然在进行痛苦的思考。过了一会儿他把手放在跪在他身边的汤姆的手上，说道："汤姆，可怜的人啊！"

"你说什么，老爷？"汤姆急切地问道。

"我快要死了！"圣·克莱尔捏着他的手说，"祈祷吧！"

"你如果要牧师来的话——"医生说。

圣·克莱尔急忙摇了摇头，更为急切地对汤姆说："祈祷吧！"

汤姆开始祈祷了，他以全部身心为这即将脱离尘世的灵魂祈祷，圣·克莱尔的灵魂仿佛正从那双忧郁的蓝色大眼睛中凄然地定定地盯着他。这确实是声泪俱下的祈祷。

汤姆祈祷完毕以后，圣·克莱尔伸出手来握着他的手，真诚地看着他但什么话也没有说。他闭上了眼睛但仍握着汤姆的手。在天国的大门内，一只黑手和一只白手平等地相握着。圣·克莱尔断断续续地自言自语道：

"啊，耶稣，让我们牢记——

> 为何在那可怕的日子仍不愿将我抛弃
> 为找寻我你疲劳的双脚急急奔忙。"

显然他那晚唱过的那首歌的歌词出现在了圣·克莱尔的脑子里，那是向慈悲的上帝乞求的话语。他的嘴唇不时地嚅动着，那首赞美诗的歌词的一部分断断续续地从他唇间说了出来。

"他的神志已经不清了。"医生说。

"不！我终于回家了！"圣·克莱尔使劲说道，"终于回家了！终于回家了！"

这几句话说得他筋疲力尽,脸上现出了死亡的灰白色,但是随之而来的是一种美好的宁静的表情,它仿佛是从一位怜悯的仙女的翅膀上飘下来的,和一个疲乏的孩子熟睡中的表情一样。

他这样躺了片刻。大家看到死神之手已经触到他了。在灵魂即将超脱之时,他睁开了眼睛,眼中突然闪出了相逢时的喜悦之光,接着喊了一声"母亲"便撒手人寰了。

第二十九章　没有保障的人们

我们常常听说黑奴在失去了一个好心的主人时往往十分悲痛，这是很有道理的，因为世上再也没有一个人比处在这种境况下的黑奴更没有保障、更凄惨的了。

孩子失去了父亲还有亲友和法律的保护；他还有自己的地位，能够做点什么，——享有公认的权利和地位；奴隶却一无所有。在法律眼中，不论从哪个方面来看，他们都像一包商品那样没有任何权利。作为一个具有不灭的灵魂的人，他的任何渴望和需要只有通过主人的至高无上的、不需对任何人负责的意志才能得到承认，而当主人一死便荡然无存了。

懂得如何仁慈而宽厚地使用完全不需对任何人负责的权力的人是为数不多的，谁都知道这一点，黑奴就更清楚了；他们知道，每有一个碰到仁慈而体谅他们的主人的机会，就有十个碰到残暴而施虐的主人的机会。因此一个和善的主人去世后黑奴们会久久地痛哭不止，就是很可能的事了。

圣·克莱尔咽气之后，全家上下一片惊恐和慌乱。他死得这样突然，而且正在年轻力壮的时候！整所房子里的每一间屋子和每一条走廊上都回响着痛哭声和绝望的号叫声。

玛丽由于一味放纵自己，神经系统早已非常衰弱，这时根本无法经受这可怕的刺激，在她丈夫咽气的时候她正一次接一次地昏倒过去,和她以神秘的婚姻纽带联结在一起的丈夫永远离开了她,竟连个告别的机会都没有。

奥菲利亚小姐以其特有的精力和自制始终守在堂弟的身边,眼观六路、耳听八方,全神贯注,尽其所能地献出她的力量。当可怜的黑奴汤姆为临死的主人倾诉出他亲切而充满热情的祷词时,奥菲利亚小姐的整个灵魂也和汤姆在一起祈祷。

当家人装殓圣·克莱尔时,在他胸口发现了一个朴素的、弹簧开关的小像盒,里面是一个高贵而美丽的妇人的肖像,在背面的水晶片下有一绺黑色的头发。他们把像盒放回到那已经没有了生命的胸口,——尘土归于尘土——这代表了早年梦想的令人悲伤的纪念物,曾经一度使这颗冰冷的心多么热情地跳动!

汤姆的心中充满了关于永生的思绪。当他在主人的遗体旁照料一切时,丝毫也没有想过这突然的变故使他陷入了继续做奴隶的绝境中。对于他的主人,他感到十分平静,因为当他把祈祷向天父胸中倾诉之时,就感到自己内心中涌现出了平静和自信的感应。在他仁爱的天性的深处他感受到了一点上帝之爱的博大;因为古代有位先知曾这样写道:"寓于爱之中者寓于上帝之中,上帝也寓于他之中。"①汤姆怀着希望,信任上帝,因此心中十分平静。

但是葬礼过去了,黑丧服、祈祷、庄重的面孔等体面的一套也随之而去;冷漠而浑浊的现实生活又如浪涛般涌了回来;"以后怎么办?"这永恒的难题出现在人们的面前。

它出现在玛丽心中:当时她穿着一件宽松的晨衣,坐在一

---

① 见《新约·约翰一书》第4章第16节。

张大安乐椅上,周围围着一群提心吊胆的仆人;玛丽正在察看一些绉绸和毛葛的样品。它出现在奥菲利亚小姐的心中;她开始考虑回北方家里去。它带着无声的恐怖出现在仆人们的心中:他们现在落入了女主人手中,而他们十分清楚女主人的冷酷、残暴的天性。每一个黑奴都十分明白,过去对他们的纵容并非出自女主人,而是出自男主人;如今男主人已经死去,而女主人的脾气由于悲伤变得更坏,对他们会更加残酷之时,已经没有人来保护他们免受女主人的暴行了。

葬礼后约半个月,有一天奥菲利亚小姐正在房间里忙碌之时,响起了轻轻的敲门声。她开开门,门口站着那漂亮的四分之一黑人血统的萝莎,我们前面经常提到她;这时她头发蓬乱,眼睛哭得红肿着。

"啊,菲利小姐,"她说着跪倒在地,抓着奥菲利亚小姐的衣服下摆,"请你、请你代我找玛丽小姐求求情吧!劳驾给我求求情吧,她要把我送出去挨鞭子呢,你看。"她把一张纸递给了奥菲利亚小姐。

这是一张写给一家鞭笞机构的头头的条子,上面是玛丽娟秀的斜体花字的笔迹,吩咐将拿此条子去的人责打十五大鞭。

"你做了什么错事啦?"奥菲利亚小姐问道。

"你知道,菲利小姐,我脾气不好,这是我的一个坏毛病。我把玛丽小姐的一件衣服穿在身上试了试,她打了我一记耳光,我实在太无礼了,想都没想就顶撞了她。她说要让我知道自己的地位,要让我永远记住再也别像从前那样目中无人了;她就写了这张条子,说让我送去。她还不如当时就打死我呢。"

奥菲利亚小姐手里拿着那张条子,站在那儿考虑着。

"你知道,菲利小姐,"萝莎说,"要是你或者玛丽小姐打我,我倒不那么在乎;可是让我去挨一个男人的打,而且是这样一个粗野可厌的男人,——那有多丢人呀,菲利小姐!"

奥菲利亚小姐很清楚,把女人和年轻姑娘送到鞭笞机构去、送到最卑鄙的男人手里去(这些人无耻到以此为业)当众挨鞭子、受到羞辱的惩罚,这是南方很流行的作法。过去她就知道这一点,但是直到她看见萝莎纤弱的身躯痛苦得颤抖的样子时才真正明白了是怎么一回事。作为一个正直的女性、一个新英格兰酷爱自由的女人,她不由得满腔愤怒,热血直涌上双颊;但她以惯有的慎重与自制控制住了自己。她用力把那张纸揉成一团,只简单地对萝莎说:"坐下吧,孩子,我去找你家太太。"

"可耻! 可怕! 可恶!"她穿过客厅,一面自言自语道。

她看见玛丽坐在安乐椅上,奶娘站在一旁给她梳头,简坐在她面前的地上给她揉脚。

"你今天身体怎样?"奥菲利亚小姐问道。

玛丽的回答是深深地叹了口气,闭上了眼睛,过了一会儿她才说道:"啊,我也说不好,堂姐,看来我的身体也就是这样了!"说着玛丽用一块滚着一英寸宽的黑边的麻纱手绢擦了擦眼睛。

"我来,"奥菲利亚说到这里干咳了一声,一般在要提起一件难开口的事时都这样,"我来是和你谈谈可怜的萝莎的事的。"

玛丽这下子睁大了眼睛,灰黄色的脸涨得通红,厉声问道:"怎么着? 什么事?"

"她对自己的错误很后悔。"

"是吗？等我和她算完账她还要更后悔呢！对于她的无礼我忍受得够长的了,现在我要她知道知道自己的地位,非把她治得服服帖帖的不可!"

"可是你不能用别的办法惩罚她吗？别用让她这么丢脸的办法?"

"我就是要让她丢脸,这正是我的目的。她一向利用自己的容貌、斯文和大家闺秀的派头,搞得把自己的身份都忘了。我看这回我要给她一个教训,好让她明白自己的身份!"

"可是弟妹,你想一想,如果你毁掉了一个年轻姑娘的斯文和羞耻之心,你会使她很快堕落下去的。"

"斯文!"玛丽嘲笑着说,"用在她这样的人身上真是太妙了!我要让她知道,别看她神气活现,她和流浪街头的穿得最最破烂的黑婊子毫无差别!让她再也不敢在我面前摆架子。"

"你这样残酷,将来要向上帝负责的!"奥菲利亚小姐激动地说。

"残酷!我倒想知道我残酷在哪儿!我只写了打十五鞭,还让他手轻一点,我敢说这没有什么残酷的地方。"

"不残酷!"奥菲利亚小姐说,"我敢说不论哪个女孩子都情愿马上去死。"

"对于有你这样感情的人也许是这样,但是黑奴们已经习惯了这一切,只有用这个办法才能管得住他们,一旦让他们觉得他们可以假装斯文啦什么的,他们就会肆无忌惮,我家的仆人们就是这样。现在我开始动手制服他们,我要让他们全都知道,要是他们不守规矩,不管是谁我都会送他去挨鞭子。"玛丽说着果断地向四周扫了一眼。

简听到这话低下头吓得直哆嗦,因为她觉得这话是针对她而来的。奥菲利亚小姐坐在那里,好像是吞下了什么炸药马上就要爆炸似的。可是后来一想和这样的人争论完全是白费工夫,便坚决闭住了嘴,站起身来走出了房间。

就这样回去告诉萝莎她帮不了她的忙,实在难以启齿;过了不久,一个男仆来说女主人命令他把萝莎带到鞭笞机构去,尽管她又哭又求,还是匆匆把她带走了。

几天以后,汤姆正站在阳台旁想心事,阿道尔夫走了过来。自从主人去世以来他一直垂头丧气,闷闷不乐;他知道玛丽向来讨厌他,但是主人在世时他对这事不大在意,现在他死了,他天天提心吊胆,不知道会有什么事落在自己头上。玛丽和律师已经谈过多次,又和圣·克莱尔的哥哥商量后,决定把房子和黑奴全卖掉;只留下自己名下的佣人,她打算带上她们回她父亲的庄园去。

"你知道吗,汤姆,我们全要被卖掉?"阿道尔夫说。

"你怎么知道的?"汤姆问。

"太太和律师谈话的时候我藏在帘子后面听来着。过几天我们都要给送去拍卖了,汤姆。"

"听从上帝的安排吧!"汤姆说着抱起双臂沉重地叹了一口气。

"我们再也不会有这样好的主人了,"阿道尔夫担心地说,"不过我宁愿被卖掉也不愿在太太手下碰运气。"

汤姆转过身子,心潮起伏。获得自由的希望、对远方妻子儿女的想念出现在他极能忍耐的心中,就像一个快要进港时沉没的船上的水手,只能从漆黑的浪头上面最后看一眼自己故乡小村的教堂的尖顶和亲切的屋顶的幻景。汤姆把双臂紧抱在胸前,抑制住辛酸的泪水,开始祈祷。这可怜的老头对于自由有着这样强烈的、难以解释的偏爱,因此他心中极度痛苦。他越是说"愿你的旨意行在地上"①,心里就越难过。

他去找奥菲利亚小姐。自从伊娃去世后,奥菲利亚小姐对他特别和蔼,特别尊重。

"菲利小姐,"他说,"圣·克莱尔老爷答应给我自由,他告诉我他已经开始为我办手续了。现在要是菲利小姐你能替我去找太太说一说,也许她会接着把这事办完,因为这是圣·克莱尔老爷生前的愿望啊。"

"汤姆,我会尽力替你去说的,"奥菲利亚小姐说,"不过这事要是取决于圣·克莱尔太太,我怕希望不大,不过我会尽力的。"

这是在萝莎挨打后没有多少天的事,当时奥菲利亚小姐正在忙着做回北方去的准备。

奥菲利亚小姐慎重地考虑了一番,觉得上次和玛丽谈话时自己可能太急躁、话说得激烈了一些,因此这次她决定要尽量克制自己的情绪,态度要婉转些。这位好心的女人考虑妥当后,便鼓起勇气,拿着毛活,走进玛丽的房间。她决心尽量和颜悦色地、使出自己所有的外交本领来和玛丽商量汤姆的事。

她看见玛丽躺在一张卧榻上,一只胳膊肘下面垫着枕头支着身子,刚刚买东西回来的简正在给她看几种薄薄的黑色衣料的样品。

① 见《新约·马太福音》第6章第9节。

432

"这块可以，"玛丽选了一块衣料说，"只是不知道服丧期间穿是不是合适。"

"天哪，太太，"简滔滔不绝地说，"去年夏天德班能将军去世以后将军太太穿的就是这种料子。这料子做成衣服可好看啦。"

"你觉得怎样?"玛丽问奥菲利亚小姐。

"我想这是个习俗问题，"奥菲利亚小姐说，"你的判断力比我要强。"

"问题是，"玛丽说，"我简直没有一件能穿的衣服。我打算解散这个家，下星期就离开这里，所以一定得选定衣料。"

"你这么快就要走了?"

"是的，圣·克莱尔的哥哥来信了，他和律师都认为黑奴和家具最好都拍卖掉，房子交给律师处理。"

"有一件事我想和你谈一下，"奥菲利亚小姐说，"奥古斯丁答应过给汤姆自由，而且已经开始了必要的法律手续。我希望你能用你的影响把这件事办完。"

"哼，我才不会干这样的事呢!"玛丽厉声说道，"汤姆是家里最值钱的黑奴之一，我可承担不起这份损失。再说了，他要自由干什么? 他现在的日子要好过得多。"

"可是他非常希望得到自由，而且他的主人也答应过他的。"奥菲利亚小姐说。

"我敢说他是想自由，"玛丽说，"黑奴都想自由，就因为他们都是一帮不知足的人，总想得到他们没有的东西。我从原则上就反对解放黑奴。把一个黑奴放在一个主人手下，他会好好干活，人也体体面面的;给了他自由他就变懒了，不肯干活，嗜酒如命，堕落成一文不值的卑鄙家伙。这种事我见过成百次了,解放他们对他们不是什么好事。"

"可是汤姆是个又踏实、又勤快、又虔诚的人啊。"

"啊,你不用对我说这些,像他这样的黑奴我见过不下一百个了,只要有人管着他,他们会干得不错的,——就是这么回事。"

"可是你想一想,"奥菲利亚小姐说,"你把他送去拍卖,他很可能会碰到一个坏主人的。"

"啊,这些全是胡扯!"玛丽说,"好奴隶碰到坏主人,这种事情一百桩里也不见得有一桩;何况说是说,多数奴隶主都是好的。我生在南方,长在南方,还没有见过一个对黑奴不好的主人呢,都是够好的了。在这一点上我一点也不担心。"

"可是,"奥菲利亚小姐底气十足地说道,"我知道让汤姆得到自由是你丈夫的遗愿之一,也是亲爱的小伊娃临死前他答应她的一件事,你总不会违背他的遗愿的吧。"

玛丽听了这番话后用手绢蒙住了脸开始使劲哭了起来,一面不住地闻她的嗅盐瓶。

"谁都反对我,"她说,"没有一个人体谅我!我没有想到你竟会来勾起我这些伤心事来,你也太不体谅人了!可是谁又曾体谅过我呢,——我受的磨难真是少有的!我就这么一个独生女儿,却偏偏死了;要找到一个适合我的丈夫是很难的,我嫁了个正好和我相适的丈夫,可他又死了!你好像一点也不同情我,明知这些事让我伤心可偏偏老要这么随随便便地提起!你也许没有恶意,可你太不体谅我了,太不体谅了!"玛丽哭着、喘着、喊奶娘开窗、给她拿樟脑瓶、用湿毛巾给她擦头、给她解开衣服扣子。在这一片混乱之中,奥菲利亚小姐逃回了自己的房间。

她马上就明白了,再对玛丽说什么也不会有任何好处了,因为她歇斯底里发作的能力是无限的;此后只要一提到有关她丈夫或伊娃在黑奴问题上的愿望,她总是毫不费力地发作上一次,因此奥菲利亚小姐只好不得已而求其次,替汤姆给谢尔比太太写了封信,说明了他的困境,催他们设法救他。

　　第二天,汤姆和阿道尔夫以及另外六个黑奴被押送到了一家黑奴货栈,等候黑奴贩子凑成一批黑奴后进行拍卖。

第三十章 黑奴货栈

一家黑奴货栈！也许读者诸君中有人脑海里会出现这种场所的可怕景象,他们会想象这是个肮脏、阴暗的场所,是一座"丑陋不堪、空旷无边、暗无天日"的可怕的地狱。但是不然,天真的朋友们,现在,人已经学会了干坏事的高超而文明的本领,以免使上流社会的人看到了于心不忍,感到震惊。由于黑奴行情很好,所以给他们吃得好,洗得干干净净的,照料得也很周到,这样到拍卖的时候一个个结实健壮,满脸放光。新奥尔良的黑奴货栈在外观上和许多别的房子没有什么两样,收拾得很整洁。在货栈的房子外面有一个棚子,每天你可以看见里面有几排男女黑奴站在那里,用来作为货栈里出卖的货物的样品。

然后你会被殷勤地请进去看货,你会看到大批的丈夫、妻子、兄弟、姐妹、父亲、母亲、小孩子等等,"根据买主的需要,可以分别出卖,也可以成批出卖;"而当年在地动山摇、坟墓裂开之时由基督的鲜血和苦难拯救出来的人的不灭的灵魂,如今却被出卖、租借、抵押,或者随顾客的高兴、买卖的方便而用食品或纺织品来交换。

在玛丽和奥菲利亚小姐那次谈话后的一两天,汤姆、阿道尔夫和圣·克莱尔家其他五六个黑奴就被送到了××街黑奴货栈的老板斯凯格斯先生的亲切照料之下,等着第二天拍卖。

汤姆和多数别的黑奴一样,随身带了一只装满了衣服的挺大的箱子。他们被领到了一间狭长的房间里过夜,里面已经有许多年龄不同、身材各异和肤色深浅不等的黑人男子了;从他们中间传来了不合时宜的寻欢作乐声和阵阵大笑声。

"啊哈,这就对了,使劲乐吧,伙计们,使劲乐吧!"斯凯格斯先生说道,"在我这儿的人总是这么高兴的。桑宝,是你呀!"他赞赏地对一个壮实的黑人说道,桑宝正在作一些低级的滑稽把戏,汤姆听到的叫喊声就是他的表演引起的。

可以想象汤姆没有兴致去参加作乐,因此他把箱子放在离那群闹哄哄的人远远的地方,自己在箱子上坐下,把脸贴在墙上。

黑奴贩子们煞费苦心地故意在黑奴中引起欢闹,以期使他们不去考虑自己的处境,变得麻木起来。从在北方的奴隶市场被卖起,到他们抵达南方为止,对黑奴的训练的唯一目的就是一步步地使他们变得像牲口一样麻木无知。奴隶贩子在弗吉尼亚州或肯塔基州买齐一批黑奴之后,就把他们押送到一个交通方便、有益于健康的地方,——往往是个有水的所在,在那里让他们长膘。在那儿他们每天都给喂得饱饱的,而且由于有些黑奴会伤心难过,一般总有人给他们拉提琴,黑奴贩子还逼迫他们每天跳舞,那些心里思念着妻儿家庭的高兴不起来的黑奴,就会被认作是脾气不好的危险人物,受到冷酷的、无责任感的奴隶贩子的狠毒对待。黑奴们不得不总是装出一副生气勃勃、机灵快乐的样子,特别是在有人监视的时候,这样一方面希望因此而能找到一个好主人,另一方面也是因为害怕如果没有人买他们会遭到黑奴贩子的虐待。

"那个黑鬼在干什么呢?"斯凯格斯先生离开以后桑宝向汤姆走来。桑宝是个纯种黑人,个子高大,非常活跃,口齿伶俐,会耍各种把戏,做鬼脸。

"你在这儿干吗呢?"桑宝问道,他走到汤姆面前开玩笑地捅了捅汤姆的腰,"想心事吗?"

"明天我就要被拍卖了。"汤姆低声说道。

"要被拍卖了,哈哈,伙计们,多有意思! 我还希望被拍卖呢! 告诉你吧,我会把他们都逗得笑起来的。怎么回事,你们这批人明天都要拍卖吗?"桑宝问道,一面很随便地把手放在了阿道尔夫的肩膀上。

"请你别碰我。"阿道尔夫粗声说道,一面以极大的厌恶直起了身子。

"天哪,伙计们,这儿有个白皮肤的黑鬼呢,你知道,奶油色的,还洒了香水呢!"桑宝说着走到阿道尔夫面前使劲嗅了嗅,"啊,老天,他到烟草店去倒很合适,他们可以用他去熏鼻烟! 上帝,他会使整个烟店都香喷喷的,——他会的!"

"我说,离我远点,行不行?"阿道尔夫怒冲冲地说。

"天哪,咱们火气可够大的,咱们这些白皮肤的黑鬼! 看看咱们!"桑宝滑稽地模仿着阿道尔夫的样子说,"瞧瞧咱们的气派和风度,看来咱们是大户人家出身吧。"

"一点不错,"阿道尔夫说,"我的主人要是活着可以把你们全都像破烂一样买下来!"

"啊呀天哪,想一想吧,"桑宝说,"我们派头真大啊!"

"我是圣·克莱尔家的人。"阿道尔夫骄傲地说。

"天哪,是吗! 让你滚蛋,他们要是再不走运才怪! 看来他们要把你和一堆破瓶烂罐一起卖掉了!"桑宝挑衅地笑道。

阿道尔夫受到这番嘲弄气得扑向对手，骂骂咧咧地大打出手，在场的人又笑又喊，老板听到喧闹声来到门口。

"怎么啦，伙计们？别打了，别打了！"他说着挥舞着大皮鞭走了进来。

除了桑宝以外，其他的人全都四散奔逃。桑宝作为特许的小丑，倚仗着老板的宠爱，站在那儿没有动，每当老板举鞭要抽他时，他只是滑稽地一笑低头躲过。

"天哪，老爷，又不是我们，我们向来老老实实的，是那些新来的一伙，他们才惹人生气呢，老找我们的岔儿。"

听他这么一说，奴隶贩子转过身去二话不问就给了汤姆和阿道尔夫几巴掌，还踢了几脚，命令所有的人都老老实实去睡觉，然后走了出去。

当上述这一幕在男人睡觉的房间里进行的时候，读者也许会好奇地想看一眼相应的女人的房间里的情况。他会看到数不清的人姿势各异地躺在地上睡觉。她们的肤色深浅不同，从纯黑色到白色的都有；年龄大小不一，从小娃娃到老人，全都睡着了。这儿有一个聪明漂亮的十岁的小姑娘，她的妈妈昨天被卖掉了，今晚小姑娘偷偷地哭着睡着了。这边有一个衰弱的老太婆，她那瘦削的双臂和磨出厚茧的手指说明她劳苦的一生，现在正等着明天被当作没用的东西卖出去，能卖多少算多少。另外还有四、五十个女人躺在她们周围，脑袋上蒙着毯子或衣服。可是在一个角落里却坐着两个女人，她们没有和别人在一起，外貌也更令人感兴趣，其中一个是个衣着体面的黑白混血女人，年纪在四十岁到五十岁之间，有一双温柔的眼睛及和蔼可亲的容貌。她头上高高地包着一块上好质地的马德拉斯红头巾，她的衣服剪裁合身，质量也很好，说明她一直受到很好的待遇。在她身旁依偎着一个十五岁的姑娘，那是她的女儿。从她肤色比较白可以看出她是个四分之一黑人血统的女孩，但她相貌很像母亲。她有着同样温柔的黑眼睛，只是睫毛更长，头上浓密的鬈发是棕褐色的。她的衣着也非常雅致，娇嫩的两只白手说明她没有做过什么苦活。这一对母女要在第二天和圣·克莱尔家的黑奴放在一批里拍卖，她们的主人是纽约市的一个基督教徒，拍卖她们所得的款子将给他寄去，他收到钱后仍会去参加他和她们俩的救世主的圣餐礼拜，把这件事从此丢到脑后。

我们将把这母女俩叫作苏珊和埃默林。她们原本是新奥尔良市一个和蔼、虔诚的夫人的贴身女仆，受到她严格的训练和虔诚的宗教教育。她教会了她们读书写字，并且还孜孜不倦地教导她们宗教的教义。作为黑奴，她们的境遇是很好的了。但是她们女保护人的财产是由她的独子经营管理的，由于他的疏忽和挥霍，造成债台高筑，最后终于破了产。他的最大的债权人之一是纽约市颇有地位的 B 公司，B 公司写信给他们在新奥尔良的代理律师，律师依法扣留了他家的不动产（其中最值钱的是这两个女奴和许多在种植园干活的黑奴），并写信将情况通知了纽约。B 公司的老板，教友 B 先生，如前所说是一个基督徒，一个自由州的居民，因此对这事不免心中感到不安。他不喜欢贩卖奴隶和人的灵魂，他当然不喜欢；可是话又说回来，这事关系到三万块钱呢，为了一条原则就损失这么多钱也太过分了；因此，经过再三考虑，又向他知道会按他的心意提出建议的人征求了意见之后，教友 B 又给律师写了封信，嘱咐他用他认为最恰当的办法处理这件事，将变卖所得寄给他。

信寄到新奥尔良的第二天,苏珊和埃默林就被扣押,送到黑奴货栈去等着第二天上午的拍卖。借着从铁窗中悄悄射进来的月光我们可以隐约地看见她们的身影,听见她们的谈话。她们不愿对方听见彼此的哭声,都在低声饮泣。

"妈妈,你把头靠在我怀里吧,试着睡一小会儿。"姑娘力图显得平静地说。

"我哪儿有心思睡觉啊,埃姆①;我睡不着,这可能是我们两个人在一起的最后一夜了!"

"啊,妈妈,别这么说! 也许有人会把我们一起买去的,谁知道呢?"

"如果是别人的事,我也会这样说的,埃姆,"那妇人说,"可是我非常怕失去你,所以我只想到危险的一面。"

"可是妈妈,那个人说我们两个样子都可以,会很好卖的。"

苏珊记得那人的样子和说的话。她忧心忡忡地想起那人如何看着埃默林的手,提起她的鬈发,然后声称她是件上等货色。苏珊受的是基督徒的教育,从小到大每天都念《圣经》,和任何一个信奉基督教的母亲一样,深恐孩子被卖去靠卖笑为生;但是她什么也指望不上,得不到任何保护。

"妈妈,要是你能给一家人去做厨子,我去做侍女或者裁缝,我想我们日子会很好的,我敢说会。咱们俩明天都尽量做出高兴和挺精神的样子来,告诉人家我们会干什么,说不定就会是这样呢。"埃默林说。

"我要你明天把头发全往后梳直了。"苏珊说。

~~~~~~~~~~

① 埃姆,埃默林的昵称。

"为什么,妈妈?那样就不那么好看了。"

"是的,可是那样能卖给一个好点的人家。"

"我不明白这是为什么!"姑娘说。

"如果他们看见你朴素规矩,不是一心打扮自己,体面人家就更愿意买你。我比你更了解他们的习惯。"苏珊说。

"那么妈妈,我就照你说的去做。"

"还有,埃默林,如果过了明天我们再也见不着了,如果我给卖到了很远的地方的一个庄园上,而你给卖到了别处,千万记住你受过的教养和太太教导你的话,带上你的《圣经》和赞美诗,如果你忠实于上帝,上帝也会忠实于你的。"

那可怜的女人说这番话时心里沮丧到了极点,因为她知道,到了明天,任何一个男人,不论他多么残酷无耻、也不论他多么不敬上帝和凶狠无情,只要有钱买得起她女儿,就能成为拥有她灵魂和肉体的人。到那时,让孩子怎么能够忠实于上帝呢?她把女儿搂在怀里,心里想着这一切,真希望女儿不要这么漂亮,这么引人注目。想到女儿受到的大大高于一般黑奴的纯正、虔诚的教养,她心中更加痛苦万分。但是她除了祈祷之外没有任何办法。从与这里同样整洁像样的黑奴监舍里,许许多多同样的向上帝的祈祷已经上达天国,上帝并没有忘记这些祈祷,将来有一天会证明这一点的,因为《圣经》上写着这样的话:"引起一个弱者犯过错的人,不如在他颈上拴上磨石,沉入海底。"①

柔和、恳切而宁静的月光从窗外凝视着室内,将窗上铁栏的影子投射在睡在地上的人的身上。母女俩一起唱起了一首

---

① 见《新约·马太福音》第18章第6节。

哀伤而奔放的挽歌,这是黑奴在葬礼上常唱的一首赞美诗:

> 啊,哭泣的玛丽在哪里?
> 啊,哭泣的玛丽在哪里?
> 　　她已进入了天国。
> 她已死去进了天堂;
> 她已死去进了天堂;
> 　　她已进入了天国。

　　母女俩那独特的凄婉悦耳的声音、那似乎饱含着对尘世绝望之悲叹及对天堂之向往的曲调,和着忧郁的节拍轻托起歌词飘荡在幽暗的监舍里,她们一段接一段地低声唱着:

> 啊,保罗和塞拉斯在哪里?
> 啊,保罗和塞拉斯在哪里?
> 　　他们进入了天国。
> 他们已死去进了天堂;
> 他们已死去进了天堂;
> 　　他们进入了天国。

　　唱吧! 可怜的人们! 夜色苦短,黎明带来的将是生离死别!

　　但是天已亮了,大家都已起身,可敬的斯凯格斯先生喜气洋洋地忙碌着,因为他要把一大批货准备好送去拍卖。他十分注意黑奴的梳洗打扮,命令每个人都要拿出高兴的样子来,都得精精神神的。现在奴隶都站成一圈让他最后检查一番,然后好押送到交易所去。

　　斯凯格斯先生戴着棕榈帽,叼着雪茄烟,挨个儿对他的货物作一番最后的修饰。

"这是怎么回事?"他走到苏珊和埃默林面前说道,"姑娘,你的鬈发呢?"

姑娘胆怯地看着母亲,母亲以黑奴特有的平静机灵回答道:"昨天晚上我对她说要把头发梳得平平整整的,别蓬着满头鬈发,这样看起来庄重些。"

"真讨厌!"那人专横地说,他转向姑娘,"你马上去把头发漂漂亮亮的卷好!"他啪地抽了一记手里的藤条,接着说,"还得给我赶快回来!"

"你去帮她一把,"他接着对母亲说,"有没有鬈发差着一百块钱呢。"

在一个富丽堂皇的圆穹顶下聚集着不同国家的人,他们在大理石地板上走动着。在圆形大厅的四周都有供演说的人或拍卖人使用的小讲台或站台。其中隔着大厅相对着的两个这时被一些能干而有本事的绅士们占据着,他们正混合使用着英语和法语卖力地让识他们货的人抬高喊价。另一边第三个站台现在仍空着,旁边已围了一群人,等待拍卖开始。在这里我们能认出圣·克莱尔家的黑奴来:汤姆、阿道尔夫,还有别的几个;苏珊和埃默林也在这里,正焦急而沮丧地等着轮到他们。在他们周围围着一些看客,有的打算买,有的不打算买,但都在随意摆弄着、察看着、评论着各人的长相和短长,就像一群骑师评论马的好坏似的。

"喂,阿道尔夫,什么风把你吹来了?"一个花花公子拍了拍一位衣着整齐的年轻人的肩膀问道,后者正戴着单片眼镜仔细察看着阿道尔夫。

"噢,我需要一个贴身男仆,听说圣·克莱尔家的黑奴要出手,想着来看看他的——"

"我才不会买圣·克莱尔家的黑奴呢,个个都给惯得不成样子,放肆得要命!"对方说。

"这不用怕,"第一个人说,"我要是买下他们,很快就能打下他们的架子,他们不久就会发现他们要对付的新东家可不像圣·克莱尔。说真的,我想买下那家伙,我喜欢他的样子。"

"你会发现你得尽你所有来养他,这家伙可奢侈得很!"

"不错,可是这位老爷会知道在我这儿他可没法奢侈。只要把他往拘留所送上几次狠狠地教训教训他就行了。我要是没法子让他明白自己的地位才怪呢!啊,我会让他改过来的,彻底改过来,你看着吧。我决定买下他啦!"

汤姆一直站在那里心事重重地观察着周围那群人的面孔,想找到一个合他心意的主人。先生,如果有一天你需要从二百个人里面挑选出一个将成为绝对拥有你、可以任意处置你的人做主人的话,你也许会像汤姆一样意识到能让你愿意属于他的人真是太少了。汤姆看见了无数的人:有说话粗声粗气的五大三粗的壮汉;有声音叽叽喳喳,干瘪瘦小的矮个子;有长脸盘、身体结实的瘦高个;还有各色各样身材短粗、模样平凡的人,他们挑选起自己的同类来就像人们拾木柴一样毫不在意,随手或放进火里、或装在篮中。但是汤姆没有看见第二个圣·克莱尔。

拍卖开始前不久,一个宽肩膀、矮个子、肌肉结实的男人,穿着敞到胸口的格子衬衫和又脏又旧的马裤,挤进人群,一副要积极做笔生意的样子。他走到黑奴面前,开始按部就班地查看起来。汤姆一看见他向他们走过来时心里立刻感到了恐惧和厌恶,他走近后汤姆的这种感觉更强烈了。他个子虽矮,但显然力大无比。必须承认,他那子弹形的圆脑袋,浅灰色的大眼睛,沙黄色的粗眉毛和又粗又硬的焦黄的头发实在不招人喜欢;一张粗俗的大嘴巴塞满了烟叶,他时不时地以极大的决心和爆发力从嘴里向外喷射烟汁。他的两只手巨大无比,被太阳晒得黑黑的,汗毛很重,长满雀斑,而且脏得要命。手上指甲很长,脏得令人作呕。这个人开始随心所欲地检查每一个黑奴。他一把抓住汤姆的下巴,扒开他的嘴看他的牙齿,让他脱下袖子露出肌肉来给他看,又转过汤姆的身子,又让他蹦跳几下好看看他的本事。

"你在哪里长大的?"他在检查后简短地问道。

"老爷,在肯塔基。"汤姆说着四下张望,像在找救命的人。

"干过什么?"

"经管主人的庄园。"汤姆说。

"说得好听!"那人简慢地说着往前走去。他在阿道尔夫面前停了一下,往他擦得亮亮的皮鞋上吐了一口烟汁,轻蔑地哼了一声走了过去。他在苏珊和埃默林面前再度停下,伸出又粗又脏的手把姑娘拉到身旁。他用手从脖子摸到胸部,捏了捏她的胳膊,检查了她的牙齿,然后把她往她母亲面前一推,从母亲坚韧的脸上可以看出,这个面目可憎的陌生人的一举一动给她带来了多么巨大的痛苦。

姑娘吓坏了,开始哭了起来。

"不许哭,小妖精!"黑奴贩子说道,"不准在这儿哭哭啼啼的,拍卖马上要开始了。"果然拍卖开始了。

阿道尔夫被刚才说要买他的那个阔少爷高价买了去;圣·

克莱尔家其余的黑奴也归了不同的买主。

"现在你站上去,伙计!听见了吗?"拍卖人对汤姆说。

汤姆站到拍卖台上,不安地看着四周,一切似乎都交织在一片乱哄哄的喧嚣声中:黑奴贩子用英语和法语喊出他所具有的条件的哇啦声,排炮般的英语和法语的喊价声,几乎一瞬间就响起了木槌那最后"啪"的一声,以及拍卖人宣布他的成交价时"元"那个字最后一个音节的响亮的余音。汤姆就这样易主了,他又有主人了!

有人把他推下了拍卖台,那子弹形脑袋的矮个子粗鲁地抓着他的肩膀,把他推到一边,凶狠地说:"你给我站在那里!"

汤姆脑子里一片混沌。但拍卖仍在进行着,咭咭呱呱,哇啦哇啦,一会儿法语,一会儿英语。木槌又"啪"的一响,苏珊被卖掉了!她从拍卖台上下来,停住脚,忧虑地回头看了一眼,她的女儿向她伸出手来。她无限痛苦地看着买下她的那位相貌和善的、体面的中年男人。

"啊,老爷,求求你把我女儿买下吧!"

"我很愿意,可是恐怕我买不起呢!"这位先生说,一面关切地看着那姑娘走上拍卖台,埃默林胆怯而惊恐地看了四周一眼。

血痛苦地涌上了她本来苍白的双颊,眼睛里好像有烈焰在燃烧。她的母亲看到女儿从来没有这样漂亮过,心里难过极了。拍卖人看到这是个好机会,便夹杂着英语和法语滔滔不绝地夸赞了一番,出价很快升了上去。

"在可能范围内我会尽力而为的。"那位相貌和善的先生说,然后他挤进人丛参加喊价。不久喊出的价就超过了他腰包里的钱数,他不再出声;拍卖人劲头更足了,但喊价的人逐渐少了,最后只剩下了一位高贵的老先生和我们这位子弹形脑袋的相识两个人在争了。老先生又叫了几个回合,一面轻蔑地估量着对手,但是子弹形脑袋有两点比他有利,一是比他顽强,二是那看不见的钱包比他的大,竞争只持续了一小会儿,木槌落下,他拥有了埃默林——从肉体到灵魂,除非上帝来救她!

她的主人是雷格里先生,在红河边上拥有一个棉花种植园。她被推到汤姆和另外两个男奴堆里,边走边哭着。

好心的先生觉得很遗憾,不过这种事毕竟每天都在发生呀! 在这种拍卖的场合,人们永远会看见姑娘们和妈妈们在哭,这是没有办法的事,等等,等等;于是他领着他新买的黑奴朝另一个方向走去。

两天以后,纽约信奉基督的 B 公司的律师把钱给他们寄了过去,在那张汇拍卖黑奴所得的汇票的背面,让他们写下那个伟大的账房先生①的这句话吧,他们在将来的某一天是要向他结账的:"当他追查流血之罪时,他不忘位低者的呼喊!"②

① 此处指上帝。
② 见《旧约·诗篇》第 9 章第 12 节。

第三十一章　中　途

你眼目纯净不容恶行,也不容不义。为何对行诡诈
的视而不见,对吞灭比自己公正的恶人缄口不语呢?

《哈巴谷书》第一章第十三节①

汤姆坐在航行在红河上的一条劣等小船的底层,手和脚
上都锁着铁链,心情却比铁链更为沉重。月亮、星星,一切都
从他的天空中消失了;一切都像眼前的树木与河岸,从他身边
掠过,一去不复返了。妻儿所在的肯塔基老家和宽厚的主人;
圣·克莱尔的家以及家中富丽堂皇的一切;伊娃的金发小脑
袋和她那天使般的眼睛;骄傲、快活、英俊、表面上满不在乎却
永远善良的圣·克莱尔;大段轻松和悠闲自在的时间,——全
都逝去了! 剩下的还有什么呢?

奴隶制最痛苦的内容之一就是,黑奴极易受感动被同化,
当他们在高雅人家受到环境的影响养成了类似的兴趣和感情
之后,却仍有可能成为最粗野最凶狠的人的奴隶,就如同一张
桌子或椅子,一度装点过最辉煌的大厅,但最后磕碰损毁落到
了某个肮脏的酒店里或某个低级庸俗的下流场所。但是两者

<hr style="width:30%" />

① 见《圣经·旧约》。

之间的最大区别在于桌椅没有感觉,而人却有感觉。即使法律上明文规定,说他们"在法律上被当作、被认为、被裁定是奴隶",也无法把他们的灵魂以及其中包含着记忆、希望、爱情、恐惧和欲望的个人的小天地一笔抹杀。

汤姆的主人西蒙·雷格里先生在新奥尔良不同的奴隶市场一共买了八个黑奴,然后把他们两个两个地铐在一起,押送到停在码头上的、即将开往红河上游的"海盗号"轮船上。

把他们安顿完毕,轮船也开动以后,他以他特有的精干重新把他们察看了一遍。汤姆被拍卖的时候穿的是一套他最好的绒面呢衣服,衬衫浆得笔挺,皮靴擦得锃亮。雷格里先生在汤姆面前停了下来,简短地说:

"站起来。"

汤姆站了起来。

"把你的硬领解下来!"汤姆开始解硬领,但是由于带着镣铐很不方便,雷格里先生就使劲帮他拽了下来,放进了自己的口袋里。

雷格里早已翻过汤姆的箱子,这时他回身从里面拿出了汤姆原来在马厩干活时穿的一条马裤和一件破上衣,打开了汤姆的手铐,指着货箱间的一个凹进去的地方说:

"你到那儿去换上这些衣服。"

汤姆遵命而行,不一会儿就走了出来。

"把皮靴脱下。"雷格里先生说。

汤姆脱下了皮靴。

"给,"雷格里扔给汤姆一双黑奴常穿的结实粗劣的鞋子,说道,"穿上这双。"

汤姆在匆匆换衣服的时候,并没有忘记把他珍爱的《圣经》拿出来放进身上穿的衣服的口袋里。幸亏他这样做了,因为雷格里先生重新给汤姆铐上手铐后就开始仔细翻看他脱下来的衣服口袋里的东西,掏出了一条丝手绢放进自己的口袋里,有几件伊娃喜欢的小东西汤姆一直珍藏着,雷格里看后轻蔑地哼了一声就从肩上扔进了身后的河水里。

汤姆在匆忙中忘记把那本美以美会的赞美诗集拿出来,这时雷格里拿了起来翻着。

"哼!看来还挺虔诚!我说,你叫什么名字?你是个教徒,对吗?"

"是的,老爷。"汤姆坚定地答道。

"要不了多久我就会让你丢掉它的,我的种植园里可不要你们这些呼天喊地、祷告唱诗的黑鬼,你好好记着。现在你要记住了,"说着他跺跺脚,灰色的眼睛凶狠地朝汤姆一瞥,"我就是你的上帝了,你明白吗?你得按我说的去做。"

沉默的黑人内心里有某种力量在回答着"不"! 同时冥冥中一个声音仿佛在背诵着一本古老的先知书上的话,就像伊娃从前常常读给他听的那样:"不要害怕,因我已将你赎救。我已以我之名呼唤你,你是我的了!"①

但是西蒙·雷格里什么声音也没有听见。这是他永远也不会听见的声音。他只是怒目瞪了汤姆那沮丧的脸儿眼就走了。他把汤姆装满了整齐的衣服的箱子提到了前甲板上,片刻之间船上的水手们就围了上来,在对那些妄想充作斯文人的黑奴的一片嘲笑声中,衣服很快你一件他一件地卖了出去,最后把空箱子也拍卖了。当人们散去时,都觉得这事很好笑,

---

① 见《旧约·以赛亚书》第43章第1节。

特别是看到汤姆把衣服保管得那么好;最滑稽的就是拍卖皮箱,引起了不少的俏皮话。

这桩小小的交易结束以后,西蒙又溜溜达达地走回到他的奴隶旁边。

"我说,汤姆,你看,我已经给你把多余的行李打发掉了。你好好小心你身上的这衣服吧,要好长时间才会得到别的衣服呢。我主张让黑鬼们仔细点,在我这儿一身衣服得穿一年。"

说毕西蒙走到埃默林坐着的地方,她是和另一个女奴用铁链锁在一起的。

"哦,亲爱的,"他抚弄着她的下巴说,"打起精神来。"

姑娘看他时眼中情不自禁地流露出的恐惧、惊慌和厌恶没有逃过他的眼睛。他凶狠地皱起了眉头。

"放老实点,小丫头!我跟你说话的时候把脸放高兴点,听见了没有?还有你,你这个三寸丁钩的黄婆子!"他说着揪了一把和埃默林锁在一起的黑白混血女人,"少给我摆出那副嘴脸!告诉你,你可得看着高兴点儿!"

"我说,你们都好好听着,"他说着退后了一两步,"看着我,看着我,直看着我的眼睛,直直地看!"他说的时候每停顿一下就跺一下脚。

好像有什么魔力似的,每双眼睛这时都朝西蒙那双大瞪着的灰绿色的眼睛看着。

"好,"他说着把又粗又大的拳头捏紧得像把铁匠的锤子,"你们看见这个拳头了吗?试试它的分量吧!"他把拳头砸在汤姆的手上,"看看这上面的骨头!告诉你们,这只拳头揍黑奴练得铁一样硬了,我还从来没有见过一个我一拳头打

452

不趴下的黑奴呢,"说着一拳几乎挥到汤姆的脸上,汤姆不由得眼睛一眨往后一缩,"我才不要你们这些黑奴监工呢,监工的活我自己来干,告诉你们吧,什么事都安排得周周到到,你们人人都得服从命令,懂吗? 我一开口就得直接快干,想在我这里好好过就得这么办。你们不要指望能用任何方式打动我,我绝没有心肠软的时候。所以你们都仔细着点,我是决不会怜悯任何人的!"

女奴们情不自禁地倒吸了一口气,所有的黑奴都垂头丧气、满脸沮丧地坐在那里。这时,西蒙转过身子,大步走到船上的酒吧喝酒去了。

"这就是我给黑奴的下马威,"他对一个绅士模样的人说,当他对黑奴训话时,这个人一直在旁边听他讲话,"我的办法是一上来就狠,好让他们知道甭有别的指望。"

"是嘛!"陌生人打量着他,好像是个生物学家在观察什么珍奇生物的标本。

"是的,我可不是你们这种绅士派的种植园主,手指娇嫩洁白,感情用事地受他妈监工的骗! 你摸摸我的指关节,看看我的拳头! 告诉你吧,先生,这上头的肉全变得和石头一样硬了,都是在黑奴身上练出来的,你摸摸!"

陌生人把手指放在了上头,简单地说:

"确实够硬的,而且看来,"他补充道,"你的心肠也练得和它一样了吧。"

"啊,不错,可以这么说,"西蒙开怀大笑着说,"我想我的心肠不比任何人软。告诉你吧,谁都别想骗过我,黑奴们哭喊也好,奉承也罢,在我这儿全不起作用,事实就是这样。"

"你这批黑奴很不错啊。"

"货真价实，"西蒙说，"那个叫汤姆的，贩子告诉我他很不一般。我出的价高了点儿，打算让他当马车夫和管点事，他以前的主人对他太好了，根本不该那样对待黑奴，他脑子里就有了不该有的念头，只要把这些去掉，他准特棒。那个黄脸女人我是上了当了，我想她恐怕有病，不过我照样会让她拼命干活的，她也许还能干个一两年。我可不赞成怜惜黑奴，我的做法是使光了再去买，这样麻烦少得多，而且我也相信到头来这样做更合算。"说毕西蒙呷了一小口酒。

　　"一般说来他们能干多少年？"陌生人问道。

　　"嗯，不一定，这要看他们的身体，结实的能干上六七年，差的两三年就完了。我刚开始干的时候老是花好大的劲照看他们，想让他们能多干几年，病了给他们找大夫，发给他们衣服、毯子啦等等，好让他们像样点，舒服点。老天，这些根本没有用，我尽在他们身上赔钱，还麻烦一大堆。现在，你看，我不管他们有病没病，就让他们一直干活，死一个买一个，我发现这样做又上算、又省事。"

　　陌生人转身走开，坐到了一个绅士旁边，这人一直压着不安的心情在听他们说话。

　　"你可不能以为那个家伙是南方庄园主的典型啊。"他说。

　　"我希望不是。"年轻的绅士用强调的口气说。

　　"他是个卑鄙、低下、残酷的家伙！"第一个人说。

　　"可是你们的法律却允许他将任何数目的人置于他的绝对意志之下，没有丝毫的保障！他卑鄙到了极点，你不能说这样的人不多吧。"

　　"不过，"对方说，"庄园主里也有许多心地善良的人呀。"

"不错,"年轻人说,"但是依我之见,正是你们这些心地善良的人才应对这些恶棍的暴行负责呢,因为如果没有你们的认可和影响,奴隶制连一个小时也站不住脚的。如果庄园主都和那个人一样,"他用手指着背对他们站着的雷格里说,"整个奴隶制就会覆没。正是你们的高尚体面和善良宽厚的纵容、保护了他的残暴行径。"

"你对我的善心评价很高呀,"庄园主微笑着说,"不过我建议你说话声音轻一点,因为船上有些人也许不像我这样对意见持宽容态度。你还是等我回到了自己的庄园,在那儿你就可以尽情臭骂我们了。"

年轻绅士红着脸微微一笑,接着两个人便下起十五子棋来。与此同时,在船的下层甲板上,埃默林和与她锁在一起的那个混血女人也在谈着话,她们很自然地在互相交换着彼此的身世。

"你原来主人家是谁?"埃默林问。

"嗯,老爷是埃里斯先生,住在利维街,也许你见过那所房子。"

"他对你好吗?"埃默林问。

"在他生病之前对我还好,他好一阵坏一阵地病了六个多月,变得特别难侍候,好像他不愿意让别人休息,白天黑夜都不让,而且变得特别古怪,谁都不能让他满意。他似乎一天比一天暴躁,晚上老不让我睡觉,搞得我累极了,眼睛根本都睁不开了,就因为我有一晚睡着了,天哪,他对我大发雷霆,说要把我卖给他找得到的最凶的主人,他以前还答应过给我自由呢。后来他就死了。"

"你有亲友吗?"埃默林问道。

"有的,我有丈夫,他是个铁匠,老爷总把他租出去干活。他们一下子就把我带走了,我连见他一面的时间都没有,我还有四个孩子呢。啊,天哪。"女人用手蒙着脸说。

每个人听到别人的悲惨遭遇后很自然地会想说点什么来安慰人家。埃默林想说点什么,可是却想不起说什么好。有什么可说的呢?好像她们有默契似的,两人都怀着惊恐和畏惧的心情避而不提现在成了她们主人的那个可怕的人。

确实,即使在最黑暗的时刻仍会有宗教的信仰。那个混血女人是个美以美会的教徒,她对宗教并不太明白但却十分虔诚,埃默林受到的教育要好得多,虔诚不渝的女主人教会了她读书写字,还孜孜不倦地教她《圣经》;但是即使是最坚定的基督徒,如果他们发现自己显然被上帝抛弃,落到了凶恶无情的人手中时,难道他们的信仰不会受到考验吗?对于基督的年幼无知的可怜的小信徒们,这遭遇对他们的考验必定要大得更多了!

轮船满载着忧伤在红色浑浊而湍急的水流中,沿着有许多急弯的蜿蜒曲折的红河向上游驶去;陡峭的红土河岸沉闷单调地从船旁滑过,悲伤的眼睛无神地望着河岸。船终于在一个小城停靠了下来,雷格里带着他的黑奴上了岸。

第三十二章 黑暗的地方

世上黑暗的地方满满地居住着残暴。①

汤姆和同伴们跟在一辆简陋的四轮马车后面在崎岖不平的路上默默前行。

马车里坐着西蒙·雷格里,仍旧锁在一起的两个女黑奴则和一些行李一起被塞在了马车后部。一行人正往很远的雷格里的种植园而去。

这是一条荒僻的小路,时而曲折地穿行在阴郁、贫瘠、风声悲凉萧瑟的松林中,时而通过长满柏树的沼泽上长长的栈道,苍凉的柏树长在海绵般的泥沼地上,枝头挂着一长串一长串的阴森森的黑苔藓。时不时地还可以看到毒蛇可怕的身影出没在布满沼泽各处、在水中腐烂着的断桩残枝之间。

对于一个口袋鼓鼓、马匹精良的陌生人,出门在外做生意走在这样荒寂的路上已经够让人提不起精神的了,而对于一个每迈出疲惫不堪的一步就使他离他所爱的所希望得到的一切更远的奴隶来说,这路程就更为凄凉更为寂寞了。

任何人看见了那些黑人脸上的无精打采的沮丧神情,看

---

① 见《旧约·诗篇》第74章第20节。

见他们悲哀的眼睛充满了忍耐、愁闷和消沉望着路上的景物一样样地从身旁掠过时，都会有上面这种想法的。

然而西蒙却似乎十分得意地赶着马车前进，时而从口袋里掏出酒瓶来喝上一口。

"嗨，我说，"他回转头看见身后那些无精打采的面孔时说道，"唱个歌吧，伙计们，来一个！"

黑奴们你看看我，我看看你。雷格里又喊了一声"来一个"，同时手中的鞭子"啪"地响起，汤姆于是领头唱起一首美以美会的赞美诗来。

> 耶路撒冷，我幸福的家乡，
>> 你的名字对我永远亲切无比！
> 我的痛苦何时才能结束，
>> 你的快乐何时才——

"闭嘴，你这个臭黑奴！"雷格里咆哮道，"你以为我要听你那该死的美以美会的玩意儿吗？我说，唱点真正热闹的东西，——快点！"

另一个黑奴唱起了黑奴中流行的一支无聊的歌曲。

> 老爷见我抓住一只浣熊，
> 嗨，伙计们，嗨
> 他笑得肚子都要炸了——你看见月亮没有，
> 嗬！嗬！嗬！伙计们，嗬！
> 嗬！呦！嗨——伊！啊！

唱歌的人似乎在随心所欲地编词儿，一般都押韵，不怎么去管词的意思；其余的人在每段后参加进来唱叠句：

嗬！嗬！嗬！伙计们,嗬！

　　嗨——伊——啊！嗨——伊——啊！

　　大家强装笑脸起劲地唱;但是无论怎样绝望的恸哭,无论怎样激动的祈祷词都不可能像这疯狂的合唱包含了如此深切的悲哀;仿佛那被威胁、被囚禁的愚蠢而可怜的心灵在音乐这无言的圣殿中找到了避难的场所,在那里找到了向上帝倾诉祷词的语言。歌声中确实包含着祈祷,西蒙是听不出来的。他只听见奴隶们喧闹的高声唱着,觉得很满意,他正在使他们"打起精神来"。

　　"嗯,我的小宝贝,"他转身对着埃默林,把一只手放在她肩上,说道,"咱们快到家了。"

　　雷格里发脾气、骂人时,埃默林怕得要命;但当他把手放在她身上,像他现在这样说话,她又觉得她宁愿挨他的打。他眼睛里的神情让她心里作呕,浑身起鸡皮疙瘩。她不由自主地紧靠着身旁的混血女人,好像她是自己的妈妈似的。

　　"你从来没有戴过耳环吧。"他用粗糙的手指捏着她的小耳朵说道。

　　"没有,老爷!"埃默林低着头浑身颤抖着说。

　　"等咱们到家以后你要是听话我就给你一副。你不用这么害怕,我不打算让你干多重的活,你和我一起会过得好的,过得像个阔太太,——不过你得听话。"

　　雷格里已经有了几分醉意,变得仁慈大方了起来,正在这时种植园的围栏开始出现在视线之中。雷格里的产业原来属于一个富有而情趣高雅的绅士,对于环境的装点上颇下了一些功夫。在他死后由于无法偿还债务,这份产业便被雷格里低价买了过来,他对待这产业和对待任何别的东西一样,完全当作赚钱的工具,现在这地方一片破败凄凉,看得出来是置前任主人的努力于完全不顾的结果。

原来房前是一片点缀着灌木丛的修剪得十分平整的草坪,现在杂草丛生,到处竖起了拴马桩,周围的草皮全被马踩光了,地上到处扔着破桶、玉米棒子和其他乱七八糟的残余物。四处的装饰用的柱子由于被当作拴马桩而东倒西歪,有的上面还乱蓬蓬地挂着霉烂了的茉莉花或忍冬花。过去曾经是一片大花园的地方现在长满了野草,偶尔会有一朵孤零零的奇花在杂草丛中伸出凄凉的脑袋。昔日的温室现在连窗框都没有了,在发霉的架子上有几只土已干结无人过问的花盆,里面还有枯梗,上面的枯叶表明这些过去曾经是花卉。

马车驶上了一条长满草的石子路,路旁种着两排挺拔的楝树,姿态万千,枝繁叶茂,似乎是庄园上唯一在无人管理状态下没有屈服、坚定不移的东西,——就像高尚的人们深深植根于真与善之中,越是挫折和损害,他们越是蒸蒸日上,日益坚强。

宅子原来是很大很漂亮的,是按南方流行的式样建造的,房子是两层楼,上下都有宽阔的游廊环抱,所有房间的门都开在游廊上,下层游廊用砖柱支撑。

但是现在宅子显得破败,看去令人不快。有的窗子用木板钉死了,有的窗子上玻璃碎了,百叶窗吊在一个合叶上,——一切都在告诉人们,宅子根本无人关心,住在里面一定很不舒服。

房子四周到处是木片、草屑、烂木桶和纸箱;三四只恶犬听到马车轮的声音后从房子里冲了出来,跟在它们后面的衣衫褴褛的仆人费了很大劲才拉住它们,使汤姆和他的同伴没有挨咬。

"你们看见了会怎么样嘛!"雷格里说,一面冷酷而满意地抚摸着那几只狗,然后他转向汤姆和他的同伴又说道,"你们看见了要是想逃跑会怎么样,这几条狗经过追捕黑奴的专门训练,他们会像吃晚餐一样把你们嚼烂吞掉。所以你们都当心点! 这几天怎么样,山宝?"他对一个衣衫破烂的黑奴说,他头上的帽子帽檐已经掉了,正毕恭毕敬地站在一旁侍候着。

"棒极了,老爷。"

"昆宝,"雷格里对另外一个正拼命想引起他注意的黑奴说,"我吩咐你的事办了吗?"

"当然办了,是吧?"

这两个黑人是这个种植园里两个黑奴头,雷格里像训练他的叭儿狗一样按部就班地训练这两个黑奴,使他们变得野蛮凶残,并且通过长期实践,把他们的天性变得和这些狗一样凶狠残忍,人们常说黑人监工总比白人监工更暴虐更残忍,而且这一点极大地影响了人们,对黑人的本性产生了否定的看法。其实这只说明黑人的心灵比白人的心灵受到更大的摧残和破坏而已。这在世界上其他受压迫的民族中也是一样的,如果他有了机会,一个奴隶永远会变成一个暴君。

雷格里像我们读到的历史上的一些君主一样,通过势力的分解来统治他的种植园。山宝和昆宝彼此恨之入骨,种植园上所有的黑人无一例外地对他们俩恨之入骨,通过挑拨离间,雷格里相信三方之中总有一方会将种植园上发生的任何事情报告给他。

谁也不可能完全没有社会交往而生活于世,雷格里因此鼓励他的两个黑人仆从和他之间建立某种粗俗的亲近的关系,但是这种关系任何时候都可能给他们两个中的一个带来麻烦,因为只要雷格里稍有不快,他一点头其中的一个就随时会替他对另一个进行报复。

　　这时他们站在雷格里的身边,他们的样子充分表明了这样一点:残忍的人甚至连畜生都不如。他们粗俗、迟钝、阴沉的长相;他们怀着妒忌互相打量着对方的大眼睛;他们粗野的、喉音很重的蛮横的语调;他们被风吹得乱摆的破衣服;——这一切都跟整个庄园里那邪恶、肮脏的特点十分般配。

　　"喂,你,山宝,"雷格里说,"把这几个人带到住的地方去,这是我给你买来的女人,"说着他打开把混血女人和埃默林锁在一起的锁链,把女人推向山宝,"我答应过给你弄一个来的,你知道。"

　　女人突然一惊,她往后退着说:"啊,老爷,我男人在新奥尔良呢。"

　　"那又怎么啦? 你——,你难道在这里不需要个男人吗? 少啰嗦,跟他走!"雷格里说着举起了鞭子。

　　"过来,小情人,"他对埃默林说,"你跟我到这里来。"

　　屋子的窗旁出现了一张阴沉狂暴的脸张望了片刻;当雷格里打开门的时候,一个女人的声音急促而严厉地说了些什么;埃默林走进去时,汤姆忧虑地望着她的背影,因此注意到了这一点,并听到雷格里生气地回答说:"闭嘴! 我想干什么就干什么,你管不着!"

　　汤姆只听见这一点,因为他很快就跟着山宝到住处去了。

黑奴的住处在离宅子很远的种植园的另一个地方,是一排简陋的棚屋,有点像条小街,一片荒凉、严酷、被人遗弃的样子。汤姆看见这地方心不由得往下一沉。他一直在安慰自己,心想会有一个木屋,是的,会很简陋,但是他可以把它收拾得整整齐齐,使它安安静静的,他可以有一个架子放他的《圣经》,干完活以后可以有个单独待着的地方。汤姆往几间棚屋里张望了一下,房子只是简陋的空壳子,没有任何形式的家具,只有一堆又脏又臭的稻草散乱地铺在由无数的脚踩实了的泥地上。

"哪一间是我的?"他低声下气地问山宝道。

"不知道,我想你就住这间吧,"山宝说,"看来这里还能搁得下一个人,现在每间屋都有一大堆黑鬼,我真不知道再来人怎么办。"

天黑时候,住在这些棚子里的黑奴才拖着疲倦的身子成群结队地回来,男男女女穿着又脏又破的衣服,一个个阴沉着脸,劳累不堪,谁也没有心情给新来的人一个好脸。这个小村里顿时充斥着一片令人厌恶的声音:沙哑的喉音在争着抢用手磨,他们的一小点干玉米豆都得等着先磨成粉才能烤成晚餐的唯一食物玉米饼。从天蒙蒙亮起他们就一直在地里,在监工的皮鞭下干活,因为这时正是农忙季节,种植园主想尽一切办法强迫每个黑奴使出全身的力气干活。"说实话,"懒散的公子哥儿会说,"摘棉花不是苦活。"不是苦活吗? 一滴水滴在你头上也不会让你不舒服,然而宗教裁判所施加的最重的酷刑就是让一滴又一滴的水、一刻又一刻地单调不变地永远不停地滴在一个地方。干活本身并不是苦事,但如果被迫一小时又一小时地一成不变地干一模一样的活,连按自己的意志思考以减轻其枯燥程度的可能都没有,那么干吗就成了苦事了。当这群人涌回村子时,汤姆看着他们,想找到些友好的面孔,但是一个也没有找到。他看到的只是阴沉、愠怒、残忍的男人和虚弱、丧气的女人,或者不像女人的女人;强者把弱者推到一边,人的赤裸裸的、毫无约束的动物般的自私的表现,从他们身上不可能指望会有任何好心。这些人在一切方面都受到禽兽般的对待,已经堕落到了作为人能堕落到的和禽兽相仿的地步了。直到夜深时磨声才停,因为人多磨少,那些疲乏和虚弱的人被有力气的人挤到一边,最后才轮到他们去磨。

"嗨哟!"山宝说着来到那混血女人面前,扔给她一袋玉米豆,"你他妈叫什么名字?"

"露西。"女人说。

"好吧,露西,你是我的女人了,你把这玉米豆去磨好,把晚饭给我烤出来,听见了吗?"

"我不是你的女人,也不会做你的女人!"女人说,绝望给了她突然的勇气,"你走开!"

"那我就要给你几脚。"山宝说着威胁地抬起了脚。

"你要是愿意杀了我都行,越早越好! 我巴不得死了呢!"她说。

"我说,山宝,你要是打坏了干活的人,我就上老爷那儿告你去。"昆宝说,他刚恶狠狠地赶走了两三个疲累不堪的等着用磨的女人,正忙着磨玉米面呢。

"可我要告诉老爷你不让女人磨面,你这个老黑鬼!"山宝说,"你少管闲事吧。"

汤姆走了一天的路,饿得都要晕过去了。

"给,你的!"昆宝把一个装着一配克①玉米豆的粗口袋扔在地上说,"给,黑鬼,拿着,小心点,这是你一个星期的口粮,不会再给你了。"

汤姆等到很晚才用上磨,他磨完后看见两个女人在磨面,她们那精疲力竭的样子引起了他的同情,便替她们把面磨好,把刚才已经有许多人烤过饼的火堆上的烧剩的炭火扒拉在一起,开始弄自己的晚饭。他的行为在那地方很新鲜——一种好心助人的行为——尽管是件小事,但却在她们心中引起了共鸣,在她们麻木的脸上掠过了一丝女性的亲切神情;她们替他和好玉米面做成饼,还给他烤上。汤姆坐在火光旁拿出了《圣经》,因为他需要得到慰藉。

"那是什么呀?"女人之一问道。

"《圣经》。"汤姆答道。

"天哪,离开肯塔基以后还没有见过《圣经》呢。"

"你是在肯塔基长大的吗?"汤姆感兴趣地问道。

"是的,而且受到过很好的教养,没想到会落到这步田地!"那女人叹了口气说。

"那到底是本什么书啊?"另一个女人问道。

"是《圣经》呀。"

"天哪,《圣经》是什么呀?"女人又问。

"你说什么! 你从来没听见过《圣经》吗?"第一个女人问,"在肯塔基的时候太太有时候给我们念《圣经》,可是天哪,在这里我们听见的只有鞭子声和骂人声。"

① 配克:美国一配克等于8.809升。

"不管怎么,读一段吧。"另一个女人看见汤姆专心致志地看着,不禁好奇地要求道。

汤姆念道:"凡劳苦担重担的人到我这里来吧,我将使你们安息。"①

"这些话很好,"女人问,"是谁说的?"

"上帝。"汤姆说。

"真希望知道到哪儿去找他,"女人说,"我愿意去,看来我不可能得到安息的,我浑身酸痛,每天抖个不停,山宝总是骂我,嫌我摘得不够快;每晚我总要到半夜才吃得上饭,然后好像连翻过身去闭上眼的工夫都没有就听见吹起床号,又开始了上午的活了。要是我知道上帝在哪儿,我就要把这些都讲给他听。"

"上帝就在这里,他无所不在。"汤姆说。

"天哪,你可没法让我相信这一点!我知道上帝不在这里,"那女人说,"不过说也没用,我还是抓时间睡点觉吧。"

两个女人回到自己的屋子里,汤姆独自坐在火焰已经熄灭了的火堆旁,炭火的红光闪烁映红了他的脸。

银白的月亮升起在紫黑的天空中,沉默而平静地俯视人间,就像上帝看着这悲惨和遭受压迫的场面,——平静地看着这个孤独的黑人抱臂坐在那里,膝上摊着他的《圣经》。

"上帝在这儿吗?"啊!在极端的暴政面前,在露骨的、不受谴责的不公正行为面前,一颗无知的心怎么可能保持其信仰不动摇呢?在那颗淳朴的心中开展了激烈的斗争:极端委屈的感觉,此后一生悲惨生活的预兆,过去一切希望的破灭,

---

① 见《新约·马太福音》第11章第28节。

全在他的心灵中悲哀地翻腾着,就像一个快要淹死的水手眼看着妻儿好友的尸体在汹涌的波涛上沉浮。啊,在这种情况下要相信并坚持基督教信仰中的伟大口号:"信有上帝,并信他赐赏孜孜不倦寻求他的人,"①实在是太困难了啊!

汤姆郁郁不乐地站起身来,蹒跚地走进了让他住的那个木屋。地上已经睡着不少疲累不堪的黑奴了,里面污浊的空气差点让他退了出来。但是夜露很浓,很凉,他又累得要命,便用唯一的一条破毯子往身上一裹,倒在稻草上睡着了。

在睡梦中,一个温柔的声音在他耳边响起。他正坐在庞恰特雷恩湖畔那座花园里长满苔藓的石凳上,伊娃低垂着严肃的眼睛正在给他念《圣经》,他听见她读着:

"你从水中穿过,我必与你同在,河水必不没过你;当你从火中走过,必不被烧,火焰也不燃着你;因为我是基督你的上帝,是以色列的圣者,你的救世主。"②

渐渐地声音如仙乐逐渐变轻、消失,伊娃抬起了她深邃的眼睛亲切地凝视着他,眼中射出的温暖和抚慰的光芒仿佛进入了他心中;她随着仙乐展开了闪闪发亮的翅膀在空中飞翔,片片金光闪闪的东西像星星般从她的翅膀上洒下。然后她就消失了。

汤姆醒了过来。这是个梦吗? 就算是个梦吧。但是那个可爱的小仙女生前就如此渴望去安慰苦难中的人,谁能说死后不会被上帝派去承担这个任务呢?

    这是一个美丽的信仰,

① 见《新约·希伯来书》第11章第6节。
② 见《旧约·以赛亚书》第43章第2节。

认为死者的灵魂，

会长着天使的翅膀，

在我们头上永远盘旋飞翔。

第三十三章　凯　西

看哪,受欺压的流泪,且无人安慰;欺压他们的人有
势力,也无人安慰他们。

——《圣经·旧约·传道书》第四章第一节

没有多久汤姆就对他新生活中能够指望的和需要提防的
一切了如指掌了。不论什么活他都干得又快又好;而且出于
习惯也出于原则,干事又迅速又守信。他性格宁静平和,总希
望能通过自己不懈的勤奋和努力至少避免目前情况下的一部
分灾难。他看够了虐待和痛苦,实在让他厌倦透了;但是他决
心怀着虔诚的耐心继续苦干下去,把自己交给公正的上帝,希
望面前仍能有一条脱离苦海之路。

雷格里把汤姆的有用之处暗自记在了心里,他把汤姆列
为一等农奴,然而心里暗自不喜欢他,这是坏人对好人天生的
反感。他清楚地看到在他经常地对孤弱无助的奴隶残酷施暴
时,汤姆总是关注地看着。一个人要是有看法,那气氛是很微
妙的,不用说话就能使人感觉出来;而即使是黑奴的看法也可
能使主人不快。对于共同受苦受难的人汤姆表现出各种各样
的体贴和同情之心,这对黑奴来说是陌生而新鲜的,雷格里把
这一切都心怀戒备地看在眼里。他买下汤姆时打算最后让他

成为监工,以便在他有时短期离家时好把种植园的事情交托给汤姆。在他看来,做个监工第一个条件是要狠,第二个条件是要狠,第三个条件还是要狠。由于汤姆对手下不狠,雷格里下决心马上训练他狠起来;这样,在汤姆到种植园几个星期以后,雷格里决定开始着手训练。

一天早晨,当黑奴集合起来准备下地的时候,汤姆惊奇地看到有个新来的人,其外貌引起了汤姆的注意。这是一个女人,身材高而苗条,手脚十分娇嫩,穿着整洁体面的衣服。从面貌看来,她在三十五岁到四十岁之间;这是一张一旦见过就永远不会忘记的脸,——从这张脸上只需一眼就可看出她有着疯狂、痛苦而且浪漫的经历。她前额高高的,眉毛清秀美丽,鼻子笔直匀称,嘴巴精巧端庄,加上头部和颈部的轮廓典雅优美,说明她过去肯定很漂亮。但是她那高傲的天性所不得不忍受的种种痛苦磨难在她的脸上刻下了深深的皱纹;她脸色灰黄,一副病容,两颊深陷,五官轮廓分明,整个身体消瘦不堪。但是最突出的是她那双眼睛:又大又黑,覆盖在同样乌黑的长睫毛之下,而神情却是如此悲哀、极度绝望。她脸上每一个线条、柔软的嘴唇上的每一条曲线、身体的每一个动作都表现出强烈的自尊和桀骜不驯;但她眼中流露的却是深沉的、永恒的黑夜般的痛苦表情,这表情是如此绝望、如此永恒不变,同她整个外貌和举止所表现出的高傲与不屑形成了可怕的对比。

汤姆不知道她从哪儿来,也不知道她是什么人;他知道的第一件事是她在天刚灰蒙蒙地发亮时昂首挺胸骄傲地走在他身边。然而别的黑奴却都认识她,因为他们不断回头看她。她周围的这些破衣烂衫、半饥半饿的可怜家伙显然都在压抑着得意的心情。

"到头来还是落到这地步了,真让人高兴!"其中一个说。

"嘻!嘻!嘻!"另一个说,"你会知道滋味的,小姐!"

"咱们看她怎么干活!"

"不知晚上她会不会像我们一样挨打!"

"要能看到她趴着挨鞭子才高兴呢!"另一个人说。

女人根本不去理会这些奚落,脸上带着同样愤怒不屑的神情往前走着,仿佛什么也没有听见。汤姆一直生活在高尚和有教养的人中间,他从她的风度和气质本能地感到这女人属于这一类人,但是却不知道她是如何以及为什么会沦落到这种低下的境地中的。女人既没有看汤姆,也没有和他说话,但是在往地里去的一路上她都走在他旁边。

一到地里汤姆马上忙着干起活来,但是由于那个女人离他不远,他便常常抬起头来看一看她干活的情况。他一眼就看出来,由于她天生灵巧,这活儿对她来说比对许多人要容易。她摘起棉花干净利落,但是脸上仍是一副不屑的神气,好像她既鄙视这活儿,也鄙视自己落入的这种屈辱的境地。

那天有一段时间汤姆在离和他一起买来的那个黑白混血女人很近的地方干活。看得出来她忍着很大的痛苦,汤姆还常常听见她口中在祈祷,一面浑身颤抖着,身子摇摇晃晃好像要倒下似的。汤姆在挨得她近的时候默默地把自己麻袋里的棉花抓了几大把放在她的麻袋里。

"啊,别,别!"女人惊讶地说,"会给你惹来麻烦的。"

正在这时山宝走了上来,他似乎对这个女人特别怀恨在心,他一面挥舞着鞭子一面用浑浊的喉音残忍地说:"怎么回事,露西,不好好干活,是吗?"说着抬起沉重的牛皮靴踢了女人一脚,同时用鞭子抽了一记汤姆的脸。

汤姆一声不响地继续干活,但是那个女人终于筋疲力尽,昏了过去。

"我来让她醒过来,"监工凶狠地龇着牙说,"我来给她点比樟脑精还灵的东西!"说着他从衣袖上取下一根别针,一下子深深插进了她的肉里,女人呻吟着抬起身子,"起来,畜生,好好干活,不然我还有厉害的等着你呢!"

女人受此刺激,似乎产生了一股奇怪的力量,拼命地干了一阵。

"就这么干下去,"监工说,"不然今晚你就会求死不得了!"

"我现在就求死才好呢!"汤姆听见她在说,他又听见她说,"啊,上帝啊,还要多久啊! 啊,上帝,你为什么不拯救我们呀?"

汤姆不顾危险,又走过去把自己麻袋里所有的棉花都放到了她的麻袋里。

"啊,千万别这样,你不知道他们会怎么对待你!"女人说。

"我能受得了,"汤姆说,"我比你能承受。"说毕他已经回到了自己干活的地方。这一切只发生在刹那之间。

突然,我们刚才形容过的那个陌生女人抬起头来用沉重的黑眼睛盯了汤姆一眼,然后从自己的筐里抓出了一大把棉花放到了汤姆的筐子里。她刚才干活的时候离得很近,听见了汤姆最后的一句话。

"你对这个地方一无所知,"她说,"不然你就不会这么干了。等你在这儿待上一个月,就再也不会去帮助任何人了;你会发现保护自己还来不及呢!"

"上帝不容,太太!"汤姆说,他本能地对这个一起在地里干活的人用起了适用于他所熟悉的高贵出身的人的尊敬的称呼。

"上帝从来不到这儿来。"女人愤愤地说,一面仍麻利地摘着棉花。那蔑视一切的微笑再一次挂上了嘴角。

但是女人的动作被监工在地的另一头看到了,他挥舞着鞭子来到了她的面前。

"怎么着! 怎么着!"他一副得意的样子说道,"你也不好好干活吗? 去你的吧,你现在在我手下了,你小心着点,不然你就要挨鞭子了!"

那双乌黑的眼睛里突然发出了闪电般的一瞥,她转过身来,挺直了身子,嘴唇抖动、鼻翼张开,以燃着怒火的极其轻蔑的眼光盯着那监工。

"你这条狗!"她说道,"你碰碰我试试看! 我还有足够的权力让你被狗咬烂、活活烧死、剁成肉泥! 只用我一句话就成!"

"见鬼,那你怎么到这里来呢?"监工显然害怕了,不快地往后退了一两步,"我不是当真的,凯西小姐。"

"那你给我滚远点!"女人说。实情是,那人似乎急着要去处理地的另一头的事情,急匆匆地就走开了。

女人突然动手干起活来,那麻利劲儿使汤姆大为吃惊。她干活好像使用了魔力似的,天没黑她的筐子就装满了棉花,在筐子周围堆成了堆,而且她还好几次把棉花大把大把地往汤姆的筐里放。天色昏暗下来以后很久,精疲力竭的黑奴才顶着棉花筐鱼贯地向棉花过秤和贮存的房子走去。雷格里在那里,正忙着和两个监工说话。

"汤姆那家伙会给惹大麻烦的,他老往露西的筐子里放棉花。老爷要是不留神着他一点,他早晚会让所有的黑鬼都觉得自己受到了虐待!"山宝说。

"嗨! 那黑畜生!"雷格里说,"得治治他了,对不对,伙计?"

两个监工听见这话龇着牙恶狠狠地笑了起来。

"哎,哎,治人得数雷格里老爷第一,魔鬼也比不过老爷!"昆宝说。

"好吧,伙计们,最好的办法是让他去鞭打人,一直到他抛弃他那些想法为止。治治他!"

"天哪,要让他扔掉那些想法老爷可得费大劲啊!"

"不管怎么着得让他扔掉!"雷格里说着,一面嘴里嚼着烟叶。

"现在再说那露西,咱们庄园上最可恶、最讨厌的女人就数她了!"山宝接着说。

"留神点,山姆①,我可要怀疑你对露西怀恨在心的原因了啊。"

"哎,老爷知道你让她跟我可是她不干,这就是不听老爷的话啊!"

"要我就打服了她,"雷格里吐了一口唾沫说,"只不过现在活太紧,暂时不值得把她搞得心烦意乱的。她身子骨单薄,可是这种女人倔得很,打她们个半死也没有用!"

"唉,不过露西真是又可恶又懒,成天板着个脸什么也不

_____

① 雷格里对山宝的昵称。

干,可汤姆还护着她。"

"是吗？那好吧,就让汤姆去打她吧,这对他会是个很好的训练,而且他也不会像你们两个魔鬼一样在那个女人面前装腔作势的。"

"哈,哈！嗬！嗬！嗬！"两个黑坏蛋全都大笑起来。真的,这恶魔般的笑声十分恰当地反映了雷格里对他们的称呼中所包含的邪恶特性。

"可是,老爷,汤姆和凯西小姐他们两个帮着装满了露西的筐子,我猜他们俩的棉花有不少在露西那里呢,老爷!"

"我亲自来过秤!"雷格里大声说。

两个监工又一次发出了恶魔般的笑声。

"这么说,"雷格里又说道,"凯西小姐也干了一天活啦。"

"她摘起棉花来快得顶得上魔鬼加小鬼干的活!"

"我看是魔鬼加小鬼全附在她身上了。"雷格里说毕又咆哮着凶狠地骂了一句,然后往过秤间走去。

精疲力竭、垂头丧气的黑奴慢慢地蜿蜒着走进了过秤间,畏畏缩缩地不得不把筐子送上去过秤。

在一块石板的一侧列着黑奴的名字,雷格里把分量记在石板上。

汤姆的筐子过了秤,被认为合格;他用焦急不安的眼光在一旁看着,希望他帮助过的女人也能顺利过关。

她因为身体虚弱,跟跟跄跄地走上前来,交上了筐子。雷格里清楚地看到这筐分量是够的,可是他装出生气的样子来说道:

"什么,你这个懒惰的畜生！又不够分量了！站到一边去,一会儿就来治你!"

女人绝望地悲叹了一声,在一块木板上坐了下来。

这时叫作凯西小姐的女人走上前来,高傲而满不在乎地交上了筐子。在她把筐子递过去的时候,雷格里用带着嘲笑然而探询的目光直看着她的眼睛。

她的黑眼睛定定地看着他,嘴唇微微嚅动着,用法语说了点什么。谁也不知道她说的是什么,但雷格里脸上的表情却变得凶恶万分,他半举起手来好像要打她,她满脸极其鄙夷的神情转身走了开去。

"好啦,"雷格里说,"过来,你,汤姆,我对你说过我不是买你来干粗活的,我打算提拔你,让你当监工。你不如今晚就开始熟悉熟悉吧。现在你去把这个女人打一顿,你已经见得很多了,应该知道该怎么干。"

"老爷,对不起,"汤姆说,"希望老爷别让我干这个,我不习惯干这种事,从来没有干过,而且无论如何也不可能去干的。"

"不等我收拾完你,好多你从前不会干的事就都学会了!"雷格里说着拿起一根牛皮鞭给了汤姆脸上狠狠的一鞭,接着皮鞭如雨点般落下。

"瞧,"他停下喘口气时说道,"现在你还对不对我说你不干了?"

"是的,老爷,"汤姆一面伸出手去擦脸上流下来的血,一面说,"我愿意白天黑夜地干活,只要活着有口气就不停地干活,可是这件事我觉得不对,不能干;老爷,我永远不会去干的,永远不会!"

汤姆说话一向温顺柔和,态度一向恭恭敬敬,使雷格里认

476

为他一定胆小,容易制服。当汤姆说出最后几个字时,在场的人全都惊奇万分。那个可怜的女人合手喊了一声"啊,上帝!"大家情不自禁地互相看着,倒吸了一口气,好像准备着一场暴风雨的来临。

雷格里惊得不知所措地呆在那里;但最后爆发了起来。

"什么,你这个该死的黑畜生!居然对我说我让你干的事不对!你们这帮可恶的牲口有什么资格去想对和不对?我非刹住这种事不可!怎么,你认为自己是什么东西?也许你觉得自己是个绅士老爷吧,汤姆,竟敢对你的老爷说什么是对,什么是错!这么说你自命打这个女人是不对的啰!"

"是的,老爷,"汤姆说,"这个可怜的东西病歪歪的,打她太残忍了,我是永远不会干的,现在也不干。老爷,你要想杀我就杀吧;可是要我抬起手来打这里的任何一个黑奴,我是绝对不会干的,我情愿去死。"

汤姆说话的声音很温和,但他的决心是十分明确的。雷格里气得发抖,那双发绿的眼睛里凶光四射,连他的络腮胡子似乎都因生气而竖了起来。但是像一头猛兽在吞食其牺牲品以前要戏弄一番一样,雷格里抑制住了立即采用暴力的强烈冲动,对汤姆开始挖苦嘲弄起来。

"哈,这儿终于有了个虔诚的狗东西下凡到我们这些罪人之中来了!一个不折不扣的圣人、绅士来给我们这些罪人指明我们的罪过来了!他肯定是个权力无比的圣人!喂,你这个恶棍,你装出一副虔诚的面孔,难道你从来没有听到过你那《圣经》里说的,'仆人们,服从你们的主人'①这句话吗?

① 见《新约·歌罗西书》第3章第22节。

难道我不是你的主人吗？难道我没有付出一千二百块钱现金买下你那该死的黑壳子里的一切吗？难道你现在不是连肉体带灵魂都属于我了吗？"他说着用沉重的皮靴使劲踢了汤姆一脚，"你倒对我说呀！"

汤姆在深深的肉体痛苦之中，在残酷迫害的重压之下，这最后一个问题却射出了一道喜悦和胜利的光芒穿透了他的心灵，他突然直起腰板，两眼热切地看着上天，血和泪交融着从脸上流下。他大声呼号道：

"不！不！不！我的灵魂不属于你，老爷！你没有买下我的灵魂，也无法买下我的灵魂！一个能够保持它的人已经出钱把它买去了；——不要紧了，不要紧了，你伤害不了我啦！"

"我伤害不了吗？"雷格里冷笑道，"咱们等着瞧，咱们等着瞧！喂，山宝，昆宝，好好治一治这狗东西，让他一个月也忘不了！"

于是这两个巨大的黑人脸上带着魔鬼般的兴奋得意地一把抓住汤姆——他们简直是地狱里的魔鬼的化身。当他们把毫不反抗的汤姆从屋子里拖出去的时候，那可怜的女人吓得尖声大叫，其余的人也都情不自禁地站了起来。

第三十四章　四分之一黑人血统的姑娘的故事

看哪,受欺压的流泪;欺压者有势力。因此我赞那已死的死人,胜过我赞那仍活着的活人。

《圣经·旧约·传道书》第四章第一节

夜已很深,汤姆伤口流着血、独自躺在轧棉机房一间废弃不用的破房间里呻吟着,周围都是破旧的机器零件,成堆的废棉花和其他逐渐积聚在那里的无用废物。

夜闷热潮湿,污浊的空气中充满了蚊子,更增加了汤姆伤口的疼痛,使他无法安宁;同时嗓子干得火烧火燎的(这是最大的煎熬),使他肉体上的痛苦达到了极点。

"啊,仁慈的天主！请你看看世间吧,请你助我得胜,助我战胜这一切！"可怜的汤姆在极度痛苦中祈祷着。

脚步声在他身后走进了房间,马灯的光晃在他眼睛上。

"谁在那儿？啊！看在慈悲的上帝的分上,请给我一点水喝吧！"

叫凯西的女人(来者正是她)放下了马灯,从一只瓶子里倒了点水,扶起汤姆的头让他喝水。汤姆迫不及待地喝了一杯又一杯。

"想喝多少就喝多少，"她说，"我知道这种感觉。这不是我第一次半夜起来给像你这样情况的人送水。"

"谢谢你，太太。"汤姆喝够了以后说道。

"别叫我太太！我和你一样是个可怜的奴隶，比你要下贱得多！"她悲痛地说，"可是，哎，"她走到门口把一块小草垫拖了进来，她还在上面铺好了用冷水浸湿过的亚麻布，"可怜的朋友，尽力滚到这上面来吧。"

汤姆遍体鳞伤，一动就痛，费了好大工夫才挪到了草垫上；但是一躺上去，伤口贴在凉凉的亚麻布上，他就觉得好多了。

长期护理被残酷打伤的人使凯西熟知许多治伤的法子，她用了不少法子处理汤姆的伤口，不久汤姆就觉得松快些了。

"好了，"女人把汤姆的头抬起来放在充作枕头的一卷废棉花上以后说道，"我只能帮你这么点忙了。"

汤姆谢了她；女人在地上坐下，缩起双腿，两臂抱着膝盖，两眼直勾勾地盯着前面，脸上一副辛酸、痛苦的表情。她的帽子垂在了脑后，一头黑色的长发波浪般披散在她出奇的美丽和忧郁的脸旁。

"没有用，可怜的朋友！"她终于打破了沉默，"你这样做一点用处也没有。你很勇敢，你也是对的，但是你和他斗争是不可能的，是徒劳的。你现在是在魔鬼掌握之中，他是最恶的恶鬼，你只能屈服呀！"

屈服！人性的软弱和皮肉的痛苦不也曾经使他想到过这两个字吗？汤姆蓦地一惊。面前这个两眼狂热、声音忧郁的充满怨恨的女人，仿佛就是他一直与之搏斗的引诱力的化身。

"啊上帝！啊上帝！"他呻吟道，"我怎么能够屈服呢？"

"呼唤上帝也没有用,他从来不听,"女人坚定地说,"我相信根本就没有上帝;或者说,如果有上帝,他站在反对我们的一边。天上也罢、地上也罢,一切都和我们作对,把我们推进地狱。我们为什么不该下地狱呢?"

汤姆闭上了眼睛,那邪恶的、无视上帝的话使他不寒而栗。

"你要知道,"女人说,"对这地方你一无所知,我可清清楚楚。我在这里已经五年了,灵魂和肉体都在这个人的蹂躏之下;我恨他,就像恨魔鬼一样!现在我们在这个孤零零的种植园上,四面是沼泽,十英里之内没有任何别的种植园;要是你活活被火烧死、被开水烫死、剁成小肉块、放在那里被狗咬死、被吊起来打死,这里没有白人能出来作证。这里既无天理又无法律,不能对你或我们之中的任何人有任何帮助;而这个人!他是无恶不作!如果我把在这里耳闻目睹的一切讲出来,谁听了都会感到毛骨悚然。反抗是没有用的!难道我愿意和他一起生活吗?难道我不是一个娇生惯养长大的女人吗?而他,苍天在上,他过去是什么东西,现在又是什么东西呢?而我却和他一起过了五年了,五年中我日夜诅咒我生活中的每一刻!现在他弄了个新女人来,年纪很小,只有十五岁,她说她受到的是十分虔诚的教育,她那好心的太太教她读《圣经》,她把《圣经》也带来了。见她的鬼!"说罢女人疯狂而悲哀地大笑起来,那奇特怪诞的笑声在破屋子里回荡。

汤姆合起双手;周围一片黑暗与恐怖。

"啊,耶稣!主耶稣!你把我们这些苦命人忘了吗?"汤姆终于叫了出来,"拯救我吧,主啊,我要死了!"

女人严酷地继续说道:

"和你一起干活的那些卑鄙下贱的家伙是些什么东西，值得你去为他们受罪？他们每一个人只要一有机会就会和你作对，他们彼此之间也都尽量下贱残酷地相待，你想自己受罪而不去伤害他们根本一点用也没有。"

"可怜的家伙们！"汤姆说，"是什么使他们如此残酷？如果我屈服了，就会习惯这一切，逐渐变得和他们一样！不行，不行，太太！我已经失去了一切：妻子、儿女、家和宽厚的主人，他要是多活一个星期，就会给我自由的；我已经失去了人世间所有的一切，永远失去了；我现在再也不能失去天国了，不，再怎么说，我也不能变得邪恶呀！"

"可是上帝不可能把罪过记在我们账上的，"女人说，"我们是被迫而为，他不会记在我们账上；他会记在把我们逼成这样的人的账上的。"

"是的，"汤姆说，"但是那并不能阻止我们变得邪恶，如果我变成像那个山宝那样狠心，那样邪恶，对我来说怎么变坏的没什么要紧，要紧的是变坏本身，我怕的正是这个啊！"

女人用狂热而惊诧的眼光紧紧盯着汤姆，好像一个新的念头打动了她；接着她沉重地呻吟着说：

"啊，上帝怜悯！你说的是真话呀！啊——啊——啊！"她呻吟着倒在地上，仿佛被极大的心灵痛苦压倒而挣扎。

屋子里一片沉默，连两个人的呼吸声都可以听得见。过了片刻汤姆轻声说道："啊，求求你，太太！"

女人突然站起身来，脸上恢复了平时那严厉而忧郁的神情。

"求求你，太太，我看见他们把我的上衣扔在那个角落里，在上衣口袋里有我的《圣经》，劳驾请太太给我拿来。"

凯西走过去把《圣经》拿了来,汤姆立刻把它翻开到划着粗线的一段,因为经常摸,这一页的纸已很旧了,这段经文写的是救世主临死前的情景,他受尽鞭笞拯救世人。

"劳驾太太给读一读这段吧,它比水还重要呢。"

凯西冷漠而高傲地拿过《圣经》,看了一遍经文,然后用柔和的声音、奇特而优美的语调朗读了这一痛苦和辉煌的事迹的动人记述。她念着念着常常声音颤抖,有时甚至念不下去,只好做出一副镇静的样子,等到完全控制住自己以后再往下念。当她念到"父啊,赦免他们,因为他们所做的,他们不晓得"①这感人的词句时,她抛下《圣经》,把脸埋在浓密的头发里,全身剧烈地抽搐着大哭起来。

汤姆也哭了,不时还发出一声压抑着的呼叫。

"要是我们能做到这一点就好了!"汤姆说,"对他来说是这样自然的事,而我们却要经历一番斗争才做得到!啊,主啊,帮助我们吧!啊,神圣的主耶稣啊,请帮助我们吧!"

"太太,"过了一会儿汤姆说,"我看得出来你什么都比我强得多,但是有一桩事即使太太也可以从可怜的汤姆身上学一学。你说上帝站在反对我们的一边,因为他听任我们挨打受虐待;可是你看他的亲生儿子,光荣的圣主耶稣,他的遭遇又怎样呢?他难道不是一生贫苦吗?我们中有哪个人落到过和他一样卑贱的地位?主没有忘记我们,这一点我是十分肯定的。《圣经》上说,如果我们和他一起受苦,我们也必和他一同做王。但是如果我们不认他,他也必不认我们。救主和他的信徒们不是都受过苦难吗?《圣经》上告诉我们他们如

---

① 见《新约·路加福音》第23章第34节。

何挨石头砸,被刨锯分身,披着绵羊和山羊皮到处流浪,穷困、受尽煎熬折磨。受苦受难不应成为我们认为上帝不站在我们一边的理由。实际与此恰恰相反,只要我们坚信上帝,不干罪孽勾当的话。"

"可是他为什么把我们置于不得不作孽的地方呢?"女人问。

"我认为我们是可以不作孽的。"汤姆说。

"你等着瞧吧,"凯西说,"你怎么办?明天他们又会来整你的。我知道他们,他们一切所作所为我都见过,想到他们会怎样对待你,我实在受不了;而且他们最后总会让你屈服的。"

"救主耶稣啊!"汤姆说道,"请保佑我的灵魂吧,啊,主啊,请保佑我吧,不要让我屈服啊!"

"天哪,"凯西说,"我早就听到过这种呼喊和祈祷;但是他们都被制服了,顺从了。埃默林还在坚持着,还有你,但是有什么用呢?你必须屈服,要不然会一点一点被整死。"

"那么我宁愿去死!"汤姆说,"他们能拖多久就拖多久好了,他们总挡不住我早晚一死!我死了以后他们也就没有办法了。我现在头脑清楚,主意已定!我坚信上帝会帮助我,帮我渡过难关的。"

女人没有做声,她坐在那里,乌黑的眼睛死死盯在地上。

"也许应该是这样,"她自言自语道,"但是那些已经屈服了的人是没有希望的了!没有了!我们生活在污秽之中,变得令人可厌,最后我们自己也厌恶自己了!我们盼望死去,却又没有勇气自杀!没有希望了!没有希望了!没有希望了!现在这个姑娘,和我当年一样年纪!"

"现在你看到我，"她十分急促地对汤姆说，"看我这副样子！可是我是在非常舒适的环境里长大的；我记得的第一件事就是小的时候在富丽堂皇的大客厅里玩耍；他们把我打扮得像个洋娃娃，客人们总是夸赞我。大客厅的窗外是一个花园，我常在花园里的橘子树下和兄弟姐妹们玩捉迷藏。我后来进了修道院去学音乐、法语和刺绣等等，十四岁的时候我从修道院回来参加父亲的葬礼。他死得非常突然，到清点遗产的时候，他们发现连还债的钱都不够。债主编制财产目录时，把我也放了进去。我的母亲是个女奴，父亲一直打算给我自由，可是他还没有去办，所以我就上了财产目录单。我从来就知道自己的身世，但从来没有去多想过；谁也没有想到一个结实、健康的人会很快死去。在死前四个小时我父亲还是好好的，他是新奥尔良第一个霍乱病人之一。葬礼后第二天，父亲的妻子带着自己的孩子回到娘家的种植园去了。我觉得他们对我有点怪，但并不知道实情。他们把料理财产的事委托给了一个年轻律师，他天天来，总在家待着，对我说话非常有礼貌。有一天他带来了一个年轻人，我觉得他简直是我见过的男人里最漂亮的了。我永远也不会忘记那个晚上。我和他一起在花园里散步，我当时觉得很寂寞，很悲伤，他对我是那样温柔和蔼。他对我说我去修道院读书前他就见过我，对我爱慕已久，他说他会成为我的朋友和保护人。总而言之，虽然他并没有对我说，却已经花了两千元买下了我，我是他的财产了。我心甘情愿地成了他的人，因为我爱他，爱他！"女人说着停顿了一下，"啊，我是多么爱这个人啊！我现在还是多么爱他啊！只要我有一口气，就会永远爱他！他是那样英俊，那样神气，那样高尚！他把我安置在一所漂亮的房子里，仆人、马匹、马车、家具、衣服，只要钱能买得来的东西他都给了我。但是我并不看重这些，我只爱他这个人，我爱他胜于爱上帝和自己的灵魂，我对他是百依百顺，想不听他的话都办不到。

"我只想要一样东西：我想要他和我结婚。我想，假如他真像他所说的那么爱我，假如我真像他心目中想的那样，他就会愿意和我结婚，给我自由。可是他说服了我，说要结婚是不可能的；他告诉我只要我们忠实于对方，在上帝眼里这就是婚姻了。如果真是这样，难道我不是他的妻子吗？难道我没有忠实于他吗？整整七年，难道我没有注意他的每一个眼色每一个举动，只是为了他能快乐才活着？他得了黄热病，整整二十个日夜我独自守着他，给他吃药，侍候他的一切；后来他把我叫作他的守护神，说是我救了他的命。我们有了两个可爱的孩子，老大是个男孩，我们也给他取名叫亨利，他活脱脱和他爸爸一个模样，他的眼睛是这样漂亮，还有那前额！头发卷曲着垂在四周。他的气派和天资也和父亲一样。他说小艾丽丝像我。他那时时常对我说我是路易斯安那州最漂亮的女人，他为我和孩子们感到骄傲。他老要我把他们打扮起来，然后带着我和孩子乘敞篷马车兜风，听别人对我们的评论。他还老爱不断往我耳朵里灌别人称赞孩子和我的好听的话。啊！那真是幸福的日子啊！我觉得自己是最幸福的人了！但是这时倒霉的日子来临了。他请了一个堂兄到新奥尔良来玩，这是他的好朋友，他非常看重他。但是不知道为什么，从我第一次见到他起就怕他；因为我觉得他肯定会给我们带来不幸。他引着亨利和他一起出去，常常半夜两三点钟才回家；我一个字也不敢说，因为亨利很容易发火，我害怕吱声。他的堂兄带他去赌场，他是那么一种人，一旦赌开了就控制不住。

后来堂兄又给他介绍了一位女士，很快我就看出来他的心已经不在我身上了。他从来没有对我这样讲过，但是我看出了这一点，渐渐我心里就明白了。我觉得自己心都要碎了，可是却一个字也说不出来。这时，那个坏蛋提出向亨利买下我和孩子们，好让亨利还清他的赌债，否则他没法和想娶的女人结婚。亨利果真把我们卖了。有一天他对我说他在乡下有事要办，要离开家两三个星期。他说话比平时更亲切，说他会回来的，但是这并没有骗过我，我知道分手的时候到了，我像个石头人那样，既说不出话来，也没有流眼泪。他吻了我和孩子们许多次，然后就走。我看着他上了马，一直看到看不见他为止。后来我倒在地上昏了过去。

"这时他来了，那万恶的坏蛋！他来接收财产来了。他对我说他已经买下了我和孩子们，把卖身契拿给我看。我在上帝面前诅咒了他，告诉他我宁可死也不会和他在一起生活。

"'随你的便，'他说，'不过你要是不听话，我就把你的两个孩子卖到你再也见不着他们的地方去。'他对我说他从第一次看见我时起就打定主意要占有我，说他是存心引诱亨利，让他欠了债，就是为了让他愿意卖掉我；说他使亨利爱上了另一个女人；而且告诉我他费了这么大力气把我搞到手之后是不会因为我摆点架子流几滴眼泪等等就罢休的。

"我屈服了，因为我不能采取任何行动。我的孩子在他手里，只要我稍一反抗他的意志他就说要卖掉他们，把我随心所欲地治得服服帖帖的。啊！那是什么样的生活啊！每天心碎地过着日子，明明只有痛苦却还不断地、不断地去爱；而且连灵魂带肉体都被所恨的人束缚着。从前我喜欢给亨利念书，给他弹琴，和他一起跳华尔兹舞，唱歌给他听；但是为这个人不论做什么事都是个负担,可我不敢拒绝他。他非常专横,对孩子很粗暴。艾丽丝是个胆小的小东西,但亨利却和他父亲一样容易发火,从来还没有谁能制服过他。那人总是找亨利的岔子,和他吵架;我天天提心吊胆地过日子。我尽力让孩子对他尊敬些,我尽力不让他们接触;我要拼命保住孩子呀!可是没有用处,他把两个孩子都卖了。有一天他带我坐马车兜风,等我回到家,哪儿都找不到孩子们!他告诉我他已经把他们卖了,还把卖来的钱拿给我看,这是他们的血肉钱。这时我似乎觉得一切美好的东西都离我而去了,我大喊大叫,怨天尤人,有一段时间我想他真有点怕我了,但是他并没有就这样罢休,他对我说,孩子们是卖了,但是我今后还能不能见到他们却取决于他;说我要是再闹,孩子们就要倒霉。唉,只要你把一个女人的孩子弄到手,就可以任意摆布她了。他使我屈服了,他使我不闹了;他甜言蜜语地哄我说也许他会把他们再买回来。就这样过了一两个星期。有一天我在外面散步,经过了一个鞭笞机构。我看见大门口围着一群人,听见了一个孩子的叫声,突然我的亨利挣脱了两三个抓着他的人,哭叫着跑过来抓住了我的衣服。他们追了上来,恶狠狠地骂着,其中一个人(我永远也不会忘记他那面孔)对亨利说他逃不掉,他得跟他们到那鞭笞房去,他们要好好教训教训他,让他一辈子忘不了。我拼命向他们哀求,可他们只是大笑。可怜的孩子看着我的脸,尖叫着使劲抓住我不放,最后被他们拽走了,连我的裙子都撕破了一大块。他们把他拖进去时他还在大声呼喊着'妈妈!妈妈!妈妈!'旁边站着的人里头有一个男人好像很同情我,我对他说我愿把身上的钱全都给他,只要他肯去干预一下。他摇摇头,说那孩子自从买来的那天起就不听话,太放肆,他打算一劳永逸地把他制服了。我回转身子就跑,觉得每跑一步都能听见孩子的尖叫声。我跑进家门,上气不接下气地跑进客厅,找到了巴特勒。我把事情告诉了他,求他去管一管;可他只是笑了起来,说那孩子是活该,早晚他得给制服了,越早越好;他问我'这不是意料之中的事吗?'

"这时我的脑袋里好像有什么东西啪的一声折断了。我只觉得头晕眼花,怒火中烧。我记得看见桌子上有一把锋利的大猎刀,记得好像抓着刀向他扑过去;然后眼前一黑就什么也不知道了,一连许多天不省人事。

"等我苏醒过来以后,发现自己在一间漂亮的房间里,但这不是我自己的房间。一个黑人老太婆照料着我,还有医生来看我,对我照顾得十分周到。后来我才知道他已经离开了那地方,把我搁在这所房子里准备卖掉,所以他们才这样小心照顾我。

"我不想好起来,希望自己永远好不了。但是事情由不得我,高烧退了,我慢慢恢复了健康,最后离开了病床。于是他们让我打扮起来,天天如此;男人们进来站在那儿抽着雪茄,打量我,问长问短,讨价还价。我总是愁容满面一声不吭,所以谁也不想买我。他们威胁说我要是不高兴着点,努力让自己讨人喜欢一点,他们就要拿鞭子抽我。终于有一天来了一位叫斯图尔特的先生,他似乎很同情我,他看出我一定压着什么可怕的心事。他许多次都是一个人来见我,最后终于使我说出了一切。他买下了我,并且答应尽一切力量找到我的孩子,把他们买回来。他找到了亨利待过的那家旅馆,他们告诉他亨利已经被卖给了珍珠河上游的一个种植园主;以后我再也没有听到亨利的消息。后来他又找到了我女儿,在一个老太太家里。他愿意出一大笔钱买她，但是他们不肯卖；巴特勒知道了斯图尔特是为了我才要买这孩子，便派人给我带口信说我永远也不会得到她。斯图尔特船长对我非常好，他拥有一座漂亮的种植园，带着我到那里住下。一年后我生下了个儿子。啊，那个孩子！我是多么爱他啊！小东西多像我那苦命的亨利啊！可是我决心已下，是的，下了决心。我再也不会让一个孩子活着长大了！他两星期大的时候我把小家伙抱在怀里，一面亲他一面哭，然后给他吃了鸦片酊，把他紧紧搂在怀里，他就这样睡着死去了。我哭得多么伤心啊！谁会想到我不是弄错了才给他吃的鸦片酊呢？这是我至今仍感到高兴的几件事情之一，到现在我也不后悔。至少他已经脱离了苦海。苦命的孩子，除了死，我还能给他什么更好的东西呢？过了一段时间，霍乱流行，斯图尔特船长死去；想活的人全死了，而我呢，我，尽管到了死亡的门口，却活了下来！后来我又被卖了，多次转手，直到容颜衰老、皱纹爬上了额头，又得了一场热病；后来这个坏蛋买下了我，把我带到了这里。我就是这样来到此地的！"

女人停了下来。她在讲述自己的经历时说得很快，语调急切、动情。她有时似乎是在对汤姆讲，有时又似乎是自言自语。她的话有一种强烈的、不可抗拒的力量，使汤姆一时间竟然忘记了自己的伤痛。他用一只胳膊支起了身子，看着她烦躁不安地在屋子里走来走去，长长的黑头发随着身子的走动甩动着。

"你对我说，"停了片刻之后她又说，"上帝是存在的，一个俯瞰人世明察秋毫的上帝。也许是这样。修道院的修女们曾告诉过我有一个最后审判日，那时一切都会昭然若揭，暴露在光天化日之下,那时候可就恶有恶报了!

"他们认为我们受的罪不算什么,我们的孩子受的罪不算什么!统统是小事一桩;可是有时候我在街上走,会觉得好像我一个人心里的痛苦就沉得足以使城市陷入地下。我曾经希望过房子在我头上塌下,或者脚下的石头沉陷入地。是的,在最后审判日我将站立在上帝面前作证,指控那些从肉体到灵魂把我和我的孩子们毁掉的人!

"我小的时候认为自己是信教的,我那时爱上帝,爱做祈祷。现在我是一个被罚入地狱的人,被日夜折磨我的魔鬼追赶着,他们不断逼我、逼我,总有一天我会下手的!"她说着捏紧了拳头,乌黑的眼珠中闪出一道狂乱的光,"我要把他送到他该去的地方,他离那儿也不远了,即使他们活活把我烧死,我也总有一晚会这么干的!"一阵狂野的长长的笑声响彻这间荒废的小房间,最后变成了歇斯底里的抽泣。她扑在地上,哭泣着,挣扎着,全身抽搐不止。

过了片刻,疯狂的发作似乎平息了下去;她慢慢站起身来,像是在使自己平静下来。

"还有什么事要我帮你吗,可怜的朋友?"她向汤姆躺着的地方走过去,说道,"要不要再给你点水喝?"

她说这话时,声音和态度优雅、亲切,充满了同情,和先前的狂野劲儿形成了奇怪的对比。

汤姆把水喝了,恳切而怜悯地看着她的脸。

"啊,太太,我真希望你能去到他那里,他能给你以生命之水!"

"去到他那里!他在哪儿?他是谁?"凯西问道。

"他,就是你给我念到的上帝啊!"

"我小时候看见过圣坛上他的像,"凯西说,黑黑的双眼里一副悲哀的沉思的神情,"但是他不在我们这里!这里除了罪孽就是永无止境的绝望,别的什么也没有!啊!"她一只手放在胸口长长地吸了一口气,好像要除去心上的重负。

　　汤姆好像要说什么,但她用果断的手势制止了他。

　　"别说话了,我可怜的朋友,尽量想法睡一会儿吧。"凯西把水放在汤姆手边,尽量把他安排得舒服一点,然后就离开了那间破屋子。

第三十五章　纪　念　物

心总想将沉重的记忆永远抛弃，

然而些许微小的东西，

就会勾起回忆；

也许是一个声音、一朵鲜花、一阵轻风或海洋，

会使你的心再度受创。

因为它激活了一条电路，

是它将我们神秘的捆束。

——《恰尔德·哈洛尔德游记》第四章①

　　雷格里宅子里的客厅是一个长方形的大房间，有一个宽大的壁炉。墙上原来的壁纸昂贵而花哨，现在却残破脏污，在潮湿的墙上发霉。房间里一股令人作呕的气味，是由潮湿、肮脏和霉烂混合形成的，在不通风的旧房子里常常可以闻到。壁纸上不是啤酒和葡萄酒的片片污斑，就是点缀着用粉笔写的备忘录和一长串结算账目的数字，好像有人在上面练习算术似的。壁炉里面放着一个装满熊熊燃烧的火炭的火盆，因为天气虽然不冷，在那个大房间里晚上却总显得阴冷，而且雷

─────────────
① 见英国著名诗人拜伦长诗《恰尔德·哈洛尔德游记》第4章第23首。

格里要有个地方点他的雪茄烟和烧水调潘趣酒。炭火的红光把房间的乱七八糟和穷途末路的特点展现了出来：马鞍、马勒子、好几种挽具、马鞭、大衣、其他衣服等杂乱地扔满在房间的各处，我们前面提到过的那几只狗也都按各自的喜好和方便在其间安营扎寨。

雷格里正在给自己调一杯潘趣酒，从一只开了裂的缺嘴大水罐里往外倒热水，一面嘴里嘟哝着：

"山宝真该死，在我和新买来的奴隶间挑起这场纠纷！这一来那家伙一个星期都干不了活啦，正赶在农忙季节里！"

"可不，你专干这种事。"从椅子后面传来了说话声，是那个女人凯西。她悄悄进来，听见了他的自言自语。

"哈！你这个可恶的女人，你还是回来了吧！"

"是的，回来了，"她冷淡地说，"回来还是想干吗就干吗。"

"胡说八道，你这个贱货！我说话是算数的，你要不就听话，要不就待在黑奴村里，和他们一起干活吃饭。"

"我情愿住在黑奴村最脏的角落里，"女人说，"也不愿在你的蹄子下面过日子！"

"可是你终究还是在我脚底下呀，"他狞笑着转向她说，"至少这是值得安慰的。过来坐在我腿上，亲爱的，你得懂道理啊。"他说着抓住了她的手腕。

"西蒙·雷格里，你小心着点！"女人说，眼中凶光一闪，那疯狂的眼神使人毛骨悚然，"你害怕我，西蒙，"她不慌不忙地说，"而且你怕我是有道理的！你小心着点，我有魔鬼附身！"

最后几个字她是附在他耳边嘶嘶地低声说出的。

"滚开！我完全相信你有魔鬼附身！"雷格里说着把她从

身旁推开,浑身不自在地看着她,"凯西,"他说道,"你究竟为什么不能和从前一样和我要好相处呢?"

"像从前一样!"她悲愤地说。她忽然说不下去了,满腹辛酸涌上心头,使她说不出话来。

凯西对于雷格里一向有着一个激情的刚烈女子对最残暴的男人所具有的那种慑服力;但是近来在万恶的奴隶制的枷锁下她变得越来越暴躁易怒,有时会像疯子一样发作起来,她的这种倾向使雷格里感到害怕。他和所有粗野没有受过教育的人一样,对疯子有着带迷信色彩的恐惧。当雷格里把埃默林带回家来以后,凯西心力交瘁的内心中一切行将熄灭的女性的感情重又燃烧了起来,站到了姑娘的一边。她和雷格里激烈地争吵了起来。雷格里盛怒之下发誓说她要是不老老实实的就要派她到地里去干活。凯西高傲而不屑地说她情愿去干活;于是如我们上文描写过的那样她到地里去干了一天活,以表示她是多么蔑视这种威胁。

一整天雷格里都暗自不安,因为他无法摆脱凯西对他的慑服力。当她在秤棉间交出筐子时,他曾希望她会让步,因此他用半和解半讥讽的口气对她说话,而她却用极端轻蔑的口气回答了他。

对可怜的汤姆的骇人听闻的处置进一步激怒了她。她跟在雷格里后面走进了屋子,一心只想谴责他的残暴行径。

"我希望,凯西,"雷格里说,"你行为要顾点体面。"

"你居然谈什么顾点体面! 你自己干了些什么? 你,竟愚蠢到在农忙时节就因为发你那鬼脾气,把一个最棒的干活好手给打坏了!"

"让这场风波发生,我的确愚蠢,"雷格里说,"不过要是他一意孤行,就非得制服他不可。"

"我看你是制服不了他的!"

"制服不了吗?"雷格里说着激动地站了起来,"我倒要看看是不是制不服他?他是第一个要和我较较劲的黑奴,我要打断他身上的每一根骨头,他非得给制服不可!"

这时门开了,山宝走了进来。他走上前来,行了个礼,把包在纸包里的一样东西朝雷格里递去。

"这是什么,你这个狗东西?"雷格里问。

"是个有魔力的东西,老爷!"

"是个什么?"

"是黑奴从女巫那里弄来的东西,这样他们挨打时就不觉得痛。他用一根黑线系着挂在脖子上的。"

和大多数不信上帝的残暴的人一样,雷格里很迷信。他接过纸包,不安地打了开来。

纸包里掉出了一块银元和一绺亮闪闪的金色头发,这绺头发像是个活的东西缠绕在雷格里的手指上。

"见鬼!"他突然狂怒地尖叫起来,一面在地上跺着脚,拼命扯那绺头发,好像头发烧他的手似的,"这是从哪儿来的?拿开! 烧掉! 烧掉!"他尖叫着,把头发从手指上扯下扔在炭火中,"你干吗把这东西拿到我这里来?"

山宝站在那里,大张着粗厚的嘴巴,莫名其妙地惊呆了。正要离开房间的凯西停下脚步,极其惊讶地看着雷格里。

"以后再也不要把你们这种鬼东西拿到我这里来!"他说着对山宝挥舞着拳头,山宝赶紧往门口退去;雷格里拾起那块银元,往窗外的黑暗中扔去,把玻璃砸得粉碎。

山宝赶紧逃之夭夭。他走了以后,雷格里似乎对自己的惊恐之态感到有点不好意思,便固执地在椅子里坐下,开始阴郁地呷起那杯潘趣酒来。

凯西乘他不注意作好了出去的准备,然后偷偷溜出去照看可怜的汤姆,这点我们已经叙述过了。

雷格里怎么了?在普普通通的一绺金发里有什么东西会把这个熟知一切暴行的恶棍吓得丧胆呢?要回答这个问题我们就必须把读者带回他的过去。尽管这个目无上帝的人现在看来又残酷又十恶不赦,他也是在母亲的怀抱里长大的,母亲一面摇着他,一面祈祷、虔诚地唱着赞美诗,他那现在变得冷酷无情的额头上也滴上过洗礼的圣水。在童年时代,一位金发的妇人曾在主日的钟声中带着他去做礼拜、去祈祷。在遥远的新英格兰那个母亲曾用不倦的爱和耐心的祈祷来教育她唯一的儿子。雷格里的父亲生性冷酷,那个温柔的女人在他身上浪费了大量的不受珍视的爱;雷格里步其父之后尘,他狂暴、专横、不服管教,他鄙视母亲的一切劝告,把母亲的责备当成耳旁风;年纪不大就离开了她到海上谋生去了。后来他只回过一次家,那时他那有着一颗强烈的需要去爱而又没有东西可以爱的母亲一心放在了他的身上,企图用热情的祈祷和劝导使他摆脱罪恶的生活,使他的灵魂得以永生。

那一次雷格里有机会得到宽恕,那时善良的天使在召唤他,那时他几乎要改恶从善了,天恩已经拉起了他的手。他心中已有悔意,在进行着斗争,但是还是罪恶战胜了;他用自己狂暴天性中的一切力量和良心中的悔意相斗;他喝酒骂人,更加狂暴凶狠。有天晚上,他的母亲在绝望的痛苦中跪倒在他脚下,他把她一脚踢开,她昏倒在了地上,然后雷格里恶狠狠地咒骂着逃回船上。雷格里再一次得到有关母亲的消息是有一个晚上,他正和一帮醉鬼痛饮时,一封信递到了他手上。他拆开信封,里面掉出了一绺长长的鬈发,挂在了他手指上。信上说他母亲已经去世,临死前她为他祝福,并且宽恕了他。

邪恶有种可怕的、邪门歪道的妖术,能使最美好、最神圣的东西变成狰狞可怖的鬼怪。那个苍白、慈爱的母亲临终时的祈祷、她的宽恕一切的爱心在雷格里罪恶而狠毒的心中变成了一道对他罪恶的判决,给他带来了对最后审判及狂怒的声讨的恐怖的等待。雷格里烧掉了那绺头发,烧掉了那封信,当他看见它们在火焰中发出嘶嘶声和噼啪声之时,他想到了地狱之火,不由得心中恐怖得发抖。他企图以狂饮、作乐、咒骂来抹掉这个记忆。但是夜深人静之时,肃穆的夜色往往迫使邪恶的灵魂受到良心的谴责,他眼中看到苍白的母亲在他床旁出现,感觉到那柔软的头发缠绕在他手指上,便会吓得从床上跳起,满脸流着冷汗。你们在同一本福音书中听到上帝是爱,又听到上帝是烧毁一切的烈火,因而感到奇怪的人们,难道不明白,对于一个在罪恶之中死不悔改的灵魂来说,最完美的爱乃是最可怕的折磨,是最深的绝望的象征和判决书吗?

"见鬼!"雷格里一面呷着酒一面自言自语道,"他从哪儿弄来的那东西?要是不像——唔!我还以为已经忘了呢。见我的鬼,要是我认为有能够忘得了的事的话,妈的,孤单得很,我要去把埃默林叫来,她恨我,这个鬼丫头,我不管,我非让她来不可!"

雷格里走到宽敞的过道里,那儿有个原来非常漂亮的盘旋式楼梯,但是现在通道又脏又暗,堆放了许多箱子和不堪入目的杂乱东西。楼梯上没有铺地毯,在昏暗中仿佛不知盘旋到个什么地方!暗淡的月光从门上玻璃已被打碎的楣窗中照射进来,空气像地窖里的一样阴冷陈腐。

雷格里在楼梯脚下停住,听见有个声音在唱歌。在这阴森森的旧宅子里,歌声听起来非常怪诞,像是鬼的声音,也许是由于他神经已经过于紧张敏感之故。听!那是什么声音?

一个狂放、哀伤的声音在唱一首黑奴中流行的赞美诗:

> 啊,那时将感到悲痛,悲痛,悲痛,
>
> 啊,在基督的最后审判席上将感到悲痛!

"该死的小丫头!"雷格里说,"我非掐死她不可。埃默!埃默!"他厉声叫道;但回答他的只有墙上传来的嘲弄他的回声。那甜润的声音仍继续唱着:

> 在那里父母子女将分离!
>
> 在那里父母子女将分离!
>
> 永不相聚!

副歌清晰嘹亮地在空空的厅室中回荡:

> 啊,那时将感到悲痛,悲痛,悲痛,
>
> 啊,在基督的最后审判席上将感到悲痛!

雷格里停止了叫喊。他是不会好意思告诉人的,恐惧使他的头上冒出了大粒的汗珠,心脏狂跳着,他甚至觉得看见眼前的一片昏暗中有一样闪闪发亮的白的东西在升起,想到要是他死去的母亲突然在他面前出现可怎么办,不禁浑身发抖。

"有一点我可以肯定,"当他跌跌绊绊回到客厅坐下后自言自语道,"从现在起我不再去惹那家伙了!我要他那该死的纸包干什么?我准是中了妖术了,没错!我从那会儿起就一直在发抖、出冷汗!他是从哪里弄来的那头发?不可能是那些！我把那些烧掉了！我知道是烧掉了！要是头发能起死回生,那不太可笑了吗?"

啊,雷格里,那绺金发确实是有魔力的;每一根头发对你都具有使你恐惧和悔恨的魔力,被至高无上的主用来捆住你那残暴的双手,使它们不能对无助的人进行极顶的残害!

"我说,"雷格里跺着脚,对狗吹了声口哨,"你们有几只也醒醒给我做个伴!"但是那些狗只睁开一只眼睛昏昏欲睡地看了他一眼,就又把眼睛闭上了。

"我要把山宝和昆宝叫来给我唱歌,跳一个他们那种热闹的舞,好赶走这些可怕的念头。"雷格里说着戴上了帽子,走到游廊上去吹起号来,他平时就是这样来召唤他的两个黑皮监工的。

雷格里在心情好的时候常常会把这两位人物叫到他的客厅里来,先用威士忌酒灌得他们来了精神劲儿,然后就根据自己的兴致让他们唱歌、跳舞或者打架来取乐。

凯西照料完可怜的汤姆回来时已经是夜里一两点了,她听到从客厅里传出来了尖声的叫闹声和歌声,杂以狗的吠叫声和其他的喧嚣声。

她走上了游廊的台阶往客厅里看了一眼,雷格里和两个监工全都喝得酩酊大醉,正在大唱大叫,踢翻了椅子,还互相做着各种滑稽可怕的鬼脸。

她把纤巧的小手放在遮光帘上,目不转睛地盯着他们,乌黑的眼睛里充满了巨大的痛苦、轻蔑和强烈的愤恨。"为世界除掉这样的恶棍会是件罪过的事吗?"她自言自语道。

她匆匆转过身去,绕到后门,悄悄走上楼去敲埃默林的门。

第三十六章　埃默林和凯西

　　凯西走进房间,发现埃默林吓得脸色煞白地坐在最远的一个角落里。她走进去时姑娘害怕地一惊,但当她看到来人是谁时,就冲了过来,一把抓住凯西的胳膊说:"啊,凯西,是你吗? 你来了我真高兴! 我还以为是——。啊,你不知道整个晚上楼下闹得多吓人!"

　　"我应该知道,"凯西冷冷地说,"我可没少听见。"

　　"啊,凯西,请你告诉我,我们难道没法子从这里逃出去吗? 我不管逃到什么地方,逃到沼泽里和蛇在一起,哪儿都行! 难道我们不能离开这里到不管什么地方去吗?"

　　"除了逃进坟墓,没有地方可去。"凯西说。

　　"你试过逃跑吗?"

　　"我看见人家试得多了,也看见了逃跑的下场。"凯西说。

　　"我情愿住在沼泽里面啃树皮,我不怕蛇! 我情愿身边是条蛇也不愿意是他。"埃默林急切地说。

　　"这里有许多人和你的想法一样,"凯西说,"但是你不可能待在沼泽里,狗会追上你,你会被抓回来,然后——然后——"

　　"他会怎么样呢?"姑娘看着她的脸,极度关切地问道。

　　"你最好还是问他不会怎么样,"凯西说,"他从西印度群岛的海盗那里学到的好本领。我要是把我见到的告诉你,你会睡不好觉的,有时候他也拿这些当笑话讲。我在这里听到的惨叫声总是一连好多个星期都忘不了,在离这儿老远的地方,离黑奴住的地方不远处有一棵黑颜色的枯树,树的四周盖满了黑灰。你随便问哪个人那地方是干什么的,看有没有人敢对你讲。"

"啊,你这话是什么意思呀?"

"我不告诉你,我不愿想起这事。我对你说吧,要是那个可怜的家伙还是像今天这样不肯屈服的话,老天才知道我们明天会看见些什么。"

"太可怕了,"埃默林吓得脸色惨白,"啊,凯西,求求你告诉我我该怎么办!"

"和我一样,尽力而为,非得做的也只好去做,然后用仇恨和诅咒来弥补。"

"他要我喝他那可恨的白兰地,"埃默林说,"可是我真是讨厌——"

"你还是喝的好,"凯西说,"我也讨厌过酒,但是现在没酒就活不下去。人总得有点什么——你喝了酒事情就显得不那么可怕了。"

"妈妈总是对我说永远不要去碰这种东西。"埃默林说。

"妈妈对你说!"凯西尖声而悲愤地重重地说出"妈妈"这两个字,"妈妈们说什么有什么用?人家付钱买你们,你们的灵魂属于不论哪个买下你们的人,事情就是这样。我说,喝白兰地吧,能喝多少就喝多少,这样,事到临头就会容易一些。"

"啊,凯西,可怜可怜我吧!"

"可怜你,难道我不可怜你吗?我不是也有个女儿吗,天知道她现在在哪儿,成了什么人;想来是走着她妈妈走过的老路,她的儿女也得跟着她走这条路!这种灾难没有头,永远没有头!"

"我但愿自己没有出世!"埃默林绞着手说道。

"我早就但愿这样了,"凯西说,"我已经习惯于这个愿望了。我要是有胆子早就该自杀了。"她说着两眼望着窗外的黑夜,脸上带着平静的、凝固着的绝望神情,当她安静下来的时候脸上习惯地带着这种神情。

"自杀是邪恶的呀。"埃默林说。

"我不明白为什么,自杀并不比我们一天天活着干的事更邪恶。但是我在修道院的时候修女对我说的使我害怕去死。要是一死百了,那么——"

埃默林转过身去,把脸埋在了手里。

在卧室里进行着以上这番谈话的时候,雷格里喝酒不支,已经在楼下睡着了。雷格里并不是个酒鬼,他那粗壮结实的身体需要也经得起不断的刺激,身体不如他的早就会喝得人事不省了。但他潜在的、心底深处的谨慎性使他不会经常失去节制地过量喝酒,以免不能掌握自己。

然而这一晚,由于拼命想驱除心中重新记起的痛苦和悔恨的可怕思绪,他喝得比平时多了些,因此打发走了那两个黑奴之后他就昏沉沉地倒在客厅的一张长椅上呼呼入睡了。

啊,一个坏人的灵魂怎么敢进入幽暗朦胧的睡眠世界呢?那个朦胧的地方和因果报应的神秘所在离得是这样近得可怕!雷格里做了个梦。在他昏沉沉的睡梦中,一个带着面纱的女人站在他身旁,把一只柔软而冰冷的手放在他身上。虽然这人的脸罩着,他觉得自己知道这个人是谁,不禁吓得毛骨悚然。然后他觉得那绺头发缠绕在手指上,后来头发又缠到了他的脖子上,越缠越紧,他没有办法呼吸;后来好像有声音在向他低语,他吓得浑身冰凉。再后来他好像站在一条万丈深渊的边沿上,他吓得要死,拼命抓住东西挣扎,但从底下伸上来黑乎乎的手要把他拽下去。这时凯西大笑着来到他背后推他,那蒙着面纱的庄严的身影再度出现,揭开了面纱。果然是他的母亲!她转身背对着他,他在一片混乱的尖叫声、呻吟声和魔鬼的狂笑声中不断往下掉呀掉——雷格里惊醒过来。

玫瑰色的曙光悄悄地照进了房间,晨星高挂在渐渐发亮的天空中,星光那庄严神圣的眼睛俯视着这个罪人。啊!新的每一天到来时都是多么清新,多么庄严,多么美丽啊!仿佛是在对无情的人说,"看!你还有一次机会!争取不朽的荣光吧!"不论说什么语言的人都能听到这个声音,但是大胆的恶人听不见。他一睁眼就赌咒骂人。那姹紫嫣红、每个黎明的奇景对他有什么意义呢?那圣子奉为自己神圣的象征的晨星的尊严对他又有什么意义呢?他像畜生般视而不见;他跌跌撞撞地走过去倒了一杯白兰地,一口就喝下去半杯。

"昨晚睡得糟极了!"他对刚从对门走进来的凯西说。

"你以后这种夜晚少不了。"她冷冷地说。

"你这是什么意思,贱货?"

"要不了多久你就会明白的,"凯西仍冷冷地答道,"我说,西蒙,我要给你一条劝告。"

"见鬼,你居然有劝告!"

"我的劝告是,"凯西一面开始收拾屋子里的一些东西,一面坚定地说,"你别再和汤姆没完了。"

"这关你什么事?"

"什么？老实说我也不知道关我什么事。你要是愿意花一千二百块钱买一个奴隶，在农忙的时候就是为了泄泄私愤就把他整死，那确实不关我的事。我已经为他做了力所能做的一切。"

"是吗？你凭什么多管我的闲事？"

"当然是什么也不凭。我前前后后通过照看你的黑奴替你省下了好几千块钱了，而这就是我得到的报答！要是你的棉花上市时收成比不上人家的，我想你打的赌不会输掉吧？汤普金斯也不会对你耀武扬威的吧，你会像个贵妇人那样乖乖地把打赌输的钱交出来的吧？我想我能看到你这样做的！"

像其他许多种植园主一样，雷格里只有一个野心，就是棉花的收成比别人全好，他就这一季的收成和好几个人打了赌，城里新棉花即将上市，因此凯西使用了女人的机智，一下子触到了雷格里唯一能触得痛的地方。

"嗯，我就先饶了他吧，"雷格里说，"不过他得先求我宽恕，保证以后做得好一点。"

"这一点他是不会干的。"凯西说。

"不干，呃？"

"不，他不会干的。"凯西说。

"我倒要知道知道为什么，少奶奶。"雷格里怀着极度的轻蔑说。

"因为他做得对，他也知道这一点，所以不会说他做错了。"

"谁他妈在乎他知道些什么？那黑鬼就得按我要的说，不然——"

“不然你在活这么忙的时候不让他下地,你在棉花收成上打的赌就输定了。”

“可是他会屈服的,他当然会的,难道我还不了解黑鬼是些什么东西吗?今天早上他就会像条狗一样来讨饶的。”

“他不会的,西蒙,你不了解他这样的人,你可以一点一点地把他折磨死,但是你从他嘴里不会听到一个认错的字。”

“咱们等着瞧吧;他在哪儿?”雷格里说着就往外走。

“在轧棉机房那间堆废物的房间里。”凯西说。

虽然雷格里和凯西说话时嘴很硬,但当他从宅子里出去时,心里出现了少有的担心。他夜里做的梦加上凯西慎重的劝告对他产生了很大的影响,他决定在和汤姆见面时不要别人在场,并且下决心如果压不服他,就先不忙着报复,且等到方便点的时候再算账不迟。

庄严的曙光,晨星的天使般的光辉从汤姆躺着的破屋子的简陋的窗子里射了进来;庄严的语句仿佛随星光从天而降:“我是大卫的根,又是他的后裔,我是明亮的晨星。”①凯西的警告和暗示不仅没有使他感到沮丧,反而像天国的召唤使他感到振奋。他只以为随着曙光在天空出现,他死的一天也来临了。他想到他曾常在心中琢磨的那美妙的极乐世界;那永远绚丽的彩虹下的巨大的白色宝座;无数的白衣天使,其声如千水淙淙,王冠、棕榈枝、竖琴;这一切在再度日落前可能一齐出现在他眼前时,庄严的欢乐和渴望使他的心怦怦直跳。因此当他听到迫害他的人走近时对他说话的声音,心里一点也没有害怕发抖。

① 见《新约·启示录》第 22 章第 16 节。

"喂,伙计,"雷格里轻蔑地踢了汤姆一脚,说道,"你感觉怎样? 我不是告诉过你我要教训教训你吗? 怎么样,嗯? 这顿鞭子还习惯吗,汤姆? 好像不像昨晚那么神气了嘛,现在你不能对一个可怜的罪人讲点道了吧,嗯?"

汤姆没有答腔。

"起来,畜生!"雷格里说着又踢了他一脚。

对于一个遍体鳞伤十分虚弱的人,这可是件十分困难的事;在汤姆努力往起站时,雷格里冷酷地笑着。

"你今天早上怎么这么灵活啊,汤姆? 是不是昨晚着了凉?"

这时汤姆已经站了起来,他坚定不移地面对着主人。

"见鬼,你还站得起来啊!"雷格里上下打量着他说,"看来你还没有挨够鞭子。好了,汤姆,马上跪下来求我宽恕你昨晚的瞎胡闹。"

汤姆没有动。

"跪下,你这个狗东西!"雷格里说着用马鞭抽了他一记。

"雷格里老爷,"汤姆说,"我不能这样做,我做的是我认为是对的事,如果再碰到这种情况,我还会这样做的。不管发生什么事,我决不会去做残忍的事情。"

"不错,不过汤姆老爷,你并不知道会发生什么事。你以为你挨的这顿打就算了不起了,我告诉你吧,这根本算不了什么。要是把你捆在一棵树上,在你周围点上小火慢慢烧,你觉得怎么样? 那不是很愉快吗,呃,汤姆?"

"老爷,"汤姆说,"我知道你是会干出可怕的事情来的,但是,"他挺直了身子,两手紧握在一起,"但是,你把肉体杀死之后也就再也无能为力了。啊,人死之后,就可以获得永生了!"

永生,当他说出这个词时,它以光和力震动了这个黑人的心灵;它也震动了这个恶人的心灵,就像被蝎子蜇了一口似的。雷格里气得咬牙切齿,一个字也说不出来;而汤姆却像一个得到了解放的人,用快活而清晰的声音说道:"雷格里老爷,你既然买下了我,我会做你忠实的仆人,我会用两只手尽力给你干活,把我所有的时间、所有的精力都给你;但是我不会把灵魂交给任何一个人;不管是死是活,我都会坚信上帝,把他的命令置于一切之上,这是肯定无疑的。雷格里老爷,我一点都不怕死,我情愿马上就死。你可以用鞭子抽我,饿死我,烧死我,这些都只能使我更快地去到我想去的地方。"

"我会让你屈服的,我不会罢休的!"雷格里怒气冲天地说。

"我会得到帮助,"汤姆说,"你永远不会成功的。"

"谁他妈会帮助你?"雷格里轻蔑地说。

"万能的上帝会的。"汤姆说。

"你这个该死的!"雷格里说着一拳把汤姆打翻在地。

正在这时,一只冰冷柔软的手放到了雷格里的手上。他转过身去:是凯西的手。但这只冰冷柔软的手的触摸使他想起了昨夜的梦,脑子里闪过了在半夜焦虑难寐之际出现的所有可怕的想象,以及伴随着这一切的恐怖的一部分。

"你真这么愚蠢吗?"凯西用法语说,"让他去吧,让我想法来把他调养好,好让他下地干活。我刚才对你说的没错吧?"

人们说鳄鱼和犀牛尽管都裹在刀枪不入的铠甲之中,身上却都有一处致命的弱点;残暴无情、目无上帝的恶棍的共同弱点则是由迷信引起的恐惧。

雷格里转过身去,他决定把这事暂时先放一放。

"好吧,你爱怎么办就怎么办吧。"他固执地对凯西说。

"你听着!"他对汤姆说,"我现在不跟你算账,因为现在活很忙,我要所有的人都去干活。可是我这个人从来不会忘记,我给你记下这笔账,总有一天要你拿这张老黑皮来还账,你小心着点!"

雷格里转身走了出去。

"又是这一套,"凯西说,一面愠怒地看着他的背影,"跟你算账的日子也会到来的!可怜的朋友,你怎么样啦?"

"天主派来了他的使者,这次让狮子闭上了嘴吧。"汤姆说。

"是啊,这一次是闭上了嘴吧,"凯西说,"可是现在你使他恨上了你,他会像条狗一样整天跟着你,紧扒在你的脖子上,吸你的血,一滴一滴地让你最后血流干了死去。我了解这个人。"

第三十七章　自　由

无论他是在怎样庄严的仪式上被奉上奴隶制的神坛，只要他一踏上英国神圣的土地，神坛与神便一起化为尘土，他就会在不可抗拒的普遍解放的潮流中获得拯救、新生与自由。

——寇伦[1]

我们暂时不得不把汤姆留在迫害他的人手中，回过头去追述乔治和他的妻子的命运。我们上次把他们留在了大路旁一个农舍里的朋友的手中。

汤姆·洛克躺在一张一尘不染的教友会的一位教友的床上翻来掉去地呻吟着，由多卡斯大婶像慈母般地照料着他。大婶发现他和一头生病的北美野牛一样难以驯服。

请想象有一位端庄、脱俗的高个子女人，一双沉思的灰眼睛上是宽阔白净的额头，银白的鬈发分梳两侧，上面戴一顶洁净的平纹布帽子。她胸前别着一条雪白的、折得整整齐齐的纱手绢，她悄悄地在室内走动时，身上穿的闪亮的棕色绸裙衣便发出轻微的窸窣声。

---

[1]　寇伦（1750—1817），爱尔兰法官，上文引自他的《英国法律》一书。

"见鬼!"汤姆·洛克说着把被子使劲一掀。

"汤姆斯,我必须请求你不要使用这种语言。"多卡斯大婶一面默默地整理好被子,一面说道。

"好吧,我要是忍得住的话,老奶奶,就不用,"汤姆说,"可是热得见鬼,真让人忍不住呀!"

多卡斯拿掉了一床盖被,重新整理好被单,把边上掖得紧紧的,直裹得汤姆像只蝶蛹一样。她一面整理床一面说:

"朋友,我希望你不要赌咒骂人,注意点作风。"

"见鬼,"汤姆说,"我干吗要注意这些事?我最不愿意琢磨的就是这——见鬼去吧!"汤姆说罢猛地一翻身,又把掖好的被单等弄得乱七八糟,不像样子。

"那个男的和女的都在这里吧。"他停了片刻后阴沉着脸说。

"是的。"多卡斯说。

"他们还是赶快往北到湖边去,"汤姆说,"越快越好!"

"也许他们会这样做的。"多卡斯大婶说,一面平静地织着毛活。

"你听我说,"汤姆说,"我们在桑达斯基有联系人,替我们监视船只。我现在说出来也不怕了,我希望他们能够逃脱,气死玛克斯,那该死的狗东西,见他的鬼!"

"汤姆斯!"多卡斯说。

"告诉你吧,老奶奶,你要是把我憋得太厉害我会炸的,"汤姆说,"说起那个女的,让他们给她化化妆好把她的外貌变一变,在桑达斯基已经贴出了描述她外貌特征的告示了。"

"我们会注意这事的。"多卡斯以她特有的镇静说。

我们在此离开汤姆之际,还是先交代一下,汤姆除了其他病痛之外，又得了风湿病，在那个教友会人家躺了三个星期，病好以后他学乖了，不再去追捕逃奴，到一个新开发的地方住下，把才能发挥在猎熊、捕狼和森林中其他动物的身上，居然在那一方有了名气。汤姆一直以崇敬的口气说到教友会徒，"好人，"他常说，"打算让我皈依教友会，不过没完全成功。可是老兄，他们治好病人的本领真是呱呱叫，没错。做的肉汤和小菜真没治了！"

由于汤姆告诉了他们在桑达斯基有人会搜寻他们这一行人，大家觉得让他们分开走要妥当些。吉姆和他的老母亲被先送走了，一两夜以后又偷偷把乔治、伊莱扎和他们的孩子用马车送到了桑达斯基，住到了一个友好的人家，准备登上过湖的船只完成最后一段行程。

他们的黑夜已经快到尽头，自由的晨星在他们面前清楚地升起。自由！一个惊心动魄的字眼！它是什么？它是否只是一个名字，一个为修辞而用的华丽辞藻呢？美国的男男女女们，这个词能不使你们的血液沸腾吗？为了它，你们的父亲曾流血，你们更曾为勇敢的母亲献出了自己最高尚、最优秀的亲人！

对一个国家来说是光荣而宝贵的东西，对一个人来说不也是光荣而宝贵的吗？一个国家的自由不就是全国的每一个人都享有自由吗？对那个双臂抱在宽阔的胸膛前、脸上略带非洲人的肤色、眼中闪着非洲人的怒火的坐在那里的年轻人来说，自由意味着什么？对于乔治·哈里斯来说，自由意味着什么？对你的父辈，自由就是一个国家作为国家存在的权利；对于他，自由就是一个人作为人而不是畜生生存的权利；把心爱的妻子叫作妻子，保护她不受非法暴虐的权利；保护和教育儿子的权利;有自己的家、自己的宗教信仰、自己的人格不受他人奴役的权利。当乔治手支着头,沉思地看着妻子为了能够安全逃出而往自己美丽纤巧的身上穿男人的衣服时,他心里翻腾着的就是这些想法。

"该动手了,"她站在镜子前松开她那丝一样光滑的浓密的黑色鬈发时说道,"我说,乔治,真有点可惜,不是吗,"她说着玩笑地捧起一把头发,"要把头发都剪掉?"

乔治悲哀地笑着,没有回答。

伊莱扎转向镜子,剪刀一闪一闪,头发一绺绺地从头上掉了下来。

"好啦,这就行了,"她说着拿起一把发刷,"现在再稍加修饰就行了。"

"看,我不是个漂亮小伙子吗?"她说着转向丈夫,红着脸笑道。

"不管怎样打扮你都是漂亮的。"乔治说。

"你怎么这么心事重重的样子?"伊莱扎一条腿跪下把手放在乔治的手上问道,"他们说,只要二十四个小时我们就可以到加拿大了,只要在湖上走一天一夜,那时,啊,那时!——"

"啊,伊莱扎!"乔治说着把她拉到身边,"正是因为这啊!现在我的命运全都归结到了一点上,已经离得这么近,几乎都能看得见了,万一又失去了一切呢?我再也不会过奴隶的日子的,伊莱扎。"

"不要怕,"妻子满怀希望地说,"上帝要是不打算拯救我们,就不会让我们达到今天的地步。我好像都能感觉到他和我们在一起,乔治。"

"你真是个受到祝福的女人,伊莱扎!"乔治说着把她紧搂在怀中,"但是,啊,告诉我! 我们真能得到主的恩典吗? 这么多年的苦难真要到头了吗? 我们会自由吗?"

"我相信会的,乔治,"伊莱扎说着抬起头来看着苍天,希望和激情的泪珠闪烁在长长的乌黑的睫毛上,"我心灵深处能感觉到上帝会把我们从奴隶制的枷锁下解救出来,而且就在今天!"

"我相信你,伊莱扎,"乔治说着忽然站起身来,"我相信,来,让我们走吧。嗯,一点不错,"他把伊莱扎稍稍推开,爱慕地看着她说,"你确实是个漂亮小伙。那一头短短的鬈发真适合你。戴上帽子,这样,稍微朝一边歪一点。我还从来没看见你这么漂亮过。可是马车该快到了,不知道史密斯太太给哈利打扮好了没有?"

门开了,一个庄重的中年妇女牵着小哈利走了进来,哈里扮成了个小女孩。

"他多像个漂亮的小姑娘呀,"伊莱扎把哈里转了一圈,说道,"你看,我们叫他哈利特,这名字多合适呀?"

孩子站在那里严肃地打量着穿着新奇的衣服的妈妈,他一声不响,偶尔深深地吸一口气,两眼从乌黑的鬈发下看着她。

"哈利还认识妈妈吗?"伊莱扎把手伸向他,问道。

孩子难为情地紧紧依偎着那妇人。

"好了,伊莱扎,你明知他得和你分开,为什么还要逗他?"

"我知道这很傻,"伊莱扎说,"可是让他离开我真受不了。好了,我的大氅呢? 在这儿呢,男人大氅怎么个穿法,乔治？"

"你得这样穿。"丈夫说着把大氅披在了肩膀上。

"是这样吗，"伊莱扎边说边模仿着他的动作，"我还得放重脚步，跨大步子，装出一副帅劲儿来。"

"别太过分，"乔治说，"还是有些庄重朴实的青年的，我想你装这样的人要容易些。"

"瞧这手套，天哪，"伊莱扎说，"瞧，戴上它我的手都不见了。"

"我建议你老戴着，"乔治说，"你那副纤细的小爪子会让我们全都露馅的。好，史密斯太太，你记住，你是我们的姑姑，由我们送你去加拿大。"

"我听说，"史密斯太太说，"他们派了人去给所有定期班轮的船长打招呼，要他们注意带着一个小男孩的一对男女。"

"是吗！"乔治说，"要是我们看见这样的人，我们会告诉他们的。"

这时一辆出租马车在门口停了下来，接待这些逃亡者的这个友好人家的一家人围在他们身旁道别。

这批人的化装是根据汤姆·洛克的话做出的，史密斯太太是居住在加拿大的一个有身份的女人，正巧要过湖回加拿大，而乔治一家要逃往加拿大，她于是同意装作小哈利的姑姑。为了让孩子对她有感情，最后这两天他就完全由她照应。大量的抚爱加上无数的糕饼糖果，使孩子和她形影不离了。

出租马车驶到了码头，两个青年（外表看来如此）走上跳板，伊莱扎殷勤地让史密斯太太挽着他的手，乔治照看着行李，一行人上了船。

乔治站在船长的办公室前给他们一行人办手续时，听见身旁两个人在说话：

"我注意看过每一个上船的人，"其中一个说，"我肯定他们不在这条船上。"

说这话的是船上的管理员，跟他说话的人是我们的老朋友玛克斯，他以其特有的宝贵的毅力，一直追到桑达斯基来寻找可供他吞食的人。

"那个女人和白人没有什么区别，"玛克斯说，"那男的是个肤色很白的混血儿，一只手上有烙印。"

乔治接过船票和找的钱的那只手稍稍抖了一下。但他镇静地转过身来，漫不经心地往那人脸上看了一眼，不慌不忙地朝船的另一部分走去。伊莱扎正站在那里等他。

史密斯太太领着小哈利退避到了女舱房中，在那里女客们对这位皮肤微黑的假女孩子的漂亮容貌夸赞不已。

船上的开船铃响过以后，乔治总算称心地看到玛克斯走下跳板上了岸；等到船开远不会再回头时他才大大松了口气。

这天天气晴好，伊利湖上碧蓝的水波起伏，在阳光下闪烁跳跃。岸上吹来一阵清风，那艘气势轩昂的轮船雄伟地一路乘风破浪而去。

啊，一个人的心里有着怎样的不为人知的世界啊！当乔治和身旁的羞怯的同伴在船的甲板上平静地散步时，谁会想到他心中沸腾着的那一切呢？那似乎即将到来的巨大的幸福简直太好、太美妙了，好像不可能实现一般；他时时刻刻提防着，很怕发生什么意外夺去他的幸福。

但是船乘风破浪向前，时间很快过去，终于那幸福的英国海岸清楚地、完完全全地出现在了眼前，这是具有无比魔力的海岸，一踏上去就解除了奴隶制的一切咒语，不论这咒语是用什么语言发出的,也不论是由哪一个国家权力批准的。

当轮船开近加拿大的小城阿默斯特堡时,乔治和妻子挽臂站在一起,他的呼吸变得粗重而急促,眼睛模糊起来。他默默地紧捏着在他手臂上颤抖的那只小手。船铃响了,船停靠下来。他自己也没看清自己在干些什么,就把行李拿了出来,把他的一行人集中在了一起,上了岸。他们站在那儿一动不动,直到船上旅客都下完了,夫妻俩才泪流满面地拥抱在一起,抱着莫名其妙的儿子,跪倒在地感谢在天之父!

> 宛如死里逃生,
>
> 坟墓的尸衣变成了天国的锦袍;
>
> 从罪恶的国度、七情六欲的斗争中
>
> 获救者来到了纯洁自由的国度;
>
> 那儿死神和地狱的一切束缚都已解除。
>
> 当上帝之手转动了金钥匙,
>
> 当上帝之声音说,欢庆吧,你的灵魂已获自由,
>
> 这时凡人的灵魂便获得了永生。

这小小的一行人在史密斯太太的指引下不久就来到了一个善良好客的传教士的住所,他是基督教慈善机构派到那儿专门指引不断逃到此岸寻求庇护的无家可归的逃亡者的。

谁能说得出获得自由的第一天的那种沐浴天恩的幸福感觉?自由感难道不是比人的五种感觉更为崇高、更为美好的一种感觉吗?活动、说话、呼吸、进出都不再受到监视,而且不再受到威胁了!当上帝赐给人的权利得到了法律的保障,自由人能够安然入睡,这等幸福谁能说得出来?熟睡中孩子的面庞对母亲是多么可爱、多么珍贵啊;忆起往日千种危难,更

觉钟爱无比！享有如此浩荡之天恩,要入睡是多么不可能啊!
然而这一对夫妻下无寸土、上无片瓦,他们的钱也花光;他们
只拥有天上的鸟儿,地上的花朵,但他们却快乐得无法入睡。
"啊,夺去了别人自由的人们,你们将如何向上帝交代?"

第三十八章　胜　利

感谢上帝,使我们得胜。①

　　我们中的许多人,在令人厌倦的人生之路上,有时不是感到死要比活着容易多了吗?

　　一个殉道者即使在面临死亡的肉体痛苦和恐惧时,也能从他可怕的死亡中获得强烈的激励和振奋。一种激昂、热烈的感情可以使他经受任何生死关头的痛苦,而那正是永恒的荣耀和安息诞生之时。

　　可是活下去,一天又一天地在卑微、痛苦、下贱、折磨人的奴役中煎熬着,精神日益消沉抑郁,感情逐渐窒息麻木,这种心灵上的长期销蚀和磨难,这种内在生命的缓慢的每天一点一滴的、一时一刻的不停的消耗,这才是对男人或女人作为人的本质的最彻底的考验呢。

　　当汤姆面对自己的迫害者站着,听着他的威胁时,心想自己的时候已经到了,反而心中充满了勇气,觉得自己能够忍受一切折磨,赴汤蹈火也在所不辞,因为耶稣和天堂的景象离他只有一步之遥了。但是当迫害者离去以后,当时的激动之情

───────────────

　　①　见《新约·哥林多前书》第15章第57节。

过去了,他的伤痛和肉体的疲累感又回来了,对自己处境的极端屈辱、无望和悲惨的感觉又回来了。这一天在无精打采中过去。

汤姆的伤还远未复原,雷格里就非要他下地照常干活,于是开始了一天又一天的痛苦疲累,加上一个卑鄙恶毒的脑袋所能想得出来的各种使人受屈受辱的手段,汤姆受的罪就更甚了。我们这种境遇的人要是有谁经受过痛苦,即使通常伴有能使痛苦减轻的种种因素,也一定会知道这种状况往往会使人烦躁。汤姆已不再奇怪伙伴们为什么总这样粗暴无礼了;不仅如此,他发现自己一贯平和开朗的性格也在苦痛的不断侵袭下受到了冲击,难以继续下去了。他原本以为能有点空闲时间读读《圣经》,但是在雷格里的种植园里根本没有闲暇这么一说。在农忙季节,雷格里毫不留情地逼农奴没日没夜地干,星期天也如此。他干吗不这样做呢?他棉花收得更多,打赌也赢了;就算多累死几个黑奴,他可以去买更好的。开始时,汤姆每天从地里干活回来还借着摇曳的火光读上一两节《圣经》,但是在挨了那顿毒打以后,他回到家里已经筋疲力尽,读《圣经》时头也昏眼也花,便也和别人一样一点力气也没有地躺下了。

迄今为止一直支持了他的宗教信仰和心灵的宁静如今被灵魂的动荡不安和沮丧绝望所取代了,这难道有什么可奇怪的吗?在神秘的人生中最令人感到悲伤的问题不断出现在他眼前:灵魂被摧残被毁灭,邪恶得胜,而上帝则沉默不语。一连多少个星期、多少个月,汤姆的心灵在黑暗和悲痛中苦苦挣扎。他想起了奥菲利亚小姐为他写给肯塔基原先主人家的那封信,热切地祈祷盼望上帝拯救他;然后他就天天看着,抱着一线希望能看见派人来赎他。当谁也没有来搭救他时,他就把怨恨的思想——信奉上帝毫无用处,上帝已经忘记了他——拼命压在心底。有时他看见凯西,有时被叫到宅子里去时,他会瞥一眼埃默林那垂头丧气的身影,但他很少和她们谈话。事实上,他根本没有时间和任何人谈话。

一天晚上,他正疲惫不堪心情沮丧地坐在一堆快要熄灭的火边烤晚饭吃的粗玉米饼,他往火堆上加了几根树枝想让火烧旺一点,然后从口袋里拿出了那本破旧的《圣经》。那些他做了记号、曾经多少次使他的灵魂无比激动的段落都在里面:都是自古以来主教、先知、诗人和圣贤说的给人以勇气的话,是生活在我们中间的无数的见证人的声音。是这些话失去了力量,还是昏花的眼睛和迟钝的感觉已不再能感受到那巨大的启示的触动?他沉重地叹了一口气,把《圣经》放回口袋里。一阵粗豪的笑声惊动了他,他抬头一看,雷格里正站在他面前。

"嗬,老伙计,"他说,"看来你发现你那宗教不怎么灵了吧!我就知道我最后会让你那脑瓜子明白过来的。"

这种残酷的取笑比饥饿、寒冷和赤身裸体更糟。汤姆没有做声。

"你是个傻瓜,"雷格里说,"我买下你的时候本打算好好待你的,你本可以比山宝或昆宝过得更好,日子轻轻松松的;你不但不会一两天就挨鞭子抽,你本可能有自由在黑奴头上作威作福,鞭打他们;而且你还会时不时地好好喝上一顿热威士忌潘趣酒。好啦,汤姆,你不觉得你还是放明白点好吗?——把你那没用的破书扔进火里去,改信我的教吧!"

"上帝不容!"汤姆热切地说。

"你看到了上帝不会帮助你的,要是他想帮助你,就不会让你落到我手里了!你的这个宗教全是一堆中听不中用的废话,汤姆。那一套我全知道,你还是依靠我吧,我有势力,能干成事!"

"不,老爷,"汤姆说,"我要坚持下去,上帝助我也罢,不助我也罢,我仍要依靠他、相信他到底!"

"那你就更傻了!"雷格里说着朝他轻蔑地啐了一口,又踢了他一脚,"没关系,我早晚要叫你无路可走,叫你屈服,你等着瞧吧!"说罢雷格里转身就走了。

当一个沉重的压力把人压得忍无可忍时,他的全部身心就立刻会作出拼死的努力要摆脱这个重压,因此最沉重的苦难之后往往会带来欢乐和勇气的回潮。汤姆现在就是这种状况。他的凶残的主人的目无上帝的取笑把他原来十分沮丧的心情推落到最低潮;尽管信仰之手仍紧抓着那永恒的岩石不放,然而已是在麻木而绝望地抓着了。汤姆像个被击呆了的人那样坐在火堆旁。突然,周围的一切似乎都消失了,眼前显现出一个头戴荆棘冠、被打得遍体流血的人的身影。汤姆敬畏而惊奇地注视着那张崇高、坚韧的面孔,那双深邃而忧郁的眼睛深深打动了他的心。他的灵魂苏醒了过来,他充满激情地伸出手来跪倒在地,渐渐地眼前的幻象变了:尖利的荆棘变成了光轮上的金光,他看见那张脸在难以想象的辉煌壮丽中充满怜恤地俯看着他,听见一个声音说道:"得胜的将在我的宝座上与我同坐,就如我得了胜,在我圣父的宝座上与他同坐一样。"①

---

① 见《新约·启示录》第3章第21节。

汤姆自己也不知道在那里躺了多久,当他苏醒过来时火已熄灭,他的衣服已被寒气和露水浸透了。但是那可怕的灵魂危机已经过去,他心中充满了喜悦,不再感到饥饿、寒冷、屈辱、失望和痛苦。从那一刻起,他心底深处放弃了在这个世界上的一切希望,把自己的意志毫无保留地奉献给了上帝。汤姆抬头仰望那些沉默的、永恒的星星,——各式各样的永远俯视人间的好客的天使们;这时沉寂的夜空中响起了一首赞美诗的喜悦的词句,这首赞美诗他在过去快乐的日子里常常唱,但唱得都没有今天这样动情:

> 地球将如雪一般融化消失了踪迹,
> 　　太阳将不再照耀;
> 但将我从人间召唤的上帝,
> 　　却永不会将我抛弃。

> 当生命消失之时,
> 　　肉体与感觉将消亡停止;
> 我将在天国之中,
> 　　享受欢乐与宁静之福祉。

> 当我们在天国已逾万年,
> 　　如太阳般辉煌灿烂;
> 我们赞美上帝之时日依旧无限,
> 　　和初进天国时一样未变。

凡熟悉黑奴的宗教信仰的历史的人都会知道,如我们所叙述的情况在黑奴中是很普遍的。我们曾听到他们亲口讲述过一些非常感人的故事。心理学家讲到过这种状况,即一个人心中的感情和想象变得主宰一切时,便会迫使外部的感官为之服务,赋予内心的想象以有形的形体。谁能估计一个无所不在的圣灵会怎样利用人所具有的这些能力,或会用什么方式来鼓舞一个孤寂的人的沮丧的灵魂呢?如果苦命的被人遗忘的黑奴相信耶稣向他显灵并对他说了话,谁会去驳斥他呢?难道上帝没有说过,他的使命永远都是重整破碎的心灵,解放被迫害的人吗?

当灰蒙蒙的黎明唤醒沉睡的人下地去的时候,在那些衣衫褴褛冷得发抖的可怜虫中间有一个人却步履轻快,因为他对全能的上帝的永恒的爱的坚强信念比他脚踩的土地还要坚实。啊,雷格里,现在使出你的浑身解数吧!极度的痛苦、悲哀、屈辱、贫困、丧失一切,都只会加速他成为上帝的使徒的进程!

从此以后,这个受压迫的人的卑微的心灵就被包围在了一片不可侵犯的宁静之中,无所不在的救世主将它变成了一座圣殿。没有了尘世的遗憾和悲伤;没有了尘世希望、恐惧和欲念的起伏;长期被折服、在痛苦和挣扎中的人的意志现在已完全和神的意志融合。现在剩余的生命的旅程似乎已经很短了,永恒的天国之福似乎已经很近、很清晰了,因而人世最大的苦难纵使降临到他头上也伤害不了他了。

所有的人都注意到了汤姆的变化。愉快和机敏似乎又回到了他身上,他似乎拥有一种任何污辱与伤害都无法打乱的平静。

"见鬼,汤姆怎么了?"雷格里对山宝说,"没多久以前他还是垂头丧气的,现在却又像蟋蟀一样兴高采烈了。"

"不知道,老爷,也许打算逃跑吧。"

"我倒想看他去试一试,"雷格里残忍地笑道,"是不是,山宝?"

"没错!哈!哈!哈!"那黑恶煞诌媚地笑道,"天哪,那多有意思啊!看着他陷在泥里,在小树林里乱跑乱窜,狗咬着他死死不放!天哪,咱们抓住莫莉的那回,我差点笑破了肚子。我还以为没等我把狗赶开她就会叫狗给咬烂了呢。她到现在身上还有狗咬的疤呢。"

"我看她是要把疤带到坟墓里去了,"雷格里说,"不过这回,山宝,你留神着点,要是那黑鬼真有这种打算,想法让他露馅。"

"老爷,这事交给我吧,"山宝说,"我会要这个黑家伙好看的,哈,哈,哈!"

说这番话时,雷格里正要上马到城里去。那天晚上回家的时候,他想顺便到黑奴住的地方拐一拐!看看是否一切平安无事。

那是一个美丽的月夜,优美的楝树的影子清晰如画地映投在树下的草坪上;空气透明而寂静,破坏它简直像是一种亵渎。雷格里离村子还有一小段距离时突然听到有人唱歌的声音。在那里很少有人唱歌,他停住马听了起来。一个悦耳的男高音在唱道:

> 当我在天国的大厦上,
> 　清楚地看到我的称号,
> 我将擦干我的泪眼,
> 　告别一切的恐惧。

如果全世界都来向我的灵魂进攻，

　　向我猛掷凶恶的镖箭，

那时我将笑对撒旦的狂怒，

　　面对指责我的世人。

任凭忧虑如洪水汹涌而来，

　　痛苦如雷雨狂泻，

我只望平安到达我的家园，

　　我的上帝，我的天国，我的永恒世界。

"嗬，原来如此！"雷格里自言自语道，"他有这个想法，哼！我真恨这些该死的美以美会的赞美诗！喂，你这黑鬼，"他突然来到汤姆面前，举起他的马鞭，说道，"你竟敢在该睡觉的时候这么大叫大嚷！闭上你的臭黑嘴，给我滚进去！"

"是，老爷。"汤姆欣然说道，一面站起身走进屋子里去。

汤姆显然很快活，雷格里气得火冒三丈，他策马上前，举起鞭子往汤姆头上、肩上抽去。

"你这狗东西，"他说，"看你是不是还这么舒服！"

但是现在鞭子只落在肉体上，而不是像以前那样落在心灵上。汤姆顺从地站在一旁，但雷格里清楚地意识到他对这个奴隶的控制力不知怎地已经不存在了。在汤姆走进了屋子，雷格里突然掉转马头之时，一阵强烈的闪光穿过了他的心头，这是那种常常将良知如闪电般照亮黑暗而邪恶的灵魂的闪光。他完完全全地明白了，站在他和那个受害者之间的正是上帝；他于是大骂起上帝来。那个无论你怎么嘲笑辱骂、威胁鞭打、残酷虐待都无济于事的驯服而沉默的人引起了他心中的不满之声，就像从前耶稣在魔鬼的灵魂中引起的不满之声一样:"我们和你有什么相干,拿撒勒人耶稣?——时候未到你就来叫我们受苦吗?"[1]

汤姆的心中对他周围那些可怜的人充满了怜悯和同情。仿佛他感到自己此生的痛苦已经了结;上帝赐给了他宁静和快乐这奇特的宝藏,他渴望能从中倾倒出一些来减轻他们的痛苦。的确,这样做的机会极少,但是在下地干活来回的路上,在干活的时候,有时能遇到机会对那些疲惫不堪、悲观沮丧的人伸出帮助之手。起初那些可怜的筋疲力尽、备受摧残的人不能理解他的行为,但当他一周又一周、一月又一月地继续着对他们的帮助时,终于触动了他们麻木了的心中久已沉寂的心弦。逐渐地在不知不觉之中,这个奇怪的、少言寡语、极富耐心的人;这个乐于承担别人的重负而不求别人帮助的人;这个对一切人谦让、总是退居最后、最后分取、然而不论有谁需要总是第一个与人分享他那仅有的一点点的人;这个在寒夜中把自己的破毯子给病中发抖的女人好让她暖和一点的人;这个甘冒过秤时自己分量不足之险、在地里把自己摘的棉花塞满体弱者的筐子的人;这个尽管受到同一暴君无情迫害却从不参与别人对他的咒骂的人;——这个人终于开始对他们具有了一种奇异的力量。当农忙季节稍过,农奴们又能够自由利用星期日时,许多人就会围着他听他讲述耶稣的故事。他们会高兴地聚集在一个地方听他讲道,祈祷,唱赞美诗。但是雷格里不允许他们这样做,不止一次地咒骂着驱散了这种聚会,因此有关上帝的故事只好一个人一个人地传诵。然而谁能说得出这些生活只是通向黑暗的未知世界的苦旅的被抛

---

[1] 见《新约·马太福音》第8章第29节。

弃了的人,在听到有一个怜悯他们的救世主和天堂时,所感受到的那纯朴的喜悦呢?传教士们声称,在世界上所有的种族中,非洲人接受基督教福音是最迫切、最驯服的。做到这一点的基础是对它的绝对信仰与依赖,而非洲人的这一天性是别的民族不如的。在非洲人中常有这种情况,一粒随风飘荡的真理的种子,偶然落入了最无知的心田,结出的果实之丰硕,往往会使高等的、更为发达的文明感到羞愧。

那位可怜的黑白混血女人,她的纯朴的信仰几乎已被山崩地裂般的迫害与冤屈所摧毁,听到了在干活来回的路上时常由这位卑微的传教士送到她耳朵里的赞美诗及《圣经》的片段,觉得灵魂受到了鼓舞。就连那精神恍惚的凯西也在他纯朴和潜移默化的影响下得到了慰藉,感到了平静。

在一生所遭受的巨大痛苦的刺激下,凯西变得疯狂而绝望,她心里经常在考虑找个时机报仇,以亲手为自己亲身遭到的和亲眼见到的一切残酷不义的对待向迫害他们的人讨还血债。

一天晚上,汤姆房间里的人都已入睡,这时他在作为窗户的两根圆木间的洞里看见了凯西的脸,一惊而起。她默默地做了个让他出去的手势。

汤姆走出门外,这时已是夜里一两点钟,是一个万籁俱寂的月夜。月光照在凯西乌黑的大眼睛上,汤姆注意到她的眼中有一种狂野和奇异的光,和平时那种呆滞绝望的神情不一样。

"过来,汤姆老爹,"她用小手抓着他的手腕说道,一面用力拉着他往前,劲儿大得仿佛那手是铁铸的一样,"过来,我有事要对你说。"

"什么事,凯西小姐?"汤姆焦急地问道。

"汤姆,你不想得到自由吗?"

"我会得到自由的,小姐,按上帝安排的时间。"

"啊,可是你今晚就可以得到自由了,"凯西突然精神振奋地说道,"来呀。"

汤姆迟疑着。

"来呀,"她乌黑的眼睛盯着他低声说道,"跟我来!他睡着了,睡得死死的,我没少往他的白兰地里放安眠药,好让他睡死;我真希望药更多点就好了,我其实不应该找你的。走吧,后门没锁,那儿有把斧子,是我放在那里的,他的房门开着,我来给你领路。要不是我的胳膊没劲,我就自己动手了。走!"

"绝对不行,小姐!"汤姆坚决地说,他停下脚步,拉住急急往前走的凯西。

"可是想一想所有这些苦命的人吧,"凯西说,"我们可以让他们全都得到自由,到沼泽里找个岛在一起生活。我听说有人这么干过。什么样的生活也比这种日子强!"

"不行,"汤姆坚决地说,"不行!邪恶决不会生出好结果来。我宁愿砍掉我的右手也不干这种事!"

"那我自己干。"凯西说着转身要走。

"啊,凯西小姐!"汤姆说着跪倒在她面前,"看在为你而死的基督的分上,不要用这种方式把你宝贵的灵魂出卖给魔鬼!这样做只会有坏结果。上帝没有叫我们去惩罚,我们必须耐心等待上帝的安排。"

"等待!"凯西说,"难道我没有等待吗?没有等得我头脑混乱茫然,心中忧虑痛苦吗?他让我受了多大的罪?他让千百个可怜的黑奴受了多大的罪？难道他没有在一点点地扼杀你的生命？这是我的责任，他们在召唤我！他的末日到了，我该要他的命了！"

"不行，不行，不行！"汤姆说着抓住了她的小手，那双捏紧拳头的手一阵阵猛烈地抽搐着，"不行，可怜的绝望的灵魂啊，你千万不能这样做。神圣的亲爱的主从来只让自己流血，而且那还是我们与他为敌时他为我们流的。主啊，请帮助我们以他为榜样，去爱我们的敌人吧！"

"爱，"凯西眼中闪着凶光说，"爱这样的敌人！一个血肉之人是做不到的！"

"是的，小姐，是做不到，"汤姆抬起头来说，"但是主赐予我们这个能力，这就是胜利。当我们能在经受了一切苦难之后爱一切人、为一切人祈祷时，战斗就结束了，胜利就来到了。光荣归于上帝！"这个黑人泪流满面、泣不成声地抬头仰望上苍。

啊，非洲，你最后受到召唤的民族，被召唤去戴荆棘冠，受鞭笞，流血流汗，背负起痛苦的十字架；这将是你的胜利！当天国降临时，你将与基督一同为王。

汤姆那深刻炽烈的感情、柔和的声音、他的眼泪，全都如同露珠滴落在这个苦命的女人的狂乱不定的心灵上；她眼中可怕的怒火渐渐平息下来，低下了头。当她开口的时候，汤姆可以感觉到她手上的肌肉渐渐放松了。

"我不是对你说过，恶魔紧跟我不放吗？啊，汤姆老爹，我无法祈祷，我多么希望我能祈祷啊！从我的孩子们被卖以后我就再也没有祈祷过！你说的肯定是对的，我知道一定是对的，但是当我试图祈祷时，我却只能仇恨和咒诅。我无法祈祷!"

"可怜的人啊,"汤姆充满同情地说,"撒旦想要得到你,像筛麦子一样把你挑了出来。我为你向上帝祈祷吧。啊,凯西小姐,请你祈求亲爱的主耶稣吧,他来到世上就是为使破碎的心得到愈合,使悲痛的人得到安慰。"

凯西默默地站在那里,从低垂的眼睛中流出了大滴大滴的泪珠。

"凯西小姐,"汤姆默默看了她片刻后犹豫地说,"要是你能离开这里,要是有可能,我劝你和埃默林离开。就是说,要是能不杀人流血逃走的话。否则就别逃。"

"你和我们一起逃吗,汤姆老爹?"

"不,"汤姆说,"我曾经想过逃走,可是现在上帝给了我任务,要我在这些苦命人中间工作,我要和他们在一起,背着我的十字架直到最后。可你的情况不一样,这儿对你来说是个陷阱,你受不了,要是有可能你最好离开。"

"除了死,我不知道有什么别的办法,"凯西说,"飞禽走兽都能找到个栖息之处,连蛇和鳄鱼都有个不受打扰的安身之地,但是我们却没有。就连在最隐蔽的沼泽里他们的狗也会追踪而至找到我们。一切人一切事都和我们作对,连畜生都站在他们一边,我们能逃到哪里去?"

汤姆站在那里沉默良久,最后说道:

"他从狮穴中救出了但以理;①在烈火炉中救出过他的儿女②;他在海上行走,令风止息;③他依然活着,我坚信他会拯

① 见《旧约·但以理书》第6章。
② 同上,第3章。
③ 见《新约·马太福音》第14章。

救你们。试一试吧,我将竭尽全力为你祈祷。"

是一个什么样奇怪的思想规律,使一个长期被视作无用的石块因而被忽视、被踩在脚下的念头,突然像一颗被发现的钻石发出了新的光彩?

凯西过去经常一连几个小时反复琢磨一切可能的、可行的逃跑计划,但都认为做不到没有希望而放弃了。但是此时一个计划闪过她的心头,所有的具体细节都简单易行,因此使她立刻产生了希望。

"汤姆老爹,我去试一试!"她突然说道。

"阿门!"汤姆说,"上帝保佑你!"

第三十九章　计　谋

恶人的路犹如黑暗,他自己不知被何物绊倒。①

雷格里住宅的阁楼,和大多数阁楼一样又大又空无人迹,到处是灰尘、蜘蛛网和没用的废木料。在这所宅子富丽堂皇的日子里住在这儿的那户有钱人家从国外进口了大批豪华家具,他们搬家时带走了一些,剩下的不是仍凄惨地留在无人居住的、发霉的房间里,就是堆在了这阁楼上。一两只原来装运家具的大包装箱靠墙放着,阁楼有一个小窗户,一缕微弱的阳光穿过肮脏的积满灰尘的玻璃射在曾经辉煌过的高背椅子和积满灰尘的桌子上。这全然是个鬼一样阴森可怕的地方,而且在迷信的黑奴中还流传着许多故事,更增加这个地方的恐怖气氛。几年前一个女黑奴惹恼了雷格里,被关在阁楼上好几个星期。那里究竟发生了什么事,我们也说不清,黑奴们常恐怖地窃窃私语;但是有一点是很清楚的,那个不幸的女人的尸体有一天被抬了下来,埋掉了。据说此后咒骂声、猛烈的击打声、夹杂着绝望的哭叫声和呻吟声就常常在阁楼里回响;有一次雷格里偶然听见了一点这方面的风声,便大发雷霆,发誓说再有人

① 见《旧约·箴言》第 4 章第 19 节。

敢讲阁楼的事就会有机会亲自体会那儿到底有什么,因为他会把他们在阁楼里锁上一个星期。这点暗示足以堵住人们的议论,不过当然丝毫也没有影响人们对这传说的相信程度。

逐渐,通到阁楼的楼梯、甚至连通向楼梯的过道都没有人敢接近了;由于人人都怕提到它,传说也就逐渐平息了。凯西突然想到利用雷格里身上极度的迷信心理,以达到她和难友获得解放的目的。

凯西的卧室就在阁楼底下,有一天她没和雷格里商量,就突然自作主张大张旗鼓地把房间里所有的家具和零碎东西搬到了远远的一个房间里。被叫来搬东西的下人正在热心地忙乱地跑来跑去时,雷格里从外面遛完马回来了。

"喂,凯丝①,"雷格里说,"又有什么事了?"

"没事,我只是想换个房间。"凯西固执地答道。

"请问,这是为什么?"雷格里问。

"就是想换换。"凯西说。

"见你的鬼! 到底是为什么?"

"就想有的时候能好好睡点觉。"

"睡觉! 什么东西妨碍你睡觉了?"

"你要是想听,我可以告诉你。"凯西冷冰冰地说。

"说,你这个贱货!"雷格里说。

"啊,没什么,我想不会妨碍你睡觉的,只不过是些呻吟声,有人扭打和在阁楼地板上打滚的声音,从夜里十二点一直折腾到天亮,整个后半夜!"

"有人在阁楼上!"雷格里不安地说,但仍强笑着,"是谁

①　凯西之昵称。

534

啊,凯西?"

凯西抬起锐利的黑眼睛,直视着雷格里的脸,她眼中的表情刺透了他的骨头,"就是啊,西蒙,是谁啊? 我还想要你告诉我呢,我想你不知道吧!"

雷格里骂了一句,举鞭向她打去,但她往边上一闪,走出门去,回过头来说:"你要是睡在那个房间里你就全知道了。也许你最好住进去试试看!"说毕她立刻把门一关,上了锁。

雷格里咆哮着骂个不止,威胁说要砸开门;但是显然又改了主意,心神不定地走进客厅去了。凯西看到她这一箭已经射中要害,从那时起,她便不断使用极其巧妙的办法,进一步造成一连串的影响。

在阁楼木板上一个木节子洞里凯西塞进了一个破瓶颈,塞的角度使得只要有一点点风那瓶颈就会发出如泣如诉的悲鸣声,风大时就会变成十足的惨叫声,对于迷信而轻信的人,听起来很容易像恐怖和绝望的哀叫。

仆人们有时也会听到这些声音,使得关于那闹鬼的传说又有声有色地重新出现了,宅子里充满了使人毛骨悚然的迷信的恐怖气氛,虽然谁也不敢对雷格里说什么,他却感到这种恐怖气氛像空气一样包围着他。

最最迷信的人是无视神明的人。基督徒的平静来自对一个英明的、统治一切的天父的信仰,天父的存在使人们一无所知的空灵世界也充满了光明和秩序。但对于一个抛弃了上帝的人,确如一位希伯来诗人所说,幽灵世界便是"黑暗和死亡的阴影之地"[1],没有任何秩序,光明和黑暗不分。对这种人

---

① 见《旧约·约伯记》第10章第21节。

来说,人间和阴曹都是鬼魂出没之地,充满了阴森可怕的鬼影。

雷格里那沉睡着的一丝道德感在与汤姆的接触中被唤醒过来,但又被邪恶那顽强的力量给压了回去;但他那黑暗的内心世界仍不免因一句话、一个祈祷或一首赞美诗所引起的迷信的恐惧而慌乱战栗。

凯西对他的影响是奇怪而独特的。他拥有她,折磨她,是她的暴君;他知道她完完全全在他手心里,根本无法得到帮助,也无法申冤;然而事实确是,最最残忍的男人和一个坚强的女人朝夕相处后就不可能不受到她很大程度的控制。当他刚刚把她买来时,如她说过的那样,她是一个受过良好教养的女人,而他却肆无忌惮地残酷地对她任意践踏。但随着时间的过去,使人堕落的种种影响和绝望使她女人的心肠变硬了,点燃了她心中的怒火,在某种程度上她成了主宰者,而他是既害怕她,又残暴地对待她。

自从半疯的状态给她的一言一语都蒙上了离奇、怪诞和难以捉摸的色彩以后,这种影响就变得更明显、更折磨人了。

过了一两天以后的晚上,雷格里坐在客厅里火光闪烁的炉火旁,炉火将飘忽不定的亮光投在四壁上。这是一个风雨大作的夜晚,在这种天气里摇摇晃晃的旧房子往往会发出阵阵难以形容的响声。窗户吱吱嘎嘎,百叶窗啪哒啪哒,风呼啸着发出巨大的声响从烟囱里倒灌而下,时不时地喷出团团烟雾和炉灰,好像有一大群妖怪在追赶着似的。雷格里在那里结账、看报纸,已经有好几个小时了,而凯西则坐在角落里闷闷地对着炉火发呆。雷格里放下报纸,看见桌上放着一本旧书,他先前注意到凯西在看这本书,于是便拿起书翻了起来。

这是一本故事集,里面有血淋淋的凶杀、有鬼故事、神怪故事等,印刷和插图都很粗糙,但是却有着奇怪的吸引力,叫人一看就放不下。

雷格里一面嘴里呸呀呸的,却仍然一页一页地看了下去,看了一阵子以后突然咒骂了一声把书一扔。

"你不信鬼吧,凯丝?"他问道,一面拿起火钳来拨弄火,"我还以为你挺有头脑,不会被一点声音吓得要死。"

"我信不信有什么关系。"凯西阴郁地说。

"以前有些家伙老拿海上的故事想吓唬我,"雷格里说,"从来没有让我害怕过。告诉你吧,我才胆大呢,这种无聊东西才吓不倒我呢。"

凯西坐在阴暗的角落里使劲盯着他,她眼睛里有种奇怪的光芒,雷格里见了总觉得发毛。

"那些声音只不过是老鼠和风在作怪,"雷格里说,"老鼠闹起来声音可响啦;从前我在船舱里就听见过老鼠闹;而风呢——天哪,你说风声像什么都行。"

凯西知道雷格里被她看得浑身不自在,因此她不声不响,只是坐在那儿像先前一样以那种奇怪的神秘目光紧盯着他。

"喂,说话呀,娘们,是不是这样呀?"雷格里说。

"老鼠会下楼梯,穿过过道,把你上了锁顶着椅子的门打开吗?"凯西说,"而且还不断走呀走呀走到你床跟前,伸出手来,像这样,会吗?"

凯西说话时仍把闪闪发光的眼睛盯在雷格里脸上,他却像一个做噩梦的人那样瞪着她,等她把她冰冷的手放在他手上时,他咒骂着往后一跳。

"娘们,你说的是什么意思?没人这样做吧?——"

"啊,没有,当然没有,我说有人这样做了吗?"凯西说,脸上那嘲笑的神态让人脊梁发冷。

"可是,有没有,你真见过吗? 我说,凯丝,怎么啦,说呀!"

"你要想知道,你自己可以到那房里去睡睡看。"凯西说。

"它是从阁楼上来的吗,凯西?"

"它,它是什么?"凯西问。

"怎么,就是你刚才说的——"

"我什么也没对你说。"凯西阴沉而固执地说。

雷格里心神不定地在屋子里走来走去。

"我要查查这件事,今天晚上就去弄清楚,我要带上手枪——"

"就这么办,"凯西说,"去睡在那个房间里,我真想看看你这样做。开枪吧,就这么办!"

雷格里跺着脚破口大骂起来。

"别骂人,"凯西说,"谁知道会被谁听见呢,你听,那是什么声音?"

"什么?"雷格里一惊,问道。

屋角里那只笨重的荷兰老钟开始缓慢的敲响了十二下。

不知什么原因,雷格里既没说话也没有动,他感到一阵莫名的恐惧;凯西则两眼闪着讥讽的光站在那里看着他,嘴里一面数着敲击声。

"十二点了,好,现在咱们看看吧。"凯西说着转过身去打开了通过道的门,站在那里好像在倾听什么声音。

"你听,那是什么?"她说着举起一个手指。

"只不过是风声而已,"雷格里说,"你没听见风刮得多

538

大吗？"

"西蒙，过来，"凯西悄声道，一面拉着他的手领他走到楼梯脚下，"你知道这是什么声音吗？听！"

沿楼梯传下来一阵疯狂的尖叫声。声音来自阁楼，雷格里两腿发软，脸吓得煞白。

"你最好还是把枪拿来吧，"凯西冷笑着说，使雷格里恐惧万分。"你知道，该好好查查这件事了。我看你最好现在上去，他们正打呢。"

"我不去！"雷格里诅咒着说。

"为什么？你知道，根本没有什么鬼不鬼的！来呀！"说罢凯西大笑着轻快地跑上了盘旋式楼梯，回头望着雷格里喊道，"上来呀！"

"我看你才是那魔鬼！"雷格里说，"回来，妖婆，回来，凯丝！不许去！"

但是凯西发疯般地笑着，飞奔而上。他听见她打开了过道通往阁楼的门。一阵狂风席卷而下，吹熄了他手中的蜡烛，伴随着风声而来的是那可怕的、阴森的尖叫，好像就在他的耳边。

雷格里疯也似的逃到客厅里，过了不久凯西也跟了进去，她脸色苍白、镇静、冷酷，像个复仇之神，眼中依然射出那可怕的光芒。

"你这下该满意了吧！"她说。

"凯丝，你这该死的！"雷格里说。

"怎么啦？"凯西说，"我只不过上楼去把门关上了。那阁楼到底是怎么回事，西蒙？"她问道。

"不关你的事！"雷格里说。

"啊,是吗?好吧,"凯西说,"不管怎么说,我很高兴现在我不住在它底下。"

那天晚上,凯西料到要起风,先就上去把阁楼的窗子打开了。自然,她一开门风就长驱直下,吹灭了蜡烛。

这个例子说明凯西是怎么捉弄雷格里的。最后雷格里宁肯把脑袋放进狮子嘴里也绝不会上阁楼去查看。在此期间,当夜深人静人人进入梦乡以后,凯西小心地、一点点地在阁楼上储存了一些食物,足够维持一段时间;她又一件一件地把自己和埃默林的大部分衣物搬到了阁楼。当一切准备停当以后,她们只需等待时机到来,以便执行她们的计划。

凯西利用雷格里脾气好一点的时候哄得他带她进了一次附近那个坐落在红河岸上的小城。凯西以几乎难以置信的记忆力记住了路的每一个弯,在心里计算好了走完这段路程所需的时间。

当一切都已就绪,时机已经成熟之时,读者诸君也许会希望看看最后关头的内幕吧。

将近傍晚时分,雷格里骑马到邻近一个农场上去了,还没有回来。许多天以来,凯西脾气特别温柔随和,雷格里和她显然关系十分好。这时,我们可以看到她和埃默林正在后者的房间里忙着收拾出两个小包袱来。

"好啦,这两个包袱够大的了,"凯西说,"戴上帽子咱们出发吧,现在时候正合适。"

"怎么,他们现在还看得见我们呢。"埃默林说。

"我就是要他们看见,"凯西沉着地说,"你难道不知道他们反正要来追我们的吗?我的计划是这样的,咱们偷偷溜出后门,从他们住的村子边跑过去,山宝和昆宝肯定会看见我们,他们会来追,我们就往沼泽跑,这时候他们就不会再追了,他们会回大宅子去报信,放出狗来,等等,而趁他们在这种时候总是乱成一团互相碍事的时候,咱们俩就蹚着流过宅子后面的那条小溪回来,一直到后门附近。这就会让那些狗出错,因为水里不会留下气味。这时大家都会跑到房子外面去找我们,我们就窜进后门上到阁楼,我已经在一只大包装箱里铺好了一个舒舒服服的床,咱们得在阁楼上待上好久,因为告诉你吧,雷格里会不遗余力的找我们,他会把别的种植园里的老监工也找来,大规模地追捕我们,他们会搜遍那个沼泽的每一寸地方。他夸过海口说没有一个黑奴能从他手下逃出去。所以就让他慢慢去搜吧。"

"凯西,你计划得多么周到啊!"埃默林说,"除了你,谁还会想得出这样的计划呢?"

凯西眼中既无满意的光芒,又无狂喜的神色,有的只是铤而走险的坚定。

"走吧。"她说着把手伸给了埃默林。

两个逃亡者悄无声息地从宅子里溜了出去,穿过越来越浓的暮色飞快地从村子附近跑过。一弯新月像只银玺嵌在西方的天空,稍稍推迟了夜的来临。正如凯西所料,当她们跑到离包围着种植园的沼泽边缘不远处时,听到了喝令她们站住的声音,然而喝叫的人不是山宝而是雷格里,他正怒骂着追赶她们。一听见他的声音,胆子比较小的埃默林就吓坏了,她抓着凯西的手臂说:"啊,凯西,我要晕过去了!"

"你要是晕过去我就杀了你!"凯西说着拔出一把寒光闪闪的小匕首,在埃默林眼前一晃。

这个转移注意力的办法收到了效果,埃默林没有晕倒,和凯西一起钻进了迷宫般的沼泽的一角,沼泽又黑又深,雷格里想在没人帮助的情况下独自追上她们根本是不可能的。

"哼,"他凶残地咯咯笑着说,"她们现在可是落入了陷阱了,这两个贱货! 她们甭想跑得出去。会让她们后悔的!"

"嗨,我说,山宝! 昆宝! 大家快来呀!"雷格里来到黑奴住的地方喊道。这时人们刚从地里回来,"沼泽里有两个逃奴,谁要是抓住她们赏五块钱。把狗放出来! 把小虎、凶神和其余的狗全放出来追她们!"

消息立刻引起了轰动,不少男人殷勤地跳出来愿意帮忙,有的是想领到奖赏,有的则是出于胆小怕事、阿谀奉承的奴性,这是奴隶制最有害的后果之一。有的人往这边跑,有的人往那边跑,有的去取火把和松节,有的去放狗,粗嘎而凶猛的狗叫声给这混乱的场面添了不少热闹。

"老爷,要是抓不着她们,可以开枪吗?"山宝接过主人给他的一支来复枪,问道。

"可以向凯丝开枪,该到她去见阎王的时候了,可是不许向那姑娘开枪,"雷格里说,"好啦,伙计们,机灵着点! 抓到人的赏五块钱! 每人赏酒一杯。"

一帮人打着熊熊的火把,人喊狗叫,往沼泽而去,宅子里所有的仆人也都远远地跟在后面,因此当凯西和埃默林偷偷溜进后门的时候,整所房子里空无一人。追捕她们的人的叫喊声仍充斥在夜空之中,从客厅窗户看出去,凯西和埃默林看见打着火把的队伍正沿着沼泽的边缘散开。

"你看那边,"埃默林指给凯西看,"搜寻开始了! 你看那火光到处闪烁着! 你听,狗叫声! 你听见了吗? 要是我们在沼泽里,决不会逃得脱的。啊,求求你,咱们快躲起来吧!

快点!"

"不用急,"凯西冷静地说,"他们全在外面搜我们呢,这是他们晚上的消遣呀!我们过一会儿再上去。现在,"她说着从从容容地从雷格里刚才急匆匆扔下的大衣口袋里掏出了一把钥匙,"现在我要取点钱做咱们的路费。"

她打开了书桌的锁,从里面拿出一卷钞票,很快地点了一下。

"啊!咱们别这么干!"埃默林说。

"别干?"凯西说,"为什么? 你愿意咱们饿死在沼泽里,还是拿上这钱做路费,好逃到自由州里去? 钱能通神,姑娘。"她一面说一面把钱放进怀里。

"那是偷东西呀。"埃默林低声苦恼地说。

"偷!"凯西轻蔑地笑道,"那些偷取别人肉体和灵魂的人没资格对我们说这话。这些钞票每一张都是偷来的,从贫穷、挨饿、流血流汗的人那里偷来的,为了他获取财富,这些人一直干到见阎王。让他来说偷不偷的吧! 可是走吧,咱们还是到阁楼上去吧,我在那里准备了不少蜡烛,还有书,可以消磨时间。你可以相信他们不会到那儿去找我们的。要是他们来,我就给他们装鬼。"

当埃默林到阁楼上以后,她看见以前用来运笨重家具的一只大木箱被侧翻了过来,口朝墙(其实是房檐)放着。凯西点燃了一盏小油灯,她们从房檐下钻过去,在里面安顿了下来。箱子里铺着两床小褥子,放着几只枕头,旁边一只盒子里贮存着许多蜡烛、食物和她们上路时所需的所有衣物,凯西已经把它们打成了很小的小包。

"好啦,"凯西把油灯吊好在一个小钩子上以后说道,她专为挂油灯在木箱壁上钉上了这个钩子,"眼下这就是我们的家了。你觉得这地方怎么样?"

"你能肯定他们不会来搜阁楼吗?"

"我倒很想看看西蒙·雷格里敢不敢来,"凯西说,"他们不会来的,他躲这地方还来不及呢。至于说仆人吗,他们个个情愿站在那里挨枪子儿也不会来这里露露脸的。"

埃默林觉得放心些了,便又靠回到枕头上。

"凯西,刚才你说要杀了我是什么意思呀?"她天真地问道。

"我的意思是让你不要晕倒,"凯西说,"还真做到了。现在我对你说,埃默林,你必须下决心不管发生什么事都不晕倒,也用不着晕倒。要是我没有制止你,你恐怕现在就在那个坏蛋的手心里了。"

埃默林打了个冷战。

好一阵子两个人谁也没有说话,凯西在读一本法文书,埃默林则累得睡着了。一阵喊叫声、马蹄声和狗叫声惊醒了她;她轻轻叫了一声,惊得坐了起来。

"没什么,只是搜索的人回来了而已,"凯西沉着地说,"别害怕,你从这个树节洞往外看看,你没看见他们都在那底下吗?西蒙今晚只能罢休了。看,他那马浑身是泥,都是在沼泽里挣扎的结果。那些狗看上去也垂头丧气的。啊,我的了不起的先生,你恐怕还得一而再地搜下去呢,猎物不在那里啊。"

"啊,别说话!"埃默林说,"要是他们听见了怎么办?"

"要是他们真听见了什么声音,只会让他们更要躲开这里,"凯西说,"不会有危险的,我们只管弄出声音来好了,这只会增加效果。"

终于午夜的寂静笼罩了这所宅子。雷格里诅咒着自己的坏运气，发誓第二天要好好报复一番，上床睡觉去了。

第四十章　殉　难　者

不要以为上帝已把正直的人抛弃，

　　尽管连生活最平常的赠予也遭拒，

尽管受尽凌辱，

　　心也在蹂躏下流血破碎。

要知道上帝记下了每一个悲惨的日子，

　　每一滴辛酸的眼泪；

天国万年的幸福，

　　将报偿他儿女在尘世的痛苦。

——布赖恩特①

最长的白日也会有个尽头，最黑暗的夜也会消逝成为黎明。无情的、永远在逝去的时刻总是催促着邪恶者的白天进入永恒的黑夜，正直者的黑夜进入永恒的白昼。我们已经伴着我们卑微的朋友在奴隶制的山谷中走了这么远了；先是穿过安乐舒适的开满鲜花的田野，继而是伤心地抛下了骨肉家园；后来我们和他一起在一座阳光明媚的小岛上停留，那儿善良的手用鲜花掩盖了他的锁链；最后我们又跟着他，直到人间

---

① 布赖恩特(1794—1878)，美国诗人。

的最后一线希望在黑夜中熄灭,看到在人间的茫茫黑暗中,天上的神灵世界群星灿烂,放射出新的、具有深远意义的光芒。

这时,晨星高悬在绵延的山顶上,阵阵并非来自尘世的清风表明白昼之门正在缓缓开启。

凯西和埃默林的出逃使雷格里本来就粗暴的脾气被激怒到了极点,正如预料中的那样,这股狂怒落到了毫无抵抗能力的汤姆头上。当雷格里匆匆向农奴宣布两个女人逃走的消息时,汤姆眼中突然一亮,手突然往上一举,这些都未能逃过雷格里的眼睛。他看到汤姆没有参加进追捕的人群中,本想逼他加入,但鉴于过去的经验,知道让他去干任何残暴的事他都顽固不从,在当时紧急的情况下,雷格里不愿停下来和他发生冲突。

因此汤姆留在了家里,和另外几个从他那儿学会了祈祷的黑奴一起为逃亡者祈祷。

当雷格里失望而沮丧地回来以后,他心中对汤姆的长期仇恨发展到了你死我活的程度。自从把他买回来以后,这家伙不是在不断地、死命地、不可抗拒地对抗他吗?他身上不是有一股劲儿,尽管不声不响,却像地狱之火一样在燃烧吗?

“我恨他!”那晚雷格里靠在床上时说,“我恨他! 他难道不是我的吗? 难道我不能任意处置他吗? 谁敢来阻拦我呢?”雷格里捏紧拳头使劲摇着,好像他手里有什么东西能被他捏碎似的。

可是汤姆是个忠实而很值钱的仆人呀;尽管因此雷格里更恨他,然而这个考虑对雷格里多少有一点约束力。

他决定第二天早上先什么也不提,他要从邻近的种植园上找一帮人来,带着狗和枪,把沼泽团团围住,然后有计划地彻底搜索一遍。要是把人抓了回来便罢,抓不回来他就把汤姆叫到面前,那时——想到这里他咬牙切齿,怒气冲天——那时他就要把那家伙治得服服帖帖的,要不然——他暗自恶狠狠地拿定了主意。

人们说主人本身的利益对奴隶就是足够的保障。当一个人疯狂的脾气大发作时,为了达到自己的目的,他连自己的灵魂都能故意地睁着眼出卖给魔鬼,他会去关照别人的肉体吗?

"哼,"第二天凯西在阁楼上从树节洞往下侦察时说,"今天的搜捕又要开始了!"

宅子前边的空地上有三四个人骑在马上腾跳着,一两组陌生的狗在牵着它们的黑人手里挣扎着,狗和狗之间对叫个不休。

那群人中有两个是附近种植园里的监工,别的则是邻近城市里雷格里的酒吧朋友,他们是觉得好玩来凑热闹的。很难想象有什么人比他们更面目可憎了。雷格里正毫不吝惜地用白兰地招待着大家,也给那些从各种植园派来参加的黑奴喝。因为必须让这种场合下的黑奴尽可能感到像过节一样。

凯西把耳朵凑在树节洞上,因为早晨风朝宅子吹过来,她能听到不少下面人说的话。她听见他们划分好了地段,议论狗的不同长处,发出有关开枪的命令,如果抓住她们应各自如何对待等等,这时她阴沉严峻的脸上不由得露出了讥笑的神情。

凯西缩回身子,她合起双手仰着头说道:"啊,伟大的万能的上帝啊!我们都是罪人,但是难道我们比世上所有的人罪孽都更深重,所以才受到这样的对待吗?"

她说这话时,脸上和声音中都流露出极其恳切的感情。

"孩子,要不是为了你,"她看着埃默林说,"我情愿出去,谁要是一枪把我打死我才感谢他呢;因为自由对我有什么用啊？能把孩子们还给我吗？能让我成为原来那样的人吗？"

埃默林像孩子一样天真,凯西心情恶劣时她还真有点怕她。她看上去有点莫名其妙的样子,但是没有说话,只是温柔地抚摸着凯西的手。

"别这样!"凯西说着想要把手抽开,"你会让我爱你的,我这辈子再也不打算爱什么人了。"

"可怜的凯西!"埃默林说,"别这样想！如果上帝给了我们自由,他也许会把女儿还给你的,不管怎样,我会像你的女儿一样。我知道我再也见不到自己苦命的老妈妈了！不管你爱不爱我,凯西,我都会爱你的。"

埃默林孩子般温柔的感情胜利了。凯西在她身旁坐下,一只胳膊搂着她的脖子,抚摸着她柔软的褐色头发。埃默林则惊异地望着凯西那双含着眼泪无限柔情的眼睛,这双动人的眼睛是多么美丽啊！

"啊,埃默!"凯西说,"我一直如饥似渴地想念我的儿女,眼睛都望穿了！这里,这里,"她捶着胸口说,"这里是一片荒凉,一片空虚！如果上帝把我的儿女还给我,那我就能够祈祷了。"

"你一定要相信上帝,凯西,"埃默林说,"他是我们的天父啊！"

"我们犯了天怒,"凯西说,"他已经生气,不再理会我们了。"

"不对,凯西,他会对我们行善的,让我们寄希望于他吧,"埃默林说,"我一直是怀有着希望的。"

搜捕的时间很长,劲头很足,也很彻底,但是一无所获。

当雷格里疲惫不堪垂头丧气的下马时，凯西阴沉着脸得意地冷笑着从阁楼上往下看着他。

"喂，昆宝，"雷格里在客厅椅子里躺下后说道，"你马上去把汤姆那家伙给我揪来，一定是那老畜生捣的鬼，扒了他的老黑皮也要让他说出来！"

山宝和昆宝虽然互相仇恨，但都同一个心眼地对汤姆恨之入骨。最初雷格里告诉他们，他买来汤姆是为了自己不在种植园时让他当总管的，这引起了他们的嫉恨，加上他们本性卑鄙，奴性十足，看到汤姆越来越不讨东家欢心，这种嫉恨更是日益加深了。因此这时昆宝就干劲十足地执行命令去了。

汤姆听到召唤，预感到事情不妙。他知道逃亡者的所有计划，也知道她们现在的藏身之处；他知道他要对付的人凶残无比，具有暴君般的权力。但是他感到上帝给了他力量，使他宁死也不会背叛那两个孤苦无靠的人。

他把筐子放在垄边，望着苍天说："我把灵魂交托在你手中！你已拯救了我，啊，真理之上帝！"说完平静地让昆宝粗暴、凶狠地把他一把抓住。

"嗬，嗬！"壮汉一面拖着他往前走一面说，"这回你可要够受了！老爷可是火冒三丈呢！这回你别想躲得过，告诉你吧，这回没错你是挨定了！帮着老爷的黑鬼逃跑，看你出来时会是个什么样子！看你会挨什么罚吧！"

这些恶毒的话一句也没有进到他耳朵里！一个更大的声音在他耳边说："杀了身体以后，就不能再做什么了，不要怕他们。"①这些话使这个苦命人的筋骨震颤，仿佛被上帝的手

①　见《新约·路加福音》第 12 章第 4 节。

指所触。他感到千百个人的力量集于一身。他经过时,所有的树木,他做奴隶住的茅屋,他受屈辱的整个这片地方,就像景物从疾驶的车旁掠过一样从他身旁席卷而过。他的灵魂悸动着,他那永恒的家已经在望,解脱的时刻似乎已经来临了。

"喂,汤姆!"雷格里说着走上前来凶狠地一把抓住他的衣领,接着咬牙切齿火冒三丈地说道,"你知不知道,我已经下决心要宰了你了?"

"老爷,这太可能了。"汤姆平静地说。

"我已经,下了,决心,了,"雷格里以冷酷得可怕的平静说,"汤姆,除非你把你知道的那两个婆娘的事告诉我!"

汤姆一语不发地站在那里。

"你听见了没有?"雷格里跺着脚,像头被激怒的狮子般吼叫道,"说!"

"我没什么可说的,老爷。"汤姆慢吞吞地、坚定而从容不迫地说。

"你真敢对我说,你这个老黑鬼基督徒,你不知道?"雷格里说。

汤姆没有做声。

"说!"雷格里狠狠地打了汤姆一拳,咆哮道,"你知道不知道?"

"我知道,老爷,但我不能说。我可以去死!"

雷格里长长地吸了一口气,压着怒火,抓住汤姆的胳膊,脸几乎挨着汤姆的脸,用可怕的声音说:"你听着,汤姆!你以为我饶过你一次,说话不作数的,是不是?可是这一回我已经下了决心了,权衡过利害得失了。你一向和我作对,这回我要不就制服你,要不就宰了你!别无选择。我要数数你身上有多少滴血,让它一滴一滴地往外流,流到你屈服为止!"

汤姆抬头看了看主人,回答道:"老爷,如果你病了,有困难了,要死了,而我能够救你的话,我会把我的生命之血给你;如果需要我这可怜的老躯体里的每一滴血来拯救你宝贵的灵魂,我会慷慨地把血献给你,就如同耶稣为我流血一样。啊,老爷!别让你的灵魂背上这个罪孽吧!它对你的伤害将大于对我的伤害!你就尽你所能折磨我吧,我的苦难就要到头了;但是如果你不忏悔,你的苦难永远没有头!"

就像在暴风雨间歇时听到的一段奇妙的仙乐一样,这一感情的迸发造成了片刻的寂静。雷格里目瞪口呆地站在那里看着汤姆,房间里静得连那座旧钟的滴答声都听得清清楚楚,默默地记数着那颗铁石般的心余下的获得最后宽恕和缓刑的时间。

但这只不过是瞬间的事。雷格里稍稍踌躇了一下,闪过了一丝的动摇和懊悔,然后邪恶的本性又变本加厉卷土重来,雷格里暴跳如雷,把汤姆打翻在地。

血腥残暴的景象使人心惊胆战。有人敢做的事别人却不敢听。和我们同为人、同为基督徒的人们所受的痛苦,即使在密室中也无法说出来,因为它会折磨人的灵魂呀!然而,啊,我的祖国!这一切都是在你的法律的庇护之下做出来的呀!啊!基督!你的教会几乎是沉默地看着这一切的呀!

但是过去曾有过一个人,他的痛苦把一件折磨人、侮辱人、使人蒙受耻辱的刑具变成了光辉、荣耀、永生的象征;只要他的精神所在之处,无论是侮辱人的鞭打还是流血与凌辱,都只能使一个基督徒的最后斗争变得更为光荣。

在那个漫长的夜晚,在那间破棚子里,他那勇敢、慈爱的精神支持着他忍受着殴打和残酷鞭挞的人,他是孤立的吗?

不!在他身旁站着一个人,只有他能看见他,"仿佛圣子的模样。"

那诱惑者也在他身旁站着,狂暴、专横的意志使他丧失理智,每时每刻逼迫他为了免得受苦去出卖无辜的人。但是那颗勇敢、忠实的心坚立在那永恒的岩石上,和他的救世主一样,他知道如果他要救人,他就无法救自己;最狠毒的酷刑也无法逼他开口,从他嘴里说出的只有祈祷和对上帝的坚定信仰。

"他已经快死了,老爷。"山宝说,他不由自主地被他的受害者的毅力所感动。

"接着打,打到他屈服为止!叫他尝尝厉害!叫他尝尝厉害!"雷格里吼道,"他要不坦白,我就让他身上的血流光!"

汤姆睁开眼睛看了看主人,"你这可怜虫!"他说道,"你已经不能怎么样了!我全心全意地宽恕你!"说完他完全昏了过去。

"我相信他这回是完了,"雷格里说着走向前去看看他,"不错,是完了,他的嘴总算给闭住了,这至少是个安慰!"

是的,雷格里,但是谁能让你灵魂里的那张嘴闭住呢?那个灵魂已经不可救药,毫无希望,祈祷也没有用了;那永远扑不灭的火已经开始在那个灵魂里燃烧了!

然而汤姆还没有断气,他那奇妙的言语和虔诚的祈祷打动了那两个充当刽子手的禽兽般的黑人的心,因此等雷格里一走他们就把他放了下来,出于愚蠢,他们想把他救活过来,好像这对他有什么好处似的。

"我们确实做了件邪恶得可怕的事!"山宝说,"但愿账算在老爷身上而不是我们身上。"

他们给他洗了伤口,用废棉花弄了个简陋的床铺让他躺下,其中一个还悄悄到宅子里去向雷格里讨了杯白兰地,假说自己累了想喝一口。他把酒拿回来灌进了汤姆的嘴里。

"啊,汤姆!"昆宝说,"我们对你太狠了!"

"我诚心诚意地宽恕你们!"汤姆声音十分微弱地说。

"啊,汤姆,请你告诉我们究竟耶稣是谁啊?"山宝说,"那个整夜都在支持你的耶稣,他是谁?"

这个名字唤起了他越来越虚弱的精神,他有力地说出了几句有关那位奇妙的人的话:他的一生,他的死,他永恒的存在,以及他拯救世人的力量。

他们哭了:两个凶残的人都哭了。

"为什么我以前从来没有听到过这些话?"山宝说,"但是我相信!我没法不信!主耶稣啊,饶恕我们吧!"

"可怜的人啊!"汤姆说,"我情愿忍受一切苦难,只要能使你们相信耶稣!啊,上帝!我祈求你让我帮助这两个灵魂吧!"

他的心愿实现了。

第四十一章　小　主　人

　　两天以后，一个青年人驾着一辆轻便四轮马车驶过那条两旁种着楝树的大道；他把缰绳匆匆往马的脖子上一扔，跳下车来就询问要找种植园的主人。

　　这个青年人就是乔治·谢尔比；为了说明他怎么会来到这里，我们必须回过头去追述一番。

　　奥菲利亚小姐写给谢尔比太太的那封信，不幸在某个偏僻的邮局耽误了一两个月才到了谢尔比太太手里；因此，很自然，她收到信以前，汤姆已经消失在遥远的红河上游的沼泽区里了。

　　谢尔比太太读到有关汤姆的信息后非常关心，但是她没有可能采取任何立即的行动。当时她正在丈夫的病榻旁照料着重病的丈夫，他发着高烧、神志昏迷。这时乔治·谢尔比少爷已经长成了一个高大的青年，是母亲身边的可靠帮手，经管她丈夫事务上的唯一依靠。奥菲利亚小姐为了防备万一，把处理圣·克莱尔事务的律师的名字也寄给了他们，因此，在当时紧急的情况下，他们也只能给律师写封信去询问汤姆的情形。几天以后谢尔比先生突然去世，这自然使他们在相当一段时间里必须去处理其他更为紧要的事情。

　　谢尔比先生指定妻子为他全部资产的唯一遗嘱执行人，

表示了他对妻子能力的信任;于是她手头立刻就有了一大堆十分复杂的事务要处理。

谢尔比太太以她特有的精力投入到清理这错综复杂的事务之中,她和乔治好一段时间都在忙着收账查账,出卖产业,清还债务;谢尔比太太决心不论结果如何,一定要把家产清理得清清楚楚。在此期间他们收到了奥菲利亚小姐介绍的那位律师的回信,说他对汤姆的事一无所知,说他是在一场公开拍卖中被卖掉的,除了收到卖他而得的款子外,其他事全不清楚。

这使乔治和谢尔比太太十分不安,因此大约六个月后,乔治正好要为母亲去南方办事,就决定亲自到新奥尔良去一趟,进一步打听一下消息,希望能发现汤姆的下落,把他赎回来。

乔治找了好几个月,毫无结果;后来在完全偶然的情况下他在新奥尔良遇到了一个人,恰好知道他所需要的消息。于是我们这位小主人公口袋里装着钱,便乘船到红河上游去,决心找到并赎回他的老朋友。

很快他被领到了宅子里,在客厅里见到了雷格里。

雷格里接待这位陌生人时很是无礼。

"据我了解,"年轻人说,"你在新奥尔良买了一个名叫汤姆的黑奴,他从前是我父亲家的奴隶,我来看看是不是能把他买回去。"

雷格里脸色阴沉了下来,怒冲冲地说:"不错,我是买了这么个家伙,我上当可他妈上大了!谁也没有这狗东西难对付、放肆和无礼。居然挑唆我的黑鬼逃跑,两个婆娘跑掉了,每个都值八百到一千块钱呢!他承认干了这事,可我要他说出她们的下落时,他站起来说他知道,可是不会告诉我的;我给了他一顿好打,这是我打黑鬼打得最狠的一次,可他就是不说。我想他快死了,不过也许他能挺过来。”

"他在哪儿?"乔治焦急地问道,"让我去看看他。"年轻人两颊通红,两眼冒火,但暂时慎重地没有说什么。

"在那边棚子里。"一个给乔治牵马的小黑奴说。

雷格里踢了孩子一脚,咒骂着他。乔治一句话没说转身往棚子走去。

自从那不幸的一夜后,汤姆已经躺了两天了。他不觉得痛,因为他身上所有的感觉神经都已遭到破坏,麻木了。大部分时间他都是不省人事、一动不动地躺着,因为一个强健结实的躯体有自己的规律,不会立刻释放禁锢其中的灵魂。夜深人静之时,孤苦可怜的黑奴们曾在他们很少的休息时间里偷偷去看望过他,以便能稍稍报答一下他出于爱心对他们的大量帮助。是的,这些可怜的弟子们没有什么东西给他,只有一杯冷水;但却充满了真诚的心意。

也曾有眼泪落在那诚实的、失去了知觉的脸上,这是可怜、无知的异教徒新近忏悔的眼泪,汤姆在濒临死亡时的爱心和坚忍唤醒了他们,使他们忏悔;他们还为他向新近才找到的救主伤心地祈祷,他们虽然除了他的名字外对救主一无所知,但对发自无知而渴切的心底的祈祷他是不会不听的。

凯西曾偷偷从藏身之处溜出来过,她无意中听到汤姆为她和埃默林所做的牺牲,不顾被发现的危险,于前一夜去看了汤姆。这忧郁而绝望的女人被这充满深情的人用剩下的一点力气说出的最后的几句话深深感动了,那漫长的、寒冬般的绝望,那冰封的岁月全都消融了;她流着眼泪祈祷着。

当乔治走进那棚子时,顿觉天旋地转,极其痛苦。

"这可能吗？这可能吗？"他说着跪在了他身旁，"汤姆叔叔，我那可怜的、苦命的老朋友！"

这声音里有着某种东西穿透了这个垂危者的耳鼓。汤姆轻轻动了一下头，微笑着说：

> 耶稣能使濒临死亡的人的病床
> 柔软得和羽绒枕头一样。

年轻人弯身看他可怜的朋友时，眼中流下了值得尊敬的男子汉的眼泪。

"啊，亲爱的汤姆叔叔，请你醒醒吧！再说一句话吧！看呀，乔治少爷来了，你心爱的小乔治少爷呀！你认不出我了吗？"

"乔治少爷！"汤姆说着睁开了眼睛，声音十分微弱地说道，"乔治少爷！"他好像有点莫名其妙。

慢慢地，这个念头似乎充满了他的心灵，那双毫无表情的眼睛发出了亮光，视线集中了起来，整个脸露出了笑容，粗硬的手捏拢了起来，眼泪从脸上流了下来。

"赞美上帝！这，——这，——这正是我希望得到的！他们没有忘记我。它使我心灵感到温暖；让我心里觉得高兴！现在我死而无憾了！赞美上帝吧，我的灵魂！"

"你不会死！你不能死！别想到死！我是来赎你，带你回家的。"乔治焦急而激动地说。

"啊，乔治少爷，你来得太晚了，上帝已经赎下我，要带我回家去了，我渴切盼望能去，天国比肯塔基要好啊！"

"啊，千万别死！这会要我的命的！想到你受的罪让我多伤心啊，而且还躺在这个破棚子里！可怜的、苦命的人啊!"

"别叫我是个苦命的人!"汤姆严肃地说,"我曾经是个苦命人,但这一切都已经过去了。现在我已经到了天国的门口,就要进去了! 啊,乔治少爷! 天国来临了! 我已经得到了胜利——是主耶稣给予我的胜利! 光荣属于主的名字!"

乔治被汤姆断断续续地说这几句话时的力量、热情和主宰力感动得肃然起敬,他坐在那里默默地注视着汤姆。

汤姆抓住了他的手,接着说:"你千万不要告诉克洛,可怜的女人,我现在这个样子,她听了会难受的。你就告诉她你看见我进天国了,我等不了他们了。告诉她无论在什么地方上帝始终都和我在一起,把一切都变得轻松容易多了。啊,还有可怜的孩子们和小娃娃! 多少次我想到他们心都碎了! 告诉他们大家,都跟我走,跟我走呀! 问候老爷和善心的太太,还有庄园上所有的人! 你不知道,我爱他们大家! 我爱每一个地方的每一个人! 我只有爱! 啊! 乔治少爷! 做一个基督徒是多好啊!"

这时,雷格里漫步来到了棚房门口,故作满不在乎的一副顽固神情往里面看了一眼,转身走开了。

"老魔王!"乔治气愤地说,"想到有一天魔鬼会和他算账,心里还痛快点。"

"啊,别这么说,啊,你千万别这么说!"汤姆抓着他的手说,"他是个可怜虫,想想都可怕! 啊! 只要他能忏悔,上帝现在就会宽恕他的;不过我怕他永远也不会忏悔呀!"

"我巴不得他不忏悔!"乔治说,"我决不愿意在天堂见到他!"

"别说了,乔治少爷,这样说使我不安! 你不要这样想,他并没有真正伤害我,他只不过替我打开了天国的大门而已!"

这时,见到小主人的快乐而突然在这将要死去的人身上产生的一股力量渐渐消失了,他闭上了眼睛,很快就不行了,脸上出现了那神秘而庄严的变化,说明另一个世界快要到来了。

他开始长长地深深地吸气,宽阔的胸脯沉重地一起一伏,脸上浮现出胜利者的表情。

"谁,——谁,——谁能使我们离开基督的爱?"他在与临死前的虚弱斗争中说出了这句话,接着便含笑长眠了。

乔治庄重肃穆一动不动地坐在那里。他仿佛感到这是一个神圣的地方;当他为死者合上已经没有了生命的眼睛,站起身来时,心中只有一个思想,那就是他纯朴的老朋友说过的:"做一个基督徒是多好啊!"

他回过头去,见雷格里正阴沉着脸站在他背后。

汤姆临终的情景中有着什么东西使火气十足的年轻人没有发作。乔治只是觉得那人的出现使他感到厌恶,一心只想马上离开他,越少搭理他越好。

他那双黑色的眼睛尖利地盯着雷格里,指着死去的人直截了当地说:"你从他身上已经弄不到东西了,这具尸体你要多少钱? 我要把它带走像像样样地把它埋葬掉。"

"我不卖死了的黑鬼,"雷格里顽固地说,"你愿意什么时候埋了他,埋在哪里都行。"

"伙计们,"乔治用命令的口气对两三个正在看死人的黑奴说,"帮我把他抬起来,抬到我的马车上去,给我弄把铁锹来。"

其中一个跑去拿铁锹,另外两个帮着乔治把遗体抬到了马车上。

乔治没看雷格里,也没再和他说话,雷格里没有取消乔治的命令,只是站在那里吹着口哨,强装出一副满不在乎的神气。他拉长了脸跟着他们走到停在门外的马车旁。

乔治把自己的大氅铺在马车里,把车座移开好让地方大一点,让他们小心地把遗体放在大氅上。然后他回过身子紧盯着雷格里,强作镇静地说:

"我一直还没有对你说我对这桩暴行的看法,这不是时候,也不是地方。但是,先生,这无辜者的血不会白流,我将宣布这是谋杀。我找到一个法官就要揭露你!"

"欢迎!"雷格里说,一面轻蔑地捻着手指,"我倒想看看你怎么告法呢。你上哪儿去找见证人?你怎么证明你的指控?说呀!"

乔治立刻就看出他这挑衅的力量所在。在这个种植园上没有一个白人,而在南方所有的法院里,黑人作证是一文不值的。这时他觉得他心中呼唤正义的愤怒吼声似乎要冲破九霄。但是毫无用处。

"为了个死黑鬼,值得这么大惊小怪吗?"雷格里说。

这话像是落在火药库中的火花!谨慎从来不是这个肯塔基青年的主要美德。乔治转过身来,怒火万丈地一拳就把雷格里打翻在地。他站在那里俯视着雷格里,那种怒火中烧无所畏惧的气概,说他是他那伟大的制伏了恶龙的同名者的化身是一点也不过分的。①

---

① 指圣·乔治,爱德华三世以来英国的守护神,相传他是罗马帝国的一个军官,因拒绝迫害基督教徒为戴克里先所杀。他最著名的事迹之一是为救一位公主曾斩一巨龙。

然而对有些人来说，被打翻在地对他们绝对有好处。要是有个人能把他们打倒在尘土里，他们似乎马上就会对此人肃然起敬；雷格里正是这样一种人。因此当他从地上爬起来，掸掉了衣服上的土以后，他显然是怀着明显的敬意望着慢慢驶去的马车的。直到马车完全在视线中消失，他一句话也没有说。

在雷格里的种植园的范围之外，乔治曾注意到有一个干燥的沙丘，上面长着几棵树，他们就把坟挖在那儿。

"要把大氅拿掉吗，老爷？"墓坑挖好后黑奴们问道。

"不，不，跟他一起埋掉！我现在能给你的只有这件大氅，苦命的汤姆，你带走吧！"

他们把汤姆的遗体放进了墓中，两个黑奴默默地填上了墓坑，堆好了墓，又铺上了一层绿草皮。

"你们可以走了，伙计们。"乔治说着往每人手里塞了一枚二角五分的银币，但是他们却磨蹭着没有走。

"求少爷把我们买下吧。"其中一个说。

"我们会忠心侍候你的。"另一个说。

"少爷，这里日子难得很，"第一个又说，"求你了，少爷，买下我们吧！"

"我不能，不能啊！"乔治困难地挥手要他们离开，"不可能的！"

两个可怜的家伙垂头丧气地一声不响地走了。

"永恒的上帝，请你作证！"乔治跪在他苦命的朋友的墓旁说道，"啊！请你作证：从现在起，我将尽自己的一切力量把这可诅咒的奴隶制从我的国家中消灭掉！"

我们的朋友的最后安息地上没有墓碑。他不需要墓碑！

他的上帝知道他在哪里，当天国降临时，他将使他复活使他在天国中永生。

不要怜悯他吧！这样的生和死不是为了怜悯！上帝的最大荣光不在于财富的无限威力，而在于克己无私、受苦受难的爱！上帝召唤去与他同患难、坚忍地跟着他背自己的十字架的人是有福之人。关于这样的人《圣经》上是这样写的，"哀恸的人有福了，因为他们必得安慰。"①

———

① 见《新约·马太福音》第5章第4节。

第四十二章　一个确证了的鬼故事

出于某种奇怪的原因,这一期间雷格里庄园上的仆人们之中鬼故事特别流行。

人们交头接耳地有声有色地说,夜深人静时听到脚步声走下阁楼的楼梯,在宅子里四处转悠。楼上过道两边的门锁了也是白锁,那鬼不是兜里有一把同样的钥匙,就是具有自古以来鬼所享有的从钥匙孔进出的特权,以惊人的自由从钥匙孔里出来到处转悠。

权威人士对于这个鬼的外形意见有分歧,这是因为黑人中有这样的习惯(就我们所知,白人中也有),一遇这种情况便无一例外地紧闭双眼,用毯子、内衣或者随便什么可以抓来遮盖的东西蒙上脑袋。自然啰,大家都知道,当肉眼离开了竞技场,灵魂的眼睛可就特别活跃特别锐利了。因此关于这个鬼全身模样的画像那是要多少有多少,每幅都有人发誓赌咒地说绝对像那鬼。正如一般画像的情况那样,除了鬼族所具有的家族特征之外,即身上披着白裹尸布,这些画像彼此没有什么共同之处。这些可怜的黑奴不熟悉古老的历史,他们不知道莎士比亚早就通过自己的描写证实了这一装束:

　　身披裹尸单的死人

确曾在罗马街头吱吱乱叫。①

因此他们在这方面竟然不谋而合,实在是心理学上的惊人事件,特在此提请招魂界人士予以关注。

不管怎么样吧,我们自有理由知道,在公认为鬼魂出没的时刻,确有一个披着白单子的高高的身影在雷格里的宅子附近出没:穿门过户,在宅子里四处游动,时隐时现,然后走上沉寂的楼梯,进入那不吉利的阁楼。等到天亮时,人们发现过道的门一如既往关得好好的、锁得牢牢的。

雷格里不可能听不到这些窃窃私议,由于大家极力把这事瞒着他,使他更觉激动不安。他喝的白兰地比过去多了,脑袋抬得更高,白天骂人也骂得更凶了。但是他老做噩梦,就怕想到睡觉。汤姆的尸体被运走那天的晚上,他骑马到附近的城里去饮酒作乐,闹腾了一阵。回到家里已经很晚,他非常疲乏,便锁上门,拔出了钥匙,上床睡觉去了。

不管一个人如何想方设法使灵魂平静下来,对于恶人来说,拥有一个灵魂实在是件极其可怕、令人不安的事。有谁知道它的边界在哪里?有谁知道它的可怕的设想都是什么?那些使它恐怖与颤抖的东西,它既无法使人遗忘,又无法在活着时摆脱!锁上门不让鬼进来,而自己心里有个鬼他不敢单独去面对,虽然这个鬼的声音被压在了心底深处,上面还堆满了尘世的杂物,却仍像预报末日的号声,这种人有多么愚蠢啊!

但雷格里不仅锁上了房门,还用一把椅子把门顶上。他在床头点了一盏夜灯,放了一把手枪。他仔细检查了窗上的搭扣和窗栓,赌咒说他"才不怕魔王和他的小鬼们"呢,就上

---

① 见莎士比亚《哈姆雷特》第一幕第一场。

床睡觉去了。

不错,他睡着了,因为他实在累了,睡得很熟。但是后来在他睡梦中出现了一个影子,他恐怖地感觉到有样什么可怕的东西悬挂在他的头上,他以为是母亲的裹尸布,但却拿在凯西手里,高举着给他看。他听见一片混乱的尖叫声和呻吟声。他明白自己是在睡觉,挣扎着想醒过来。他在半睡半醒中觉得有东西走进了他的房间。他知道门在一点点打开,但手脚却一点也动弹不得。最后他一惊翻过身来:门真的开着,他看见有一只手熄掉了他那夜灯。

这是个多云的、月色朦胧的夜晚,他看见了! 一个白色的影子飘了进来! 他听见了鬼的衣服的轻轻的窸窣声。它一动不动地站在他的床旁,一只冰冷的手碰了碰他的手,一个可怕的沙沙声音低低说了三遍:"来吧! 来吧! 来吧!"当他恐怖得浑身出着冷汗躺在那里时,鬼影消失了! 他既不知道它是什么时候消失的,也不知道是怎样消失的。他跳下床来使劲拉门,门关着,锁得好好的。他昏了过去,一头栽在了地上。

从此以后雷格里更加酗酒。他不再有节制地、谨慎地喝酒,而是不顾死活地鲁莽地喝了起来。

不久,那一带地方流传说他病得快要死了。过度喝酒使他得了可怕的精神失常症,似乎把来世报应的恐怖阴影带到了现世之中。谁也无法忍受病室里的恐怖气氛,他不断说胡话,尖声惨叫,说他看到了这个那个,把听见他的呓语的人吓得魂不附体。直到临死还说有一个严酷无情的白影子站在他床旁,口口声声喊着:"来吧! 来吧! 来吧!"

说来也巧,就在鬼在雷格里面前出现的那个晚上,人们早上起来发现宅子门大开着,有几个黑人曾看见两个白色的影子悄悄沿着林荫道向大路方向而去。

凯西和埃默林直到天快亮时才在离城不远的一小片树林里停下来稍事休息。

凯西是一身西班牙血统的克里奥耳有身份的女子的打扮：穿着黑色的衣服，头上戴一顶小小的黑帽子，一块绣花厚面纱遮住了她的脸。她们商量好在逃跑时她装扮成一位克里奥耳贵妇，埃默林则是她的女仆。

凯西从小在上流社会家庭中长大，她的言谈、举止和风度和这角色都很般配，她过去漂亮的衣服还剩得有几件，还有几套首饰，足以让她很好地扮演这个角色。

她在城郊看见有卖箱子的，就停下来买了一口漂亮的衣箱，要求他们替她随身送去。这样，一个仆人给她推着箱子，埃默林提着旅行袋和零星小包跟在后面，凯西以一个有身份的妇人出现在一家小旅馆里。

她到达以后第一个引起她注意的人就是乔治·谢尔比，他住在那旅馆里等着下一班船。

凯西从阁楼的小孔里曾看见这个年轻人，看到他把汤姆的尸体运走，也看到他和雷格里之间的冲突，暗中十分高兴。后来当她在天黑以后扮成鬼的样子悄悄走来走去时，也从听到的黑奴们的议论中猜到了他是什么人，和汤姆是什么关系。因此当她得知他和自己一样也在等下一班船的时候，立刻就觉得有一种信任感。

凯西的风度举止、言谈和阔绰使她在旅馆里没有引起任何疑心。对于在关键一点上，即花钱，很大方的人，人们一般从不去盘根问底，这一点凯西在筹钱时早已料到了。

靠近黄昏时听说船到了，乔治·谢尔比以肯塔基人天生的彬彬有礼的态度扶着凯西上了船,而且还费力地给她弄到了一间特别房舱。

在红河上航行的整个期间,凯西都借口身体不适睡在床上不离开房舱,由女仆忠心耿耿、无微不至地服侍着。

当他们到达密西西比河之后,乔治听说那位陌生的夫人也和自己一样是向河上游而行,便提出为她在同一条船上定个房舱。他完全是出于对她虚弱的身体的好意的同情,愿意尽自己的力量去帮助她。

因此,看吧!一行人平平安安地转上了"辛辛那提"号轮船,在强有力的蒸汽的推动之下向上游驶去。

凯西的身体好多了。她常到船栏边去坐坐了,也到餐厅去吃饭了,船上的人议论说,这位夫人当年一定是个美人儿。

乔治从看见她脸的第一眼起,就总是隐隐约约地觉得她像什么人,这种感觉总是丢不开。这种情况几乎每个人都遇见过,有时还觉得挺奇怪。他总是忍不住老要看她,时刻在注意她。吃饭时,或者坐在房舱门口,她都会遇到那年轻人盯在她身上的目光;而当她脸上的表情显示出她感到他在注视她时,年轻人就会有礼貌地收回自己的目光。

凯西开始感到不安。她开始觉得他一定是起了疑心,最后决定求助于他的善良本性,把自己的一切向他和盘托出。

对于任何一个从雷格里的种植园里逃出来的人,乔治是绝对的同情,他一想起或提到这个地方就气不打一处来。他以处在他这种状况中的年轻人的特点,毫不顾及后果地就答应他将尽他所能保护他们,帮助她们平安脱险。

凯西隔壁房舱中住着一位名叫德都的法国太太,身边带着一个漂亮的大约十二岁的小女儿。

这位太太从乔治的谈话中得知他来自肯塔基州之后,似乎特别愿意结识他。她的漂亮的小女儿在这一点上帮了她的大忙,因为在船上半个月的生活中,没有比这可爱的小姑娘更能解闷的了。

乔治的椅子常常放在她的房舱门口,凯西坐在栏杆旁,能够听见两个人的谈话。

德都夫人问起肯塔基来打听得十分详细,她说她过去在那儿住过。乔治惊奇地发现她过去的住所肯定离自己家不远,她的问题显示出对他邻近的人和事非常了解,这使他十分吃惊。

有一天,德都夫人问他:“你知道你家附近有一个叫哈里斯的人吗?”

“有一个叫这个名字的老头住在离我父亲的庄园不远的地方,”乔治说,“不过我们和他一向没有什么来往。”

“我想他是个大农奴主吧。”从德都夫人说话的态度看得出来她似乎不愿让人看出她对这事有多么关心。

“不错。”乔治说,对她的态度很感奇怪。

“你知不知道他有过,——也许你可能听说过他有一个叫乔治的混血黑奴吧?”

“啊,当然知道!乔治·哈里斯,我和他很熟,他娶了我妈妈的一个女仆,但是他现在已经逃到加拿大去了。”

“是吗?”德都夫人脱口而出道,“感谢上帝!”

乔治满脸狐疑,但没有做声。

德都夫人把头埋在手里,失声痛哭起来。

“他是我的弟弟。”她说。

“夫人!”乔治惊呼道。

"是的，"德都夫人骄傲地抬起头来，擦着眼泪说，"谢尔比先生，乔治·哈里斯是我的弟弟！"

"这真叫我惊讶！"乔治说着把椅子往后推了一两步，望着德都夫人。

"他还小的时候我就被卖到南方去了，"她说，"一个慷慨好心的人买了我，把我带到西印度群岛，给了我自由，和我结了婚。不久前他刚去世，我现在去肯塔基是想看看是不是能找到弟弟把他赎出来。"

"我听他说起过有个姐姐叫艾米丽，给卖到南方去了。"乔治说。

"不错，那就是我！"德都夫人说，"告诉我他是个什么样的——"

"一个非常出色的小伙子，"乔治说，"尽管万恶的奴隶制压在他身上，他从智力和道德上都是第一流的。我了解他，你知道，"他说，"是因为他娶了我们家的人。"

"什么样的姑娘？"德都夫人急切地问道。

"一个难得的好姑娘，"乔治说，"一个漂亮、聪明、亲切的姑娘。非常虔诚。我母亲几乎像对女儿一样把她抚养大，教育她。她会读会写，会缝会绣，歌也唱得特别好听。"

"她是生在你们家的吗？"德都夫人问道。

"不是的，是父亲有一次去新奥尔良时买下后，带回家来送给母亲的礼物。那时候她大约八九岁的样子，父亲从来不肯告诉母亲花了多少钱买的她，但是前些日子我们整理他的文书材料时，发现了那张卖契。他确实出了惊人的高价，想来是因为她特别漂亮之故。"

乔治一直背对着凯西坐在那里，因此在他讲述这些细节时,没有看见她脸上那副全神贯注的神情。

他讲到这里时,凯西碰了碰他的胳膊,她的脸由于关注而变得煞白,她问道:"你知道卖她的人的名字吗?"

"我想一个叫西蒙斯的男人是交易的委托人,至少我记得卖契上写的是这个名字。"

"啊,天哪!"凯西叫了一声,昏倒在了客舱的地上。

乔治和德都夫人惊得跳了起来。虽然他们都猜不出凯西昏倒的原因,却都像这种情况下常见的那样手忙脚乱起来,乔治在救人的热情下撞翻了一个水罐,打破了两只无脚酒杯;客舱中的各等女士听说有人昏倒了,都挤到房舱门口,尽其所能地阻挡住空气的流通。总之,预料中能做的一切全都做了。

可怜的凯西!当她醒过来后便转身面对着墙,像孩子一样痛哭起来。也许,做母亲的能够体会她的心情吧!也许你不能体会,但是在那一刻,她觉得上帝怜悯她了,她会见到女儿了,她当时的信念和几个月以后一样坚定,那时——可是我们现在就说未免为时过早了。

第四十三章　结　局

　　剩下的故事很快就可以讲完了。乔治·谢尔比像任何一个年轻人一样,一方面为这事的浪漫色彩所吸引,另一方面也是出于仁慈之心,尽心尽力地把伊莱扎的卖契寄给了凯西,卖契上的日期和姓名都和她所知的事实一致,因此对于这个姑娘就是自己的女儿这一点没有了一丝怀疑。剩下的就是她如何去寻找逃亡者的行踪了。

　　命运的巧合使德都夫人和凯西来到了一起,她们立刻动身去加拿大,开始到接待着无数从奴隶制下逃亡出来的人的一个个收容站去打听。在阿默斯特堡她们找到了乔治和伊莱扎初到加拿大时在他家暂住过的那位传教士,通过他,她们才找到线索,一直追踪到蒙特利尔。

　　乔治和伊莱扎获得自由已经五年了,乔治在一位可尊敬的机械师的工厂里找到了一份固定的工作,挣的钱足以养家,家里又添了一个女儿。

　　小哈利是个聪明的好孩子,进了一个很好的学校,学习上进步很快。

　　阿默斯特堡站那位好心的传教士(乔治刚到加拿大时收容他的地方)对德都夫人和凯西所说的一切非常感兴趣,答应了德都夫人的请求,陪她们到蒙特利尔去寻找,一切费用由

572

她负担。

现在场景换成了蒙特利尔郊区的一套整洁的住房,时间是傍晚时分。壁炉里炉火熊熊,茶桌上铺着雪白的桌布,准备要开饭了。房间的一角有一张铺着绿色桌布的桌子,上面放着一张打开的写字台、纸和笔,上端有一个放满了精选图书的书架。

这儿便是乔治的小书房。当年在千难万苦中促使他去偷偷学的极其渴望的读书写字本领的强烈进取心,今天仍在引导他把所有的闲暇时间都贡献在自我提高上。

这时他正坐在桌旁,他刚读了一本家中的藏书,现在在做笔记。

"来,乔治,"伊莱扎说道,"你今天一天都不在家,放下那本书,我正准备茶食,来和我聊聊吧,过来呀!"

小伊莱扎也支持妈妈,她歪歪倒倒地走到爸爸跟前,使劲想把那本书从他手里拿下来,然后自己取代书坐到了他的膝盖上。

"啊,你这个小机灵鬼!"乔治说着依了她。在这种情况下,男人都得依着点的。

"这就对了。"伊莱扎说着开始切面包。她看上去长了点年纪,体态也丰满了一些,更像个主妇了。显然她很满足、幸福,女人家是需要满足和幸福的。

"哈利,儿子,你今天那道算术题做得怎样了?"乔治把手放在儿子头上,问道。

哈利的长鬈发给剪短了,但是他的眼睛和睫毛一点也没有变,还有那漂亮的宽宽的前额也仍是老样子。当他回答爸爸的问话时,脸得意得红了起来,"我做出来了,全都是自己做出来的,爸爸,没有人帮我。"

"对,"父亲说,"要靠你自己,儿子,你的机会比你苦命的爸爸要好多了。"

这时,有人在敲门,伊莱扎去开门,那一声快活的"哎呀,是你吗?"把丈夫给叫了出来,他们热情地欢迎了阿默斯特堡那位好心的牧师。有两个女人和他在一起,伊莱扎请他们坐了下来。

实际情况是,那位可敬的牧师安排好了一个小小的程序,事情要按这个安排进行。他们一路上还小心谨慎地互相嘱咐,一定要按安排好的做,切不可泄露秘密。

因此你可以想象,当这位善良的先生刚刚做了手势让女士们坐下,正掏出手绢来要擦擦嘴好按程序作开场白时,德都夫人却一下子抱住了乔治的脖子,说:"啊,乔治,你难道不认识我了吗? 我是你姐姐艾米丽呀!"一下子打乱了全盘计划,秘密全部暴露! 这位善良的先生可有多狼狈!

凯西还比较冷静的坐在那里,本可以很好扮演她的角色的,可是小伊莱扎突然出现在她面前,样子,身材,轮廓和鬖发都和离开她的时候的女儿一模一样。小家伙抬起头来看着她的脸,凯西一下子抱起她来紧紧搂在了怀里,说:"宝贝儿,我是你的妈妈呀!"当时,她的确相信这当真是她的女儿。

说实话,要完全按原计划进行这件事是很困难的,但是这位好心的牧师最后还是让每个人都安静了下来,发表了他原打算用作开场白的一席话;他说得好极了,听众全都在他周围哭泣了起来,这结果无论是古代还是现代的演说家都该感到满意了。

他们在一起跪下,好心的牧师作了祈祷,因为有些感情实在是太激烈冲动,必须向万能的上帝充满爱心的胸膛中倾诉出来才能平静下来。祈祷后大家站了起来,失散后重逢的一家人互相拥抱,心中充满了对上帝的神圣的信仰,因为是上帝用这样难以预料的方法把他们从千难万险中救了出来,使他们得以团圆。

逃亡到加拿大的人中,有个传教士的笔记本里记载着比小说还要离奇的真事。当一个像秋风扫落叶般把家庭冲散使之四分五裂的制度占统治地位的时候,怎么会不出现这种情况呢?这个避难者之岸,就像天国之岸一样,常使多年以来以为永无相见之日而伤心的人们重新团圆,而使人感动得难以形容的是每一个新到达的逃亡者都受到同命运的人的热情欢迎,因为也许他会带来依旧在奴隶制的阴影下无法相见的母亲、姐妹、儿女或妻子的信息。

在这里,人们的英雄事迹比传奇的冒险故事里的还要多。逃亡者往往甘冒受酷刑和死亡的危险,自愿沿路回到恐怖、危险的黑暗国度去救出姐妹、母亲或妻子。

一个传教士曾告诉我们,有一个年轻人两次被重新抓住,为他的英勇行为遭到令人耻辱的鞭笞,又一次逃了出来,在我们亲耳听到人家念的一封给朋友的信中,他说他打算第三次回去,好最后带着妹妹逃出来。我的好心的先生,这个青年是个英雄呢,还是一个罪犯?为了你的姐妹难道你不会也这样做吗?你能为此责备他吗?

但是还是再回到我们的朋友身上吧。刚才他们因突然相逢,惊喜交加,现在正擦着眼泪,逐渐平静下来。他们围坐在桌旁,气氛非常融洽。只有把小伊莱扎抱在怀里的凯西时不时地紧紧搂她一下,让小家伙颇为惊讶,而且还固执地不让小家伙往她嘴里随心所欲地塞点心,说她有比点心更好的东西,所以不想吃它,这也使小家伙觉得奇怪。

确实,在两三天的时间里凯西身上产生了如此大的变化,读者恐怕要不认识她了。她脸上那绝望、憔悴的神情被温柔信赖的神情取代了;她似乎立刻就陷入了家人的怀抱里,她也深深地爱上了两个孩子,好像她的心一直在等待着他们。实际上,比起女儿来,她的爱似乎更自然地流向小伊莱扎,因为她和她失去的那个孩子从身体到相貌简直完全一样。小家伙成了母女之间一根美丽的纽带,通过她,她们逐渐相知、相爱。伊莱扎经常不断地阅读《圣经》,指导着她有了坚定的虔诚信仰,使她能够对她母亲那颗破碎消沉的心给予恰当的引导。凯西立刻真心实意地接受了一切好影响,变成了一个虔诚的、亲切的基督徒。

一两天以后,德都夫人把自己的情况更详细地告诉了弟弟。丈夫去世后留给了她一笔不小的财产,她慷慨地提出愿和家人分享。她问乔治怎样才能最好的为他使用这笔钱财,乔治回答说:"艾米丽,让我去受教育吧,这一直是我最渴切的愿望。受了教育之后其他就不成问题了。"

经过深思熟虑之后,决定全家应该到法国去住几年。于是他们带着埃默林一起启程前往法国。

埃默林的美貌赢得了船上大副的欢心,轮船抵港后不久她就成了他的妻子。

乔治在一所法国大学学习了四年,以充沛的热情致力于学业,获得了十分完善的教育。

最后,由于法国政局动荡,全家人又一次回到美国避难。

乔治在受到良好教育以后,他的感情和看法在写给一个朋友的信中表达得十分充分。

我对自己未来的道路仍有些茫然。确实，正如你对我说过的，我可以在美国白人圈子里生活，因为我的肤色极浅，妻子和儿女的肤色也几乎看不出来。不错，在人们默许之下，也许可以这样；但是说实话，我不愿意这样做。

我的同情不在父亲的种族一边，而在母亲的种族一边。对于我的父亲，我只不过是一条好狗或一匹好马而已；而对于我苦命的心碎了的母亲我是一个孩子。尽管在她残酷地被卖导致我们骨肉分离以后直到她死我都没有再见到她，但我知道她是非常爱我的。是我的心告诉我的。当我想到她所受的一切苦难，想到我自己小时候受的罪，想到我勇敢的妻子的痛苦和斗争，想到我那在新奥尔良奴隶市场上被卖的姐姐；当我想到这一切时，尽管我不希望有任何违背基督教的感情，我还是要说、并且希望你能原谅我这样说：我没有任何愿望冒充是个美国人，或者和他们认同。

我的命运是和受压迫受奴役的非洲民族在一起的；如果我有什么心愿的话，那就是我希望自己的肤色深上两分，而不是浅上一分。

我全心全意追求和渴望的是得到一个非洲国家的国籍。我想寻求的是一个将有自己独立的、坚实的存在的民族。我该到什么地方去寻找这个民族呢？不是在海地，因为在海地他们没有基础，流水不可能高出它的源头。形成海地民族性的那个民族是个柔弱的已经耗干了的民族。当然，一个被奴役的民族需要许多个世纪才能奋起成就大业。

那么,我应该到什么地方去寻找呢?在非洲的海岸上我看到了一个共和国,一个由精选出的人组成的共和国,他们中有许多人是通过努力和自我教育的力量摆脱奴隶地位的。他们经过了一个软弱的准备阶段以后终于成了世界上一个受到承认的国家——得到了法国和英国的承认。那就是我要去的地方,我要在那里找到自己的人民。

我现在意识到,我会受到你们大家的反对,但是在你们攻击我之前,请听我说。我在法国的时候曾怀着强烈的兴趣研究了我的民族在美国的历史。我注意着废奴派和殖民派之间的斗争,得到了作为远处局外的旁观者的印象,如果作为一个参与者,我是绝不会有这样的想法的。

我承认,这个利比里亚也许曾被我们的压迫者用来在我们之间进行挑拨离间,以达到各种目的。毫无疑问,他们可能以种种不正当的方式利用这一阴谋来达到推迟我们解放的目的。但是对我来说,问题是,难道没有一个上帝是凌驾于人的一切谋划之上的吗?难道他不会否决他们的谋划,加以利用,为我们创立一个国家吗?

在当前这个时代,一日之间一个国家就可以诞生。现在,一个国家一成立,一切共和制的生活及现代文明中的重大问题已经有了现成解决办法可供使用,不必去发现,只需实施。因此让我们团结起来竭尽全力,看看我们能为这个新事业作出什么贡献,灿烂的非洲大陆就会展现在我们和我们子孙的面前。我们的国家将使文明和基督精神的巨浪席卷非洲海岸,在那里建立起强大的共和国,这些共和国将像热带植物一样迅速成长,永存天地之间。

你会说我抛弃了我受奴役的兄弟吗?我想不会的。如果我一生中有一时一刻忘记了他们,愿上帝也忘记我!但是在这里我能为他们做什么呢?我能打断他们的锁链吗?不能,作为一个个人,不能。但是让我去成为一个国家的一部分,这个国家将在国际会议上有发言权,这样我们就可以说话了。一个国家有权利辩论,抗议,呼吁以及为自己民族的事业进行申述,而个人是没有这个权利的。

如果有一天欧洲成了一个自由国家的宏伟的联合体的话,——我坚信会有这么一天的——如果在那里,农奴制和一切不公正、压迫人的社会不平等现象全都得到了废除,如果他们像法国和英国那样承认我们的地位,那么我们将在这个伟大的国家联合体上提出我们的呼吁,为我们这个被奴役的、受苦受难的民族的事业进行申述,到那时,自由和开明的美国就不会不愿意从它的纹章上抹去左边那条杠①,因为在世界各国面前这是它的耻辱,对于它、对于被奴役者都是真正的祸根。

但是你会对我说,我们的民族和来自爱尔兰、德国、瑞典的移民一样,在美国这个共和国里享有平等交往的权利。就算有吧。我们本来就应该有交往的自由,能完全不受任何肤色和社会阶级的限制、按各自的才能提高自己的地位。凡是拒绝给予我们这个权利的人,就背叛

---

① 欧洲传统贵族纹章上如左侧有杠,则是私生子或其他耻辱的标志。此处指农奴制。

了他们自己公开声称拥护的人类平等的原则。特别是，我们应该被允许留在美国。我们比一般人具有更大的权利：我们是受损害的民族，有权得到补偿。但是我并不要这种权利，我要有一个自己的国家，自己的民族。我认为非洲民族有许多特点，在世界文明和基督精神下将会显露出来。这些特点虽不同于盎格鲁—撒克逊民族的特点，但在精神上可能证明是更高一筹的。

当世界处于冲突与斗争的开拓时期，人类的命运被交托在了盎格鲁—撒克逊民族的手中，它那严格、坚定、充满活力的品质十分适合于担当这个责任；但是作为一个基督徒，我等待着另一个时代的出现，我相信我们已经处在这个时代的边缘上了，我希望现在震动着世界的巨大痛苦只不过是和平天下大同世界诞生前的阵痛而已。

我相信非洲基本上将沿着基督精神向前发展。他们虽不是善于主宰和统治的民族，却是一个具有爱心、宽宏仁恕的民族。他们是在不义和压迫的烈火中受到召唤的，因此更需要牢记仁爱和宽宏这至高无上的原则，他们只有通过这种精神才能得胜，他们的使命就是将这精神传播到非洲大陆的一切地方。

我必须承认，我自己身上这种精神是很弱的，因为我血管中整整一半是暴烈急躁的撒克逊血液；但是在我身边有一个雄辩的福音传道士，那就是我美丽的妻子；当我彷徨时，她那温柔的精神总能使我回到正路之上，使我不忘我们民族的基督精神的职责和使命。我将作为一个信奉基督的爱国者、一个基督精神的传播者到我的国家去，我那上帝所选中的、光荣的非洲！在我心中我时常把这一光辉的预言用到她的身上："你虽被抛弃、被仇恨,以致无人经过你;我将使你永远杰出,成为世代之喜悦!"①

你会把我称作狂热派,你会对我说我没有很好考虑自己将要去从事的事业;但是我是经过深思熟虑的,并且估计了将要付出的代价。我到利比里亚去,并不是去到一片传奇的乐土,而是去到一个工作的地方。我准备两只手都工作:努力工作,不顾任何艰难挫折拼命工作,一直工作到死。这就是我到那里去的目的,我相信在这一点上我是不会失望的。

无论你对我的决定怎么想,请你保持对我的信任,并且请你相信,不论我做什么,都是出自我全心全意为我的人民的不变的心。

乔治·哈里斯

几个星期以后,乔治带着妻子、儿女、姐姐及岳母动身到非洲去了。如果我们估计得没有错的话,世人将会听到他的消息的。

除了有关奥菲利亚小姐和托普西的几句话,以及献给乔治·谢尔比的最后一章以外,对于书中其他人物,我们没有什么要特别交代的了。

奥菲利亚小姐把托普西带回佛蒙特家中,使她那"一大家子人"——新英格兰人都知道这个词意味着那帮严肃、慎重的人——着实吃了一惊。那"一大家子人"起初认为对他们那个训练有素的家庭机构来说,托普西是个既奇怪又不必要的多余人物;但是奥菲利亚小姐在尽对托普西的教育之责

---

① 见《旧约·以赛亚书》第60章第15节。

上是如此认真努力,成绩斐然,家里人和邻居很快越来越喜欢这个孩子。成年时根据她本人的要求,托普西受了洗礼,成了当地基督教会的一个成员。由于她非常聪明,积极热情,并且很希望做好事,她后来被推荐到非洲一个传教站去做传教士,并且得到了批准。我们听说她小时候在成长过程中表现为各种形式的使她片刻不宁的活力和机灵,现在安全而健康地用到了教育她自己的国家中的儿童上。

又记:母亲们会满意地听到,在德都夫人的努力之下,通过多方寻访,最近已经找到了凯西的儿子。由于他是一个精力充沛的年轻人,他已先于母亲几年逃了出来,被北方被压迫人民的朋友们收留,受到了教育。很快他会随家人之后到非洲去了。

第四十四章　解　放　者

乔治·谢尔比只给母亲写了寥寥数语,说明到家的日期。他实在不忍心描写他的老朋友死去时的情景。他开了几次头,结果只是使自己痛苦地哽咽不已,最后只得把信撕掉,擦着眼泪冲到一个地方去使自己平静下来。

到了那一天,谢尔比家上上下下快活地忙碌着,准备迎接小主人乔治回家。

谢尔比太太坐在舒适的客厅里,熊熊的山核桃木火驱散了晚秋黄昏的寒气。餐桌上已摆好了闪闪发亮的镀银和刻花玻璃的餐具,负责摆桌子的是我们从前的朋友老克洛。

克洛大婶穿着一件新印花布衣服,系着干净的白围裙,头上高高地包着浆得笔挺的包头巾,黑得发亮的脸上露出满意的笑容。她在餐桌旁逗留着,对餐具的摆放给予了完全不必要的关注,其实只是借此好和女主人说几句话而已。

"天哪,他会觉得一切都很自然,不是吗?"她说道,"你看,我把他的盘子放在他最爱坐的地方,靠着火;乔治少爷向来喜欢坐在暖和的地方。啊呀,怎么回事,莎利为什么没把最好的茶壶拿出来,那个小小的新茶壶,乔治少爷给太太的圣诞礼物?我去拿出来!太太收到乔治少爷的信啦?"她打听道。

"收到了,克洛,可只有一行字,就是说他尽量今晚到家,没说别的。"

"没提我那老头吧?"克洛问,一面仍在摆弄茶杯。

"没,没提,他什么也没提,克洛。他说等他到家以后再细说。"

"乔治少爷就是这么个人,他总是喜欢什么事情都由他来说。我向来看到他有这个特点。我就不明白,白人怎么有耐性写这么多东西,写字是件又慢又难做的事。"

谢尔比太太笑了起来。

"我猜我那老头恐怕不会认识两个儿子和小娃娃了。天哪,波莉已经长得老大的了,又听话又活泼,真的。她现在在家里看着烙玉米饼呢,我做的是我家老头最爱吃的那种,他给带走的那天早上我给他做的就是这种饼。上帝保佑,那天早上我真难受极了。"

谢尔比太太叹了口气,提起这事她心里觉得很沉重。她接到儿子的信以后,心里一直在犯嘀咕,很怕在他这沉默的帷幕后面掩盖着什么东西。

"那些钱还在吧,太太?"克洛关切地问道。

"在的,克洛。"

"因为我想给我家老头看看糕点店老板给我的那些钞票。'克洛,'他说,'我真希望你能多待些时候,''谢谢你,老爷,'我说,'我也愿意,只是我家老头子要回来了,还有太太,她也需要我了。'我就是这样对他说的,琼斯老爷可是个挺好的人。"

克洛一直固执地坚持要留着她挣来的那些钞票给她丈夫看,作为她能力的纪念。谢尔比太太欣然同意满足她的要求。

"他不会认得波莉了,我那老头不会认得了。天哪,他们把他带走有五年了,那时候她还是个小娃娃呢,也就刚刚会站。记得那时候她要学走路,老摔跤,把老头子给逗得!我的天哪!"

这时传来了车轮的行驶声。

"乔治少爷!"克洛大婶喊了一声,向窗口跑去。

谢尔比太太跑到了过道门口就被儿子抱住了,克洛大婶焦急地站在那里,眼睛使劲朝外面黑暗里张望。

"啊,可怜的克洛大婶!"乔治在她面前停下,同情地喊了一声,两只手握着她结实的黑手说,"就是要我拿出所有的财产,我也会把他赎回来的,可是他已经到天国去了。"

谢尔比太太悲痛地叫了一声,而克洛大婶却什么话也没有说。

大家都走进了餐厅。克洛感到十分骄傲的钞票仍旧在桌子上放着。

"这儿,"克洛说着把钞票拿起来,用一只颤抖着的手递给女主人,"我再也不要看到这钱,也不要听到这事了。我知道会这样的,被卖掉、在那些倒霉的鬼种植园给害死!"

克洛转过身去,昂首傲然向外走去,谢尔比太太轻轻跟在她后面,握住了她一只手,拉她坐进一张椅子里,自己在她旁边坐了下来。

"我苦命的、善良的克洛啊!"她说。

克洛把头靠在女主人肩上,呜咽着说:"啊,太太,请原谅,我实在太伤心了,没有别的!"

"我知道,"谢尔比太太说着泪如雨下,"我不能治愈你心灵的创伤,但是上帝能够。他医治他们的创伤,使伤心人不再痛苦。"

三个人谁也没有说话,全都伤心地哭着。最后,乔治坐到了悲痛欲绝的克洛身边,握着她的手,满怀同情地简要叙述了她丈夫怀着胜利的喜悦去世的情景,以及他充满爱心的遗言。

　　大约一个月以后,一天上午,谢尔比家所有的黑奴全都被召集到贯通整个宅子的大厅里,来听小主人讲话。

　　大家惊奇地看到他手里拿着一叠文书来到他们身边,里面有庄园上每一个黑奴的自由证书。在在场人一片哭泣和欢呼声中,他一个个念着名字,把证书发给了他们。

　　但是有许多黑人却围着他,恳求他不要把他们打发走,并且带着焦急的神色把自由证书递给他。

　　"我们一直都很自由,不需要更多的自由了。我们一直有吃有穿,不想离开这个老地方,也不想离开少爷、太太和庄园上别的人!"

　　"我的好朋友们,"人们稍一静下来乔治立即说道,"你们用不着离开我,庄园需要和过去一样多的人手干活,宅子里也需要差不多一样多的仆人,但是现在你们是自由的男女了,你们干活我给你们发工资,工资多少由双方商定。这样做的好处是,万一我欠了债,或者死了,这种事是有可能发生的,你们就不会被带走卖掉了。我打算继续经营这个庄园,教给你们一件你们也许需要一段时间才能学会做的事情:怎样使用我给你们的做自由人的权利。我想你们会好好干,会愿意学的。我向上帝保证我会忠于自己的诺言,好好教你们。好了,朋友们,现在让我们仰望苍天,感谢上帝赐给你们自由吧。"

　　一位极受尊敬的老黑人站了起来,他在庄园上生活了一辈子,现在头发白了,眼睛瞎了。他举起一只颤抖的手,说道,"让我们感谢上帝吧!"当大家一致跪下时,这位可敬的老人从心底唱出了一首感恩赞美诗,即使是在琴声、钟声和礼炮声的伴随下升到天国去的感恩赞美诗,也不会比老人唱得更动人、更由衷了。

大家站起来时,另一个黑人唱起了一首美以美会的赞美诗,它的副歌是:

> 大赦之年来到了,
>
> 被救赎的罪人,回家吧。

"还有一件事,"乔治打断了大家的欢庆,说道,"你们都记得咱们那个好心的老汤姆叔叔吧?"

乔治接着简要地叙述了他去世的情况,以及他对庄园上所有的人说的充满爱心的告别的话,最后乔治说:

"朋友们,正是在他的墓前我对上帝发誓决心绝不再拥有一个黑奴,只要有可能就要解放他们;再也不会有任何人由于我而妻离子散,像汤姆那样死在一个偏僻的种植园里。所以,在你们欢庆自由的时候,你们要想到应该感谢那个好心的人,善待他留下的妻子儿女来报答他。每一次当你们看见汤姆叔叔的小屋时,想一想你们获得的自由,让这所小屋成为一个纪念碑,使你们时时想到要学习他,做一个和他一样正直、忠实的基督徒。"

第四十五章 结 束 语

作者经常收到全国各地的来信,询问这里讲的是否真有其事,对此她将作一个总的答复。

构成这个故事的具体情节大多是确有其事,许多是她亲眼所见,或者是她友人所见。书中几乎所有的人物都是用作者和她的朋友见到过的人作为原型的,许多话都是她亲耳听到的或她的朋友对她转述的一字不差的原话。

伊莱扎的外貌和性格都来自真实的生活。汤姆叔叔的矢志不渝的忠贞、虔诚和淳朴则来自作者认识的好几个不同的人。一些最富有悲剧性和浪漫色彩、一些最恐怖的情节也有现实的依据。母亲从冰上跳过俄亥俄河的情节本是尽人皆知的事实。第二部中有关老蒲露的故事是作者一个兄弟亲眼所见,那时他在新奥尔良一家大商号做收账员。种植园主雷格里这个人物也来自我的这位兄弟,他在提到去他的种植园收账时是这样描写他的:"他居然真让我摸摸他的拳头,像铁匠的锤子或是一小铁疙瘩一样,还对我说'这拳头是揍黑鬼练硬了的'。我离开他的种植园时吸了一口长气,觉得自己仿佛逃出了一座魔窟。"

汤姆的悲惨命运在现实中也是屡见不鲜的事,在我们国家到处都有活着的见证人可以证明。请记住,在所有南方各州里,有一条法律规定,任何有色人种血统的人不得在控告白人的官司中出庭作证。因此显而易见这种事情常会发生,只要主人的火气超过了他对自己利益的考虑,而黑奴又是个有勇气或固守自己原则对他反抗的人。实际上,除了主人的人品之外,黑奴的生命没有任何其他保障。偶尔一些骇人听闻难以想象的事实也会掩盖不住而进入公众的耳朵,而人们听到的有关评论常常比这些事实更骇人听闻。有人说,"这种事可能偶尔会发生,可是绝不能代表普遍情况。"如果新英格兰地区的法律规定允许一个师傅偶尔把徒弟折磨死,人们会同样平静地对待它吗?会有人说,"这些事很少见,不能代表普遍情况"吗?这种不公正现象是奴隶制本身固有的,没有奴隶制它就不能存在。

在"珍珠号"被截获后所发生的一系列事件中,最臭名远扬的就是公开而无耻地拍卖美丽的二分之一或四分之一黑人血统的混血姑娘。在此我们摘引该案被告律师之一、荷雷士·曼阁下的一段话,他说:"我协助为'珍珠号'机帆船上的高级船员辩护,在一八四八年有七十六人企图乘'珍珠号'从哥伦比亚特区出逃,其中有几名年轻健康的姑娘,身材相貌的特殊的美受到赏识者的高度赞赏,其中一个姑娘叫伊丽莎白·拉塞尔。她立刻落入了黑奴贩子的魔爪,注定了要被送往新奥尔良的奴隶市场。看见她的人对她的命运深感同情,提出愿以一千八百元赎她,其中一些慷慨解囊的人拿出钱后自己将所剩无几,但是那恶魔般的奴隶贩子却毫不容情地拒绝了,把她送往新奥尔良。但半路上上帝可怜她,使她突然死去。在这些人中还有两个姓艾德蒙逊的姑娘,当她们即将被送往同一奴隶市场时,姐姐到那人肉货场去哀求拥有她们的那恶魔,求他看在上帝的分上饶了她们。他取笑她说,她们会有许多漂亮的衣服和家具。她说,'是的,这辈子可能不错,可是来生会怎么样呢?'她们也被送到了新奥尔良,但是后来被重金赎出,带了回来。"从这里难道还不能清楚地看到,埃默林和凯西的遭遇也有着许多现实中的原型吗?

出于公正,作者也必须说明,圣·克莱尔身上的正直与慷慨的性格也不是没有现实依据的,下面的故事可以说明这一点。几年前辛辛那提来了个青年绅士,带着他最喜欢的一个从小就做他的贴身小厮的仆人。这个仆人利用这个机会逃到一个以保护黑奴著名的教友会徒家中躲避,以获取自由。他的主人极为气愤,他对这个黑奴一直十分纵容,相信他对自己的忠诚,因此他相信一定是有人利用了他,让他背叛自己。他火冒三丈地到了那位教友会徒的家中,但是由于他是个非常坦诚正直的人,听到对方的解释和说明以后火气就平息了下来。这是他从未听到过的这个问题的另一方面,他甚至也从未想到过这个方面。他立即向这位教友会徒表示,只要他的黑奴当面对他说他要得到自由,他就解放他。随后两人见了面,年轻的主人问纳森,他有没有在任何方面受到过任何对待使他产生了不满,纳森说:"没有,老爷,你一向对我非常好。"

"那么你为什么想离开我呢?"

"老爷也许会死去,那时候谁知道什么人会得到我?我愿意成个自由人。"

经过一番考虑,年轻人说:"纳森,处于你的地位,我想我自己也会有同感的。你自由了。"

他立刻给他办好了自由证书,交给了那教友会徒一笔钱,准备好好用在帮他开始新生活上,还留了一封十分亲切实际的信给了他一些忠告。这封信有一段时间在作者手里。

南方有许多人有着高尚、慷慨和善良的特点,作者希望在本书中对他们作出了公正的评价。由于这些人的存在,使我们不至于对人类完全绝望。但是作者也想问一问对世界有所了解的人,这样的人,无论在什么地方,是否都常常能见得到呢?

作者一生中有许多年不读、不提有关奴隶制这个题目的任何东西,认为探讨这问题太痛苦了,在日益发展的知识文明中肯定会逐渐得到改变。但是自从通过了一八五〇年的法案以后,作者极其惊愕地听到,连一些基督徒和善良的人也支持把逃奴重新送回奴隶主手中,认为这是好公民的职责;当她从各方听到,在北方自由州里,善良可敬、富于同情的人也在考虑和讨论在这件事情上究竟基督徒的责任是什么时,她只能认为这些人,这些基督徒不可能真正了解奴隶制,如果他们了解的话,这样的问题就绝不可能被提出来讨论。因此她产生了一个愿望,要把奴隶制生动地、戏剧性的、真实地展现出来。她尽力公正地将这个制度的最好和最坏的方面都表现出来。也许她成功地表现出了它最好的方面;但是,啊!谁能说在另一面,在那死亡的阴影和死亡谷里,还有多少东西没有被揭露出来呢?

她向你们,南方高尚的宽宏的男女们——你们那正直、高尚和纯洁的品德在严酷的考验下变得更为可贵——她向你们呼吁:在你们心灵深处,在你们私下谈论时,难道你们没有感觉到,在这个万恶的制度下还有着许多痛苦与邪恶是作者没有包容、也不可能包容到作品里来的吗?难道会有别的可能吗?难道可以把完全不需承担责任的权力交给人吗?难道奴隶被剥夺出庭作证的一切法律权利的做法不正是使奴隶制把每一个奴隶主都变成了完全不需承担任何责任的暴君吗？难道人们对这样做会造成的具体后果还推断不出来吗？我们承认，如果在你们这些有道德、公正和善良的人之中有一种舆论，那么在暴徒、恶棍和下流之徒中就不会有另一种舆论吗？根据奴隶法，暴徒、恶棍和下流之徒不是可以和最优秀、最纯洁的人拥有同样多的奴隶吗？在世界不论何处，有道德的、公正、高尚和富于同情的人不是占多数吗？

现在，根据美国的法律，贩卖奴隶是海盗行为。但是美国奴隶制不可避免的结果和伴生物就是贩卖奴隶，和当年在非洲海岸上进行的贩卖奴隶活动同样有组织有计划。其中的痛苦和恐怖能够说得完吗？

对于此时此刻正在撕裂着千万个人的心、破坏着千万个家庭、把一个无助而敏感的民族推上疯狂无望的边缘的所有那些痛苦和绝望，作者仅仅是勾画出了一个大概的画面。现在还有一些活着的人，他们就见过被这万恶的奴隶贸易逼得杀死自己的子女后自杀，以便从比死亡更为可怕的痛苦中解脱出来的母亲们。在美国法律和基督十字架的庇护之下，每日每时在我们这片土地上发生的可怕的真实的悲惨景象，是无法描写、无法叙述、也无法想象的。

美国的男女同胞们，这是一件可以不予重视，为之辩护或置之不理的事吗？马萨诸塞、新罕布什尔、佛蒙特、康涅狄格各州里在你们冬夜熊熊的炉火旁阅读本书的农户们，缅因州坚强而慷慨的水手和船主们，这是你们应该支持和鼓励的事吗？纽约州勇敢而宽厚的人们，富裕而快乐的俄亥俄州的农户们，你们生活在辽阔的草原上的各州的人们，请回答我，这是你们应该保护和支持的事吗？你们，美国的母亲们，你们在儿女的摇篮旁学会了爱一切人、同情一切人，我请求你们以孕育子女时的神圣的爱、以你在他美丽纯洁的童年时所感受的喜悦、以你在他成长的年代中给他以指引时的母性的同情和温柔、以你对他教育时的焦虑关切、以你为他灵魂永远善良所做的祈祷，我请求你们以这一切的名义去怜悯那有着和你同样的爱却没有丝毫法律权利去保护、指引、教育自己子女的母亲吧！看在你子女病中的时刻、看在你永远无法忘怀的临死时的那双眼睛、看在当你既帮不了又救不了他使你心如刀绞的他死亡前最后的哭声、看在那空空的摇篮和寂静的育儿室——看在这一切的份上，我请求你们去怜悯那些被美国的黑奴贸易不断夺去子女的母亲吧！美国的母亲们，你们说，这是你们应该维护、同情和置之不理的事吗？

你们认为自由州的人民与此毫不相关，因此无能为力吗？但愿这是真的！但这不是真的！自由州的人民维护、鼓励和参与了这一切，在上帝面前他们比南方的人罪孽更大，因为他们没有教育或习俗方面的借口。

如果自由州里的母亲们过去具有她们应当具有的感情的话，自由州的子孙就不会成为奴隶主，而且众所周知，还是些最残酷的奴隶主；自由州的子孙就不会默许奴隶制在国家机构中扩展；自由州的子孙就不会像现在这样用人的灵魂和肉体在商业贸易中当作钱来进行交换了。北方城市里，大量黑奴被商人倒卖。奴隶制的全部罪孽和耻辱，难道只应落在南方人的头上吗？

北方的男人们、母亲们和基督徒们，仅仅谴责他们南方的同胞是不够的，他们必须在自己中间寻找奴隶制的罪恶。

但是,任何一个个人能做些什么呢?这一点要每一个人自己去判断。但有一件事是人人都可以去做的,那就是保证自己有正义感。每一个人都包围在有影响力的同情感的氛围之中;在有关人类利益的大事上,一个具有强烈、健康和公正感觉的男人或女人会对人类永远有益。因此你应注意在这件事上自己的同情何在!是和基督的同情一致的吗?还是被尘世之权谋与诡辩所左右而动摇,走上了邪路?

　　北方的男女基督徒们!不仅如此,你们还有另一种力量,你们可以祈祷!你们相信祈祷的力量吗?还是说这已经成了一种圣徒传下来的模糊的传统?你们为外国的异教徒祈祷,也为国内的异教徒祈祷吧。还请你们为苦难中的基督徒祈祷吧,他们能否得到宗教上的进步完全要看在他们被买卖的过程中的运气,要他们坚持基督教的道德标准在许多情况下根本是不可能的事,除非上天赐予了他们殉教的勇气和胆量。

　　你们还可以做一件事。在我们这些自由州之岸上正在出现着许多家庭被拆散独自逃出的可怜人:由于奇迹般的天意这些男女黑奴从奴隶制的汹涌波涛中逃了出来,从一个把基督教和道德原则全都搅得混乱一团的制度下逃了出来,他们知识贫乏,不少人在品德上也有毛病。他们到你们之中寻求庇护,他们来寻求教育、知识和基督教的信仰。

　　啊,基督徒们,你们应该为这些可怜的、不幸的人做些什么呢?难道不是每一个美国的基督徒都应作出一些努力,来弥补美国对这些黑人的不公正对待吗?教堂和学校的门难道应该对他们关闭吗?各州难道应该起来把他们赶出去吗?基督教会难道应当听任人家对他们嘲笑辱骂,在他们伸出的无助之手前退缩开去,用沉默去鼓励把他们从我们的境内赶走的暴行吗？如果必须这样，那将是一个可悲的景象。如果必须这样，那么当美国记起来各国的命运是掌握在一个十分富于同情心并且怜悯体贴的上帝的手中时，她会有理由颤抖的。

你们是不是会说："我们这里不需要他们，让他们到非洲去吧？"

上帝之意在非洲给他们提供了一个避难所，这确实是件伟大的、值得注意的事；但这不能成为基督教会推卸职责，放弃他们对这一被抛却的种族应尽的责任的理由。

用一个刚从奴隶制的铁链下逃出来的无知、缺乏经验、半野蛮的种族把利比里亚塞满，只会长期拖延伴随新事业开创而来的斗争与冲突的时期。让北方的教会按照基督的精神接纳这些可怜的饱受苦难的人，允许他们利用基督教共和社团和学校的有利的教育条件，等到他们在道德和知识上达到一定程度的成熟后再帮助他们回到利比里亚的海岸去，这样他们就可能把他们在美国学到的东西在那儿付诸实践了。

北方有较少的一部分人一直在这样做，结果是在美国已经可以看到一些过去是奴隶的人很快获得财产、名誉和教育的范例。他们的才能得到了发挥，考虑到他们的具体情况，这是很了不起的事情；至于说到诚实、善良、体贴等等道德品质，他们为了救出仍在奴役中的兄弟或朋友所忍受的自我牺牲和作出的英勇斗争，这些都是很突出的，考虑到他们出生以来所受的影响，可以说成就是惊人的。

作者多年来一直生活在与奴隶州的交界地区，有许多机会观察以前是黑奴的人。他们一直像仆人似的住在她的家中，由于没有学校接收他们，她常常让他们和自己的孩子一起在家庭课堂里学习；她从逃亡到加拿大的黑奴中的传教士处听到的情况与她自己的经历也是一致的。就黑人的天赋而言她的结论是极其令人鼓舞的。

一般说来,获得解放的黑奴的第一个愿望就是受教育。为了能使子女受到教育,他们什么都愿意拿出来,什么都愿意干。就作者本人的观察,或根据他们的老师的见证,他们非常聪明,学得很快。在辛辛那提一些慈善家为黑人开办的学校中,教学的结果也充分证明了这一点。

作者根据俄亥俄州莱恩神学院卡·爱·斯陀教授[①]掌握的有关现在居住在辛辛那提的一些获得解放的黑奴的材料,列举下列事实,以证明即使在没有什么特别的帮助和鼓励的情况下黑人所具有的才能。

这里只写出姓氏的第一个字母。他们都是辛辛那提的居民。

B——：家具制造商；在城里已居住二十年；家产一万元,全由自己挣得；浸礼会信徒。

C——：纯种黑人,被人从非洲抢来,在新奥尔良被卖。已获自由十五年,以六百元将自己赎出。农场主,在印第安纳州拥有多处农场。长老会信徒；家产为一万五千至二万元,全由自己挣得。

K——：纯种黑人,房地产经纪人；家产三万元；约四十岁,已获自由六年,以一千八百元赎出全家,浸礼会信徒。从主人处得到一笔遗产,由于经营有方,财产有所增加。

G——：纯种黑人；煤炭商；约三十岁,家产约一万八千

---

① 作者的丈夫。

元,二次为自己赎身,因为第一次被骗,结果付出一千六百元;钱全部是自己挣得的,其中不少是做奴隶时向主人租用自己的时间自己做生意所赚;一位彬彬有礼的先生。

W——：四分之三黑人血统,理发师和饭馆招待;肯塔基州人,已获自由十九年,付三千多元将自己及家人赎出;浸礼会执事。

G. D.——：四分之三黑人血统,粉刷工,肯塔基州人,已获自由九年,付一千五百元赎出自己及家人;不久前去世,享年六十岁;家产六千元。

斯陀教授说："除了 G——以外,其余的人我认识已有多年,我的材料都是自己所知的事实。"

作者清楚地记得父亲家中雇用的一位上年纪的黑人洗衣女工,她的女儿嫁给了一个黑奴。这个年轻女子十分勤快能干,通过自己的勤劳节俭和持之以恒的自我牺牲,挣了九百元为丈夫赎身。她手里有了钱就交给他的主人,一笔一笔交付到只差一百元时,丈夫死了,而已交的钱她一分也没有能拿回来。

这里所举只是成千上万个例子中的很少几件,表明当奴隶获得自由后所显示出的自我牺牲、活力、坚忍和诚实的品质。

请记住,这些人是在极其不利和面对挫折的情况下,勇敢地为自己挣到了一些财富和社会地位的。根据俄亥俄州的法律,黑人没有选举权;直到近几年和白人打官司时才有了出庭作证的权利。上述情况也不仅限于俄亥俄州才有,在全国各州都可以看到,昨天才从奴隶制的枷锁下挣脱出来的人,通过令人无比钦佩的自我教育的力量,在社会上取得了极受尊敬的地位。牧师中的潘宁顿、报纸编辑中的道格拉斯和沃德,就是著名的例子。

如果这个受迫害的民族能在种种挫折和不利条件下取得这样的成就,那么,如果基督教会能以耶稣的精神对待他们的话,他们将会有怎样的、更大的成就啊!

目前是世界上的国家处于震荡不安之中的时代,一股强大的影响力如地震般震撼着这个世界。美国安全吗?每一个有着巨大而又未加纠正的不公正现象的国家内都存在着这最后的大震荡的因素。

能够这样在一切国家一切语言中激起人们不能公开发出的要求自由和平等的渴望的巨大影响力究竟是什么呢?

基督教会啊!辨明时代的征兆吧!这个力量难道不是上帝的精神吗?他的天国将要降临,他的旨意在天国行使,也必将在世上行使。

但是他降临的日子,谁能承受得住呢?“因为那日将如火炉般燃烧,他将以证人出现,指控那些亏欠雇员薪金的、欺压孤儿寡母的、那些无视异乡人权利的,他将使压迫者粉身碎骨。”[1]

难道这些可怕的词句不是针对一个包藏着如此巨大不公正现象的国家的吗?基督徒们!当你们每次祈求天国降临之时,难道你们能够忘掉那个预言是把报应之日和被他赦免者之年可怕地联系在一起的吗?

但上帝仍给了我们一个获得赦免的机会。北方和南方在

---

[1] 见《旧约·玛拉基书》第3章第2、5节,第4章第1节。

上帝面前都是有罪的,基督教会在上帝面前也是罪责难逃。美国要想得救,不能靠互相勾结袒护不公正现象和酷行,不能靠利用罪恶获利,而只能靠忏悔、公正和怜悯。因为磐石必定沉入海底虽是一条永恒的法则,但不公正和酷行必将给国家招来万能的上帝的惩罚,则是一条更强有力的、确定无疑的法则!

"外国文学名著丛书"书目

第 一 辑

书　名	作　者	译　者
伊索寓言	〔古希腊〕伊索	周作人
源氏物语	〔日〕紫式部	丰子恺
堂吉诃德	〔西班牙〕塞万提斯	杨　绛
泰戈尔诗选	〔印度〕泰戈尔	冰　心　石　真
坎特伯雷故事	〔英〕杰弗雷·乔叟	方　重
失乐园	〔英〕约翰·弥尔顿	朱维之
格列佛游记	〔英〕斯威夫特	张　健
傲慢与偏见	〔英〕简·奥斯丁	王科一
雪莱抒情诗选	〔英〕雪莱	查良铮
瓦尔登湖	〔美〕亨利·戴维·梭罗	徐　迟
欧·亨利短篇小说选	〔美〕欧·亨利	王永年
特利斯当与伊瑟	〔法〕贝迪耶	罗新璋
巨人传	〔法〕拉伯雷	鲍文蔚
忏悔录	〔法〕卢梭	范希衡　等
欧也妮·葛朗台　高老头	〔法〕巴尔扎克	傅　雷
雨果诗选	〔法〕雨果	程曾厚
巴黎圣母院	〔法〕雨果	陈敬容
包法利夫人	〔法〕福楼拜	李健吾
叶甫盖尼·奥涅金	〔俄〕普希金	智　量
死魂灵	〔俄〕果戈理	满　涛　许庆道

书　名	作　者	译　者
当代英雄	〔俄〕莱蒙托夫	草　婴
猎人笔记	〔俄〕屠格涅夫	丰子恺
白痴	〔俄〕陀思妥耶夫斯基	南　江
列夫·托尔斯泰中短篇小说选	〔俄〕列夫·托尔斯泰	草　婴
怎么办？	〔俄〕车尔尼雪夫斯基	蒋　路
高尔基短篇小说选	〔苏联〕高尔基	巴　金　等
浮士德	〔德〕歌德	绿　原
易卜生戏剧四种	〔挪〕易卜生	潘家洵
鲵鱼之乱	〔捷〕卡·恰佩克	贝　京
金人	〔匈〕约卡伊·莫尔	柯　青

第　二　辑

荷马史诗·伊利亚特	〔古希腊〕荷马	罗念生　王焕生
荷马史诗·奥德赛	〔古希腊〕荷马	王焕生
十日谈	〔意大利〕薄伽丘	王永年
莎士比亚悲剧五种	〔英〕威廉·莎士比亚	朱生豪
多情客游记	〔英〕劳伦斯·斯特恩	石永礼
唐璜	〔英〕拜伦	查良铮
大卫·科波菲尔	〔英〕查尔斯·狄更斯	庄绎传
简·爱	〔英〕夏洛蒂·勃朗特	吴钧燮
呼啸山庄	〔英〕爱米丽·勃朗特	张　玲　张　扬
德伯家的苔丝	〔英〕托马斯·哈代	张谷若
海浪　达洛维太太	〔英〕弗吉尼亚·吴尔夫	吴钧燮　谷启楠
哈克贝利·费恩历险记	〔美〕马克·吐温	张友松
一位女士的画像	〔美〕亨利·詹姆斯	项星耀
喧哗与骚动	〔美〕威廉·福克纳	李文俊
永别了武器	〔美〕欧内斯特·海明威	于晓红

书　名	作　者	译　者
波斯人信札	〔法〕孟德斯鸠	罗大冈
伏尔泰小说选	〔法〕伏尔泰	傅　雷
红与黑	〔法〕司汤达	张冠尧
幻灭	〔法〕巴尔扎克	傅　雷
莫泊桑中短篇小说选	〔法〕莫泊桑	张英伦
文字生涯	〔法〕让-保尔·萨特	沈志明
局外人　鼠疫	〔法〕加缪	徐和瑾
契诃夫小说选	〔俄〕契诃夫	汝　龙
布宁中短篇小说选	〔俄〕布宁	陈　馥
一个人的遭遇	〔苏联〕肖洛霍夫	草　婴
少年维特的烦恼	〔德〕歌德	杨武能
德国，一个冬天的童话	〔德〕海涅	冯　至
绿衣亨利	〔瑞士〕戈特弗里德·凯勒	田德望
斯特林堡小说戏剧选	〔瑞典〕斯特林堡	李之义
城堡	〔奥地利〕卡夫卡	高年生

第 三 辑

埃斯库罗斯悲剧二种	〔古希腊〕埃斯库罗斯	罗念生
索福克勒斯悲剧二种	〔古希腊〕索福克勒斯	罗念生
欧里庇得斯悲剧二种	〔古希腊〕欧里庇得斯	罗念生
神曲	〔意大利〕但丁	田德望
西班牙流浪汉小说选	〔西班牙〕克维多　等	杨绛　等
阿拉伯古代诗选	〔阿拉伯〕乌姆鲁勒·盖斯　等	仲跻昆
列王纪选	〔波斯〕菲尔多西	张鸿年
蕾莉与马杰农	〔波斯〕内扎米	卢　永
莎士比亚喜剧五种	〔英〕威廉·莎士比亚	方　平
鲁滨孙飘流记	〔英〕笛福	徐霞村

书 名	作 者	译 者
月亮与六便士	〔英〕威廉·萨默塞特·毛姆	谷启楠
萧伯纳戏剧三种	〔爱尔兰〕萧伯纳	潘家洵 等
红字 七个尖角顶的宅第	〔美〕纳撒尼尔·霍桑	胡允桓
汤姆叔叔的小屋	〔美〕斯陀夫人	王家湘
白鲸	〔美〕赫尔曼·梅尔维尔	成 时
马克·吐温中短篇小说选	〔美〕马克·吐温	叶冬心
老人与海	〔美〕欧内斯特·海明威	陈良廷 等
愤怒的葡萄	〔美〕斯坦贝克	胡仲持
蒙田随笔集	〔法〕蒙田	梁宗岱 黄建华
悲惨世界	〔法〕雨果	李 丹 方 于
九三年	〔法〕雨果	郑永慧
梅里美中短篇小说选	〔法〕梅里美	张冠尧
情感教育	〔法〕福楼拜	王文融
茶花女	〔法〕小仲马	王振孙
都德小说选	〔法〕都德	刘 方 陆秉慧
一生	〔法〕莫泊桑	盛澄华
普希金诗选	〔俄〕普希金	高 莽 等
莱蒙托夫诗选	〔俄〕莱蒙托夫	余 振 顾蕴璞
罗亭 贵族之家	〔俄〕屠格涅夫	陆 蠡 丽 尼
日瓦戈医生	〔苏联〕帕斯捷尔纳克	张秉衡
大师和玛格丽特	〔苏联〕布尔加科夫	钱 诚
茨威格中短篇小说选	〔奥地利〕斯·茨威格	张玉书 等
玩偶	〔波兰〕普鲁斯	张振辉
万叶集精选	〔日〕大伴家持	钱稻孙
人间失格	〔日〕太宰治	魏大海